J.R.R. Tolkien.

The First Part

J. R. R. Tolkien

魔戒现身 第一部
The Fellowship of the Ring

〔英〕J.R.R.托尔金 著　朱学恒 译

上海译文出版社

J.R.R.Tolkien
THE LORD OF THE RINGS
根据 HarperCollins 2021 版译出
Illustrations by J.R.R.Tolkien
Simplified Chinese edition copyright:
2024 SHANGHAI TRANSLATION PUBLISHING HOUSE (STPH)
All rights reserved.

图书在版编目（CIP）数据

魔戒：三部曲 /（英）J.R.R. 托尔金
(J. R. R. Tolkien) 著；朱学恒译. — 上海：上海译
文出版社，2023.12（2024.9重印）
书名原文：The Lord of the Rings
ISBN 978－7－5327－9321－1

Ⅰ.①魔… Ⅱ.①J…②朱… Ⅲ.①长篇小说—英国
—现代 Ⅳ.①I561.45

中国国家版本馆CIP数据核字（2023）第199052号

魔戒
[英] J. R. R. 托尔金　著　朱学恒　译
总策划 / 宋玲　责任编辑 / 管舒宁　宋玲　宋金　装帧设计 / 张志全工作室

上海译文出版社有限公司出版、发行
网址：www.yiwen.com.cn
201101 上海市闵行区号景路 159 弄 B 座
上海雅昌艺术印刷有限公司印刷

开本 890×1240　1/32　印张 51　插页 18　字数 963,000
2024 年 1 月第 1 版　2024 年 9 月第 2 次印刷
印数：10,001 — 12,000 册

ISBN 978－7－5327－9321－1/I・5811
定价：398.00 元（全三卷）

本书中文简体字专有出版权归本社独家所有，非经本社同意不得转载、摘编或复制
如有质量问题，请与承印厂质量科联系。T: 021－68798999

译 序

给下一个魔戒盛世的备忘录

时光匆匆，从我第一次接触《魔戒》到现在已经超过三十年了。

三十年前的我，绝无可能想象到三十年后的我，会在这边打下这篇给下一个世代的《魔戒》爱好者的备忘录；就像打开这一页的你，也无法想象魔戒的故事会带给三十年后的你什么样的转变一样。

我的书柜里面曾经收藏过一个BBC Radio录制的《霍比特人》的有声书版本，那还是卡带版的，耗费我当年大学时不多的零用钱从英国千辛万苦买来的。但我怕对磁带造成磨损，所以从来没有拆开包装过。几经流历，这些卡带也都不知遗落在历史的哪个角落了。卡带会消失，科技会进化，但经典的文学不会改变。

我当年接触的第一个魔戒游戏，是由《博得之门》系列的发行商Interplay在1993年发行的，当年因为主角霍比特人身材都相当矮小，所以其在台湾的译名叫做《魔戒少年》，它在当年的全球销售表现其实不俗，不过它的档案大小大概没有现在手机游戏《原神》的百分之一；当年资源或许有限，但想象力是无穷的。

这世界上许多的事物都是巧合，就跟现在坐在计算机前的我，本来其实只是要录制一段评论政治的视频，又或者疯玩一局《魔戒》千万徒子徒孙之一的《博得之门3》，但偏偏我家楼上热衷改造的邻居开始拿出电钻来进行延续一年的"房屋改造王特别节目"，于是就有了这一篇导读的出现。

身为牛津大学语言学教授的托尔金，本身创作的动机并不是留名青史，也不是成为伟大作家，单纯只是为了给自己的下一代一篇好的故事，给自己的同胞一个英伦三岛的创世神话，托尔金也没有预料到自己的作品将会成为如此重要的巨作。

如同跋弥（Valmiki）作于公元前300年的《罗摩衍那》奠定了印度整个文学创作与文明的基础；荷马作于公元前750年的《奥德赛》奠定了西方英雄史诗、历险文学的基础；白居易作于公元806年的《长恨歌》也让"渔阳鼙鼓动地来，惊破霓裳羽衣曲"的唐玄宗和杨贵妃的故事永留后世，促生了《长恨歌传》《长生殿》，甚至影响了《源氏物语》。《魔戒》的伟大不单纯在于作品本身，而在于它衍生出来的整个文化冲击，角色扮演游戏、龙与地下城系统、魔兽世界，几乎无一不是出自这个万变不离其宗的宗主。

对于认为语言与文化密不可分，终其一生都在研究语言学的托尔金而言，他所创作出来的精灵语、矮人语才是真正让他大展长才的个人嗜好。我年轻时与国外同好引进的部分研究里面就列出了这些语种。昆雅语(Quenya)——远古的语言，辛达语(Sindarin)——高贵的语言，阿登奈克语(Adûnaic)——努曼诺尔(Númenor)的国语，西方语(Westron)——通用语，帖勒瑞林语(Telerin)——海精灵的语言，多瑞亚林语(Doriathrin)——露西安(Lúthien)的母语，各种人类语言(Various Mannish Tongues)——凡人的悲哀，南多林语(Nandorin)——绿精灵的语言，古辛达语(Old Sindarin)——古精灵语和灰精灵语之间的语言，爱克林语(Ilkorin)——消失的语言，雅维瑞语(Avarin)——总共六个单词，凯萨德语(Khuzdul)——矮人的秘语，树人语(Entish)——不值得说出口的就不要说出口,半兽人语和黑暗语(Orkish and the Black Speech)——为了基本生活需求而发展的基本语言,主神语(Valarin)——宝剑般的光采夺目,古精灵语(Primitive Elvish)———切的最初……

当初我翻译《魔戒》的动机也并不是要成大功立大业,而是单纯地喜爱奇幻文学,当时没有其他人站出来承接这个任务。"少小虽非投笔吏,论功还欲请长缨",我只能以一个电机系毕业的门外汉来跟出版社争取担任翻译的工作,后来的畅销数十万册与版税的故事都已是历史的一部分,这边就不再赘述。但我还是要强调,我翻译的目的从来不是求取一个完美的翻译,而是希望在代代传承之后能够让《魔戒》的翻译越来越好,以待将来啊!

转念一想,托尔金的作品也的确经历过各种媒介的翻译,而且也在这层层翻译转换中继续成长、茁壮繁衍,才有了今日的荣景;John Howe、Alan Lee 的文字转图像的翻译,Peter Jackson 的文字转影像的翻译,其他各种语言的翻译者呕心沥血的转换,才让《魔戒》如此普及。忝为翻译行列的其中一人,我感到十分荣幸。

许多人会质疑在人工智能 AI 的时代之中,传统翻译是否还有必要继续存在。我是相对乐观的。因为即使是目前最先进的人工智能翻译出来的文本,还是缺乏热情的,而没有热情与热爱的翻译,毕竟还是与文学有很长远的一段距离的。

题外话,早些年的中文翻译曾经将托尔金的系列作品翻作《指环王》,译名十分接近日文的版本《指轮物语》,这点一直让我百思不得其解,花了很多功夫翻阅数据之后才知道,"指环王"的翻译不是来自日系汉字,而是来自更早的瓦格纳那部歌剧版本的中文译名《尼伯龙根的指环》(德语 Der Ring des Nibelungen,意为"尼伯龙人的指环")。

这是二十年来,出自我手的《魔戒》的第五个版本了。非常感谢上海译文劳心劳力出版这个新版本。回想起过去那无数个和编辑沟通、与网友讨论推敲、辗转难眠的日子，真是令人感慨万千。我的名字从二十年前翻译《魔戒》时就被认为是个老学究的形象，经过了二十年，我还是没有追上那个老学究的形象，毕竟我骨子里还是一个受理工教育的工程师，文学的体验只是一段精彩的误入歧途的冒险而已。

但，相信《魔戒》的魅力在中文世界里会拥有更多青出于蓝的新世代读者。但愿读者诸君在打开这本书之后，能够像我从《魔戒》之中获得许多智能一样，各位也能够获得祝福，开启智慧与想象力的大门。

谨以此文献给所有已经和即将成为《魔戒》迷的人们，愿你们可以一起顺利地进入这个博大精深的中土世界，享受这个不完美却如此美好的宇宙。是以为记。

目 录

前　言 …… 001
序　章 …… 001

第一卷

第一章　期待已久的宴会 …… 003
第二章　过往黯影 …… 032
第三章　三人成行 …… 064
第四章　蘑菇田的近路 …… 091
第五章　计谋揭穿 …… 107
第六章　老林 …… 123
第七章　在汤姆·庞巴迪的家 …… 142
第八章　古墓岗之雾 …… 157
第九章　在那跃马招牌下 …… 175
第十章　神行客 …… 194
第十一章　黑暗中的小刀 …… 211
第十二章　渡口大逃亡 …… 238

第二卷

第一章　众人相会 …… 265
第二章　爱隆召开的会议 …… 294
第三章　魔戒南行 …… 339

第四章	黑暗中的旅程	…… 370
第五章	凯萨督姆之桥	…… 406
第六章	罗斯洛立安	…… 424
第七章	凯兰崔尔之镜	…… 453
第八章	再会,罗瑞安	…… 472
第九章	大河	…… 489
第十章	远征队分道扬镳	…… 509

插图目录

山丘：河对岸的霍比特屯
101

山下的袋底洞
034

雄鹿地渡口
108

柳树老头
134

布理平面图
176

瑞文戴尔
262

瑞文戴尔西望
353

环镜影湖的迷雾山脉等高线图
381

摩瑞亚之门
383

都灵的大门
386

巴林的墓表
405

马萨布尔史书残页一
407

马萨布尔史书残页二
408

马萨布尔史书残页三
409

罗斯洛立安春天的树林
428

拉洛斯瀑布和燃岩岛
508

Three rings for the Elven-Kings under the sky,
Seven for the Dwarf-lords in their halls of stone,
Nine for Mortal Men doomed to die,
One for the Dark Lord on his dark throne
　　　In the Land of Mordor where the Shadows lie.
One Ring to rule them all, one Ring to find them,
One Ring to bring them all, and in the darkness bind them
　　　In the Land of Mordor where the Shadows lie.

魔戒之歌

天下精灵铸三戒，
地底矮人得七戒，
寿定凡人持九戒，
魔多妖境暗影伏，
暗王坐拥至尊戒。
至尊戒，驭众戒；
至尊戒，寻众戒，
魔戒至尊引众戒，
禁锢众戒黑暗中，
魔多妖境暗影伏。

前 言

　　这个故事是边描述边发展出来的，到后来成了一部记载"魔戒圣战"的历史，其中还包括了好些在这故事之前的更古老历史的简短描述。这故事在《魔戒》前传——《霍比特人》写完并于一九三七年出版之前，就已经展开。但是，在完成《霍比特人》之后，笔者没有继续着手写作续集，因为，笔者想按顺序先完成第一纪元的神话与传奇故事，它们在多年的耕耘下已逐渐成形。笔者写神话故事纯粹是为了自己的兴趣，并不认为别人会对该作品有多大的注意，因为此作品主要是受语言学的启发而开始创作，当初写作的目的，则是为了给"精灵语"提供所需的历史背景。

　　在笔者请教过多人，听完他们的建议与意见后，原先的"并不认为"修正成了"没有希望"；另一方面，有许多读者都想知道更多有关霍比特人及他们冒险故事的消息，笔者在许多读者来信鼓励之下，这才开始了续集的写作。①但是下笔之后，整个故事不受控制一路朝那更古老的世界走去，成了当中的一部分。这个古老的世界，笔者连起头和中段都还没说，就先交代了它的收场与消逝。整个过程是始于写作《霍比特人》，在故事中就已经提到了许多跟远古时代有关的事物与人物：精灵王爱隆、隐藏的王国贡多林、高等精灵和半兽人，以及那些不由自主浮现的掠影，它们的真相比表面更高远深沉，也更黑暗：矮人王都灵、地底王国摩瑞亚、巫师甘道夫、死灵法师索伦，以及至尊魔戒。深入发掘这些浮光掠影的重大意义，以及它们与远古历史的关系，显露了第三纪元的情景及其高潮"魔戒圣战"的来龙去脉。

想要知道更多有关霍比特人消息的读者，最终还是如愿以偿，不过等了很久就是了；因为，整部《魔戒》断断续续从一九三六年写到一九四九年才完成。在这期间，笔者有许多不能荒疏的职责：身为教师与学习者，经常有许多其他的兴趣占据了我的心神与时间。一九三九年第二次世界大战爆发，当然使得进度更加延误，当年年终，《魔戒》首部曲连第一卷都还没有完成。在接下来那五年的黑暗岁月中，笔者发觉要把故事整个放弃也不可能。笔者绝大部分是利用夜间振笔疾书，直到笔者来到摩瑞亚巴林的墓前为止。笔者在该处暂停了很长一段时间，大概在一年之后，才开始继续往下写，并于一九四一年底到达了罗斯洛立安与安都因大河。次年，笔者才完成了现在被归为本书第三卷的初稿，以及第五卷的第一和第三章的开头；安诺瑞安地区烽火四起，希优顿王来到哈洛谷时，笔者又停了下来。之前的构想行不通了，而笔者又没有多余的时间重新思考架构。

到了一九四四年，笔者抛开那场复杂纷乱又情况不明的世界大战——笔者本来有一些战况报道的工作得做——强迫自己去处理佛罗多前往魔多的旅程。这些最后成为本书第四卷内容的故事。笔者每写完一章便寄给当时身在南非，在英国皇家空军中服役的儿子克里斯托弗。但是，这故事目前的结局是又耗费了五年光阴之后才完成的。那些年间笔者搬了家、换了椅子，也换了授课的学院，虽然日子不再像

---

① 托尔金本来准备就此让比尔博告老还乡，"从今以后过着快乐的日子"。同时他也将关于整个架空世界的过往历史的著作《精灵宝钻》（*The Silmarillon*）的草稿交给"艾伦与恩文"（Allen & Unwin）出版社，准备请他们出版。总编辑斯坦利·恩文虽然对于架空世界的设定很感兴趣，却不想出版这本书。后世的读者都应该感谢他，因为他坚持要求托尔金必须撰写《霍比特人》的续集。这才有了震古烁今的《魔戒》三部曲之诞生。

先前那般黑暗,辛劳却未稍减。然后,当"结局"终于达成时,整个故事又必须重新修订,事实上是大幅度倒着重写。然后手稿必须打字,以及重打,都是由笔者自己来,原因很简单,笔者当时实在请不起能够十指运作如飞的专业打字人员。

  自从《魔戒》三部曲出版问世以来,至今已有许多人读过它。笔者读过或收到好些有关这故事背后的动机与意义的各种评论和臆测,在此笔者想对这些评论和臆测说几句话。写作此书最主要的动机是,一个说故事的人希望在那极长的故事里,持续掌握住读者的注意力,逗他们开心,使他们高兴,间或看看能否令他们感到兴奋,或令他们深深感动。怎么写才会吸引人或感动人,笔者只能以自己的感觉做向导来判断何者引人,何为动人,而认为这位向导颇不胜任的人还不少。有些读过本书的读者或写书评的人认为本书无聊、荒诞无稽,甚至是粗俗低劣;笔者对此没有理由不满,因为笔者对他们的作品或他们明显偏爱的那类作品,也有类似的看法。不过,即使是从那些喜爱本书读者的意见来看,故事中依旧有不少情节让他们感到失望。或许,在这样一个长篇故事中处处都取悦每一个人是不可能的,但也不是每个人都不喜欢同样的片段。从许多读者的来信中,笔者发现:同样的段落或章节,有些人认为是瑕疵,有些人却大表赞赏。笔者身为最挑剔的读者,在回头检视本书时,同样也发现了许多或大或小的缺点。幸好,笔者没有答应什么人得写书评或重写本书,因此,针对这些部分,笔者就静默不言了;其中只有一点例外,这是许多读者也提到的:这本书实在太短了。

  至于故事有无任何内在意义或"讯息",笔者下笔时全无这等意图。故事本身既非寓言,也非时事论述。故事随着发展一路往下生根(深入过往),并且伸展出意料之外的枝节;但是因为必须选择至尊魔戒扮演《魔戒》和《霍比特人》之间的连结,所以它的主题起初便已设定。故事中最关键的章节"过往黯影",是最早写成的片段之一。早在一九三九年第二次世界大战的阴影成为无可避免的灾难威胁之前,就已经写成了。即使那场灾难得以避免,故事从"过往黯影"开始一路主要的发展也不会有所改变。故事的源头在笔者心中生成已久,有许多部分也都早已写成白纸黑字,一九三九年所发生的战争对它或它的续集可说是毫无影响。

在真实世界中的战争,不论其过程或结果,都与传奇故事中的战争截然不同。如果真实的战争启发了或引导了故事的发展,那么至尊魔戒一定会被夺来对抗索伦;索伦会遭到奴役而不是被消灭,巴拉多塔会遭到占领而非被彻底摧毁。在抢夺魔戒的任务中失败的巫师萨鲁曼,会在大战的混乱诡谲中,在魔多找到自己穷究魔戒秘辛中那些失落的环节,并且过不了多久就铸造出他自己的大魔戒,用来挑战那自称为中土统治者的人。在那样的冲突中,双方将会恨恶又鄙视霍比特人:他们即使沦为奴隶,也存活不了多久。[1]

根据那些喜欢寓言或真人实事之评论家的趣味和观点,笔者还可以安排出其他类似的情节。但是,笔者彻底痛恨一切寓言式写法,年纪渐长之后更是一直提防不写出只字片语这样的东西。笔者十分偏爱历史,不管是真实的还是虚构的,以及它对读者之经验与思想的种种

---

[1] 由于《魔戒》三部曲可说是西方二十世纪最重要的著作之一,而其完稿的时间又十分接近第二次世界大战,因此有许多想象力丰富的评论家,构思出了各种各样的推断,认为托尔金在撰写小说时刻意引用了许多时事。有人认为至尊魔戒在书中所代表的角色就是原子弹,各方势力努力地想要抢夺这足以控制世界的力量;而唯一能够拥有至尊魔戒的霍比特人,甚至就是第二次世界大战时饱受迫害,却拥有原子分裂秘密的犹太科学家;而萨鲁曼就是阿道夫·希特勒;对于书中的各派系和各势力,也都有各种的推断与猜测。很幸运地,托尔金直到一九七三年方才去世,因此有的是机会针对这些捕风捉影的说法加以反驳,相信读者们也可以从这段文章中看出,托尔金本人有多么痛恨这些说法。

适用性。笔者认为，许多人将"诠释"跟"寓言"弄混了；诠释与否乃全凭读者的自由，但寓言却是全由作者主导。①

当然，一名作者不可能完全不受其经验的影响而写作。但是，一粒故事种子运用其经验土壤的方式与过程是十分复杂的，企图界定其中过程的人，最多只能从所见证据来猜测，然而这证据既不充足，又很含糊。当作家的生活和批评家的有所重叠时，推测两者所经历的思想运动或时代事件对他们必然有着的重大影响，固然是种很吸引人的说法，但却是错的。一个人确实要亲身被战争的阴影所笼罩，才能完全感受到战争的压迫；但是随着时间流逝，大家如今似乎经常忘了，在一九一四年做个年轻人的经验，其可怕又可憎的程度，不亚于涉入一九三九年及其随后数年。第一次世界大战开始四年之后（一九一八年），笔者所有的好友只剩下一人幸存。或者，举个较不那么悲惨的例子：有些人以为，书中"收复夏尔"一节反映了笔者完成故事时英格兰的残破景况。其实不然。它本是故事中的一段重要情节，早在开始下笔时就设想好了，只不过当初并无萨鲁曼这个角色，因此情节的发展稍有不同。当然，笔者得说，该段故事没有以任何寓言方式指涉当代政治。不过，它确实基于本人过去的某些经验，但很微弱（因为当时的经济状况完全不同），而且来源更早。笔者童年所居住的乡间，在十岁之前就已惨遭破坏，那时汽车还是稀有的交通工具（笔者当时从没看过），人们还在兴建郊区的铁路系统。最近，笔者凑巧在一份报纸上看见一张照片，那是当年对我相当重要、曾经兴盛一时的一座磨坊及其池塘没落残破的最后一景。笔者从来不曾喜欢磨坊小主人的长相，但是他爸爸，磨

---

① 奇幻文学中最著名的一个名词："架空世界"（Secondary World），就是由托尔金所创造的。托尔金成功地替魔戒的世界塑造出完整的文化及架空历史，也进而成为许多后世作者效法的对象。

坊的老主人,有一把黑胡子,而且名字不叫山迪曼。①

如今笔者趁着《魔戒》三部曲发行新版的机会,将全书做了一次校订。旧版中的好些错误与矛盾之处都已修订,并且对一些殷勤读者所提出的疑惑,笔者也尝试提供更多的数据来回答。笔者阅读思考过所有读者的意见与要求,如果当中还有某些遗漏,那必定是笔者在笔记整理上有疏失之故。不过,有许多读者的要求只能借由额外增加的附录来回答,或者,事实上笔者该说,是从一份包含许多我没有收入最初版本中之材料的附件而来,尤其是我更详细地列出了语言学方面的信息。这个新版本在此提供了这篇前言,加上了序章和一些注释,以及一份人名地名的列表。这份列表旨在列出完整的项目,而不是为了提供所有的参考数据,因为实在有必要减少它庞大的内容。史密斯夫人(Mrs. N. Smith)为笔者整理了一份能充分运用所有数据的完整索引,但这份索引不属于本书的范围。笔者希望那些曾经读过《魔戒》三部曲,并且从中获得乐趣的读者不会觉得在下不知感恩。取悦读者一直是笔者的目标,这也一直是笔者最期待的回报。即使本书还有疏漏之处,就像是单纯的霍比特人一样,笔者依旧认为这是自己努力的心血结晶。只要笔者还在人世,这些作品就还是笔者的智慧成果;对笔者来说,在毫不告知的情况下出版这些作品是极度不尊重。或许邪恶的萨鲁曼做得出这种事情,但西方秩序的守护者竟然也有这样的害群之马,实在很难让人想象。无论如何,除了这个版本之外,没有任何其他的平装本是在笔者的同意和协助之下出版的。所有愿意尊重在世作者的读者,都应该购买这个版本的作品,而不是其他的版本。那些曾经以许多信件鼓励笔者的读者,如果你们能够介绍朋友阅

---

① 虽然大部分的人都会以为牛津大学教授托尔金是土生土长的英国人,但他实际上是在南非出生的。

读这个版本的《魔戒》三部曲，笔者会更为感激诸位。笔者仅将本书献给那些喜爱它、将它介绍给别人的读者，以及那些在大西洋彼岸的读者。①

---

① 当年此版本是在早期美国知识产权相关法律仍不完善时推出的。盗版的书籍比正版的书籍早出现在美国书市，并且受到全国的瞩目，掀起了奇幻书迷抢购的热潮。因此，出版商巴伦丁公司（Ballantine Books）在获得作者的正式授权之后，特别请托尔金加上这篇前言，以便和盗版的书籍作出区别。让人意外的是，此书所导致的知识产权争议反而让它获得更大的知名度。

序 章

一、霍比特人简介

　　这本书有很大一部分和霍比特人有关,读者可从字里行间稍微认识一点他们的历史,并对他们的性格有比较深入的了解。除此之外,节选自原名《西境红皮书》(*Red Book of Westmarch*)、后以《霍比特人》为名出版的史料中,也有许多相关的记载。该书是由《红皮书》较早的章节选摘出来的,《红皮书》也是由第一位成名的霍比特人比尔博所亲自撰写。由于那段故事所记载的是他前往东方冒险以及归来的过程,因此,他将该故事的副标题命名为"历险归来"。那段冒险稍后牵涉到了所有的霍比特人,以及列在本书中的、该纪元的许多重大事件。

　　不过,有许多人依旧希望在故事开始前多了解一点这个不寻常的种族。同时也有些人手头没有《霍比特人》这本较早期的出版品。针对这些读者,我们特别收集了许多有关霍比特人的相关历史,同时也短暂地回顾一下第一次的历险。

　　霍比特人是个不引人注目,却历史悠久的种族。在古代,他们的数量比目前要多出许多。他们喜欢宁静、祥和及容易耕种的土地,地形平坦和土壤肥沃的乡野是他们最喜爱的地方。他们不喜欢,也不愿意了解比鼓风炉、水车磨坊、纺织机更复杂的机器,但他们十分擅长使用工具。从远古时代开始,他们就不愿意靠近我们这些被他们称为"大家伙"的人类。现在,他们更是刻意避开我们,变得更为罕见。他们听力高超、视力敏锐,虽然他们的身材通常都有些圆润,没必要时也不愿意匆忙,但他们的确拥有敏捷移动的实力。他们天生就能快速无声地隐藏自己,往往用来躲避那些不请自来的高大生物。他们把这项本领发展精炼到在人类眼中像是魔法一般。但是事实上,霍比特人从来不曾研习过任何种类的魔法,他们来无影去无踪的专业技巧是半出于天赋、半出于苦练的成果;而他们与大地之间的亲密联系也是较高大、笨拙的种族所缺乏的,因此才能如此神出鬼没。

他们实际上是相当矮小的种族,体型比矮人们还要小。他们不像矮人那般结实粗壮,身高则不比他们矮多少。以我们的尺度来看,他们的身高从二呎[①]到四呎都有。但现在他们极少长到三呎以上,根据他们的说法,他们的平均身高比以前要缩水了。根据《红皮书》所记载,绰号"吼牛"的埃森格林二世之子班多布拉斯·图克,身高竟达四呎五时,甚至可以骑乘马匹。霍比特人历史上只有两位著名的人物比他高,本书稍后会提到这个有趣的话题。

接下来,该介绍一下本书中世居在夏尔地区的霍比特人了。在和平丰饶的年代中,他们过着与世无争的快乐生活。他们穿着鲜艳的衣服,特别喜欢黄色和绿色。不过,由于他们的脚掌有着坚硬的肉垫,又长着与他们头发同样厚重的褐色卷毛,所以他们都不太需要穿鞋子。因此,他们极少使用的技艺就是制鞋这门功夫。但他们依旧拥有相当纤细、灵巧的手指,能够使用各种各样方便的工具。霍比特人的长相不适合用"美丽"来形容,而适合以"温和、善良"来描述:圆脸、明亮的双眼,红扑扑的双颊,习惯于露出友善微笑、享受美食及美酒的大嘴。而他们也的确没有辜负天赋的那张嘴,经常开怀大笑、吃吃喝喝,

---

[①] 本书中所出现的呎(feet)、时(inch)及哩(mile),均视作虚构奇幻世界中的长度单位,不与现实世界的度量衡一一对应,故均保留现有译法,不以编校规范改成"英尺""英寸"及"英里"。下同。——编者注

喜欢在生活中开些无伤大雅的小玩笑，而且一天要吃六餐（当他们有得吃的时候）。霍比特人十分好客，喜欢举办宴会和赠送礼物，不管是收礼者或送礼者，都会在这过程中觉得十分开心。

很明显，即使霍比特人在进化的过程中走上了和人类不同的道路，但他们依旧是我们的近亲，远比精灵和矮人要接近我们的血统。自古以来，他们就以自己的腔调使用人类的语言，对事物的好恶也多半和人类相同。可惜的是，我们彼此之间的真正关系，早已流逝在历史的长河之中。霍比特人诞生的传说，早已被埋葬在上古的断简残篇之中，只有精灵还依旧保存着这些远古时代的记录，而那些记录的内容，几乎全都只和他们自己的历史有关，人类只是其中微不足道的配角，霍比特人更是从未出现的生物。不过，即使没有文献支持，我们也可以确定，霍比特人在其他种族意识到他们的存在之前，早已静静地在中土世界中居住了许多年。毕竟，该世界充满了各种玄奇诡异的生物，渺小的霍比特人似乎微不足道。不过，在比尔博以及他的继承人佛罗多的年代，他们不由自主地突然间成为历史演变的焦点和重心，所到之处，让贤者和帝王们也为之震动。

那些日子就是中土世界的第三纪元，现在早已成为上古的历史。当时的地理和景物也都早已改变了，但霍比特人当年居住的地方，毫无疑问，和他们目前出没的区域依旧相同：古代世界的西北方，在大海的东方。但比尔博时代霍比特人对于他们最初的居住地点则不甚知晓。喜爱阅读和研究的霍比特人并不多（充其量就是看看家谱而已），但依旧有些古老家族的传人潜心研究古书，甚至收集古代或遥远之地传来的精灵、矮人和人类的典籍。他们的历史记载是从定居于夏尔之后开始的，他们最古老的传说，最多也不过追溯到他们的"漫游时期"。从他们的谚语、习俗中分析，我们可以很清楚地发现，霍比特人和其他种族一样，是从远古时期就开始往西迁徙。他们最早的传说似乎描述了一个居住在安都因河上游谷地的年代，就在巨绿森林边缘和迷雾山脉之间。他们为什么冒着危险穿越险峻的山脉进入伊利雅德，原因已经无法确定。他们自己的传说记载则表示是由于人类在该地的繁衍，以及有股阴影入侵森林的结果。稍后，那座森林陷入黑暗的笼罩之中，因此改名为幽暗密林。

霍比特人在跨越山脉迁徙之前，就已经分成了三个不同的聚落：哈伏特、史图尔、法络海。哈伏特一族的皮肤比较偏褐色，身材比较矮小，他们不长胡子，也不穿鞋子。他们的手脚都很灵巧，喜欢居住在高地和丘陵边。史图尔一族身材比较壮硕，手脚的尺寸都比较大，喜欢居住在平地和河边。法络海一族的皮肤则比较白，头发颜色也较淡，身材比其他两族要高瘦，喜欢居住在森林和树木附近。

哈伏特自古以来就和矮人有很深的关联，长久居住在高山底下的低矮丘陵地带。他们向西迁移的时间比较早，远在其他人都还在大荒原活动时，他们就已经进入伊利雅德，甚至到达风云顶一带。他们是最典型的霍比特人，也是数量最多的。他们倾向于长久居住在同一个地方，并一直保留着自古以来居住在洞穴和隧道中的习惯。

史图尔一族大半时间都是居住在大河安都因沿岸，和人类比较亲近。他们在哈伏特之后才往西迁徙，沿着喧水河往南前进。有许多成员在塔巴德和登兰德流连了相当长的时间，最后才继续往北迁移。

法络海一族是数量最少的霍比特人，也是来自北方的分支。他们与精灵的关系比其他霍比特人都要来得友好，在语言和歌谣上的天分也远超过手工艺上的表现。他们自古以来就较热衷打猎谋生，而不是辛勤耕种。他们从瑞文戴尔北方横越山脉，来到狂吼河流域。很快地，他们在伊利雅德就和比他们早来的同胞们混居在一起，不过由于他们天性勇敢，具有冒险精神，因此常常成为一群哈伏特或是史图尔人的领袖。即使在比尔博的时代,图克家和雄鹿地的地主等大家族中,依旧明显流传有法络海的血脉。

在伊利雅德的西边,介于迷雾山脉和卢恩山脉之间的区域,霍比特人遇上了精灵和人类。事实上,登丹人残存的后裔仍旧居住在那里,他们是从努曼诺尔渡海而来的皇室血脉。不过,他们的人数正迅速减少,而他们建立的北方王国也快速衰败,逐渐化成废墟。对于所有的新移民来说,这里充满了机会和空旷的土地,因此不久之后霍比特人就开始在此地建立了秩序井然的聚落。到了比尔博的时代,早期的屯垦区大都已经消失和遭到废弃,只有一个早期最重要的屯垦区存留下来,只是大小缩减许多。它的位置大约在现今的布理和契特森林一带,在夏尔东方约四十哩之处。

毫无疑问,霍比特人就是在那段垦荒时期,从登丹人那边学到文字和书写的方式,而登丹人则是在更久以前从精灵那里学到这些技巧。在那段时期,霍比特人也渐渐遗忘了原先所使用的语言,开始说起又名"西方语"的"通用语",它是当今从亚尔诺到刚铎所有人皇统治之地,以及自贝尔法拉到隆恩沿岸所使用的语言。不过,他们依旧保留了不少自古拥有的词汇、对月份和时间的称呼,以及许多自古传承下来的人名。

大约在这个时候,霍比特人开始有了记年的方式,并且开始撰写历史。在第三纪元一千六百零一年时,法络海一族的两兄弟马丘和布兰寇,率领着一大群霍比特人离开了布理,在佛诺斯特的国王①同意之下,渡过赭河巴兰督因。他们通过了北方王国在全盛时期所兴建的石弓桥,将眼前直到远岗之间的土地通通占为己有,并且定居下来。当

---

① 根据刚铎的史书记载,这是亚瑞吉来布二世,北方王国皇族的第二十代。这一系的血脉在三百年后到亚帆都告终。

时国王对他们的要求只有定期维修大桥，以及维持其他的桥梁和道路状况良好，以便利国王的信差通行，并且承认国王的统治权。

这就是夏尔开垦纪元[①]（夏垦）的开始，他们将渡过烈酒河（霍比特人将河的名称也改掉了）的那年定为夏垦一年，日后所有的历法都以此年为元年。来到此地的西霍比特人立刻爱上了这块新土地，于是他们世代定居，不久之后，他们再度从人类和精灵的历史中消失。虽然在名义上他们依旧被一位国王所统治，但事实上，他们都是由自己的酋长所管理，和外界毫无往来。在佛诺斯特与安格玛巫王的最后战役中，他们派出一队弓箭手增援国王（不过，这是他们的说法，人类的历史则对此毫无记载）。在那场战争中，北方王国就此灭亡，而霍比特人也自然顺理成章地接收这块土地，他们从酋长中选出了一名领主，来维持各聚落之间的秩序。之后的一千年，他们极少受到战火的波及。在黑死病（夏垦三十七年）大流行后，他们继续繁衍兴盛，直到大寒冬和紧接而来的饥荒对他们造成了重大的打击。成千上万人死在那场灾难中，但在这故事开始的时候，大荒年（夏垦一一五八年到一一六〇年间）已经成了过去的历史，霍比特人又再度习惯了丰饶的生活。这里的土地肥沃，适于耕种，虽然在他们到来时早已荒废，但在那之前历代的国王曾经在此开垦绵延不绝的农田、玉米田、葡萄园和林场。

这块从远岗到烈酒桥约一百二十哩，由北至南方的草原约一百五十哩的区域，就是霍比特人口中的夏尔，也是他们领主的统治范围。在这与世隔绝的恬淡生活圈中，他们井然有序地过着自己的生活。霍比特人愈来愈不注意外面那有邪恶横行的世界，直到他们认为祥和与富庶就是中土世界所有理性族群该享受的成果。他们忘却或忽略了

[①] 因此，夏垦纪年的数字加上一千六百，就可以得出精灵和人类在第三纪元中的纪年。

对守护者仅有的了解，以及他人曾经为夏尔长久的和平所付出的努力。事实上，霍比特人一直都处在保护下，只是他们不记得这件事了。

霍比特人从来不是好战的种族，更不可能自相残杀。当然，在远古时他们也必须为了在残酷的世界中生存而战斗。但到了比尔博的年代，那都早已成了褪色的历史。在本故事开始之前的最后一场战斗，事实上也是唯一一场在夏尔边界上打过的仗，已经没人记得了：那是夏历一一四七年的"绿野之战"，班多布拉斯·图克驱走了一队入侵夏尔的半兽人。随着气候渐渐变暖，以往会在寒冬时大举入侵的狼群，也成了老祖母讲的床边故事。因此，夏尔地区的霍比特人虽然还有武器，但多半是被当作收藏品挂在墙上或是壁炉上，再不然就是放在米丘窟的博物馆中展览。博物馆又叫作"马松屋"，因为霍比特人都把那些用之无益、弃之可惜的东西叫作马松。他们的住家一不小心就会被各式各样的马松所挤满，他们之间经常转手的礼物，有很大一部分属于这类物品。

相当有趣的是，即使在这么优渥的生活中，这个民族依旧相当强韧。事实上，他们很难受到威吓或是被杀害。他们对于美食和锦衣的着迷仅是一种兴趣，并不会因为少了这些东西就做不成事。霍比特人可以承受天灾、敌人各种各样的折磨而不会轻易倒下。许多只从他们的身材和红润的脸蛋来判断的外人，往往会对这个种族的韧性大感吃惊。他们极不容易被激怒，而且除了狩猎之外不喜欢玩弄动物。不过，在走投无路的状况下，霍比特人会展现出惊人的勇气和实力，当然更不会在使用武器上有所迟疑。由于他们的目光锐利、手劲精准，霍比特人在弓箭上的表现相当高超。除此之外，如果任何一个霍比特人开始捡拾石头，附近的敌人最好赶快找掩护躲避——在聚居地附近的野兽对此有许多惨痛的经验。

所有的霍比特人一开始都是居住在地底的洞穴中。至少他们自己如此相信，因为他们在这类的住所中也觉得最自在。不过，在岁月流逝的曲折中，他们也不得不采纳其他的居住方式。事实上，在比尔博的年代里，夏尔一带只有最富有和最贫穷的霍比特人才保留这古老的习惯。穷苦人家就在地面随便挖个洞，有时甚至连个窗户都没有；富有的家庭则是可以建造仿古的豪华地穴。但是，适合建造这类四通八达隧道（他们称之为"地道"）的地点并不好找，因此在霍比特人不断繁衍的状况下，他们开始在地面建造居所。事实上，即使是在山区或是比较古老的聚落，如霍比特屯或塔克镇，或位在白丘的夏尔主镇米丘窟，都有许多用木头、砖块或是石头造的房子。铁匠、磨坊主人、制绳匠、车匠以及其他这类匠人，特别偏好地面的居所。霍比特人即使有地洞可以居住，他们也早就适应了在地面上建造房屋和工作室的做法。

  据说，兴建谷仓和农舍的风潮是从烈酒河沿岸沼泽地开始的，该处的霍比特人身材都比较壮硕，在泥泞的环境中会穿着靴子。他们有着相当浓厚的史图尔血统，从下巴上的胡子就可以看出来。有哈伏特或是法络海血统的都不会长出任何的胡子。事实上，沼泽地以及占据河东雄鹿地的霍比特人，大都是在稍晚时期才从南方进入夏尔，他们当中至今仍有一些特殊的方言和姓名，是夏尔其他地区的人所没有的。

  霍比特人建造房屋的技艺，很可能和其他大多数技艺一样，是从登丹人身上学来的。不过，霍比特人也有可能从人类的导师——精灵身上，直接学得这些技能。因为当时高等精灵尚未舍弃中土世界，他们依旧居住在西方的灰港岸，精灵其他的聚居地也都距离夏尔不远。三座从远古就存在的精灵塔依旧矗立在西境之外的远方。它们在月光的照耀下会反射出灿烂的光芒。最高的精灵塔距离也最远，耸立在一座绿色的山丘上。根据西区霍比特人的说法，如果站在塔顶，甚至可以看到大海。不过，从来没有霍比特人爬到塔上过。只有极少数的霍比特人曾经见过大海，或是在海上航行，更少有人能够回来与大家分享他们的经验。大多数的霍比特人都对小溪和小船抱持着极端不信任的态度，会游泳的就更少了。他们在夏尔定居的时间一久，和精灵之间的接触也渐渐变少。他们开始对精灵感到害怕，甚至不信任那些和精灵保持接触的同胞。海这个字成了恐惧的符号，更成了死亡的代称。因此，他们的目光远离了西方的丘陵。

不论建筑工艺是传承于人类还是精灵，霍比特人已开创出一套自己的风格。他们不喜欢建造高塔。他们的房子通常低矮、宽敞、舒适。事实上，霍比特人最早期的建筑不过是以干草或瓦片覆盖，模仿隧道的圆墙泥屋，不过，那是古夏尔才见得到的景象。随着时代的变迁、工具的演进，霍比特人也从矮人那边学到或自行研发出不少新技术。对圆形窗户和圆门的偏好是霍比特人现代建筑存留下来的特色。

夏尔地区霍比特人的屋子或地洞通常都很大，里面住着庞大的家族。（单身的比尔博和佛罗多是极为少见的特例，不过，他们特立独行的风格也不止这一桩，两人和精灵间的友谊就是另一个例子。）有些时候，像是大地道的图克家或是烈酒厅的烈酒鹿家，好几世代的各等亲属都相安无事（这是比较性的说法）地居住在古老、幽深的大宅或许多地道的洞穴中。在大多数的情况下，所有的霍比特人都是以家族为重，并且十分看重彼此之间的亲属关系。他们会精心绘制细琐繁复的族谱，追溯任何一条分支出去的谱系。在和霍比特人打交道的时候，了解谁和谁有什么亲属关系、该关系有多深是很重要的一门学问。由于数据太过丰富，本书甚至无法列出当时重要家族的简略族谱来。《西境红皮书》末的谱系几乎可以自成一书，但除了霍比特人之外，读者多半都会觉得它们很无聊。如果族谱够精确的话，霍比特人倒是可以自得其乐，他们喜欢记述那些早已知道事实的书籍，叙事的方式最好是平铺直叙，不互相矛盾。

二、烟草的历史

古代霍比特人还有另一项令人惊异、必须提及的特点，他们有一种特殊的习惯：利用陶管或木管吸取一种草药的叶子，他们称这些植物为烟草或烟叶，多半是烟草属植物的某个亚种。这种习俗（或是霍比特人惯称的"艺术"）起源仍是一团谜。所有关于烟草历史的资料，都是由梅里雅达克·烈酒鹿（稍后成为雄鹿地的领主）所收集查访出来的。由于他和夏尔南部的烟草在本书稍后的章节中占有相当的地位，因此，我们必须引述他在《夏尔药草录》中的记述。

"这门独特的艺术，"他说，"确实是由我们所自创的技艺之一。现在已经无人确知霍比特人从什么时候开始吸烟了，所有传说和家族史都将这习俗视为理所当然。世世代代以来，夏尔的人们吸着不同品种的烟草，有些比较浓烈、有些比较香甜。不过，所有的记载都同意，夏尔南部长底区的托伯·吹号者是第一个在家中花园种出烟草的，时间大约是在埃森格林二世在位时，约莫是夏垦一〇七〇年。目前最佳的自产烟草依旧来自该区域，尤其是被称为长底叶、老托比和南星的三个品种。

"史书中并没有记载老托比到底是怎么找到这种植物的，因为他到死也不愿透露其中的秘辛。他对药草有相当深入的研究，却不是喜欢四处游历的人。据说他年轻时常常前往布理，但该地多半也就是他足迹所至离夏尔地区最远之地。因此，他很可能是在布理学到了有关这种植物的一些知识，而在该地丘陵的南坡现今也生长着许多的烟叶。布理当地的霍比特人声称他们才是开启吸烟记录的创新者。当然，他们也声称自己是所有事情的创始者，远早于那些被他们称为'殖民者'的夏尔居民。不过，我认为，在这个事件中，他们的声明多半是有根据的。就这样，抽烟斗的艺术从布理往外传，在近几个世纪中，许多矮人以及其他的像是巫师、游侠或漫游者，也都养成了这个习惯，在荒野巧遇时会入境随俗地分享彼此的烟草。这门艺术的缘起之地和大本营是布理的老旅店'跃马'。从人们有记忆以来，这家旅店就一直是奶油伯家族在经营。

"然而,就我多次南行旅行的观察结果,我判断这种植物并非本地土生土长,而是从安都因河下游传衍过来的。我怀疑更早的起源是西方的努曼诺尔人渡海时携带过来的。这类植物在刚铎生长得十分茂盛,体型比北方大多数品种都要硕大。烟草在北方向来无法在野地生存,必须在长底这类拥有遮蔽的温暖地方才能生长。刚铎的人类称它们为'香甜花',只看重其花朵所发出的独特香气。一定是在人皇伊兰迪尔来到中土至今的数千年岁月中,人们将它沿着绿大道传播而进入夏尔的。不过,即使是刚铎的登丹人也不敢掠霍比特人之美,霍比特人的确是第一个将它们放入烟斗中享受的民族。在我们之前,即使是巫师们也没有想到可以这样做。不过,我倒是知道有一名巫师很早就接受了这项艺术,并且将它练习得与他愿意花心思的其他技巧一样熟练。"

三、夏尔的风土民情

夏尔可以分成东、南、西、北四大区,每个又再分成许多更小的区域。这些小区域至今仍有不少是用过往的大家族姓氏来命名。不过,到了这本书落笔的年代时,这些家族早已不局限于居住在那些区域中。几乎所有的图克家人依旧住在图克地,但有许多其他家族,像是巴金斯家和波芬家就早已四处迁徙。在夏尔四区之外是西境和东境,雄鹿地和西境是在夏垦一四六二年之后才并入夏尔地区的。

此时的夏尔几乎没有任何政府组织,大多数的家族自理一切的事务。种植作物和吃掉这些东西占据了他们大部分的时间。除了这两个方面之外,一般来说,他们都是慷慨而不贪婪、满足而谦逊的。因此,房屋、农地、商店、工作室通常都会代代相传,没有什么变化。

当然,此地仍流传着自古以来尊重北方佛诺斯特国王的传统(霍比特人都将该处称作诺伯里）。不过，霍比特人已经有一千多年没有国王的统治了，诺伯里也早就淹没在荒烟蔓草之中。在霍比特人间依旧会提到所谓的野人和怪物（像是食人妖），并且抱怨这些家伙在国王在位期间都不曾出现过。霍比特人也将所有的律法归功于古代的国王，通常他们也只不过是"自律"两字而已，因为他们认为这种律法不但历史悠久而且公正，没有修改的必要。

图克家族一直以来都拥有很大的影响力，因为领主的位子后来是由他们所继承（由老雄鹿家在几百年前禅位给他们），从那以后，图克家的家长一出生就拥有这个头衔。领主是夏尔议会的议长，也是夏尔民兵和夏尔义勇军的将军。不过由于议会和民兵都只有在紧急的时候才会召集，因此领主的头衔就变成单纯名誉上的称号。不过，图克家族依旧受到相当尊重，因为他们的人数依旧众多，财富也依旧惊人。几乎每一个世代图克家都会有奇人异事发生，甚至偶尔还会有充满冒险精神的子孙出现。后面这种特性，到目前为止，也仅止于受到容忍（在富人之间），而无法广为接受。另一项古老的传统则是将家族的家长称为图克，名字后面再附上数字，就像是埃森格林二世一样。

在这个时候，夏尔地区唯一的官员，就是米丘窟的市长（或是称作夏尔的市长），这是每七年在夏至时于白丘上举行的自由嘉年华中选出的。市长最主要的任务就是主持霍比特人频繁假日中的重大宴会。不过，市长也必须兼任邮政总局局长和警察总长的工作，所以他必须要管理邮政业务和守望相助的事务，这两者也是夏尔地区唯一提供的公共服务。邮差是两项业务中人数较多，也较为繁忙的工作。虽然不是每个霍比特人都会书写，但有些停不了手的霍比特人会经常写信给所有在轻松散步路程之外的朋友（或少部分的亲戚）。警长是霍比特人对他们执法人员的称呼。他们并没有统一的制服（霍比特人没有这种概念），只在帽子上多插一根羽毛作为识别。不过，他们的工作与其说是维持秩序的警察,不如说是守卫还来得恰当些;他们大部分的时间都用来驱赶迷途的野兽。全夏尔只有十二名警长,东南西北四区各三名,他们主要负责的是"内部事务"。另外有一群人数不等的雇员,则负责监控边境,不让大大小小的外来生物造成霍比特人的困扰。

  本故事开始的时候,这些被称为边境警卫的雇员数量正大幅增加。因为各地都传来许多有关诡异动物或人物在边境徘徊,甚至入侵疆界的报告。在传说和历史中,这正是乱世将临的征兆。但没有多少人注意到这征兆,连比尔博都没有预料到即将发生的危机。比尔博踏上那场冒险旅途之后已经过了六十年了,即使对以百岁方算长寿的霍比特人来说,他也已经成了高龄人瑞,不过他从冒险中携回的财富依旧没有枯竭的迹象。他真正的财力从来不为人所知,连他最钟爱的侄子佛罗多也不例外,而当年找到的魔戒依旧被他秘密地保管着。

四、魔戒现世

  正如《霍比特人》中所记载的一样,某天灰袍巫师甘道夫来到比尔博的家门前,身旁还跟着十三名矮人。他们是皇族血统继承人索林·橡木盾和他被流放的十二名伙伴。比尔博在自己也意料不到的情况下,和这群同伴一起出发,当时是夏星一三四一年四月的一个清晨。他们这趟冒险的目的,是寻找一笔皇家藏放在河谷镇东方依鲁伯山中的宝藏。这趟冒险最后成功了,霸占宝藏的恶龙也被消灭。但是,在宝藏真正被夺回之前,突然发生了意料之外的"五军之战",索林光荣战死,那场大战中还发生了许多可歌可泣的事迹。不过,由于这战役对于稍后的历史并没有决定性的影响,因此,在第三纪元的茫茫历史长河中,这充其量不过被视为一场意外的遭遇战。在一行人抵达矮人王国前,他们在大荒原迷雾山脉中的某个隘口遭到半兽人的追击,比尔博意外地迷失在山腹内半兽人幽暗的矿坑中。当他在黑暗中摸索前进时,竟然在隧道的地面上摸到了一枚戒指。他将这视作好运的象征，把戒指收到袋中。

比尔博试着寻路逃出矿坑，他一路来到了坑道的最深处。那里有一片与光明隔绝的冰冷地底湖，湖中的岩石小岛上住着一个怪异的生物"咕鲁"。咕鲁有着大而发亮的双眼，让他可以用细长的手指捕捉湖中的盲眼鱼，并且生吃它们。平常咕鲁用扁平的双脚推动小船在湖中移动，只要他能够不费气力地弄死对方，任何生物都是他的食物，连半兽人也不例外。他拥有一个许多许多年以前找到的宝物，当时他还居住在光天化日之下：那是一枚金色的戒指，可以让佩戴者隐形。那是他最珍爱的东西，是他的"宝贝"，即使他没把戒指带在身上，他还是会和它讲话。他一向都把戒指藏在岛上的小洞中，只有狩猎和偷窥半兽人时才戴它。

当咕鲁和比尔博碰面时，如果戒指还在咕鲁身上，他可能会立刻攻击比尔博。但戒指当时不在他身上，而比尔博手上又握着一柄精灵的短剑。因此，为了拖延时间，咕鲁向比尔博挑战猜谜，表示如果比尔博猜不出他的谜语，就得让他杀死并且吃掉，但如果比尔博击败了他，他就会遵照比尔博的指示，带他离开矿坑。

由于比尔博已在黑暗中迷了路，更无逃离的可能，他只好接受了这挑战。两人轮流出谜题给对方猜。最后，比尔博靠着好运（至少那时他是这么以为的）而非机智赢得了这次的比赛。因为当时他已经想不出任何谜题来问对方，而他的手意外碰到了口袋中之前捡到的戒指，于是脱口说道：我的口袋里有什么东西？咕鲁回答不出这个问题，但他还是要求有三次猜答案的机会。

读者应该都同意，如果根据游戏的规则来看，这其实根本是个"问题"，而不是"谜题"。但是咕鲁既然接受了这挑战，要求有三次猜答案的机会，就表示他接受了这题目，而且不得反悔。比尔博逼着咕鲁遵守诺言，因为他突然想到，搞不好这家伙是个连指天对地发重誓都可以反悔的诡诈生物。的确，咕鲁在黑暗中待了很长的一段时间，连心肝也变黑了，心中更充满了各种诡计。他悄悄溜回比尔博所不知道的湖中岛去，浑然以为自己的戒指还藏在该处。他现在又饿又怒，一旦让他戴上他的"宝贝"，他就不怕任何武器的攻击了。

但是那枚戒指并不在岛上，戒指不见了。他的嘶吼声让不明就里的比尔博浑身打颤。最后，咕鲁终于猜到了，却为时已晚。它的口袋里有什么？他大喊，双眼中闪动着怨毒的绿色火焰，快步往回赶向比尔博，准备杀死他，夺回他的"宝贝"。比尔博在千钧一发中意识到自己的危险，连忙往湖水的相反方向盲目奔跑，又一次侥幸地逃过危难。因为当他手插在袋中跑步时，戒指悄悄滑上他的手指。不知情的咕鲁就这样冲过了隐形的比尔博身边，气急败坏地准备守住出口，不让"小偷"逃走。比尔博跟着不停咒骂的咕鲁一路前进，从咕鲁谈论"宝贝"的自言自语中，比尔博猜到了真相。在一片黑暗中他的心里燃起了希望：他拾到了一枚神奇的戒指，同时也有机会逃出咕鲁和半兽人的追杀。

最后，他们来到了一扇通往矿坑出口的秘门，这出口位于山的东面。咕鲁趴在该处，耐心地嗅着、倾听着一切的动静。比尔博几次想要用短剑杀死他，但恻隐之心阻止他动手。虽然这戒指给他希望可以助他逃亡，但他却不愿利用这种优势杀死这可怜又卑鄙的家伙。最后，他鼓足勇气在黑暗中跳过咕鲁，拼命冲出隧道，身后传来咕鲁充满怨恨和绝望的哭喊：小偷！小偷！姓巴金斯的家伙！我和宝贝恨你一辈子！

不过，比尔博第一次对同伴透露这段经历时的说法并非如此。他对同伴说的是，如果他赢得比赛，咕鲁答应送他一个礼物。但是当咕鲁回到岛上去找寻那个他在许久之前的生日时获得的魔法戒指时，戒指已经不见了。比尔博猜到这就是他捡到的戒指；而既然他已经赢得了比赛，这戒指自然就是属于他的财产了。不过，由于处境所逼，他并没有多言，只是要求咕鲁带他出去，用这替代原本答应给他的礼物。比尔博在自传中一直是这样写的，即使是在精灵王爱隆所召开的会议之后，他还是没有修改这段记载。很明显，在最早版本的《红皮书》中依旧是如此记载的，这可从好几种流传下来的抄本中发现。不过，仍有许多版本记述的是当时发生的真相，很显然是由佛罗多和山姆的笔记中所推断出来的。这两人都知道真相，但他们似乎不太愿意修改长辈所亲手写下来的史料。

但是，甘道夫却从一开始就不相信比尔博最早的说法，他也一直对该戒指的真正背景感到好奇。最后，他终于从比尔博口中套出了真相，那让他们之间的关系十分紧张了一阵子。但甘道夫似乎非常重视这件事情的真相。虽然他没有对比尔博明说，但他也对此事感到十分忧虑；因为这个善良的霍比特人竟然没有一开始就照实说，这和他平常的个性实在大相径庭。"礼物"这个说法，也不是比尔博凭空想象出来的，他稍后承认偷听到咕鲁自言自语说那是他的"生日礼物"。这也让甘道夫感到十分奇怪和怀疑。但是，直到多年以后，也就是在本故事中，他才发现了事实的真相。

比尔博稍后的冒险情节在此就无须赘言了。在戒指的帮助之下，他躲开了门口的半兽人守卫，加入了同伴的行列。在这趟旅程中他多次使用这枚戒指，大多数都是为了帮助同伴们；但有关这戒指的存在，他一直尽可能地对伙伴们守口如瓶。在他回到老家之后，他也仅对甘道夫和佛罗多透露这戒指的存在。他认为夏尔地区没有其他人知道这枚戒指，也只有佛罗多看过他正在写的游记草稿。

比尔博将他的宝剑"刺针"挂在壁炉上，矮人从恶龙宝藏中送给他的华美锁子甲，则被他借给米丘窟的博物馆展览。但是，在袋底洞的一个抽屉中，他依旧完好地保存着旅程中所穿着的斗篷和兜帽，而那枚戒指则是挂在链子上，安全地放在他口袋中。

他在五十二岁的时候回到了袋底洞的老家（夏垦一三四二年六月二十二日）。此后一切平静无波，直到比尔博开始准备他第一百一十一岁的生日宴会（夏垦一四〇一年），历史的巨轮再度开始运转……

五、有关夏尔的历史记载

在第三纪元进入尾声时，由于霍比特人在历史的重要事件中扮演了不可忽视的角色，因此让夏尔也加入了重联王国的阵营；这也唤醒了他们对自己历史和传统的重视，连许多口传的资料都再度被人收集和记载下来。大家族中开始有人关切四周王国的兴盛衰亡，更开始研读远古的传说和历史。到了第四纪元的第一世纪结束时，夏尔地区已经建立了几座拥有许多历史典籍的图书馆。

藏量最丰的图书馆是烈酒厅、大地道和塔下这三座图书馆。这些有关第三纪元结尾的相关记载大多数是来自《西境红皮书》。"魔戒圣战史"最重要的参考数据，之所以被如此称呼，乃是因为它长期被保存在塔下，西境首长[①]费尔班的家中。起初它是比尔博的私人日记，被他带到了瑞文戴尔去；佛罗多将它和许多散落的笔记一起带回夏尔来。在夏垦一四二〇年到一四二一年之间，他又将自己的亲身体验记录在这些笔记中。和这本日记一起收藏的，是放在红盒子中三本以红色皮面装订的书册，这是比尔博送给佛罗多的临别礼物。除了这四本史料之外，在西境当地又额外增加了第五本有关魔戒远征队中霍比特人的族谱、评论等资料。

[①] 请见附录B：夏垦1451年、1462年、1482年，以及附录C结束时的说明。

最原始的《红皮书》并没有保留下来，但有许多抄本留存，尤其是第一册的抄本数量最多，以供山姆卫斯大人的子孙保存。不过，最重要的抄本却有完全不同的背景。那份抄本被保留在大地道图书馆，却是在刚铎完成的。它多半是在皮瑞格林的曾孙要求之下，于夏垦一五九二年完成的（第四纪元一七二年）。负责抄写的书记，在这段记录后面加上了额外的数据：芬德吉尔，国王的书记官，完成于第四纪元一七二年。这是米那斯提力斯的《领主之书》的完整抄本。该本《领主之书》又是在伊力萨王的命令之下转抄自《派里亚纳红皮书》①，而这本书则是领主皮瑞格林在第四纪元六十四年至刚铎养老时带给他的。

《领主之书》因此成为红皮书的首抄本，其中包含了许多稍后失落或是被删减的史实。它在米那斯提力斯又经过了许多次的批注和修正，特别是针对精灵语的姓名、用词和引述上，都做了大幅度的校对。此外，又增加了未曾记载在魔戒圣战正史中的《亚拉冈和亚玟的传说》节略版。据信，该段完整的故事是在宰相法拉墨过世不久之后，由他的孙子巴拉西尔所撰写的。但芬德吉尔抄本真正重要的一点是，只有它包含了比尔博全部的《精灵史转译本》。这三大册史料是比尔博利用一四〇三年到一四一八年之间，他居住在瑞文戴尔的宝贵时光所撰写的。他参照了许多该处的典籍、访谈了尚存人世的耆老，利用极佳的考证和论学技巧完成了这转译本。不过，由于这些全都和远古史有关，对佛罗多也没有多大用处，我们在此就不再提及。

由于梅里雅达克和皮瑞格林都成为他们庞大家族的家长，同时也和洛汗国以及刚铎保持良好的联系，所以两人所居住的雄鹿地与塔克镇的图书馆，都保存有许多《红皮书》中未见的史料。在烈酒厅中有许多

---

① 派里亚纳，是灰精灵语中对霍比特人的称呼。由于他们在魔戒圣战中表现出惊人的勇气及力量，人类和精灵稍后在歌谣中都以此名歌咏霍比特人。

关于伊利雅德和洛汗国的历史，有些甚至是由梅里雅达克亲自撰述的。不过，在夏尔地区，他最著名的著作是《夏尔药草录》，以及讨论了夏尔地区、布理的历法与瑞文戴尔、刚铎和洛汗国之间历法差异性的《论历法》。除此之外，他也写了一篇题为《夏尔古语及姓名》的短论文，其中展现了洛汗语与"马松"等"夏尔词汇"以及古地名的关联性。

在大地道图书馆中的藏书则对夏尔居民们没有多大意义，但对于宏观历史来说则有价值多了。这些数据都不是由皮瑞格林撰写的，而是他和后代子孙收集的许多由刚铎文书官所转录的史料：主要都是有关人皇伊兰迪尔和他子嗣的历史或传说。在夏尔地区，只有这座图书馆拥有努曼诺尔的详尽历史数据以及索伦崛起的记录。著名的《古书纪》可能就是配合梅里雅达克所收集的史料，在这座图书馆中所完成的[①]。虽然《古书纪》中的时间多半有些模糊，特别是第二纪元的相关事件，但这依旧是值得注意的一本巨著。这些史料可能是梅里雅达克在多次拜访瑞文戴尔中所得来的。虽然精灵王爱隆当时已经离去，但他两个儿子和一些高等精灵依旧停留在该地。据说，在凯兰崔尔离开之后，精灵王凯勒鹏曾移居到该处。不过，我们并不知道他最后于何时前往灰港岸，将远古历史的最后回忆一并带离了中土世界。

---

① 在附录B中以大幅精简的格式收录，时间最远到第三纪元末。

The Fellowship
of the
Ring

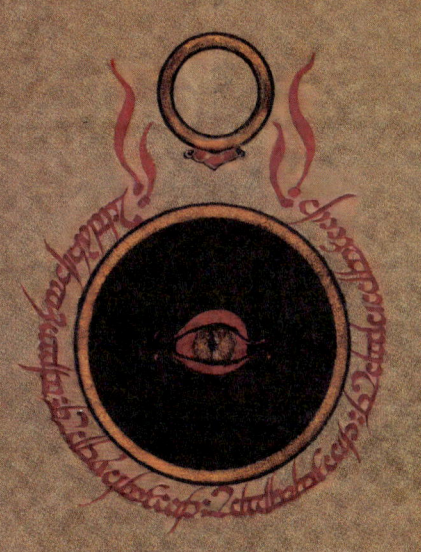

J.R.R. Tolkien

第一巻

第一章

期待已久的宴会

当袋底洞的比尔博·巴金斯先生宣布,不久之后要为自己一百一十一岁大寿举行盛大宴会时,霍比特屯的居民都兴奋地议论纷纷。

比尔博非常富有又特立独行。自从他神秘失踪又奇迹似的归来之后,六十年以来他是夏尔人们议论不休的奇人。他从冒险旅途中带回来的庞大财富,如今已成了地方的传奇,不管这老家伙怎么说,一般人都相信袋底洞内有无数装满各种各样金银珠宝的隧道。如果这样的传奇不够让他出名,他老当益壮的外表也足以让人啧啧称奇。时间的流逝似乎在比尔博身上没留下多少痕迹,他九十岁的时候与五十岁时并无二致;当他九十九岁时,众人开始称他"养生有术",但"长生不老"会是比较精确的说法。有许多人一想到这件事情就觉得老天未免太不公平,怎么能让人坐拥(传说中的)金山又同时拥有长生不老的能力呢!

"这一定是有代价的,"他们说,"这是违逆天理的,一定会惹麻烦的!"

不过,到目前为止也没出现什么麻烦,由于巴金斯先生十分慷慨,人们也就愿意原谅他的古怪和得天独厚的好运。他依旧时常拜访亲戚(当然,塞克维尔-巴金斯一家除外),在地位较低和贫穷的家族中,他也拥有许多的崇拜者。但他一直没有什么亲近的朋友,直到他一些年轻的表亲年纪稍长之后才有了转变。

这些表亲之中最年长的是佛罗多·巴金斯，他也是比尔博最宠爱的一个。当比尔博九十九岁的时候，他将佛罗多收为养子，接他到袋底洞来住，这终于打破了塞克维尔一家一直觊觎继承袋底洞的希望。比尔博和佛罗多刚好是同一天生日，九月二十二日。"佛罗多啊，我说你最好过来跟我一起住吧！"比尔博有天这么说，"这样我们就可以一起舒舒服服地过生日了。"那时佛罗多还只是个"少年"，霍比特人一向把介于童年和成年的三十三岁之间、无责任感的二十多年称作少年时期。

又过了十二年。每年这家人都会在袋底洞举办联合的生日宴会，不过现在大家都知道今年秋天的计划是非比寻常的。比尔博今年将满一百一十一岁，数字本身就相当特殊；对霍比特人来说，这也是十分长寿的年纪了（老图克大人也不过活了一百三十岁）。而佛罗多今年将满三十三岁，这是个很重要的数字，因为今年他即将成年。

霍比特屯和临水区一带的居民开始议论纷纷，有关这项即将来临的大活动也传遍了整个夏尔。比尔博·巴金斯先生的冒险经历和独特的行事作风，再度成为街头巷尾的话题，老一辈的人突然发现自己的讲古忆往在这股怀旧风潮的推波助澜下，十分受到欢迎。

众人称作"老爹"的哈姆·詹吉可说是个中翘楚，最受听众瞩目。他经常在临水路旁的"常春树丛"小旅店高谈阔论。他可不是毫无依据地吹牛，因为他照顾袋底洞的花园有四十年之久，在正式接手之前他是前任园丁老何曼的助手。如今他年事已高，关节僵硬动作迟缓了，因此大多数的工作都由他最小的儿子山姆·詹吉接手。父子两人都与比尔博和佛罗多十分友好。他们就居住在袋底洞的山下小丘上，地址是袋边路三号。

"我老早就说，比尔博先生是个说话彬彬有礼的霍比特人。"老爹宣称。这是千真万确的，因为比尔博对他非常有礼貌，总是称呼他"哈姆法斯特先生"，并且经常向他请教蔬菜种植的问题，特别是根茎类植物的种植上，整个邻近地区的人都承认老爹在种马铃薯这类植物方面可是第一把交椅（连他自己也不吝承认）。

"但跟他住在一起的佛罗多人怎么样？"临水区的老诺克问道，"他名叫巴金斯，但是人们说他有不止一半烈酒鹿家的血统。我老搞不清楚为什么霍比特屯的巴金斯家会有人想要去雄鹿地找老婆，那边住的都是一些怪人。"

"也不能怪他们不合常理，"住在老爹家隔壁的邻居图伏特老爸说，"他们住错了边，住到烈酒河的对岸，又靠近老林那边。如果传说故事是真的，老林可是个受诅咒的不祥之地。"

"你说得对，老图！"老爹说，"虽然雄鹿地的烈酒鹿家族不是住在老林里面，但他们的行事作风真是怪。他们会在那条大河上搞艘船跑来跑去，那可不是什么正当好事，难怪会惹出麻烦。不管怎么样，佛罗多先生都是个如你预期的好青年，他和比尔博先生很像，连想法都差不了多少，毕竟他父亲是个巴金斯家的人。德罗哥·巴金斯先生是个受人尊敬的好人，在他淹死之前可是个洁身自爱的家伙哪！"

"淹死？"听众中好几个人反问。他们当然听过这类恐怖的谣言，不过霍比特人就是喜欢这种家族历史故事，他们已经准备好要再听一次了。

"嗯，他们是这样说的，"老爹道，"你瞧，德罗哥先生娶了可怜的普丽谬拉·烈酒鹿小姐，她是比尔博先生的表妹，是他阿姨的女儿（她妈妈是老图克最小的女儿），而德罗哥则是他的远房堂弟。所以，佛罗多既是他表甥又是他堂侄，你听得懂吧，这关系可深远着哪！德罗哥先生结婚之后就经常待在他岳父老葛巴达克大人家的烈酒厅厮混（这家伙嘴可馋着呢，老葛巴达克又爱摆流水席，两人就这么一拍即合）；他去烈酒河上泛舟，他和妻子就这么翻船淹死了。可怜的佛罗多那时还只是个小孩啊！"

"我听说他们是在月光下饱餐一顿后到水上泛舟，"老诺克说，"德罗哥吃得太多，把船给压沉了。"

"而我则听说是她把他推下去，而他伸手把老婆也给拉下去了。"霍比特屯的磨坊主人山迪曼接口道。

"我说山迪曼哪，你最好不要把听到的谣言都照单全收。"老爹不太喜欢眼前的磨坊主人，"老是提一些推推拉拉的事情没意思嘛！船这种东西本来就很诡异，就算你坐好不动，不想惹麻烦，还是有可能倒霉的。不管啦，反正佛罗多最后就是成了孤儿，被丢在雄鹿地那群怪人当中，在烈酒厅被养大。那里怎么说都像个大杂院，老葛巴达克大人在那边起码有几百个亲戚。比尔博先生把这位小朋友带回来，住在有教养的人当中，真是做了件好事啊！

"不过，我也明白，这对那些巴金斯家塞克维尔一系的人来说，是个重大打击。当年比尔博先生失踪，大家都以为他死了，他们原本以为自己可以继承袋底洞，不料他却回来了，并且把他们赶了出来。老天保佑，比尔博先生越活越硬朗，一点都看不出来老态！突然，他又找了个继承人，备齐了一切的文件。我看这回塞克维尔家是想都别想再踏进袋底洞一步了，我也希望那里不要被他们糟蹋了。"

"我听说，那里面藏了很多钱，"一个从西区米丘窟来做生意的陌生人说，"据我所听到的，这座山里面到处都是隧道，里面全都装满了许多箱子，箱子里都是黄金、白银和珠宝。"

"那你听说的比我知道的还要多，"老爹回答，"我不知道什么珠宝的事。比尔博先生对钱财很大方，手头也很阔绰，但我没听说什么挖隧道的事情。我亲眼见到比尔博先生回来，都六十年前的事喽，那时我还是个小孩咧。那时我才刚当上老何曼的学徒——他是我爹的堂弟，他派我去袋底洞维持秩序，以免闲杂人等在拍卖的时候把花园踩得一塌糊涂。就在拍卖进行到一半时，比尔博先生牵着小马走上山丘来，马背上还有好几个大袋子和箱子。我想那里面一定都是从外面世界带回来的财宝，有人说外面有很多金山。但是，我看到的东西也不够把隧道塞满。不过我儿子山姆大概会知道得更清楚。他常常进出袋底洞。那孩子对古老的传说故事迷得不得了，所有比尔博先生的故事他都背得滚瓜烂熟。比尔博先生甚至还教他识字，各位别露出那种表情，他可是一番好意，但愿不会有什么麻烦才好。

"成天想精灵跟龙，我对他说，多想想莴苣和马铃薯对你我来说才是正经事。别老是好高骛远，更别卷进那些高贵人物的事情里头，不然你会惹上大麻烦的，我一向都这样告诫他。其他人最好也听我的劝告。"他看了那陌生人和磨坊主人一眼。

不过，老爹的警告没办法说服他的听众。比尔博财富的传说，如今在年轻一代霍比特人的心中可说是根深蒂固，无法动摇了。

"啊，不过他后来可能又赚到更多的钱，"磨坊主人的论调和大多数人一样，"他常常离家去旅行。你们看看那些来拜访他的外地人：在夜间前来的矮人，那个老巫师甘道夫，等等。老爹，你爱怎么说都随你，但袋底洞真是一个诡异的地方，里面住的人更奇怪。"

"我说山迪曼，你爱说什么也都随你，反正大家也清楚，你知道的其实有限，就跟你不会划船一样。"老爹这回比平常更讨厌这个磨坊主人了，"如果那样就叫古怪，那我们这一带还真需要多一些这种古怪。离这里不远有些一毛不拔的家伙，他们就算住在金山里，也不愿意请朋友喝杯啤酒。但是袋底洞可是以慷慨待人出了名的。我们家山姆说，这次每个人都会受邀参加宴会，而且还有礼物，听好喔，每个人都有礼物！就在这个月！"

这个月就是九月，天气宜人万分。一两天之后，到处就开始流传一个谣言（多半是信息灵通的山姆放出来的消息）：据说这次宴会将施放烟火！烟火，还有什么比这更轰动的，这将是夏尔近百年来第一次盛大的烟火表演，事实上，自从老图克过世之后，就没人见过烟火表演了。

  日子一天天过去，大日子也越来越近了。一天傍晚，一辆装满怪模怪样包裹的怪异马车晃进了霍比特屯，爬上山丘停在袋底洞前。吃惊的霍比特人纷纷从窗内往外窥探。驾车的是外地人，唱着没人听过的歌谣——一群留着长胡子戴着深兜帽的矮人。有几名矮人甚至在袋底洞留了下来。到了九月的第二个周末，另一辆马车在光天化日之下越过烈酒桥，沿着临水区而来。驾车的只有一名老人，他戴着一顶高高尖尖的蓝色帽子，穿着长长的灰袍，围着一条银色的围巾。他的胡子又白又长，眉毛也长到伸出了帽缘。一大群小孩跟在马车后面跑，穿过整个霍比特屯，沿路跟上了小山丘。他们猜得果然没错，车内装的都是烟火。老人在比尔博的门前开始卸货，车上有一捆捆五花八门的烟火，每个都标着一个大红色的 ᚼ 和精灵字符 ᚵ。

  那是甘道夫的徽记，而那老人当然就是巫师甘道夫。他在夏尔以操纵火焰、烟雾和光线的技巧闻名。他真正的工作远比这些还要复杂、危险，不过单纯的夏尔居民对此一无所知。对他们来说，这巫师只是宴会的另一大卖点，因此小孩们才会这么兴奋。"这缩写是壮丽的意思！"孩子们大声喊着，老人报以慈祥的微笑。虽然他偶尔才会来拜访霍比特屯，每次也不会停留太久，但是他们都知道他的长相。只是，除了霍比特人长老中最老的老者，没有任何人——包括这些小孩在内——看过他的烟火表演，它们如今属于旧日的传奇。

  老人在比尔博和几名矮人的帮助下完成卸货之后，比尔博给了这群小孩一些零钱。孩子们很失望，他们连一声爆竹响或一丝烟火花儿都没见着。

"快回家吧!"甘道夫说,"时候到了会让你们看个够的。"然后他就和比尔博一起走进屋内,关上大门。小霍比特人们呆呆地看了大门半响,最后才拖着不情愿的脚步离开,满心觉得宴会仿佛永远都不会到来。

在袋底洞内,比尔博和甘道夫坐在向西敞着窗户可望向花园的小房间里。傍晚的天色明亮又祥和。园中红色的龙嘴花和金色的向日葵长得十分茂盛,金莲花则是生气勃勃地攀上圆窗,探进屋子里来。

"你的花园看起来真漂亮!"甘道夫说。

"没错,"比尔博回答,"我很喜欢这个花园,老夏尔对我来说也一样宝贵。不过,我想也该是放个假的时候了。"

"你是说要继续你原先的计划?"

"是的,我几个月前就下定了决心,到现在都没变卦。"

"很好,那我们就不必多说了。不要心软,照着原定的计划进行。记住,是原定的计划,我希望这会为你,也为我们大家带来好结果。"

"我也这么希望,反正我准备这周四好好地享受一下,让大家看看我的小玩笑。"

"不知道最后谁会笑啊?"甘道夫摇着头说。

"到时就知道了。"比尔博回答。

第二天,越来越多的马车络绎不绝驶上了小山丘。或许有些人会抱怨"怎么不从本地买"? 但那一周从袋底洞倾泻而出的订单几乎买光了霍比特屯或临水区或邻近区域所有的食物、调味料和奢侈品。人们开始越来越热切期待,在日历上做记号;他们切切巴望邮差的到来,希望会收到邀请函。

不久之后,邀请函便如雪片般撒出来。霍比特屯的邮局几乎瘫痪,

The hill : hobbiton-across-the Water

山丘：河对岸的霍比特屯

临水区的邮局则差点被信件淹没，邮局于是招来大群义工协助邮差运作。随后每天都有川流不息的人送回大量的回函，每封上面都写着多谢邀请，在下必定赴约。

袋底洞的门口也挂出了启事："非宴会工作人员请勿进入。"即使真的是或假装是宴会的工作人员，也几乎无法进入屋内。比尔博忙得团团转，他忙着写邀请函、统计回函、打包礼物，同时为自己的计划作些秘密的准备。自从甘道夫来了之后，他就躲着不见人。

一天早晨，霍比特人醒来发现比尔博家正门南边的一大块空地上，放满了各种搭建帐篷所需的绳索和材料。通往马路的地方还特别为此开了一个出口，搭建了一座白色的大门和宽阔的阶梯。紧邻这片空地旁袋边路上的三户人家，立刻成为众所瞩目与欣羡的对象。老詹吉甚至还假装在自己的花园里忙，只为了多看它几眼。

帐篷逐个搭建起来，其中有个特别大的圆顶帐篷，大到足以将生长在该处的一棵大树完全收纳在其中，这棵树位在场地的另一头，底下摆着主桌，工作人员在树枝上挂满了油灯。更令人兴奋的是（这最对霍比特人的胃口），场地的北边角落还设置了一座庞大的露天厨房。从方圆几哩内聘来的厨师川流不息地前来支援，协助矮人和其他模样古怪的工作人员在袋底洞内作准备。众人的兴奋期待已经涨至最高点。

然后天气变得有些多云，那天是星期三，宴会的前一天，众人十分紧张。接着，九月二十二日，星期四，天亮了，太阳升起，乌云消失了，旗帜迎风招展，有趣的节目终于上场了。

比尔博把这叫作"宴会"，但实际上这是个集合了各种娱乐的嘉年华，所有住在附近的人都被邀请来参加。有少数几个人被意外地漏掉了，不过，反正他们还是照样到场，所以没有太大的影响。夏尔其他地区也有许多人受到邀请，甚至有几个是从边界外前来赴约的。比尔博亲自在新盖的白色大门前接待宾客（和他们带来的跟班）。他送礼物给所有前来参加的人,甚至还有从后面偷溜出场地后再次从大门走进来的贪小便宜者。霍比特人在自己过生日的时候会送礼物给亲朋好友,照惯例不是很贵的东西,但也不会像这次一样见人就给。不过,这倒是个不错的习俗。事实上,在霍比特屯和临水区,一年中每一天都有人过生日,所以这些地区的人几乎每个礼拜都至少会收到一件礼物,他们一向乐此不疲。

这次的礼物却好得超乎寻常。孩子们看到礼物,兴奋得有好一会儿几乎忘记吃饭。有许多玩具是他们从来没有见过的,每样都很漂亮,有些甚至神奇得不得了。这其中有许多玩具是一年以前就订好的,远从孤山和谷地那边运过来,全都货真价实地出自矮人之手。

在每个客人终于都进了门内之后,歌曲、舞蹈、音乐和各种各样的游戏随即展开,当然,食物和饮料更是不可少的。正式的餐点有三顿:午餐、午茶和晚餐。不过,所谓的午餐和午茶也不过就是大家会坐下来一起吃饭的时间。其他时候,人们照样还是川流不息地吃吃喝喝,从上午十一点到晚上六点半烟火表演上场,中间从没停过。

烟火是甘道夫亲自出马的杰作:它们不只是由他亲手运来,更是他亲手设计和制造的;各种特殊效果、道具和火箭也都是由他亲手点燃施放。除此之外,他还大方地分送各式爆竹、花火、冲天炮、火树银花、矮人烛花、精灵火瀑、地精响炮等等。它们全都棒极了!甘道夫的手艺随着年纪增长而愈发精纯。

有的火箭引燃时像是出谷的黄莺编队在空中飞翔,发出美妙的乐声。还有的烟火甚至变成了绿色的树叶,黑烟成了火树的树干,一瞬间让人体验到春去秋来、花开花落的奇观。发出闪光的树枝也不甘示弱地绽放出鲜艳的烟花,落在惊讶的人们身上,火花在碰触到他们仰起的小脸前瞬间化成甜美的香气,消失得无影无踪。如泉源般涌出的闪光蝴蝶在树丛间穿梭;彩色火焰构成的圆柱上升化身成飞鹰、帆船或是展翅翱翔的天鹅；一阵红色的雷爆让天空落下了黄色的细雨；银色的长枪如千军万马般射向天空，随即如同万千长蛇般发出嘶嘶巨响坠落河中。为了向比尔博致敬，节目中还有最后一项特别的惊喜，正如甘道夫所计划的，它让霍比特人大吃一惊：全场的灯光熄灭，一阵浓烟出现，化成远方朦胧的山影，山顶接着开始冒出光芒，随即吐出猩红与翠绿的火焰。从火焰中腾飞出一条金红色的巨龙，体型虽然和真龙有段距离，但栩栩如生的模样让人不寒而栗：巨龙口吐火焰，眼射强光，还发出巨吼，随即在人群头上连吐了三次烈焰。全部的人都不由自主地趴下，试图躲过这阵烈焰。巨龙发出轰隆巨响飞跃众人头顶，最后来个后空翻，在临水区上空炸成一片灿烂的火树银花。

"晚餐开始啦！"比尔博大喊。众人的惊恐立刻消逝无踪，之前还惊魂未定的人们拍拍衣服，一骨碌站了起来。晚餐十分丰盛，每个人都可以尽情享受佳肴美点。唯一不在此用餐的，只有另外一群参加特别家族宴会的人，这个宴会中的宴会是在树旁的大帐篷内举办的，获邀的来宾只有一百四十四人（霍比特人也称这个数字为十二打，不过不太适合用在人身上）。他们都是从比尔博和佛罗多的亲戚中挑选出来的，另外还有一些没有血缘关系的特别密友（像甘道夫）。这里面还包括了许多年少的霍比特人，他们都在父母的同意之下前来参加宴会。霍比特人一般对小孩熬夜的要求比较通融，特别是有机会填饱他们肚子时更是好说话。要养大霍比特小孩，得花上不少的伙食费哪！

家宴中有很多巴金斯和波芬家的人，另外也有许多图克家和烈酒鹿家的成员，此外有几个葛卢伯家的人（比尔博祖母的亲戚），几个丘伯家的人（比尔博祖父图克家那一系的亲戚），还有几个布罗斯家、博哲家、抱腹家、獾屋家、健体家、吹号者家和傲脚家的人。这些人里面有些已经算是非常远房的亲戚了，当中有人甚至以前从未踏足霍比特屯，一辈子都居住在夏尔的偏远地区。当然，巴金斯家里面的塞克维尔一系也没被怠慢，傲梭和他老婆罗贝莉亚也都出席了。他们不喜欢比尔博，对佛罗多更是恨之入骨，但是华丽的邀请函是用金色墨水书写的，这种殊荣让他们难以抗拒。另外，他们这位堂兄比尔博多年来都以美食家著称，他请客的菜肴向来享有极高的赞誉。

这一百四十四名宾客虽然满心期待丰盛的晚餐，但众人也都暗自担心餐后主人冗长的演说（这是不可或缺的一项节目）。他认为自己有义务要吟诵一点他称为诗歌的东西；有些时候，在多喝了一两杯之后，他会开始絮絮叨叨地讲述他那段神秘的冒险。宾客并未失望，他们确实享用了一顿非常令人愉悦的盛宴，餐点本身几乎达到享乐的极致：质精、量多、种类齐全而且味美。接下来几周，整个地区几乎无人进行食品采买活动，不过由于比尔博之前的大量采购，方圆数十哩内的商店、酒窖和仓库中的货物都已销售一空，所以情况还是皆大欢喜，无人在意。

在盛宴告一段落（多少算是）之后，演讲开始了。大多数的宾客已经酒足饭饱，目前处在一种容忍的情绪中，他们乐于将这个阶段称作"打发时间"。他们纷纷啜饮着自己最喜欢的饮料，品尝着美味的甜点，之前的担心早已抛到九霄云外去了。他们准备好要听任何东西，更可以在每个停顿间隔大声喝彩。

"我亲爱的众亲友们，"比尔博从位子上站起来说，"注意！注意！注意！"会场上众人纷纷大喊着提醒彼此，却没多少人真的安静下来。比尔博离开座位，走到那棵装满了灯饰的大树底下，爬到摆在该处的椅子上。灯笼的光芒照在他红光满面的脸上，丝质外套上的金扣子也跟着闪闪发光。会场上众人都可看见他一只手插在口袋里，另一只手对众挥舞着。

"亲爱的巴金斯家、波芬家，"他再次开始说道，"还有亲爱的图克家、烈酒鹿家、葛卢伯家、丘伯家，还有布罗斯家、吹号者家、博哲家、抱腹家、健体家、獾屋家和傲脚家。""是一双傲脚家啦!"帐篷的角落有一名老霍比特人大喊。当然,他就是傲脚家的人,老家伙的确有一双又大又毛茸茸的脚,还搁在桌子上,难怪他要借机找碴出出风头。

"傲脚家,"比尔博重复道,"还有我最亲爱的塞克维尔-巴金斯家,今天我终于可以诚心地欢迎你们回到袋底洞来。今天是我一百一十一岁的生日:我今天是一百一十一岁的人了!""好啊!好啊!祝你福寿绵延!"听众们大喊,纷纷用力地敲着桌子庆贺。比尔博的演说太精彩了。这才是他们喜欢的演讲:短小精悍。

"我希望诸位今天都和我一样高兴!"底下传来震耳欲聋的欢呼声,大声呼喊"没错"(也有"还没过瘾哪!"的呼声),喇叭、号角、风笛、长笛以及许多其他的乐器纷纷响起。之前提到过,宴会中有许多年少的霍比特人,此时他们更是纷纷拉起了响笛炮,大多数的爆竹上都印有"河谷镇"①三个字。虽然绝大多数的霍比特人对这三个字一无所知,但他们一致同意这是相当棒的爆竹。这些爆竹上装着小小的乐器,能够发出悦耳的音乐。事实上,在帐篷的某个角落,有一群年轻的图克和烈酒鹿家的小孩,以为比尔博叔叔已经说完了(因为他把该说的东西都讲完了),这会儿正凑成一支乐队,开始演奏欢乐的舞曲。艾佛拉·图克少爷和美丽拉·烈酒鹿小姐手拿铃铛登上桌子,开始跳起活力充沛的铃铛舞来。

但是比尔博还没说完。他从身旁一个最年少的人手中抢过一支号角,使劲地吹了三声,众人的喧闹这才安静下来。"我不会耽搁各位太久的时间。"他大喊。所有的听众都情不自禁地欢呼。"我把你们都请来是有目的的。"他说"目的"这两个字的口气十分特殊,现场一时间

---

① 河谷镇是位于孤山附近的人类聚落之一。比尔博在《霍比特人》中的冒险,曾经对当地造成了相当大的影响,新的领导者也在该次变动中崛起。

陷入死寂,还有一两个图克家的人紧张地竖直了耳朵。

"事实上,有三个目的!第一,是告诉你们我非常喜欢你们,和你们这些优秀可敬的霍比特人在一起生活,一百一十一年实在太短暂了。"众人响起如雷的掌声。

"你们当中有半数的人,我对你们的认识不及一半;另外有不到一半的人,只得到我一半的喜爱。"这段话大出众人意料,而且太过难懂,四下只传来零星的掌声。绝大多数人的小脑袋都在拼命转着,希望能够搞懂这句话是褒是贬。

"第二,是为了庆祝我的生日。"众人再度欢呼。"我应该说是'我们'的生日,因为今天也是我的继承人佛罗多的生日,他今天成年,获得了继承我家业的资格。"有些长辈高兴地鼓掌,年轻人则开始起哄,大喊:"佛罗多!佛罗多!佛罗多万岁!"塞克维尔一家人则是皱起了眉头,试图要搞懂所谓"继承家业"到底是怎么一回事。

"我们两人的岁数加起来一共一百四十四,我邀请的宾客人数也正是为了符合这非比寻常的数字,请容我使用十二打这个说法。"没有人欢呼。这太可笑了。许多客人,特别是塞克维尔一家人都觉得受到了侮辱。他们没想到自己竟是被邀请来充数的,好像是用来填满箱子的货物一样。"是唷,十二打!还真是会选字哪!"

"如果各位容许我回忆过去的话,今天也是我乘着木桶逃到长湖上伊斯加的一甲子纪念日,不过当时我太过紧张,根本忘了当天是我的生日。我那时才五十一岁,生日对我来说似乎没什么重要。不过,当年的宴会倒是十分精彩,只可惜我那时正好重感冒,无福享受,我记得我那时只能说'都谢大嗲'。这次请容我清清楚楚地说完:多谢大家来到我这个小宴会。"四下一片寂静,众人都担心比尔博马上会开始唱歌或是吟诗,他们已经开始觉得无聊了。为什么他就不能闭上嘴,让大家向他敬酒,祝他万寿无疆呢?不料比尔博并未唱歌或是吟诗,他沉默了片刻。

"第三点,也是最后一点,"他说,"我在此要做个宣布!"他突然特别大声响亮地说出最后两字,令众人无不大吃一惊,还勉强保持清醒的人们纷纷为之一震。"我很遗憾必须宣布如同我之前所说过的一样,和你们共享的这精彩的一百一十一年实在太过短暂了,但也该告一段落了。我要走了。我会立刻动身!有缘再见!"

他跳下椅子,随即消失了。不知从哪传来一阵强烈闪光,所有的宾客都感到一阵目眩。当他们睁开眼睛的时候,比尔博已经消失得无影无踪。一百四十四个吃惊的霍比特人就这样张口结舌地坐在位子上。傲多·傲脚老伯双脚挪下桌子,气得不停跺脚。在一阵死寂与数声深呼吸后,突然间,每个巴金斯家、波芬家、图克家、烈酒鹿家、葛卢伯家、丘伯家、布罗斯家、博哲家、抱腹家、獾屋家、健体家、吹号者家和傲脚家的人全在同一时间开始大呼小叫。

大家都同意这个玩笑实在太没品位了,客人们都需要再多吃喝些东西来消消气、压压惊。"他疯了,我早就跟你们说过了!"这句话大概是在场人听到最多的评语。即使是最具冒险精神的图克家人(只有几个例外),也觉得比尔博这次的行径真是荒唐。这时,绝大多数人都还天真地以为,他的失踪不过是场闹剧而已。

不过,老罗力·烈酒鹿可没这么确定。年迈和满腹酒菜都没影响到他的判断力。他对媳妇爱丝摩拉妲说:"亲爱的,这其中必定有鬼!我想他体内疯狂的巴金斯血统一定又开始作祟了,这个老笨蛋。管他的,他又没把食物带走!"他大声叫唤佛罗多再给大家倒酒。

佛罗多是在场唯一不发一语的人。他坐在比尔博的空位旁发呆了半晌,对众人的评论和质疑置之不理。虽然他早就知道这件事情,他还是觉得这玩笑蛮好玩的。看见宾客这么惊慌,他得强忍着才不至于大笑出来。但在同时他也觉得十分不安,他这时才突然意识到自己有多么敬爱这位长辈。大多数的客人继续吃吃喝喝,讨论比尔博过去和现今的怪异行径;但塞克维尔一家却早已气呼呼地离开了。佛罗多自己也没有什么心情继续饮宴,他下令再多上些酒,自己起身静静将杯中酒一仰而尽,遥祝比尔博身体健康,接着一声不响地溜出帐篷。

至于比尔博·巴金斯呢,早在他口沫横飞地演讲时,就已经开始玩弄着口袋中的金戒指:他秘密收藏了许多年的神奇戒指。跳下椅子时他戴上了戒指,从此以后在霍比特屯再也没有任何霍比特人见过比尔博的身影。

他轻快地走回家,在门口停了一下,微笑地听着大帐篷和宴会其他场地所传来的欢声笑语,然后才踏进家门。他脱下宴会服,叠好,并用棉纸将那件华丽的丝质织锦背心包好收起来。接着他飞快地换上一套不太干净的旧衣服,腰间系上一条用了多年的皮带,再挂上一柄插在黑皮鞘内的短剑。从一个充满驱虫丸味道的上锁抽屉里,他拿出一件旧斗篷和一顶兜帽。它们被收藏好锁在抽屉里,仿佛非常珍贵,但实际上它们满是补丁,在风吹雨打日晒下,原来的颜色都褪得难以分辨了:原来可能是深绿色的。它们对他来说似乎太大了些。接着,他又走进书房,从一个坚固的大箱子中拿出一个用旧衣服包着的包裹和一本皮面抄本,以及一只胀鼓鼓的大信封。他将抄本和包裹塞到旁边一个鼓胀的大袋子里,接着将金戒指连着链子放进信封内,顺手将封口粘了起来,并且在收件人的位置上写下佛罗多的名字。一开始他将这信封放在壁炉上,随即又将它取回塞进口袋里。此时,大门打开,甘道夫迅速走了进来。

"你好啊!"比尔博说,"我还在想你会不会出现呢。"

"我很高兴看到你没有隐形!"巫师边回答,边在椅子上坐了下来,"我想找你说说最后几句话。依我看,你觉得一切都按照原先计划进行得极为顺畅吧？"

"是的，我是这么觉得，"比尔博说，"不过那阵闪光倒真是出人意料，连我都吓了一跳，更别说其他人了。我想这是你的神来之笔吧？"

"是的。你长年以来都聪明地秘密隐藏着戒指，我认为应该给你的客人一些理由，让他们可以解释你的突然消失。"

"差点就坏了我的玩笑，你这老家伙还真多事！"比尔博笑道，"不过，我想，像往常一样，你永远都知道正确的做法。"

"没错，可是也只有在我知道一切细节的时候。不过对这整件事我没有那么确定。现在是最后的关键了。你玩笑也开了，亲戚也惹毛了，更让整个夏尔地区有了接下来九天或九十九天茶余饭后的话题。你还有什么要做的吗？"

"噢，是，我觉得我得放个假，一个很长的假，就如我之前告诉过你的。说不定是个永远的假期：我想我应该不会回来了。事实上，我本来就不打算回来，我把一切都安排好了。

"我老了，甘道夫。虽然外表看起来不明显，但是我内心深处真的开始觉得累了。他们还说我养生有道咧！"他嗤之以鼻，"唉，我觉得整个人变得干枯，快被榨干的感觉，你懂我的意思吧，就像在面包上被抹得太薄的奶油一样。这很不对劲。我需要改变这样的生活才行。"

甘道夫好奇地仔细打量着他。"没错，的确不对劲，"他若有所思地说，"我真的认为你原来的计划是最好的。"

"是啊，反正我也已经下定决心了。我想要再看看高山，甘道夫，真正雄伟的高山，然后找个可以休息的地方。我可以安安静静、与世无争地住在那里，不用成天和千奇百怪的亲戚以及访客打交道。搞不好我还可以找到一个让我可以把书写完的地方。我已经想到了一个好结局：从此以后，他就过着幸福快乐的日子。"

甘道夫笑了："我希望他能这么幸福。不过，不管这本书怎么结束，都不会有人想看的。"

"喔，会的，他们以后就会。佛罗多已经读了一部分，我写到哪他就读到哪。你会替我照顾佛罗多，对吧？"

"是的，我会，我只要有时间就会全心照顾他。"

"当然啦，如果我开口，他一定会跟我一起走的。事实上，在宴会前他还主动提出这样的要求。但是，他并不是真心的，时候还没到。我想要在死前重新看看那广阔的大平原、壮丽的高山；但他还热爱着夏尔，这个有着森林、小河和草原的地方。他待在这里才会觉得舒服。除了几样小东西，我把一切都留给他了。我希望他习惯了自己做主之后，会过得快乐一些，他也到了该自己当家做主的时候了。"

"你真的把一切都留给他了？"甘道夫说，"戒指也不例外吗？你自己同意的，没忘记吧？"

"呃，是啊，我想应该是。"比尔博结巴地说。

"戒指在哪里？"

"如果你坚持要知道的话，它在一个信封里面，"比尔博不耐烦地说，"就在壁炉上。咦，不对！在我口袋里！"他迟疑了。"这真奇怪！"他自言自语道，"可是这有什么不对？放在我口袋里有什么不好？"

甘道夫严厉地看着比尔博，眼中仿佛有异光迸射："比尔博，我觉得——"他耐心地说，"你应该把戒指留下来。难道你不想吗？"

"我想——也不想。现在真说到它，我才觉得自己根本不想送掉这戒指。我也不明白自己为什么一定要这样做，为什么你要我把它送人？"他问，语气有些奇异的变化，当中充满了怀疑和恼怒。"你每次都一直追问我有关这枚戒指的事情，但是你从来不过问我在旅途中找到的其他东西。"

"没错，我一定得追问你才行，"甘道夫说，"我想要知道真相，这很重要。魔法戒指是——呃，有魔法的东西。它们很稀少，又通常会有特别的来历。你应该这么说,我的专业领域之一就是研究你的戒指,我现在还是感兴趣。如果你又要出门去冒险,我得知道它在哪里。我也觉得你收藏这枚戒指的时间太久了。比尔博,除非我弄错了,不然你应该已经不需要这枚戒指了。"

比尔博涨红了脸,眼中有着愤怒的光芒,他和蔼的面孔变得十分强硬。"为什么?"他大喊,"这关你什么事,我要怎么处理我的财产与你何干?它是我的,是我找到的,是它自愿落到我手里的!"

"是啊,是啊……"甘道夫说,"没必要动肝火吧。"

"就算我真的动了肝火,也都是你的错,"比尔博说,"我已经告诉你了,它是我的戒指!我一个人的!是我的宝贝,没错,是我的宝贝!"

巫师的表情依旧十分凝重、专注,只有他深邃双眼中微微闪动的光芒泄漏出他这下真的起了疑心。"以前有人这样称呼过它,"他说,"但不是你。"

"现在这样说的是我,又有什么不对?就算咕鲁以前这样说过,这东西现在也不是他的了。这是我的!而我觉得应该把它留下来。"

甘道夫站了起来,十分严厉地说:"比尔博,你这么做是大大的不智。你刚刚所说的每个字都证明了我的观点,它已经控制了你。快放手!这样你才能获得自由,毫无牵挂地离开。"

"我想怎么做就怎么做,爱怎么走就怎么走。"比尔博顽固地坚持道。

"啊,啊,我亲爱的霍比特人啊!"甘道夫说,"我们已经是一辈子的朋友了,你至少欠我一些人情。快!照你之前答应的:放下戒指!"

"哼,如果你自己想要这枚戒指,就正大光明地说出来!"比尔博喊道,"但是我不会让你得逞的,我不会把我的宝贝送人,绝对不会!"他的手缓缓移向腰间的短剑。

甘道夫双目精光闪烁。"不要逼我动怒，"他说，"如果你敢再这样说，我就别无选择了，你将会看到灰袍甘道夫的真面目。"他朝向对方走了一步，身高突然间变得十分惊人，他的阴影笼罩了整个小房间。

比尔博气喘吁吁地往后退到房间角落，手依旧紧抓着口袋不放。两人对峙了片刻，房间中的气氛变得无比凝重。甘道夫双眼依旧紧盯着霍比特人，他的手慢慢松了开来，开始浑身打颤。

"甘道夫，我不知道你是中了什么邪，"他说，"你以前从来没有这样过，这到底是怎么一回事？这戒指本来就该是我的啊！是我找到的，如果我没把它收起来，咕鲁已经杀掉我了。不管他怎么说，我都不是小偷。"

"我从来没说你是，"甘道夫回答道，"而我也不是。我不是要抢走你的东西，而是要帮助你，我希望你能够像以前一样相信我。"他后退转过身，房中的阴影消退。他似乎又变成原来那个穿着灰袍的佝偻老人，而且一脸忧心。

比尔博抬手遮住双眼。"对不起！"他说，"我的感觉好奇怪。可是，如果可以不再被这戒指所困扰，我一定会轻松很多。最近我满脑子都是它，有时我觉得它好像是只眼睛，一直不停地瞪着我。你知道吗？我每分每秒都想要戴上它，变成隐形；或者是担心它不见了，时时刻刻都把它掏出口袋来确认。我试着把它锁在柜子里，可是我发现自己没办法不把它贴身收着。我不知道为什么。我好像根本没办法下定决心。"

"那就请你相信我，"甘道夫说，"你已经下定了决心——放下戒指，离开这里！不要执着于拥有这枚戒指。把它交给佛罗多，我会照顾他的。"

紧张的比尔博犹豫了一阵子，最后他叹了口气。"好吧！"他勉强说,"我会的。"然后他耸耸肩,露出遗憾的笑容。"毕竟这才是生日宴会真正的目的:送出许多的礼物,一次统统给出去,会让施予的过程变得轻松些。虽然最后还是没有让我多轻松,但这时前功尽弃不是很可惜吗?会弄砸我整个精心设计的玩笑。"

"这的确会让这场宴会中我觉得唯一重要的事情整个前功尽弃。"甘道夫说。

"说得好,"比尔博说道,"它会跟其他所有一切一起送给佛罗多!"他深吸了一口气。"现在我真的得走了,要不然就会被其他人发现。我已经向大家道别了,要我再说一次,实在做不到。"他背起背包,走向门口。

"戒指还在你的口袋里——"巫师说。

"喔,没错!"比尔博大喊,"还有我的遗嘱以及其他的文件都在那儿!你最好收下它们,代我转交,这样比较安全。"

"不,别把戒指给我!"甘道夫说,"把它放在壁炉上。在佛罗多来之前,那里就已经够安全了,我会在这边等他。"

比尔博拿出信封,正当他准备将它放在钟旁时,他的手突然抽了回来,信封跟着掉到地上。在他来得及捡起信封之前,巫师一个箭步上前抓过信封,把它放回壁炉上。霍比特人的脸上再度掠过一阵怒容,但随即被笑容和松一口气的表情给取代了。

"好啦,就这样啦,"他说,"我该走了!"

两人走到门口。比尔博从架上取了他最喜欢的拐杖,接着吹了声口哨,三名矮人各自从所忙的不同房间中走出来。

"都准备好了吗?"比尔博问,"每样东西都打包好,贴上标签了吗?"

"都好了。"他们回答。

"好吧,那就出发喽!"他终于踏出了门口。

夜色十分美丽，漆黑的天空中点缀着明亮的星星。他抬起头，嗅着晚风的味道。"真棒！能够再次和矮人一起旅行真是太棒了！这才是我这么多年来一直渴望的！"他看着老家，朝门前一鞠躬说："再见啦！甘道夫，再会！"

"现在先说再会啦，比尔博。好好照顾自己！你已经够老了，希望你也变得比较聪明啦！"

"好好照顾自己！我不在乎啦。别替我担心！我现在真的很兴奋，这样就够了。时候到了，我终于被命运推离了家门。"接着，他低声在黑暗中唱了起来：

大路长呀长
从家门伸呀伸。
大路已走远，
我得快跟上，
快脚跑啊跑，
跑到岔路上，
四通又八达，川流又不息，
到时会怎样？我怎会知道。

他停了下来，沉默了片刻。然后，一语不发地转过身，将宴会场上的帐篷以及灿烂的灯光笑语抛在脑后，三名伙伴跟着他穿过花园，走下斜坡上的小径。他跳过山丘底一处低地的矮篱笆，踏上了草原，像吹过草原上沙沙的风般融入暗夜中。

在他踏入黑暗中后甘道夫依旧伫立凝望了一会儿。"再会了，亲爱的比尔博，下次再见！"他轻声说，随即转身进了屋子。

没多久佛罗多就走进屋子,发现甘道夫坐在黑暗中沉思。"他走了吗?"他问。

"是的,"甘道夫回答,"他终于离开了。"

"直到今天傍晚为止,我一直都希望……我一直以为这只是个玩笑。"佛罗多说,"但是,我内心知道他真的想要离开。事情越是认真,他越爱开玩笑。我真希望自己能够早点回来送他走。"

"我想,他还是比较喜欢自己悄悄地溜走,"甘道夫说,"别太担心。他现在不会有危险的。他留了个包裹给你,就在那边!"

佛罗多从壁炉上拿下了信封,瞥了一眼,却没有拆开。

"我想你会在里面找到他的遗嘱和其他的文件,"巫师说,"你现在是袋底洞的主人了。对了,我想你还会在信封里找到一枚金戒指。"

"戒指!"佛罗多吃惊地说,"他把那个留给我了?我不明白。算了,也许将来会有用吧。"

"也许会,也许不会,"甘道夫说,"如果我是你,我会尽可能不要碰它。不要泄密,好好保管它!现在我要去睡觉了。"

身为袋底洞的主人,佛罗多得一一和宾客道别,他觉得这真是件苦差事。出了怪事的流言这会儿已经传遍了全场,但是佛罗多只肯说:"明天一早,一切都会真相大白。"差不多半夜的时候,马车前来接走重要的人物。马车一辆接一辆地离开,载满了满腹美食与疑窦的霍比特人。园丁们按照安排,把那些被粗心遗忘在后的人(已醉倒在地)用独轮车送走。

黑夜慢慢过去,太阳接着升起。大家都睡到很晚,晨光渐渐地消逝。工作人员(遵照指示)前来,开始清理场地,搬离桌椅和帐篷,收走汤匙、刀子、锅碗瓢盆、油灯、盆栽花木、食物残渣、爆竹碎屑,还有宾客忘记带走的包包、手套和手帕,以及没吃完的菜肴(所剩不多)。接着,来了另一群(未接获任何指示的)人:巴金斯家、波芬家、博哲家和图克家,以及其他住在附近的宾客。到了中午,就连那些撑得最饱的人都能爬起来活动了,袋底洞门口聚集了一堆不请自来的人,不过,这也是意料中事。

佛罗多站在门阶前,面带微笑,但神情看起来既疲倦又担心。他欢迎所有的客人,但也没有新消息可奉告。对众人七嘴八舌的询问,他只有一种回答:"比尔博·巴金斯先生已经走了,就我所知,他再不会回来了!"有些客人被邀请进屋,因为比尔博留下些"口信"要给他们。

客厅里有堆积如山的大小包裹和小件家具,每样东西上都系了标签,有几个标签是这样写的——

一把雨伞上的标签上写着:给艾德拉·图克,这把是给你自己用的。比尔博赠。艾德拉过去可带走了很多把没标签的伞。

一个硕大的废纸篓上的标签上写着:给多拉·巴金斯,纪念您长年来那如雪片般的来函,爱你的比尔博赠。多拉是德罗哥的姊姊,也是比尔博和佛罗多最年长而仍健在的女性亲戚。她现年九十九岁,写信忠告他人的嗜好已经持续了半世纪之久。

一支金笔和墨水瓶上的标签上写着:献给米洛·布罗斯,希望能够派得上用场,比·巴赠。米洛最为人所知的特点就是从来不回信。

一面圆形哈哈镜上的标签上写着:送给安洁丽卡,比尔博叔叔赠。她是巴金斯家的晚辈,一向觉得自己长得很美。

一个空书柜上的标签上写着:供雨果·抱腹收藏用,来自一名捐献者。这是个空书柜。雨果很爱借书,却常常忘记还书这档子事。

一盒银汤匙上的标签上写着:送给罗贝莉亚·塞克维尔-巴金斯,这次是礼物!比尔博认为在他上次出去历险的时候,她已经取走了他一大批汤匙。罗贝莉亚自己对此心知肚明。当她稍晚前来看到时,立刻就明白了他的意思，但仍毫不迟疑地收下汤匙。

这只是众多礼物中的几样而已。比尔博的屋子经过他一辈子的累积，可说是塞满了各种各样的东西。霍比特人住的洞穴常常会陷入这样的窘境：互送生日礼物的习俗是罪魁祸首之一。当然，不是每个人送出来的礼物都是新的，有几样礼物总是四处漂泊，被人到处转送。不过，比尔博总是留下收到之物，送出新的礼物。他的房子在经过这次清仓之后好不容易空了一些。

这些五花八门的临别礼物上都有比尔博亲手写的标签，好些都有特殊的意义和玩笑在上头。不过，大多数的礼物都是收礼者真正需要的东西。家境比较穷困的霍比特人，特别是住在袋边路的人家，都获赠了非常实用的礼物。詹吉老爹收到了两袋马铃薯、一把新铲子、一件羊毛背心，以及一罐专治关节痛的药膏。而一把年纪的罗力·烈酒鹿多次招待比尔博的回报是收到了十二瓶"老酒厂的陈酿"：这是夏尔南区特产的浓烈红酒，它们是比尔博的爸爸当年窖藏的，时至今日，味道更显浓郁醇厚。罗力在灌了第一瓶下肚后，完全原谅了比尔博，直夸他是首屈一指的大好人。

还有更多的东西是留给佛罗多的。当然，包括所有重要的财物，以及绘画、书籍和多得有点夸张的家具，全都留给了佛罗多。不过，没有任何的文件和数据提到了珠宝和金钱，比尔博没有送出一分钱或一颗玻璃珠。

那天下午，佛罗多更是累得雪上加霜。竟然有则谣言如野火般四处飞传，说整栋屋子里的东西都免费大赠送；一大堆不相干的人立刻涌来此地，赶也赶不走。标签被撕下、弄混，导致许多人起了冲突。有些人甚至在客厅里就交换起东西来，其他人则试图摸走不属于他们的小东西,或是任何似乎没人要或没人注意的东西。通往大门的马路完全被独轮车和手推车给塞住了。

在这一团混乱中,塞克维尔-巴金斯一家人出现了。佛罗多已经先下去休息,将现场的东西交给好友梅里·烈酒鹿看着。傲梭一进来就大声嚷着要见佛罗多,梅里有礼地鞠躬招呼。

"他不太舒服,"他说,"正在休息呢。"

"我看是躲起来了吧,"罗贝莉亚说,"管他在干吗,我们要见他,非见不可!你给我进去,告诉他我们来了!"

梅里离开了很长一段时间,让他们有时间发现那盒临别赠礼汤匙。礼物没让他们的心情好转。最后,梅里终于带他们进入书房。佛罗多坐在书桌后,面前堆着许多的文件。他看起来的确不太舒服——看见塞克维尔这家人实在无法令人感到舒服。他站了起来,烦乱不安地摸着口袋中的某样东西。不过,他说话的口气还是相当客气。

塞克维尔家的人则相当无礼。他们先是提出低价收买(像朋友间那样)各种没标签的珍贵物品。当佛罗多表明只有比尔博指定的物品才会送人时,他们开始抱怨这整件事,认为其中必定有诈。

"在我看来,只有一件事情是明白的,"傲梭说,"就是你看起来似乎太过镇定了些,我坚持要看让渡书。"

如果比尔博没有收养佛罗多,傲梭就会成为他的继承人。他仔细阅读了让渡书,不禁哼了哼。很遗憾地,让渡书十分地完整且中规中矩(根据霍比特人的习俗,除了字句的精准之外,还要有七名证人用红墨水签名)。

"这次又落空了!"他对妻子说,"我们等了六十年!就等到汤匙?胡扯!"他在佛罗多面前气冲冲地弹了弹手指,愤愤地离开。不过罗贝莉亚可没这么容易打发。稍后佛罗多踏出书房,想看看事情进行得是否顺利时,他发现罗贝莉亚还在四处鬼头鬼脑地探来探去,在角落里东翻西找,对地板敲敲叩叩。从她的雨伞中抄出了几样不小心掉进去的小东西(却很值钱)后,他坚决护送她离开。她一脸仿佛准备说出什么惊天动地诅咒的神情,但她在门阶前转过身却只勉强挤出几句:

"年轻人,你会后悔的!你为什么不跟着赶快离开?你不属于这里。你不是巴金斯家的人,你——你是个烈酒鹿!"

"你听到了吗?我想她觉得这是个侮辱。"佛罗多猛地将门一关,对朋友说。

"才怪,这是个赞美!"梅里·烈酒鹿说,"所以我觉得你不适合。"

然后他们开始在洞屋里巡逻,抓出了三个年少的霍比特人(两个波芬家,一个博哲家的小子),他们正在一间地窖的墙上打洞。佛罗多还和桑丘·傲脚(傲脚老伯的孙子)扭打了一番,这家伙已经在一间大储藏室里开挖,因为他认为那里有回声。比尔博的黄金传说激起了很多人的好奇和希望;因为大家都知道,传说中的黄金(即使不是偷抢来的,也可以说是神秘获得的黄金)谁找到就属于谁——除非有人及时阻止对方的挖掘。

当佛罗多终于制伏桑丘将他推出门后,他瘫在客厅椅子上,无力地说:"梅里,我们该打烊了!锁上门,今天谁来都不开门,即使他们带了破城锤来也一样。"接着,他去泡了杯茶,准备好好歇息一会。

他屁股都还没坐热,前门就又传来轻轻的敲门声。"大概又是罗贝莉亚,"他想,"她多半又想出了更恶毒的咒骂,这次是回来把它说完的。我想这应该不急。"

他又继续喝茶,敲门声重复了几次,变得更大声,但他还是相应不理。突然间巫师的脑袋出现在窗外。

"佛罗多,如果你不让我进来,我就把你家的大门炸到山的另一边去。"他说。

"啊,是亲爱的甘道夫!马上来!"佛罗多大喊着跑向门口,"请进！请进！我本来以为是罗贝莉亚。"

"那我就原谅你了。不久前我还看见她驾着马车往临水区走，她嘴巴嘟得可以挂猪肉了。"

"我也被她气得快变猪肉了！说实话，我刚刚差点戴上比尔博的戒指，我好想消失不见。"

"千万别这么做！"甘道夫坐了下来，"佛罗多，你务必小心收藏那枚戒指！事实上，我特别回来就是为了这事。"

"怎么样？"

"你知道哪些事情？"

"只有比尔博告诉我的那些。我读了他的故事，有关他是怎么找到这戒指，又是怎么使用它的，我是说，在上次的冒险中啦！"

"不知道是哪个版本的故事。"甘道夫说。

"喔，不是他告诉矮人以及写在书中的那个版本，"佛罗多说，"在我搬来这边之后不久，他就告诉了我事情的真相。他说你硬逼他告诉你，所以我最好也知道一下。'我们之间没有秘密，佛罗多！'他说，'但也只是对你例外而已，反正戒指是我的。'"

"这很有意思，"甘道夫说，"好吧，你有什么看法？"

"如果你是指他编出戒指是人家送的礼物这回事，嗯，我会觉得没有必要，我也看不出来为什么要编出这故事。这不像是比尔博的作风，所以我觉得很奇怪。"

"我也这么认为。但是，拥有并且动用这种财宝的人，都可能会有这样怪异的行径。就把这件事当作前车之鉴吧，它的能力可能不只是让你在紧急时候消失而已。"

"我不明白。"佛罗多说。

"我自己也不确定，"巫师回答，"我是从昨夜才开始对这戒指起了疑心。你先别担心，希望你听我的忠告，尽量不要用这戒指。我至少拜托你不要在别人面前用，免得造成传言和疑心。我再强调一次：好好保管，千万别让人知道！"

"你真是神秘兮兮的！你到底在怕些什么？"

"我还不确定，所以也没办法多说。也许我下次来的时候能多告诉你一点。我马上要离开了，下次再见！"他站了起来。

"马上离开？"佛罗多大喊道，"为什么？我以为你至少会待上一星期，还准备要请你帮忙呢。"

"我本来是这样打算的，但我必须改变心意。我可能会离开很长的一段时间，但只要可能，我会尽快赶回来看你。到时你就知道了！我会悄悄地来拜访，不会再公开造访夏尔了。我发现自己已经成了不受欢迎的人物。他们说我老惹麻烦，破坏宁静。有些人甚至指控我鼓动比尔博远行。还有更糟糕的哩，有人说我和你准备阴谋夺取他的财富！"

"竟有人这么说！"佛罗多难以置信地说，"你是说傲梭和罗贝莉亚吧？真是太卑鄙了！如果我可以换回比尔博和我一起四处散步，我宁愿把袋底洞和一切都送给他们。我喜爱夏尔，但不知道怎么搞的，我开始想如果自己也离开了会不会好一些。我怀疑自己还会再见到他。"

"我也这样想，"甘道夫说，"我脑中还怀疑其他很多事呢。现在先说再见吧！好好照顾自己！我随时都有可能出现的，再会！"

佛罗多送他到门口。他最后挥挥手，用惊人的步伐快步离开。佛罗多这次觉得老巫师似乎比平常还要苍老些，仿佛肩膀上扛了更沉重的负担。夜幕渐渐低垂，他的身影也跟着消失在夕阳余晖中。佛罗多有很长一段时间没再见到他。

第二章

过往黯影

有关这事件的讨论不止持续了一周,更超过了三个月。比尔博·巴金斯第二次的神秘失踪,让人在霍比特屯——事实上,是整个夏尔——讨论了一年多,更让人们记得了好长一段时间,这成了年轻霍比特人最爱的饭后话题。到了最后,当一切的真相都已经隐入历史中时,"疯狂巴金斯"这个会在一声巨响和强光中消失,然后再带着装满珠宝和黄金的袋子出现的人物,成了民间故事中最受喜爱的角色。

但与此同时,邻居们对他的观感则大有不同。他们都认为这个本来就有点疯疯癫癫的老头子这下终于崩溃了,可能跑到荒野里去了。他可能在那里跌进某个池塘或是小河里,就这样结束了一生,而大多数的人都把这怪罪到甘道夫身上。

"如果那个讨厌的巫师不要一直缠着佛罗多就好了,或许他还来得及安定下来,体会霍比特人行事的作风。"他们说。从一切蛛丝马迹看来,这巫师的确没有再打搅佛罗多,这年轻人也真的安定了下来。至于霍比特人的行事作风嘛,恐怕还是看不太出来。没错,他继承了比尔博的特异作风:他拒绝哀悼比尔博,第二年还办了个百岁宴会纪念比尔博的一百一十二岁生日,这场宴会邀请了二十名客人,照霍比特人的说法,宴会中的餐点可说是"菜山酒海",丰盛得很。

有些人觉得相当吃惊,但佛罗多还是年复一年地坚持举办宴会,直到大家也见怪不怪为止。他表示自己不认为比尔博已经死了。当众人质问他比尔博的去向时，他也只能耸耸肩。

　　他和比尔博一样都单身独居，不同的是，他有许多年轻的霍比特朋友（大多数是老图克的子孙）。这些人小时候就很喜欢比尔博，经常喜欢找理由往袋底洞跑，法哥·波芬和佛瑞德加·博哲就是两个典型的例子。不过，他最亲近的朋友是皮瑞格林·图克（通常昵称他为皮聘）和梅里·烈酒鹿（他的真名其实是梅里雅达克，但大家都记不太起来）。佛罗多经常和他们在夏尔四处探索，但更常自己一个人四处乱逛。让一般人吃惊的是，佛罗多有时竟然会在星光下远离家门，去附近的山丘和森林散步，梅里和皮聘怀疑他和比尔博一样，都会悄悄地去拜访精灵。

　　随着时光的流逝，人们开始注意到佛罗多似乎也继承了"养生有道"的秘诀。他外表看起来依旧像是精力充沛的少年。"有些人就是得天独厚！"他们说。但一直到了佛罗多五十岁的时候，他们才真的觉得这很诡异。

　　在过了起初的骚动之后，佛罗多开始发现，自己做主生活，继承袋底洞成为巴金斯先生，其实让人蛮愉快的。他有好几年的时间安逸地过活，丝毫不担心未来。但慢慢地，他开始后悔当初没有跟比尔博一起离开。他有时脑中会浮现一些景象，特别是在暮秋时节，他会开始想起外面的荒野、梦中会出现以往从未见过的高山峻岭。他开始对自己说："或许有天我该亲身渡河去看看！"对此，他脑中的另外一部分会回答："时候还没到。"

　　日子就这么继续过下去。一眨眼，他的五十岁生日就快到了。五十这个数字让他觉得十分特殊（或许有些"太过"特殊了），比尔博就是在这个岁数突然间经历了许多奇遇。佛罗多开始觉得坐立难安，平日散步的小径也变得让人厌烦。他阅读地图时会思索地图的边缘之外是什么。在夏尔地区绘制的地图多半会把边境之外留白。他散步的范

山下的袋底洞

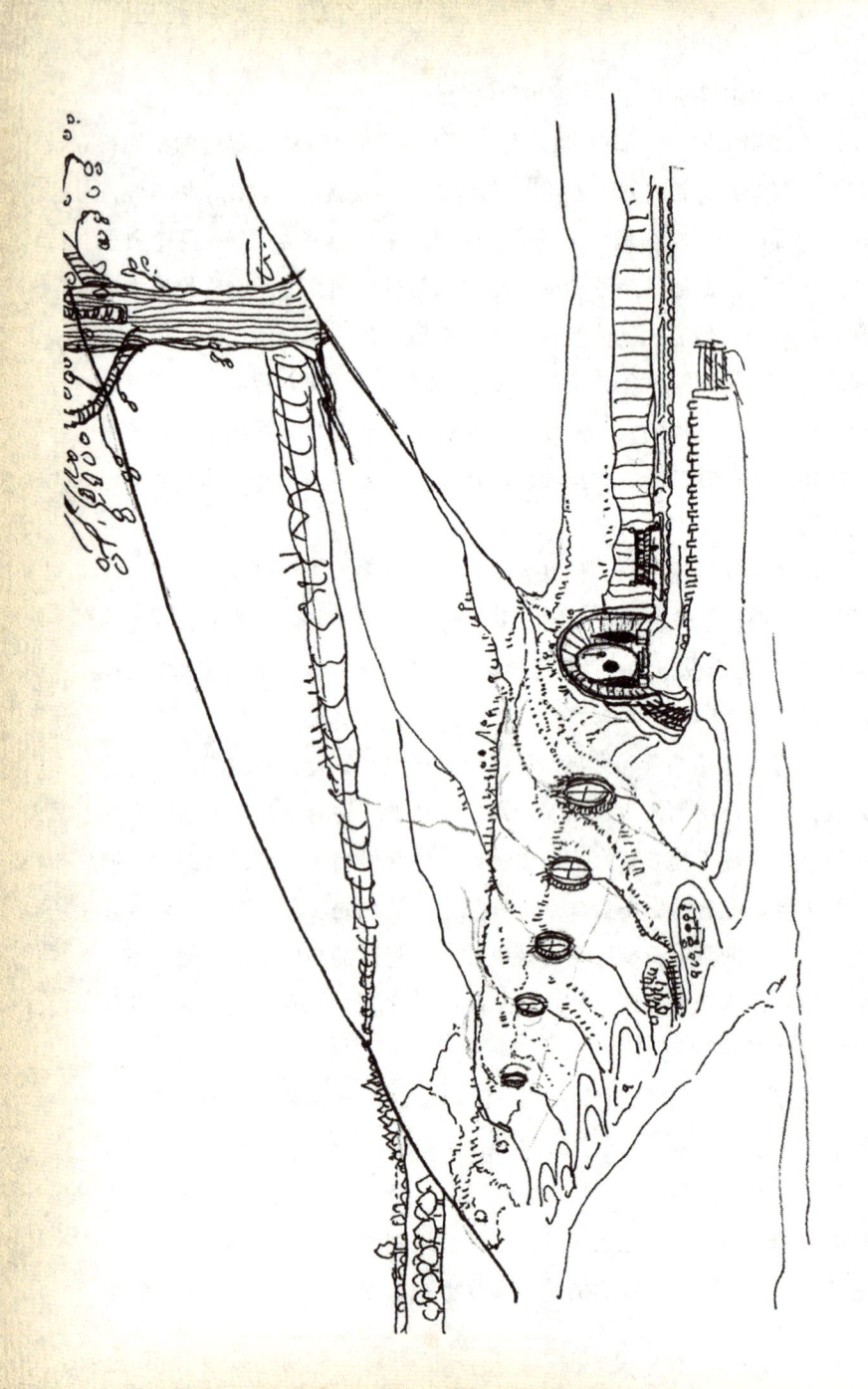

围越来越广，也更常单枪匹马地乱跑，梅里和其他的朋友都很担心他。他们常常看见他精力充沛地散步，或是和开始出现在夏尔的陌生旅人聊天。

据说外面的世界有了许多的变化，流言跟着四起，由于甘道夫已经有好多年没有任何消息，佛罗多只好尽可能地靠自己搜集一切情报。极少踏入夏尔的精灵现在也会于傍晚取道此地，沿着森林头也不回地往西走；他们准备离开中土世界，不再插手此间的纷纷扰扰。除此之外，路上的矮人也比往常要多。历史悠久的西东路穿越夏尔，通往灰港岸，矮人们一向利用这条路跋涉前往蓝色山脉中的矿坑。他们是霍比特人对外界最主要的信息来源。一般来说，矮人都不愿多说，而霍比特人也不会追问。但是现在，佛罗多经常会遇到从遥远异乡赶来的矮人，准备往西方避难；他们每个人都心事重重，间或有人提到魔王和魔多之境的消息。

这些名字只出现在过去的黑暗历史中，在霍比特人的记忆里已模糊难辨，但如此不祥的消息让人感到不安。原以为被圣白议会从幽暗密林中所驱逐的敌人，现在又以更强大的形体重生在古老的魔多要塞中。根据流言，邪黑塔已经被重建，以邪黑塔为中心，邪恶的势力如燎原野火般向外扩展，极东和极南边的战火及恐惧都在不停地蔓延。半兽人又再度肆虐于群山间，食人妖的踪迹再现，这次它们不再是传说中那种愚蠢的食肉兽，反而摇身一变成为诡诈的武装战士。还有更多恐怖的耳语，述说着比这些还更恐怖的无名生物……

一般正常过活的霍比特人本来不可能知道这些流言，但即使是最不问世事又深居简出的霍比特人，也开始听到奇怪的故事，因工作所需而必须前往边境的霍比特人，更看到许多诡异的迹象。在佛罗多五十岁那年春天的一个傍晚，临水区的"绿龙"旅店里面的对话让人明白，即使是夏尔这与世隔绝的地区，也开始流传这些四起的流言。不过大多数的霍比特人依旧嗤之以鼻。

山姆·詹吉正坐在炉火旁的位子上，他对面坐的是磨坊主人的儿子泰德·山迪曼，旁边还有许多没事干的霍比特人在聆听他们的对话。

"如果你注意听，这些日子会听到很多奇怪的事情。"山姆说。

"啊，"泰德说，"如果你放机灵点，的确会有很多传言。可是，如果我只想要听床边故事和童话，我在家就可以听到了。"

"你当然可以回家听，"山姆不屑地说，"我敢打赌，那里面的事实比你所明白的还要多。是谁编出这些故事的？就以龙来做例子好了。"

"哼，还是免了吧！"泰德说，"这我可不敢恭维。我小时候就听说过龙的故事，现在更没理由相信它们。临水区只有一条龙，就是这个绿龙旅店。"他的听众都哈哈大笑。

"好吧，"山姆也和其他的人一起开怀大笑，"那这些树人，或是你口中的巨人又怎么说？附近的确有人说，他们在北边的荒地那边，看到这种比树还要高大的生物。"

"你指的他们到底是谁？"

"我的亲戚哈尔就是其中一个。他当时在替波芬先生工作，去北区打猎时，他就看到了一个这种生物。"

"他是这样说的，我们怎么知道是真是假？你们家的哈尔老是说他看到了什么东西，可能根本没这回事。"

"可是他看到的东西跟榆树一样高，还会走！每一步可以跨出七码！"

"我打赌他看错了，他看到的应该只是棵榆树而已！"

"我刚刚说过了，这棵树会走路，北边的荒地也根本没有什么榆树。"

"那么哈尔就不可能看见榆树。"泰德说。旁观者有些人开始大笑和拍手,他们认为泰德这次占了上风。

"随便啦,"山姆说,"你总不能否认除了我们家哈尔之外,还有其他人也看见很多诡异的人物穿越夏尔,注意喔,是穿越——还有更多的人在边境就被挡驾了,边境警卫从来没有这么忙碌过。"

"我还听说精灵们开始往西方迁徙,他们说他们准备越过白塔之后那边的港口。"山姆含糊地挥舞着手臂,他和其他人都不知道,离开夏尔西方边境和旧塔之后,离海有多远。他们只知道在那边有个叫灰港岸的地方,精灵的船只从那边出港之后就再也不会回来。

"他们出港之后就扬帆远航,不停地往西方走,把我们遗弃在这里。"山姆眼神梦幻地喃喃道,摇头晃脑露出忧伤的表情,但泰德反而笑了起来。

"如果你相信古代的传说,这又不是什么新鲜事,我也看不出来这和你我有什么关系。就让他们开船走啊!我保证你和夏尔的其他人都不曾看过他们驾船出海。"

"我可没那么确定。"山姆若有所思地说。他认为自己曾经在森林里面看到过一个精灵,也很希望有一天可以看到更多。在他儿时所听过的所有故事中(仅止于霍比特人对精灵贫乏的了解),每个精灵的故事都让他大为感动。"即使在我们这边,也有人认识那些高贵人种,"他说,"我的老板巴金斯就是一个例子,他告诉我他们远航的故事,他也知道不少关于精灵的事情。比尔博老先生知道的更多,我小时候听他说就听了不少。"

"喔,这两个家伙脑袋都有问题啦!"泰德说,"至少过世的老比尔博脑袋有问题,佛罗多还在慢慢地崩溃中。如果你的消息来源是这两个家伙,那什么怪事都不稀奇了。好啦,朋友们,我要回家了。祝你们健康!"他一口喝完杯中的饮料,大摇大摆地走出门去。

山姆沉默地坐着，不再多言。他有很多东西要考虑。举例来说，他在袋底洞的花园里面就还有很多工作，如果明天天气好一点，他可能要忙上一整天，草皮最近长得很快。不过，山姆烦心的不只是种花割草这类的事情。他又继续沉思了片刻，最后还是叹口气，悄悄地走出门外。

今天也才四月初，大雨过后的天空显得格外明澈。太阳正要下山，沁凉的暮色正缓缓地被夜色所取代。他在明亮的星光之下穿越霍比特屯，走上小丘，边轻吹着口哨，想着心事。

同一时刻，销声匿迹已久的甘道夫再度出现。他在宴会结束之后消失了三年，然后他曾短暂地拜访过佛罗多一阵子，在仔细打量过佛罗多之后，他才再度远行。接下来的一两年他还经常出现，通常都是在天黑之后突然地来拜访，在天亮之前无声无息地消失。他对自己的工作和旅程守口如瓶，似乎只在乎有关佛罗多身体状况和行为的一切芝麻小事。

毫无征兆地，他突然间音讯全无。佛罗多已经有九年之久没有听说过他的任何消息，他开始以为这巫师对霍比特人失去兴趣，以后也不会再出现了。可是，正当山姆在暮色中散步回家时，佛罗多书房的窗户上却传来了熟悉的轻敲声。

佛罗多有些惊讶，却十分高兴地欢迎老友再度前来拜访，他们彼此打量了许久。

"一切都还好吧？"甘道夫说，"佛罗多，你看起来一点都没变！"

"你也是一样。"佛罗多客套地说，但他内心觉得巫师更显老态，似乎比以前更饱经风霜了些。他迫不及待地要求巫师讲述外界的消息，两人很快就热烈地聊了起来，直到深夜。

第二天近午时分，晚起的两人在用了早餐之后，在书房明亮的窗户旁坐了下来。壁炉中燃烧着熊熊的火焰，太阳也十分温暖，外面吹着和煦的南风。一切看起来都那么完美，春天带来了一股欣欣向荣的绿意，点缀在花草树木上。

甘道夫正回忆着将近八十年前的一个春天，比尔博匆匆忙忙奔出袋底洞，身上还忘了带手帕。比起那时，现在他的头发可能变得更白些，胡子和眉毛可能都更长了，脸上也多了许多忧心和智慧累积的皱纹；但他的眼神依然明亮，吐烟圈和抽烟斗时的神情依旧欢愉，看来和过去一样活力十足与欢欣。

此时他正沉默地吸烟，看着佛罗多动也不动地沉思着。即使在明媚的晨光照耀下，他依旧被甘道夫所带来的诸多坏消息给压得喘不过气来，最后他终于打破了沉默。

"昨天晚上你才告诉我有关这戒指独特的地方，甘道夫，"他说，"然后你似乎欲言又止，因为你说最好留到白天再讨论这个话题。你为什么不现在把它说完呢？你昨夜说这枚戒指很危险，比我猜的要更危险。它为什么危险呢？"

"它在许多方面都极端地危险，"巫师回答，"我根本没想到这枚戒指有这么大的力量，它的力量强大到足以征服任何拥有它的凡人，它将会占据他们的身心。

"很久很久以前，精灵们在伊瑞詹打造了许多枚精灵戒指，也就是你所称呼的魔法戒指，它们有许多不同的种类：有的力量大，有的力量比较小。次级的戒指都是在这门技术尚未成熟时打造出来的，对精灵工匠来说只是微不足道的装饰品；但是在我看来，它们对凡人来说依旧是无比危险。但更进一步的还有更高级的统御魔戒，又被称作力量之戒，它们的危险是难以用言语描述的。

"佛罗多，持有统御魔戒的凡人可以不老不死，但他并不会获得更长的寿命或是继续成长；他只是肉体继续存在，直到每一刻对他来说都成为煎熬，却无法摆脱这命运。如果他经常使用这戒指让自己隐形，他会渐渐地褪逝；最后他会永远地隐形，被迫在管辖魔戒的邪恶力量之下，游走于幽界之中。没错，迟早他都会沦落到这个下场！如果他用意良善、意志坚强，这时间会拖得比较久；但良善和坚强都救不了他，那黑暗的力量迟早会将他吞灭。"

"真是太恐怖了！"佛罗多说。两人又沉默了很长的一段时间，窗外传来山姆割草的声音。

"你知道这件事有多久了？"佛罗多最后终于问，"比尔博又知道多少？"

"我确信比尔博知道的不会比你多，"甘道夫说，"他绝对不会把有危险的东西送给你，即使我答应照顾你也一定无法说服他。他只是单纯地以为这戒指很美丽，关键的时候相当有用，就算有什么东西不对劲，也只是他自己的问题而已。他说这东西似乎占据了他的思绪，他越来越担心这东西，但他没有想到罪魁祸首是这枚戒指。他只知道这东西需要特别的注意——它的尺寸和重量变化不定，会以诡异的方式缩小和变大，甚至可能突然间从戴得紧紧的手指上滑落下来。"

"没错，他给我的最后一封信里面警告过我，"佛罗多说，"所以我一直用原来的链子将它绑住。"

"你很聪明。"甘道夫说，"至于比尔博的长寿，他自己从未将长寿跟戒指联想在一起。他以为是自己身体硬朗的关系，因此也觉得非常自豪。不过他觉得情绪越来越起浮、越来越不安。他说自己'变得干枯，快被榨干'，这就是魔戒开始控制他的征兆。"

"你知道这件事到底有多久了？"佛罗多再度问道。

"知道？"甘道夫说，"我所知道的信息，很多是只有贤者才会知道的秘辛。佛罗多，如果你的意思是我对这枚戒指的了解，你可以说我其实还不知道，我还必须做最后一个试验才能确定，但我现在已经不再怀疑自己的猜测了。

"我是什么时候开始怀疑的呢？"他沉吟着，搜寻着脑中的回忆，"让我想想，比尔博找到这枚戒指，是在圣白议会驱逐幽暗密林中邪恶势力的那一年，正好在五军之战①之前。那时就有个阴影笼罩在我心上，我却浑然不知自己在恐惧些什么。我经常想，咕鲁怎么会这么容易就拥有统御魔戒，至少一开始的时候看起来是如此。然后我又听了比尔博说他是怎么'赢得'这枚戒指的奇怪故事，我根本就不相信他的说法。在我终于从他口中逼问出实情后，我立刻明白他想要将这魔戒据为己有。就像咕鲁声称这是他的'生日礼物'一样。这两个谎言的酷似让我的不安日益加深。很明显，这枚魔戒拥有某种可以影响它持有者的力量。这是我头一次大起戒心，觉得这整件事一点也不妙。我常告诉比尔博最好不要使用这枚戒指，但他置之不理，甚至很快就被激怒了。我对此也束手无策，我不可能强行将魔戒从他手中夺走却不伤害他，而且我也不想这样做。我只能够袖手旁观，等待时机到来。我本来应该去请教白袍萨鲁曼，但我的第六感让我迟疑了。"

"他是谁？"佛罗多问，"我以前从来没听说过这个人。"

"可能你真的不知道，"甘道夫回答道，"至少在这之前，他对霍比特人毫不关心，但他在众贤者中的地位很高。他是我辈的领袖，也是议会的议长，他拥有渊博的知识，但也相对地傲慢自大；他痛恨任何人插手干预他的事务。精灵戒指不论大小都是他的专业领域，他研究

---

① 五军之战是在甘道夫的巧计安排下，人类、精灵、矮人对抗半兽人联军的战役。此役发生于第三纪二九四一年，双方损失惨重，却有效地遏止了半兽人扩张势力范围的企图；半兽人在领袖被杀的情况下，销声匿迹了很长的一段时间。

这领域已经很久了，希望能够重获铸造它们的知识。但当我们在议会中针对魔戒的力量争辩时，他所愿意透露的魔戒信息正好与我所畏惧的相反。我一度打消疑虑，但那不安却未曾消退，我依旧观察着世间的变化，耐心等待着。

"比尔博看来也似乎不受影响。年复一年，他的外貌却丝毫不受岁月的侵蚀，我的内心再度为阴影所笼罩。但我又对自己说：'毕竟他母亲那边拥有长寿的血统，还有的是时间，耐心等吧！'

"我就这样继续等待着，直到那夜他离开这间屋子为止。他的所作所为，让我心中充满了连萨鲁曼的任何话语都无法压抑的恐惧，我终于确认有致命的邪恶力量在背后运作，从那之后我大部分时间就花在寻求背后的真相。"

"这会不会造成永久的伤害呢？"佛罗多紧张地问，"他会慢慢地恢复吧？我是说，他至少可以安享晚年吧？"

"他立刻就感觉好多了。"甘道夫说，"但这世界上只有一种力量知晓所有戒指的信息和它的影响；而就我所知，这世界上没有任何力量能对霍比特人有通盘了解。贤者当中只有我愿意研究霍比特人的历史，虽然这被视为细枝末节，却充满了惊奇。有时他们软弱如水，有时却又坚硬胜钢。我想，这个种族或许会大出贤者们的意料，足以长时间抵抗魔戒的影响力。我想，你不需要替比尔博担心。"

"的确，他持有魔戒很多年，也曾经使用过它，后遗症可能要很长一段时间才会消逝。举例来说，最好先不要让他再见到这枚戒指，避免造成严重的影响。如此，他应该可以快快乐乐地活上很多年，不再像他割舍魔戒时的样子。因为，他是靠着自己的意志力放弃魔戒的，这很重要。在他放手之后，我不再替比尔博担心了，我觉得必须对你负起责任。

"自从比尔博离开这里之后，我就一直很担心你，我放心不下你们这些乐天、贪玩却又无助的霍比特人。如果黑暗的势力征服了夏尔,会是一件让人多么痛惜的事。如果你们这些体贴、善解人意、天真的博哲家,吹号者家,波芬家,抱腹家,更别提还有那著名的巴金斯家,全都遭到邪恶之力奴役时该怎么办?"

佛罗多打了个寒战。"怎么可能呢?"他问,"他又怎么会想要我们这种奴隶?"

"说实话,"甘道夫回答,"我相信迄今为止,记住,是到目前为止,他都忽视了霍比特人的存在,你们应该感激这点。但你们宁静愉快的日子已经过去了,他的确不需要你们,他拥有各种各样残暴凶狠的仆人,但他不会忘记你们的存在。痛苦的霍比特奴隶,会比自由快乐的霍比特人更符合他的心意。这世界上的确存在着纯粹的邪心和报复的执念!"

"报复?"佛罗多问,"报复什么?我还是不明白这与比尔博和我,以及我们的戒指有什么关系。"

"这一切都是源自那枚戒指,"甘道夫说,"你还没有遇上真正的危险,但也快了。我上次来这边的时候还不太确定,但证明的时间已经到了,先把戒指给我。"

佛罗多从他的裤子口袋中掏出了用挂在腰间的链子拴着的戒指。他松开链子,慢慢地将它交给巫师。戒指突然间变得十分沉重,仿佛它或佛罗多不愿意让甘道夫碰触它。

甘道夫接下戒指,它看起来像是用纯金打造的东西。"你在上面能够看到任何标记吗?"他问。

"看不到,"佛罗多说,"上面什么也没有。这戒指设计很简单,而且它永远不会有刮伤或是褪色的痕迹。"

"那你看着吧!"接下来的情况让佛罗多大惊失色,巫师突如其来地将戒指丢进火炉中。佛罗多惊呼一声，急忙想要拿起火钳去捡拾戒指，但甘道夫阻止他。

"等等！"他瞪了佛罗多一眼，用带着无比权威的声音说。

戒指没有什么明显的变化。过了一会儿之后，甘道夫站起来，关上窗户，拉上窗帘。房间瞬时变得黑暗寂静，唯一的声音，只有山姆的树剪越来越靠近窗边的工作声。巫师望着炉火好一会儿，然后用火钳将它拿出。佛罗多倒抽一口冷气。

"它还是一样的冰凉，"甘道夫说，"拿着！"佛罗多的小手接下这枚戒指，戒指似乎变得比以前厚重许多。

"拿起来！"甘道夫说，"仔细看！"

当佛罗多照做的时候，他看见戒指的内侧和外侧有着极端细微、比任何人笔触都要细致的痕迹。火焰般的笔迹似乎构成了某种龙飞凤舞的文字。它们发出刺眼的光芒，却又遥不可及，仿佛是从地心深处发出的烈焰一般。

"我看不懂这些发亮的文字。"佛罗多用颤抖的嗓音说。

"我知道，"甘道夫说，"但是我看得懂。这些是精灵古文字，但语言却是魔多的方言，我不愿意在此念出来。但翻译成通用语是这样的意思：

至尊戒，驭众戒；

至尊戒，寻众戒，

魔戒至尊引众戒，

禁锢众戒黑暗中。

"这是精灵自古流传的诗歌中摘录的四句，原诗是：

天下精灵铸三戒，

地底矮人得七戒，

寿定凡人持九戒，

魔多妖境暗影伏，

暗王坐拥至尊戒。

至尊戒，驭众戒；

至尊戒，寻众戒，

魔戒至尊引众戒，

禁锢众戒黑暗中，

魔多妖境暗影伏。"

他暂停片刻，接着用极端深沉的声音说："这就是魔戒之王，统御一切魔戒的至尊魔戒。这就是他在无数纪元以前失落的魔戒，这让他的力量大为减弱。他对魔戒势在必得，但我们绝不能让他得逞。"

佛罗多一言不发，动也不动地坐着。恐惧似乎用巨大的手掌将他攫住，仿佛自东方升起的乌云一样将他包围。"这……这枚戒指！"他结巴地说，"怎么，怎么可能会落到我手中？"

"啊！"甘道夫说，"说来话长，故事是从黑暗年代开始的，现在只有学识最渊博的历史学者记得这段历史。如果要我把来龙去脉说完，我们可能会在这里从春天一直坐到冬天。

"不过，昨天晚上我跟你提过了黑暗魔君索伦。你所听说的传言是真的：他的确再度复活，离开了幽暗密林的居所，回到他古老的魔多要塞——邪黑塔。这个名字就连你们霍比特人也听说过，它就像是在古老故事中萦绕不去的邪恶阴影一样，不管被击败多少次，魔影都会转生成其他的形貌，再度开始茁壮滋长。"

"我希望我这辈子都不要遇到这种事情。"佛罗多说。

"我也一样，"甘道夫说，"所有活在这时代的人，也都绝不希望遇到，但世事的演变不是我们可以决定的。我们能决定的，只是如何利用手中宝贵的时间做好准备。佛罗多，阴影已经开始笼罩在我们历史的长河上，魔王的力量正在迅速地增强。我认为，他的阴谋还没有成熟，但也距今不远，我一定要尽可能地阻止这情形发生。即使没有掌握这恐怖的契机，我们也必须尽一切可能阻止他。

"要摧毁所有的敌手、击垮最后的防线、让黑暗再度降临大地，魔王只欠缺一样可以赐给他知识和力量的宝物——至尊魔戒还不在他的手上！

"最美好的三枚统御魔戒，被三名精灵王隐藏着，不在他的势力范围中，他的邪气和野心从来没有污染到它们。矮人皇族拥有七枚魔戒，但他已经得回了三枚，其他的都被巨龙给毁坏了。他将另外九枚魔戒赐给九名功绩彪炳的伟大人类，借此禁锢他们；在远古时代，他们就屈服在至尊魔戒的威势之下，成为戒灵，也就是听从魔王命令的魔影，是他最恐怖强悍的仆人。九名戒灵已经在这世间消失了很长一段时间，但谁能确定他们的去向呢？在大魔影再度扩张的此时，他们可能再度现世。别再谈这个话题了！即使在夏尔的晨光下，也别轻易提起他们的名号。

"现在的状况是这样的：他已经将九戒收归，七戒中剩余的也已经被他得回。精灵的三枚依旧隐藏着。但这问题已经不再困扰他了。他只需要找回他亲手铸造的至尊魔戒，它本来就是属于他的。当初在铸造的时候，他就将自己大部分的力量注入戒指中，如此他才可以统御所有其他的魔戒。如果他找回了至尊魔戒，他将可以再度号令众戒，连精灵王的三枚魔戒都无法幸免，而他们的一切力量、部署都将赤裸裸地呈现在他面前，他将会获得空前绝后的强大力量。

"这就是我们所面临的危机，却也是转机，佛罗多。他相信至尊魔戒已经被精灵摧毁了，它本来是应该要被摧毁的；但现在，他知道至尊魔戒并没有被毁，而且也再度现世。他费尽心血只为找寻这戒指，所有的心思皆投注其上。这是他最大的制胜关键，也是我们最大的危机。"

"为什么，为什么他们会没有摧毁魔戒？"佛罗多大喊道，"如果魔王的力量这么强大，这又对他那么珍贵，为什么他会弄丢这枚戒指？"他紧抓着魔戒，仿佛已经看到黑暗的魔爪伸向他。

"这戒指是从他手中夺走的。"甘道夫说，"在古代，精灵们对抗他的力量比现在强大得多，也并非所有的人类都与精灵疏远，西方皇族的人类前来支持他们对抗魔王。这是段值得回忆的历史，虽然其中也充满了悲伤，当时黑暗迫在眉睫，战火漫天，但伟大的功绩、壮烈的奋战也并未全部化成泡影。或许，有一天我会告诉你完整的故事，或者让熟悉这段历史的人亲自对你述说。

"此刻我把你需要知道的都告诉你，这样可以省去很多时间。推翻索伦暴政的是精灵王吉尔加拉德和西方皇族伊兰迪尔，但两人也都在战斗中壮烈牺牲。伊兰迪尔的子嗣埃西铎，斩下索伦的戒指，将戒指收归己有。索伦的肉身灰飞烟灭，灵魂则隐匿了很长的一段时间，最后才在幽暗密林重新转生。

"但魔戒随后却也失落了。它落入大河安都因中，消失得无影无踪。事情是这样的，当时埃西铎正沿着东边河岸行军北上，当他来到格拉顿平原时，却遭到半兽人部队的伏击，他所有的部下几乎全部战死。他跳入河中，但魔戒在他泅水时突然从他手指上滑落，发现他的半兽人当场把他射死。"

甘道夫停了下来。"就这样，魔戒落入格拉顿平原的黑暗河泥中，"他说道，"退下了历史和传说的舞台。连知道它来龙去脉的也仅剩数人，贤者议会亦无法再得知更多的信息，不过至少，我认为我可以把故事继续下去。

"很久以后，但距今仍是很长的一段时间，大河岸、大荒原边住着一群手脚灵活的小家伙。我猜他们应该也属于霍比特人，和史图尔的祖先可能是同一个血缘，因为他们喜爱河流，经常在其中游泳，建造出小船或竹筏在河上航行。在他们之中有个地位很高的家族，这个家族不但人丁兴旺，财力也无与伦比。传说中，这个家族的统治者是一名睿智、严肃的老祖母。这个家族中最富有好奇心的少年名叫史麦戈，他对于一切事物都喜欢追根究底。他会潜入幽深的池子里，他会在树根和植物底下挖洞，他在各种不同的洞穴中探索着。他的眼光不再看向山顶，不再注意树木或是空气中的花香，他的目光和注意力都集中在脚底。

"他有一个和他气味相投的朋友德戈，那人目光锐利，但速度和力气都比不上史麦戈。有一天他们划着小舟来到了格拉顿平原，那里长满了大片大片的芦苇和鸢尾花。史麦戈上到岸边去四处探索，而德戈则坐在船上钓鱼。突然间有一条大鱼吞下了德戈的钓钩，在他来得及反应之前，那条大鱼就把他拖到了河底去。他仿佛在河床上看到了什么发亮的东西，因此他松开钓线，屏住呼吸伸手去捞这东西。

"接着，他满头水草和一手泥巴，狼狈地游上岸来。出人意料的是，当他洗去手中的泥浆时，发现那是枚美丽的金戒指，在阳光下反射着诱人的光芒，让他心动不已。但此时，史麦戈躲在树后面打量着他，当德戈呆看着戒指时，史麦戈无声无息地走到他背后。

"'德戈老友,把那东西给我。'史麦戈从背后探头对朋友说。

"'为什么?'德戈说。

"'因为今天是我的生日,我想要礼物!'史麦戈说。

"'我才不管你!'德戈说,'我已经花了大钱买礼物给你,这是我找到的,就该归我。'

"'喔,真的吗,老友。'史麦戈抓住德戈,就这么把他给活活掐死了,因为那黄金的戒指看起来实在太漂亮、太耀眼了。最后,他把戒指套在自己手上。

"后来再也没有人知道德戈的下落,他在离家很远的地方被杀,尸体又被隐藏得很好。史麦戈一人独自回家,随后他发现当他戴着戒指时,没有人看得见他,这让他十分高兴,因此他没有对任何人透露这件事。他利用这能力来打听一切可以让他获利的秘密和消息,他的眼睛和耳朵开始对其他人的把柄无比灵敏,魔戒按照他的天性赐给他对等的力量。难怪,不久之后他就变得极不受欢迎,被所有亲戚排挤(当他没有隐形的时候),他们会用脚踢他,而他则会咬他们。他开始偷窃、自言自语、在喉中发出怪声。于是他们叫他咕鲁,恶狠狠地诅咒他,斥责他滚远一点。他的祖母为了避免冲突,于是将他赶出了家族居住的地方。

"他孤单地流浪着,偶尔为了这世间的残酷而啜泣。他沿着大河漫步,最后来到一条从山上流下的小溪边,继续沿着小溪前进。他利用隐形的手指在池子中捕捉鲜鱼,生吃它们来充饥。有一天,天气很热,他正在池中捕鱼,热辣辣的阳光照在他背上,池中的反光让他眼泪直流。由于长期在黑暗中生活,他几乎忘记了阳光这档子事,他举起拳头,最后一次咒骂着太阳。

"当他低下头时,他发现眼前就是溪流发源地迷雾山脉。他突然间想到:'在山底下一定很阴凉,太阳就不会再照到我了。山底下肯定就是大地的根基了,一定有很多从开天辟地以来就没有被人发现的秘密。'

"就这样,他昼伏夜出地赶往高地,发现了溪水流出的山洞。他像是蛆虫一样地钻进大山中,消失在历史的记载中,魔戒也跟着一起隐入黑暗。此后,即使它的铸造者此时已经重生,也无法感应到它的存在。"

"咕鲁!"佛罗多大喊道,"是咕鲁?你说的该不会就是比尔博遇到的那个咕鲁吧?这太邪门了!"

"我觉得这是个哀伤的故事,"巫师说,"这故事可能发生在其他人身上,甚至是我所认识的霍比特人身上。"

"不管血缘关系有多远,我都不相信咕鲁和霍比特人有关联!"佛罗多有些激动地说,"这太污辱人了!"

"真相就是真相,"甘道夫回答,"至少这两者的起源是相同的,我比霍比特人还要了解他们自己的历史,连比尔博自己的故事都提到了这种可能性。他们的心思和记忆中有很大部分非常类似。他们对彼此相当了解,和霍比特人与矮人、半兽人或是精灵之间的关系完全不同。你还记得吧,他们竟然听过同样的谜语。"

"我记得,"佛罗多说,"但其他的人种也会猜谜,谜题也多半大同小异,而且霍比特人不会作弊。咕鲁满脑子都是作弊的念头,他一心只想要攻比尔博个措手不及。我敢打赌,这种输亦无伤大雅、赢却有利的消遣,一定让咕鲁高兴得不得了。"

"我想你说得很对,"甘道夫说,"但还有一些事情你没有注意到。即使是咕鲁也没有完全失去本性,他的意志力比贤者们的推断还要坚强,这又是一个霍比特人的特性。他的心智中依然有一个角落是属于自己的,微弱的光明依旧可以穿透这黑暗,那是来自过去的微光。事实上,我认为,比尔博友善的声音让他回忆起了花草树木、阳光和微风的甜美过去。

"不过，这也让他心中邪恶的部分变得更愤怒。除非我们能压抑这种邪恶，能够治好这种邪恶。"甘道夫叹了一口气，"可惜！他已经没有多少希望了，但还不是完全绝望。如果他从过去到现在都一直戴着魔戒的话，那就真的毫无希望了。因为在阴暗的地底他不太需要魔戒，因此他也有很长的一段时间没有经常戴它。绝对能够确定的一点是，他从来没有'完全隐形'，也就是落入幽界。他虽然又瘦又干，却坚韧如昔。当然，那东西还是在继续吞蚀他的心智，这对他来说是无比痛苦的折磨。

"他之前期待的'山中秘密'，其实只是空虚和荒芜的黑夜，再也没有什么好发现的，没有什么可做的，只有残酷的猎食和悔恨的记忆。他在这里受尽折磨，整个人都被扭曲了。他痛恨黑暗，但更害怕光亮，他痛恨魔戒更甚于一切。"

"你这是什么意思？"佛罗多问，"魔戒应该是他的宝贝，也是他唯一在意的东西吧？但如果他恨这戒指，为什么不把它丢掉，或者是单纯逃开呢？"

"佛罗多，在你听了那么多历史之后，你应该可以明白才是，"甘道夫说，"他对它又恨又爱，就如同他对自己的看法一样，他没办法抛弃它。在这件事情上，他的自由意志已经被消磨殆尽。

"统御魔戒会照顾自己，佛罗多。它可能会自己滑下主人的手指，但持有者绝不可能丢弃它，至多他只能考虑将它交给别人保管。而这还必须在被魔戒控制的最初期才行。就我所知，比尔博是史上唯一将其付诸行动的人。当然，他也需要我的帮助才办得到。即使是这样，他也绝不可能就这样把魔戒放弃，或是将它丢到一旁。佛罗多，决定一切的不是咕鲁，而是魔戒，是魔戒决定离开他！"

"难道是为了迎接比尔博吗？"佛罗多问，"难道半兽人不会是更好的对象吗？"

"这可不是开玩笑的，"甘道夫说，"特别是对你来说。这是魔戒悠久历史中最诡异的一次变化，比尔博正好出现，在黑暗中盲目戴上了它！

"佛罗多，在历史幕后运作的不止一方的力量。魔戒试图要回到主人身边。它滑脱埃西铎的掌握，出卖了他。然后当机会来临时，它又抓住了可怜的德戈，害得他惨遭杀害。在那之后是咕鲁，魔戒将他彻底地吞噬。但他对魔戒失去了进一步的利用价值：他太微不足道、太狡诈了，只要魔戒一直在他身边，他就永不可能离开那座地底湖。因此，当魔戒之主再度苏醒，并且将邪气射出幽暗密林时，它决定舍弃咕鲁，哪晓得却被最不恰当的人选，来自夏尔的比尔博给捡到！

"这背后有一股超越魔戒铸造者的力量在运作着。我只能说，比尔博注定要接收魔戒，而这不是铸戒者的意思；同样地，你也是注定要拥有魔戒。从这角度想，应该会让人感到安心与鼓舞。"

"我一点都不觉得安心，"佛罗多说，"我甚至不确定自己是否明白你所说的。但你又是怎么知道这有关魔戒和咕鲁的过去的？你真的确定这些事情吗？或者这一切只是你的猜想？"

甘道夫看着佛罗多，眼中露出光芒。"很多事我本来就知道，也有不少是调查来的，"他回答，"但我不准备对你解释所有我做的事。人皇伊兰迪尔和埃西铎，以及至尊魔戒的历史，是每位贤者都知道的事情。光是靠着那火焰文字就可以证明，你所拥有的是至尊魔戒，不需要任何其他的证据。"

"你是什么时候发现这一切的？"佛罗多插嘴道。

"当然是刚刚才在这里发现的，"巫师毫不客气地回答，"但这在我的预料之中。我从漫长黑暗的旅程与搜索中归来，就是为了要执行这最后的测试。这是最后的铁证，一切都已真相大白了。不过，要构思出咕鲁的过去，填补进历史的空白中需要一些气力。或许一开始我只是推测咕噜的过去，但现在不一样了。我见过他了，我知道我所说的是事实。"

"你见过咕噜了？"佛罗多吃惊地问。

"是的。我想只要有可能，这是每个人都会采取的做法吧。我很久以前就开始尝试，最后才终于找到他。"

"那在比尔博逃出他的巢穴之后，发生了什么事情？你打听出来了吗？"

"不是很清楚。我刚刚告诉你的是咕噜愿意说的部分。不过，当然不是像我描述的那么有条理。咕噜是个天生的说谎家，你得仔细推敲他的一言一语。举例来说，他坚持魔戒是他的生日礼物，他说这是他祖母给他的礼物，而他的祖母拥有很多这样的宝物。这太可笑了！我可以确信史麦戈的祖母是个有权有势的女性，但若说她拥有很多精灵戒指，这实在让人难以置信。而她竟然还会把戒指送给别人？这就绝对是个谎言，但谎言之中依旧留有真相的蛛丝马迹。

"杀害德戈的罪行一直让咕噜感到不安。他编出了一个理由，在黑暗中一遍又一遍地对他的'宝贝'复诵，直到他自己也几乎相信为止。那天的确是他的生日，德戈本来就该把戒指给他。戒指这么突然地出现，本来就是要给他当礼物的，戒指就是他的生日礼物，等等。他不停地这么说着。

"我尽可能地容忍他，但真相的重要性让我不得不动用非常手段。我让他陷入火焚的恐惧中，在他的挣扎下一点一滴地榨出真相。他认为自己受到虐待和误解。但是，当他最后透露出真相时，也只肯说到比尔博逃跑为止。在那之后他就不愿意多说了。还有其他的、比我所煽起的更炙烈的恐惧之火在威胁着他。他嘀咕着要取回过去的一切。他会让人们知道这次绝不平白受辱，他会让其他人付出代价。咕噜现在有了好朋友，很厉害的好朋友，他们会帮助他，巴金斯会付出代价的，他脑中只想着这些东西。他痛恨比尔博，不停地诅咒他；更糟糕的是，他知道比尔博来自何处。"

"他怎么会知道呢？"佛罗多问。

"都是名字惹的祸。比尔博非常不智地告诉了对方自己的名字。一旦咕噜来到地面，要找到比尔博的家乡就不是件难事。喔，没错，他已经离开了地底。他对于魔戒的执念胜过了对半兽人甚至是对光明的恐惧。在失去戒指之后一两年，他就离开了山底的洞穴。你仔细分析之后就会明白了，虽然他依旧抵抗不了魔戒的吸引力，但魔戒已经不再吞噬他的心智，这让他又恢复了部分的理智。他觉得自己无比衰老，却不再畏惧外界，而且觉得极度饥渴。

"他依旧痛恨和恐惧由太阳和月亮带来的光明，我想这点是永远无法改变的，但他相当地聪明。他发现自己可以昼伏夜出，躲过月光和阳光，借着那双习于黑暗的大眼在深夜中行动，甚至可以借机捕捉那些倒霉的食物。在获得了新的食物和新鲜空气之后，他变得更强壮、更大胆。果然不出所料，他接着就进入了幽暗密林。"

"你就是在那里找到他的吗？"佛罗多问。

"我的确是在那边看到他的踪迹。"甘道夫回答，"但在那之前，他已经追着比尔博的足迹漫游了很长一段时间。他所说的话经常被咒骂给打断，我很难从他口中问清楚确实的情形。他会说：'它口袋里有什么？不，宝贝，我猜不出来。作弊，这不公平！是它先作弊的，没错。是它破坏规则的……我们应该把它捏死的，对吧，宝贝。我们一定会报仇的，宝贝！'

"他不时就会冒出这样的话语，我猜你也不想继续听下去。我为了获得信息可是忍受了很长的一段时间。不过，从他那言不及义、断断续续的诅咒中，我还是挤出了足够的信息。我推断，他那双带蹼的小脚至少曾经让他进入长湖上的伊斯加，甚至让他混入河谷镇的街道上，让他偷偷摸摸地聆听人们的对话。当时发生的事件在大荒原上可是传颂一时，或许他就是在那边打听到比尔博的家乡。我们当时并没有对于比尔博的去向特别保密，咕鲁那双灵敏的耳朵应该很快就可以听到他想要的消息。"

"那为什么他不继续追踪比尔博呢？"佛罗多说，"为什么他没有来夏尔呢？"

"啊，"甘道夫说，"这才是重点，我认为咕鲁的确想要这样做。他离开河谷镇之后往西走，至少到了大河边，但那时他突然间转了方向。我很确定，他不是因为距离遥远才这样做的，不，有什么东西吸引了他的注意力，那些替我追踪他的朋友也是这样认为的。

"是木精灵先找到他的，由于他的足迹很明显，所以对精灵们来说不是难事。他的足迹带领精灵们进出幽暗密林，但精灵们一时之间却无法抓住他。森林中充满了有关他的谣言，甚至连飞禽和走兽都听说过关于他的恐怖传闻，那里的居民认为森林中出现了一个生饮鲜血的鬼魅，它会爬上高树，找寻鸟巢，深入洞穴捕食幼兽，它甚至会爬进窗户，找寻摇篮的位置。

"接着，他的足迹在幽暗密林的西边转向了。他似乎往南走，摆脱了木精灵的跟踪。那时，我犯了个大错，是的，佛罗多，那不是我犯的第一个错误，却可能是最要命的错误。我没有继续追踪，我让他就这么走了，因为当时我还有许多其他的任务要完成，我也依旧相信萨鲁曼的解释。

"那是好多年以前的事了。从那以后，我为了弥补这错误，进行了多次危险的探索。在比尔博离开此地之后，我再度开始追踪咕鲁；但他所留下的痕迹早已被破坏，如果不是有吾友亚拉冈的帮助，这次可能就前功尽弃了。他是目前这世界上狩猎和追踪的第一好手，我们两人在大荒原上漫无目标地追踪咕鲁，心中不抱太大的希望。但最后，在我已经放弃追踪，转而思索其他的解决方案时，亚拉冈终于找到了咕鲁，他历经艰难，才将这可怜的家伙带回来。

"他不愿意透露自己之前经历了什么。他只是不停地哭泣，指责我们残酷，喉中还发出咕鲁咕鲁的声音。当我们追问时，他会不停地哀嚎和扭动，甚至揉搓着自己的双手，舔着细长的手指，仿佛它们承受了极大的痛苦一般，这似乎是他对过去某些酷刑的回忆。虽然我很不想要这样说，但一切的线索都指出：他慢慢地、悄悄地往南走，最后终于进入了魔王的根据地魔多。"

室内沉寂得仿佛空气为之凝结，静得让佛罗多可以听见自己的心跳，似乎连屋外的一切也跟着冻结了，山姆剪草的声音也跟着消失了。

"是的，正是魔多这个地方，"甘道夫说，"唉！魔多会吸引一切拥有邪心的生物，黑暗的势力更不计一切召唤它们在该处会师。魔戒会在持有者身上留下烙印，让他无法抵抗对方的召唤。各地的人们那时就开始流传南方崛起的新威胁，以及它对西方势力的痛恨。原来这就是他的好朋友，就是会协助他复仇的新朋友！

"愚蠢的家伙！在那里他学到了教训，让他后悔不已。迟早，当他在魔多的边境鬼祟行动时，他会被捕，并且接受盘查，恐怕这就是它们的做法。当他被我们找到的时候，他已经在魔多待了很长的一段时间，正在回来的途中，或者是要去执行某项邪恶的任务。不过，这一切都已经不重要了，他对这世界最大的破坏已经造成了。

"是的，唉！魔王通过他知道了魔戒已经再度现身，他知道埃西铎战死的位置，他更知道咕鲁找到戒指的位置。由于它拥有让人长生不死的能力，他确定这是一枚统御魔戒，他又推断出这不可能是精灵王的三枚魔戒，因为那三枚从未失落过，也绝不可能容忍任何形式的邪恶。他也确信那不是矮人七戒和人类九戒之一，因为这些魔戒的踪迹都在他的掌握之中。最后,他明白这就是至尊魔戒。我想,那时他才终于听说了夏尔的霍比特人。

"即使魔王还没有确认夏尔的位置,他现在也可能正在寻找此地。是的,佛罗多,恐怕他已经开始注意到巴金斯这个姓氏了!"

"这太恐怖了!"佛罗多大喊,"比我之前从你的暗示和警告中所猜测的要糟糕太多了。喔,甘道夫,我最好的朋友!我该怎么办?我现在真的觉得害怕了,我能怎么办?比尔博当时没有趁机杀死这家伙真是太可惜了!"

"可惜?正是对性命的怜惜阻止了他下手。怜惜和同情,非绝对必要不妄动杀机。佛罗多,而这也给他带来了善报。他能够在邪恶的影响下未受大害,最后还得以侥幸脱离,这都是因为他拥有魔戒的动念起自此:怜悯。"

"对不起,"佛罗多说,"可是我真的很害怕,我实在没办法怜悯咕鲁。"

"你并没有见过他。"甘道夫插嘴道。

"没错,但我也不想见他,"佛罗多说,"我实在不懂你。难道你刚刚的意思是咕鲁在做了这么多恶行之后,你和精灵竟然还让他活着?不管从什么角度来看,他都和半兽人一样邪恶,都是我们的敌人,他被杀是罪有应得。"

"罪有应得?我恐怕他是该死。许多苟活世上的人其实早该一死,许多命不当绝的人却已远离人世。你能够让他们起死回生吗?如果不行,就不要这么轻易论断他人的生死,即使是最睿智的人也无法考虑周详。我并不认为咕鲁在死前可以被治好,但这机会依旧是存在的,而且他的命运早已和魔戒紧紧相系。我的心告诉我,他在一切终局之前还有戏份,只是不能确定是好是坏。当那时刻到来时,比尔博的恻隐之心可能决定许多人的命运,你绝对是其中之一。总之,我们并没有杀死他，他已经十分苍老，内心也无比扭曲。木精灵们将他关在监狱中，尽可能地厚待他。"

"不管怎么说，"佛罗多道，"即使比尔博不该动手杀死咕鲁，我也希望他当时没有保留魔戒。喔，但愿他从来没有找到魔戒，我也没继承它！你为什么要让我收下它？你为什么不叫我丢掉它，或者，或者是摧毁它？"

"叫你？让你？"巫师说，"难道我刚刚说的话你都没在听吗？你说这些话根本没经过大脑。如果要把魔戒丢掉，这绝对是不智的行为。这些魔戒能够让自己在特殊的时机为人寻获，在邪恶势力的手中它可能会造成更大的破坏；更糟糕的是，它甚至可能落入魔王的手中。这是无法避免的，因为它是至尊魔戒，是魔王费尽心思、势在必得之物。

"当然了，亲爱的佛罗多，这对你来说很危险，我也为此感到极端困扰。但在面临这绝大危机的状况下，我必须冒点险，每当我远离夏尔的时候，必定有人接手看管这地方。只要你不使用魔戒，我不认为它会对你产生任何后遗症，即使有也不会影响你太久。你也不要忘记，当我九年前和你分别时，我对魔戒的所知少之又少。"

"但为什么不摧毁魔戒呢？你说许多年前早该这样做了！"佛罗多再度大声说，"如果你预先警告我，甚至送个口信过来，我就可以自己处理掉它。"

"是吗？你要怎么做？你试过吗？"

"我没试过，但我猜应该可以把它砸烂或是烧熔掉。"

"去啊！"甘道夫说，"现在去试试看啊！"

佛罗多从口袋中掏出魔戒，打量着它。它现在看来十分朴实光滑，上面没有任何肉眼可见的痕迹。金质的戒指看来非常纯净美丽，佛罗多觉得它的颜色好美、好饱满，这枚戒指的外形圆滑得近乎完美，这是个应该让人欣赏的宝物。当他刚把戒指掏出时，他本来准备一把将它丢进烈焰中，但他发现除非自己咬紧牙关，否则根本做不到。他把玩着戒指，迟疑着，强迫自己回忆甘道夫刚刚说的一切。然后他下定决心，手一动，本来准备要将它丢开，却发现自己不由自主地将戒指放回了口袋。

甘道夫露出凝重的笑容："你明白了吧？佛罗多，你也同样无法舍弃它或是破坏它。我也无法'强迫'你这样做，除非我用强力，而这将会摧毁你的意志。就算你能够鼓起勇气破坏它，凡人之力也无法对它造成任何损伤。你尽管可以用大锤拼命敲打它，上面绝不会留下任何痕迹，不管是你或我，都无法毁灭这枚魔戒。

"当然，你这个炉火连一般的黄金都无法熔化，这枚魔戒已经毫发无伤地通过火焰的试炼，甚至连表面温度都没有提高。不过，就算你找遍全夏尔，也不可能有任何铁匠的鼓风炉能够损它分毫，连矮人的熔炉和铁砧都对它束手无策。据说巨龙的火焰可以熔化统御魔戒，但现在世界上已经没有任何拥有真火的巨龙，历史上也从来没有任何巨龙，可以摧毁统御天下的至尊魔戒，包括黑龙安卡拉钢也不例外。因为，这是由黑暗魔君索伦亲手铸造的至宝。

"如果你真心想要摧毁魔戒，让魔王再也无法染指，那只有一个方法：深入欧洛都因，亦即末日裂隙火山，将魔戒丢入其中。"

"我是真心想要摧毁魔戒的！"佛罗多大喊，"喔，说精确一点，我是真心想要让它被摧毁的，可是我又不是那种能冒险犯难的料。我真希望我从来没见过魔戒！它为什么要找我？为什么选上我？"

"这样的问题是无法回答的，"甘道夫说，"你应该也明白，这不是因为你拥有其他人没有的德行，既不是力量也不是智慧。但你既然已经中选，你就必须善用你的一切优点、心智和力量。"

"但我的优点和力量都那么微不足道！你既睿智又有力量，你为什么不接收魔戒呢？"

"不行！"甘道夫猛地跳了起来，"如果我拥有了魔戒，我的力量将会大得超乎想象。魔戒更会从我身上得到更恐怖、更致命的力量。"他眼中精光闪烁，仿佛被发自体内的火焰所照亮。"别诱惑我！我不想要成为黑暗魔君再世。魔戒渗透我心的方式是透过怜悯，怜悯弱者的心意和想要获得改善世界的力量。不要诱惑我！我不敢收下它，即使只是保管它，不使用它，我都不敢。想要驾驭它的诱惑将会瓦解我的力量；我会那样需要它，在我面前有巨大的危险。"

他走到窗边，拉开窗帘，推开遮板，阳光再度流泻进屋内，山姆吹着口哨走过窗外。"现在，"巫师转身面对着佛罗多，"选择权在你。不论如何，我都会支持你！"他将手放在佛罗多的肩膀上，"只要这重担属于你一天，我就会帮助你扛起这责任，但我们必须尽快作出决定，魔王绝不会按兵不动。"

他们沉默了很长的一段时间。甘道夫再度坐下来，抽着烟斗，仿佛迷失在思绪当中。他似乎闭上了眼，但眼角的余光依旧灼灼地注视着佛罗多。佛罗多定定地凝视着壁炉内的余烬，直到他全部的视线都被遮挡，仿佛陷入一片火墙中为止。他正思索着传说中的末日裂隙和那火山的恐怖情景。

"好吧！"甘道夫最后终于说，"你刚刚在想些什么？你决定该怎么做了吗？"

"还没有！"佛罗多这才从黑暗中回过神，惊讶地发现现在还没天黑，窗外依旧是阳光普照的花园。"再想一想，也许我已经决定了吧。就我对你的话的理解，我想至少目前，不管它会对我造成什么样的影响，我都必须要保有魔戒，并且守护它。"

"不管它会造成什么样的影响，如果你以这样的意念持有它，它将只能缓慢地步向邪恶。"

"但愿如此,"佛罗多说,"但我也希望您可以尽快找到一个更称职的守护者。不过,此时我对周遭的一切人事物似乎都是个极大的危险。如果我要持有魔戒,就不能继续待在这里,我一定得离开袋底洞,离开夏尔,舍弃现有的一切远走高飞。"他叹气道。

"如果可能的话,我还是希望能够让夏尔免于劫难。虽然有时我觉得此地的居民冥顽不灵、蒙昧无知,觉得发生一场大地震或是有恶龙入侵对他们会是件好事,但我现在不这样想了。我觉得只要夏尔祥和地继续存在着,我的历险就不会那么难以忍受,即使我可能再也无法踏入夏尔,但知道有个地方是不随时局改变的,总是让我安心。

"我以前也曾经想过要离开,但在我的想象中那只不过是度假,就像比尔博一连串精彩的冒险一样,可以平安地结束。但这次却是流放,不断逃离危险,却又诱引着它紧追在后。如果要挽救夏尔,这次我必须孤身一人离开。但我觉得好渺小、好不安,甚至可以说是绝望。魔王太强、太恐怖了。"

虽然佛罗多没有告诉甘道夫,但当他慷慨激昂地表白时,他想追随比尔博的热情,突然燃烧起来:效法比尔博,甚至再度和他相见!这念头强烈到克服了他的恐惧,他几乎想要连帽子也不戴就冲出门外跑上马路,就像比尔博多年以前某个早晨的行径一样。

"亲爱的佛罗多!"甘道夫如释重负地说,"就像我之前说的一样,霍比特人真是充满惊奇的生物。只要一个月,你便自认为透彻地了解他们,但即使再过一百年,他们还是会让人大吃一惊。即使是你,我本来也不期望会有这样的答案。比尔博挑选继承人的眼光果然不错,只是当初恐怕他没有想到会有这么大的责任。我想你是对的,魔戒不可能继续默默无闻地隐身在夏尔,为了你自己和别人好,你最好离开这里,不要再用巴金斯这个名字;不管是在夏尔或是在荒野中,这名字都不再安全。我现在就帮你取个化名,从现在开始,当你离家之后,你就叫作山下先生。

"但我不认为你一定要独自前往,如果你可以找到能够信赖、愿意和你一起出生入死、冒险犯难的伙伴,你没有理由要单枪匹马地冒险。但你必须千万小心!即使是面对最亲密的朋友,也不可以掉以轻心!我们的敌人爪牙遍布,无孔不入。"

他突然间停了下来,似乎在侧耳倾听着什么,佛罗多这才意识到室内和室外忽然一片沉寂。甘道夫蹑手蹑脚地走到窗边,接着,他一个箭步冲向前,伸出手往窗外一抓。外面发出一声惊叫,倒霉的山姆被抓着耳朵拎了起来。

"哼哼,运气真不错!"甘道夫说,"是山姆·詹吉吧?你在这里干什么?"

"老天保佑你啊,甘道夫大人!"山姆说,"什么事都没有!如果你了解我的工作,我刚刚只是在窗外剪草而已。"他拿起花草剪证明自己的无辜。

"我不了解,"甘道夫面色凝重地说,"我已经有一段时间没听到你动剪的声音了,你到底偷听了多长的时间?"

"大人,你说我偷听?我不懂,我们夏尔这里不偷东西的。"

"别装傻了!你到底听到些什么,又为什么要这样做?"甘道夫眼中异光暴射,竖起的眉毛微微颤动。

"佛罗多先生!"山姆颤抖着大喊,"不要让他伤害我!不要让他把我变成怪物!我老爹会受不了打击的。我发誓,我没有恶意,大人!"

"他不会伤害你的,"虽然佛罗多有些惊讶和困惑,但还是强忍住笑说,"他和我一样都知道你没有恶意,但你最好赶快老老实实回答人家的问题!"

"好吧,大人,"山姆终于比较镇定一些,"我听到了一大堆不了解的东西,有关什么魔王和戒指的,还有比尔博先生,还有龙,还有什么火山,而且,大人,我还听到了精灵!如果大人了解我,你应该知道我实在忍不住要偷听。天哪,大人,可是我真的好喜欢这种故事。大人,不管泰德那家伙怎么说,我都真心相信他们!精灵,大人,我好想要见见他们。大人,你走的时候愿不愿意带我一起去看精灵?"

甘道夫突然哈哈大笑。"快进来!"他大喊一声,接着双手一使劲,把吃惊的山姆和他的草剪花剪一起抱了进来。"带你去看精灵吗?"他仔细地打量着山姆,但脸上有着慈祥的笑意,"那你听到了佛罗多先生要离开的消息啰?"

"是的,大人。我就是因为这样才猛吸一口气,大人您应该就是听到了那声音吧。我本来想要忍住的,但它就是忍不住,因为我太难过了!"

"山姆,我别无选择。"佛罗多伤心地说。他突然间明白,要远离夏尔,不只是告别舒适的袋底洞而已,还有更多让人不舍的别离是他必须面对的。"我一定得走。但是……"此时他专注地看着山姆,"如果你真的关心我,你绝对不可以把这件事情对任何人透露。你明白吗?如果你口风不紧,如果你对任何人透露一个字,我希望甘道夫会把你变成一只蟾蜍,并且在花园里面放满草蛇!"

山姆跪了下来,浑身发抖。"山姆,站起来!"甘道夫说,"我想到比这个更好的点子了,既可以让你守口如瓶,又可以惩罚你偷听我们谈话——你必须和佛罗多先生一起走!"

"大人,我可以吗?"山姆大喊着跳了起来,仿佛是等待主人带他散步的雀跃小狗。"我可以一起去,又可以看精灵!万岁!"他大呼小叫,最后激动地哭了起来。

第三章
三人成行

"你最好不要大肆声张,赶快离开这里。"甘道夫说。已经过了两三个星期,佛罗多似乎还没有准备好要出发。

"我知道!但是很难事事周全,"他抗议道,"如果我像比尔博一样神秘失踪,消息过不了多久就会传遍夏尔。"

"你当然不能神秘失踪!"甘道夫说,"这样不行的!我说的是赶快,不是叫你马上走。如果你暂时想不出悄悄离开夏尔的方法,我们再迟一点也是值得的,但也不能够拖太久。"

"秋天再走如何?在我和比尔博的生日过后?"佛罗多问,"我想那个时候,多半我就可以安排好一些计划了。"

说实话,到了这个地步,他有些不太愿意做准备。袋底洞突然间变成比过去多年来更显温暖的家,他想尽可能享受在夏尔的最后一个夏天。当秋天来临的时候,他知道自己会比较有心理准备,秋天本就是告别旧事物的好开始。他暗自决定,要在五十岁的生日那天离开,那天也是比尔博的一百二十八岁生日。要追随比尔博的脚步,似乎就是那天最适当。追随比尔博是他心中最重要的念头,也多亏这个念头才让他感觉好一点。他尽量不想起那戒指,或是戒指可能会带他前往的终点。但他没有将自己内心的想法都告诉甘道夫,巫师到底猜到多少,永远都让人摸不透。

他看着佛罗多,脸上露出微笑。"好吧,"他说,"我想这也可以,但绝不可以再拖延,我越来越紧张了。在这段时间之中,小心照顾自己,千万别让人知道你要去哪里!也关照山姆不要多嘴。如果他敢乱说,我可真的会把他变成蟾蜍。"

"提到我要去哪里这档子事,"佛罗多说,"这就很难泄漏了,因为连我自己也搞不清楚要去哪里。"

"别多虑了!"甘道夫说,"我并不是说你不能在这边的邮局留下联络地址,但在你走远之前,绝不能让人知道你要离开夏尔。总之,你一定得离开这里,不管是往南往北、往西往东,你的去向更是不可以让人知晓。"

"我一心一意只想要离开袋底洞,如何向大家道别,根本忘记考虑自己该往哪边走,"佛罗多说,"我该去哪里?我该沿着什么路走?我的目的是什么?比尔博是去找宝藏,最后历险归来;而我是去丢掉某个宝物,就我所见,可能永远都回不来。"

"你不能确定未来会怎么样,"甘道夫说,"我也不行。你的任务可能是找到末日裂隙,但这任务也可能会交由别人完成,我现在不清楚,反正你也还没做好远行的准备。"

"的确还没!"佛罗多说,"但眼前离开之后,我该何去何从?"

"间接、迂回地朝向危险迈进,"巫师回答,"如果你愿意接受我的建议,那么就去瑞文戴尔。这段旅程应该不会太危险,虽然比起往日,那条路近来比较不安全了,随着时局变坏,旅行会变得越来越危险。"

"瑞文戴尔!"佛罗多惊叹道,"好极了,我要往东走,去瑞文戴尔。我可以带着山姆拜访精灵,他一定会很高兴的!"他的声音虽然很低,但心中却突然涌起了强烈的渴望,想要看看半精灵爱隆的住所,呼吸一下那些高贵人种依旧和平居住的山谷的空气。

某个夏日的傍晚,一个让人吃惊的消息传到"长春树丛"和"绿龙"旅店,夏尔边境的动荡和巨人的传言,都被更重要的消息给掩盖了:佛罗多先生竟然要卖掉袋底洞,事实上,他已经把它卖给了塞克维尔-巴金斯一家人!

"卖的价钱不错。"有人说。"讨价还价很激烈,"另一个人说,"罗贝莉亚大妈的手段可不是虚的!"(傲梭几年以前就死了,不算英年早逝,却不够长命,才一百零二岁而已。)

佛罗多先生卖掉那美丽洞穴的原因,比该处的价格更引人争议。有几个人的理论经过巴金斯先生亲自点头和暗示认证:佛罗多的财力已经大不如前,他准备要离开霍比特屯,在雄鹿地找个安静的地方住下来,以后可以常常和烈酒鹿家的亲戚往来。"离塞克维尔-巴金斯一家人越远越好。"有人补充道。但袋底洞中如山财宝的传说早已根深蒂固地埋在人们心中,他们实在很难相信这突如其来的转变。不管这个理由多么合理,他们都会自然想到背后有超乎想象的力量在作祟,许多人甚至认为,这又是甘道夫的邪恶阴谋。虽然他这次的到访十分低调,但众人也都已经知道他"躲在袋底洞"内。不过,即使这背后可能有魔法的阴谋在作祟,至少有件事情是大家确知的:佛罗多·巴金斯要返回雄鹿地了。

"是的,我这个秋天就要搬走,"他说,"梅里·烈酒鹿正在替我物色一个温暖的小洞穴,或者是间小房子。"

事实上,在梅里的帮忙下,他已经在巴寇伯理外的乡间溪谷地买了一栋小房子。除了山姆之外,佛罗多对每个人都声称要搬过去永远住在那里。往东走的计划让他有了这个点子,因为雄鹿地本来就靠近夏尔的东部边境,而且要他回到儿时住的地方也蛮合常理。

甘道夫在夏尔整整待了两个多月。六月底的一天晚上,在佛罗多的计划终于尘埃落定之后,他突然宣布自己第二天一早必须离开。"希望只是一阵子而已，"他说，"我得去南方边境之外收集一些信息。我在这边已经荒废许多宝贵的时间。"

他的声音很轻松，但佛罗多觉得他似乎有些担忧。"发生了什么事吗？"他问。

"不算什么事，但我听说了一些让人不安的消息，必须亲自去看看。如果我觉得你应该马上动身，我会立刻回来的，或至少也会送口信给你。在这段时间内，你还是继续照着原定计划行动。但请务必小心提防，特别是关于这枚魔戒！我再强调一次：千万不要使用它！"

第二天清晨他就离开了。"我随时可能回来，"他说，"至少我会回来参加欢送会，我想你这段旅途还是需要我的陪伴才行。"

在随后的日子里，起初佛罗多感到相当担忧，经常担心甘道夫到底听到了什么消息；但他慢慢地也就松懈了，夏日温和的天气让他忘却了烦忧。夏尔极少经历这么温和的夏天，秋天也很少这么丰饶，苹果长满枝头、蜂蜜满溢出蜂窝、玉米穗又高又结实。

当佛罗多再度担忧甘道夫的时候，秋天已经过了一半了，迈入九月以后，佛罗多的生日和搬家的日期逐渐逼近，甘道夫依旧全无消息。袋底洞开始忙碌起来，有些佛罗多的朋友前来暂住，协助他进行打包的工作，佛瑞德加·博哲和法哥·波芬当然没有错过；他的密友皮聘·图克和梅里·烈酒鹿自然也不会缺席，这一伙人几乎把袋底洞翻了过来。

九月二十日，两辆盖上油布的车子缓缓驶向雄鹿地，载着佛罗多所有没卖掉的家具，取道烈酒桥前往他的新家。第二天，佛罗多开始真正焦虑起来，不时张望甘道夫的身影是否出现。星期四，也就是佛罗多的生日当天，天气如同比尔博宴会那天一样的清朗明亮，甘道夫还是没有出现。傍晚时分，佛罗多举办了他的告别宴会，这次非常的俭朴，只有他和四名帮手一起用餐，但他心烦得几乎吃不下饭。不久之后就要与这群年轻好友分离的念头，让他心头沉重不已，他还不知道该怎么跟他们说。

四名年轻的霍比特人则非常亢奋，即使甘道夫没来，宴会也很快地热闹起来。饭厅里面除了桌椅之外，空无一物。但食物并不逊色，好酒也没缺席，佛罗多的酒并没有一起卖给塞克维尔-巴金斯一家人。

"不管我其他的东西会如何遭到塞克维尔-巴金斯家的摧残，至少这些好酒有人赏识，都找到了好归宿！"佛罗多将美酒一饮而尽，这是老酒庄最后的珍品了。

他们又唱又笑，聊着过去一起做的许多疯狂事。最后，他们还照着佛罗多的习惯，先祝比尔博生日快乐，身体健康，再敬佛罗多。接着，他们走出屋外，呼吸新鲜空气，看看美丽的星空，然后回屋上床睡觉。佛罗多的宴会结束了，但甘道夫依旧没出现。

第二天一早，他们又忙着将剩下的行李装上另一辆车，梅里负责这个部分，和小胖（喔，这是佛瑞德加·博哲的绰号）一起送货过去。"在你住进去之前，总得有人先帮你暖暖屋子，"梅里说，"再会啦，后天再见，希望你不要在路上睡着，耽误了抵达新家的时间！"

法哥吃完午餐之后就回家了，只有皮聘留了下来。佛罗多十分地不安和焦虑，甘道夫的承诺意外落空了，他决定等到天黑。在那之后，假设甘道夫急着要找他，就只能去溪谷地的屋子，他甚至可能还比他们先到，因为佛罗多准备徒步走去。他的计划是准备从霍比特屯步行到巴寇伯理渡口，轻轻松松地欣赏夏尔最后一眼。

"我也该让自己多锻炼一下。"他在空旷的屋中透过满是灰尘的镜子打量自己，他已经很久没有健行了，镜中的影像似乎有点臃肿。

午餐过后，塞克维尔-巴金斯一家人出现了，包括罗贝莉亚和她黄头发的儿子罗索。这两位不速之客的身影让佛罗多相当不快。这有些唐突，也没有遵守合约，袋底洞的所有权转移是要等到午夜才生效的。但其实也不能苛责罗贝莉亚，毕竟她苦苦盼望袋底洞七十七年，现在她都一百岁了。反正，她出现的目的就是确保自己买的东西没有被人带走，同时拿到屋子的钥匙。佛罗多花了很长的时间才让她满意，因为她还随身带了一大堆东西，如入无人之境地闯进来。在折腾许久之后，她才带着儿子和备用钥匙离开，佛罗多还得承诺把其他的钥匙留在袋边路的詹吉家。她哼了一声，明显地表示怀疑詹吉一家人晚上会来偷东西。佛罗多连茶也没有请她喝。

他和皮聘、山姆在厨房里面自顾自地喝茶，想要把刚刚的不快抛到脑后。他对外的说法是，山姆要去雄鹿地，为了"照顾佛罗多先生，看管他的小花园"。老爹也同意这样做，但对于罗贝莉亚将来会成为他的邻居总有些埋怨。

"这是我们在袋底洞的最后一餐！"佛罗多把椅子推上，他们把洗碗的工作交给罗贝莉亚。皮聘和山姆把三个背包整理好，堆在玄关，皮聘溜进花园作最后的巡礼，山姆则消失无踪。

太阳下山了，袋底洞看起来十分孤单忧郁和空旷。佛罗多在熟悉的房间内漫步，看着落日的余晖在墙上渐渐隐去，阴影慢慢将房内包围，室内开始变暗。他走出房门，穿越花园，走到小丘路上，满心期待会看到甘道夫在暮色中大步走来。

天空十分清朗，星光开始闪耀。"今夜会是很舒服的一晚，"他大声说，"适合一个全新的开始。我想要散散步，我再也没办法忍受无所事事了。我得要出发才行，甘道夫一定会跟上来的。"他转身准备离开，却突然停下了脚步，因为他似乎听见了什么声音，来源就在袋边路底的方向。一个声音明显是老爹的，另一个声音则很奇怪，甚至让人有些不愉快的感觉。他听不清楚对方的问话,但老爹的回答却出乎意料地尖锐,老人似乎很生气。

"不,巴金斯先生已经离开了。今天早上就走了,我家的山姆和他一起走的,他带走了所有的东西。没错,已经卖掉了,人也走了,我打包票。为什么?人家为什么要搬家不关我的事,也跟你没关系。去哪?这没什么好保密的,他搬到巴寇伯理去了,离这边蛮远的。没错,真的不近,我自己就从来没跑那么远过。雄鹿地有太多怪人了,没办法,我没空帮你留口信。晚安!"

脚步声渐渐往山下走去。不知为什么,佛罗多对他们没有上山来觉得松了一口气。"我想大概是厌倦了人家问东问西吧,"他想,"这些家伙真是好奇心过剩!"他本来想要去问老爹对方是谁,但转念一想,还是回头快步走回袋底洞去。

皮聘正坐在玄关内自己的背包上,山姆不在那边。佛罗多走进幽暗的门内。"山姆!"他大喊,"山姆!该出发了!"

"来了,主人!"声音从屋内蛮远的地方传来,山姆随后也跟着出现。从他脸上的红晕看来,他刚刚正在和地窖的啤酒桶道别。

"都收拾好了吗,山姆?"佛罗多问。

"是的,主人。我已经检查过最后一次了。"

佛罗多锁上圆门,把钥匙交给山姆。"快跑去把这钥匙放回家,山姆!"他说,"然后抄小路和我们在草地外的大门前会合。今晚我们可不能大摇大摆地从镇中央走过,有太多人在注意我们。"山姆立刻飞奔而去。

"好吧,我们终于出发了。"佛罗多感叹道。他们背起背包,拿起手杖,绕过房子,走到袋底洞的西边。"再会了!"佛罗多看着黑暗的窗户说。他挥挥手,转过身(正巧就是循着比尔博的老路),沿着花园小径赶上皮聘。他们跃过篱笆的低处,溜进草原,轻风一般无声无息地离开了。

在小山脚下的西边，他们来到一条羊肠小道口的矮门前。两人停下脚步，调整背包的肩带。山姆这时气喘吁吁地跑过来，沉甸甸的背包跟着左右摇晃，他脑袋上还顶着一团软不拉叽的破布袋，他说那是顶帽子，他在这一团暮色中看起来很像矮人。

"我还以为，你已经把所有重的东西都给我了，"佛罗多说，"我真是同情背着家到处跑的蜗牛。"

"大人，我还可以背更多东西，感觉起来很轻呢。"山姆逞强地说。

"山姆，别乱来！"皮聘说，"让佛罗多运动一下也不错，他身上就只有我们帮他打包的东西，这家伙最近有些懒散，让他多走几步路甩掉一些肥肉之后，他就不会觉得背包那么重了。"

"对我这个老霍比特人不要太过分哪！"佛罗多笑着说，"如果照你说的来做，我到雄鹿地之前就会瘦得跟柳树条一样了。哈哈，开玩笑的啦！山姆，我想你背的东西真的太多了，下次我们重新打包的时候最好平均分摊一下。"他再度拿起手杖。"我们都喜欢在晚上旅行，"他说，"在露宿之前，我们还是多赶一些路吧。"

他们起初沿着小径往西走，然后离开小径往左转，悄悄地走上草原。他们沿着篱笆和灌木丛排成一行走着，夜色慢慢将他们包围。由于他们都穿着深色的斗篷，因此在夜色中看起来就如同隐身一般。借着霍比特人的天赋，再加上他们刻意不出任何声音，三人的行动可说连霍比特人都无法发觉，草原上和森林里的动物都浑然不觉他们的出现。

不久之后，他们踏着狭窄木板桥跨越了霍比特屯西边的小河。这条小河在赤杨树的环绕之下，看来如同一条黑色的缎带。他们又往南走了几哩路，最后才匆匆忙忙地从烈酒桥横过大路。他们现在已经进入了图克区，往东南方走了一阵之后就来到了绿丘乡；当他们开始爬上山坡时，回头看见霍比特屯的灯火在河谷的环绕下闪闪发亮。很快地，灯火都消失在黑暗之中，接着临水区也从视线中消失了，当最后一点农庄的灯火也被远远抛在脑后时，佛罗多转过身挥手道别。

"不知道我以后还有没有机会再看到这个景象。"他低声说。

他们又继续走了三小时才开始休息。夜空清澈、泠冽，星光灿烂，山谷和溪流中的雾气飘浮而出，环绕着山区；瘦弱的桦树在他们头顶上随着微风轻摇，遮蔽了天空，成为他们的屋顶。他们吃了简单的晚餐（对霍比特人来说不太丰盛），然后就继续前进，他们很快就踏上一条随着山势起伏的小路，在前方的黑暗中就是他们的目标：巨木厅、史塔克和巴寇伯理渡口。小径渐渐远离主要干道，绕过绿丘朝向林尾边缘，通往夏尔东部一个渺无人烟的地方。

过了一阵子之后，他们踏上一条被高大树木包围的道路，此处唯一的声响就是树叶的沙沙声，伸手不见五指。在远离了人烟之后，起初他们试着聊天或是哼歌，然后默默不语地继续走着，皮聘开始掉队。最后，当他们开始攀爬一个陡坡时，他停下脚步开始打哈欠。

"我好想睡觉，"他说，"再不休息，我可能就要滚下山了。你们要站着睡觉吗？都快半夜了。"

"我还以为你喜欢在晚上健行，"佛罗多说，"不过没关系，反正也不急。梅里以为我们后天才会到，我们还有将近两天的时间。等一下找到合适的地点，我们就马上休息。"

"这里常吹西风，"山姆说，"如果我们可以到山丘的另一边，应该就可以找到有遮蔽的舒服平地，大人。如果我没记错，前面就是枞树林了。"山姆对霍比特屯方圆二十哩的地理都了如指掌，但这也是他的极限了。

他们刚越过山丘，就找到了一小片枞树林。三人离开道路，走到有着浓郁树林香气、被黑暗包围的一块平地上。他们收集了一些枯木，在一棵大枞树下点起熊熊的篝火。他们围在篝火旁坐了一阵子,三人纷纷开始打盹。接着,每人都找个树干舒服的角落靠下来,裹着斗篷和毯子迅速进入梦乡。他们并没有派人守夜,连佛罗多也不担心,因为他们还在夏尔的核心地带。当火焰渐渐熄灭的时候,甚至还有几只动物跑过来嗅嗅他们。一只狐狸奔过林荫,就停下脚步闻了一闻。

"霍比特人!"它想,"哇!接下来还会有什么怪事?我在这里看见过各种各样的事情,但我可从来没看见过有霍比特人在树下睡觉。而且是三个人!一定有什么不可告人的事。"它说得没错,但日后的发展它就没有机会知道了。

苍白、黏腻的清晨再度降临。佛罗多先醒了过来,发现背后的衣服被树根弄破了个洞,脖子也觉得很僵硬。"散步、健行!我怎么落到这种下场?"他想。这是每次在探险开始之前必有的牢骚。"我所有美丽的羽毛床都卖给了塞克维尔-巴金斯家!这些树根可真是不错的替代品。"他伸了个懒腰。"大家起床啦!"他大喊,"早晨好美呀!"

"有什么美的?"皮聘从毯子里露出一只眼睛说,"山姆!九点半之前弄好早餐!洗澡水热好了吗?"

山姆睡眼惺忪地跳了起来。"没有,大人,还没弄好,大人!"他说。

佛罗多一把将皮聘的毯子抢走,逼他醒过来,自己则走到树林边。太阳已经从东方升起,照耀在树林里浓重的雾气上。秋日的树木被沾染上金红,仿佛是在无边的海洋中航行的帆船。他们脚底下就是通往一道河谷的陡坡和小径。

当他回来的时候,山姆和皮聘已经生起了炙烈的火堆。"水!"皮聘大喊,"水在哪里?"

"我口袋里面又不能装水。"佛罗多说。

"我们以为你是去找水的,"皮聘忙着摆放食物和杯子,"你最好现在赶快去。"

"你也跟我来,"佛罗多说,"把装水的瓶子都带来。"山脚下就有一条小溪,两人在一座灰岩下的小小瀑布中把所有的水瓶和露营用的小茶壶都装满了水。那里的水真是沁凉,两人忍不住把自己的手脸冲了冲。

一行人用完早餐,整理好背包之后,大概也十点左右了,天气已经开始变热。他们走下斜坡,跨过小溪,然后爬上另一座山坡,然后再走下与爬上另一座山丘的边坡。在经过这么一段折腾之后,他们的斗篷、毯子、水、食物和其他装备已经成了沉重的负担。

经过上午这么一走,他们明白今天恐怕不会太轻松,走了几哩之后,路才开始不再上上下下。之前他们越过了曲折的羊肠小道,现在终于开始迈向最后一个下坡。他们面前是树丛林立的平原,地平线的尽头则是呈出褐色的树林,他们所看到的是林尾,再过去就又是烈酒河。道路在他们面前来了个大转弯,仿佛弓一般弯曲。

"这路怎么好像永远走不完?"皮聘说,"我走不动啦,现在吃午饭正好。"他坐在路边,向东看着一片迷蒙的远方,再过去就是烈酒河,夏尔的边缘,他过了大半辈子的地方。山姆站在他旁边,他睁大了圆圆的双眼愣愣地看着,远方的景象是他从来没有看过的。

"精灵们会不会住在那森林里面?"他问。

"我没听说过。"皮聘说,佛罗多沉默不语,他也朝向东方看去,似乎从来没见过此风景一般。突然间,他开口了,仿佛自言自语地缓缓吟道:

大路长呀长
从家门伸呀伸。

大路已走远，
我得快跟上，
快脚跑啊跑，
跑到岔路上，
四通又八达，川流又不息，
到时会怎样？我怎会知道。

"这听起来很像老比尔博的诗歌，"皮聘说，"还是你的仿造之作？听起来实在无法让人心情振奋。"

"我不知道，"佛罗多说，"它突然出现在我脑海中，仿佛是我作的一般，但也有可能我多年前听过这歌谣。这的确让我想起比尔博离开前的最后几年，他经常说世上只有一条大路，就像大河一般，每个人的门口都是山泉的发源地，每条岔路都是大河的支流。'佛罗多，离开家门是件危险的事！'他曾经说，'你一踏上大路，如果不注意自己的脚步，就不知道自己会被冲到哪里去。你知道这就是通往幽暗密林的道路吗？如果你不把持住，任它带着你走，它可能会把你送到孤山去，甚至会是更远、更糟糕的地方！'他每次都站在袋底洞的前门边对我说，尤其是当他健行回来之后更是如此。"

"这样啊，那么大路至少有一个小时的时间冲不走我。"皮聘解下背包说。其他人立刻见贤思齐，把背包放在路边，小脚则伸在路上。在休息一会儿之后，他们用了顿丰盛的午餐，然后又继续狠狠地休息一阵子。

太阳开始渐渐西沉，午后阳光懒洋洋地照在下坡的路上，到目前为止，他们在路上什么人也没遇到。这条路不适合马车行走，因此人烟稀少，平常也没有多少人会去林尾这个地方。他们心情轻松地慢跑了一个多小时，山姆却突然停下来露出警觉的神情。他们已经到了平地，之前百转千折的道路现在是平坦笔直的大道，两边是怡人的草地，稀稀落落点缀着几棵高大的树木，向外延伸到森林边上。

"我好像听到后面传来马蹄声。"山姆说。

众人一起转过头去，但不够笔直的道路让他们无法看得太远。"不知道是不是甘道夫追上来了。"佛罗多说。即使他这样说，内心却油然觉得不安，不想让骑士发现自己的行踪。

"或许你们觉得不在乎，"他带着歉意说，"但我不希望在路上被任何人发现，我已经厌倦了被人说长道短。如果那是甘道夫，"他补充道，"我们还可以给他一次惊喜，回报他迟到这么久，我们快躲起来吧！"

另外两个人飞快地跑向道路左边不远的树丛中，立刻趴了下来。佛罗多迟疑了一瞬间，仿佛是好奇心或是某种特殊的力量在阻挡他隐藏起来的行动。蹄声越来越近，他在最后一秒才躲进路旁大树后的一堆长草中。然后他抬起头，好奇地从树根旁抬起头窥探。

一匹黑马从路的转弯处出现了，它不是霍比特人骑的小马，而是人类所惯骑的高大马匹。马背上坐着一个高大的人，他似乎趴在马背上，长大的黑披风和兜帽裹住他整个人，只露出一双踏在马镫上的靴子，他的脸笼罩在阴影中，看不见。

当他来到佛罗多躲藏的树前，马停了下来。那名骑士低垂着头定定坐着，仿佛在聆听什么。从兜帽底下的阴影中，应该是人类面孔的地方，传来嗅闻的声音，他的头往左右打量着路旁的草地。

一阵毫无缘由的恐惧突然攫住了佛罗多，他害怕被发现，开始想到身上的魔戒。他大气也不敢出，但有股强烈的欲望不停呼唤他取出魔戒；他的手甚至已经开始慢慢移动。他觉得只要套上戒指，自己就安全了。甘道夫的忠告变得微不足道，反正比尔博以前也用过魔戒。"而我还在夏尔。"他想着，手已经握住魔戒的链子。就在此时，骑士身形

076

一挺,甩了几下缰绳,黑马起初缓步向前,最后开始疾驰。

佛罗多匍匐到路边,看着骑士的身影消失在远处。由于距离的关系,他不太确定自己见到些什么,但他似乎看见骑士策马进入了右边的林中。

"这真的很奇怪,让人不放心。"佛罗多走回同伴身边时自言自语道。皮聘和山姆一直趴在草地上,什么都没见;佛罗多只好对他们两人解释骑士奇怪的行为和外貌。

"我不知道为什么,可是我觉得他好像在嗅闻我的踪迹,我就是不想要让他发现我,我以前从来没有在夏尔看过这样的人,或有过这样的感觉。"

"可是怎么会有大家伙①对我们三个人有兴趣?"皮聘说,"他在我们的地盘干什么?"

"最近的确有人类出现的传言,"佛罗多说,"在夏尔南区似乎和这些大家伙有些冲突,但我从来没有听过有类似这骑士的人类存在,不知道这家伙是从什么地方来的。"

"请容我插嘴,"山姆突然说,"我知道这家伙从哪里来的。除非这样的骑士不止一名,否则他一定是从霍比特屯来的,我还知道他要到哪里去。"

"你这是什么意思?"佛罗多惊讶地问,"你之前为什么不早说?"

"大人,是因为我刚刚才记起来。是这样的,当我昨天傍晚把钥匙送回我们家的时候,我老爹对我说:'哈啰,山姆!我以为你们今天一早就已经和佛罗多先生走了哩。刚刚有个奇怪的客人问袋底洞的巴金斯先生,他才刚走不久,我告诉他该去巴寇伯理找你们,不过我实在

---

① 由于霍比特人的身高远矮于人类,所以一般来说他们都将人类称为大家伙,而将精灵称作高贵人种。

不喜欢他的样子。当我告诉他巴金斯先生已经搬离了老家之后，他看起来好失望，他还对我发出嘶嘶声，这让我打了个寒战。他到底是什么样的家伙？'我对老爹说：'我不知道。'他说：'但他绝对不是霍比特人。他又高又黑，低头看着我。我想他可能是远方来的大家伙，因为他讲话有奇怪的音。'

"大人，我那时没办法继续多问，因为你们都在等我，而且我也觉得这只是芝麻小事。老爹已经够老了，老眼昏花，那黑衣人上来找他的时候，他一定正在外面散步，天色当时也蛮黑了，希望我老爹和我都没有做错什么。"

"这不能怪老爹，"佛罗多说，"事实上，我刚巧还听到他和一个陌生人说话，对方似乎在打探我的消息，我差点就走出去招呼他了。真希望我当时搞清楚他是谁，或者至少你先跟我讲过这件事，这样我在路上就会小心多了。"

"这个骑士和老家伙遇到的陌生人，两者可能没什么关联，"皮聘说，"我们离开霍比特屯的行迹已经够隐秘了，我想他应该没办法跟踪我们才是。"

"大人，你刚刚说的嗅闻又是怎么一回事？"山姆说，"老家伙也提到那人黑糊糊的。"

"我真希望可以等甘道夫来，"佛罗多嘀咕着，"不过，这也可能只会让事情更糟。"

"难道你知道有关这骑士的事情？"皮聘听到佛罗多的喃喃自语，忍不住问道。

"我不确定，也不想乱猜。"佛罗多说。

"好吧，亲爱的佛罗多！你想要保持神秘，那就守口如瓶吧。不过，我们现在该怎么办？我很想要休息一下，吃吃饭，但又觉得我们最好继续赶路，不要耽误时间。你刚刚说那个骑士用看不见的鼻子闻个不停,让我毛骨悚然。"

"没错,我想我们最好继续赶路,"佛罗多说,"但不能走在大路上,不然可能会遇到回头的骑士或是他的同伙。我们今天得要多走一些路了,雄鹿地还很远呢。"

当他们再度出发时,长长的树荫拖在草地上,他们现在走在距离大路左边有一段距离的草丛中,尽可能地隐匿自己的行迹。但这减缓了他们前进的速度,因为草丛十分深密,地表又凹凸不平,本来稀疏的树木也越来越浓密了。

他们背后的太阳现在已经落到山丘后面去了,在他们回到笔直延伸好几哩的道路之前,黄昏已经降临了。道路在此向左弯,进入了边陲低地的区域,也就是史塔克附近。但那边又有一条往右的岔路,弯弯曲曲地进入一座古老的橡树林,通往巨木厅。"我们就走这条路。"佛罗多说。

他们在距离岔路口不远的地方,走到一棵大树巨大的枝干前;这株大树虽然已经断折了大部分,但它周遭伸出的枝桠和绿叶代表它还是活力十足。不过,树干的本体已经空了,可以从路两边大大的裂隙钻进去。霍比特人爬了进去,坐在腐木和枯叶构成的软厚地毯上。他们休息了一下,吃了一顿简餐,压低声音聊天的同时还随时侧耳倾听着。

当他们钻出树干,回到路上时,天色已变得十分昏暗。西风开始在树梢间穿梭,树叶也跟着发出沙沙的低语声,整条路慢慢地被暮色所笼罩。从渐暗的东方升起一颗星辰,在他们前方的林梢上闪闪发光。他们并肩齐步地走着,试图振奋精神。过了不久,天空布满了灿烂的星辰,不安的感觉开始远离他们,他们也不再提心吊胆地提防马蹄声,三人终于恢复了霍比特人旅行返家时的习惯,开始哼起歌来。大多数的霍比特人此时会哼起晚餐歌或是就寝歌,但这三名霍比特人哼的则是散步歌（不过，这其中当然不会缺少晚餐和就寝的描述），歌词是比尔博·巴金斯写的，调子则是此地流传已久的民谣。佛罗多是在两人漫步于水谷小径，聊起对方的冒险时学到这首歌的。

红红火焰照我炉，
屋檐底下有张床；
我的脚儿还不累，
山转路转谁能料，
高树巨石突然现，
唯我二人能得见。
　　大树和花朵，绿叶与青草，
　　景物依依身旁过呀！身旁过！
　　晴空之下好山水，
　　一路逛来收眼底啊！收眼底！

山转路转谁能料，
未知小径或密门，
今日虽然未得探，
明日或有机缘访，
踏上小径不回头，
奔月摘日谁曰不。
　　苹果和荆棘，坚果与野莓，
　　景物依依且放过呀！且放过！
　　沙岩池谷美景呈，
　　一路顺风不迟疑啊！不迟疑！

老家在后头,世界在前方,
无数道路待我闯,
穿过阴影入黑夜,
披星戴月行色匆。
世界在后家在前,
归人返家好安眠。
　　迷雾和暮色,云雾和阴影,
　　终将消逝隐不见呀!隐不见!
　　炉火和油灯,甜肉和面包,
　　吃完立刻扑上床啊!扑上床!

歌一唱完,"现在立刻该上床啊!该上床!"皮聘放开喉咙大声唱。

"嘘!"佛罗多说,"我想我又听到马蹄声了。"

他们突然间停下来,一声不发,仿佛融入阴影之中。后面路上的确传来马蹄声,在他们背后不远的地方,阵阵的微风正好将这微弱但清晰的声音一波波地传来。他们又悄无声息地飞快躲进路旁橡树下的阴影中。

"小心点!但别躲远,"佛罗多说,"我不想被发现,可是我想看清楚这是不是另一名黑骑士。"

"没问题!"皮聘说,"不要忘记对方会闻来闻去啊!"

蹄声越来越近,他们已经没时间找别的地方躲藏了。皮聘和山姆蹲在大树旁,佛罗多则是趴在离小径几码远的地方。大地一片灰白,有一道朦胧的光线照入树林。天空的星星很多,但没有月光。

蹄声停了下来。佛罗多注意到似乎有道阴影通过两树间较明亮的地方,然后停了下来,看起来像是由一个比较矮的黑影牵着一匹黑马。黑影就停在他们离开小径之处的地方,不停打量着四周。佛罗多认为自己又听见对方嗅闻的声音,黑影弯身趴在地上,开始匍匐朝他爬来。

佛罗多脑中又再度升起想要戴上魔戒的欲望,这次比上次还要强烈,强烈的欲望让他在自己毫无所觉的状况下,就伸手捏住口袋;但就在那关键的片刻,突然传来了含糊的歌谣和笑语声,星光下的森林中传来嘹亮的声音。黑影直起身,退了回去;黑影爬上了影子般的黑马,随即消失在道路另一边的黑暗中,佛罗多松了一口气。

"精灵!"山姆沙哑着嗓音说,"大人,是精灵耶!"如果另两人没有把他拉回来,这兴奋过度的家伙可能已经冲到路上去了。

"没错,他们是精灵,"佛罗多说,"在林尾的确可能会遇到他们。他们不住在夏尔,但春天和冬天的时候他们会离开塔丘另一边的领地,漫游到我们这边来。幸好他们来到我们附近!你刚刚没看到,但是在那首歌开始之前,黑骑士就站在这边,准备朝我爬过来,一听到精灵的声音,他就立刻溜走了。"

"那这些精灵呢?"兴奋的山姆才不管什么黑骑士呢,"我们可不可以去看看他们?"

"你听!他们往这边来了,"佛罗多说,"我们在这边等着就好。"

歌声越来越近,一个清亮的声音盖过其他的歌声。他用的是动听的高等精灵语,连佛罗多都只能勉强听懂一些,另两个人则是完全不明白。但这美妙的歌声和曲调仿佛拥有自己的意念,在三人的脑中转化成部分可以理解的语言。佛罗多听到的歌是这样的:

    白雪!白雪!呵,圣洁之女士!
    呵,那西方海外精灵之后!
    呵,光明照拂吾等
    在这森林世界漫游!

姬尔松耐尔！喔，伊尔碧绿丝！
卿之瞳清澈，卿之息辉光，
白雪！白雪！容吾等献曲
飨海外仙境之神后。

喔，无日之年乃有星，
赖后之手点天明，
平原风起光明现，
卿之银花缀天边！

喔，伊尔碧绿丝！姬尔松耐尔！
纵居远境郁林中，
吾等未有或忘，
卿之星光耀西海。

歌曲结束了。"这些是高等精灵！[1]因为他们提到了伊尔碧绿丝！[2]"佛罗多惊讶万分地说，"在夏尔，我们极少有缘得见这些贵族中最高贵的种族。在大海以西的中土世界也仅剩屈指可数的高等精灵，这

---

[1] 在主神瓦拉们击败了意图奴役精灵的主神"黑暗之王"马尔寇（此名意为"以力服人者"）之后，瓦拉们对精灵发出召唤，邀请他们前来海外仙境居住。在这段漫长艰辛的迁徙中，精灵们发展出许多的分支和歧异，高等精灵是其中最强大优雅的精灵，也是第一批踏上海外仙境的精灵。

[2] 姬尔松耐尔、白雪、伊尔碧绿丝，都是对这世界的主神之一"星辰之后"瓦尔妲的称呼，她是所有的主神瓦拉之中最美丽的神后。她又被称作"光明之后"，因为传说中是她创造并点亮了星辰，将月亮与太阳置放到天空中，而精灵就正是在这星光召唤之下进入这世界。因此，她是十五名主神中最受精灵敬爱的一位。姬尔松耐尔，是精灵语中的"点亮星辰者"之意，而伊尔碧绿丝，则是精灵语中的"星辰之后"。

真的是奇异的机缘才让我们遇上！"

霍比特人就这样坐在路旁的阴影中。不久之后，精灵们走上小路，开始朝山谷迈进。他们好整以暇地慢慢走着，霍比特人可以看见他们头发和眼中反射着闪耀的星光。他们不会发光，却散发出一种闪耀迷蒙的气质，仿佛像是月亮升起前，山缘反射的柔光一般落在他们脚边。精灵们这时沉默地走着，当最后一名精灵走过他们面前时，对方突然转过头，看着霍比特人的方向，开朗地大笑。

"你好啊，佛罗多！"他大喊道，"你这么晚了还在外面晃。难道你迷路了吗？"接着他叫唤其他人，所有的同伴现在都停下脚步，聚集到霍比特人身边。

"这真是太有趣了！"他们说，"三个霍比特人晚上躲在森林里！自从比尔博走了之后，我们就没有看过这景象了。这代表什么意思呢？"

"高贵的人儿啊，这代表的是，"佛罗多说，"我们刚巧和你们方向相同。我喜欢在星光下漫步，但我更欢迎你们的陪伴。"

"可是我们不需要人陪伴，霍比特人好无聊唷！"他们笑着说，"你又不知道我们要去哪里，怎么会说我们和你们同路呢？"

"你们又是怎么知道我名字的？"佛罗多反问道。

"我们知道的可多了呢，"他们说，"我们以前经常看到你和比尔博走在一起，不过你多半没有发现我们。"

"你是谁？你们的领主又是哪一位呢？"佛罗多追问道。

"在下吉尔多，"率先和佛罗多打招呼的带头精灵说，"芬萝家族的吉尔多·印格洛瑞安。我们是流亡者，我们绝大多数的同胞都早已离开，我们也只是在前往海外仙境之前，在此多逗留片刻而已。不过，我们还是有些同胞住在祥和的瑞文戴尔。佛罗多，不要客气，告诉我们你在做什么，因为我们看得出来，你身上有恐惧的气息。"

"喔，睿智的人儿呀！"皮聘紧张地插嘴道，"可否告诉我们黑骑士的事情?"

"黑骑士?"他们低声说,"你们为什么会问到黑骑士?"

"因为今天就有两名黑骑士追上我们,或者是一名黑骑士来了两次,"皮聘说,"不久之前,他听到你们的声音,就溜走了。"

精灵们没有立刻回答,而是先柔声用精灵语交谈片刻。最后,吉尔多转身对霍比特人说:"在这里不方便谈,我们觉得,你们最好立刻跟我们走。这不是我们的作风,但这次我们会带你们一起走;如果你们愿意的话,今夜最好和我们一起度过。"

"喔,高贵的人们!这真是天大的荣宠!"皮聘说。山姆高兴得说不出话来。"多谢您的慷慨,吉尔多·印格洛瑞安,"佛罗多鞠躬,"Elen síla lúmenn omentilmo,我们相遇的时刻有明星照耀。"他以高等精灵语说道。

"小心点,朋友们!"吉尔多笑着说,"可别在他面前透露什么秘密!我们遇到了一位精通古代语的学者了。比尔博果然是位好师长,精灵之友,我向你致敬!"他对佛罗多鞠躬道,"和你的朋友一起加入我们的行列吧!你们最好走在中间,免得掉队。在我们停下来之前,你们可能会觉得有些累唷!"

"为什么?你们要去哪里?"佛罗多问道。

"今夜我们要去巨木厅旁山丘上的森林。距离有些远,不过到了之后,你们应该可以好好休息一下,这也会让你们明天要走的路短一些。"

最后,一行人又再度沉默地开始跋涉,如同影子一般在暗沉的夜里行进着。精灵(在这方面甚至比霍比特人更厉害)只要有意,就可以无声无息地行走。皮聘很快就开始觉得睡眼惺忪,步履跟跄了两三次;不过,每次他旁边那名高大的精灵都适时伸手扶他一把,让他免于跌跤。山姆走在佛罗多身边,觉得自己仿佛身处梦中,脸上带着半是恐惧半是惊喜的表情。

路两旁的森林变得越来越密,树木更加年轻,更加茂盛;小径则是越来越低,开始进入山谷之间的低地,两旁的山坡上有越来越多的榛树。最后,精灵们离开了小径,右方的密林中有一条小道,在这黑夜中几乎难以发现。精灵们沿着曲折的山脊,爬上在这片河谷中鹤立鸡群的山丘。众人突然间脱离了树木的遮阴,来到一大片在夜色下显得灰扑扑的草地。这草地三边都被树木所包围,但东边的地势骤然下降,底下高大的树木正好因此而落在众人的脚底。极目望去,低地在星光照耀下显得十分宽广平坦,巨木厅的聚落中还有几点闪烁的灯火。

精灵们在草地上坐了下来,低声交谈着,他们似乎不再注意霍比特人的存在。佛罗多和伙伴们裹上斗篷和毯子,任凭睡意袭来。夜越来越深,山谷中的灯火跟着熄灭,皮聘枕着一团翠绿的小土堆睡着了。

东方高挂着雷米拉斯星,又叫天网星。红色的波吉尔星慢慢升起,仿佛火焰打造的珠宝一般。夜空中一阵空气流动,眼前的迷雾像是面纱一般被揭开,为爬上天际的曼奈瓦葛星——佩着闪亮腰带的苍穹剑客清出一条大道来。精灵们随即以歌谣赞颂这美景,树下突然间迸出红色的火焰来。

"来吧!"精灵们呼喊着霍比特人,"快来!现在该是欢唱的时候了!"

皮聘坐了起来,不停地揉着眼睛,他打了个寒战。"大厅中生起了火,也有美食供饥饿的宾客享用。"一名精灵来到他面前说。

在这块绿地的南边有一个开阔处,一路延伸进森林中,构成了一个像是大厅一样的地形,老树的枝叶充当屋顶,巨大的树干则像是雄伟的柱子罗列在两侧。中间是堆温暖的篝火,两旁的树干上插着发出金光和银光的火把。精灵们围着篝火席地而坐,有些则是靠着树干坐着,有些精灵忙进忙出地摆放酒杯,倒入饮料;还有些精灵则布置碗盘，将食物摆放其上。

"这实在很寒酸，"他们对霍比特人说，"因为我们住在离家甚远的绿林中，如果你们有朝一日能够来我们家中做客，我们会用更周到的礼数款待你们的。"

"在我看来，这已经好到足以举办生日宴会了。"佛罗多说。

皮聘后来几乎想不起任何有关当天饮食的记忆，因为他整个脑海都充满了精灵脸上细致的光芒，以及他们各种优美动听的声音，这一切都让他觉得好似身处梦中。但他记得那天有比饥饿时看到的白面包更美味厚实的面包，水果像野莓一样甜美，比果园中栽培出来的更肥满多汁；他还记得自己一口气喝光了一杯香醇的液体，它冰凉清澈如同山泉，金黄诱人如同夏日午后。

当山姆想要回忆这一晚时，他既无法用言语来形容，也无法在脑中构思出清楚的影像；但他知道，这是他这辈子所遭遇到的最重要的事情之一。他勉强可以说出的只是："哇，大人，如果我能够把苹果种成这样子，我才敢称自己为园丁。不过，对我来说，真正让我心花怒放的，是他们美妙的歌声。"

佛罗多跟着席地而坐，快乐地吃喝，和精灵们交谈着，但他的注意力主要集中在对方谈话的内容上。他懂得一点精灵语，因此十分专注地倾听着，偶尔也会对送食物和饮料给他的精灵用精灵语道谢。他们会笑着回答："这位可真是霍比特人中的精英啊！"

不久，吃饱喝足的皮聘一下就睡着了；精灵们好心地将他抱开，放在树下厚实树叶所铺成的软床上，接下来大半夜他都在呼呼大睡。山姆拒绝离开主人身边，当皮聘被抱走之后，他走到佛罗多身边坐着，最后终于闭上眼睛，开始打起盹来。佛罗多和吉尔多交谈着，直到深夜。

他们讨论了许多旧的与新的事情，佛罗多询问吉尔多许多有关夏尔之外的广大世界所发生的事情。绝大部分的消息都是悲伤不祥的：黑暗势力聚集、人类彼此征战不休，精灵远扬中土大陆。最后，佛罗多终于问出憋了很久的问题：

"告诉我，吉尔多，自从比尔博离开之后，你见过他吗？"

吉尔多笑了。"见过，"他回答，"两次，一次他就是在这里和我们道别，但我后来又在距此甚远的地方和他不期而遇。"由于他不愿意再讨论比尔博的行踪，佛罗多也跟着沉默起来。

"佛罗多，你没问我或告诉我太多有关你自己的事，"吉尔多说，"不过我已经知道了一些，我可以从你脸上和你所问的问题中获知你的一些想法。你准备离开夏尔，但你不确定自己是否能找到所要追寻的，或完成所被托付的，甚至不知是否能够重返此地。没错吧？"

"没错，"佛罗多说，"但是我以为我的远行，只有甘道夫和我忠实的山姆知道。"他低头看着发出低微鼾声的山姆。

"魔王不会从我们口中得知这秘密的。"吉尔多说。

"魔王？"佛罗多吃了一惊，"那你知道我为什么要离开夏尔啰？"

"我不知道魔王为什么要追踪你，"吉尔多回答，"即使我觉得这很不寻常，不过他的目标真的就是你。我必须警告你，你的四面八方都有无比的危险。"

"你指的是那些骑士？我担心他们会是魔王的手下，这些黑骑士到底是什么东西？"

"甘道夫没有告诉你吗？"

"他没提过这种生物。"

"那么我想我也不该多说些什么，否则你可能会害怕得不敢继续前进。在我看来，如果一切还来得及的话，你出发的时间真是千钧一发。现在你得要尽快赶路，不能停留，不能回头，因为夏尔已经不再是你的避难所了。"

"我实在很难想象还有什么消息，会比你的暗示和警告更让人恐惧的了，"佛罗多不安地说，"我当然知道前方有危险潜伏，但我没料到连在我们的夏尔都会遇到这些恐怖的事情，难道霍比特人已经不再能安心地从临水区走到河边了吗？"

"夏尔并不是专属于你们的。"吉尔多说，"在霍比特人来此定居之前，就有其他人居住在此地；在霍比特人成为过往云烟之后，还是会有其他人前来此定居。世局动荡，时代变迁，你可以把自己关在小圈圈内，却不可能永远阻止外人进来。"

"我明白，但我心中还是一直认为这里是安全和温馨的。我现在该怎么办？我的计划是秘密地离开夏尔，悄悄前往瑞文戴尔，但是如今我还没抵达雄鹿地，追兵就已经紧追不舍了。"

"我认为，你还是应该保持原定计划不变，"吉尔多说，"我不认为前路的凶险能够阻挡你的勇气，但，如果你想要更深入的分析与建议，你应该去找甘道夫。我不知道你逃亡的原因，因此也无法得知你的敌人会如何追击你，甘道夫对这些事情一定了如指掌。我猜你在离开夏尔之前会去找他吧？"

"我希望能找到他。但有另外一件事情让我坐立不安，我已经等甘道夫等了很多天了。他最慢也该在两天前抵达霍比特屯，但他根本没有出现，我现在开始担心，他是否遭遇了什么状况，我应该继续等他吗？"

吉尔多沉默了片刻。"这消息让我很担心，"他最后终于说，"甘道夫迟迟未出现并不是个好兆头。不过，俗谚有云：不要插手巫师的事务，他们重心机，易动怒。要等、要走，关键都看你。"

"俗谚亦云，"佛罗多回答，"别向精灵询问建议，因为他们会不置可否。"

"真的吗？"吉尔多笑了，"精灵们很少会给人直截了当的忠告，忠告是种危险的礼物，即使是智者送给智者的忠告都会因为命运的作弄而出轨。你不也是一样？你没有告诉我背后的真相，我怎么能够做出比你更正确的决定？如果你真的坚持要我给你建议，看在友情的分上，我还是愿意给你一点提示。我认为你应该即刻动身，不可耽搁；如果在你离开前甘道夫依旧没有出现，我也建议你不要单独行事，要带值得你信任又自愿的朋友上路。你该很感激我才是，因为我并不是心甘情愿地介入你的事情。精灵们有自己的目标和包袱，我们极少关切霍比特人，或是世界上其他生物的命运。不管是巧合或是刻意，我们和其他人的命运都极少交会，我们的会面可能不只是巧合，但我还不太明白这背后的意义，恐怕我已经说了太多了。"

"我真的非常感激你！"佛罗多说，"但我希望你可以直截了当地告诉我黑骑士的身份。如果我接受你的建议，可能会有很长的一段时间无法见到甘道夫，那我至少应该知道这些追兵是什么来头。"

"知道他们是魔王的爪牙还不够吗？"吉尔多回答，"躲开他们！不要和他们说话，他们是致命的敌人。不要再问了！不过我心中有个预感，在这一切结束之前，德罗哥之子佛罗多，你对这些堕落者的了解会超过吉尔多·印格洛瑞安。愿伊尔碧绿丝保佑你！"

"我该怎么鼓起勇气？"佛罗多说，"这是我最需要的。"

"勇气往往藏在你所不注意的地方。"吉尔多说，"要怀抱希望！睡吧！早上我们就会离开了，但我们会把消息散播出去，漫游者们会知道你们的行踪，站在正义这一方的人将会时时看顾你们。我赐给你精灵之友的称号，愿星光时时照耀你的旅途！我们极少能在陌生人的身上获得这么多的快乐，从世间其他旅者口中听见我们古老的语言，更是让我们欣喜不已。"

吉尔多一说完，佛罗多就觉得睡意悄悄来袭。"我现在要睡觉了。"他说。吉尔多领着他来到皮聘身旁的树荫下，他躺了下来，立刻进入安详的梦乡。

第四章

蘑菇田的近路

第二天一早,佛罗多神清气爽地醒来。他躺在一棵树枝垂地的大树所包覆的树荫之下,清香四溢的草地与蕨类是他的软床,阳光透过树上依然翠绿的叶子照射到他身上。他一跃而起,走出树荫。

山姆坐在森林边缘的草地上,皮聘呆立着,打量着天空,精灵们已经消失得无影无踪。

"他们把水果、饮料和面包都留给我们了,"皮聘说,"快来吃早餐吧,面包尝起来几乎和昨天晚上一样好吃,如果不是山姆坚持,我本来想要全吃光,一点也不留给你。"

佛罗多在山姆身边坐下来,开始用餐。"今天的计划是什么?"皮聘问。

"尽快赶到巴寇伯理。"佛罗多说完,就把注意力又转回到食物上。

"你认为我们还会遇上那些骑士吗?"皮聘兴高采烈地问。在灿烂阳光的照耀下,即使遇到一大群黑骑士,似乎也无法破坏皮聘的好心情。

"可能还会,"佛罗多不太喜欢这话题,"但我希望可以在不被他们发现的状况下过河。"

"你从吉尔多口中问到任何关于他们的信息了吗?"

"不多,只有一些暗示和谜题。"佛罗多不愿正面回答。

"你问到对方嗅闻的事情了吗?"

"我们没讨论到这点。"佛罗多嘴里塞满了食物。

"你该问的,我觉得这很重要。"

"如果是真的,那吉尔多一定会拒绝告诉我,"佛罗多反驳道,"先别打搅我吃饭好不好!我没办法在吃饭的时候回答这么多问题!我要思考!"

"老天哪!"皮聘说,"在早餐的时候动脑?"他走到绿地的边缘闲逛去了。

对佛罗多来说,这亮得有些让人不安的晨光并没有赶跑追兵带来的恐惧感,吉尔多的话语在他脑中挥之不去。皮聘欢欣鼓舞的声音传了过来,他正在草地上四处乱跑,随口唱歌。

"不行!我办不到!"他对自己说,"带着朋友健行,走到腿软,累时以天为幕、以地为床睡大觉是一回事;带着他们一起流亡,饥寒交迫、惶惶不可终日又是另外一回事。即使对方愿意,也还是大不相同,这厄运是我自己的责任,我甚至认为不该带着山姆走。"他看着山姆·詹吉,发现山姆也正看着他。

"好吧,山姆!"他说,"你觉得怎样?我准备尽快离开夏尔。事实上,我已经下定决心,如果可能的话,在溪谷地连一天都不要耽搁。"

"好极了,大人!"

"你还是想要跟我走?"

"是的。"

"山姆,这会很危险的,现在就已经危机四伏了,我们两个可能都回不来。"

"大人,如果你回不来,我肯定也不该回来,"山姆说,"千万不要离开他!他们对我说。我怎么可能抛下他!我说。我从来没有这样想。我要和他一起走,即使他想要奔月也无法阻挡我。如果有任何黑骑士意图阻挡他,还得问问我山姆·詹吉,我说。他们哈哈大笑。"

"他们是谁呀?你在说些什么啊?"

"是精灵们,大人。我们昨天晚上聊了一阵子,他们似乎知道你要远行,所以我也不想多此一举地否认。大人,精灵真是太棒了!太棒了!"

"没错,"佛罗多说,"现在真正接触过之后,你还喜欢他们吗?"

"如果硬要说的话,他们似乎不是我能评论说喜欢或不喜欢的,"山姆缓缓回答,"不过我对他们的看法似乎无关紧要。他们和我所预期的相当不同,既苍老又青春,既欢欣又哀伤。"

佛罗多有些吃惊地看着山姆,本以为会从外表看出他经历了某种奇怪的改变,这听起来不像是他的老友山姆·詹吉会说的话,但坐在那边的人外表看起来还是山姆·詹吉,只是神情少见地严肃而已。

"如今你既然已经实现了一睹精灵容颜的愿望,现在还想要离开夏尔吗?"他问。

"我还是想,大人。我不知道该怎么描述,但经过昨夜之后,我觉得自己改变了,我似乎可以以某种方式看到未来。我知道我们要走上很长一段路,进入黑暗;但我也知道我不能够回头。现在真正的目的不是要满足我目睹精灵、巨龙或山川的愿望,我要的是——我现在也不太确定自己要些什么,但我知道自己在一切结束之前,我会有事情该做,而这事是在外面的世界,不在夏尔。如果你明白我的意思,大人,我必须经历这一切,直到最后。"

"我其实不完全明白你所说的,但我现在了解甘道夫替我找了个好伙伴。我已经心满意足了,我们就一起同行吧。"

佛罗多接着一言不发地吃完了早餐。然后,他站起身,看着眼前的大地,开始呼唤皮聘。

"准备出发了吗?"他对跑过来的皮聘说,"我们得要马上离开。我们起得太晚,眼前还有很多路要赶。"

"是你起得太晚吧?"皮聘说,"我早就起来了,大家都是在等你思考和吃早餐哪。"

"我现在都好了,我得尽快赶到雄鹿地渡口去。我不打算回到我们昨天走的那条路,我准备从这边直接抄小路穿过田野赶过去。"

"那你得飞才行,"皮聘说,"你走路,在这边没有快捷方式可走。"

"我们至少可以找到比较近的路,"佛罗多回答,"渡口就在巨木厅东南边的地方,但这条路往左边弯,你可以看到它在前面朝北转了个弯。这条路会绕过沼泽地北边,和史塔克上方大桥的岔路接头,这样会多绕好几哩路。如果从这里直接往渡口方向,至少可以省下四分之一路程。"

"欲速则不达,"皮聘反驳道,"这里的地形很崎岖,沼泽里到处都有泥沼和各式各样的怪地形。我对这边还蛮熟的。如果你还担心黑骑士,我不认为在树林、在平原或是在道路上遇到他们会有什么差别。"

"在森林里要发现目标比较困难,"佛罗多回答,"如果大家都认为你会走大路过去,花心思在别的地方找你的可能性就低多了。"

"好啦!"皮聘说,"我愿意跟随你进入每一个沼泽和泥地中。唉,这段旅途一定会很辛苦的!我本来想在日落前赶到史塔克的'金鲈鱼'旅店,他们有夏尔东区最爽口的啤酒,至少以前是这样的。我已经很久没去那里喝一杯啦!"

"我决定了!"佛罗多说,"就算欲速则不达,但旅店会让我们更不达的。我一定要尽一切可能阻止你靠近金鲈鱼,我们得在天黑前赶到巴寇伯理才行。山姆,你觉得呢?"

"我跟你一起走,佛罗多先生。"山姆说(他内心还是忍不住对于错过东区最好的啤酒而感到遗憾)。

"好吧,如果我们注定要在沼泽和泥浆里面打滚,还是早点出发吧!"皮聘说。

这时的天气已经和昨天一样炎热了，不过，云朵慢慢地开始从西方出现，看起来可能会下雨。霍比特人蹒跚地越过陡峭的山坡，冲进底下浓密的树林中。他们的计划是让巨木厅的方向一直保持在左手边，穿过山丘东边的森林，这样就可以走上接下来平坦的原野。然后，他们可以直接穿过开阔的荒野朝渡口前进，中间只有一些零散的篱笆和田园。佛罗多推算，他们大概还必须直线前进十八哩才行。

他很快地就发现这树丛比他想象的要浓密。树底下几乎没有可以通行的空间，披荆斩棘的结果也让他们举步维艰。勉强走到山坡底的时候，他们发现一条从山丘上流下的小溪，两侧的河岸又陡又滑，还真的长了许多荆棘。更要命的是，这条小溪正好切过他们所选择的路线。他们跳不过去，如果不想搞得一身湿、沾满泥巴和被刺得千疮百孔，根本过不了这条小溪。一行人停下脚步，思索着接下来的路线。"到达第一关！"皮聘苦笑着说。

山姆·詹吉回头看了看，从山坡上树丛间的空隙中，他看到了有东西一闪而过。

"你们看！"他抓着佛罗多的手臂说。三人全都转过头去，在他们刚刚才越过的陡峭山坡顶上有一匹黑马，旁边站着一个黑色的人影。

他们立刻放弃了回头的想法。佛罗多带头领着同伴冲进小溪旁浓密的树丛中。"嘘！"他对皮聘说，"我们说的都没错！欲速果然不达，但我们还是适时找到了掩蔽。山姆，你的耳朵最灵，你听见什么追来的声音吗？"

他们动也不敢动，屏住呼吸，但没有听见任何追兵的声音。"我想他应该不会傻到把马牵下来吧，"山姆说，"但我猜他已经知道我们下来了，我们最好赶快前进。"

前进可不是件容易的事。他们身上还背着背包，浓密的树丛和荆棘并没有这么简单地放过他们。后面的树木构成了阻碍,挡住了微风,空气变得十分凝滞沉闷。当他们终于挤过重重障碍之后,他们又热又累,身上伤痕累累,甚至连自己身在何方都不太确定。小溪的河岸到了平地之后,变得更宽、更平了,一路延伸到沼泽地和河的方向。

"这就是史塔克溪!"皮聘说,"如果我们要继续朝目标前进,就得立刻过河才行。"

他们跋涉过溪,急忙登上对岸的一块平地,这里长满了灯芯草,没有什么树木。在那块平地之后是一环高大的橡木,其他还有一些榆树和桦树。地面相当平坦,也没有生长多少植物,但这些树木之间还是太过紧密,让他们没办法看到前方。一阵突如其来的风将树叶吹了起来,大滴的雨点接着从天空落下,然后风停了下来,暴雨跟着降下。他们尽可能地赶路,踏过厚实的草地,踩过许多落叶,雨滴在他们四周不停地滴答作响。他们不敢互相交谈,一直回头提防,看着四周的动静。

过了半个小时之后,皮聘说:"我希望我们没有走得太偏南,也没有在森林里面走错方向!这座森林应该不太宽,我估计最多也不过一哩宽,我们早就该冲出来了。"

"我们刻意绕路没有多大意义,"佛罗多说,"这对我们一点帮助也没有。我们继续往前走就对了!我不确定现在该不该冲出森林。"

他们可能又走了几哩路,然后太阳再度从乌云后探出头来,雨势也变小了些。现在早已过了中午,三人都觉得该是吃午餐的时候了。他们在一棵榆树下坐了下来,虽然这棵榆树大部分的叶子都开始变黄了,但还算是相当浓密,树荫附近的地面也算干燥。当他们开始准备午餐的时候,发现精灵们帮他们把瓶子内装满了清澈的金色液体,这香味仿佛是由多种鲜花酿出的蜂蜜,让人感觉神清气爽。很快地,他们就开始轻松地谈笑，对大雨和黑骑士嗤之以鼻。这时，他们觉得剩下的几哩路应该很快就会过去了。

佛罗多背靠着树干，闭上眼。皮聘和山姆坐在他附近，起初三人低声地哼着旋律，最后开始低声吟唱起来：

呵！呵！呵！美酒当前怎可错过，
治我心痛，消灾解祸，
风吹雨打也不难过，
漫漫长路还得要走，
我且在这树下躺卧，
让那云朵轻轻飘过。

呵！呵！呵！他们更大声地唱着。突然间，三人不约而同地闭上嘴。佛罗多跳了起来，随风飘来一阵长长的嘶吼声，仿佛某种邪恶孤单的生物的叫声。这音调起起伏伏，最后以凄厉的尾音作结。当他们或站或坐不知所措地发呆时，另一声更远的嚎叫跟着回应了之前的呼喊，两次的声音都让人毛骨悚然、血液凝结。紧接着是一阵沉默，三人只能听见风吹树叶的声音。

"你觉得那是什么声音？"皮聘试着故作轻松地说，却掩饰不了话音中的颤抖，"如果那是只鸟，它以前绝对没有在夏尔出现过。"

"那不是什么鸟兽的声音，"佛罗多说，"那是个讯号，或是召唤的声音，那刺耳的声音中有着我听不太懂的语言。我只知道，没有任何霍比特人能发出这种声音。"

没人再继续讨论这个话题。他们都想到了黑骑士，但无人愿意将这念头说出口。现在，他们坐立不安，不管留下或是继续前进都让他们十分害怕，但他们迟早还是得走过开阔的乡野才能抵达渡口，而且最好是趁着天光还亮时赶路。几分钟之内，他们就再度扛上背包，继续赶路。

不久之后，他们就走到了森林的尽头，出现在他们眼前的是一片宽广的草地，他们这才发现方向果然太过偏南。在这一片平原的尽头，可以瞥见河对岸是巴寇伯理的低矮山丘，不过这些山丘现在却出现在他们的左手边，和原定的计划不同。他们蹑手蹑脚地从森林中走出，开始尽快地横越这片毫无遮蔽的平原。

在离开森林的庇护之后，他们一开始觉得十分害怕，他们可以看见身后远处就是吃早餐时所在的高地。佛罗多担心会看见远处天空下黑骑士的小身影就站在那块高地上，不过，他的忧虑并没有成真，缓缓落下的太阳从云朵中探出头来，再度开始照耀大地。恐惧慢慢地消退，但三人内心仍有一丝不安。脚下的土地变得越来越平坦，似乎经过细心照料。很快地，他们来到了一块有着精心规划的田地和草场的区域；四下有着篱笆、木门和灌溉用的沟渠，一切看起来都十分安详宁静，就如同平日夏尔的午后一般。他们的心情逐渐轻松起来。河岸越来越靠近，黑骑士的身影开始变得像是森林中的幻影，早已被抛到背后。

他们来到了一大片芜菁田前，被一扇看来十分坚固的门给拦住了。门后是条夹在两边围篱之间的小径，通往远方的树丛，皮聘停了下来。

"我认得这块田和这个门！"他说，"这是老农夫马嘎的土地，那边树丛附近一定就是他的田地。"

"啊，真是一波未平一波又起！"佛罗多脸上的表情看起来像皮聘刚宣布了一条踏进恶龙巢穴的小路一样。其他人看着他，露出惊讶的表情。

"马嘎有什么可怕吗？"皮聘问，"他是烈酒鹿家的好朋友。当然，他对于贸然闯入的家伙来说是个可怕的对手，而且他还养了一群恶犬。

不过,在这一带的人非这么小心提防不行,因为他们已经很靠近边界了。"

"我明白,"佛罗多说,"不过我还是没办法释怀。"他有些尴尬地笑笑说:"我很怕他和他的狗,多年以来我都刻意避开他的田地。当我还是个小孩还住在烈酒厅的时候,我偷溜进去采蘑菇被他抓到好几次。最后一次他把我痛打一顿,还把我带到他的狗面前。'看看,乖狗们,'他说,'下次这小家伙如果再踏上我的地盘,你们就可以吃了他。赶他走!'它们一路追我到渡口那边。虽然我心里明白那些狗知道分寸,不会真的伤害我,但我对它们的恐惧还是无法克服。"

皮聘笑了:"也该是你弥补的时候了。你反正也要住回雄鹿地,不是吗?老马嘎人真的不错,只要你不打他蘑菇的主意就行了,我们只要走在那条路上就不算乱闯啦。如果我们遇到他,让我来说话,他是梅里的朋友,我以前常常跟他来这边玩。"

他们沿着小径前进,直到看见前方树丛间的大屋和农舍才放慢脚步。马嘎家和史塔克、沼泽地的大多数居民都是住在屋子里的;马嘎用砖块建造坚固的农舍,旁边还围着一圈高墙。高墙面对小径的地方有一扇很宽大的木门。

当他们越来越靠近时,突然间传来了阵阵凶猛的犬吠声,一个大嗓门的家伙大叫着:"利爪!尖牙!小狼!乖!乖!"

佛罗多和山姆当场呆立,皮聘还继续往前走了几步。大门一打开,三只壮硕的猎犬就狂吠着冲向一行人。它们似乎对皮聘毫不在意,但倒霉的山姆只能靠在墙上被两只像狼般的大狗狐疑地嗅闻着,只要他一动,就会被报以狂猛的吠声。最大最凶的那只狗,则是在佛罗多面前停了下来,悻悻低吠着。

这时,门后才走出一名身材壮硕,有着一张红润圆脸的霍比特人。

"哈啰！哈啰！你们是哪里来的，有什么需要吗？"他问。

"午安，马嘎先生！"皮聘说。

农夫开始仔细地打量他。"我说这可不是高贵的皮聘——呃，我是说皮瑞格林·图克先生！"他的表情迅速从不悦转换成欢愉的神色，"好久没看你到这边来啦，幸好我认识你。我本来准备让这些乖狗料理陌生人的，这里今天不太平静，发生了一些怪事。当然啦，平常就有一些怪家伙在附近游荡。没办法，太靠近河边了。"他摇着头说："但这个外地家伙的气质实在太诡异了。下次再遇到他，我绝不会让他未经许可就经过我家的地。"

"你说的是什么人呢？"皮聘问。

"你们没有看见他啰？"农夫说，"他不久前才沿着这小径往岔路走。这家伙相当诡异，问的问题更是莫名其妙。还是你们先进来好了，我们可以比较轻松地谈这个情况。图克先生，如果你和朋友们愿意赏光的话，我还有一些自己酿的好啤酒。"

看起来老农夫如果能在自己家里说话，可能愿意告诉他们更多消息，于是众人都同意跟他一起进屋。"这些狗怎么办？"佛罗多紧张兮兮地问。

农夫哈哈大笑。"没有我的命令，它们不会动你一根汗毛的。来，利爪！尖牙！过来！"他大喊着，"小狼，过来！"三只狗都听话走了开来，佛罗多和山姆这才松了一口气。

皮聘将另外两位朋友介绍给老农夫认识。"佛罗多·巴金斯先生，"他说，"你可能不记得他了，但他以前住在烈酒厅。"老农夫听见巴金斯这个名字猛地一惊，瞪了佛罗多一眼。佛罗多一时间以为对方又想起了多年前偷蘑菇的事情，开始担心马上就会被恶犬赶出去，但农夫马嘎反而抓住了他的手臂。

"哇，实在太巧了！"他吃惊地说，"你就是巴金斯先生？快进来！

我们得好好谈谈。"

一伙人走进农夫的厨房,在炉灶前坐了下来。马嘎太太用大酒壶装了满满的啤酒出来飨客,手脚利落地倒了四大杯。这果然是好酒,皮聘这才觉得没有因为错过"金鲈鱼"旅店而损失太多。山姆小心翼翼地啜着啤酒,他天生对夏尔其他地区的居民抱持着怀疑的态度。当然,更重要的是,他实在没办法这么快就和打过他主人的农夫交朋友,不管那是多久以前发生的事情都一样。

在闲聊了几句天气和收成的状况之后(和平常比起来差不多),农夫马嘎放下酒杯,分别一一打量他的客人。

"嗯,皮瑞格林先生,"他说,"您是从哪里来,准备要去哪里呢?您是准备来拜访我的吗?那您没通知我来接您可真是失礼。"

"不是的,"皮聘回答道,"既然您都看出破绽了,那我还是跟您说实话好了。我们是从别的方向走进您家的;我们是从田边抄小路过来的,但并不是故意的,我们本来想要走快捷的路去渡口,但在巨木厅附近的森林中迷了路。"

"如果你们这么赶,那么走大路还是比较快吧,"农夫说,"但我真正担心的不是这个。如果你们想的话,随时都可以踏上我家的土地,皮瑞格林先生。还有你,巴金斯先生。不过,我敢打赌,你可能还是很喜欢吃蘑菇吧!"他呵呵大笑着说,"啊,没错,我记得这个名字。当年啊,佛罗多·巴金斯小朋友可是雄鹿地一带最坏的野孩子。不过,让我担心的不是蘑菇。在你们出现之前,我才刚听过巴金斯这个名字,你们猜猜看那个怪家伙问了我什么问题?"

一行人着急地等待对方揭穿谜底。"结果哪,"农夫好整以暇地说道,"他骑着一匹大黑马走到门口,那门刚好是开着的,他就这么直接走到我家门前。他自己也是一身黑,斗篷、兜帽罩得紧紧的,仿佛不想让任何人认出他来。'这家伙来夏尔到底要干吗?'我这么想。我们这里离边境有一段距离，很少见到这些大家伙，而且，我也从来没听过有这种一身黑的怪人。

"'日安！'我走出去道：'这是条死巷子，不管你想要去哪里，都还是走外面的大路比较快。'我不喜欢他的那身打扮，当利爪跑出来的时候，它闻了一下，就发出好像被蜜蜂叮到一样的嚎叫声，它就这么夹着尾巴惨嚎着逃开。那黑衣人则是不为所动地坐在马上。

"'我是从外地来的，'他有些迟缓僵硬地指着西方，这家伙竟然敢穿过我的田地，太不像话了！'你遇到过巴金斯吗？'他弯身朝着我，用奇怪的声音说。由于他的兜帽压得很低，我完全看不见他的脸，但我觉得背脊一阵凉意。不过，我还是不明白，这个家伙为什么敢这么大胆地闯入我的土地。

"'快走！'我说，'这里没有姓巴金斯的人，你找错地方了。你最好回头往西走，去霍比特屯看看，这次你可以走大路回去了。''巴金斯已经离开了，'他用嘶哑的声音说，'他正在朝这边走，距离不远，我想要找他。如果他经过，你会告诉我吗？我会带金子给你。''不，我不需要，'我说，'你最好快点滚回家。如果一分钟之内你还不走，我就要把我所有的狗都放出来了。'

"他发出嘶嘶声，可能是笑声，但我不确定。接着他策马朝我跃来，我正好及时闪开。当我正准备叫狗儿过来的时候，他已经像闪电一般地冲到大路上了。你们觉得这是什么状况？"

佛罗多看着火焰，沉默了片刻。他脑中只有一个念头：这下子该怎么走到渡口去？"我不知道该怎么想。"他最后终于说。

"那我告诉你该想什么，"马嘎说，"你根本不该去和霍比特屯的家伙厮混的，佛罗多先生，那边的家伙都是些怪人。"山姆动了动，用不友善的目光看着马嘎。"不过你从小就是个胆大的家伙。当我听说你离开烈酒鹿家，去和比尔博老先生住在一起的时候，我就觉得你会遇上麻烦。记住我说的话,这一切都是比尔博先生的古怪行径所招惹来的。他们说他的财富都是从远方以奇怪的方式弄到的。就我听说的来看,或许有人想要知道他那些埋在霍比特屯小山中的金银财宝都到哪里去了?"

佛罗多一言不发。老农夫精准的怀疑让他感到十分不安。

"好吧,佛罗多先生,"马嘎继续道,"我很高兴你终于恢复理智,回到雄鹿地这边。我的忠告是:别离开这里!也不要和这些外地人混在一起,你会在这边交上一些朋友的。如果这些黑衣人又回来找你,我会应付他们,就说你死了,或是已经离开夏尔;只要你吩咐一声就行了。其实这也不算说谎,因为搞不好他们想要知道的就是比尔博老先生的行踪。"

"或许你说得对。"佛罗多避开农夫的目光,只敢直视着火焰。

马嘎若有所思地看着他。"好吧,我看得出来你有自己的主意。"他说,"我很清楚这骑士和你在同一个下午出现并不是巧合,或许你也对我所提供的消息早有所知。我可不是多管闲事、要你告诉我你的秘密的人,但我猜得到你遇上麻烦了。或许你正想着要如何不被人发现地走到渡口去?"

"我的确正在想这个问题,"佛罗多说,"但光是坐在这里想也不是办法,我们一定得试着赶到那边去才行,恐怕我们必须告辞了。实在非常感谢您的慷慨!马嘎先生,说来不好意思,但我害怕你和你的恶犬已经怕了三十年了。真可惜,看来我当年错失了认识一个好朋友的机会。很抱歉我必须这么快离开,如果有机会的话,我会再回来拜访您的。"

"下次你来时,我会亲自欢迎你的,"马嘎说,"请容我说个提议。现在天已经快黑了,我们正准备要吃晚饭,通常我们天黑之后不久就会上床睡觉。如果你和皮瑞格林先生等人愿意留下来和我们用餐,我们会很高兴的!"

"我们也是!"佛罗多说,"但恐怕我们必须马上离开,即使现在立刻离开,我们赶到渡口的时候也都天黑了。"

"啊!不要着急!我话还没说完。在吃完晚餐之后,我会驾着马车送你们去渡口,这样你们会省掉许多路,可能还可以省掉很多其他的麻烦。"

佛罗多不再推辞,接受了马嘎的好意,也让皮聘和山姆松了一口气。太阳几乎已经落到西方山丘的后面,天色也渐渐变暗。马嘎的两个儿子和三个女儿走了进来,大桌子上随即摆放了丰盛的晚餐。厨房内点上了蜡烛,炉火也跟着生起,马嘎太太忙进忙出,几个在农庄工作的霍比特人也跟着一起进来。不久之后,十四个霍比特人一起愉悦地坐下用餐。啤酒任众人畅饮,除了农家实在的料理之外,还有一大盘蘑菇和熏猪肉任大伙取用。三只忠犬趴在炉火前面,啃着拍碎的骨头和猪皮。

在众人酒足饭饱之后,农夫带着儿子们,提着油灯去备好马车。当客人们走出来时,院子已经十分灰暗,他们将背包丢上马车,接着爬了进去。老农夫坐在驾驶座上,鞭策两匹矮壮的小马前进,他老婆站在门廊上送行。

"马嘎,小心照顾自己!"她喊道,"不要和外地人争吵,直接回来!"

"没问题!"他接着就驾车出了门口。此时四野无风,夜晚显得十分静谧,空气中有些微微的寒意。他们不点灯火缓缓进发,在一两哩之后,小径才接上岔路,开阔起来,在短暂的爬坡之后,他们来到了铺着石子的大路。

马嘎走下马车,仔细地看了看北边和南边。夜空万籁俱寂,也没有任何可疑之处,薄薄的河雾在沟渠上往田野飘移。

"这雾气会越来越重,"马嘎说,"不过我回程时才会点灯,今天晚上不管会遇到什么来人,我们都会先听到他们的形迹。"

从马嘎的小径到渡口大概五哩多。霍比特人舒服地坐着,但每个人都竖直了耳朵,仔细听着除了车轮和马蹄声之外的风吹草动。在佛罗多的感觉中,马车似乎走得比蜗牛还要慢,皮聘在他身边打盹,山姆则是机警地看着前方逐渐聚集的雾气。

他们最后终于来到了渡口的岔路。路口的两根白色柱子突然间出现在他们右方。老农夫马嘎拉住小马,马车嘎吱作响地停了下来。正当他们急匆匆地想要爬下马车时,黑暗中突然传来一阵让他们恐惧不已的声音:前方的路上有着清晰的马蹄声,正朝着他们而来。

马嘎跳下马车,一手握住缰绳,紧张地看着前方的大雾。骑士咔嗒、咔嗒的声音越来越近。在这静滞的雾气中,马蹄声显得震耳欲聋。

"佛罗多先生,你最好赶快躲起来。"山姆紧张地说。

"你赶快趴下,用毯子把自己盖起来,我们会把骑士骗到别的地方去!"他爬出马车,站到老农夫身边。黑骑士得要通过他才能靠近马车。

咔嗒,咔嗒。骑士越来越靠近。

"你好啊!"老农夫马嘎大喊。不断逼近的马蹄声停了下来,众人可以在大雾中依稀看见几码外有一个披着斗篷的黑色人影。

"等等!"老农夫把缰绳交给山姆,大踏步走向前,"别靠近!你想要干什么?要去哪里?"

"我要找巴金斯先生。你看见他了吗?"一个含糊的声音说。但,幸好,那是梅里·烈酒鹿的声音,一盏油灯的盖布掀开,光线照在惊讶的老农夫脸上。

"梅里先生!"他大喊。

"当然是我啦!不然你以为是谁?"梅里继续往前走着。当他走出迷雾时,众人的恐惧才消退;原先巨大的黑影也化成了正常霍比特人的尺寸。他骑着小马,脖子和嘴用围巾遮着,避免大雾中的湿气。

佛罗多跳出马车迎接他。"你终于出现了!"梅里说,"我刚才还想,你今天是不是不会来了,我正准备回去吃晚餐呢!大雾一起,我就朝史塔克的方向骑,看看你们是不是滚到哪条山沟里去了。我可真没猜到你们会是这样出现的。马嘎先生,你是在哪里找到他们的?养鸭的池塘吗?"

"不,我发现他们偷溜进我的土地,"农夫说,"差点还要放狗赶他们,我想他们会告诉你详情的。梅里先生、佛罗多先生和大家,请容我先行告退了,我最好赶快回家去,天色越黑,马嘎太太会越担心的。"

他将马车退入小径,接着扭转方向。"祝你们晚安,"他说,"今天真的很不寻常,幸好一切都圆满落幕。啊,也许这该在大家都安全回到家之后再说。我得说我会很高兴能平安回到家的。"他点亮自己的油灯,爬上马车。接着他从座位底下变出了一个大篮子。"我差点忘了,"他说,"马嘎太太特别替巴金斯先生准备的,这是她的一点心意。"他将篮子交给佛罗多,在众人的感激和晚安声中离开了。

他们看着马车的灯光慢慢消失在朦胧的雾气中。佛罗多突然笑了,他拿着的篮子的篮盖底下飘出了蘑菇的香味。

第五章

计谋揭穿

"现在我们最好也赶快回家啦!"梅里说,"我明白你们遇到了一些怪事,但这一切都可以等到我们进屋再谈。"

一伙人走上两旁铺着白色大石子、保养良好的渡口小道。走了一百多码之后,他们来到了岸边。那里有一座宽敞的木造码头,一艘大型的平底渡船就靠在码头边,码头上两根白色的系船柱在附近灯柱的照耀下反射着光芒。他们身后原野中的雾气现在已经比篱笆还要高了,眼前的河水却依旧黑沉沉一片,只点缀着几丝从岸边芦苇丛中飘来的轻雾,对岸的雾气似乎没有那么浓。

梅里牵着小马走上渡船,其他人则依序跟在后面。梅里接着拿起一根长篙,慢慢将船推离码头。眼前的烈酒河宽广而和缓,另外一边的河岸比较陡,对岸的码头之上有一条弯曲的小径往上延伸,也同样有着闪烁的油灯。码头背后衬着雄鹿丘,在山丘旁隐约的雾气遮掩中,许多圆形轮廓的窗户透着或黄或红的灯光,那是烈酒鹿家族的古老居所烈酒厅众多灯火中的一部分。

很久以前,沼泽地或甚至是夏尔一带历史最悠久的老雄鹿家族,在家长葛和达·老雄鹿的带领之下,越过了烈酒河。这条河原是霍比特人领土的东边边界。他建造(和挖掘)了烈酒厅,将姓改为烈酒鹿,在此地定居下来,并且成为这个与世隔绝区域的首领。他的家族不停

雄鹿地渡口

地扩张,在他死后依旧没有稍歇,最后终于把整个山丘底下给挤满了。光是这座山丘就有三扇大门、许多边门和上百个窗户。烈酒鹿家人和难以计数的亲戚们先是开始往底下挖,稍后则是在旁边盖,形成了一个以雄鹿丘为中心的聚落。这就是雄鹿地的起源,一块夹在河边和老林之间、人口密集的狭长地带,被视为夏尔扩张的殖民地。它最大的村子则是巴寇伯理,从河岸直到烈酒厅后面的斜坡上。

沼泽地的居民对雄鹿地的住民十分友善,烈酒厅之长(烈酒鹿家族家长的称号)的权威也受到史塔克和卢谢一带居民的认同;但大部分的夏尔居民则认为雄鹿地的家伙都是怪里怪气的,几乎可以算是半个外国人。不过事实上,他们和其他四区的霍比特人并没有多大的差别,唯一的不同是,他们喜欢船只,有些人甚至还会游泳。

起先他们的土地和东方外来者之间没有任何的屏障,不过稍后他们盖了一道高围篱,用来保护自己和阻隔外来者。那是好几个世代以前建筑的防护,在持续修缮和加盖之下,目前已经变得又高又厚。它沿着烈酒桥一路过来,直到篱尾(也就是柳条河从森林里面流出,和烈酒河汇流的地方),总共大概有二十哩长。不过,这当然不是滴水不漏的防护,很多地方的高篱都很靠近森林,因此,雄鹿地的居民在晚上都会锁上门。这在夏尔是很少见的。

渡船缓缓地航行在水上,雄鹿地的河岸越来越靠近。一行人中只有山姆过去从未渡过河,当河水潺潺流过脚下时,他有种奇异的感觉:他过往的生活都已留在背后的迷雾中,前方只有黑暗的冒险。他抓抓头,心中有那么一刻闪过一个念头,希望佛罗多先生可以一直在袋底洞终老。

四名霍比特人走下渡船。梅里将船系牢,皮聘已牵着小马往岸上走。此时,山姆(他正好往后看,似乎准备向夏尔道别)突然间用沙哑的声音低语道:

"佛罗多先生,快回头看看!你看到什么了吗?"

在不远的对岸,昏黄的油灯照耀下,他们勉强可以看见码头上有一团黑影,像是一捆他们遗漏的行李。但是当他们仔细看,那团黑影似乎在不停地左右移动和晃动着,好像在搜寻什么。接着它趴了下去,或者是弯下腰,退回了油灯照不到的黑暗中。

"那是夏尔的什么怪东西啊?"梅里吃惊地问。

"是某个对我们紧追不舍的家伙,"佛罗多说,"不过现在先不急着问问题,我们赶快先离开这里!"他们急忙走到岸上。当他们再度回头的时候,对岸已经被浓雾所包围,什么都看不见了。

"感谢上天,你们没有把其他船停在西岸!"佛罗多说,"马儿可以渡河吗?"

"它们可以往北走二十哩,从烈酒桥过河,或者它们也可以游过来。"梅里回答,"不过我从来没听说有哪匹马游得过烈酒河,这跟马匹又有什么关系?"

"我等下再跟你说,我们先进屋里去谈。"

"好吧!你和皮聘都知道该怎么走,我先骑马去通知小胖你们要来了,我们会先准备晚餐和一些东西。"

"我们已经在老农夫马嘎那边用过晚餐了,"佛罗多说,"不过,多吃一餐也无妨。"

"如你所愿!把那篮子给我!"梅里随即策马驰入黑暗之中。

从烈酒河到佛罗多在溪谷地的新家距离可不近。他们从右边绕过雄鹿丘和烈酒厅,在巴寇伯理的郊外走上雄鹿地从桥往南走的主要干道。沿着这条路往北走了半哩左右,他们遇上了往右边的岔路,一行人右转走上这条岔路,在渺无人迹的乡野中又上上下下跋涉了几哩。

最后,他们来到一堵厚厚树篱中的一扇小门前。在黑暗中完全看不见房子的模样,它在门后小路尽头处一大片草地的中央,草地四周环绕着一圈带状矮树林,然后才是最外围的这堵树篱。佛罗多选择这个住所,是因为它位于远离交通要道的乡野中,位置偏僻,附近又没有其他的住家。你可以神不知鬼不觉地进进出出。这是很久以前烈酒鹿家为了招待客人所建造的,有时想暂时躲避烈酒厅吵闹生活的家人,也会搬到这里暂住。这是栋老式的乡间小屋,尽可能建得像霍比特人住的洞穴。建筑本身又长又矮,没有加高的楼层,它有着干草铺成的屋顶、圆形的窗户和大大的圆门。

当他们穿过大门沿着绿色小径往房子走时,看不到任何的灯光,窗户紧闭,连窗帘都拉上了。佛罗多敲敲门,小胖博哲前来应门,亲切的灯火随着流泻而出。他们飞快地走进屋内,关上门。出现在他们眼前的是一个宽敞的大厅,两边有着几扇门,中间则是一条贯穿整栋房屋的走廊。

"你觉得怎么样?"梅里从走廊另一边走过来,"我们尽可能在最短时间内把这里布置得跟老家一样。毕竟,小胖和我昨天才把最后一车货物运过来。"

佛罗多四下打量着,这里看起来的确像老家,有很多他自己最喜欢的东西——或者说比尔博的东西(这些东西摆在新环境中格外让他想起比尔博)——梅里尽量将它们照着袋底洞的布置来安排。这是个十分舒适、愉快、温馨的地方。佛罗多心中希望自己真的是要来这边定居,享受退休生活。让老朋友为了这样一个烟幕付出这么多心力,让他觉得实在惭愧,他更不知道该怎么对朋友表明自己必须立刻离开的真相。但,这件事不能再拖,一定要在今晚大家上床之前处理才行。

"真是太棒了!"他勉强做出欢欣的表情道,"我几乎感觉不出来自己搬家了。"

风尘仆仆的三人挂起斗篷，将背包整齐地放在地上。梅里领着他们沿着走廊走到底端一扇门前，门一开，火光和香喷喷的蒸汽随着流泻而出。

"浴室！"皮聘说，"喔，我最崇拜的梅里雅达克！"

"我们该照什么顺序来洗呢？"佛罗多问，"敬老尊贤？还是手脚最快的先？不管用哪个标准来看，皮瑞格林大人，你都会是最后一个。"

"请相信我的办事能力！"梅里说，"我们总不能一来溪谷地就为了洗澡而吵架吧。浴室里有三个浴缸，一个装满了滚水的桶子。我当然也没忘记毛巾、肥皂和踏脚垫。快点进去好好享受，不要拖拖拉拉的！"

梅里和小胖又走回走廊另一边的厨房内，为了待会儿的晚餐宵夜而奋斗。大小泼水声伴随着荒腔走板的歌声从浴室里传出来，皮聘突然扯开嗓子压过其他人的声音，唱起比尔博最喜欢的入浴歌。

　　唱起歌儿呀！辛勤一天终于可洗澡喂！
　　洗去泥巴和劳累！
　　洗澡不唱歌是傻瓜！
　　喔，热水洗得我笑哈哈！

　　呵！雨滴落下真清脆，
　　小溪奔流到海头不回；
　　只有一物胜过雨滴和小溪：
　　用蒸汽腾腾的热水洗身体。

　　喔！有时需要冷水浇，
　　灌入喉咙干渴消；
　　不过啤酒更加爽，

热水淋背心欢畅!

喔! 喷泉飞溅真美丽,
天空白珠一粒粒;
喷泉音乐再优美,
比不上我的双脚撩热水!

接着浴室内就传来哗啦哗啦巨响,佛罗多跟着哇了一声。看来皮聘的洗澡水真的像喷泉一样,喷溅到空中去了。

梅里走到门外:"来顿丰盛的晚餐配啤酒怎么样?"他大喊。佛罗多擦着头发走出来。

"到处都被弄得湿答答,我得到厨房去擦身体才行。"他说。

"怎么跟小孩子一样爱玩!"梅里朝浴室里一看,石制的地板几乎都被泡在洪水中了。"皮瑞格林,你得擦干地板之后才有东西吃!"他说,"快点,不然我们就不等你了!"

他们在厨房靠近炉火的地方用餐。"你们三个应该不想再吃蘑菇了吧?"佛瑞德加不抱希望地问道。

"我要吃!我要吃!"皮聘大喊。

"它们都是我的!"佛罗多说,"是高贵的农妇之后马嘎太太送给我的!把你的臭手拿开,我来分!"

霍比特人对蘑菇有种狂热,比大家伙对金银珠宝的热爱更甚,这也是何以佛罗多年轻时老爱去沼泽地探险,以及会被马嘎痛打一顿的原因。这次的蘑菇即使以霍比特人的眼光来看,也多得足够大家吃。除了蘑菇之外,还有很多其他的配菜。众人吃完之后,连食量最大的小胖博哲,都心满意足地叹了口长气。他们把桌子移开,将椅子围着炉火放好。

"我们稍后再来清理，"梅里说，"快把一切说来听听！我猜你们一定经历了许多冒险吧！我没参与到真是不公平。我要从头听到尾，而且，最重要的是，我要知道老马嘎在渡口时是怎么搞的，怎么会用那种口气跟我说话。他听起来好像很害怕，我不知道这老硬汉会害怕！"

佛罗多看着炉火一言不发，片刻之后才由皮聘开口："我们全都很害怕。如果你连续两天都被黑骑士紧追不舍，你也会害怕的。"

"他们是什么东西？"

"骑着黑马的黑衣人，"皮聘回答，"佛罗多如果不愿意说，我就从头开始讲了。"他接着从他们离开霍比特屯，一路说到遇上梅里。山姆在其间有时点头，有时插嘴补充，佛罗多依旧沉默不语。

"如果我没看见码头上的黑影、听见马嘎的诡异语调，"梅里说，"我会认为这一切都是你们捏造的。佛罗多，对这一切你有什么看法？"

"我们的表亲佛罗多一直守口如瓶，"皮聘说，"也该是他说实话的时候了。到目前为止，我们所知道的跟农夫马嘎猜测的差不多：这可能和老比尔博的宝物有关系。"

"那只是个猜测而已，"佛罗多急忙说，"马嘎啥也不知道。"

"老马嘎可精明得很，"梅里说，"他脑子里在转些什么东西，不见得会说出来让你知道。我听说他常常进入老林一带，对各种怪事拥有丰富的经验。但至少，佛罗多，你可以告诉我们，你觉得他的猜测正不正确。"

"我认为，"佛罗多慢慢地说，"他猜的还蛮有道理的。这的确和比尔博过去的冒险有关系。黑骑士真的在找东西，准确一点说，他们的目标就是我或者是比尔博。如果你们真的想要知道，我只能坦承，这不是开玩笑的事情。我不管待在这里或其他任何地方，都一样不安全。"他环视着窗户和墙壁，仿佛担心它们会突然消失一般。其他人沉默地看着他,然后互相交换着别有深意的眼神。

"他就快说实话了。"皮聘对梅里耳语道,梅里点点头。

"好吧!"佛罗多终于开口,似乎打定主意了,他挺直腰杆说,"我不能再瞒了。我有件事情要告诉你们,但我不知该如何说出口。"

"我想我应该可以帮你一把,"梅里静静地说,"就让我先说出我知道的那部分吧。"

"你这是什么意思?"佛罗多紧张地看着他。

"听着,亲爱的佛罗多,你惨兮兮的原因是你不知该如何开口说再见。没错,你想要离开夏尔,但危机出现得比你预料的要早。现在你下定决心立刻出发,可是心里又不想这么做。我们都替你感到十分难过。"

佛罗多张大了嘴,随即又闭上,他惊讶的表情十分滑稽,让众人都笑了起来。"亲爱的佛罗多!"皮聘说,"你以为你真的把我们都唬住了吗?你恐怕还不够奸诈哪!从今年四月开始,你就明显地计划着离去,同时开始和所有你熟悉的地方道别。我们经常听见你自言自语:'不知道我以后还有没有机会再来俯瞰这道山谷?'以及很多类似的话。你还假装钱都用尽了,然后真的把你心爱的袋底洞卖给塞克维尔-巴金斯一家!而且,你还常常和甘道夫密谈。"

"天哪!"佛罗多说,"我一直以为我已经够小心、够聪明了,我不知道甘道夫会怎么责怪我。这么说来,整个夏尔都在谈论我离开的事情了吗?"

"喔,没有啦!"梅里说,"这你就不用担心了!当然,这秘密不可能隐藏太久。但目前只有我们这几个阴谋策划者知道。毕竟,我们已经认识你那么久,又经常和你玩在一起,我们这才猜得到你在想些什么。我也认识比尔博,说实话,自从他离开之后,我就比以前更注意你。我认为你迟早都会跟随他的脚步离去。事实上,我本来期待你会更早离开的，而近来的情势让我们更担心。我们很害怕你会像他一样神秘兮兮地消失，突然地离开我们，独自一人上路。从今年春天以来，我们就盯紧了你，也做了一些特别的安排，这次你要脱逃可没这么简单了！"

"但我一定得走才行，"佛罗多说，"亲爱的朋友们，我别无选择。我知道大家都会很不好过，但你们强留我也无用。既然你们都猜到那么多了，请你们助我一臂之力，不要阻拦我！"

"你误会了！"皮聘说，"你是一定得走，因此我们也不例外，梅里和我决定和你一起走。山姆是个绝佳的伙伴，他会为你赴汤蹈火在所不惜，但是这家伙天生少根筋；而你在这么危险的旅途上，将会需要不止一个同伴。"

"我最亲爱、最体贴的霍比特朋友，"佛罗多极其感动地说，"可是我不能这么做，我在很久以前就决定了。你们嘴里说着危险，但不明白实际上有多危险。这不是一趟寻找宝藏的任务，更不是轻松来回的冒险。我为了躲避危险，而必须投入更大的危险。"

"我们当然明白，"梅里坚定地说，"所以我们才会决定跟你一起走。我们知道魔戒是不能拿来开玩笑的，但我们一定会尽全力协助你对抗魔王。"

"魔戒！"佛罗多这次真的惊讶得说不出话来了。

"没错，魔戒，"梅里说，"我亲爱的老友，你太低估了周遭朋友的好奇心。我知道魔戒的存在已有好多年了。事实上，在比尔博离开前我就知道了。但既然他把这当作秘密，我就把这件事藏在心底，直到我们开始构思这项计谋。当然，我对比尔博的认识没有像对你那么深，我那时太年轻了，而他也比你更小心，但那也还是不够小心。如果你想要知道我最初是怎么发现的，我愿意和你分享。"

"继续说吧！"佛罗多有气无力地说。

"我想你也猜得到，是塞克维尔-巴金斯一家人让他露出马脚的。

大概在宴会之前一年左右，有一天我正好走在路上，我发现比尔博就在前方。突然间，塞-巴一家人出现，朝着我们走来。比尔博停下脚步，然后，说变就变！他消失了。我吃惊得差点连像平常一样找地方躲起来都不会了。但我还是灵机一动，钻过树篱沿着篱内往前走。我从树篱缝隙窥探外面的马路，在塞-巴一家人走了之后，比尔博就在我的眼前重新出现，我看见他把什么金色的东西放进口袋中。

"在那之后我就更注意他的行动，事实上，我承认我的确偷偷摸摸地刺探了好几次，没办法，这件事真的太诱人了，而我当时也还没成年。除了佛罗多之外，我猜我大概是全夏尔唯一看过老家伙秘密记事本的人。"

"你读过他的抄本！"佛罗多大喊道，"妈呀！难道这世界上没有秘密可言了吗？"

"我想应该是的，"梅里说，"但我是在仓促间瞄了一眼，有很多地方看不懂。这个本子他随时随地都收得好好的，不知道后来放到哪里去了，我真想再看几眼。它在你手上吗，佛罗多？"

"不。那个本子不在袋底洞，他一定是带走了。"

"好吧，刚刚说到哪里了？"梅里继续道，"我一直把这件事情埋在心里，直到今年春天，事态开始严重，于是我们策划了这项计谋。既然我们准备要大干一场，我们就必须谨慎行事。你可不是口风很松的人，从甘道夫那儿更别想套出任何消息。不过，如果你想要知道我们的名侦探是谁，我可以介绍给你认识。"

"他在哪里？"佛罗多看着四周，仿佛觉得这神出鬼没的家伙会从碗橱里跳出来。

"请让我介绍：名侦探山姆！"梅里说。山姆涨红着脸站了起来。"这就是我们的情报来源！他可真是位可靠的线民，可惜他最后暴露了形迹。在那之后，我觉得他好像认为自己是在假释中，因此再也没有泄漏任何消息。"

"山姆！"佛罗多大喊一声，感觉惊讶到不能再惊讶了。他不知道该生气、该好笑、该松口气，还是该觉得自己是傻瓜。

"是的，大人！"山姆说，"请您见谅，佛罗多先生，我对你并没有恶意，对甘道夫先生也是一样。他真的很明理，当你说要独自前往的时候，他说不行！带个你能相信的人一起去。"

"可是现在我不知道该相信谁了。"佛罗多说。

山姆闷闷不乐地看着他。"关键是在于你想要什么样的朋友，"梅里插嘴道，"你可以信任我们为你两肋插刀，上刀山下油锅，一起撑到最后。你也可以相信我们守口如瓶，比你更不会走漏丝毫口风。但你不能认为我们会让你独自面对困难，不留只字片语地离开。佛罗多，我们是你的朋友。反正，情况就是这样：我们知道甘道夫告诉你的大部分消息，我们也知道很多有关魔戒的事。虽然我们非常害怕，但我们还是要和你一起走，就算你不同意，我们也要紧咬着你的屁股不放。"

"不管怎么说，大人，"山姆补充道，"你也应该听从精灵的建议。吉尔多建议你可以带自愿与你一同上路的同伴同行，这点你总不能否认吧。"

"我没有否认，"佛罗多看着露出微笑的山姆说，"我没有否认。但是，以后不管你有没有打鼾，我都不会相信你已经睡着了，下次我得狠狠地踢你一脚来确认。"

"你们这群奸诈的黄鼠狼！"他转过身面对众人道。"但是愿上天祝福你们！"他笑着站起来，挥着手说，"我被打败了，我愿意听从吉尔多的建议。要不是因为我所面对的危险是这么黑暗，我早就手舞足蹈了。即使是这样，我还是忍不住打从心底高兴，我已经好久没有这么高兴。我本来一直很害怕今天晚上的来临。"

"好极了！就这么决定了。让我们来替佛罗多队长和冒险队欢呼吧！"他们大声欢呼,在佛罗多身边手舞足蹈。梅里和皮聘开始唱歌,从他们熟练的程度来看,似乎是早就为这个场合准备好的。

那是模仿许久之前比尔博踏上冒险之路的矮人歌曲所作的,曲调也相同:

> 告别老家和厅堂,
> 穿过大雨和风狂,
> 天亮之前快出航,
> 越过森林和山冈。
>
> 奔向瑞文戴尔,精灵之乡,
> 迷雾山下林谷长,
> 策马疾驰荒原上,
> 奔向未知的前方。
>
> 前有敌踪,后追兵,
> 风餐露宿忍霜冰,
> 不克险阻誓不停,
> 抵达终点达使命。
>
> 快出航！快出航！
> 天亮之前策马扬！

"好极了！"佛罗多说,"但这么一来,在我们上床之前还有很多事要忙,而且,这也是我们最后一晚在屋檐下睡觉了。"

"喔！那只是为了押韵而已啦！"皮聘说,"难道你真的准备在天亮之前就出发?"

"我不确定,"佛罗多回答道,"我担心那些黑骑士的动向,我很确定任何地方只要待久就不安全,特别是在这个大家都知道我去向的地方。吉尔多也建议我一刻都别等。但我很希望甘道夫能够及时赶到,连吉尔多听见甘道夫没有出现时都露出了担忧的神情。现在关键在于这两点:黑骑士赶到巴寇伯理要花多久时间?我们能够多快出发?我看这可能要花不少时间准备。"

"至于第二个问题的答案,"梅里说,"我们在一小时之内就可以出发,我已经准备好了一切必要的东西。对面的马房里面有六匹小马,所有的补给品和装备都已经打包好了,只除了额外的衣物和新鲜易坏的食物。"

"你们的计谋还真有效率,"佛罗多说,"不过,黑骑士又该怎么办?我们多等甘道夫一天还安全吗?"

"安不安全的关键在于,你认为这些黑骑士找到你之后会怎么做,"梅里回答,"如果他们没有在北门,也就是高篱和河交会的地方被拦下来,他们现在可能已经到这里了。守卫不可能晚上开门让他们通过,但他们也有可能会硬闯。我想,即使在白天,他们也不会让这些骑士进来。至少,他们会送口信到烈酒厅主人的耳中后才会放行。因为他们绝不会喜欢那些骑士的模样,也一定会感到害怕。不过,雄鹿地也无法长期抵抗对方的攻击。另外还有可能,到了早晨,即使是一名黑骑士登门来找巴金斯先生,守卫也会放行。毕竟,大家都知道你已经回来在溪谷地定居了。"

佛罗多坐着沉思了片刻。"我已经决定了,"他最后终于说,"我明天天一亮就出发。不过我不会走大路,那种明目张胆的方式恐怕比等在这里还危险。如果我从北门离开,那么全雄鹿地就会知道我的行踪,而没办法让追兵至少有几天搞不清楚状况。还有，不论黑骑士进不进得了雄鹿地，烈酒桥和靠近边境的东方大路肯定都会有人监视。我们不知道到底有多少名黑骑士，但我们遇到了两名，可能还有更多。我们唯一的选择就是选择出其不意的方向。"

"但这就表示我们得要从老林走！"佛瑞德加害怕地说，"你不是认真的吧？那里和黑骑士一样危险。"

"不见得，"梅里说，"这听起来可能有些铤而走险，但我认为佛罗多是对的。那是唯一可以暂时摆脱追兵，不被跟踪的方法。如果运气够好，我们可能会有一个不错的开始。"

"可是，在老林里面没有什么幸运不幸运的事情，"佛瑞德加抗议道，"在里面根本没有运气可言，你一定会迷路的，人们根本不去那里。"

"才不呢！当然有人去。"梅里说，"烈酒鹿家的人只要心情好，就会进去晃晃，我们有自己的入口。佛罗多很久以前也进去过一次。我自己也进去过几次，当然，通常是在白天，树木昏昏欲睡，不敢蠢动的时候。"

"好吧，你们爱怎么做就怎么做！"佛瑞德加说，"我最害怕的就是老林了，那里的故事每次都会让我做噩梦。既然我不跟你们一起走，我的意见其实也不太重要。不过，我很庆幸自己可以留在这边，告诉甘道夫你们做了什么傻事，我相信他很快就会出现的。"

虽然小胖博哲是佛罗多的好友，但他一点也不想离开夏尔，或是见识外面的大千世界。他的家族是来自夏尔东区，精确一点说，是大桥地的羊皮渡口，但是他连烈酒桥都没有踏上去过。根据原本的计谋，他的任务就是留下来应付那些多嘴多舌的闲人，尽可能让大家以为佛罗多先生还居住在溪谷地。他甚至还带了些佛罗多的旧衣服来好让自己假扮一下，他们压根没想到这会是多危险的任务。

"好极了！"当佛罗多了解整个计划之后，他不禁说，"反正我们也没别的办法留口信给甘道夫。当然，我也不确定黑骑士识不识字，但我可不敢冒险把消息写下来，万一他们闯进来搜到就糟糕了。既然小胖愿意留下来，那甘道夫就有办法知道我们的行踪。这让我终于下定决心：我们明天一早就进老林。"

"就这么决定了，"皮聘说，"说实话，我宁愿出去跋涉也不要负责小胖的职务——在这边等黑骑士出现。"

"等你走进森林里面就知道了，"佛瑞德加说，"在明天天黑之前，你就会希望自己还留在这屋子里跟我在一起。"

"没必要再吵啦，"梅里说，"我们还得要把东西收拾好，在上床前把行李都打包，天亮之前我负责叫你们起床。"

好不容易上床之后，佛罗多有很长的一段时间无法入眠。他的腿很酸痛，不禁庆幸明天一早可以骑马，不用步行。最后，他缓缓地沉入梦乡。在梦中，他似乎从一个俯瞰树海的高窗往外看，在那树底下有着生物爬行和嗅闻的声音，他觉得对方迟早都会闻出他的位置来。

然后，他听见远方传来一种奇怪的声音。一开始他以为是强风吹过林中树叶的声音，然后，他明白那不是树叶的声音，而是遥远的海浪声，一种他这辈子从来没听过的声音，虽然这声音常在梦中困扰他。突然间，他发现自己站在空地上，四周没有任何的树木，他站在一片黑色的荒地上，空气中充满着诡异的咸味。他抬起头，看见眼前有座高大的白塔，孤单地矗立在高地上。他突然有种强烈的欲望，想要爬上高塔看看大海是什么样子。当他开始挣扎着爬上高地朝高塔前进时，突然一道亮光划破天际，接着传来了隆隆的雷声。

第六章

老 林

佛罗多突然醒了过来,房间里面依旧一片黑暗。梅里一手拿着蜡烛,一手猛敲着门。"好啦!什么事?"惊魂未定的佛罗多说。

"还敢问什么事!"梅里大喊道,"该起床啦。都已经四点半了,外面一片大雾。快点!山姆已经在准备早餐了,连皮聘都起床了。我正准备去给小马上鞍,顺便把驮行李的那匹马牵过来。记得帮我叫醒那个懒虫小胖!至少他得起床送我们吧!"

六点过后不久,五名霍比特人就已经整装待发。小胖博哲哈欠连天地跟着送行。他们静悄悄地走出屋子。梅里带头牵着驮行李的负重马,沿着屋后的小路走,然后穿越了几片草地。树叶因为晨露和雾气而闪闪发亮,连树枝都在滴着水,青草则是沾着灰蒙蒙的露珠。四下万籁俱寂,让远方的声音也变得十分清晰:野鸟在森林中啁啾,远方有户人家用力关上大门。

他们到马厩里面牵出小马,这些正是霍比特人喜欢的结实马种,它们虽然跑得不快,却耐操劳,适合整天的劳动。一行人骑上马,头也不回地骑进大雾中。浓密的雾气似乎不情愿地在他们面前分开,又迫不及待地在他们身后阖上。在沉默地骑了一小时之后,高篱突然间出现在他们面前,整齐结实的墙篱上挂着许多银色的蜘蛛网。

"你们要怎么穿过这道墙篱?"佛瑞德加说。

"跟我来!"梅里说,"然后你就会知道了。"他转过身,沿着高篱往左走，很快就来到一处墙篱沿着一座谷地往内弯的地方。距离高篱不远的地方有条小路，缓缓往下延伸。这条小路两边有砖砌的墙，逐渐增高，最后会合盖成拱顶，底下成为一条钻过高篱的隧道，通往另一边的谷地。

小胖博哲在这边停了下来。"再会，佛罗多！"他说，"我真希望你们不要走进森林里，但愿你们不会在天黑以前就需要别人救援。祝你们天天都好运！"

"只要前方没有比老林更糟糕的未来，我就已经算是好运了，"佛罗多说，"告诉甘道夫，沿着东方大道快点赶上，我们应该过不了多久就会走上大路，尽可能地赶路。"最后，他们一起大喊："再见！"然后骑马走下斜坡，钻入隧道，消失在佛瑞德加的视线之外。

隧道里面又黑又湿，另一端则是一扇由厚重铁条所打造的栅门。梅里下了马，打开门锁，当所有人通过之后，他将门一拉，锁咔哒一声扣上了，这声音听起来充满了不祥的感觉。

"你们看！"梅里说，"你们离开了夏尔，来到外面的世界了，这里就是老林的边缘。"

"有关老林的传说都是真的吗？"皮聘问道。

"我不知道你指的是哪些故事，"梅里回答，"如果你说的是小胖的保姆常说的鬼故事，有关什么食人妖和恶狼之类的传说，那我的答案是否定的，至少我不相信这些鬼故事。但这座森林的确有些古怪。这么说吧，这里的事物仿佛都自有主张，对周遭变动的敏感与注意的程度，比之夏尔是有过之而无不及。这里的树木不喜欢陌生人，它们会注意着你，通常，只要天还是亮着的，它们就只会看着你。偶尔，那些最不友善的老树会刻意丢下枝干、伸出树根绊人，或是用藤蔓来缠住你。但人家告诉我，晚上事情就没这么简单了。我只有一两次在天黑之后来过这里，而且都不敢离高篱太远。我感觉所有的树木好像都在窃窃私语，用人无法听懂的语言交谈着各种阴谋和计划，几乎每一株树的枝叶都鬼气森森地无风自动。我听人说，这些树木真的会移动，而且会把陌生人团团围住。事实上，很久以前它们曾经攻击过高篱，它们将自己连根移植到墙篱旁边，要以树干的重量压垮高篱。后来，霍比特人为了保护家园，前来砍掉了数百棵树木，在老林里放大火清地，在高篱东边烧出了一条长长的空地来。在那之后，树木就放弃了攻击的行动，变得更不友善。那场大火烧过的地方离此不远，至今都是寸草不生。"

"这里对人有威胁的只有树木吗？"皮聘问。

"森林深处以及另一边还住着很多奇怪的生物，"梅里说，"至少人家对我是这么说的。不过我从来没见过。我只能确定，这里有些生物会制造出足迹和兽径。随时随地只要踏上兽径，你都可以找到明显的足迹，但这些痕迹和兽径似乎会照着奇怪的规律进行变动。离这隧道不远的地方以前有条很宽的大路，通往篝火草原，然后再往我们要走的方向延伸，往东稍微偏北，我要找的就是这条路。"

一行人离开了隧道口，骑上空旷的谷地，在谷地的对面有条不太明显的小径通往森林中。这条小径距离高篱约有百来码，但当他们沿着走到森林边缘路就消失了。穿过四周已渐渐浓密的树木枝干往回看，众人还依稀看得见高篱的位置。在他们前方则只剩下无数式各样的树干：有直的、有弯的、扭曲的、倾斜的、细瘦的，或粗大的、光滑的或是充满树瘤的；唯一的共同点是，所有的树干都是绿色或灰色，上面长满了苔藓和黏糊糊的附生物。

只有梅里看起来很高兴。"你最好赶快带路找到方向，"佛罗多提醒他，"不能让我们走散，或是搞不清楚高篱在哪个方向！"

他们在树林中找路穿梭，他们的小马吃力地往前走，小心地躲开地面交错的树根。地上寸草不生，地势也变得越来越高。随着他们越来越深入林中,树木看起来也变得更黑暗、更高耸、更密集。除了偶尔从静止不动的树叶上滴下凝结水汽的声音外,整座森林一片死寂。此刻,这些树木尚未窃窃私语、轻举妄动,但所有的人都有种不安的感觉,仿佛正被人以责难、越来越厌恶,甚至是敌视的眼光监视着。这种让人毛骨悚然的感觉不断滋长,不久之后,每个人都开始疑神疑鬼地回头四下打量,仿佛担心会遭到突然的攻击。

到目前为止,都没有出现任何小径的踪迹,树木似乎不停地挡住四人的去向。皮聘突然觉得自己再也忍受不了,竟毫无预警地大喊:"喂!喂!"他说,"我一点恶意也没有,麻烦你们让我过去好不好!"

其他人吃惊地勒马停步。这声喊叫仿佛被重重的帘幕给掩盖住一般含糊,森林中没有传来任何的回音和回答,而树木似乎变得比先前更为拥挤和提防。

"如果我是你,我就不会这样做,"梅里说,"这对我们有害无益。"

佛罗多开始怀疑这次到底能不能找到路径,怀疑自己决定让大家踏入这恐怖森林的抉择是否正确。梅里不停地左右张望,似乎也不确定该往哪边走。皮聘注意到了,说:"你真厉害,没花多久的时间就让我们迷路了。"不过,就在这时梅里吹了声口哨,伸手指向前方。

"幸好!幸好!"他说,"这些树木真的是在移动。我想前面应该就是篝火草原了,原来通向它的小径似乎被移走了!"

随着他们越朝空地前进,天色变得越来越亮。他们接着走出了树木的包围,来到了一块圆形的空地上。他们抬起头来,惊讶地发现天空竟然是清澄的蓝色,因为原先在森林茂密植物的阻挡下,连大雾的消失和升起的太阳都无法得见。不过,太阳这时升得还不够高,虽然阳光已经照上树梢,却还不足以越过四周的树木照进这块空地。空地周围树木的叶子显得格外茂密浓绿，犹如滴水不漏的高墙将这块土地阻隔在内。这块空地上一棵树也没有，都是低矮的杂草和一些较高的草本植物，包括茎叶特别发达的毒胡萝卜、木茎的西洋芹，在散布四处的灰烬中茂密生长的火迹地杂草、猖獗的荨麻和蓟类植物。这地方看来确曾饱经劫火，但和先前令人透不过气的森林比起来，却成了一座迷人又轻松的美丽花园。

他们感到振奋许多，纷纷翘首期盼温暖的阳光照进这空地。在草地的另一端，由老树所构成的铜墙铁壁间有一道空隙，众人可以清楚看见有条小径深入密林。小径还算宽，顶上也难得的有足以让阳光照入的空隙。不过，里面那些邪恶的老树有时摇动着诡异的树枝，遮住这难得的空隙。他们沿着这条小径再度进入密林，这条路依旧不平坦，但这次他们行进的速度快多了，心情也开朗许多。在他们看来，森林终于退缩了，会让他们不受阻碍地通过。

可是，一段时间之后，森林中的空气开始变得凝滞、燥热。两旁的树木也越来越靠近，让他们再也无法看见远方景象。此时他们比先前更强烈地感受到，整座森林的恶意向他们直扑而下。在这一片死寂中，小马踏在枯叶上的蹄声和偶尔被树根绊到的声音，在霍比特人耳中回响着，成了一种煎熬。佛罗多试着唱歌激励大家，但不知为什么，他的声音越来越低，变成只有自己能听见的嗫嚅声。

> 喔！漫步在黑暗之地的旅行者，
> 别绝望啊！黑暗不会永远阻隔，
> 森林不会永无止尽，
> 最后定可看见阳光照在小径：
> 不管是太阳落下或升起，
> 黄昏晚霞或是美丽晨曦。

> 无论东南西北，森林不会永无止尽……

止尽……连他自己唱完最后两个字都无法继续下去。四周的气氛突然沉重下来，连说话都觉得有种莫名的压力。就在他们身后，一根巨大的枯枝从高处落下，轰然砸在地面，前方聚拢的树木似乎再度阻挡了他们的道路。

"它们多半是不喜欢什么'森林不会永无止尽'的说法，"梅里说，"我们现在还是先别唱。等我们走到森林边缘，看我们再回头给它一个大合唱！"

他兴高采烈地说着，即使他内心有什么忧虑，也没有表现于外。其他人默不吭声，都觉得十分沮丧。佛罗多觉得心头压着千斤重担，每走一步就对自己向这些树木挑衅的愚行感到后悔。事实上，他正准备停下来，如果可能的话，甚至提议众人回头，但就在那一刻，事情有了新的转机。小径不再蜿蜒上升，道路变得平坦许多，黑鸦鸦的树木往两边后退，众人这时都可以看见面前宽阔、平直的路径。他们甚至可以看见一段距离之外有座翠绿的小丘，上面没长任何树木，在这一片森林中显得十分突兀，这条小径似乎就直朝着那小丘而去。

众人眼看可以暂时脱离森林的笼罩和压迫，都高兴地打起精神拼命赶路。小径下倾了一段距离，接着再度往上爬升，终于带他们来到了陡峭的小丘底部。小径一出树林就湮没在草丛中，被周围树林包围着的小丘，仿佛是浓密的头发中央被剃出一圈光头一样诡异。

霍比特人牵着马儿一圈一圈绕着往上爬，一直爬到了山丘顶，从山顶眺望四周。附近在太阳的照耀下尚称明亮，但还是有些迷蒙雾气飘浮在远方，因此他们无法看得很远。近处的雾气几乎全都散去了，只偶有几处低洼的林木间还零星点缀着一些浓雾。在他们的南边，森林中有条看来十分蜿蜒的凹陷,浓雾像是白烟一般地持续从中冒出。

"那里,"梅里指着那个方向说,"就是柳条河。柳条河从山上流下来,往西南方走,穿越森林的正中央,最后和烈酒河于篱尾处合流。我们可不能往那边走!柳条河谷据说是整座森林中最诡异的地方,根据传说,那里是一切怪事的根源。"

其他人纷纷朝着梅里指着的方向看去,但除了浓密的雾气和深谷,什么也看不见。在河谷之外,森林的南方也隐没在雾气中。

太阳现在已经升到了半空,山丘上的众人都觉得热了起来。现在多半已经十一点了,但秋天的晨雾依旧没有完全散去,让他们无法看见远方。往西看去,他们既无法分辨出高篱,在其后的烈酒河更已经完全无法辨认。他们抱持最大希望的北方,则是他们的目的地,东方大道的影子都看不见。一行人仿佛站在树海中的孤岛上,地平线湮灭在一片迷蒙的雾里。

东南方的地势十分陡峭,山坡似乎一直延续伸展到浓密的森林中,就像大山从深海中升起所形成的岛屿海岸一样。他们坐在山坡上吃起了午餐,俯瞰着底下这片绿色的密林。等到太阳越过了天顶之后,他们终于看见东方老林边缘外的山岗轮廓,这让他们大为振奋。能看见森林边缘以外的任何事物都是好的,不过如果有别的选择,他们是不会朝那个方向去的——古墓岗在霍比特人的传说中,是个比老林更邪恶的地方。

终于他们下定决心继续前进。带着他们上到这座小丘的小径,再度出现在山的北边。不过,他们没走多久就发现这条路一直往右偏,过没多久就持续往下降,他们猜这路必然是通往柳条河谷,前往一个他们一点也不想要去的地方。经过一阵讨论之后,他们决定离开这条路,直接往北边走。虽然他们在山丘顶上看不见东方大道,但它一定就在那个方向，距离也应该不太远才对。除此之外，北边方向，也就是小径的左边，看起来也比较干燥、比较开阔，山坡上的树木也比较稀疏，松树和柏树取代了橡树、白杨树以及浓密森林中其他不知名的树木。

一开始这决定似乎非常正确，众人前进的速度很不错，唯一让人担心的问题是，每当他们来到一处林间空地瞥见太阳的方位时，都会有种道路持续往东方偏的感觉。不久之后，树木却又开始合拢起来。怪异的是，这正是从远处看树林显得稀疏的地方。道路上更开始出现了一道又一道的深沟，仿佛是被巨大车轮碾过的痕迹一样，在这些深沟中还长满了大量的荆棘。这些深沟每次都是毫不留情地切过他们前进的道路，导致他们每次都必须牵着马匹狼狈地走下去，再艰辛地爬出来。小马们非常不适应这样的跋涉和地形。每当他们好不容易下到深沟中，眼前一定都是浓密的矮灌木和纠结的野生植物。不知道为什么，如果他们往左边走，所有的植物就会纠缠在一起，让他们无法通过；只有当他们往右边走的时候，这些植物才会让步。他们往往必须在深沟中跋涉相当的距离，才能找到路爬上去。每一次他们爬出深沟，眼前的树木就显得更稠密、更幽暗，而且只要一往左和往上坡走，就很难找到路通过。他们只得照着这股莫名的意志不停地往右、往下坡走。

过了一两个小时之后，他们完全失去了方向感，只知道一行人早已偏离了北方。他们只能照着一条安排好的道路向东南前进，那是外来的意志替他们选定的，他们只能别无选择地朝着森林中心而去。

快要傍晚的时候，他们又走进了一个比之前的深沟更陡峭、深邃的地堑。它的坡度陡到不管前进还是后退，根本无法牵着马和行李再爬出来。他们唯一能够做的只是沿着深沟往下走。地面开始变软，有些地方甚至出现了沼泽，两边的沟壁也开始冒出泉水。很快地，众人的脚下就出现了一条流淌于杂草间的小溪。接着，地势急遽下降，小溪的水流变得越来越急、越来越强,飞快地奔流跳跃下山。众人这才发现,他们已经来到了一个天空都被树木遮蔽的溪谷中。

在踉跄地前进一段距离之后,他们突然走出了阴暗的空间,仿佛走出地牢的大门一般,霍比特人终于再度看见了阳光。他们走到空地上才发现,他们所脱离的是一个陡峭得几乎如同悬崖一样的峡谷。峡谷出口处是一块长满了青草与芦苇的空地,远远地可以望见对面是另一个同样陡峭的山壁。金色的阳光懒洋洋照在两座山壁之间的空地上。在空地正中央的是一条看来十分慵懒的褐色小溪,两旁生长着古老的柳树。柳树在这条蜿蜒的小溪上方构成一道拱顶,溪中也倒着许多枯死的柳树,水面漂浮着无数掉落的柳叶。这块空间仿佛全部被柳树所占据,河谷中吹过一阵温暖的秋风,所有的柳条都在随风飘动着,芦苇发出窸窣的声音,柳树的枝干跟着咿呀作响。

"啊,至少我现在终于知道我们在哪里了!"梅里说,"我们走的方向跟计划的完全相反。这就是柳条河!让我先去打探一下前面的状况。"

他一溜烟地钻进阳光照耀下的野草中。不久之后,他跑了回来,向大家报告山壁和小河之间的土地蛮结实的,有些草地甚至一路延伸到河岸边。"还有,"他说,"河的这边有条类似脚印踏出的小径。如果我们往左走,跟着那足迹,我们最后应该可以从森林的东边钻出去。"

"可能吧!"皮聘说,"但前提是,那脚印必须一直走出森林,不会带着我们走到沼泽,让我们陷在里面才行。你想会是什么人、为了什么原因踏出这条小径?我恐怕那不是为我们开的路。我对这座森林和里面的一切都抱持着怀疑,而且我也开始相信所有有关这里的传说。况且,你知道我们要往东走多远才会走出森林吗?"

"我不知道。"梅里说,"我连我们走进柳条河多远都不知道,更别提知道是谁来到这个人迹罕至的地方留下足迹了。就目前的情况看来,我只能说暂时看不出有别的脱困方法。"

既然别无选择，他们也只能把那小径当作唯一的希望。梅里领着众人踏上他所发现的小径，此地的杂草、芦苇兴盛蓬勃，放眼望去几乎都比他们还要高，不过，那条足迹开辟出来的小径一旦找到就很容易跟，小径弯弯曲曲在池塘和沼泽中挑选结实的地面走，不时穿越一些其他的溪流，这些溪流从高处的森林中流出，沿着一些沟渠注入柳条河，每当遇到这种阻隔，都有经人刻意摆放的树干或成捆的树枝仔细搭成横越的桥梁。

众人开始觉得燥热难耐，成群的苍蝇在他们的眼前和耳边乱飞，下午的烈阳毫不留情地照在他们的背上。最后，他们终于来到了一个有着遮阴的地方，许多粗大的灰色枝干遮住了小径上头的天空。一进入这个区域，他们就觉得举步维艰，睡意仿佛从地面涌出爬上他们的腿，并且从空中降落在他们的头上和眼里。

佛罗多感觉到下巴垂了下去，头也不住地点着。走在他前面的皮聘往前一个跟跄跪倒在地。佛罗多被迫停了下来。"没用的，"他听见梅里说，"我们不休息就再也走不动了，一定得小睡片刻才行。柳树底下好阴凉，苍蝇也少多了！"

佛罗多不喜欢这种感觉。"清醒一点！"他大喊道，"我们还不能够睡觉。我们一定得先走出森林才行。"但是其他人已经完全失去了抵抗力，困得什么也不在乎了。站在旁边的山姆打着哈欠，惺忪的双眼不住地眨动。

佛罗多自己也突然觉得非常想睡，他的头昏沉沉的，空气中一片死寂。苍蝇不再发出嗡嗡声。他在半梦半醒之间只能听见有个温柔的声音在哼着，仿佛有首轻柔的摇篮曲在他耳边萦绕，这一切似乎都是从头上的枝桠中传来的。他勉力抬起沉重的眼皮，看见头上有一株巨大的老柳树向他倾斜过来。这棵柳树巨大得可怕，树枝如同拥有细长手指的灰色手臂一样，纵横交错地伸向天空；扭曲生瘤的树干则是穿插着巨大的裂缝，如同狞笑的大嘴，配合着枝桠的移动发出咿呀声。在明亮天空衬托下飘扬的柳叶让他觉得头昏眼花，脚步一个踉跄就仰天躺在草地上。

梅里和皮聘拖着脚步往前走，背靠着柳树干躺下来。柳树在摇摆和咿呀声中，树干上的裂缝悄然无声地张开，让两人在它怀中沉睡。两人抬起头，看着灰黄的树叶在阳光下摇动着，还唱着歌。他们闭上眼睛，似乎听见有个难以辨认的声音正冷静述说着清凉的河水。他们在这魔咒的笼罩下弃防了，靠在灰色的老柳树底下沉沉睡去。

佛罗多躺在地上，和一波波袭来的睡意不断搏斗，最后他奋力挣扎着再度站起身。他突然对冰凉的溪水有了强烈的渴望。"等等我，山姆！"他结巴地说，"我要先泡泡脚。"

他神志不清地走到老树靠河的那边，跨过那些盘根错节、像毒蛇一般伸入水中饥渴啜饮的树根。他找了条树根坐下来，将滚烫的小脚放进冰凉的褐色溪水中，就这样，他靠着树干突然睡着了。

山姆坐下来，抓着脑袋，拼命地打哈欠。他觉得很担心，天色越来越晚，这突如其来的睡意实在很可疑。"让我们想睡的，一定不只是太阳和暖风的影响，"他嘀咕着说，"我不喜欢这棵大树。我觉得它很诡异，这棵树好像一直在对我们唱催眠曲！这样不行！"

他奋力站起身，蹒跚地走去察看小马的情形。他发现有两匹马已经沿着小径走得蛮远了，他及时赶上将它们牵回其余小马的身边。这时他听见了两个声音，一个很大声，一个很低微却十分清晰。大声的是有什么沉重的物体落入水中的哗啦声，另一个声音则像有扇门很快悄悄关上时，门锁扣上的咔哒声。

他急忙冲到河岸边。佛罗多就倒在靠近岸边的水里面，有根粗大

柳树老人

的树根正把他往水里压,但他毫无抵抗之意。山姆一把抓住他的外套,死命地将他从树根下拉出来,拖回到岸上。历劫余生的佛罗多立刻就醒了过来,不停地呕吐和咳嗽。

"山姆,你知道吗,"他好不容易才喘过气来,"这棵妖树把我丢进水里!我可以感觉到!它把树根一扭,就把我压到水里去了!"

"佛罗多先生,我想你应该是在做梦吧,"山姆说,"如果你想睡觉,就不应该坐在那种地方。"

"其他人怎么样了?"佛罗多慌乱地问,"不知道他们在做什么梦?"

他们立刻绕到树的另一边去,山姆这才知道刚刚听见的咔哒声是什么。皮聘消失了,他刚刚躺的那个裂隙合了起来,连条缝也看不见。梅里则是被困在树缝内:另外一道裂缝像是钳子一样钳住他的腰,他的上半身已落入黑漆漆的洞里,只剩下两条腿露在外面。

佛罗多和山姆先是死命地敲打皮聘原先躺着的地方,然后又试着撬开咬住梅里的可怕裂缝。但这两个尝试都是白费力气。

"怎么会这样!"佛罗多狂乱地大喊,"我们为什么要进入这个可怕的森林?我真希望我们现在都还在溪谷地!"他用尽全身力气,使劲踹了树干一脚,一点也不顾会受伤。一阵十分微弱的晃动从树根一路传送到树枝,树叶晃动着、呢喃着,发出一种似乎在嘲笑着两人徒劳无功的缥缈笑声。

"佛罗多先生,我们行李里面没带斧头吧?"山姆问。

"我带了一柄小手斧来砍柴火,"佛罗多说,"要对付这种大树实在派不上用场。"

"我想到了!"山姆一听到柴火立刻想到新的点子,"我们可以点火来烧树!"

"或许吧,"佛罗多怀疑地说,"但我们也有可能把里面的皮聘给活活烤熟。"

"至少我们可以先威吓或是弄痛这棵树,"山姆激动地说,"如果它胆敢不放人,就算用啃,我也要把它弄倒!"他立刻跑回马匹旁,带回两个火绒盒和一柄手斧。

两人很快地将干草、树叶及一些树皮收集起来,将一堆树枝聚拢成一堆。他们将这些柴火通通堆到困住梅里和皮聘的裂缝的另一边。山姆用火绒盒一打出火花,干草立刻就被火舌吞卷,开始冒出白烟来。火焰燃烧树枝发出劈啪声,老树的树皮在火焰的舐食之下开始变得焦黑,整棵柳树开始不停地颤动,树叶似乎发出愤怒和疼痛的嘶嘶声。梅里突然大声惨叫,而树干的深处也传来皮聘含糊的吼声。

"快把火灭了!快灭了它!"梅里大喊着,"如果你们不照做,它说它会把我夹断!"

"谁?什么?"佛罗多赶忙跑到树干的另一边。

"快灭火!快灭火!"梅里哀求道。柳树的枝桠开始狂暴地摇动。四周的树木突然间纷纷开始颤动,仿佛有阵愤怒的微风以老柳树为中心往外扩散,让整座森林都陷入了暴怒之中。山姆立刻踢散了柴火,踏熄了火星。佛罗多在慌乱中下意识地沿着小径狂奔,大喊着救命!救命!救命!连他自己都听不太清楚这尖锐的呼救声,柳树枝叶所掀起的狂怒之风几乎将它完全掩盖住了,他觉得走投无路,感到无比绝望。

突然间他停下脚步。他觉得自己仿佛听见了响应的声音。这回应是从他身后,森林的更深处所传来的。他转过身仔细倾听着,很快地,他就确定不是自己的耳朵在作祟,的确有人在唱歌;一个低沉、欢欣的声音正在无忧无虑地唱歌,但歌词却是随口胡诌的:

呵啦!快乐啦!叮铃当叮啦!
叮铃当叮啦!跳一跳呀!跟着柳树啊!
汤姆·庞,快乐的汤姆,汤姆·庞巴迪啦!

佛罗多和山姆半是害怕、半是期待地呆立在当场。突然间，那声音呢喃了一连串他们认为毫无意义的言语之后，又唱了起来：

　　嘿！快乐来啦！啰哈哈！亲爱的哇！
　　季节的风如同羽毛一般轻柔的啊。
　　沿着山坡飞舞，在阳光下闪亮，
　　在门前等待着冰冷的星光。
　　我的美人儿啊，河妇之女啊，
　　纤细一如柳枝，清澈好比泉水哇！
　　老汤姆为你带来盛开的莲花，
　　步履轻盈往家跑，你是否听见他的歌声啊？
　　嘿！快乐来啦！啰哈哈！快乐得受不了，
　　金莓，金莓，快乐的黄莓笑！
　　可怜老柳树，快把树根收！
　　汤姆急着要回家。夜色赶着白天走！
　　汤姆摘来莲花送回家。
　　嘿！来啦，啰哈哈！你是否听见他的歌声啊？

　　佛罗多和山姆像中了魔法一般地站着。怒风止息下来，树叶软垂在无力的树枝上。这时又迸出了另一段歌声，接着小径的芦苇丛中冒出了一顶高高的旧帽子，它沿着小径蹦着、跳着，帽檐很宽，帽带上还插着长长的蓝色羽毛。随着另一次蹦跳，一个戴着帽子的人手舞足蹈地跳了出来，虽然两人不太确定这人的种族，但至少知道这家伙的身材对霍比特人来说太高、太壮了些。不过，他的身高似乎还没有高到足以加入大家伙的行列，但他所发出的声音却毫不逊色。他粗壮的腿上穿着一双黄色大靴子,一路横冲直撞穿过草丛,仿佛是要去喝水的大水牛。这人蓄着一脸褐色的胡子,穿着蓝色的外套,双颊红得跟苹果一样,还有一双又蓝又亮的眼睛。他的脸上有着无数由笑容所挤出的皱纹,手中则拿着一片大树叶,像是一个托盘,上面盛着许多白荷花。

"救命啊!"佛罗多和山姆不约而同地伸手向他冲过去。

"哇!等等!等等!"那家伙举起一只手示意,两人仿佛被一股无形的力量给挡下来。"两位小家伙,你们气喘吁吁地要去哪儿啊?这里是怎么回事?你知道我是谁吗?在下汤姆·庞巴迪。告诉我,你们遇到了什么麻烦?汤姆要赶路哪!别压坏了我的荷花!"

"我的朋友们被柳树给吃下去了!"佛罗多上气不接下气地说。

"梅里先生快被夹成两半了!"山姆大喊着。

"什么?"汤姆·庞巴迪跳起来大喊道,"是柳树老头?这可真糟糕啊!别担心,我很快就可以解决,我知道要用什么调子对付他。这个灰扑扑的柳树老头!如果他不听话,我会把它整得死去活来。我会唱出一阵狂风,把这家伙的树枝和树叶全都吹光光。可恶的老柳树!"

他小心翼翼地将荷花放在草地上,跑到树旁去。他刚好看见梅里伸出的双脚,其他的部分几乎全被老树给拉了进去。汤姆把嘴凑近那裂缝,开始用低沉的声音歌唱。旁观的两人听不清楚歌词,却注意到梅里显然被这声音给惊醒了,他的小脚也开始死命地乱踢。汤姆跳了开来,顺势折下一根垂下的柳枝,用它来抽打柳树的树干。"柳树老头,快放他们出来!"他说,"你到底在想些什么?你不应该醒来的。好好地吃土、深掘你的树根!大口喝水!沉沉睡去!庞巴迪告诫你不要多事!"他一把捉住梅里,将他从突然打开的裂隙中拉出来。

嘎吱一声,另一个裂隙打了开来,皮聘从里面飞出,仿佛被人踢了一脚。裂隙咔哒一声再度合上,一阵颤动从树根传到树枝,最后陷入一片死寂。

"谢谢你!"霍比特人争先恐后地道谢。

汤姆·庞巴迪哈哈大笑。"哈哈,小家伙们!"他低头看着每个霍比特人的面孔,"你们最好跟我一起回家!桌上摆满了黄奶酪、纯蜂蜜、白面包和新鲜的奶油,金莓在等我回家哪,等下吃饭的时候我们再好好聊。你们放开脚步跟我来!"话一说完,他就拿起荷花,比画了个手势示意大家跟上,又继续手舞足蹈地沿着小径往东走,口中还大声唱着那些胡诌的小调。

他们对这突如其来的转变一时间还无法适应,只能默默无语地尽快跟着跑。但那还不够快,汤姆很快地就在他们前面消失了,歌声变得越来越遥远。突然间,他的声音又精神饱满地飘了回来!

> 快跑啊,小朋友,沿着柳条河!
> 汤姆要先回家点起烛火,
> 太阳西沉,很快就得摸黑走。
> 当暮色笼罩,家门才会打开,
> 窗户中透着暖暖黄光。
> 别再害怕夜色!别再担心柳树阻挡!
> 别怕树根树干捣乱!汤姆就在前方。
> 呵嘿!快乐的啦!我们就在前方!

这段歌声一结束,霍比特人就什么也听不见了。太阳也凑巧在此时落到树林后方去。他们想到了烈酒河沿岸的万家灯火,雄鹿地家家窗户中透出的温馨气氛。许多的阴影遮挡在小径上,两旁的树枝仿佛都虎视眈眈地瞪着他们。白色的雾气开始从河上升起,笼罩在两岸的树林间,从他们脚下还升起了许多的雾气,和迅速降下的暮色混合在一起。

很快地,小径就变得十分模糊难辨,一行人也觉得无比疲倦。他们的腿跟铅一样重，两旁的树丛和杂草间传来各种诡异的声音。如果他们抬起头，更可看见在落日余晖的映衬下，有许多树瘤、扭曲的面孔从高高的斜坡上和树林边缘俯视着他们，脸上露出狞笑。众人开始觉得周遭一切都不是真的，他们只是在一个永远无法醒来的噩梦中跋涉。

　　正当他们觉得双脚越走越慢，就要放弃的时候，他们注意到小径的坡度开始慢慢上升，潺潺的水声传进他们耳中。在黑暗中，他们似乎可以看见小河汇聚成了一道瀑布，白色的泡沫混着溪水哗啦啦地往下落。就在这里，森林突然到了尽头，迷雾也被抛在背后。一行人走出了森林，踏上了一圈翠绿的草地，河水到了这里变得十分湍急，似乎在笑嘻嘻地迎接他们，在天上星光的照耀下跃动的河水到处发出闪光，天空如今已布满星辰了。

　　他们脚下的草地又软又整齐，似乎有人经常在打理，背后的森林也像修剪过的，整整齐齐好似一道篱笆。现在他们面前的小径修筑得十分平坦，两旁堆砌着石头，蜿蜒通往一座圆丘的顶端，圆丘在星光下呈灰白色；在更远处是另一座山坡，他们看见一座闪烁着温暖灯火的房子。小径跟着上上下下，沿着和缓的斜坡通往那灯火。接着，一片黄光从开启的门内流泻而出。他们上坡、下坡，在山脚下，在他们眼前出现的就是汤姆·庞巴迪的家。山丘后面是一座陡峭的高地，灰白光秃，之后则是绵延到东方夜空的古墓岗。

　　霍比特人和小马都急匆匆地赶向前，他们的疲倦和恐惧仿佛都消失于无形。嘿！快乐的来啦！这首是欢迎他们前来的歌。

　　　　嘿！快乐的来啦！亲爱的朋友快点来！
　　　　霍比特人！小马儿！
　　　　我们都喜欢朋友来，宴会开！

精彩节目快开始！好听歌儿一起唱！

接着是另一个清澈、如同春天一样古老又年轻的声音，仿佛是从高山上清晨中流泻而出的泉水，银亮亮地在这夜色中欢迎他们：

歌儿快开始！我俩一起唱！
歌颂太阳星辰、雨雾云彩和月亮，
露水落在羽毛中，光芒照在树叶上，
风儿吹过石楠花，清风拂大岗，
荷花漂在水面上，深池旁边杂草长，
老庞巴迪和那河之女儿一起唱！

在那歌声中，霍比特人全来到屋门前，置身在金黄灯光的照耀中。

第七章

在汤姆·庞巴迪的家

四名霍比特人跨过宽宽的石门坎,站定在门内,不停地眨眼睛。他们置身在一个长形低矮的房间中,屋顶梁上垂挂着的一盏盏油灯将屋内照得如同白昼,打磨得发亮的黑木桌上放着许多粗大的黄蜡烛,散发出温暖的光芒。

在房间的另一边,一名女子坐在面对大门的椅子上。她有着一头丰润及肩的金色秀发,身上穿着翠绿色的长袍,长袍上点缀着如露珠一样闪闪发亮的银线,腰上系着一条黄金编织的腰带,上面雕刻着精细的荷花,间或装饰着勿忘我草的蓝色花心。在她脚边放着许多绿色和棕色的土陶盆,里面漂浮着美丽的荷花,一时之间,众人有种她漂浮在荷花池内的感觉。

"快进来,我的好客人们!"她一开口,四人立刻知道这就是刚才清朗歌声的主人。他们手足无措怯怯地往前走了几步,向主人鞠躬,觉得非常惊讶又笨拙。四人觉得自己像是在敲一家农舍的门想要讨些水喝,却没想到是由一名披着美丽花朵的精灵女王接待他们。不过,在他们开口之前,她就轻巧地越过了地上的水盆,巧笑倩兮地奔向他们,伴随着她的脚步,长袍下摆跟着发出了如同微风吹拂过河边花床一般轻柔的窸窣声。

"诸位不要客气嘛!"她牵起佛罗多的手说,"高兴一点,开怀大笑吧!我是河之女金莓。"接着,她步履轻盈地穿过他们身旁,过去关上大门,然后她转过身来,张开雪白的双臂挡在门前。"让我们把黑夜关在外面吧!"她说,"看来你们对树影、深水和野性生物余悸犹存。别再害怕!因为今晚你们在汤姆·庞巴迪的庇护之下。"

霍比特人纷纷吃惊地看着她,金莓则是对每个人报以慷慨的笑容。"美丽的金莓小姐!"佛罗多终于开口,觉得内心中充满了无法理解的愉悦。他脑中一片空白,如同被精灵的美丽乐音所迷惑一般,但这次他所着的魔咒是完全不同类型的,这愉悦没有那么超凡出尘,却更贴近凡夫俗子,更撼动人心,虽美妙但不疏离。"美丽的金莓小姐!"他只能挤出这几个字来,"我们刚刚所听见的歌声中,原来竟藏着这么美丽的暗示!"

喔,纤细一如杨柳枝!呵,清澈好比山泉水!
喔,鲜嫩仿佛池边草!河之女儿多姣美!
呵,春去夏来春复返!
喔,清风吹过万丈瀑,绿叶起舞笑开颜!

一发现自己竟然脱口说出这些诗句,他立刻结巴着停了下来,而金莓却大方地笑了。

"欢迎!"她说,"我没想到夏尔的客人竟是如此舌绽莲花。不过,我从你眼中的光芒和歌中的语调,听得出来你是精灵之友。这真是让人欢欣无比的相遇!请先就座,等我们家的主人回来!他正在照顾你们疲倦的马儿,应该马上就好了!"

霍比特人欢快地在铺有软垫的椅子上坐下,同时每双眼睛都目不转睛地看着金莓忙进忙出地布置餐桌。她优雅得如同舞蹈一般的动作,让每个人都觉得满心欢喜。屋后某处传来了另外一阵歌声。在许多叮铃当叮啦、快乐的啦和啰哈哈之间,他们可以听见有几句话不断地重复着：

> 老汤姆·庞巴迪是个快乐的家伙；
> 他穿着淡蓝的外套，黄色的靴子暖和和。

"美丽的小姐！"佛罗多过了一会儿之后问道，"可否请您回答我愚昧的问题？汤姆·庞巴迪究竟是谁？"

"就是他。"金莓依旧保持优雅的动作和笑容。

佛罗多困惑地看着她。"他就是你们所看到的那个人，"她回答了他的疑惑，"他是森林、流水和山丘的主人。"

"那么，这块奇异的大地都是属于他的啰？"

"当然不是！"她的笑容渐渐隐去，"这是太沉重的负担了！"她仿佛自言自语地低声补充道，"所有生长于此、生活于此的花草和树木都拥有自主权。汤姆·庞巴迪只是主人，他没有恐惧，不管在白天黑夜，他都可以自由自在地走在林中、水边和山上，没有任何力量能够干涉他。汤姆·庞巴迪是主人。"

另一扇门咿呀一声打开，汤姆跟着走进屋内。他的帽子已经脱了下来，浓密的褐发现在冠着一圈秋天的红叶。他笑着走向金莓，握住她的手。

"啊，我美丽的夫人！"他向着霍比特人鞠躬行礼，"我们家的金莓穿着美丽的银线绿衣，腰上环绕着花朵，可真是漂亮！桌子都摆好了吗？我看到有黄奶酪和新鲜蜂蜜、香软的白面包、奶油、牛奶，还有绿色的香料植物和熟透的莓子。这样够了吗？晚餐算是准备好了吗？"

"已经准备好了，"金莓说道，"但客人们可能还没准备好？"

汤姆一拍手，大叫道："汤姆，汤姆！你竟然忘了替客人接风洗尘！来来，亲爱的朋友们，让汤姆替你们打理一切！擦干净你们黏腻的双手，洗去脸上的汗滴，脱下你们蒙尘的斗篷，梳开你们纠结的头发！"

　　他打开一扇门，让众人跟他沿着一条短短的走道前进，接着走道转了个直角的弯，来到一个屋顶低斜的房间中（看来似乎是在屋子北面所盖的小阁楼）。房间的墙壁是由整齐的石块所砌成的，但大部分地方都挂着绿色的挂毯和黄色的帘幕，地上铺着石板，又垫着新鲜的绿色灯芯草；除此之外，一边靠墙的地板上摆着四个厚厚的床垫，每个床垫旁边都堆着高高的白色毯子。对面的墙边则有一条放满了宽大陶土盆的长板凳，板凳旁边放着许多装满清水的棕色罐子。有些罐子的水冰冰凉凉的，有些则是冒着蒸汽的热水。每张床垫边都放着绿色的软拖鞋。

　　过了不多久，霍比特人都梳洗完毕，两两在餐桌旁对坐了下来，长桌的两端则是金莓和主人的位置。这顿饭吃得很久、很愉快，虽然饿坏了的霍比特人狼吞虎咽，但桌上的食物怎么吃都吃不完。他们的碗内盛着的似乎是清水，却如同美酒一样让他们身心舒畅，心情轻松。这些小客人突然意识到自己竟然高高兴兴地唱了起来，仿佛这比说话更为自然。

　　酒足饭饱之后，汤姆和金莓开始利落地收拾桌子，每位客人都奉命乖乖地坐在位子上，将疲倦的双脚跷在小凳子上休息。他们眼前的壁炉内燃着温暖的火焰，同时还发出甜美的香气，仿佛燃烧的是最高级的苹果木。在一切收拾妥当后，主人们将屋中所有灯火熄灭，只剩下房间两端烟囱架上留下一盏油灯和一对蜡烛。然后金莓拿着蜡烛站在他们面前，向每个人道晚安，祝他们有个好梦。

　　"安心地睡，"她说，"一觉睡到天亮！别担心有任何声音吵你们！除了月光、星光和山丘上的晚风之外，没有任何事物可以通过这里的门窗。晚安!"她光彩四射地走出房间,脚步声在众人耳中听起来,如同沿着山坡缓缓流入夜色中的溪水般悦耳。

汤姆沉默地在他们身边坐了片刻,每个人都试图鼓起勇气,想要问出累积在心中的许多疑问,是刚才在餐桌上本来想问的。但他们的眼皮渐渐重了起来。最后,佛罗多开口了:

"大人,您会出现在我们面前究竟是巧合,还是您真的听见了我的呼救?"

汤姆浑身一震,仿佛从美梦中惊醒过来。"呃,什么?"他说,"你是问我有没有听见你的呼救?才没有,我没听见。我那时忙着唱歌哪。如果你们称这为机缘,那就只是凑巧而已。虽然这不是我的计划,但我的确在等待诸位。我们听说了你们的消息,也知道你们似乎就在附近跋涉。我们猜测过不了多久你们就会走到水边,这座森林里面的每条路最后都会通往柳条河。灰色的柳树老头可是个不错的歌手,你们这些小家伙要逃脱他的陷阱会是难如登天。不过,汤姆我在那边有项使命待办,那可是不能拖延的。"汤姆点点头,仿佛又开始打盹,但他接着用轻柔的声音唱道:

> 我有项使命:是收集那美丽荷花,
> 青翠绿叶和洁白荷花,只为了讨我那美人心欢,
> 采到秋天最后的荷花,收集起来才能度过严冬,
> 装饰她灵巧的纤足,直到那冰霜融化。
> 每年夏末我都会替她摘取这鲜花,
> 从柳条河尽头,又深又清的池子中采花;
> 那里的莲花春初最先绽,夏末最晚谢。
> 就在那池边,许久以前我与河之女邂逅,
> 美丽的少女金莓坐在那池边草地上。

她歌声甜美，心儿快乐如小鹿乱撞！

他睁开眼，用澄蓝的双目看着众人：

诸位十分幸运，因为我将不会再深入
那森林中的水洼，
因这已是秋末冬初。我也不会再
经过柳树老头的屋子，因为春天已过，
等到明年春天，河之女儿舞步轻盈，
沿着小径到深池中沐浴，那才是我出门的光景。

他再度沉默下来，但佛罗多实在忍不住要问第二个问题，那是他最想要知道的答案。"大人，告诉我们，"他问，"有关这个柳树老头。他是什么？我从来没听过这个名号。"

"啊，不要啊！"皮聘和梅里突然间坐直了身，"别现在问！明天早上再说！"

"没错！"汤姆说，"现在是该休息的时候了。有些东西不适合在晚上谈，一觉安睡到天亮吧！别担心晚上有异声喧闹！也别担心柳树的骚扰！"话一说完他就吹熄油灯，两手各抓起一支蜡烛领着大家走进刚才的房间。

他们的床垫和枕头都又软又舒服，毯子则是白色的羊毛织的。这一群疲惫不堪的霍比特人，头刚碰到枕头，连毯子都只拉到一半就睡着了。

夜半时分，佛罗多身在一个没有光线的梦中。他在梦中看见新月升起，在薄薄的月光下有一座高耸的黑墙矗立在眼前，黑岩墙上唯一的空隙是座黑暗的拱门。佛罗多觉得自己被某种力量托起，飞越了眼前的黑墙,这才发现这座岩墙是一圈连绵的小丘,包围着一片平原。平原的正中央耸立着一座高大的石头尖塔,似乎非人力所能建造。在塔顶站着一个人,缓缓升起的月亮似乎为他而停留了片刻,照亮他在风中飘荡的白发,从底下的平原上传来邪恶的叫喊声以及狼群的嗥叫声。突然间,有个长着巨翼的影子掠过空中,那身影高举手臂,一道光芒从他的手杖中激射而出。一只壮伟的老鹰俯冲而下,将他抓了起来。底下的声音开始凄厉地叫喊,狼群开始嗥叫,接着传来一阵仿佛狂风般的声响,狂风中夹杂着疾驰的马蹄声,从东方疾奔狂驰而来。"黑骑士!"佛罗多猛然清醒过来,马蹄声依旧在耳边萦绕,他开始怀疑自己是否有勇气离开这屋子的庇护。他动也不动地躺着,倾听着身边任何风吹草动,但四周万籁俱寂,什么动静也没有。不久,他再度沉沉睡去,陷入不复记忆的梦乡。

皮聘在他身边睡得十分香甜,但他的梦境突然间有了改变,让他不禁翻身呻吟起来。突然间他醒了过来,虽然他醒了,耳边却依旧听见那打搅他梦境的声音:咚咚、吱呀,好像是老树的枝桠在风中舞动,敲着窗户和墙壁的声音,吱嘎、吱嘎、吱嘎。他开始担心房子附近是否有柳树,接着突然有种恐怖的感觉,觉得自己不是住在一间普通的房子里,而是躺在一株柳树内,倾听着那恐怖的、干枯的吱嘎声再度嘲笑他。他坐了起来,感觉到自己手底下按着的是柔软的枕头,于是再次放心地躺下。他的耳边似乎听见之前汤姆的保证:"别害怕!一觉到天亮吧!别担心晚上有异声喧闹!"然后他就又睡着了。

梅里平静的梦中则出现了水声:那潺潺的流水悄悄地扩散、弥漫,似乎将整座房子吞没入一个深不见底的池塘中。池水在墙边翻滚着,缓慢、持续地往上升。"我会被淹死的!"他想,"水一定会流进来,然后我会被淹死的。"他觉得自己好像躺在软塌塌的泥泞沼泽中,他猛地一下跳了起来,一脚踩在冰冷的石板地上。这下子他才想起自己是睡在什么地方，于是又乖乖地躺了回去。他似乎觉得自己想起，或是再度听见了那句话："除了月光、星光和山丘上的晚风之外，没有任何事物可以通过这里的门窗。"一阵甜美的香气吹动窗帘飘了进来，他深吸一口气，就再度睡着了。

山姆是四人中唯一一夜无梦的人，因为他跟块木头一样吵也吵不醒。

四人同时在晨光中醒了过来。汤姆在房间中吹着口哨收拾打扫，声音大得跟众鸟飞舞一样。当他看见四人都醒过来时，他拍拍手大喊道："嘿！快乐的来啦！叮铃吵当啷！亲爱的朋友起床啦！"他一把拉开黄色的窗帘，霍比特人这才注意到房间东边和西边各有一扇大窗户。

他们神清气爽地跳下床。佛罗多冲到东边的窗口，发现自己面对着一个沾满晨露的小菜园。由于昨晚那场栩栩如生的噩梦，他本来预料自己会看见一大块满是蹄印的草坪，结果，他所面对的是一个爬满了豆藤的花架，远方则是在日出衬托下显得灰蒙蒙的山丘。今天早晨的天色看来有些苍白，东方天际的云朵看来像是边缘染红的羊毛一样细碎，中间掺杂着一些黄色的晨光。天气看来似乎会有场大雨，即便如此，日出的时刻还是没有任何的延迟，豆藤上的小红花在湿润绿叶的衬托下显得生气勃勃。

皮聘从西边的窗户往外看，望见一深潭的浓雾。整座森林都被掩盖在雾气中，感觉好像是低头看着翻滚的云海一般。云海般的浓雾中有一条通道，浓雾在那里分散成羽状和波浪状，那就是柳条河的河谷。它从左边的山丘潺潺流下，消失在那一团白色的阴影中。眼前窗外就是一座小小的花园，旁边则围着由银网构成的篱笆，在篱笆外是沾满了露水的整齐草地，附近根本没有什么柳树。

"早安啊，快乐的朋友们！"汤姆大声说，并将东边的窗户打开。一阵凉风吹了进来，闻起来有种大雨将至的味道。"我看今天太阳多半不会露脸太久。天刚亮我就到外面散步了一大圈，还上到山丘顶上去了，嗅一嗅晨风和天气，脚底踩着露珠，头上顶着湿漉漉的天空。我在窗户底下用歌声叫醒了金莓，但不敢那么早吵醒我的霍比特客人。这些小家伙半夜醒来过，天快亮时才睡着。叮当啦！起床吧，快乐的朋友们！忘记昨晚的声音！叮铃当啷，亲爱的朋友们，如果你们动作快一点，早餐就在桌上，如果动作太慢，就只有青草和雨水可以吃啦！"

汤姆的威胁听起来虽然不是很认真，但饥肠辘辘的霍比特人还是如狂风扫落叶般袭向餐桌，等到桌面看来有些空荡之后才离开。汤姆和金莓都没有出现在餐桌旁。汤姆在屋内、屋外四处走动，他们可以听见他在厨房打理东西，在楼梯跑上跑下，在屋内和屋外到处唱歌。他们用餐的房间朝西俯瞰着被迷雾拥抱的山谷，窗户则是敞开着的，水从窗子上方的屋檐滴落。在他们用完餐之前，云朵就已经合拢成一片毫无缝隙的天幕，豆大的雨滴开始落下，不久森林完全被大雨所织成的帘幕给遮挡住了。

当他们看着窗外的大雨时，楼上也像雨滴落下一般自然地传来金莓清朗的歌声。他们没办法听清楚每个字，不过却很自然地知道这是首歌颂雨水的歌曲，甜美如落在干旱山丘上的阵雨；歌中描述一条小溪从山间的泉水开始，一路奔流向大海。霍比特人心满意足地听着。佛罗多打从心底感到高兴，感谢上天在此时降下这场及时雨，让他们可以不用马上离开。从一起床开始，再度踏上旅程的念头就像千斤重担压在他心头。幸好，从现在的情况看来，他们今天应该暂时不需要继续赶路。

高空中的风往西吹，浓密堆积的湿湿乌云将雨水倾吐在绵延不绝的山丘上，屋子四周的景色都被笼罩在一片水幕当中。佛罗多站在门口，看着门外的白色小径聚积了许多雨水，成为流向山谷的乳白色小溪。汤姆·庞巴迪绕过屋角跑来，双臂挥舞着似乎想要遮挡雨水。事实上，当他踏进屋内时，全身上下似乎也没淋到什么雨，只有靴子是湿的。他把靴子脱下放到烟囱旁，然后拉了张最大的椅子坐下来，示意客人们都坐到他身边。

"这是金莓梳洗的日子，"他说，"也是她秋季大扫除的日子。对于霍比特人来说是太湿了些，赶快把握机会好好休息吧！今天很适合说故事、问问题和做出解答，就让汤姆先来起个头吧。"

接着，他讲述了许多精彩的故事，有些时候仿佛是在自言自语，有时又突然用那双闪闪发光的蓝眼睛环视众人。他经常说着说着就唱起来，接着离开椅子边唱边手舞足蹈。他告诉他们关于蜜蜂和花朵的故事，树木生长的规律和森林中各种各样的奇异生物，有善良的也有邪恶的，有友善的也有敌视外人的，有残酷的生物，也有温和的生物，还有那些隐藏在荆棘底下的秘密。

慢慢地，他们开始了解森林中的一切事物，明白除了他们自己以外，其他生物都会把他们视为陌生人，因为那些生物是住在自己家里。柳树老头一直不停在他的话题中出现，佛罗多现在满足了，因他知道了比原先想要知道的还要多的事；因为，那并不是个让人心安的故事。汤姆坦白说出这些树木的思考模式：它们的思想经常阴暗又怪异，这些老树对于在大地上自由行走的动物充满了怨恨，因为这些动物咬着、啃着、砍着、烧着，摧毁一切，打搅一切。这座森林被称作老林不是没有道理的，它是一座远古森林的遗迹，其中还生长着树龄跟周遭山岗一样古老的老树，它们曾经历过树木统治一切的时代。这漫长的岁月让它们充满了智慧和自豪，也充满了怨恨，其中最可怕的就是那棵大柳树：它拥有一颗腐败的心，力量正值巅峰；它诡计多端，更能够掌握风向的变化;而它的思想和歌曲在河两岸不受阻拦地传播着。它那灰色的饥渴灵魂从大地吸取力量,再向外扩展,就像地底土壤中散布细密的须根和在空中伸张隐形的枝桠,直到它把从高篱到古墓岗之间的森林全都收纳在自己的力量统治之下。

突然间,汤姆把话题从森林上带开,开始谈起清澈的小溪、水花四溅的瀑布、浑圆的卵石和怪石散布的河床,描述着绿草和山隙间的小花,最后,一路来到了绵延的山岗。他们聆听着那些巨大的古墓,成片的青冢,山岗上的巨石圈和其间的幽暗谷地。羊群结队的行动,绿色和白色的高墙纷纷建起。高地上有着居高临下的要塞,小国彼此征战,烈日照在他们赤红的钢剑上,看着他们为贪婪所演出的戏码。有光荣的胜利,也有一败涂地的惨况。高塔倒下,要塞被焚,烈焰冲天,战火四起。黄金堆放在亡故的国王和王后的墓穴中,厚重的石门随之关上,荒野蔓草盖过了一切。羊群在山岗上漫游吃草,随即又消失得无影无踪。远方魔影窜起,墓穴中的尸骨也开始骚动,古墓尸妖开始蠢动,他们冰冷的手指上戴着的戒指叮当响,金链在风中晃荡。在月光下,巨石圈变成了狞笑大嘴中的利牙。

霍比特人感到一阵寒意,即使在夏尔,他们都对越过老林之后的古墓岗与古墓尸妖的传说有所耳闻。但那不是霍比特人爱听的故事,即便他们身处远离故事发生地点的温暖火炉边时也一样。四人突然想起了之前因此地的欢愉气氛而忘记的事情:汤姆·庞巴迪的屋子就坐落在这些恐怖的山岗下。一时间四人面面相觑,再也无法专心聆听对方的故事。

等到他们回过神的时候,他的故事已经漫游到远超过他们记忆与清醒思维的奇异领域里去了,那时这世界依旧宽广,大海直接奔流到远古的西方海岸;汤姆还是不停地述说下去,时光回到了那古老星光照耀的年代,那时只有精灵居住于这世界上。忽然,他停了下来,霍比特人发现他不停地点头,似乎是睡着了。四个人动也不动地坐在他面前,无法挣脱那特殊的魔力;在他的歌声之下,风雨止息、云朵散去,天光暗去,黑暗从东西方席卷而来,天上,只剩下闪耀的星光。

佛罗多完全无法分辨他是只过了一朝一夕,抑或已经过了许多天。他一点也不觉得饥饿或疲倦,心中只是充满了不停转动的思绪。星光从窗户透射进来,寂静的苍穹仿佛将他包围。最后,他对这沉寂感到害怕,不由自主地说出内心的疑问:

"大人,您到底是谁?"他问。

"呃?什么?"汤姆坐直身子,双眼在一片迷蒙中闪烁着,"你不是已经知道我的名字了吗?这是唯一的答案。能否告诉我,你又是谁,单只你自己,没有名字?但你还年轻,我却已十分苍老。我是万物之中最年长的。朋友,记住我的话:在河流和树木出现之前,汤姆就已存在;汤姆看过第一滴雨水的落下,也目睹了第一颗橡实的成长。在大家伙到来之前,他就已经在此地漫游,他更看着小家伙的抵达。在国王、墓穴和尸妖出现之前,他就已经在此落地生根。当精灵开始往西迁徙,大海的航道变弯之前,汤姆就已在此。他曾度过那在暗夜星光之下无所畏惧的年代,在黑魔王从宇外前来占领中土之前的年代。"

窗外似乎掠过一道阴影,霍比特人急忙转过头察看。当他们转回头时,浑身沐浴在光芒中的金莓就站在门口。她一手拿着蜡烛,一手护着蜡烛的火焰;蜡烛的光芒仿佛阳光照在白贝壳上般从她细白的指缝间流出。

"雨已经停了,"她说,"小溪也在星光下潺潺地奔流着。我们该高兴起来,大声欢笑!"

"大伙还是赶快大吃大喝吧!"汤姆跟着大喊道,"这么长的故事让我口渴了。从早听到晚,也让人饥肠辘辘了吧!"话一说完,他就从烟囱架上取下蜡烛,从金莓的蜡烛上引火,绕着桌子跳了一圈,接着一溜烟地跳出门外不见了。

他很快就拿着一个又大又重的托盘回来，和金莓两人开始忙碌地布置餐桌。霍比特人又惊喜又好笑地看着：金莓一举手一投足都带着莫名的优雅，而汤姆的怪诞行径又是那么欢欣鼓舞。即使如此，两人的行动一如双人舞般配合得天衣无缝，对彼此丝毫没有妨碍。他们进进出出，绕着桌子行走，很快地就将食物、饮料跟照明布置好了。桌面上放置着许多黄色或是白色的蜡烛，汤姆向客人一鞠躬。"晚餐已经备妥。"金莓说。霍比特人这才注意到她现在穿着一身银色的衣服，腰间是条白色的腰带，而鞋子则如同鱼鳞一样闪闪发亮。汤姆则是一身纯蓝，蓝得就如雨后的勿忘我，配着脚上的绿袜子。

这顿晚餐比前一顿还要丰盛。在汤姆魔幻般的说书技巧下，他们错过了一顿或很多顿饭；不过当食物一上桌，他们腹里的馋虫就立刻醒了过来，让他们饿得如同一周没吃饭一样。这次他们专心致志地埋头苦干，没时间分神唱歌或是交谈，过了一阵子之后，他们才心满意足地开始大声谈笑。

在用完晚餐之后，金莓为他们唱了许多首歌。这些歌曲的旋律从山顶欢乐地开始，温柔地潺潺流下，以若有所失的沉默做结束。在这沉默中，他们眼前似乎浮现出无比清澈深邃的无名池水，天空的倒影和星辰在水面上闪动着宝石般的光芒。最后，如同前晚一样，她再一次向每个人道晚安，然后从他们所坐的炉火前离开了。但是汤姆现在看来十分清醒，一连问了他们许多问题。

他似乎已经对他们的背景和家世了如指掌，甚至连霍比特人自己都记不得的夏尔过往的一切历史与事迹，他都一清二楚。他们对此已经不再感到惊讶，不过，他也不隐瞒他这些知识都是从农夫马嘎身上知道的，看来汤姆对马嘎的看重超乎他们的想象。"他脚踏实地，手上沾着泥土,看过大风大浪,双眼也机警得很。"汤姆说。很明显的,汤姆也和精灵打过交道;不知通过什么方式,他似乎也从吉尔多那边知道了佛罗多逃离的消息。

汤姆真的知道很多,而他的问题更是巧妙刁钻,佛罗多发现自己对他透露了许多甚至没在甘道夫面前说出的恐惧和想法。汤姆不停地点头,当他听见黑骑士的时候眼中隐隐闪动着光芒。

"让我看看这宝贵的戒指!"他突然间插嘴说道。而佛罗多也很惊讶自己竟然就这么乖乖地从口袋中掏出戒指,解开链子交给汤姆。

当戒指放在他那双褐色的大手上时,似乎突然间增大许多。他将这戒指猛然举到眼前,开始哈哈大笑。有那么短短的一瞬间,霍比特人看到了一个让人不知该放松还是该担心的景象:他明亮的蓝眼睛透过一个黄金圈在闪动。接着,汤姆将戒指套到小指头上,把它举到烛火前。霍比特人一时之间没有发现任何奇怪之处,但随即他们都倒抽了一口凉气,汤姆竟然没有隐形。

汤姆再度大笑,将戒指往上一抛;它在一阵闪光中消失了。佛罗多惊呼出声,汤姆靠向前,微笑着将戒指交还给他。

佛罗多仔细地看着那戒指,心中有些怀疑(就像是把珠宝借给魔术师的人一样)。是同样的一枚戒指,至少外表和重量感觉起来是一样的,魔戒每次在佛罗多手中都会让他觉得格外沉重。不过,似乎有什么力量让他想要额外再确认一下。他似乎对于汤姆将连甘道夫都视为十分危险又重要的魔戒如此等闲视之感到有些不快,随着谈话的继续,他一直想找机会测试一下,当汤姆开始描述森林中野獾怪异的行为时,他套上了戒指。

梅里转过头准备要和他说些什么,却吓了一跳,差点叫出来。佛罗多觉得蛮高兴的:这的确是他的戒指,因为梅里一脸惊慌地瞪着他的位子,似乎什么也看不见。他站起来,悄悄远离壁炉,走向大门。

"嘿！等等！"汤姆的双眼闪动着逼人的精光看着他，"嘿！佛罗多，喂！你要去哪里？汤姆·庞巴迪可还没老到眼睛看不见哪！拿下你的金戒指！你的双手没有那戒指会更漂亮些。快回来！别闹了，乖乖地坐在我身边！我们得要再多谈些，好好想想明早该怎么办。汤姆得告诉你们要怎么走，免得你们又迷路了。"

佛罗多笑了（他试着觉得好过一些），他脱下魔戒，坐回原位。汤姆现在告诉他们，他认为明天将会出太阳，会是个很晴朗的早晨，非常适合赶路。不过，他们明天得一早就走，因为附近的天气连汤姆都不太有把握，可能瞬息数变。"我可不是天候的主人，"他说，"用两条腿走路的家伙都不会有这种能耐。"

在他的建议之下，一行人决定从他的住所往北走，沿着西边较为低矮的山岗前进。如此一来，他们有可能在一天之内就踏上东方大道，也可以避开古墓。他告诉他们不要多想，只管赶路就好。

"走在有绿草的地方，千万别和那些岩石、尸妖打交道，更别打搅它们的居所，除非你们的胆子大得跟熊一样，不会退缩！"这句话他强调了不止一次；他也建议他们，万一不慎他们靠近了古墓，最好从古墓的西边越过。然后，他教他们一首曲子，如果第二天他们遇到不幸的状况时就要立刻唱出来。

> 呵！汤姆·庞巴迪，汤姆·庞巴迪啦！
> 在水边、在林中、在山上、苇草间和柳树下，
> 火焰旁、烈日下、月光里，倾听我们的寻呼！
> 快来，汤姆·庞巴迪，我们需要你的帮助！

当他们每个人都在他面前唱过一遍之后，他笑呵呵地拍拍大伙的肩膀，拿起蜡烛将众人领回卧房去。

第八章

古墓岗之雾

这一夜,他们再也没有听到任何的怪声。不过,有首甜美的歌谣一直在佛罗多耳边萦绕,让他无法确定这是来自梦中还是现实世界。这首歌仿佛是灰色雨幕后淡淡的光,逐渐明亮起来,把雨幕全都转成如幻似真的水晶玻璃;最后,雨幕慢慢地退却,在上升太阳的照耀下,他面前是一片敞开的青翠原野。

这景象在他醒来的时候消逝。汤姆使劲地吹着口哨,声音可比满树的黄莺。太阳早已爬上斜坡,将光芒从窗户斜照进屋,屋外满山的翠绿都沐浴在淡淡的金色阳光中。

在他们独自用完早餐之后,他们准备向主人道别。在这一切欣欣向荣,天空蓝得仿佛水洗过一般的早晨,他们的心情却沉重不已。一阵清新的凉风从西北方吹来,他们安静的小马也骚动起来,喷着鼻子,仿佛迫不及待要在野外奔驰。汤姆走到屋外,挥舞着帽子,在门廊上手舞足蹈,示意霍比特人不要再拖延,应该赶快出发。

一行人骑着马,沿着屋后一条弯曲的小径往山丘的北边山脊前进,正当众人牵着马匹,准备越过最后一道斜坡时,佛罗多却停下了脚步。

"金莓小姐!"他大喊着,"那位穿着一身银绿的美女,我们从昨天晚上以后就没见过她,更忘记和她道别了!"他沮丧地准备转头回去,就在那一刻,如银铃般的呼唤从山上传了下来。她正站在山脊上对他们挥着手:她的秀发飞舞,在阳光的照耀下闪闪发亮,当她移动步履的时候，脚下的草地似乎闪耀着洁净的露水。

众人匆匆爬上最后一道斜坡，气喘吁吁地站在她身边。他们向女主人鞠躬道别，她双手一摆，示意他们看着眼前晨光下的景象。于是他们从山丘顶上俯瞰晨光照耀下的大地。两天前他们曾经站在森林中的山丘上，望见四下一切都遮蔽在浓雾里。如今天气清朗，他们可以望见西边那座淡绿的山丘凸出在一片墨绿的树海中。那个方向上升的地势是一道道布满树木的山脊，在阳光下呈现绿、黄、赤褐等各种颜色，烈酒河河谷则隐藏在那浓密的森林之后。往南看去，在越过柳条河后，远处有一片镜面似的朦胧亮光，是烈酒河在那里的低地上转了个大弯，流向一个霍比特人所不知道的疆域。北边是一片起伏越来越小的丘陵，青绿和褐色的区块交杂其间，一直绵延到极目所及的天边。东边则是古墓岗，一层层的山脊向着晨光绵延而去，直到消失在视力不及之处，只剩下猜想：一种与天际的蓝白混合在一起的猜想，按照记忆和古老的传说，那是遥远的峻岭高山。

他们深深吸了一口气，起了一种仿佛腾云驾雾，可以去到任何地方的错觉。原先想要慢慢沿着丘陵边缘绕过古墓岗前往东方大道的走法似乎成了胆小鬼，他们应该蹦蹦跳跳，像汤姆一样精力充沛，一路跳过这些台阶似的丘陵，冲向远方的高山。

金莓开口唤回他们的注意力。"快走吧，可爱的客人！"她说，"朝你们的目标前进。朝北走，让风一直吹在你的左眼，一定可以顺利前进！趁着天色还亮的时候赶快赶路！"她接着对佛罗多说，"再会了，精灵之友，很高兴能和你见面！"

张口结舌的佛罗多说不出话来。他深深一鞠躬，骑上小马，和朋友们一起策马行向眼前平缓的斜坡。慢慢地，汤姆的屋子、山谷以及整座森林都消失在视线以外。在两边青绿山丘所构成的高墙之间，空气渐渐变得温暖起来，怡人的青草气味也毫不吝惜地飘荡在风中。当他们走到山谷底时，回头看见金莓的身影，小小的身影看来像是阳光下的一朵小白花。她仍站在那里注视着他们，对他们伸出双手送行。接着，她最后的道别声随着秋风传来，在众人的目送之下，金莓转身消失在山丘后。

他们沿着谷底曲折的道路不停前进，绕过一个陡峭的山丘脚下，进入另一个较为宽广的山谷。接着又越过更远处的山丘，爬上山坡，在谷地和丘陵之间上上下下。眼前没有任何的树木或溪流，这是片遍地青草的乡野，唯一的声响来自微风吹拂和怪鸟凄厉的鸣叫。太阳越升越高，温度也跟着爬升，他们每爬上一座山丘，凉风似乎就变得更弱。当他们瞥一眼远方西边的森林时，老林冒出冉冉的蒸汽，好像正在把之前的大雨吐回天际一样。极目所及的边缘现在笼罩着一片阴影，是一团黑沉沉的雾气，在那之上的高空像一顶蓝帽子，又热又重。

大约中午时分，他们来到了一座有着平坦山顶的小丘，丘顶有点类似镶着绿边的浅碟，浅碟内一点风也没有，天空好似压在他们头顶。他们骑过浅碟望向北边。他们的心情鼓舞起来，因为他们这次的跋涉走得显然比预期的要远。虽然如今距离在酷热太阳的照耀下有些模糊不可靠，但毫无疑问这连绵的丘陵已经快到尽头了。他们脚下是一条朝北蜿蜒而去的细长山谷，一路穿过两座陡峭的山丘，最后来到一块宽阔的平原，平原之外就没有任何起伏的地势了。再往更北边看去，他们依稀可见一条长长的黑线。"那应该是一排树，"梅里说，"一定就是东方大道了。从烈酒桥往东一路走去，有好几十哩路旁都长满了树，有人说那是古代的人所种的。"

"太好了！"佛罗多说，"如果我们下午的进度能和早上一样顺利，那么天黑前就可以离开这片丘陵区，开始寻找适合宿营的地点了。"话虽这样说，他还是忍不住往东方看去，那边的山丘都比这边高，俯视着他们。所有那些山丘顶上都环绕着绿色的圆丘，有些还有竖立的岩石，像是从绿色牙龈中伸出的参差利齿。

这景象不知为何让人感到不安，他们刻意避开它，走回洼地的中心。那里矗立着一块高耸的岩石，在正午直射的烈日底下没有投射出任何的阴影。虽然那块岩石的形状并不特殊，但它所处的位置却让人很难忽略它。它像是地标，或是根警戒的手指，更像是个警告。不过，众人肚子都饿了，现在也还是日正当中的时刻，应该没什么好害怕的。因此一行人坐下背靠着岩石东面。岩石的表面有些冰凉，仿佛连太阳都无力温暖它，但在这种时候，这似乎还蛮让人愉快的。他们拿出食物和饮水，在开阔的天空下大吃大嚼，尽情享受"山下"带来的午餐。汤姆慷慨地送给他们很多食物，让他们今天没有后顾之忧地填饱肚子。卸下重担的小马则在草地上悠闲地啃着青草。

在丘陵间跋涉了一个上午，跟着饱餐一顿，再加上暖洋洋的日光和青草的芬芳，稍微再躺久一点，伸直他们的双脚，看着鼻尖上方的天空：这些情况或许已经足以说明发生了什么事。无论如何，他们不约而同地从这意外的午睡中不安地醒来。那块岩石依旧冰冷，向东投下一道黯淡的阴影笼罩着他们。已经落到他们躺卧的浅碟西缘的太阳，透过渐起的大雾有气无力地照射着。北边、南边和东边，浅碟边缘之外都是冰冷、厚重的白雾。四周弥漫着沉重寒冷的气氛，毫无声响的荒野更让人内心不安。原先生气勃勃的小马现在都聚拢在一起，头低低地不敢动弹。

霍比特人警觉地跳了起来，跑向西边打探状况。众人发现自己置身在迷雾围困的孤岛上。甚至就在他们惊慌地看着下沉的太阳时，太阳就在他们眼前落入白色的雾海中，他们背后的东方窜出一个冰冷的灰色阴影。浓雾溢过浅碟边，滚到他们头上，形成一个屋顶，把众人包围在一个以石柱为顶的封闭区域中。

他们觉得好像有个陷阱正在悄悄收拢，但这景象并不足以让他们灰心。他们还记得之前看到东方大道在前的充满希望的景象，也还知道它是在哪个方向。事实上，这个浅洼地和岩石开始让他们觉得毛骨悚然，根本不想多停留一分一秒。众人用快要冻僵的手指飞快地收拾行李，准备离开。

很快地，他们就牵着小马一个接一个地越过浅碟边缘，朝北走下斜坡，踏进雾海之中。随着他们的深入，四周的雾气变得越来越湿、越来越冷，每个人的头发都贴在前额上，不住地滴水。当他们终于来到谷底时，天气已经冷得让他们不得不拿出连帽斗篷穿上。不久之后，连斗篷都因为吸了太多雾气而开始不停滴水。最后，他们骑上马，靠着地势的起伏判断方向，开始缓慢前进。他们试图摸索着走到早晨所看到的通往平原最北边的隘口。一旦他们通过了那隘口，就只需要直直朝北走，终究会走上东方大道的。他们不敢再多想之后的行程，只能抱着微薄的希望，暗自祈祷丘陵区之外不要再有浓雾。

他们行进的速度极为缓慢。为了避免在大雾中迷途，佛罗多领着一行人列队往前走。山姆走在他后面，接着是皮聘，然后是梅里。山谷似乎无尽地往前延伸，永远也走不完。突然间，佛罗多看到了一丝希望。道路前方两侧开始有黑影穿破浓雾缓缓出现，他猜测这应该就是之前苦苦盼望的隘口，也就是古墓岗的北边出口。只要走出这个隘口，他们就可以放心休息了。

"快！跟我来！"他回头大喊，边策马向前跑。可是，他满腔的希望瞬即化成了迷惑和惊恐。眼前两块黑影变得更黑，却缩小了，突然间两块互相微倾的直立巨石，像没有门楣的两根门柱似的，阴森森地耸立在他面前。早晨他从高处眺望时，他不记得曾经看到任何类似的景象。

在他来得及仔细思索之前,他就已经越过了这两根石柱,无边无际的黑暗开始将他淹没。坐骑惊慌地喷着鼻息、直立而起,他被摔了下来。当他回头时发现只有自己一个人,其他人没跟着他。

"山姆!"他大喊着,"皮聘!梅里!快过来!你们怎么没有跟上来?"

四周没有任何回音。他开始感到恐惧,在巨大的岩石间奔跑,边狂乱地喊叫着:"山姆!山姆!梅里!皮聘!"小马拔腿奔进迷雾中,就此消失。他觉得似乎从一段距离之外传来了"嘿!佛罗多!喂!"的叫声。那声音来自东方,他着急地站在岩石间,试图搞清楚自己的方向,一确定那声音是在左边之后,他立刻拔足狂奔,冲上一座十分陡峭的山坡。

他一边奔跑,一边扯开嗓门大喊,越喊越狂乱,但有很长的一段时间没有任何响应。当微弱的回音再度出现时,似乎是来自前方更远更高的地方。"佛罗多!喂!"那微弱的声音穿越迷雾飘过来。突然,"救命!救命!"的喊声取代了之前的话声,最后一声拖长的"救命!"十分凄厉地戛然而止。佛罗多立刻使尽全身力气奔向那惨叫的源头,可是原先微弱的光线已经消失了,墨黑的夜色将他紧紧包围,根本无法分辨方向,他只知道自己一直不停地往上爬。

最后,他脚下改变的地势告诉他,他终于来到了某个山脊或是山顶。他累得浑身冒汗,却打心里感到一阵恶寒,周围一片漆黑。

"你们到哪里去了?"他无助地大喊。

没有任何的回应。他侧耳倾听任何一丝一毫的声响。他突然意识到周围变得十分寒冷,这高处开始吹起了刺骨的寒风。天气起了变化。原先浓密的雾气被强风吹得残破不堪。从他嘴里呼出的热气成了白蒙蒙的烟,四周也不再那么黑暗。他抬起头,惊讶地发现微弱的星光出现在翻滚的雾气和云朵之间,强风吹过草地,发出呼啸声。

他觉得好像听见了一声含糊的叫喊声,连忙赶向那方向。随着他的脚步,迷雾开始渐渐散开,满天的星斗也都露出了面孔。他瞥了一眼星座的排列,判断自己正在往南边走。由于目前自己身在一个圆丘顶上,刚刚一定是从北边爬上来的。冷冽的寒风毫不留情地从东方吹来。在他右边,在西方星空的衬托下有一团巨大的黑影。那是一座隆起的巨大古墓。

"你们在哪里?"他又怒又怕地大喊。

"在这里!"一个深邃、冰冷,仿佛来自地底的声音回答,"我在等你!"

"才不是!"佛罗多回答,但他并没有逃开,他膝盖一软,跌倒在地。四周万籁俱寂,他浑身发抖地抬起头,正好看见一个高大的黑影,衬着星光悄无声息地出现。那黑影低头看着他,他认为自己看见了一双眼睛,那双冰冷的眼睛中散发着似乎来自远方的微弱光芒。接着,一双比钢铁还坚硬、比冰霜更寒冷的手攫住他,一股寒气直透骨髓,他跟着失去了意识。

当他再度清醒时,有一瞬间脑子一片空白,只记得心中充满恐惧。随即他想起自己已经陷入了无法逃脱的牢笼中:他被抓进了古墓。他被古墓尸妖抓住了,他多半已经落在悄悄传说的故事中所言的尸妖的魔力控制之下,因此动也不敢动。虽然已经清醒,但他还是保持着双手交叠在胸前的姿势,躺在冰冷的石地上。

他的恐惧如同周围的黑暗一样挥之不去,紧紧地将他环抱,但他躺着不知不觉想起比尔博和他的冒险故事,回忆起两人在夏尔散步,边聊着冒险和旅途的传奇。根据传说,即使是最肥胖、懦弱的霍比特人心中也深埋着勇气的种子,等待着关键的绝望时刻方才萌芽。佛罗多既不肥胖,更不懦弱;事实上,他所不知道的是,比尔博(包括甘道夫)认为他是夏尔地区最优秀的霍比特人。他一心认为自己现在已经来到了旅程终点,即将面临恐怖的结局,但这念头却让他更加坚强。他觉得自己浑身肌肉紧绷,仿佛准备进行最后一搏,不再像之前一样听天由命地瘫在地上。

当他正力图自持,恢复镇定的时候,他注意到黑暗渐渐退去,四周缓缓亮起了一种黯淡诡异的绿光。一开始,他无法透过这微弱的光芒看清周围。这光线仿佛是从他身体内和周遭的地上溢出的,而这股光芒尚未照及天花板。他转过头,在这冷光中发现山姆、皮聘和梅里就躺在他身边。他们脸色死白,身上披着白色的丧衣。三个人的身边有着数不尽的金银珠宝,但在这邪异光芒的照耀下,一切的美丽都失去了魅力。他们头上戴着宝冠,腰间系着金链,手上戴着许多枚戒指。他们的手边放着宝剑,脚前置着盾牌。但在他们三人的颈项上,则横放着一柄出鞘的长剑。

一首冰冷的曲调突如其来地开始了。那声音似远似近,飘忽不定;有时尖利得如同在云端飘荡,有时又低沉得仿佛来自地底。在这一连串断断续续的音调中,有着哀伤恐怖的蕴涵,这些字眼直截了当地传达了歌者的感受:严厉、冰冷、无情、悲惨。夜色在这恸嚎下仿若水波一般起了涟漪,冰冷的生命诅咒着永无机会获得的暖意。佛罗多感到寒意直透骨髓,不久之后,那歌曲渐渐变得清晰,害怕的佛罗多终于能明白地一字一句听见这诅咒:

    心手尸骨尽皆寒,
    阴风惨惨地底眠:
    倒卧石床不得醒,

> 直到日灭月亦暝。
> 星斗俱湮黑风起，
> 魂飞魄散宝山里，
> 静候暗王魔掌领，
> 尽掌死海绝地顶。

他接着听见头顶后方的地上传来搔爬的声音。他用一只手撑起身子，在那苍白的光芒中看清楚众人身在一道长长的走廊上，后面不远处是一个转角。一条细长的手臂靠着手指移动，一路爬向最靠近他的山姆，眼看就要抓住他脖子上的那把利剑。

一开始佛罗多觉得自己被那咒文给化成了石头，动弹不得。接着，他脑中猛然出现了一个念头：如果他戴上魔戒，古墓尸妖是否会找不到他，进而让他逃出生天？他脑中浮现了自己在草原上奔逃，悼念梅里、山姆和皮聘的景象；但至少他保住了自己的小命！即使甘道夫也必须承认这是唯一的选择。

可是，之前在他心中苏醒的勇气强到让人无法抵抗：他不能就这样轻易舍弃朋友！他的主意开始动摇，一边把手伸进口袋里，一边跟自己的想法对抗挣扎。与此同时，那只手臂依旧毫不留情地逼近。最后，他终于下定了决心，一个翻身扑在同伴身体上。他接着鼓起余勇，一剑将那爬动的手臂齐腕砍断，利剑也跟着从剑柄处断成两半。墓穴中传来一声尖叫，诡异的光芒立刻消失。黑暗中传来怒气冲冲的咆哮声。

佛罗多倒在梅里身上，感觉到梅里一脸冰凉。他突然回想起在大雾起后就消失在他脑中的景象：那座山下的小屋，汤姆欢快的歌声。他记起了汤姆教导他们的歌谣。他低声颤抖着开口唱道："呵！汤姆·庞巴迪！"这个名字似乎让他的声音变得更为有力：一股气魄注入歌声中，黑暗的墓穴仿佛回荡起号角和低沉的鼓声。

    呵！汤姆·庞巴迪，汤姆·庞巴迪啦！
    在水边、在林中、在山上、苇草间和柳树下，
    火焰旁、烈日下、月光里，倾听我们的寻呼！
    快来，汤姆·庞巴迪，我们需要你的帮助！

  一切都沉寂下来，佛罗多只能听见自己的心跳声。仿佛经过数小时之久的好一阵沉默之后，一个来自远方却无比清晰的声音，穿越层层的阻隔，响应了他的呼唤：

    老汤姆·庞巴迪是个快乐的家伙；
    他穿着淡蓝的外套，黄色的靴子暖和和。
    无人能够抓到他，因为汤姆是主人；
    他的曲调强而有力，双脚疾快如神。

  不远处传来一阵巨大的轰隆声，似乎有大量的土石崩落，光亮突然涌入，真正的光，寻常白昼的光。就在佛罗多的脚前出现了一个如同大门一样的圆形开口，汤姆的头（包括帽子、羽毛等等）出现在其中，他背后是一轮初升的红太阳。温暖的阳光照在地上，也照亮了佛罗多身边三个霍比特人的面孔。他们依旧动也不动，但脸上的病容却已消退，他们三人现在看起来只像陷入熟睡而已。
  汤姆弯下腰，脱下帽子，钻进这黑沉沉的石室中，一边吟唱着：

    快滚出去，老尸妖！消失在那阳光里！
    像是冷雾快散去，如同寒风呜呜逝，

滚去那山后的荒凉地！
永远不要回这边！再也不要回墓里！
快快消失被忘记，隐身黑暗无天日。
大门深闭永不开，直到海枯石烂时。

这首歌一唱完，墓穴不远处就传出一声哀嚎，跟着后方底端有一部分整个垮了下来。一声凄厉的惨叫声越拖越远，渐渐消失在未知的远方，然后是一片寂静。

"来吧，佛罗多小友！"汤姆说，"我们赶快到外面干净的草地上去！你得帮我把他们抱出去。"

两人一起把梅里、皮聘和山姆抱了出去。佛罗多离开古墓时，回头看了最后一眼，他认为自己看见那只被砍断的手在一堆崩塌的土石里，像受伤的蜘蛛一样在攀爬扭动。汤姆又走了回去，随即从洞内传来震耳的跺脚声和捣毁声，当他再度走出古墓时，手中抱着大把大把的珠宝，有金、银、黄铜和青铜的工艺品，更有许多珠宝和项链之类的装饰品。他爬上绿色的山丘，将这些东西一股脑儿丢在太阳下。

他站在那里，手中拿着帽子，任晨风吹乱他的头发。他低头看着三个躺在阳光下的霍比特人，他们被放在古坟西边的草地上。他举起右手，用清朗的声音命令道：

醒来吧，快乐的小家伙！听我召唤醒来吧！
四肢百骸暖起来！冰冷的巨石已崩塌；
黑暗的门已打通，死者之手已砸断。
夜中之夜已奔逃，大门敞开在前面！

佛罗多惊喜地发现朋友们动了动，伸直手臂，揉着眼睛，随即跳了起来。他们吃惊地看着四周，先是看见佛罗多，然后看见高高站在山顶的汤姆。最后，他们满腹疑惑地看见自己穿着白色尸衣、披挂着许多纯金珠宝的身体。

"这搞什么鬼？"梅里最先开口，他头上的宝冠歪倒下来，遮住了他的眼睛。然后他停下动作，脸上蒙上一层阴影，他闭上眼睛。"啊，我记起来了！"他说，"卡恩督的敌人在夜里前来偷袭，我们被打得措手不及。啊！长矛穿过我的心脏！"他捧着胸口说，"不！不！"他随即又张开眼，一脸困惑地说："我刚刚说了什么？是在做梦吗？佛罗多，你跑到哪里去了？"

"我以为我迷路了，"佛罗多说，"但我现在不想谈这个。我们先想想接下来该怎么办！让我们上路吧！"

"大人，你是说，我们要穿这样的衣服上路？"山姆问，"我的衣服呢？"他把身上的头饰、腰带和戒指全都丢到地上去，一脸无助地东张西望，似乎想要在附近找到他的斗篷、外套以及霍比特人惯穿的衣服和裤子。

"你们找不到原来的衣服了。"汤姆从山顶跳了下来，在阳光下绕着他们跳舞，一边呵呵笑着。不知情的旁观者根本无法想象刚刚还是性命攸关的时刻，事实上当他们看着他以及他眼中欢愉的光芒时，他们心中残存的恐惧都消失得无影无踪。

"你这是什么意思？"皮聘看着他，半是好笑半是困惑地问，"为什么找不到呢？"

汤姆只是摇摇头，说："你们逃过了一场大难。相对于这种劫难，衣服不过是微不足道的损失。高兴一点吧，快乐的朋友们，让阳光温暖你们的身心！把这些冰冷的衣服丢掉！汤姆去狩猎的时候，你们可以赤裸精光地到处跑！"

他吹着口哨，大呼小叫地溜下山丘。佛罗多注视着他兴高采烈地

吹着口哨,蹦蹦跳跳地沿着河谷往南走。他的歌声依旧随风飘送过来:

  嘿!就是现在哪!快来吧!你要去哪里呀?
  上上下下,远远近近,到底何处是你的目标啊?
  尖耳朵,灵鼻子,甩尾巴,乡巴佬,
  小伙子穿白袜,老胖子到处跑!

  他边跑边唱,抛起帽子又用手接住,最后他的身影被山丘给遮挡住,但"嘿!就是现在哪!"的歌声还是在荒野中随风回响着,伴随他的脚步往南方而去。

  气温再度回升了。霍比特人照着汤姆说的,在草地上赤身裸体跑了一阵子。然后,他们好像久旱逢甘霖一般享受着温暖阳光,又仿佛久病卧床的人突然间摆脱疾病的纠缠一样满心欢喜。
  等到汤姆回来的时候,四个人全都觉得浑身是劲(肚子也跟着饿起来)。他的帽子一马当先地从山丘下露出来,在他身后跟着六匹听话的小马——除了他们原先的五匹之外,又多了额外的一匹。那匹很显然就是歌曲里的老胖子,和他们原先的马匹比起来,它比较壮、比较胖,年纪也大多了。事实上,梅里是其他五匹马的主人,他从没有替它们取过任何名字,而它们竟回应汤姆取的新名字,一辈子都回应这名字。汤姆轮流喊它们,它们一一爬上来排成一列。最后汤姆向所有人鞠躬。
  "这就是各位的马儿啦!"他说,"从某个角度来看,它们比你们这些爱乱跑的霍比特人聪明多了,至少它们鼻子够灵,嗅出你们一头闯进去的危险。即使它们转身逃跑,方向也是非常正确的。你得原谅它们的脱逃,它们虽然很忠心,但古墓尸妖的威胁并不是它们能对付的。你看,它们又驮着所有的行李回来啦!"

梅里、山姆和皮聘从行李中拿出另外准备的衣物穿上,却很快就开始汗流浃背。因为他们被迫穿上事先准备的较厚的冬衣。

"那匹老马胖乡巴佬是从哪里来的?"佛罗多问。

"它是我的马,"汤姆说,"是我四条腿的朋友,只是我平常很少骑它,任它在山野间乱跑。当你们的小马住进我的马厩时,它们认识了胖乡巴佬;它们在夜里嗅到了它的味道,因此很快就冲着它跑来。我想它应该用它的智慧好好安抚了这些可怜的小马,让它们不再害怕。喔,对了,自由的乡巴佬,汤姆这次要骑你啦。嘿!在下准备送你们一程,所以得有匹坐骑才行。如果我要迈开大步赶路,就很难跟骑马的霍比特人聊天啰!"

大家知道这件事之后都觉得很高兴,忙不迭地向汤姆道谢。不过,他笑着回答众人:这是因为他们实在太容易迷路了,如果他不送大家到他的辖区边界去,他将无法放心高兴的。"我还有很多事情要忙,"他说,"我要唱歌要跳舞、要聊天要走路,还要照管这块荒野。汤姆不能总是靠近墓穴大门或是柳树的缝隙,汤姆还有家要照顾,金莓还在等我哪。"

从太阳的角度来判断,现在的时间还算早,大概是九点到十点之间。刚刚才历险余生的霍比特人又把脑筋转到食物上头去了。他们的上一餐是昨天在那冰冷石柱旁边吃的午餐,算来已经过了蛮久了。现在四人狼吞虎咽地把汤姆送给他们当晚餐的干粮吃光,同时也把汤姆刚刚另外带来的食物一扫而空。这顿饭并不算丰盛(霍比特人的食量惊人,况且又好几餐没吃了),但至少让他们感觉好多了。在他们用餐的时候,汤姆跑到山头上,仔细检查拿出来的珠宝。他将大部分的珠宝拨成一堆,让它们在草地上闪闪发亮。他宣布要让这些宝物"属于下个发现它们的生灵",不管是鸟、兽、精灵或人类。因为唯有如此,这墓穴的诅咒才会被破除，不会再有尸妖重回此地。他从里面挑出了一枚镶有蓝宝石的胸针，那宝石拥有百变多端的美丽蓝影，像复瓣花朵和蝴蝶翅膀。他仔细地打量这胸针好一会儿，仿佛想起过去的一些回忆。最后，他摇摇头，开口道：

"这是送给汤姆和他妻子的美丽小玩具！古代佩戴这胸针的同样是位倾国倾城的美女，金莓将会继承这宝石，不会遗忘它过去的主人！"

他替每个霍比特人挑了一柄修长如叶形的匕首。这些武器十分锐利，做工精巧绝伦，上面铸有红色与金色的巨蛇图案。当汤姆把这些兵器从黑色刀鞘中抽出时，用奇异金属打造的刀刃隐隐生光。这几柄匕首质硬而轻，上面还镶嵌着许多闪亮的宝石。不知道是由于这些刀鞘的保护还是咒语的缘故，每一柄匕首都锐利、闪亮如昔，完全没有受到时光的侵蚀。

"古代小刀的长度很适合霍比特人拿来当剑用，"他说，"如果来自夏尔的客人们要往东、往南或深入黑暗的领域冒险，随身带着锐利的刀剑是很重要的。"接着，他又告诉他们这些刀刃是许多年前由西方皇族所打造的。他们是黑暗魔君的敌人，最后却被安格玛地区的邪王卡恩督所击败。

"已经没有多少人记得这段历史了，"汤姆喃喃道，"但是，依旧有些被遗忘的皇族子嗣在荒野中流浪，保护那些无辜的人免受邪恶势力的侵害。"

霍比特人并不了解他所说的事情，但当他说着的时候，他们脑中突然浮现出一幕来自遥远过去的景象：一片广大、阴影笼罩下的平原上有许多人类行走着，每个人都十分高大，神情冷峻，手持锋利的宝剑，最后走来一名额上佩有颗星的男子。然后，那影像就消失了，他们又回到太阳照耀下的真实世界。该是出发的时候了，他们收拾好一切，打包行李，将它们绑在马匹身上。刚拿到的新武器挂在他们外套下的皮带上,让他们觉得有些笨拙,也怀疑这样的东西到底是否能派上用场。他们从来没想过这场逃亡会扯上任何战斗。

最后,他们终于迈步离开。一行人领着小马走下山丘,一到谷地就策马赶路。他们回望山丘顶上的那座古坟,那堆黄金在太阳的照耀下仿佛燃起一团黄色的火焰。随后他们转过丘陵区的侧边,那团火焰在其他丘陵的阻挡下也看不见了。

虽然佛罗多举目四顾仔细寻找,却再也找不到之前看见的、那耸立如门的巨大石柱。过了不多久,他们就来到了北边的隘口,一行人骑马迅速穿过,离开了这块阴气森森的地方。有汤姆·庞巴迪快乐的陪伴,这是段相当愉快的旅程,不过,乡巴佬的脚程比其他的马快得多,刚好可以让汤姆如常地在他们四周绕来绕去。汤姆大半时间都在唱着随口胡诌的小调,霍比特人一个字也听不懂,但也有可能这并不是汤姆胡诌的语言,而是一种古老、只适合描述快乐和美景的奇异语言。

他们马不停蹄地赶路,却发现东方大道比他们所想象的远多了。即使昨天没有大雾的阻挡,他们睡的那场午觉也会让他们无法在天黑前赶到东方大道。他们之前看到的黑线并非什么大树,而是深沟旁所生长的一连串灌木丛,在深沟的另一边则是一堵高墙。汤姆说这曾经是很久以前某个王国的边界。他似乎记得一些有关他们的悲剧,因此不愿意多谈。

他们走下爬上地越过深沟,穿过高墙一处开口,然后汤姆领着众人往北走,因为之前他们大半都在向西赶路,地势现在变得相当平坦,因此众人更加快了脚步。当众人看见眼前一排整齐的大树时,太阳也快要西沉了。在经过一连串意外的冒险之后,他们知道自己终于回到了东方大道上,一行人开心地策马急驰,最后在路旁树荫下停了下来。他们身在一个斜坡的顶端,在夜色降临之际有些迷蒙的大道就在他们的脚下蜿蜒前去。从这里开始,大道的方向成了从西南往东北,在他们右方很快就进入一个宽广的低谷，路面上有许多水洼和坑洞，还留有不久前大雨的痕迹。

他们骑下斜坡，打量着四周，这里没有任何特殊的景物。"哇！我们终于又回到正路上来了！"佛罗多说，"我猜这次抄小径走森林所浪费的时间，应该没超过两天吧！不过，这耽搁或许是有益的，它可能让我们摆脱了追兵的跟踪。"

大伙面面相觑，黑骑士的恐怖身影突然间又出现在众人的脑海中。自从进了森林之后，他们一心只想逃出森林的掌握；直到现在大路终于出现在眼前时，他们才想到原先危险的追兵，以及对方可能在路上埋伏的恐怖事实。一行人紧张兮兮地看着西方，但路上空荡荡的，没有任何人马的踪迹。

"你觉得……"皮聘迟疑地问，"你觉得我们今晚会不会又被追上？"

"应该不会，我希望至少今晚不会，"汤姆·庞巴迪回答道，"或许明天也不会。不过，不要太过相信我的推测，因为我也无法百分之百确定。我对东边的事没有太大的把握，那些来自远方黑暗之地的黑骑士，可不在汤姆的管辖范围内。"

无论如何，霍比特人还是希望他能够一起同行。他们觉得汤姆可能是唯一知道该怎么对付黑骑士的人。很快地，他们就要踏上完全陌生的土地，除了模糊遥远的夏尔传说，他们对这里几乎一无所知。在夕阳的照耀下，他们都忍不住开始想家，他们被深沉的孤寂感和失落感所笼罩，静静地站着，不愿意就这么离开。过了好一会儿，他们才发现汤姆正在和他们道别，谆谆叮嘱他们在天黑之前要马不停蹄地赶路。

"汤姆给你一个忠告，这忠告至少到天黑之前都有效；在那之后，你们就得靠自己了。如果你们沿着大道往前走四哩，就会遇到一个村庄，那是在布理山下的布理村，村庄的入口面向西边。你们会在那里找到一家叫作'跃马'的老旅店。老板叫巴力曼·奶油伯，你们可以在那里过夜。第二天一早就立刻启程。要勇敢，但也必须谨慎！保持一颗快乐的心，勇敢面对你们的未来！"

他们再一次地恳求他同行，至少和他们一起到旅店内喝杯酒，但汤姆笑着拒绝了：

汤姆的疆域到此为止：他不会越过边界。
汤姆还有房子要照顾，金莓还在家守候！

话一说完，他就将帽子一抛一接，跳上乡巴佬，爬上斜坡，一路哼着荒腔走板的小调消失在暮色中。

霍比特人也跟着爬上斜坡目送着他，直到看不见他的身影为止。

"真遗憾，必须让庞巴迪大人离开，"山姆说，"他真是个奇人，就算我们再走很远，可能都不会遇到比他心肠更好、行径更怪异的人了。对啦，如果能够马上看到他说的跃马旅店就好了，我希望它会像是我们老家的绿龙旅店一样舒适！布理住的都是些什么样的人啊？"

"布理有霍比特人，"梅里说，"还有不少的大家伙，我打赌那边一定很像我们的老家。跃马旅店的风评很不错，我们家经常有人骑马两地跑呢。"

"就算那里真有这么好，"佛罗多说，"我们毕竟已经身处在夏尔之外。随时提高警觉！各位千万不要忘记，绝对不可以提到巴金斯这个姓氏，如果你们要称呼我的话，就叫我山下先生。"

一行人随即上马，在暮色中沉默地赶路。夜色很快降临，他们又越过了几座小丘之后，终于看见不远处有灯火闪烁。

漆黑的布理山在满天星光下无声地出现，在山的西面坐落着一个不小的村庄。他们一心只想要找到一个可以烤火、住宿的地方，忍不住加快了脚步。

第九章
在那跃马招牌下

布理是这一带最大的村庄,这块有人居住的区域相较于外面的荒野,像是大海中的孤岛一般遗世独立。除了布理之外,山的另一边还有史戴多村,再往东过去一点的深谷中则是康比村,位于契特森林的边缘还有一个叫阿契特的村庄,在布理山和这些村庄的周围,是一片只有几哩宽的小林场和农田。

布理的人类都有一头褐发,身形壮硕,身高并不高。他们的个性乐天而独立,不受任何势力的管辖。不过,和一般人类相比,他们对霍比特人、矮人、精灵,以及周遭其他的生物要来得更友善、更熟稔。根据他们的传说,他们是最先在此地定居的居民,是开拓中土世界西部的人类的直系子孙。只有极少的天之骄子逃过了远古的灾变。然而,当那些西方的皇族再次渡过大海归来时,他们发现布理的人类依旧好好地活着,直到今日,当古老的皇族们都消失在荒野蔓草中时,他们也没有任何改变。

在那段岁月中,没有其他的人类居住在这么遥远的西边地区,在夏尔地区方圆三四百哩之内都无例外。不过,在布理之外的荒野中有许多神秘的旅者,布理人称他们为游侠,对他们的来历一无所知。他们比布理的人类要高,肤色更深,据说拥有超乎常人的听力和视力,能够了解飞禽走兽的语言。他们不受拘束地在南方漫游,甚至会往东到达迷雾山脉一带。不过,他们的人数很少,行踪也非常诡秘。当他们

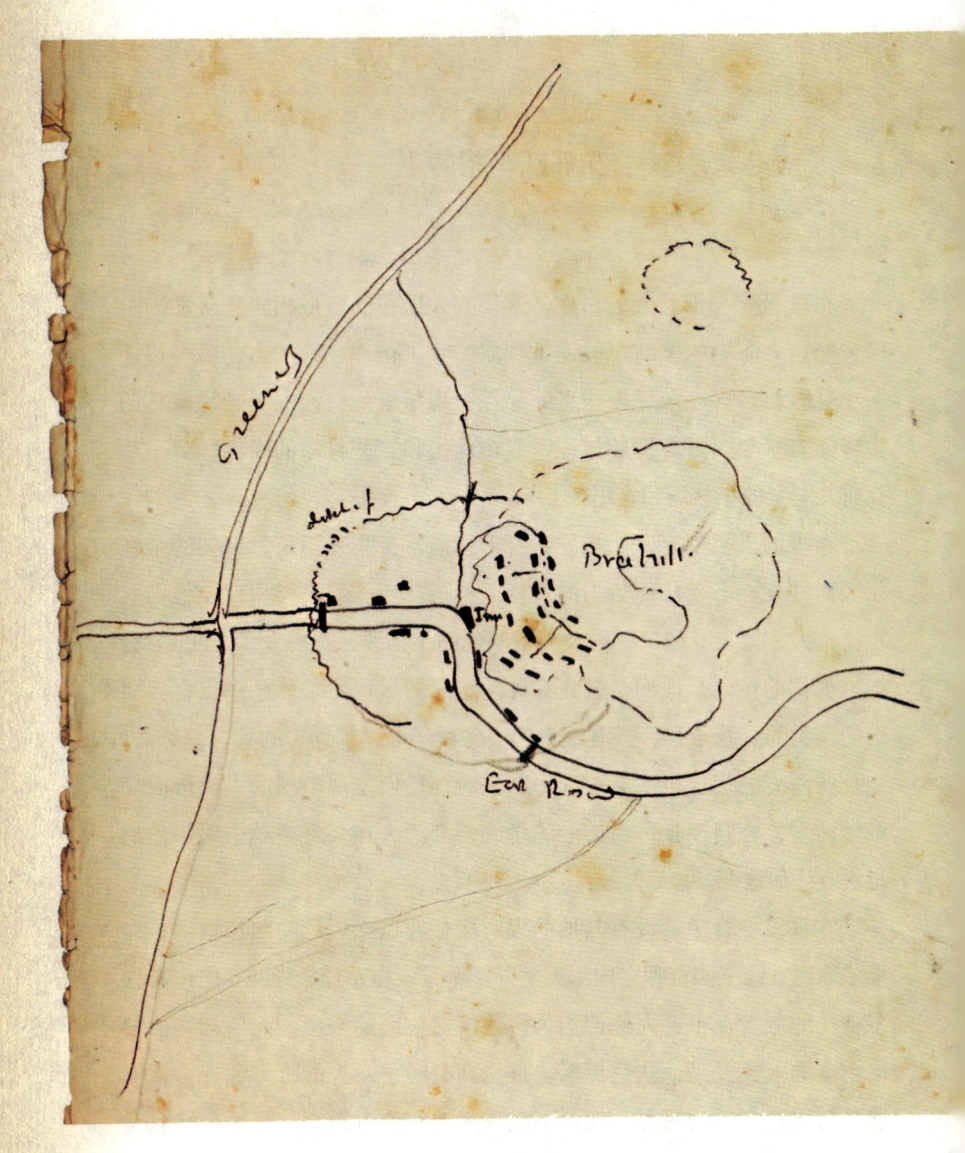

布理平面图

现身时，往往会带来远方的消息，述说早已被人遗忘、在此受到热烈欢迎的传奇；不过，纵然如此，布理的居民并不和这些人深交。

布理地区同样也有许多的霍比特人家庭，他们声称这是世界上最古老的霍比特聚落，创建的时间甚至远在古人渡过烈酒河、殖民夏尔之前。他们大多居住在史戴多，但也有些人住在布理。布理的霍比特人多半住在山丘的斜坡上，俯瞰着人类的屋子。这里的大家伙和小家伙（他们彼此这样称呼着）彼此相当友善，以各自的方式生活，不卑不亢地将自己看作布理不可缺少的一部分。世界上其他地方都找不到这么独特却又完美的平衡。

不管是大是小，布理的居民都不太常旅行，邻近四个村庄的琐事就是他们生活的一切。布理的霍比特人偶尔会造访雄鹿地，或者是夏尔的东区。虽然这里从烈酒桥直接骑马过来并不远，但夏尔的霍比特人极少前来此地。有时会有雄鹿地的霍比特人或是充满冒险精神的图克一族，来这里的旅店小住，但这情况也同样越来越少见。夏尔的霍比特人把布理居民和任何居住在夏尔以外的霍比特人都当作"外来客"，对他们丝毫没有兴趣，认为他们粗鲁又无趣。不过，在整个中土世界西部，可能散居着比夏尔居民想象中还要多的"外来客"，有些真的和野人没有多大差别，随手在坡地挖个洞穴就可以住上一阵子。但在布理地区，这里的霍比特人可是过着富足而有教养的生活，并不会比他们的远亲（那些"内地人"）落后到哪里去。有段时间，夏尔和布理之间的交流十分频繁，人们并没有遗忘这件事情。毫无疑问的，烈酒鹿家族肯定是渗有布理居民的血统。

布理村中有着近百栋人类居住的石屋，大多数是在大道旁边，依山而建，有着朝西的窗户。在人类聚居的那边，一道深沟和高篱构成了几乎环绕山势半圈的阻隔。若要从大路过去，有一条堤道通进去，但也被一扇大门看守着。南边有另外一扇门也是离开这座村子的出口。这两扇门一到日落就会关闭，门内都有管理员所居住的小屋。

沿着大道一路走进围篱内，绕过山脚右转之后，有一座不小的旅店。它是在很久以前，当大道上人群往来还很频繁时所建造的。因为那时布理可算是一个十字路口，另外一条古道就在村西边的壕沟旁和东方大道交会，过去许多人类和各个种族的成员都经常取道该处。"像是布理来的怪消息"至今依旧是夏尔东区的口头禅，是从古代沿用下来的说法。那时在这间旅店可以听到来自四面八方的消息，夏尔的霍比特人经常跋涉来此，只为聆听最新的传说。不过，现在北方地区已经荒废了很久，北大道也跟着人烟稀少，道路上长满了野草，布理的居民改称它绿大道。

不过，不论外界如何变迁，布理的旅店依旧屹立不动，旅店老板也还是名重要人物。他的旅店是四座村子中爱说短道长、嚼舌根的大小居民们最佳的聚会场所。这里也是游侠们漫游四方后歇脚之所。除此之外，它还是一些取道东大道、前往迷雾山脉的旅客（多半都是些矮人）的中继站。

此时天色已晚，星星也开始探出头来，佛罗多和同伴们这才走到了靠近村庄的绿大道和东大道交界的十字路口。他们先走到西门，发现它已经关上，不过，透过门缝还是可以看到门内守门人小屋前有个人坐在那里。一听到门外的人声，管理员立刻跳了起来，拿起油灯很惊讶地照着门外的来客。

"你们是从哪里来的？有何贵干？"他口齿不清地说。

"我们要住进这里的旅店，"佛罗多回答，"我们准备往东走，但今晚无法继续赶路了。"

"霍比特人！四个霍比特人！而且从口音听来还是从夏尔来的。"

管理员喃喃自语道。他阴郁地打量着四人,最后才慢慢打开门,让四人骑马通过。

"我们不常看见夏尔居民晚上骑马在大道上赶路,"在众人于门口稍停时,他自顾自地说道,"请各位谅解我对你们要往东走的行程感到十分好奇。请教诸位的大名是?"

"我们的名字和我们的事似乎和您没有什么关系吧?而且,这地方也不太适合讨论这话题。"佛罗多不太喜欢这家伙的样子和口气。

"当然,你们的事是和我没有太大关系,"那男人说,"不过,我的职责就是在入夜后要盘查来人。"

"我们是来自雄鹿地的霍比特人,临时起意想要来这边的旅店住住看,"梅里插嘴道,"我是烈酒鹿先生。这样够了吗?我以前听说布理的人对旅人很客气哪。"

"好啦,好啦!"那人说,"我无意冒犯。不过,等下会问你们问题的可能就不止看门的老哈利了。最近有不少形迹诡异的家伙出没,如果你们要去跃马旅店,会发现客人还不少呢。"

他向他们道晚安之后,双方就不再交谈,不过佛罗多依旧注意到那男子在灯光下继续好奇地打量着他们。当他们继续前行时,背后传来大门哐当关上的声音,让佛罗多感到十分庆幸。他对看门人疑神疑鬼的态度感到相当不安,也担心是否有人交代过要特别注意一群同行的霍比特人。这会不会是甘道夫呢?他可能在他们一行人于老林和古墓一带耽搁的时候,已经先到了布理。虽然如此,但那看门人的言行举动就是让佛罗多觉得不对劲。

那人又继续盯着这群霍比特人,过了好一会儿才回到他的屋子内。就在他转过头的瞬间,一个黑色的身影飞快地攀进门内,悄无声息地融入黑暗的街道中。

霍比特人骑上一道缓坡,经过疏疏落落的几座房子,在旅店前停了下来。这些屋子在他们眼中既巨大又怪异。山姆看着足足有三层楼高的旅店，一颗心开始不断地往下沉。他在旅程中想象过不少次会遇到比树还要高的巨人，或是其他更恐怖的怪物，但是光看到这些人类和他们高大的屋子就让他觉得够受了。没有人会希望忙碌的一天是这样结束的！他开始幻想着旅店的马厩里面挤满了黑马，黑骑士们从楼上黑暗的窗户中往外窥探。

"大人，我们今天晚上该不会要在这边过夜吧？"他忐忑不安地说，"如果这附近有霍比特人的话，我们可以去找找看有没有人愿意让我们投宿，这样子比较舒服自在。"

"住旅店有什么不好的？"佛罗多说，"这是汤姆·庞巴迪推荐的地方，我想里面应该够舒服自在才对。"

对于熟客来说，光是旅店的外观就让人觉得十分安心。它就坐落在大道旁边，两边的厢房一路延伸到后面开发出来的山坡地上，因此，二楼的窗户正好和地面是等高的。正中央还有座拱门通往两侧厢房中间的庭院，拱门下的左边，紧接着几道宽大阶梯便是旅店的门廊。大门敞开着，温暖的黄光流泻而出，拱门之上挂着一盏油灯，底下则是块巨大的招牌：上面画着一匹用后腿站立的肥胖白马。门上漆着白色的大字：巴力曼·奶油伯经营的跃马旅店。低层的许多客房从厚厚的窗帘内透出隐约的灯光。

正当他们犹豫不决时，店内传来了某人欢愉的歌声，许多人大声地加入合唱。他们倾听着这让人心情振奋的曲调，很快地下定决心，跳下马来，歌曲在众人的大笑声和鼓掌声中结束了。

他们牵着马儿走进拱门，将它们留在院子里，一行人则走上阶梯。佛罗多差点一头撞上一个光头红脸的矮胖男子，他系着白色的围裙，正端着一满盘的酒杯从另一扇门内冲出来。

"我们想——"佛罗多开口道。

"马上就来!"那人回头大喊,接着又被淹没在拥挤的顾客和弥漫的烟雾间。不久之后,他又冲了出来,一边在围裙上擦着手。

"晚安哪,小客人!"他鞠躬道,"您有什么需要吗?"

"可能的话,我们想要四张床,并请把五匹马牵去马厩。您就是奶油伯先生吗?"

"没错!我叫巴力曼。巴力曼·奶油伯听候您的差遣!您是从夏尔来的吧?"他突然间一巴掌拍上脑门,仿佛记起了什么事情。"一群霍比特人!"他大喊着,"我好像忘记了什么哪!先生,我可以请教您的尊姓大名吗?"

"这是图克先生和烈酒鹿先生,"佛罗多说,"这位是山姆·詹吉,敝姓山下。"

"糟糕!"奶油伯双指一弹道,"又想不起来了!等下只要我有时间应该可以想起来的。今天生意很忙,不过我会尽量帮你们安排。这些年不常看到有人大老远打从夏尔过来了,如果不能好好招待诸位就失礼了。啊,不过今晚的生意实在好到不像话。'要么不下雨,要么就淹大水。'我们布理人常这样说。

"喂!诺伯!"他大喊着,"你这个慢吞吞的懒鬼躲到哪里去了?诺伯!"

"来啦,老板!来啦!"一个笑嘻嘻的霍比特人从另外一扇门内跑出来。他一看到这群来客,立刻停下脚步,饶有兴味地打量着他们。

"鲍伯到哪里啦?"店主扯开嗓门问道,"你不知道?快去给我把他找来!动作快点!我可没有三头六臂!告诉鲍伯有五匹马要打点,叫他务必想办法挤出空位来。"诺伯对老板挤挤眼,笑着走开了。

"啊,我刚刚说到哪边了?"奶油伯敲着前额问,"真是越忙越乱哪,我今天晚上忙得晕头转向了。有一群家伙昨晚竟然从南方走绿大道进村子里,光是这样就够奇怪了。今天晚上又有一群要往西方走的矮人旅团留宿,现在又是你们。如果你们不是霍比特人,搞不好我们还挤不出空房间来哪。幸好,北厢房有几间当初就是专门为了霍比特人盖的房间,他们通常喜欢住在一楼,圆窗户、所有的布置都是针对他们量身打造的。我希望你们会住得舒服。我想你们应该想吃晚饭吧,马上就来,这边请!"

他领着他们在走廊上走了一段,接着打开一扇门。"这是间小饭厅!"他说,"希望合你们的意。容我先告退啦,我忙到没时间说话了,我得赶快跑到厨房去才行,我的两条腿又要吃苦啦,可是我又瘦不下来。我等下会再过来看看,如果你们想要什么东西,摇摇铃,诺伯就会过来,如果他不来,就边摇边大声叫!"

他最后终于走了,四人被他搞得喘不过气来。不管这老板有多忙,他似乎都可以连珠炮似的说上一大串话不休息。这时他们才有机会打量四周。这是间小而舒适的房间,壁炉中点着熊熊的火焰。壁炉前则是几张低矮、舒服的椅子,还有一张铺好白布的小圆桌,桌上有个大摇铃。不过,霍比特人侍者诺伯在他们还没想到要摇铃之前就冲了进来,他送进几根蜡烛和一大托盘的餐具。

"客人,要喝什么吗?"他问道,"厨房正在准备你们的晚餐,需要我先带诸位看看房间吗?"

一行人于是先去盥洗。在洗去了一身的旅尘之后,他们舒服地坐着,享受冰凉的大杯啤酒。这时,奶油伯和诺伯又进来了。不到一分钟,餐桌就布置好了。桌上有热汤、冷盘和黑莓派,还有几条新鲜的面包、一球牛油、半轮奶酪。这可都是夏尔人爱吃的家常菜,口味也很地道,足以让山姆放下最后的戒心(其实在喝了绝佳的啤酒之后,山姆的戒心已经融化了一大半)。

店主又盘桓了片刻,最后向客人们告退。"诸位用完餐之后,可以到我们大厅去找找乐子,"他站在门口说,"或者也可以直接上床歇息。

如果你们想放松一下的话,大伙会很欢迎你们的。我们很少遇到'外来客'——啊!抱歉,我应该说是夏尔来的旅客。我们很想要听听那里的消息,或是任何你们想到的故事和歌谣。当然,一切还是以你们的想法为主!如果需要什么东西,只管摇铃!"

他们这顿饭吃得十分尽兴(四个人足足埋头苦干了四五十分钟),酒足饭饱之后,除了梅里之外的所有人都决定到大厅去逛逛,梅里觉得那边太挤了。"我想还是坐在炉火前安静地休息一下,或许等下再去外面呼吸新鲜空气。不要玩得太夸张,千万别忘记,你们可是隐姓埋名地在躲避追兵,这里离夏尔可没有多远哪!"

"好啦!"皮聘说,"管好你自己就好啦!别迷路了,别忘记待在屋里比较安全啊!"

店主口中的"大伙"都待在旅店内的大厅中。在佛罗多的眼睛适应了大厅的照明之后,这才发现所谓的大伙真是三教九流无所不有。大厅里面的照明主要是来自壁炉中刺眼的熊熊火焰,因为天花板上的油灯一半被自己的油烟所遮蔽。巴力曼·奶油伯站在壁炉边,正在和几名矮人还有几个外表怪异的人类谈话。附近的长凳上坐着各式各样的客人:布理的人类、一群当地的霍比特人(正坐在一起交头接耳)、几名矮人。远处的阴暗角落,还有几个模糊的身影安静地坐着。

夏尔来的霍比特人一走进大厅,当地人就热情地欢迎他们。其他的陌生人,特别是那些从绿大道上出现的家伙,都用好奇的眼光打量着他们。店主把佛罗多一行人介绍给当地的老主顾;不过,他连珠炮似的说话方式让霍比特人手足无措,勉强听清楚了许多名字,却搞不太清楚谁是谁。布理的人类名字似乎都和植物有关(对夏尔人来说颇为古怪),像是灯芯草、羊蹄甲、石楠叶、苹果花、蓟草、羊齿蕨(更别提还有叫奶油伯的)。有些霍比特人取的名字也有这种倾向,像是小麦草这个名字就很普遍。不过，大多数霍比特人的名字和地形景物有关，像是河岸、獾屋、长洞、沙丘、隧道等等，这些在夏尔也是常见的名字。刚巧这里也有几个从史戴多来的山下家人，他们觉得只要姓相同，八成有些沾亲带故，因此，他们就把佛罗多当成失讯已久的远亲来对待。

事实上，布理的霍比特人不只友善，更喜欢追根究底。佛罗多很快就发现他一定得解释一下此行的目的。他编了个自己对历史和地理有兴趣的理由（一听到这两个字，听众就开始猛点头，其实布理的方言里面，几乎完全用不到这两门学问），因此需要四处考察。他说他正考虑要写本书（大伙都十分吃惊），他和朋友想要收集一些关于夏尔之外的霍比特居民的资料，而且他自己对东边区域的情形特别感兴趣。

一听见这句话，大伙就争先恐后地插嘴。如果佛罗多真的想要写本书，而他又带了十几个耳朵的话，那他在前几分钟内就可以收集到四五个章节的资料。这样还不够，众人还给了他一长串名单，从"这里的老巴力曼"开始，直到他能够得到更多资料的其他各色人等。在热络一阵子之后，由于佛罗多并没有表现出当场写作的模样，因此一干霍比特人又开始打听夏尔的消息。佛罗多不太想多谈，因此很快就变成孤身一人坐在角落里，听着、看着四周的情形。

人类和矮人们多半都在谈论一些遥远地区的事，这些噩耗佛罗多早就十分熟悉。南方十分动荡不安，听起来那些在绿大道上赶路的人类，想要找个可以不受干扰的地方住下。布理的居民十分同情他们，但很明显的还没准备好要让这小地方挤下那么多陌生人。旅客中有个眯眯眼的丑男，预言未来会有更多的人往北走。"如果没人安置他们，他们会自己想办法。他们和其他人一样有权讨生活。"他大声说，当地的居民听到这话似乎不太高兴。

霍比特人对这不太关心，因为目前的事态还和他们没有多少关联。

大家伙又不可能和霍比特人抢山洞住。他们对山姆和皮聘比较感兴趣。这两个家伙现在高谈阔论，描述着夏尔目前的情形，皮聘生动描述米丘窟市政洞屋顶塌陷的情形，引得哄堂大笑。米丘窟的市长威尔·小脚是夏尔西区最肥的家伙，被埋在一大团的石灰底下。当他被救出来的时候，看起来活脱脱是个沾满面粉的大水饺。不过，也有几个问题让佛罗多感到不安。几个去过夏尔的布理人想要知道山下一家人住在夏尔哪里，跟谁有亲戚关系。

突然间，佛罗多注意到墙边的阴影下坐着一个看来饱经风霜、模样怪异的人，他也同样在注意着霍比特人的谈话。他面前搁着一个大杯子，抽着一根弯曲的长烟斗。他长伸着一双腿，显出脚上穿着的十分合脚的长统软皮靴，看得出来这靴子经历了不少旅程，上面还沾满了泥巴。他身上披着一件沾满旅尘的厚重绿斗篷，即使在闷热的室内，他依旧戴着遮住他大部分面孔的兜帽。不过，当他打量这些霍比特人时，兜帽下的双眼发出慑人的精光。

"那是谁？"佛罗多抓到机会就对奶油伯先生耳语道，"你好像没有对我介绍过他。"

"他？"店主也同样压低声音，不动声色地瞟了那人一眼，"我跟他不熟，他属于那些喜欢到处流浪的人类，我们这里称呼他们为游侠。他话不多，不过，当他有心时，往往可以告诉我们从没听过的故事。他会失踪好几个月，甚至一年，然后再度出现；去年春天他经常进进出出，但我有好一段时间没有看见他了。我从没听他提起过自己的名字，但我们这里都叫他神行客。他那双长腿步伐神速，但他也从不跟人说他为何总是如此行色匆匆。布理这一带的俗语是'不去管东边和西边的闲事'，意思指的就是夏尔人和这些游侠。你怎么也刚好问到他？"话还没说完，奶油伯就被叫去添酒，佛罗多没机会问清楚他是什么意思。

佛罗多发现这个叫神行客的家伙也正在看着他，仿佛已经猜到他和店主之间的对话。同时，他挥挥手，点点头，示意佛罗多坐到他旁边去。当佛罗多靠近时，他脱下了兜帽，露出一头渗灰的黑色乱发。他拥有一张苍白、严肃的面孔，一对灰眸精光逼人。

"我叫神行客，"他低声说，"很高兴认识你——山下先生，希望奶油伯没把你的名字说错。"

"他没说错。"佛罗多生硬地说，在对方锐利眼神的盯视下感到浑身不自在。

"啊，山下先生，"神行客说，"如果我是你，我会想办法让你的年轻朋友们少说点话。美酒、烈火和萍水相逢的朋友，的确会让人十分高兴，但是，这么说吧，这里不是夏尔。人群里有些形迹诡异的家伙。不过，你可能会认为我没什么资格这样说。"他苦笑了笑，继续道："而且，最近布理还有比刚才提到的更奇怪的来客经过。"他看着佛罗多的表情。

佛罗多回瞪着他，但什么也没说。神行客也不再继续这个话题，他的注意力似乎突然间转移到皮聘的身上。佛罗多这才吃惊地发现，这个口风不紧的图克家人，在之前胖市长的故事大获好评之后，现在竟然开始描述起比尔博欢送派对上的糗事。他已经开始模仿那段演说，就快要说到神秘消失的那段结尾。

佛罗多觉得有些恼怒。当然，这对于大多数的当地人来说，只是个河对岸怪人怪事的好笑故事，但是，有些见闻广博的当地人（像是奶油伯），可能听过很久以前有关比尔博消失的传言。他们很可能会连带想起巴金斯这个姓氏，万一最近刚好有人在布理打听过这个名字，岂不更糟糕！

佛罗多思索着，不知道该怎么做。皮聘很明显对自己吸引住众人注意力已经兴奋得得意忘形，忘记了自己身处的危险。佛罗多很担心他甚至会一不小心提到魔戒，这就会是场大灾难了。

"你最好赶快想点办法！"神行客对他耳语道。

佛罗多立刻跳到桌上，开始大声说话。皮聘的听众转移了注意力，有些霍比特人看着佛罗多，边大笑着拍手，认为山下先生这回酒喝得太多了。

佛罗多觉得这场面很尴尬，开始不由自主地玩弄起口袋中的东西（这也是他每次演讲时必有的小动作）。他摸到了挂在链子上的魔戒，突然间有股欲望想要戴上魔戒，躲开这尴尬的状况。不知为何，他觉得这想法似乎是来自房间中的某人或是某物，怂恿他这么做。他决心抵抗这诱惑，紧紧地握住魔戒，不让它从口袋中逃走或造成任何破坏。无论如何，这对他的灵感一点都没有帮助。他只能想到几句夏尔人常用的场面话先混过去：我们很高兴能够受到诸位如此慷慨的款待，在下斗胆希望这次的拜访，能够让夏尔和布理之间的关系更为紧密。他迟疑了一下，干咳几声。

房间内的每个人这时都看着他。"来首歌吧！"一名霍比特人大喊着，"唱歌！唱歌！"其他人也都跟着起哄："来吧！老大，唱首我们从来没听过的歌！"

佛罗多张口结舌地呆立了半晌。在走投无路的情况下，他突然间想起一首比尔博很自豪的瞎掰歌（多半是因为歌词是他亲自胡诌的）。那是一首有关旅店的歌，也可能因为这样，佛罗多才会在这时候想起这首歌。底下就是这首歌的全文，至今已经没有多少人记得它完整的歌词了。

> 从前有座温馨小旅店
> 坐落在那灰色山丘下，
> 他们酿的啤酒醇又凉，
> 吸引了那人离开月亮
> 把那啤酒大口灌下。

马夫养了只醉猫
会弹那五弦小提琴；
弓弦拼命猛拉，
音符也跟着上上下下猛炸，
差点拉断五弦琴。

店主养了只小狗
很爱聆听那笑话；
如果客人欢声雷动，
它的小耳就会轻轻抽动，
笑到全身快融化。

他们还养了头大角母牛
骄傲得好像皇后；
音乐对她就像美酒，
可以让她尾巴摇上很久，
在草地上跳舞跳个够。

啊喔！那成排的银盘
还有那如山的银匙！
成套专属周日的餐具，
大家会在周六的下午
小心地洗净擦拭。

月亮上来客正快乐地狂饮，

醉猫开始咪喵;
桌上碟子和汤匙乱跳,
花园中母牛发疯欢跃,
小狗也追着尾巴吠叫。

月亮上来客再干一杯,
一家伙滚到椅子下去,
他做着麦酒的美梦,
直到天空星辰消融,
曙光也跟着凝聚。

马夫于是对醉猫说:
"月亮上那些白马,
正在着急踱步嘶叫;
它们的主人却只是大醉睡觉,
太阳很快就要出马!"

于是猫儿在琴上拉起了杀猪歌儿,
刺耳得可以唤醒死去的人儿;
它拼命又拉又唱闹纷纷,
店主也摇着那位月中人:
"三点多啦!"每个字都声声入耳。

他们将那人抱上山顶
将他打包送回月亮,
他的骏马在空中疾驰,

母牛也模仿驯鹿在地面奋蹄，
碟子撞到汤匙上。

提琴的杀猪声越来越快，
狗儿开始咆哮，
母牛和骏马抬头望天，
客人也全都跳下床边，
在房中手舞足蹈。

当的一声琴弦断裂！
母牛一跳飞上月亮，
小狗笑得满地打滚，
周六用的碟子开始狂奔，
周日的银匙也毫不相让。

圆圆的月亮滚到山后，
太阳也跟着探出头来，
不敢相信她眼前的景象；
她看到现在已经天亮，[①]
众人却纷纷回床撒赖！

  大伙纷纷热烈地鼓掌。佛罗多的歌喉极佳，这首歌更让他们想到很多有趣的景象。"老板到哪去啦？"他们齐声大喊，"他一定得听听这个。马夫鲍伯一定得知道他的猫可以拉琴，而我们还可以快乐地跳

---

① 精灵和霍比特人都以"她"来称呼太阳。

舞。"他们又叫了更多的麦酒，开始扯开喉咙大喊："老大，再让我们听一次！来嘛！再唱一次！"

他们又逼着佛罗多喝了杯酒，再开始献唱。这次很多人跟着一起唱和，因为曲调是大家熟悉的歌谣改编过来的，而歌词也都很好记。现在轮到佛罗多得意忘形了，他在桌面上跳着，当他第二次唱到母牛一跳飞上月亮时，他也跟着奋力一跃。很明显太过激动了，因为这一跃的后果是让他发出震耳欲聋的巨响，摔在一大堆杯子上，又滑了一跤，随着哐啷哐啷声轰的一下摔到了地上！听众全都开怀大笑，但随即气氛一变，众人目瞪口呆，不知如何是好。歌手竟然凭空消失了！他仿佛跌进隐形的地洞内，就这么无声无息地不见了。

当地的霍比特人手足无措地看着，最后才齐声呼喊巴力曼赶快过来。一时间所有人都离皮聘和山姆远远的，每个人都不安地用眼角瞄着他们。很显然大家现在都以为，这伙人是与一位力量和目的都不明的法师一起旅行。不过，在纷乱的人群中，有一名黑皮肤的布理人露出早知如此的冷笑，让他们感到极为不安。不久之后他就趁乱溜出大门，身后跟着那个小眼睛的南方人。这两个家伙整晚都不停鬼鬼祟祟地交头接耳，看门人哈利也紧跟着两人跑出店外。

佛罗多觉得自己真是蠢得无以复加。他不知道该如何是好，只能爬到躲在黑暗角落、不动声色的神行客身边。佛罗多靠着墙壁，取下魔戒，他根本不知道魔戒怎么会套上他的手指，只能推测多半是自己在唱歌的时候，手习惯性地在口袋里乱摸，而他快摔倒的时候手一撑，戒指就滑上了他的手指。佛罗多沉思了片刻，怀疑这是不是魔戒在搞鬼。它似乎是响应这房间中的某股意志，要揭穿自己所在的位置，他对于刚刚溜出门的那些家伙感到很担心。

"搞什么鬼？"当他解除隐形之后，神行客逼问道，"你在干什么？这比你大嘴巴的朋友还要糟糕几百倍！你这是伸脚跳进麻烦堆里！哼，或者我该说是把手指插进麻烦堆里面?"

"我不知道你是什么意思。"佛罗多警觉地回答。

"不,你懂的,"神行客回答,"但我们最好还是等到这一切先平静下来再说。到那时,如果你有空的话,我想要和你单独谈谈,好吗?巴金斯先生!"

"要做什么?"佛罗多假装没听见对方提到自己的真名。

"对我们两人都很重要的事情,"神行客直视着佛罗多的双眼,"你可能会知道一些对你有利的讯息。"

"很好,"佛罗多试着装出漠不关心的态度,"我等下再和你谈谈。"

同时,壁炉边有一群人开始激烈地争论。奶油伯先生走了进来,试图搞清楚大家到底在吵些什么东西。

"奶油伯先生,我看到他——"一名霍比特人说,"或者应该说是没看到他,如果你明白我的意思,他就这样凭空消失了。"

"你搞错了吧,小麦草先生!"店老板露出一脸困惑的表情。

"我才没搞错!"叫作小麦草的家伙回答道,"我亲眼见到,千真万确。"

"一定有些误会,"奶油伯摇头道,"山下先生实在不太可能就这么消失在这拥挤的店里面。"

"不然他会到哪里去?"几个声音一起质问道。

"我怎么会知道?只要他明早愿意付钱,谁管他今晚去哪里?来,这位图克先生就没有消失啊。"

"哼,我知道自己看到了什么,更确定自己没看到什么。"小麦草先生依旧倔强地说。

"我说一定有误会啦。"奶油伯拿起托盘,开始收拾破碎的餐具。

"没错,你们真的搞错啦!"佛罗多大喊道,"我才没有消失哪!我不就在这里!我刚刚只是跑来和神行客聊天而已。"

他大踏步地走到壁炉前，但大多数的客人都退了开来，甚至露出比之前还要害怕的表情。他们对他的说明一点也不放心：怎么可能有人一摔落地马上可以飞快地爬开？大多数的霍比特人和人类都一哄而散，没有心情再继续找乐子。还有几个人瞪了佛罗多一眼，口中喃喃自语地离开了。矮人们和其他几名形迹怪异的人类向店主告退，对佛罗多和同伴们却没有多加理会。不久之后，整个大厅就只剩下神行客默默地坐在角落里。

奶油伯一点也没生气的样子。因为，经验老到的他立刻就看出来，在今晚的神秘事件发生之后，未来有很多晚上他这里都会高朋满座，直到大家厌倦了这次事件为止。"山下先生，看看你做了什么好事？"他问道，"把我的客人吓跑，还借着表演特技打破了我的餐具！"

"替你惹了这么多麻烦实在很抱歉，"佛罗多说，"我向你保证我不是故意的，这完全是个意外。"

"好吧，山下先生！如果你将来还想要表演特技或是魔术什么的，最好先警告大家，而且还要跟我说一声。我们这一带对于任何不寻常的事情都很疑心哪。我们都是老实人，如果你了解我的意思，不可能随随便便就习惯这种怪事。"

"奶油伯先生，我保证不会再发生这种事情了。我想我还是赶快去睡觉吧，我们明天一早就动身，明早八点可以把我们的马儿准备好吗？"

"好极了！山下先生，在你离开之前，我想私底下和你谈谈。我刚刚才想起来有些事情要跟你说，希望你别误会。等我处理完手头的事情之后，如果你愿意的话，我就到您房间去。"

"当然没问题！"佛罗多表面上这样说，一颗心却往下沉。不知道在他就寝之前还有多少人要跟他私下谈谈，也不知道他会得知多少惊人的消息。难道这些人都联合起来想要对付他吗？对他来说，现在连奶油伯那张胖脸似乎都隐藏着许多的阴谋。

第十章

神行客

佛罗多、皮聘和山姆一起回到了之前的起居室。这里一片黑暗,梅里不在这里,壁炉里的火也快灭了。在他们丢进几捆柴火,把火弄旺之后,这才发现神行客悄无声息地跟着他们走了进来,现在竟然舒舒服服地坐在门边的椅子上!

"你好!"皮聘说,"您是哪位?有什么需要吗?"

"我叫神行客,"他答道,"虽然他可能已经忘记了,但你的朋友答应要和我谈谈。"

"我记得你说,我可能会听到一些对我有利的讯息,"佛罗多说,"你有什么要说的?"

"我有几个讯息,"神行客回答,"但是,这是有代价的。"

"你这是什么意思?"佛罗多尖锐地反问道。

"别太紧张!我的意思是:我会告诉你我所知道的消息,给你一些忠告,但我有个要求。"

"什么要求呢?"佛罗多问。他怀疑自己陷入了恶棍的勒索中,同时不安地想到身上并没有带很多钱,那一点钱根本无法满足一般市井无赖的胃口,而他也不能将这些钱拱手让人。

"别担心,你一定负担得起,"神行客淡淡一笑说,仿佛他已经猜到佛罗多的想法,"你必须带我同行,直到我决定离开为止。"

"喔,是吗!"佛罗多有些惊讶地回答,但并不觉得比较放心,"即使我想要有人和我们同行,但在我对你了解更多之前,我也不可能答应这件事情。"

"很好!"神行客跷起脚,舒服地靠回椅子内,"你头脑终于清醒了些,太好了。之前你实在太不小心了!很好!我会告诉你讯息,让你决定怎样来报答我。等你听完之后,可能反而会求我和你们一起走。"

"那就说吧!"佛罗多回答,"你知道些什么?"

"太多了,太多不好的消息了,"神行客阴郁地说,"至于有关你的部分——"他猛然起身,拉开门,往四周窥探。然后,他小心地关上门,坐回椅子上。"我听力很好,"他压低声音继续说,"虽然我没办法凭空消失,但我在野外狩猎的经验,可以让我在必要的时候不被人发现。今天傍晚,我正好在布理西边大道围篱旁,那时四名霍比特人正好走出古墓岗一带。我应该不需要重复他们对庞巴迪或是彼此之间的交谈,但有件事让我很感兴趣:'千万别忘记,'其中一个人说,'绝对不可以提起巴金斯这个名字。如果有人问起,我是山下先生。'这引起了我的好奇心,一路跟随他们到这里来。我紧跟在他们之后溜进村内。或许巴金斯先生有很好的理由隐姓埋名;但就算这样,我也必须建议他和他的朋友们更加小心。"

"我不知道,我的名字为什么会在布理这么引人注意,"佛罗多愤怒地说,"我还想要知道,你为什么会感兴趣。或许神行客先生有很好的理由四处打探;但就算这样,我也必须建议他好好解释。"

"好答案!"神行客笑着说,"我的解释很简单。我正在找一个名叫佛罗多·巴金斯的霍比特人。我想尽快找到他。我听说他携带了,呃,一个秘密离开了夏尔,我和朋友们都很关切这件事。"

"等等,别误会!"一看到佛罗多突然站起身,山姆也跟着皱眉跳起,神行客连忙说道,"我会比你们更小心保守这个秘密的。千万小心!"他靠向前,看着每个人。"留心每个阴影!"他压低声音说,"这几天黑骑士曾经过布理。他们说，星期一的时候，有名黑骑士从绿大道过来，而稍晚的时候另一名则是从南方来到绿大道。"

众人一片沉默。最后，佛罗多转向皮聘和山姆。"看到管理员打量我们的样子时，我就该猜到了，"他说，"店老板似乎也听说了什么。为什么他会要我们和大家一起同乐？我们又为什么在应该保持低调的时候，做出这种傻事？"

"本来不会这样的，"神行客说，"我本来可以阻止你们跑去饮酒作乐，但是店主不愿意让我见你们，也不愿意帮我传口信。"

"你觉得他会不会——"佛罗多正准备进一步追问。

"不，我不觉得奶油伯有什么恶意，他只是不喜欢我这种外貌的亡命之徒罢了。"佛罗多困惑地看着他。"你看，我的样子是不是有些潦倒？"神行客露出嘲弄的笑容，眼中闪动着诡异的光芒，"不过，我希望将来有机会让我们彼此多了解一些。到时候，我还希望你可以解释，你唱完歌之后发生了什么事。因为那次愚行——"

"那完全是意外！"佛罗多打断他的话。

"是吗？"神行客说，"就算是意外好了，那也是让你们陷入危机的意外。"

"也不会比现在危险多少，"佛罗多说，"我知道那些骑士是在追踪我，但他们现在似乎跟丢了，已经跑到别的地方去了。"

"你千万别小看他们！"神行客不以为然地说，"他们会回来的，而且还有更多骑士会出现，还有其他人。我知道总共有多少名骑士，也知道他们的真实身份。"他停了片刻，露出冰冷、坚决的眼神。"布理也有些人是不能信任的，"他继续说道，"譬如，比尔·羊齿蕨这家伙就恶名在外，经常有些形迹可疑的人去他家拜访。你应该也注意到，客人之中有这个家伙了吧？他是个有着邪恶笑容的黑皮肤男子。他和其中一名从南方来的陌生人似乎很熟稔,两人在你的'意外'发生之后悄悄离开了。那些南方人并不都是善良之辈;至于比利这个家伙,为了赚钱,他什么都肯卖,他甚至也会毫无理由地单纯作弄人。"

"比尔会卖什么东西?我所发生的意外又和他有什么关系?"佛罗多依旧假装听不懂神行客的暗示。

"当然是有关你的消息,"神行客回答,"你刚刚的表现会让某些人很感兴趣。在知道确实的情形之后,你是不是用本名根本不重要了。根据我的推测,他们在明天天亮之前应该就会收到有关你的消息。这样够了吗?接下来你就看着办吧,要不要让我当你们的向导,都随你。我对从夏尔到迷雾山脉一带的区域都很熟悉,因为我在这边流浪了许多年。我的实际年龄比我的外貌大得多,我应该可以派上用场的。过了今晚之后你们就不能再走大路了,那些骑士一定会日夜不休地看守着所有的道路。或许你来得及离开布理,只要太阳还没下山,你还可以继续往前走;但你再逃也逃不了多远,他们会在荒野中,在某个黑暗、你求助无门的地方对你下手。你想让他们找到你们吗?他们是股无比恐怖的力量!"

霍比特人看着他,惊讶地发现他脸色苍白,双手紧抓着椅子的扶手,仿佛十分痛苦。屋内一片死寂,火光也慢慢变微弱。有好一会儿,他就这么双眼视而不见愣愣地坐着,仿佛在遥远的回忆中漫步,或是倾听着远方夜色中的动静。

"啊,"片刻之后他揉着眉心说道,"我想我对这些追兵知道得比你们多。你很害怕他们,但等知道真相之后会更害怕的。如果可以的话,明天你们一定得走。我可以带你们取道无人知晓的小路。你们愿意接受我的帮助吗?"

众人陷入沉默。佛罗多没有回答,他的脑中充满了困惑和恐惧。山姆皱着眉头,看着主人,最后终于说道:"佛罗多先生,请容我说句话。我认为不可以!这位神行客先生警告我们,要我们小心一点,这点我同意——最好就从他开始。他是在荒野中漫游的家伙,这些家伙一向风评很差。他的确知道一些东西,多到让我不放心。但是,这也不代表我们就应该照他的说法,让他带我们到求助无门的荒野中去。"

皮聘沉吟着,看来相当不安。神行客没有回答山姆的质疑,只是用锐利的眼神看着佛罗多。佛罗多注意到对方的表情,刻意避开他的目光。"不,"他慢慢地说,"我还不同意。我认为……我认为你真实的身份并不像你的外表一样。你一开始的口音像是布理人,但后来你的腔调也改变了。山姆有一点说得没错:我不明白你既然警告我们要小心,却又要求我们信任你?你为什么要伪装身份?你究竟是谁?你对于魔——对于我的目的又知道多少?你是怎么知道的?"

"你果然已经学到了教训,"神行客苦笑道,"但小心和举棋不定是两码子事。现在你们绝对无法凭借自己的力量赶到瑞文戴尔,信任我是你们唯一的希望。你们必须要下定决心,如果回答一些你们提出的问题可以协助你们做出决定的话,我愿意回答。但是,如果你们不信任我,又怎么可能相信我的说法?即使如此,我还是——"

就在此刻,传来了敲门声。奶油伯先生举着蜡烛走了进来,诺伯则是捧着几罐热水。神行客立即退到不引人注意的角落去。

"我是来和诸位道晚安的,"店主将蜡烛放在桌上道,"诺伯!把水送到每个人的房间去!"他走进来,关上门。

"事情是这样的,"他有些迟疑有些尴尬地说,"如果造成什么不便,我真的很抱歉。可是,你也知道,我是个大忙人,事情常常记了东就忘了西。幸好,这周的许多事情刚好唤醒了我的回忆,希望这不算太晚。你知道吗,有人请我留意来自夏尔的霍比特人,特别是一个叫巴金斯的霍比特人。"

"这和我有什么关系?"佛罗多说。

"啊!你当然知道,"老板体谅地说,"我不会出卖您的。但是,那个人告诉我这位巴金斯先生会使用山下这个假名。请恕我冒昧,但对方给我的描述和你确实十分符合。"

"是吗?我们来听听看吧!"佛罗多有些欲盖弥彰地插嘴说道。

"他是个红脸颊的小矮个子。"奶油伯先生严肃地说。皮聘掩嘴窃笑,但山姆看来似乎有些愤慨。"'老巴,由于大多数的霍比特人看起来都是这个样子,所以这可能帮不上太多忙。'他这样对我说,"奶油伯先生瞪了皮聘一眼,"'但这个家伙比一般霍比特人要高,长得更是漂亮,他下巴上有个凹陷。他是个活力充沛、双眼有神的家伙。'抱歉,这是他说的,不是我。"

"他说的?他是谁?"佛罗多急切地问。

"啊!你应该也认识甘道夫吧。他们说他是个巫师,但不管是不是,他都是我的好朋友。可是,下次见面的时候,不知道他会不会把我当朋友看了。他可能会把我所有的麦酒变酸,或是把我变成块木柴。他的个性一向有点急躁。唉,覆水难收,多说无益啊!"

"咦?你到底做了什么?"佛罗多对奶油伯吞吞吐吐的态度感到十分不耐烦。

"我刚说到哪里?"老板弹弹手指说,"啊!对了!刚刚提到甘道夫。三个月之前,他门也不敲地走进我房间。老巴,他说,我一早就要走了。你愿意帮我个忙吗?尽管说吧!我说。我很赶,他说,没时间自己做,但我想要送个消息到夏尔去。你能找到可靠的人送过去吗?没问题,我说,那就明天,或者后天。还是明天好了,他说。然后他递给我一封信。

"地址写得很清楚。"奶油伯先生从口袋中掏出信来,自豪地一字一字念出来（他对于自己识字这回事一直感到很骄傲）：

> 夏尔，霍比特屯，袋底洞，佛罗多·巴金斯先生。

"这是甘道夫给我的信！"佛罗多大喊。

"啊！"奶油伯说，"那你的本名是巴金斯啰？"

"没错，"佛罗多说，"你最好赶快把信给我，告诉我，你为什么没把它寄出去！我想你讲了半天，重点就是为了告诉我这件事吧。"

可怜的老奶油伯看来十分无辜。"你说得对，先生，"他说，"我必须向您致歉。我很担心如果造成了什么伤害，甘道夫会怎么说，我怕得要命。我不是刻意要扣住它，我把它收在很安全的地方。然后第二天我找不到人愿意去夏尔，第三天也是一样；而我自己的伙计又都走不开。这件事情就这么卡住了，别的一堆事又让我完全忘记了这件事。我真的忙昏头了，如果我能够补偿您，您只需要开口就好。

"就算不因为这封信，我也对甘道夫做了保证。老巴，他对我说，我的这个朋友是从夏尔来的。过不久之后他可能就会和别人一起出现。他会自称为山下先生。不要忘记！但你也不要多事问他问题。如果我没有和他一起出现，他可能遇上了麻烦了，会需要帮助。尽可能帮助他，我会很感激的。现在你来了，看来麻烦也不会太远了。"

"你是什么意思？"佛罗多问。

"有一些黑漆漆的家伙，"店老板压低声音说，"他们也在找姓巴金斯的旅客，如果这些家伙是好人，我就是霍比特人啦！那天是星期一，所有的狗都在狂吠，母鹅拼命乱叫，我说这实在太怪异了。诺伯告诉我，有两个黑骑士到门口来打听名叫巴金斯的霍比特人。诺伯吓得头发都竖起来了。我把那些黑家伙赶走，用力把门关上；我听说他们从这边到阿契特都问同样的问题。还有那个游侠神行客，他也在打听，在你们一进来连晚餐都还没吃一口,他就想要闯进来。"

"没错!"神行客突然间走了出来,"巴力曼,如果当时你让他进来,会省掉很多麻烦的。"

店主吓得跳了起来。"是你!"他大喊,"你老是神出鬼没。你现在要干什么?"

"是我让他进来的,"佛罗多说,"他来这边想帮我们。"

"好吧,或许你知道自己在干什么,"奶油伯先生怀疑地打量着神行客,"如果我是你,我就不会和游侠混在一起。"

"那你会和谁混在一起?"神行客问道,"难道要和一个只因为人们每天大喊他名字他才会记得的胖老板一起乱跑?他们不能永远待在这间旅店,更不能回家去,他们前面还有很长的路要走。你愿意和他们一起去,阻挡那些黑骑士吗?"

"我?要我离开布理,就算再多钱也不干!"奶油伯这次看来真的很害怕,"山下先生,你可以在这边待一阵子,等事情平静过后再走。这些状况到底是怎么一回事?那些黑漆漆的人是在找什么?他们又是从哪里来的?我倒很想知道。"

"很抱歉,我没办法解释一切,"佛罗多回答,"我又累又烦恼,而且这说来话长。但是,如果你想要帮我忙,我得先警告你,只要我待在这里,你就和我一样危险。至于那些黑骑士,我也不太确定,但是我担心他们是来自——"

"他们来自魔多!"神行客压低声音说,"巴力曼,他们来自魔多,你应该知道这是什么意思。"

"天哪!"奶油伯脸色变得死白,他显然是听过这个地方,"这是我这辈子在布理听过的最糟糕的消息了。"

"没错,"佛罗多说,"你还愿意帮忙吗?"

"愿意,"奶油伯说,"我当然愿意。虽然我不知道我要怎么帮忙对付，对付——"他说不出话来了。

"对付东方的魔影！"神行客静静地说，"巴力曼，你能帮的忙不多，但任何一个小忙都是必要的。你今晚可以继续让山下先生以山下先生的名字住在这里，在他走远之前，别想起巴金斯这个名字。"

"我会照做的，"奶油伯说，"可是，我担心他们不用我的帮忙，就会知道他在这里，巴金斯先生今晚恐怕太引人注意了些。巴金斯先生突然地消失，可能在午夜以前就会传遍布理，连我们家的诺伯都开始用那颗小脑袋乱猜，更别说布理还有些头脑动得比他快的人。"

"好吧，我们只能希望黑骑士不会这么快回来。"佛罗多说。

"我也这么希望，"奶油伯说，"不过不管他们是什么来头，跃马旅店都不是这么轻易就能闯进来的。你到明天早上之前都不用担心，诺伯一个字都不会说。只要我还站得住，那些黑衣人就别想踏进门内一步。我和伙计们今天晚上都会守夜，你们最好趁机休息一下。"

"不管怎么样，明天天一亮就叫我们起床，"佛罗多说，"我们必须尽可能地早些出发。六点半早餐，麻烦您了。"

"好！我会安排一切，"店主说，"晚安，巴金斯先——喔，山下先生！晚安！天哪！和你们同行的烈酒鹿先生呢？"

"我不知道。"佛罗多突然间觉得紧张起来。他们把梅里给抛到脑后去了，现在已经快深夜了。"他可能出去了吧，他说过要去呼吸新鲜空气什么的。"

"唉，看来你们这群人的确需要多加照顾，大家好像都在放假一样！"奶油伯说，"我得赶快把门闩上，到时再让你朋友进来……我还是派诺伯去找你朋友比较好。大家晚安！"最后，奶油伯终于走出房门，临走之前，他还是用猜疑的眼光看了神行客一眼，摇摇头。他的脚步声往走廊渐行渐远。

"可以了吗?"神行客问道,"你准备什么时候读信?"佛罗多在拆信之前,仔细打量着上面的封蜡。它看起来的确是甘道夫的没错,里面的内容,则是用甘道夫那手有力而优雅的字体写着:

布理,跃马旅店,夏垦一四一八年,年中之日。
亲爱的佛罗多:

我在这里收到了一些坏消息,得立刻离开。你最好也赶快离开袋底洞,最晚在七月底之前离开那里。我会尽快赶回来,如果我发现你已经走了,我会紧跟在后。如果你经过布理,最好留个口信给我。你可以信任这里的店主(奶油伯),你可能会遇见我在路上结交的一位朋友:他是个瘦高、皮肤黝黑的人类,有些人叫他神行客。他知道我们的计划,会尽力帮助你。不要耽搁,直接前往瑞文戴尔。希望我们会在那边再度碰面。如果我没有出现,爱隆会指引你的。

甘道夫　匆笔

另:不管为了什么原因,绝对不要再使用它!晚上也不要赶路!
又另:请确认对方是真正的神行客,路上有很多形迹可疑的人,他的真名叫作亚拉冈。

真金不一定闪闪发光,
并非浪子都迷失方向;
硬朗的老者不显衰老,
根扎得深就不畏冰霜。
星星之火也可以复燃,
微光也能够爆开黑暗;

> 断折圣剑有再铸之日，
> 失去冠冕者再度为王。

又又另：我希望奶油伯会照约定寄出这封信。但是这家伙的记忆不牢靠，有时脑袋里面真的就像装了奶油一样。如果他忘记了，我会好好对付他的。再会了！

佛罗多将信的内容喃喃念给自己听，然后把信递给皮聘和山姆。"这回老奶油伯真的把事情搞砸了！"他说，"甘道夫真该好好对付他，如果我当时立刻收到这封信，现在搞不好都已经安全地在瑞文戴尔休息了。但甘道夫会不会有事啊？他的口气听来好像会遇到极大的危险。"

"他已经为了同一个目标，出生入死许多年了。"神行者回答。

佛罗多转过身，若有所思地看着他，思索着甘道夫的第二个附注。"你为什么没有立刻告诉我，你是甘道夫的朋友？"他问道，"这会省下很多时间的。"

"会吗？如果没有这封信，你们会相信我吗？"神行客说，"我对这信一无所知，我只知道如果要帮助你，必须在没有任何证据的情况下说服你。无论如何，我也不准备立刻告诉你所有有关我的事。我得先了解你，然后确认你的身份才行。魔王在之前曾经对我设下过很多陷阱，我一下定决心之后，就准备回答你提出的一切问题。不过，我必须承认，"他露出怪异的笑容，"我希望你和我同行的理由其实有些自私，被猎杀的人往往厌倦了人与人之间的猜疑，渴望友谊相伴。嘿嘿，我想我的外表恐怕让人难以亲近吧。"

"的确，至少第一眼是这样的，"皮聘在读完甘道夫的信件之后放心地笑着说，"帅哥就是帅哥，我们在夏尔是这么说的。如果我们翻山越岭很多天，看起来恐怕也会和你差不了多少。"

"要看起来像是神行客,你可能要花上好几天,甚至是几周、几年的时间在荒野漫游才行,"他回答,"而且,除非你看起来比外表坚强许多,否则会先送命。"

皮聘收起了笑脸,但山姆却没有就此罢休,依旧怀疑地看着神行客。"我们怎么知道你是甘道夫所说的神行客?"他质疑道,"在我们收到这封信之前你从来没提到甘道夫。就我看来,你可能只是个冒充的间谍,想要骗我们和你一起上路。你可能已经干掉了真正的神行客,再穿上他的衣服来冒充。你有什么证据可以证明你是神行客?"

"你真是个顽固的家伙,"神行客回答道,"山姆·詹吉,恐怕我只能这样回答你。如果我杀了真正的神行客,我也可以杀了你。我也不会浪费这么多时间讲话,而你早就倒下了。如果我要的是魔戒,我现在就可以得到它!"

他猛然站起来,身形似乎放大了好几倍。他的眼中闪动着拥有无比气魄和霸气的光芒。他掀开斗篷,将手放到腰间刻意隐匿的剑柄上。众人动也不敢动,山姆张大了嘴,傻傻地看着他。

"幸好,我是真正的神行客,"他低下头,表情被突如其来的笑容所软化,"我是亚拉松之子亚拉冈,我愿意为了你们的安危,不惜出生入死!"

众人沉默了很长的一段时间。最后,佛罗多才迟疑地开口:"我在收到信之前就相信你是朋友了,"他说,"至少我希望是这样。今天晚上你已经让我受惊很多次,但都不像是魔王的爪牙会做的事情。我想,他的间谍看起来应该更善良,感觉却更邪气逼人,如果你懂我的意思。"

"我明白,"神行客笑着说,"你是指我看起来很邪恶,感觉却很善良。对吧?真金不一定闪闪发光,并非浪子都迷失方向。"

"那么这些诗句描述的就是你啰?"佛罗多问道,"之前我想不通这些诗句在讲什么。可是,如果你没看过甘道夫的信,又怎么知道里面有这两句诗？"

"我其实并不知道，"他回答道，"我是亚拉冈，而这些诗句和这个名字是密不可分的。"他拔出剑，众人这才发现那把剑的确断在剑柄以下一呎的地方。"没什么用，对吧，山姆？"神行客说，"但它重铸的时刻就快到了。"

山姆一言不发。

"好啦，"神行客说，"在山姆的同意之下，我们就这样决定了，由我担任诸位的向导。我们明天恐怕会很辛苦，即使我们可以不受阻碍地离开布理，但绝无法不被人发现。我会尽量试着甩掉追兵。除了大路之外，我知道一两条别的可以离开布理的路。一旦摆脱了追兵，我们就立刻前往风云顶。"

"风云顶？"山姆问，"那是啥？"

"那是座山丘，就在大路北边不远的地方，大约在从这边前往瑞文戴尔的中间点上。上面的视野很好，我们应该有机会看清楚周遭的环境。如果甘道夫跟着我们出发，他应该也会到那边去。过了风云顶之后，旅途就会更困难，我们得在不同的危险之间作选择。"

"你上次看到甘道夫是什么时候？"佛罗多问，"你知道他在哪里，或是在做什么吗？"

神行客脸色一沉。"我不知道，"他说，"今年春天时我和他一起往西走。过去几年来，当他去别的地方忙的时候，我就会负责守护夏尔的边境。他很少让夏尔处于无人看顾的状态。我们上次见面是在今年五月一日，在烈酒河下游的萨恩渡口。他告诉我你们所有的计划都很顺利，你会在九月的最后一周出发前往瑞文戴尔。当我知道他会和你们同行之后，我就离开去办我自己的事了。随后状况有了变化，他似乎听到了什么消息，而我又不在他身边能帮上忙。

"这是从我认识他之后，第一次感到忧心。即使他没办法亲自来，我们也应该要常通消息的。许多天前当我远行回来,立刻听到不好的消息。一切有了很大的变化,甘道夫失踪了,这些黑骑士开始出没在附近。这些事是吉尔多手下的精灵告诉我的,稍后他们告诉我你已经离开了老家,但没有你离开雄鹿地的消息。于是,我开始密切注意东方大道上的动静。"

"你认为黑骑士会不会跟——会不会跟甘道夫的失踪有关?"佛罗多问道。

"除了魔王之外,我不知道世间还有什么力量可以阻挡他,"神行客说,"先别绝望!甘道夫比你们夏尔人所知的要伟大多了,照规矩你们只会注意到他的笑话和玩具。不过,把我们牵扯进来的这次事件,将会是他最沉重的负担。"

皮聘打了个哈欠。"对不起,"他说,"可是我好困喔。不管前路如何茫茫又危机重重,我都得要上床了,不然就会在椅子上睡着。那个笨梅里到底跑到哪里去了?万一我们还得要出门找他,我可能就要崩溃了。"

就在那一刻,他们听见一扇门轰然关上的声音,接着是脚步声在走廊上一路朝他们冲来。梅里一马当先地冲进房内,后面跟着诺伯。他慌乱地关上门,气喘吁吁地靠在门上。他快喘不过气来了。在他开口之前,所有人都紧张地看着他。"佛罗多,我看见他们了!我看见他们了!那些黑骑士!"

"黑骑士!"佛罗多惊呼道,"在哪里?"

"就在这里,在村子里面。我在房内待了一小时左右,因为你们一直没回来,我就自己出去散步。后来我走回旅店门口,在灯火的范围外看着星光。突然间我打了个寒战,觉得有什么恐怖的东西靠近了:在路旁的阴影中有个更黑暗的影子,刚好就在灯光照得到的范围外。它一声不响地又溜回黑暗中,附近没有任何的马。"

"它往哪个方向去?"神行客突然插嘴问道。

梅里这才第一次注意到这个陌生人,忍不住吃了一惊。"继续说!"佛罗多道,"他是甘道夫的朋友,我稍后再解释。"

"它似乎是沿着大道往东走,"梅里继续道,"我试着要跟踪它。它的确消失得无影无踪,但我还是绕过去,一路走到街道的最后一栋屋子去。"

神行客惊讶地看着梅里。"你可真勇敢,"他说,"但这种行为太愚蠢了!"

"我不知道,"梅里说,"我觉得这没什么勇敢,也不怎么愚蠢。我没办法控制自己,我似乎是被吸引过去的,反正,我还是跟着过去了。接着,我在围篱旁边听到了声音。有个人压低声音说话,另一个人则是在耳语,或者说是发出嘶嘶声。我一句话也听不清楚,并且开始浑身发抖,根本无法再靠近。我一害怕就转过身,准备立刻跑回这里,接着有个东西从后面撞上我,我……我就摔倒了。"

"是我发现他的,大人,"诺伯插嘴道,"奶油伯先生派我拿着油灯出去找他。我先走到西门那边,然后又往南门的方向走。就在比尔的屋子前面,我觉得好像看见路上有什么东西。我不敢打包票,但是我觉得似乎是两个人弯腰看着某样东西,正准备把它抱起来。我大喊一声,可是,当我赶到该地的时候,那两个人都不见了,只剩下烈酒鹿先生躺在路边,他似乎睡着了。'我觉得好像掉进了水里面!'当我摇晃他的时候,他这样对我说。他那时真的很奇怪,等到他神志一清醒之后,他就立刻头也不回地往这边跑。"

"恐怕就是这样没错,"梅里说,"其实我也搞不清楚到底是怎么一回事。我做了个记不得的噩梦,我好像碎裂开来,根本记不得是什么抓住了我。"

"我知道,"神行客说,"那是黑骑士的吹息,黑骑士一定是把马匹留在外面,秘密地从南门进来。他们已经去找过比尔了,这下一定知道了所有的消息。那个南方人很有可能也是个间谍,在我们离开布理前,今晚可能就会有事情发生。"

"会发生什么事情?"梅里问,"他们会攻击旅店吗?"

"不,我不这么想,"神行客说,"他们还没到齐。而且,这也不是他们的作风。在黑暗和孤单的旅人面前,他们的力量最强大。除非别无选择,或者从伊利雅德到这边的领土全部沦陷,否则他们不会轻易攻击这样一个光亮、挤满人的屋子。但,他们的武器是恐惧,布理已经有人在他们的掌握之中,他们会驱使这些仆人进行邪恶的工作。比尔、那些陌生人,或许还有守门人都是他们的爪牙。他们在周一的时候曾经和西门的哈利谈过话,我那时正监视着他们,他们离开的时候,那家伙脸色死白,浑身发抖。"

"现在似乎是四面楚歌,"佛罗多说,"我们该怎么办?"

"留在这里,不要回你们的房间!他们一定会找到你们住的地方。霍比特人的房间一定会有朝北的窗子,高度临近地面。我们必须都留在这里,把门窗紧闭。诺伯和我会先去把你们的行李拿来。"

在神行客离开之后,佛罗多很快地对梅里简述了从晚餐之后发生的事情,当梅里还在阅读甘道夫的书信时,神行客和诺伯就进来了。

"大人们,"诺伯说,"我把一堆衣服卷起来,把它们放在每张床的中间。我还用了张褐色的羊毛毯替你们做了脑袋,巴金——山下先生。"他微笑着补充道。

皮聘笑了。"我想一定很逼真!"他说,"可是,他们万一识破了我们的伪装怎么办?"

"我们走着瞧,"神行客说,"希望我们能够撑到天亮。"

"各位晚安。"诺伯跑去接替今晚看门的工作。

一行人的行李和装备都堆在起居室的地板上。他们用椅子堵住门,同时也把窗户关上。佛罗多望着窗外,注意到天气依旧晴朗,镰刀座①正在布理山头摇曳着。接着,他关上厚重的百叶窗,将窗帘拉上,神行客将炉火弄旺,同时吹熄所有的蜡烛。

霍比特人裹着毯子,脚朝着炉火躺下来,神行客则是在堵住大门的椅子上坐了下来。他们聊了一阵子,满足梅里的好奇心。

"跳到月亮上!"梅里裹在毯子内咯咯笑道,"佛罗多,你可真会耍宝!真希望我在现场。布理的居民搞不好会把这件事流传几百年哪。"

"希望如此。"神行客说。众人全都沉默下来,一个接一个地,霍比特人进入了梦乡。

---

① 这是霍比特人对于天犁座(又称大熊座)的称呼。

第十一章

黑暗中的小刀

当他们在布理的旅店准备就寝时,雄鹿地正笼罩在一片黑暗当中,一阵迷雾在山谷和河岸间徘徊不去。溪谷地的屋子毫无声响。小胖博哲小心翼翼地打开门,往外窥探。他一整天都觉得忐忑不安,睡也睡不着,在凝滞的夜空中似乎有某种威胁正蓄势待发。就在他往外窥探的同时,树下有个黑影在无声地移动,大门似乎凭借着自己的意志无声无息地打开又关上。他感到无比的恐惧。他缩了回去,在客厅内浑身发抖,最后好不容易才锁上了大门。

夜色渐渐变深,门外传来轻微的马蹄声。他们在门外停了下来,三个黑影如同夜幕悄悄地走了进来。一个站在门前,另外两个则分别站在两边屋角上。他们一动也不动,如同岩石的阴影般站在那里,任凭时间一分一秒地流逝,屋子和安静的树木仿佛都在屏息等待着。

树叶中有东西动了动,远方有只公鸡在啼叫。黎明前最寒冷的时刻正在退去,门边的身影开始移动。在没有星光和月亮的漆黑中,一柄刀刃闪烁着光芒,仿佛是从刀鞘中抽出来的一道寒光。门上传来低微但沉重的敲打,整扇门开始摇晃起来。

"以魔多之名命你开门!"一个单薄的声音威胁道。

只敲了第二下,那门就倒了下来,木屑四溅,门锁被敲成两半。黑影飞快地飘了进去。

就在那一瞬间,附近的树丛间传来了号角声。刺耳的声音像是尖刀划破了寂静的黑夜。

快醒来！提高警觉！失火了！有敌人！快醒来！

小胖博哲可没闲着，他一看见那些黑影溜进花园，就知道这次不逃就没命了。他当机立断从后门跑了出来，穿过花园，跑到门外。当他跑到一哩之外最近的房屋的门口时，就气喘如牛地倒了下来。"不，不，不！"他哭喊着，"不是我！不在我手上！"过了一段时间人们才弄清楚他在嘀咕些什么。最后，他们猜测有敌人入侵了雄鹿地，多半是来自老林那边的怪物。接着，他们一点时间也没有浪费。

提高警觉！失火了！有敌人！

烈酒鹿家族的成员吹起了雄鹿地的警号，自从烈酒河冻结的严冬、白狼入侵那次以来，这警号已经有一百年没有响过了。

快醒来！快醒来！

很远的地方也开始有别的号角响应，警号开始往四周扩散。那些黑影从屋内走了出来，其中一个在离开的时候，把一件霍比特人的斗篷丢在门口。小路上马蹄声渐渐转变成狂奔，以雷霆万钧之势冲进黑暗中。溪谷地四周都响起了警号声，还有奔跑和人们奔走相告的声音，但黑骑士依旧不受影响地如同狂风般奔向北门。就让这些小家伙吹号吧！索伦稍后会来收拾他们的。此刻他们还有另外的任务：现在他们确知屋子空了，魔戒也不在了。他们冲过门边的守卫，从夏尔地区消失了。

佛罗多突然间从梦中醒了过来，仿佛有什么声音或某种东西将他唤醒。他看见神行客依旧目光炯炯地坐在椅子上，瞪视着在他照看下十分旺盛的炉火，但他没有任何示警的举动。

佛罗多很快回到梦乡，但这次的梦充满了强风和狂奔的蹄声。似乎有阵强风环绕着屋子，想要把它连根拔起；他还可以听见远方狂吹的号角声。他睁开眼，听见旅店院子里面有只公鸡在啼叫。神行客拉开了窗帘，哐当一声推开百叶窗，天际的第一道曙光照进了屋里，一阵冷风从敞开的窗子吹入。

神行客一把大家叫醒，就立刻带他们前往卧室。当他们看见室内的惨况，不禁庆幸自己接受了他的忠告。窗户都被人撬开了，一扇扇不住摆动，窗帘在晨风中翻飞；床铺被弄得一团凌乱，床垫和枕头都被砍成碎片，那张褐色的羊毛毯被剁烂，丢得满地都是。

神行客立刻将店主叫来，可怜的奶油伯看来睡眼惺忪，又惊又怕。他几乎一整夜都没阖眼（这是他的说法），却什么声音都没听见。

"我这辈子从来没遇过这种事情！"他惊恐地挥舞着双手，"客人们竟然不能在床上睡觉，房间被弄得一塌糊涂！这到底是怎么一回事？"

"这是黑暗的预兆，"神行客说，"不过，至少在我们走了之后，你可以获得片刻的安宁。我们会马上离开。别管什么早餐了，我们随便吃一点东西就可以了，几分钟之内就走。"

奶油伯急忙出去看看马匹是否都已备妥，顺便替他们拿些食物。不过，他很快就气急败坏地回来。小马全不见了，马房的门在半夜被打开，所有的马儿都不见了。不只是梅里的小马，关在那边的所有牲畜都消失了。

这坏消息几乎击垮了佛罗多。他们怎么可能在骑马的追兵跟踪下徒步到达瑞文戴尔？不如直接去月亮还比较快。神行客沉默地坐了一会儿，看着四名霍比特人，仿佛在评估着他们的力量和勇气。

"小马本来就没办法让我们躲过那些骏马骑士的追捕，"他最后终于说道，似乎猜到了佛罗多的想法，"我准备走的路不会让步行和骑马有太大的差别，反正我本来也准备徒步前进。我担心的是食物和装备，我们在这里和瑞文戴尔之间是弄不到粮食的，只能靠自己携带补给。而且我们一定要多带一些,因为我们有可能耽搁行程,或是被迫绕远路。你们能够背多重的行李?"

"有需要的话多重都可以。"皮聘沉重地说,但他还是强打着精神想要硬充好汉。

"我可以背两人份的东西。"山姆坚决地说。

"奶油伯先生,难道没有别的办法吗?"佛罗多问,"我们能不能从村里弄几匹小马?甚至只要一匹驮行李的就好?我想应该没办法用雇的,但我们或许可以买下它们。"他有些迟疑地补上一句,心中其实不太确定自己是否买得起。

"可能性不高,"店老板闷闷不乐地说,"布理少数几匹可供人骑乘的小马,都养在我的马厩里,这下子都不见了。至于其他的驮兽,不管是拉车的马或是小马,在布理都很稀少。就算有,也绝不可能出售。我会尽力想想办法,我马上把鲍伯叫起来,派他去找找。"

"好吧,"神行客不情愿地说,"你最好赶快想办法。我担心这次至少会需要一匹小马来驮行李。但我们想趁着天色昏暗,悄悄离开的计划将就此报销了!这跟敲锣打鼓通知大家没什么两样嘛!我想这一定是他们计划好的。"

"唯一让人安心的是,"梅里说,"至少我们可以坐着好好地吃顿早餐,我们快去找诺伯吧!"

最后,他们的行程被延后了不止三个小时。鲍伯回报附近没有任何愿意出借或贩卖的马匹。只有一个例外:比尔·羊齿蕨有一匹待价而沽的坐骑。"那匹可怜的老马饿得半死,"鲍伯说,"不过,如果我猜得没错,老比尔看到你们的惨况,绝对会趁机把价格哄抬到三倍以上。"

"比尔?"佛罗多说,"这会不会是什么陷阱?他卖的马匹会不会驮着我们的行李跑回来,甚至协助别人跟踪我们?"

"也许吧。"神行客说,"但我实在无法想象,有任何动物在离开他之后还会想要回去的。我想这只是比尔贪小便宜的作风:他想要尽可能地多获得一些好处。主要的危险反而是这匹马可能已经快死了。算了,我看我们也没有多少选择。他开价多少?"

比尔的价格是十二枚银币,这的确是三倍以上的价钱。那匹马果然骨瘦如柴、营养不良、无精打采,但它至少看起来还不会太快死掉。奶油伯先生自掏腰包出了这笔钱,还给了梅里另外十八枚银币,以补偿他走失的小马。他是个诚实做生意的商人,在布理的名声也不坏,但三十枚银币对他依旧是个沉重的打击,这笔钱是被黑心比尔骗走的事实,更是雪上加霜。

事实上,他最后还是好人有好报。过一阵子之后,他们才发现其实只有一匹马被偷,其他的都是被赶开,或是惊慌中四散奔逃,它们随即就在布理附近不同的地方被发现了。梅里的小马一起行动,最后跑回丘陵地去找胖乡巴佬,所以,它们在汤姆的照顾下过了一段不错的日子。但是当汤姆听说了布理的状况之后,他就把这些小马送到奶油伯身边去,因此,奶油伯等于用相当不错的价格买到了五匹好马。当然,它们在布理要工作得比较辛苦,但鲍伯对它们很不错。因此,总的来看,它们运气算好:它们躲开了一段黑暗危险的旅程,唯一可惜的是没有去瑞文戴尔看看。

不过,这都是以后的事了。现在奶油伯只知道他损失了一大笔钱财,而且他还有其他的忧虑。旅店内的住客一听到昨晚发生的事情,立刻就喧闹起来;南方来的几名旅客也丢了好几匹马,立刻大声责怪店老板,直到他们发现有名同伴也跟着不见了:就是那名跟比尔同进同出、行动鬼祟的眯眼男,很快地,他们就怀疑到这人头上。

"是你们和一个偷马贼同行,还把他带到我的店里面来!"奶油伯生气地说,"你们应该自己负担所有的损失,而不是来找我叫嚣。去问问比尔,你们的好朋友到哪里去了!"经过一阵询问之后才发现,根本没人认识他,也没人记得他是什么时候开始和众人同行的。

在用过早餐之后,霍比特人得重新打包,收拾更多的补给品以面对未来比预计更远的漫长旅程。等到他们好不容易出发时,都已经快要十点了。那时整个布理热闹得像一锅沸水一样。佛罗多神秘消失的把戏、黑骑士的出现、马房被抢,还加上神行客加入这一群霍比特人的行列,这一大堆让人兴奋的消息,着实在布理成了流传好多年的传奇。布理和史戴多大部分的居民,甚至许多从阿契特和康比赶来的围观者,都聚集在道路两旁送行,旅店的每名客人,都从房间探头窥探这难得一见的热闹场景。

神行客改变了主意,决定从大路离开布理。如果照计划马上走入荒野,只会让事情更糟糕。布理大半的居民可能会跟踪过来,让他们根本无法隐匿行迹。

他们向诺伯和鲍伯道别,更对奶油伯先生一个劲地道谢。"希望我们将来能够在比较好的时节再度会面,我真心希望,能够在你的旅店里面安心休息一阵子。"

他们心情既紧张又低落地在众目睽睽之下迈开步伐。并非每个人都露出友善的表情,但也不是每个人都怒目相向,大多数的布理居民似乎都很敬畏神行客,被他瞪了一眼的居民多半都乖乖闭上嘴,闪到一边去。他跟佛罗多走在前面,身后则是梅里和皮聘,山姆走在最后,牵着那匹小马。它身上背着霍比特人所能忍心放下的行李。不过,虽然步履沉重,它却似乎变得比较有精神了些,好像认为自己终于转运了。山姆正若有所思地啃着苹果。他背了满满一袋诺伯和鲍伯送给他的苹果,"散步吃苹果,休息抽烟斗,"他说,"我想,不久之后我可能会很想念这两件事。"

霍比特人对四周门后、墙后、篱笆后窥探的眼睛不加理睬。但是,当他们走近大门的时候，佛罗多注意到有座隐身在高墙之后的烂屋子，那也是这排房子的最后一间，他瞥到窗户内有张眯眯眼的邪恶面孔一闪即逝。

"原来那个南方人就躲在这里！"他想，"他看起来好像有点半兽人的血统。"

在围墙内还有另外一个人光明正大地站着。他有两道浓密的眉毛和一双刁钻的黑眼，大嘴露出轻蔑的笑容，正抽着一根黑色的短烟斗。当他们靠近的时候，他拿开烟斗吐了口口水。

"早安啊，长腿人！"他说，"这么早出发啊？终于找到了朋友吗？"神行客点点头，却没有回答。

"早安啊，小朋友们！"他对其他人说，"我猜你们知道自己是和谁走在一起吧？就是那一穷二白的神行客哪！哼哼，我还听过更难听的绰号。今晚可要小心点！还有你，山姆小子，别虐待我可怜的小马！呸！"他又吐了口痰。

山姆的反应非常快速，"比尔，"他说，"快把你那张丑脸挪开，不然会受伤的。"他的手如闪电般一挥，一只苹果就脱手而出，正中比尔的大鼻子。在他吃痛蹲下之后，围墙后传来恶毒的咒骂声。"浪费了我一只好苹果。"山姆惋惜地往前走。

他们好不容易才在意料之外的阻碍下走出了村庄。跟随他们的小孩子和好事者也都走累了，纷纷转回南门去。即使在没人注意的情况下，为了掩人耳目，他们还是继续在大路走了好几哩。大路接着往左弯，绕过布理山的山脚重回原来朝东的方向，接着陡转直下，进入了长满树木的荒野。他们往左可以看见史戴多村内的几间屋子和霍比特人的洞穴，它们恰巧都在布理山比较和缓的东南坡上。往北看过去则是一个深谷，里面有着几缕袅袅的炊烟，想必那儿就是康比村，阿契特则是隐藏在更远的树林中。

一行人又沿着大路继续走了一段时间,直到把布理山的轮廓完全抛到脑后,这时,众人来到了一条往北的狭窄小径。"从这里开始,我们就要避开大路,低调行事。"神行客说。

"希望这不是什么'快捷方式',"皮聘说,"我们上次以快捷方式穿越森林,就差点完蛋。"

"啊,那时你们可没有和我在一起,"神行客笑着说,"我选的路不管长或短,都不会出问题的。"他留心打量着四周的环境,大道上没有人迹,他立刻领着众人快速朝向一座林木苍郁的山谷而去。

霍比特人虽然对邻近的地区不了解,但目前还大概猜得出他的计划。他准备先往阿契特走,靠右从村庄的东边穿过,接着就尽可能地直直朝风云丘赶路。如果一切顺利,他们这样可以避过大道的一个大弯。当然,大道之所以绕路是因为要避开弱水沼泽。他们既然不想绕路,就得通过沼泽才行,神行客对这沼泽的描述实在让人无法安心。

无论如何,到目前为止,这段旅程至少还算蛮惬意的。事实上,如果不是因为昨晚的意外,他们的心情甚至会比之前任何时候都还要好。太阳高照,但又不会让人满身大汗,山谷中依旧满树各色各样的叶子,让人有种祥和、平静的感觉。神行客信心满满地领着他们走过许多岔路。如果让佛罗多他们自己来的话,可能早就迷路了。神行客刻意挑选拐弯抹角的道路,试图甩开可能的追兵。

"比尔·羊齿蕨一定会监视我们离开大道的地方,"他说,"不过,我想他不可能亲自跟来。他对这附近的确很了解,但他自知在森林中绝无可能和我较劲。我担心的是他会把情报告诉别人,我想这些人应该不远,就让他们以为我们的目标是阿契特,这对我们比较好。"

不管是不是因为神行客的本事还是别的原因,他们当天都没有发现多少动物的踪迹，不管是两只脚（只有小鸟例外）的或是飞禽走兽都消失无踪，最多有只狐狸和几只松鼠跑过他们面前。第二天他们就往东方稳健地推进，一切依旧平静如昔。到了第三天，他们终于离开了布理，进入契特森林。自从他们离开大道之后，地势就一直在持续地下降。这时他们来到了一块宽广低矮的平地，前进起来反而更为困难。他们已经远离了布理这块区域，进入了没有任何道路的荒野，也越来越靠近弱水沼泽。

地面开始慢慢变湿，有些地方甚至有发出恶臭的水塘，歪歪倒倒的芦苇和灯芯草丛中隐藏着许多吱喳不停的野鸟。他们得要小心翼翼注意脚下，才能够保持方向，又不致陷入泥泞中。一开始进展还蛮顺利，但随着时间的流逝，他们的步伐变得越来越慢，周遭的环境也越来越危险。沼泽本身的位置就变幻莫测，即使是游侠也无法在这里找到任何固定不变的道路。蚊蚋和各种各样的小虫群起而攻，他们的四周被成群结队的蚊子所包围，这些家伙毫不留情地爬进他们的领口、袖子和头发里。

"我快要被活活咬死啦！"皮聘大喊，"还弱水沼泽哩！这里根本该叫作蚊子沼泽！蚊子比水还多！"

"以前没有霍比特人可以咬的时候，它们靠吃什么过活啊？"山姆抓着脖子抱怨道。

他们在这天杀的烂地方耗了一天。当晚的宿营地又湿又冷，饥渴的蚊虫更不肯让他们好好休息。在草丛里面还有一种似乎是蟋蟀变种的邪恶虫子肆虐，它们整夜尼咯—咯尼地叫着，快把霍比特人都逼疯了。

第四天的状况好了一些，但入夜之后的状况依旧让人难以入眠。那些尼咯咯尼虫（山姆帮它们取的名字）虽然没有跟来，但该死的蚊子依旧紧追不舍。

佛罗多就这么躺在地上，浑身酸痛却无法入眠。突然间，东方天空远远出现一道强光。它闪烁了好几次,诡异的是,现在时间还没到黎明呢。

"那到底是什么光?"他问神行客。对方早已警醒地站了起来,眺望着远方。

"我不知道,"神行客回答道,"太远了看不清楚,看起来好像是闪电从山顶射出一般。"

佛罗多再度躺了下来,有很长的一段时间他依旧可以看见白光在天际闪烁,以及神行客一言不发、警醒站立在夜暗中的高大身影。过了很久,佛罗多才勉强自己进入梦乡。

第五天他们没走多远就摆脱了沼泽的困扰,地势又开始缓缓上升。在东方远处,现在他们可以看见一线丘陵起伏的轮廓,最高的山丘是在最右边,跟其他的丘陵似乎稍微分开一点距离。它的顶部呈圆锥形,尖端有点平。

"那就是风云顶,"神行客说,"我们之前离开的古道,现在在我们右边远处,它从山丘脚下南边不远的地方经过。如果朝着它直走,应该明天中午就会抵达,我们最好不要耽搁。"

"你这是什么意思?"佛罗多问道。

"我的意思是:当我们爬上风云顶的时候,不知道会遇到什么状况,那里很靠近大道。"

"但,我们应该可以在那边遇到甘道夫吧?"

"有可能,但可能性并不高。如果他从这边走,可能根本不需要经过布理,自然也不可能知道我们在做些什么。也就是说,除非我们运气太好,同时抵达该处,否则多半会错过彼此。不管是他或是我们都不应该在那边等太久,那太不安全了。如果黑骑士在大道上没有发现我们的踪迹,他们应该也会赶往风云顶,那里的视野是附近最好的。即使我们现在站在这里,那边山上的飞禽走兽也可以看见我们的行踪。而有些飞鸟是其他势力的耳目,还有一些更邪恶的间谍出没在荒野中。"

霍比特人提心吊胆地看着远方的山丘。山姆抬头看着苍白的天空,担心会看见猎鹰或是猛禽用不友善的眼光瞪着大家。"神行客,你的话让我觉得又害怕又孤单!"他说。

"你建议我们该怎么做?"佛罗多问。

"我认为……"神行客玩味着眼前的处境,慢慢地回答,他似乎也不太确定该怎么做,"我认为最好的办法就是尽可能地往东走,目的则是其他的丘陵,而不是风云丘。我们可以从那边走一条我知道的小径绕过丘陵,从北边用比较隐秘的方式靠近风云顶。到时候我们就可以看到该看到的东西了。"

他们又赶了一天的路,直到微寒的傍晚提早降临为止。整块土地似乎变得更干燥、更荒凉,但背后的沼泽地却显得雾气袅袅。几只孤鸟凄凉地哀叫着,目送一轮红日缓缓地落入地平线。然后,一片沉寂笼罩住大地,霍比特人开始怀念起从袋底洞窗户内观看可爱落日的情景。

最后,他们终于来到了一条从山丘上流入恶臭沼泽的小溪边。在天边还有余光的时候,他们尽可能地沿着河岸前进。当他们最后在河边赤杨树下扎营时,天色已经完全黑了。在夜色中他们依稀可以看见前方是那些丘陵光秃秃的轮廓。当天晚上他们选了个人值夜,那人就是似乎永远不用睡觉的神行客。月亮渐圆,大半夜都将冷冷的灰光投射在大地上。

隔天太阳一出来他们就马上出发。空气中有着昨夜结霜的凝重气息,天空是清朗的淡蓝色。霍比特人觉得神清气爽,仿佛昨天晚上睡了难得不受打搅的一觉。他们已经开始习惯这种吃很少食物却要赶很长的路的节奏;吃那么少的东西,若是按往常在夏尔的生活来看,他们可能连路都走不动了。皮聘宣称佛罗多比以前看起来更像霍比特人了。

"真怪异，"佛罗多拉紧腰带说，"实际上我瘦了不少呢。我希望不要这么一直瘦下去，不然可能会变成幽灵的。"

"别拿这开玩笑！"神行客出人意料地，用十分严肃的口气警告大家。

丘陵越来越近，它们构成了一道高耸的屏障，多高达一千呎左右，却又到处都有低的隘口可以让蜿蜒的小径穿过，朝向东方而去。沿着山脊顶上走，霍比特人看到了许多盖满绿色植被的墙壁和壕沟，在山谷间还有许多古代的石头废墟。到了晚上，他们终于抵达了西边山坡底，在该处扎营。那是十月五号的晚间，他们已经离开布理六天了。

到了早上，他们找到离开契特森林以来第一条明显的道路。他们往右转，顺着这条道路往南走。这条路巧妙地七弯八拐，刻意避开来自西边平原和山顶的视线。它会钻进小山谷，沿着峭壁前进，少数几段平坦的区域两边还放着大大小小的石头，仿佛围篱一般遮蔽了旅行者的身影。

"不知道是谁建了这条道路，目的又是什么，"梅里在大伙走在绵密的巨石区内时忍不住问道，"我觉得有点怪怪的。这里有种——有种古墓尸妖的风格。风云顶上有古墓吗？"

"没有。风云顶和这些山丘上都没有古墓，"神行客回答，"西方皇族并不居住在这里，不过，晚期他们曾经利用这些丘陵当作抵抗安格玛邪恶势力的防线。这条小径是山间碉堡的运补线。不过，在许久之前，北方王国刚创建的时候，他们在风云顶上盖了一座高大的瞭望塔，称它为阿蒙苏尔。不过后来它被烧毁了，只剩下一圈围墙，仿佛是个简陋的皇冠套在这山丘上。但，它曾经一度是个高大雄伟的建筑。据说人皇伊兰迪尔，曾经在此守候精灵领袖吉尔加拉德自西边前来，等待他加入人类与精灵的最后联盟。"

霍比特人看着神行客。这人不只是野外求生的高手，更对古代的历史很有研究。"吉尔加拉德是谁？"梅里问。但神行客没有回答，似乎深陷过去的回忆中。突然间，有个声音低吟道：

> 吉尔加拉德是精灵国王。
> 竖琴也为他哀伤地悼亡：
> 唯有他的国度美丽自由
> 从海洋延伸到翠绿山头。

> 他的宝剑削铁如泥，长矛无坚不摧，
> 从远方就可见到他闪亮的头盔；
> 无数明星出没天空
> 全都映在他闪亮银盾。

> 许久前他策马离去，
> 无人知晓他的境遇；
> 魔多妖物肆虐彼岸
> 精灵之星陨入黑暗。①

其他人都惊讶地转过头，因为这是山姆的声音。

"继续啊！"梅里说。

---

① 吉尔加拉德是林顿的精灵国王。他出生于第一纪元，其名意为"耀星"。在第二纪元时，因眼见索伦恶势力不断扩张，因此派兵加入征讨索伦的行列。稍后与登丹人结成了人类与精灵的最后联盟，携手攻打索伦。他手持神矛埃格洛斯，亲率盟军参与达哥拉之役，击溃索伦的大军；从此之后战况急转直下，盟军花费七年的时间横扫魔多。最后兵临城下，黑暗魔君索伦被迫亲自应战，但吉尔加拉德及伊兰迪尔皆亡于此役。

"我只知道这些，"山姆红着脸结巴地说，"这是我小时候从比尔博先生那边学到的。因为他知道我最喜欢精灵，所以时常告诉我这方面的故事。他也因为这才教我识字。比尔博老先生真是博览群书，他还会写诗。我刚刚念的就是他作的诗。"

"这首诗不是他作的，"神行客说，"这是一首以古语写成，叫作《吉尔加拉德的陨落》的诗。这一定是比尔博翻译的，因为我从没听过这个版本。"

"还有很多句哪，"山姆说，"全都是有关魔多的。我没有背那几句，因为它让我起鸡皮疙瘩。我从没想过自己也要去那个地方！"

"要去魔多！"皮聘大喊，"希望我们不会落到这个下场！"

"别大喊这个名字！"神行客说。

当他们靠近小径的南端时已经中午了，出现在他们眼前的是沐浴在十月苍白阳光下的一道灰绿色斜坡。它像一座桥通往山丘的北坡。众人决定把握天光，立刻攻顶。现在已经无法再遮掩自己的行踪，他们只能希望没有敌人或是间谍在监视他们。附近的山丘上没有任何移动的东西。如果甘道夫就在附近，他们也没看到有关他的痕迹。

在风云顶的西坡上，他们发现了一个有遮蔽的凹坑，坑底长满了青草，山姆和皮聘带着马和行李留在该处，其他三个人则继续前进。经过半个小时的攀爬后，神行客轻松地登上山顶的那圈皇冠。梅里和佛罗多气喘吁吁地随后跟上，斜坡的最后一段又陡又崎岖。

山顶果然有一圈石造建筑的痕迹，上面盖满了累积多年的绿草。石圈中间有一个用破碎的岩石堆起的石堆，石头外表焦黑，似乎被烈火烘烤过。石堆附近的草全被烧光，而石圈内的草地也全都枯萎焦缩，似乎有场天火席卷整个山顶，四周没有任何其他生物的痕迹。

三人站在石圈边，发现的确可以看见四野的景象。大部分的区域都是毫无特征的草原,唯有南方间或穿插着稀疏的林木,更远处还有一些水面的反光。古道像是缎带一样在他们脚下的南边,从西方蜿蜒起伏地延伸过来,直到隐没在东边的一道黑暗地脊后面。道路上没有任何移动的事物,沿着道路往东看,他们就看见了迷雾山脉。较近的丘陵显得枯黄、死寂,在它们之后则是高大的灰色轮廓,更后则是在云间闪烁的白色山峰。

"呼,终于到啦!"梅里说,"这里看起来真是一片狼藉!没有水、没有遮蔽,也没有甘道夫的踪影。如果他真的来过这边,我也不怪他待不下去啦。"

"不见得,"神行客若有所思地看着四周,"即使他比我们晚到布理一两天,也有可能先赶到这里来。如果有必要的话,他全力施展的骑术可是非常惊人的。"他突然低头察看石堆顶上的一块岩石。那岩石比其他的都要扁而干净,似乎躲过了山头的烈焰。他捡起石头仔细检查,翻来覆去地看着。"最近有人碰过这石头,"他说,"你看得出来这些记号是什么意思吗?"

佛罗多在石头的底部看到了一些刮痕。

"看起来似乎是一横、一点,然后又三横。"他说。

"左边的刮痕可能是代表甘道夫缩写的符文,只是旁边的三画不清楚,"神行客说,"虽然我不能确定,但这有可能是甘道夫留下来的记号。这些刮痕很精细,看起来也很新。但这些记号的意思可能和我们猜的完全不同,跟我们一点关系都没有。游侠们也会使用符文,而他们常经过这里。"

"假设是甘道夫留的,这会是什么意思?"梅里问。

"我的推论是,"神行客回答,"这代表的是'甘三',也就是说甘道夫十月三号的时候来过这里,大约是三天前。这也说明了他当时一定相当匆忙,而危险就迫在眉睫,以至于他无暇或不敢留下更明显或更清楚的讯息。如果是这样，我们就得提高警觉了。"

"真希望有什么办法确认这是他留的，不管它们是什么意思，"佛罗多说，"只要知道他已经上路了，不管他在前面还是后面，都让人安心许多。"

"或许吧。"神行客说，"在我看来，我相信他曾经到过这里，遇到了危险。这里有烧灼的痕迹。我现在想起三天前夜里我们所看见的诡异光芒。我猜他在山顶遭到了攻击，但最后的结果我就无法得知了。他已经不在此地，我们必须要靠自己的力量尽快抵达瑞文戴尔。"

"瑞文戴尔还有多远？"梅里疲倦地四下打量着，在风云顶上看起来，天地变得十分宽广。

"从布理往东走一天，有座'遗忘'旅店。我不知道是否有人曾经从那边开始度量过古道的长度，"神行客回答，"有人说它很长，有人的看法则正好相反。这是条奇怪的路，人们只要能够抵达目的地就很高兴了，不会在乎要花多久。我只知道自己从这边走过去要花多少时间。在天候良好、没有意外的状况下，从这边到布鲁南渡口要十二天。大道在该处跨越从瑞文戴尔流出的喧水河。由于我们接下来无法走大道过去，我推测至少还要两星期。"

"两星期！"佛罗多说，"这之间可能会发生很多事情。"

"很可能。"神行客说。

他们沉默地站在山顶的南端。在这个仿佛与一切隔绝的荒凉之地，佛罗多第一次真正意识到无家可归和危险的意义，他对于命运将他带离了可爱的夏尔感到无比的遗憾。他瞪着这条该死的大道，一路看向西边——他故乡所在的地方。突然间他发现大道上有两个黑影正缓缓地往西走，定睛一看，他又发现了有另外三个黑点正往西和他们会合，他低呼一声，紧抓住神行客的手臂。

"你看。"他往下指去。

神行客立刻趴了下去，跟着将佛罗多拉了下来，梅里警觉地跟着蹲下。

"怎么回事？"他低声问道。

"我不确定，但我必须为最糟糕的状况做准备。"神行客回答。

他们缓缓把头抬起，从石圈间的缺口往外看。天色已经渐渐灰暗，从东方飘来的云朵遮住了正在西沉的太阳。三个人都能够看见那些黑影，但梅里和佛罗多都无法清楚看见他们确切的形貌。不过，有种感觉告诉他们，那几个正在集合的黑影就是一直紧追不舍的黑骑士。

"没错，"神行客锐利的目光确认了众人的忧虑，"敌人接近了！"

他们小心地伏身离开，沿着北坡往下走，去找他们的同伴。

山姆和皮聘也没有闲着，他们花时间把这小山谷和周围的山坡探察了一遍。他们在不远的山坡上找到了清澈的山泉，泉水边有最近一两天才留下的脚印。两人也在凹坑内找到了篝火和匆忙扎营的痕迹。坑洞边缘有几块落下的岩石，山姆在岩石后面找到了一些整齐堆放的柴火。

"不知道甘道夫是否来过这里，"他对皮聘说，"从柴火堆放的样子看来，这人是有计划要回来的。"

神行客对这发现大感兴趣。"我刚刚真该留下来亲自检查这块区域。"他边说边迫不及待地走到山泉旁检查脚印。

"果然和我担心的一样，"他走回来说，"山姆和皮聘踩乱了该处的脚印，现在变得难以分辨。最近有其他的游侠来过此处，是他们留下这些柴火的。不过，附近也有几个不是游侠的足迹。至少有一组是在一两天之前由沉重的靴子踩成的，至少有一组，我不太能够确定，但我觉得该处有许多穿靴子的脚印。"他停了片刻，双眉紧锁地思考着。

每个霍比特人脑中都不约而同地浮现出披着披风、穿着靴子的骑士身影。如果那些骑士已经来过这里，神行客最好赶快带他们走。山姆一听到敌人就在几哩外的地方,马上开始用厌恶的眼神打量着这个坑洞。

"神行客先生,我们是不是应该尽快离开?"他不耐烦地问道,"天色已经晚了,我不喜欢这个地方,它让我觉得很不安心。"

"没错,我们必须要马上决定该怎么做,"神行客抬头,思忖着天色和天气。"这么说吧,山姆,"他最后说,"我也不喜欢这个地方。但是我实在想不出来,在天黑之前能够赶到什么别的地方去。至少我们可以暂时在这里躲一躲,如果我们离开这里,反而更容易被敌人的耳目发现。我们现在唯一的选择只剩下退回以前所走的路,那里的风险和待在这边一样大。大道一定正被人严密地监视,但如果我们要往南走,借着该处的丛林地形隐匿行踪,我们就一定得经过大道才行。大道的北边,这座山丘以外的地方一连好几哩都是平坦毫无遮掩的。"

"这些骑士看得见吗?"梅里说,"我是说,平常他们似乎好像都用鼻子闻,不用眼睛看,至少我感觉在白天的时候是这样。可是,当你发现他们的时候,却立刻叫我们趴下来,而且你现在还说如果我们贸然行动,可能会被看见。"

"我在山顶的时候太大意了。"神行客说,"我当时一心只想要找到甘道夫留下的痕迹,可是,我们三个人一起站在山顶那么久的时间,实在太显眼了。黑骑士的马看得见,而我们在布理学到的教训告诉我们,黑骑士可以指使人类和其他的动物来当他们的耳目。他们观察白昼的方式和我们不同,但我们的身影会在他们脑海中投下阴影,只有正午的太阳能破坏这阴影。他们在黑暗中可以看见我们看不见的许多痕迹和形体,那时才是我们最该害怕的时候。在任何时候,他们都可以闻到生物的血肉,这让他们又渴望、又痛恨。除了鼻子和眼睛之外,他们还有其他的感官。我们一来这边,在看到他们之前,就可以感觉到他们的存在,因为他们会让我们觉得不对劲。而他们可以更清楚地感觉到我们。除此之外，"他压低声音说，"魔戒会吸引他们。"

"难道我们真的无路可逃了吗？"佛罗多慌乱地看着四周，"我一动就会被发现和追杀！如果我留下来，还会吸引他们过来！"

神行客拍拍他的肩膀。"一切都还有希望，"他说，"你并不是独自一人。我们可以把这里准备好的柴火当作前人给我们的暗示。这里没有什么遮蔽或掩护，但火焰可以身兼两角，索伦可以将一切用在邪恶之途上，火焰也不例外。这些骑士不喜欢火焰，也会畏惧那些手持火焰的人。在荒野中，火焰是我们的朋友。"

"或许吧，"山姆嘀咕道，"除了大喊大叫之外，火焰也是另一个告诉别人'我们在这里'的好方法。"

他们在这坑洞最低、最隐秘的地方生起了篝火，开始准备晚餐。夜色渐渐降临，气温越来越低，他们突然间感觉到饥肠辘辘，因为自从早餐之后，他们就什么都没吃了。不过，受限于环境，他们只敢草草地准备晚餐。前方的路上只有飞禽走兽，是个人迹罕至的恐怖地方，偶尔会有游侠经过那块平原，但他们人数不多，更不会久留。其他的旅客更少，而且多属邪恶一类：食人妖有时会在迷雾山脉的北边山谷中出没。少数的旅客都只会取道大路，而这些大多数都是自顾自赶路的矮人，对陌生的过客不理不睬。

"这些食物要怎么撑到目的地？"佛罗多说，"我们过去几天一直省吃俭用，这顿饭也不例外；但我们已经吃掉了比计划要多的食物。如果我们还必须旅行两星期以上，这铁定不够的。"

"世界上还有其他可以吃的东西，"神行客说，"莓子、植物的根、药草，有必要的话我也可以狩猎。在冬天来临之前，你们不需要担心饿肚子的问题。不过，收集食物很累又很耗时，我们不能在这上面浪费时间。请勒紧裤带，好好想想到爱隆家要怎么大吃大喝吧！"

气温持续降低,天色越来越暗。他们从这个凹坑往外看,只能看见灰蒙蒙的大地逐渐消失在黑暗中。夜空再度恢复了清朗,慢慢出现了满天的星斗。佛罗多和伙伴们瑟缩在篝火前,披着所有的毯子和衣服。神行客则照旧只披着斗篷,坐得稍远一点,若有所思地抽着烟斗。

到了晚上,夜色降临之后,火光成了唯一的照明。神行客开始讲故事,希望减轻大家的不安。他知道很多许久以前精灵和人类的历史与传奇,更知道许多远古的善恶故事。他们有些好奇他的年纪到底多大了,又是从哪里学到这么多知识的。

"告诉我们吉尔加拉德的故事,"当他讲完一个精灵王国的故事时,梅里突然插嘴道,"你刚才提到的那首古老歌谣,你知道比那更多的事吗?"

"是的,"神行客回答,"佛罗多也知道,因为这和我们的命运息息相关。"梅里和皮聘转头看着佛罗多,后者一言不发地瞪着篝火。

"我只知道甘道夫告诉我的那一小部分,"佛罗多缓缓说,"吉尔加拉德是中土世界最后一位伟大的精灵国王。在他们的语言中,吉尔加拉德是星光的意思。他和精灵之友伊兰迪尔一起进入——"

"别说了!"神行客插嘴道,"魔王的仆从就在附近时,我们最好不要讲述这个故事。如果我们能够到达爱隆的住所,你们应该就可以听到完整的故事。"

"那么再告诉我们一些古代的故事嘛!"山姆恳求道,"一个在精灵迁离之前的故事。我想多听一些关于精灵的传说,这可以帮助我对抗这周围似乎越来越逼近的黑暗。"

"我说个提努维儿的故事好了,"神行客说,"不过,我只能说个经过简化的版本。因为这个故事原先很长,结局则是无人知晓,而且除了爱隆之外,也没有人能够记得真正的传说到底是怎么叙述的。这是个很美的故事,却也很哀伤,就如同中土世界所有的传说一样,但它依旧可以让你们觉得振奋。"他沉默了片刻，接着柔声吟唱起来：

  树叶丰美，青草翠绿，
    一望无际的芦苇活泼如风，
  草原上有一道星光来去，
    在暗影中明灭闪耀，
  提努维儿神采飞扬地舞动，
    循着隐形的风笛乐曲，
  漆黑的秀发如同黑夜流动，
    那美女衣裳流光明皓。

  贝伦走出寒冷的山间，
    在林中漫游迷失方向，
  艾尔文河水奔流向前，
    他独自徘徊心中忧郁。
  他在苇丛中向外张望，
    惊奇地看到金色花瓣，
  缀满了她美丽的衣裳，
    她的秀发如云影飘拂。

  贝伦跋涉山水无数，
    如今着迷就忘了疲惫；
  他快速地向前冲去，
    抓不住隐约月色下的光影。
  精灵穿越乡野林菲，
    美女的舞步轻巧倏忽，

只剩他依旧孤单徘徊
　　在那寂静的森林倾听。

他听见奔逃的脚步疾，
　　轻盈如同落叶一般，
也在幽僻的山谷中，
　　听美妙的音乐低唱。
芦苇早已枯萎斑斑，
　　忧伤的叹息一声声，
萦绕在山毛榉美梦酣然，
　　在萧瑟树林里留下无尽惆怅。

他为了伊人四野流浪，
　　踏遍了地角和天涯，
沐浴在月影和星光，
　　经历过暴雪和冰霜，
望见她的披风挂月牙，
　　仿佛就在那遥远山岗，
她舞步洒一片银雾，
　　伴随她的身影迎风扬。

冬日已尽，她又彳亍歌唱，
　　一曲释放了美丽春晓，
那歌声仿如融化冰霜，
　　像云雀高飞、雨露坠下。
他看到精灵之花吐苞，

　　　　花朵在她的脚边绽放，
他渴望尽情歌唱舞蹈，
　　　　在翠绿草地上陪伴着她。

她又转身逃开，但贝伦紧紧追寻。
　　　　提努维儿！提努维儿！
他叫着她的精灵名字；
　　　　让她停下脚步回望。
贝伦的声音如魔咒入耳，
　　　　片刻间令她无法动身，
命运注定了提努维儿，
　　　　倒在贝伦的臂弯闪莹光。

贝伦凝望她的眼睛，
　　　　掩盖在秀发的阴影下，
好像天际颤动的星星，
　　　　映在镜中闪闪的倒影，
提努维儿啊美丽无瑕，
　　　　聪慧不朽的少女精灵，
漆黑的秀发缠绕着他，
　　　　雪白的臂膀剔透晶莹。

他们共负一命路漫长，
　　　　越过冰冷灰暗的高山，
穿过钢铁厅堂和黑暗门廊，
　　　　踏入漆黑无光的密林漫漫。

> 大海横亘隔绝他俩，
>
> 　但他们最终再次相会，
>
> 许久之前他们双双逝去，
>
> 　无悔这唯一选择。

　　神行客叹了口气，停了片刻后才继续开口。"这是首歌，"他说，"这是以精灵们称之为'安-坦那斯'的格律来颂唱的歌谣，它一三六句对韵，二五七句对韵，四八句对韵；但以通用语是极难翻译的，这只不过是极为粗浅的模仿而已。这诗歌叙述的是巴拉汉之子贝伦和露西安·提努维儿的故事。贝伦是个凡人，但露西安却是远古时精灵王庭葛之女，她的美丽胜过世间所有一切生灵。她就如北地迷雾中的星光那样可爱，她的面孔更是隐隐闪烁着柔和的光芒。那时还是天魔王肆虐的世代，魔多的索伦不过是他的奴仆。天魔王居住在北方的安格班，西方精灵渡海回到中土讨伐天魔王，为了夺回他所偷走的精灵宝钻；而人类的始祖也协助精灵作战。但天魔王战胜并且杀死了巴拉汉，而贝伦历尽艰难险阻，才从恐怖山脉逃进尼多瑞斯森林庭葛的隐藏王国中。在附有魔法的伊斯果都因河旁，他见到了唱歌起舞的露西安，惊为天人，他将她取名为提努维儿，那是古语中的夜莺。他们之后经历了许多磨难，分隔了很长的一段时间。提努维儿将贝伦从索伦的地牢中救出，在九死一生之后，两人携手击败了天魔王，从他的铁王冠上取下了三枚精灵宝钻中的一枚，作为献给庭葛好迎娶露西安的聘礼。但最后贝伦却死在安格班的恶狼之手，在提努维儿的臂弯中过世。接着，她舍弃了永生，选择追随贝伦而去。根据歌谣的内容，他们在海的另一边再度会面，复生回到翠绿的森林中。最后，他们一同脱离了这世界的束缚。那是很久很久以前的事了。因此，精灵中唯一真正死亡离开世界的只有露西安·提努维儿，精灵们失去了他们至爱的公主。但是，因着她，精灵王族的血脉传到了人类当中。她的子嗣依旧还存活在这世界上，据说她的血脉永远不会断绝。瑞文戴尔的爱隆就是她的子孙，因为贝伦和提努维儿生下了庭葛的继承人迪奥，迪奥的女儿白羽爱尔温又嫁给了埃兰迪尔，而他驾船航越了世界的海洋，进入穹苍之洋，精灵宝钻就戴在他额上。埃兰迪尔和爱尔温生下了努曼诺尔的国王，也就是西方皇族之始。"

当神行客在述说着这一切时，他们看着他被火光照红的脸颊，注意到他脸上激动的表情。他的双眼发亮，低沉的声音充满了感情。他的头上是一片黑暗的天空。突然间，一道苍白的光芒从风云顶之上照下，渐圆的月亮已爬上了原先遮掩他们的山丘，天空中的星光黯淡了。

故事结束了。霍比特人站起来伸展手脚。"看哪！"梅里说，"月亮升起来了，时候一定不早了。"

其他人跟着抬起头。在此同时，他们看见山顶上有某种黑色的轮廓沐浴在月光下。那可能只是一块刚好坐落在该处的大石，因苍白的月光而显得格外突出。

山姆和梅里站了起来，走到火光外，佛罗多和皮聘依旧沉默地坐在营火前，神行客专注地看着山坡上的月光。一切似乎都十分平静，但佛罗多觉得神行客一说完故事，就有股冰冷的恐惧爬上心头，他又往篝火靠近了些。就在那时，山姆从坑洞边缘跑了回来。

"我不确定那是什么，"他说，"可是我突然间觉得非常害怕，不管给我多少钱我都不愿意走出去。我觉得有东西沿着山坡爬上来。"

"你看见了什么吗？"佛罗多一跃而起。

"不，大人。我什么都没看见，也不敢多做停留。"

"我看见了某种东西，"梅里说，"或者说，我觉得我看见了——在西边，月光越过山顶的阴影照着的平原，好像有两三个黑影朝着这边过来。"

"靠近篝火，面朝外边！"神行客大喊着，"捡些长棍备用！"

他们就这样背对着篝火，提心吊胆地坐着，仔细打量着眼前的黑暗。什么事都没有，夜色一片沉寂，没有任何的声响。佛罗多动了动，他快按捺不住，想要大吼发泄这压力。

"嘘！"神行客警告道，"那是什么？"皮聘在同一时间倒抽了一口冷气。

在这个坑洞的边缘，靠近山坡之处，他们看到（还不如说感觉到）有个阴影或不止一个阴影升起。他们使尽眼力看去，似乎觉得那阴影正在增长，很快地，他们就不再怀疑：三个还是四个高大身影就站在斜坡上，居高临下地低头看着他们。他们黑暗的身形是如此之黑，仿佛是他们背后深沉阴影中的一个个黑洞。佛罗多觉得自己听见犹如毒蛇呼吸的嘶嘶声，并且感到一股刺骨的寒意。接着，那黑影开始缓缓地前进。

恐怖压倒了梅里和皮聘，他们趴在地上害怕得不能动弹。山姆紧靠着佛罗多，佛罗多并没有好到哪里去：他全身剧烈地颤抖，仿佛身处严寒之中，但他的恐惧却突然间被戴上魔戒的欲望所掩盖了。他满脑子都是戴上魔戒的欲望，根本无法多做思考。他没有忘记古墓的经历，更没有忘记甘道夫的忠告；但似乎有种力量在引诱他忽视一切警告，而他已经快要屈服了。这并不是因为他想要逃跑，或是做任何的好事、坏事，他只是单纯地想要拿出戒指来戴到手指上。他说不出话来，感觉到山姆正担心地看着他，仿佛感应到自己的主人有了大麻烦；但他却无法转过头去看着山姆。他闭上眼，挣扎了片刻，但很快就再也无法抵抗，最后他缓缓地掏出链子，将魔戒套上左手的食指。

虽然一切都和之前一样昏沉阴暗，但敌人的身影立刻变得清晰许多。他能够看见那黑衣底下的身躯。一共有五名高大的骑士，两名站在山坡上，三名正步步进逼。他们苍白的脸孔上是无情的双眼，披风底下则是灰色的长袍。他们灰白的头发上戴着银制的头盔，枯瘦的手中握着钢铁的长剑。他们快步向他冲来时，锐利的眼光都盯着他，仿佛要穿透他。他在绝望中拔出他的剑，在他眼中看来，这剑闪着火红的色彩，仿佛是支炙热的火把。两个身影停了下来。第三个比其他骑士都要高，他的长发闪着光，头盔上套着皇冠。他一只手拿着长剑，一只手则拿着小刀，刀和握刀的手都同样透出苍白的幽光。他一跃向前，扑向佛罗多。

就在此时，佛罗多也跟着扑向地面。他听见自己叫喊着伊尔碧绿丝！姬尔松耐尔！同时他也砍中了敌人的小腿。一声凄厉的叫喊划破夜空，同时他觉得仿佛有根淬毒的冰块刺进他的左肩。即使在那天旋地转中，他还是看见神行客双手各拿着火把，从黑暗中跳了出来。佛罗多丢下剑，使尽最后的力气将戒指褪下，牢牢地紧握在右手中。

第十二章

渡口大逃亡

当佛罗多清醒过来时,他发现自己依旧紧抓着魔戒不放。现在他躺在比之前烧得更旺的篝火边,三名伙伴都俯身看着他。

"发生了什么事情?苍白的国王到哪里去了?"他含糊地问。

三人听见他开口,高兴都来不及,因此根本没有听懂他所问的问题。好不容易,他才从山姆的口中问出:众人根本只看见一些模糊的阴影向他们逼来。突然间,山姆惊恐地发现主人消失了。就在那一刻,一道阴影掠过他,他倒了下来。他听见佛罗多的声音,但似乎是来自极远的地方或是极深的地底,呼喊着奇怪的语言。之后,他们就什么都没看见了,直到绊倒在佛罗多身上。他动也不动地趴在草地上,宝剑压在身体底下。神行客命令他们将佛罗多抱回,放在篝火旁边,然后他就消失了,已经过了好一段时间还没回来。

山姆又开始对神行客起了疑心,但就在众人讨论着的时候,他突然无声无息地从黑暗中出现。他们吃了一惊,山姆立刻拔出剑站在佛罗多身边,但神行客却一言不发闪身跪在佛罗多身旁。

"山姆,我不是黑骑士,"他温和地说,"也不是他们的盟友。我刚刚试着要找到他们的行踪,却什么都没有发现。我实在不明白为什么他们会离开,不再攻击。唯一可以确定的是附近没有任何他们出没的迹象。"

当他听见佛罗多的说词之后,他满腹忧虑地摇摇头,叹了口气。

接着,他命令皮聘和梅里用他们的小水壶尽可能地多煮沸一些水,好用来洗伤口。"把火烧旺,让佛罗多保持温暖!"他说,然后起身走开了几步,并叫山姆跟过来。"我想我大概明白是怎么一回事了。"他压低声音说,"敌人似乎只有五个。我不知道他们为什么没有全员到齐,但我想他们没有料到会遭到抵抗。他们暂时先撤退了,但恐怕没走多远。如果我们没办法及早离开,他们明晚还会攻击,因为他们认为任务已经快要完成了,而魔戒也跑不了多远,所以他们只是在等待。山姆,他们应该认为你主人受的伤会让他听从他们的意志,我们走着瞧!"

山姆的泪水立刻夺眶而出。"不要放弃希望!"神行客说,"你必须相信我。你的佛罗多比我猜想的坚强多了,本来甘道夫提醒我的时候我还不相信;他并没有受到致命伤,而我猜他对伤口中邪恶力量的抵抗,会比敌人预期得更久。我会尽一切可能帮助他和医治他,我不在的时候看好他!"他再次急匆匆地消失在黑夜中。

佛罗多开始打盹。他可以感觉到肩膀上伤口的疼痛正缓缓加重,还有一股要命的寒气从肩膀扩散到手臂和腰际。他的朋友看顾着他,试图保持他身体的温暖,不停地洗着他的伤口。夜色慢慢消退,天边露出了曙光,当众人都笼罩在微明的天光中时,神行客终于回来了。

"你们看!"他弯身从地上捡起一件黑色的斗篷,之前因为夜色的关系,没人看得见,斗篷边缘一呎左右的地方有条裂缝。"这是佛罗多宝剑留下的痕迹,"他说,"恐怕这是对敌人造成的唯一伤害,他的本体并未受伤,而所有穿过这恐怖之王的刀刃都会消融。伊尔碧绿丝的名讳对他造成的伤害可能还更大。"

"对佛罗多来说,最要命的是这个!"他又弯下身,捡起一把细长的薄刃小刀,上面泛着寒光。当神行客拿起这小刀时,他们都注意到刀刃在靠近刀尖的地方有个缺口,刀尖已经断裂不见了。更惊人的是,当神行客将它举到明亮的晨光中时，小刀竟在他们眼前融化，如一缕轻烟般消失在空气中，只剩下刀柄握在神行客手中。"真糟糕！"他大喊着，"伤到佛罗多的是这把被诅咒的小刀。当今世上已经没有多少人能够医治这种要命的伤害了，我只能尽力一试。"

他坐了下来，将刀柄放在膝盖上，开始用特殊的语言对它吟唱一段歌谣。他将刀柄拿开，开始对佛罗多呢喃着其他人听不懂的话语。接着他从包中掏出了某种植物的细长叶子来。

"这些叶子，"他说，"我走了很远才找到，因为这种植物不会长在这些光秃秃的山坡上，而是生长在大道南边的密林中，我在黑暗中是靠着叶子的气味才找到它的。"他用手指揉碎一片草叶，它发出一股甜郁又辛辣的香气。"幸好我找到了这种植物，这是西方皇族带来中土世界的药用植物之一。他们称它作阿夕拉斯。现在只长在古代西方皇族曾经居住过或扎过营的地方。北方大多数的人都不知晓这种东西，只有那些经常在野外漫游的人才知道它的好处。它的药效极佳，但在这种伤口上可能看不出太大的效果。"

他将揉碎的叶子丢进煮沸的水中，等稍凉之后用它来冲洗佛罗多的伤口。蒸汽所散发出来的香味让人神清气爽，那些身上没伤的人也觉得精神为之一振。这药草对于伤口的确有效，因为佛罗多感觉到半边身子的疼痛和寒意都开始消退，但他的手臂依旧毫无知觉，也无法任意挥动。他开始十分后悔自己的愚行，认为这是意志力薄弱的后果。因为，他明白当他戴上魔戒的那一刻，他并不是服从自己的欲望，而是遵照敌人的指示。他开始担心自己会不会终身残废，这趟旅程又要如何继续下去？他觉得自己虚弱得根本站不起来。

其他人也正在讨论着这个问题。他们很快决定必须尽快离开风云顶。"我认为，"神行客说，"敌人已经监视这块地方好一段时间了。如果甘道夫曾经来过这里，他一定被逼走了，也不可能再回来。在昨晚受到攻击之后,如果今天天黑时我们还待在这里,就会遭遇到极大的危险。我想不管到哪里,都不会比这里危险。"

等到天色全明,他们就随便用了点早餐,急急忙忙地开始打包。佛罗多没办法走路,所以他们将大部分的行李分摊给每个人,让他坐上马背。过去几天以来,这可怜的动物已经康复许多,看起来它已经变得更胖、更强壮了,也开始对新的主人们产生情感,它和山姆之间的感情特别深厚。比尔这个混蛋之前一定用尽方法虐待它,才会让它觉得在荒郊野外跋涉反而成了一种休息。

一行人立刻往南走,这代表着他们必须要越过大道。但这也是通往森林最快的路径。他们还需要额外的燃料,因为神行客说佛罗多必须随时随地保持温暖,特别是在晚上,而火焰也可以保护他们。他也准备再度抄近道,避开大道绕的一大段路。大道在风云顶东边又往北绕了个大弯,如果能够直接切过这个弯道,可以省下很多时间。

一行人小心翼翼地绕过山丘的西南坡,不久之后就到了大道边。附近没有黑骑士的踪迹,但正当他们匆忙跨越大道时,他们听见远处传来两声冰冷的呼喊声:一个冷若冰霜的声音发出呼喊,另一个则是作出回应。他们浑身发抖地冲向前,躲进对面的浓密树丛中。眼前的地势向南倾斜,却是杂草丛生、无路可循的荒野。灌木丛和浓密的树林之间是空旷的草地。此地的野草显得十分稀疏,粗硬泛灰,树丛中的树叶也都开始变色凋落。这块土地十分萧瑟,他们的进程也又慢又阴郁。他们在这块土地上行走时彼此几乎不交谈。佛罗多看着伙伴们面露忧郁,低着头背着沉重的包袱不停前进,心中感到非常地自责。连神行客都步履疲惫,并且看起来心情沉重。

在第一天的路程结束之前,佛罗多伤口的疼痛又开始加剧,但他强忍了很久不愿说出口。又经过了四天,他们经过之地的景色几乎没有任何变化，唯一的改变是他们背后的风云丘开始缓缓消失在地平线后，而前方远处朦胧的山脉又靠近了些。自从多日前的叫喊声之后，他们就再也没有发现任何敌人的踪影，也不确定敌人是否在继续追踪他们。他们十分害怕黑夜的降临，每天晚上两个两个站哨，随时准备会看见黑影在朦胧月光照射下的灰黑夜色中向他们扑来；但往往整夜只听见枯叶和低草摇动的叹息，完全没有感应到任何如同当天遭受突袭前那种迎面袭来的邪恶之气。如果说黑骑士已经跟丢了，那又太过乐观了些，或许他们正埋伏在某个狭窄的地方，等着偷袭他们？

到了第五天快结束的时候，地势又再度缓缓上升，带着众人慢慢离开了之前所进入的低落谷地；神行客再度领着众人往东北方走。第六天他们终于走到了这长而缓的山坡顶，可以看见前方远处有一片长满树木的绵密山丘，大道也再度出现在众人的脚下，伸展绕过那些山丘。在他们右边有一条在微弱阳光下反射着灰色光芒的河流。在更远之处，他们还瞥见另一条半笼罩在迷雾下的岩石山谷中的河流。

"我们恐怕必须要再回到大道上，"神行客说，"我们现在已经来到了狂吼河，也就是精灵们称作米塞塞尔的河流。它源自伊顿荒原，也就是瑞文戴尔北方有凶猛食人妖出没之处，然后在南方和喧水河汇流，在那之后有些人将它改称为灰泛河。这条河在入海之前都相当汹涌。从伊顿荒原以下，完全没有办法横越这条河，只有大道经过的终末桥才能够穿越。"

"比较远的那条河叫什么名字？"梅里问道。

"那就是喧水河，瑞文戴尔的布鲁南河，"神行客回答，"大道过桥之后沿着山丘延伸许多哩才会来到布鲁南渡口。但我还没想到要怎么渡过那条河。一次先解决一个问题吧！我只希望终末桥没有人把守着不让我们过就好了。"

第二天一早，他们就到了大道的边缘。山姆和神行客先上前打探，但没有看见任何旅客或是骑士的踪迹。在山丘的阴影下有下过雨的痕迹，神行客判断大概是两天前的事情，也因此冲刷掉了所有的足迹。根据他的判断，从那之后就没有任何骑马的人经过这里。

他们尽可能快速往前赶路，过了一两哩之后就看见了位于陡坡底的那座终末桥。他们很怕会看见黑色的身影等在桥上，但桥上什么人也没有。神行客让他们躲在路旁的树丛中，自己先上前去一探究竟。

不久之后，他就赶了回来。"我没有发现任何敌人的踪迹，"他说，"我开始怀疑这背后到底有什么原因。除此之外，我还发现一样很奇怪的东西。"

他张开手掌，露出一颗翠绿色的宝石。"我在桥中央的泥泞中找到这东西，"他说，"这是绿玉，是精灵宝石。我不确定这是被刻意放在那里，还是无意间掉落的，但这都让我有了新希望，我把这当作可以安全通过桥梁的记号。但在那之后，如果没有任何明显的记号，我就不敢继续走在大道上了。"

他们当下就出发。一行人安全地通过大桥，耳中只听见河水冲刷在三根拱桥柱上的声音。又走了一哩之后，他们就发现有另一条在大道左边朝北弯去的羊肠小道。神行客从这里走进森林中，很快地，众人都身陷在低矮山丘下的黑暗林木中，在阴郁的山丘脚下蜿蜒前进。

霍比特人很高兴可以离开危险的大道和死气沉沉的草原，但眼前新的景物却显得危机四伏。随着他们继续前进的脚步，两旁的山丘也慢慢升高。众人偶尔可以在浓密植被间看见山脊上或一些制高点有古老的石墙或高塔的废墟，这些建筑都有种不祥的模样。由于佛罗多骑在马上，所以他有额外的时间凝视前方多作思考。他想起了比尔博说到旅途中，曾经在大道北边发现一些吓人的高塔废墟，就在他第一次遇到危险的食人妖森林附近。佛罗多猜测众人现在多半很靠近同一个区域，开始思索他们会不会碰巧通过同一个地点。

"谁居住在这个地方？"他问道，"是谁建造了这些高塔？这是食人妖的家乡吗？"

"不！"神行客说，"食人妖不会建设，没有人居住在这里。很久以前，曾经有人类在此定居，但现在都已经消失了。根据传说，他们在安格玛的魔力影响下，成了邪恶的民族，但在那场导致北方王国灭亡的战争中，所有一切都跟着毁灭了。那是很久以前的历史了，连山丘都已经遗忘了那过去的事迹，只剩下邪气依旧飘浮在四周。"

"如果连大地都已荒凉并遗忘了这一切，你又是从何得知的呢？"皮聘问道，"飞禽走兽应该不会转述这样的故事吧。"

"伊兰迪尔的子孙绝不会忘记过去的历史，"神行客说，"瑞文戴尔保留了比我所知更多的过往历史。"

"你去过瑞文戴尔吗？"佛罗多问。

"我去过，"神行客说，"我曾经住在那里，至今我仍只要有机会就会回到那边去。我的心留在那里，但我的命运却不容许我安享宁静，即使是在爱隆美好的家中。"

山丘开始慢慢地将众人包围。他们身后的大道继续往布鲁南河前进，但两者现在都已经被山丘所遮蔽。一行人进入了一个幽暗、寂静又陡峭的狭长山谷，悬崖上有着许多盘根错节的老木，之后还有许多高耸参天的松树。

霍比特人觉得疲惫不堪。他们只能缓缓步行，因为他们必须在这根本无路的山野中辟路前进，还常被断落的树干及滚落的巨石所阻挡。他们考虑到佛罗多的状况，尽可能地避免攀爬任何的斜坡，事实上他们也找不到任何路可以爬离这山谷。在天气转变开始下雨前，他们已经在这山谷中跋涉了两天。风开始不断从西方吹来，将远方大海的湿气化成倾盆大雨降落在山顶上。到了晚上，他们都已经全身湿透，士气低落，连篝火都生不起来。第二天，山势依旧陡峭地往上升，众人被迫往北走，脱离了原先计划的路线。神行客似乎开始紧张了，一行人离开风云顶已经将近十天，干粮开始快要不够了，而大雨依旧不停地落下。

那天夜晚，他们靠着岩壁的一个窄浅洞穴安营。佛罗多翻来覆去地睡不着，这湿气和寒意让他的伤口痛得比之前更加厉害。疼痛和要命的寒气夺去了他仅有的睡意。他辗转反侧痛苦地躺着，害怕地听着夜间各种各样的声响：强风吹过岩隙的声音、水滴坠落的滴答声、岩石滚落的巨响。他觉得黑影又开始进逼过来要夺去他的呼吸；但当他坐起身来时又什么也没有，只看见神行客弓着背坐在一旁，抽着烟斗注意着周遭的一举一动。他再度躺了下来，开始做起扰人的噩梦。在梦中，他又回到了夏尔的花园中，但那一草一木都不及围篱边俯视的黑影来得清晰。

他早晨醒过来时发现雨已经停了。云层依旧很厚，但已经开始慢慢散去，蓝色的天空开始慢慢出现在云朵之间，风向再度开始改变。他们并没有马上出发。在吃完简便的早餐之后，神行客孤身离开，命令众人继续躲在崖洞中静候他回来。如果可行的话，他说他准备爬上山去，看看四周的环境。

当他回来的时候，脸上露出担忧的神情。"我们太偏北了，"他说，"一定得找个方法回头往南走。如果我们继续往这个方向走，最后会走到瑞文戴尔北边极远的伊顿河谷。那是食人妖的领地，我对那边所知甚少。也许我们还可以从北边转回瑞文戴尔，但那必须花上更久的时间，我也不知道确切的道路，而且，我们的食物也快不够了。总之，我们得赶快找到布鲁南渡口才行。"

当天剩下的时间他们都花在试图横越这崎岖的地形上。他们在山谷中找到了一条通往另一个河谷的通道，那方向正好是朝着东南方，是他们想走的方向。但到了傍晚时，他们的前程再度被一块高地挡住，高地上有许多参差不齐的巨岩，如同破损的锯齿一样。他们被迫面临两个选择，要么回头，要么爬过去。

　　他们决定爬过去，但事实证明这事非常困难。没多久，佛罗多就被迫下马，挣扎着步行前进。即使是这样，他们也经常必须费尽心力才能替自己或是小马找到往上的道路。天色几乎已经完全变暗，当他们最后好不容易到达山顶时，每个人都筋疲力尽了。他们现在位于两座山之间的平缓鞍部，不远处地势又开始急遽下落。佛罗多倒了下来，躺在地上不停颤抖，他的左臂完全失去了感觉，整个肩膀和半边身子都仿佛被冰冷的爪子抓着。四周的树木和岩石在他眼中变得鬼影憧憧。

　　"我们不能再走了，"梅里对神行客说，"我非常担心佛罗多会撑不下去。我们该怎么办？就算我们能赶到瑞文戴尔，你认为他们可以治好他吗？"

　　"我们到时候就知道了，"神行客说，"在这荒郊野外我什么也没办法做。我之所以拼命赶路的主要原因就是他的伤。不过，我也同意今天晚上无法继续赶路了。"

　　"我的主人怎么搞的？"山姆压低声音，可怜兮兮地看着神行客说，"他的伤口很小，而且也已经愈合了，唯一痕迹只剩下肩膀上的一小块白点。"

　　"佛罗多是被魔王的武器所伤，"神行客说，"他的体内有某种毒素或是邪恶的力量是我无法驱逐的。山姆，我只能劝你不要放弃希望！"

　　夜色渐渐降临在高地上，他们在一株老松树的树根底下点燃了小小的篝火，躲在老松树所遮蔽的岩石上的一个小凹槽内，这凹槽似乎经过人工的挖掘。一行人互相依偎着取暖。强风毫不留情地吹过这隘口,他们可以听见树木弯下身去发出呻吟和叹息。佛罗多半睡半醒地想象着有一双黑色的翅膀掠过他上方的天际,上面就是在上山下海不停追捕他的黑骑士。

破晓的晨光明媚,空气清新,大雨似乎洗去了天空中的尘埃,让一切都变得更为清朗。众人都觉得受到莫大的鼓舞,但还是希望能有太阳来温暖他们僵硬冰冷的四肢。等到天色大亮,神行客就带着梅里一起前去探察从高地到隘口东边的地形。当他们带着好消息回来时,上升的太阳也开始发出灿烂的光芒。他们如今所走的方向大致正确。如果他们继续往下走下这道山脊,山脉就会一直在他们左边。神行客还在不远处看到了喧水河的踪影;虽然目前还看不到,但他知道,在喧水河最靠近他们的地方,就是大道和渡口交会之处。

"我们必须再回到大道上,"他说,"在这个山区不管走多久,都不可能找到其他的路了。不管路上有什么危险,大道都是通往渡口的唯一路径。"

一吃完早餐,他们就立刻出发,一行人缓缓地沿着高地的南坡往下走。幸好这条路比他们所想的要好走多了,因为这一边的坡度没有另外一边那么陡,没多久佛罗多就可以重新骑着马走了。比尔·羊齿蕨的可怜小马现在也十分聪明地挑着平坦的路走,尽可能不让主人摇晃或不舒服。众人的精神又振奋起来。在这美好的晨光下,连佛罗多都觉得好多了,但他不时会觉得眼前似有白雾遮住他的视线,令他不由自主地揉着眼睛。

皮聘走在众人之前一点。突然间,他转回头对他们大喊道:"前面有条小路!"

当他们跟上时,一行人发现他并没有看错:这的确是条小径的起点，它一路绕过下方的树林，蜿蜒消失在后方的山顶。小径上偶尔有些地方会被茂密的植物或是落石断木所阻，但看起来曾经一度是人迹往来频繁的道路。这是条由强壮的手臂和双脚所造出的道路，随处都可看见老树被砍伐倾倒，以及巨石被劈开或搬开好辟出一条路来的痕迹。

他们沿着路迹走了好一会儿，这条路让他们省了很多工夫，但众人还是不敢掉以轻心。尤其是当这条小径越往黑暗的森林里走就越显得宽阔时，更让人有种不好的预感。这条小路在离开一长排杉树林后，突然间沿着斜坡往下降，往左猛然绕过一个布满岩石的山肩。当他们绕过这个弯道之后，众人注意到这条小径一路通往一个树木拱卫的悬崖。在岩壁上有一扇巨大的石门半开着，歪歪倒倒地挂在一条巨大的铰链上。

众人在门口停下脚步，门后是个巨大的洞穴或石室，但内部十分阴暗，什么也看不清楚。神行客、山姆和梅里使尽浑身力气才勉强把门推开了些。神行客带着梅里走进门内。他们没走多远，因为里面满地都是白骨，门口附近除了几个破碎的瓶罐，看不见有别的东西。

"这以前一定是个食人妖的洞穴！"皮聘说，"你们两个快出来，赶快走吧。现在我们已经知道这小路是谁弄出来的，最好赶快离开它！"

"我想没必要这么提心吊胆，"神行客走出来说，"这的确是个食人妖的洞穴，但已经废弃很久了，我想我们不必害怕。不过，往下走时还是小心点比较好，到时我们就会知道了。"

小径从门口继续往前延伸，接着它往右一转，横过一片平地，下降到一处长满密林的斜坡。皮聘不让神行客看出他还是害怕，于是刻意跑到前面梅里的身边去。山姆和神行客走在后面，一人一边护着佛罗多，因为这条路现在宽得可以容下四五个霍比特人并肩而行。不过，他们没走多远，皮聘就和梅里一起跑了回来，两个人看起来都很害怕。

"前面有食人妖！"皮聘喘息道，"就在不远的一块空地上。我们从树林的空隙间看到了他们，他们好巨大啊！"

"让我去看看。"神行客拾起一根树枝走上前。佛罗多一言不发，但山姆看来十分害怕。

现在已经日当正午，烈日穿透森林的空隙，斑驳地照在地面上。一行人在树林边缘停了下来，屏住呼吸小心地从树干间往内窥探。三个高大的食人妖就站在那边，一个弯着腰，另两名则瞪视着他。

神行客满不在乎地走上前。"快起来，老石像！"他用力挥动，将手中的树枝打成两截。

什么都没发生。霍比特人都惊讶地倒抽了一口气，连佛罗多都笑了。"哈哈！"他说，"我们连自己家的故事都忘记了！这一定就是被甘道夫陷害的那三个食人妖，他们当时还正在争吵要如何烹煮十三个矮人和一个霍比特人。"

"我们怎么会跑到这边来了？"皮聘说。他对这个故事知道得很清楚，比尔博和佛罗多对这个故事津津乐道；但事实上，他一直半信半疑，总以为对方是在吹牛。即使到现在，他还是用怀疑的眼光看着这些食人妖石像，担心会不会有什么魔法让它们突然醒过来。

"你不只忘记了自己家的故事，更忘记了有关食人妖的生活方式了，"神行客说，"这是日正当中的大白天，你还敢跑回来告诉我，有食人妖坐在草地上晒太阳等我们！而且，你也没注意到有个食人妖的脑袋后头还有个鸟巢。对于活生生的食人妖来说，这种装饰品也未免太独特了吧！"

他们都开怀大笑。佛罗多觉得心情好多了：比尔博冒险的证据让他振奋许多。太阳照在身上暖洋洋的，他眼前的白雾似乎也消散了些。他们在这块草地上休息了片刻，更在食人妖大脚的阴影下用了午餐。

"有没有人愿意趁着日正当中的时候给我们来首歌啊？"当众人吃

完之后，梅里高兴地问，"我们已经好几天没说故事或是听歌了。"

"从风云顶之后就没有了。"佛罗多说。其他人都看着他。"别担心我！"他补充道，"我觉得好多了，但还是没有好到能够唱歌，或许山姆可以想出些歌来唱。"

"来嘛，山姆！"梅里说，"你脑袋里有很多好东西没跟我们分享喔。"

"那我可不知道，"山姆说，"不知道这个怎么样？我可不会把这个叫作诗歌，因为它大部分是瞎掰的，但比尔博先生的故事又让我想起了这首歌。"他站了起来，双手背在后面，仿佛在学校背书一般，唱起了一首古老的旋律：

食人妖独自坐在石座上，
不停地啃着块老骨头棒；
他已经啃了好多年，
因为很难找到新鲜肉！
没有肉！新鲜肉！
他独自住在山洞没事忙，
实在很难找到新鲜肉。

汤姆穿着大靴子跑了来，
问食人妖："老大，那是啥？
很像我叔叔提姆的小腿骨，
应该收在大坟场。
灵骨塔！大坟场！
提姆已经挂了这么久啦，
我一直以为他还在墓穴躺。"

"小子,"食人妖说,"这骨头是偷来的。
那坟坑里的骨头有啥用?
你叔叔早就死透透,
我才会拿他的骨来用。
骨来啃!骨来用!
他全身骨头少了根又不会痛,
就让我啃到走不动。"

汤姆说:"你这家伙真无理,
没人同意硬抢去,
管它是腿是屁股,他还是我爸的好兄弟;
快把老骨头交出去!
赔给我!交出去!
就算他挂了又怎样,照样还是他的大屁屁;
快把老骨头交出去!"

"只要花点小力气,"食人妖嘿嘿笑着走过去,
"我就把你吃下去,大啃你的小屁屁。
新鲜的甜肉吞肚里,马上变得有力气!
现在就来尝尝看。
闻闻看!舔舔看!
我早就啃厌他的老骨头,
现在就想吃你这新鲜肉。"

当他以为晚餐已逮到,
却发现什么也没抓着。

汤姆老早躲到背后去,
准备给他一脚狠教训。
好教训！狠教训！
汤姆想一脚踢中他的大屁屁,
这样才给他个狠教训。

食人妖的筋骨皮,坚硬无比赛顽石,
因为每天风雨打,让他成了山老大。
好像一脚踢上大峭壁,
对方根本不在意。
没在意！不在意！
食人妖听见汤姆唉唉叫,
忍不住开始哈哈笑,因为他的脚指头知道。

回家之后汤姆叫,脚儿承受众人笑,
肿得像个面包大；
食人妖才不在乎,
依旧啃着大骨头,
死骨头！老骨头！
食人妖的座位还在那,
照样啃着别人的老骨头！

"哇！这可是个好教训哪！"梅里笑着说,"神行客,幸好你用的是树枝,不是脚啊！"
"山姆,这是从哪学来的?"皮聘问道,"我以前从来没听过这歌词。"

山姆咕哝了几句。"这是他自己编的啦,"佛罗多说,"我这次可真的见识到山姆·詹吉的潜力了。一开始他先阴谋对付我,然后又成了吟游诗人,搞不好将来会变成巫师或是战士哪!"

"希望不要,"山姆说,"我两个都不想当!"

到了下午,他们继续深入森林,一群人可能正循着当年甘道夫、比尔博和矮人们多年前所走的路径。又走了几哩之后,他们来到了俯瞰大道的一处高坡顶上。大道在此已经远离了狂吼河,让它在狭窄的河谷中独自奔流,自己则是紧靠着山丘前进,一路朝东蜿蜒过森林和覆满石楠的山坡,朝着山脉和渡口前进。走不了多远,神行客就指认出草地上的一块石头。上面刻着饱经风霜的秘密符号和矮人的符文。

"你们看!"梅里说,"这一定就是标记着藏放食人妖宝藏地点的记号。我说佛罗多啊,不知道比尔博拿到了多少?"

佛罗多看着那石头,真希望比尔博没带回来这么难以舍弃又难以摧毁的宝藏。"他一定都没拿,"他说,"比尔博把它全送人了。他说因为这都是食人妖抢来的,他觉得不应该属于他所有。"

傍晚时分,掩盖在林木阴影中的大道安静无声,毫无人迹。由于别无他路,他们只得爬下山坡,往左转之后尽快往前走。很快地,山丘就挡住了西沉落日的光芒,一阵冷风从前面的山脉吹了下来。

他们正准备找个远离大道,晚上可以扎营休息的地方时,突然间背后传来了唤醒所有人恐怖记忆的声音:马蹄声。众人不约而同地回过头,却由于道路七弯八拐而无法看见来客是谁。他们连滚带爬地尽快冲向山坡上可以掩蔽形迹的浓密石楠与树丛中,最后躲在一小片浓密的榛树后。当他们隐藏好自己的身形之后,才从树丛往外观察三十呎外,在渐弱的光线中灰蒙蒙的大道上的动静。马蹄声越来越近,而且速度很快，夹带着叮铃当啷的声音。然后，在微风吹拂下，众人似乎又听见了像是小铃铛撞击的声音。

"这听起来可不像黑骑士的坐骑！"佛罗多仔细倾听着。其他的霍比特人都满怀希望地同意他的说法，但还是心存疑惑，不敢轻易接受。他们被追杀的时间已经久到让他们草木皆兵、杯弓蛇影的地步了。神行客现在则趴在地面上，一手卷握贴在泥土与耳朵之间，脸上露出欢欣的表情。

天色越来越暗，树丛中的枝叶发出飒飒细响。铃铛的声音越来越清晰，伴随着叮铃当啷的撞击声和急促的马蹄声。突然间，有匹白马仿佛流星般奔过众人眼下的大道，在暮色中可以看见马笼头上点缀有许多亮晶晶的饰品，仿佛缀满了如同星辰一样的宝石。骑士的斗篷在他身后翻飞，褪下的兜帽让他的金发在空中舞动。在佛罗多的眼中，这骑士身体内似乎有种白光内蕴，像是透过丝绸一般，隐隐地散发而出。

神行客跳出藏身处，往下冲向大道，边大喊着吸引对方的注意。不过，在他采取任何行动之前，骑士就已经勒马止奔，朝着他们的方向看来。当他看见神行客的时候，他立刻下马，奔向他道：*Ai na vedui Dúnadan! Mae govannen!* 这清亮甜美的声音让众人再无疑惑，这位骑士是个精灵。这世界上再没有其他的生物能拥有这么动听的声音。但是，他们似乎从这呼唤中听见了慌张或恐惧，也注意到他正十万火急地和神行客说着话。

很快地，神行客示意他们全都下来；霍比特人离开藏身的树丛，匆匆赶了下来。"这位是住在爱隆家中的葛罗芬戴尔。"神行客介绍道。

"诸位好，终于见面了！"这个精灵贵族对佛罗多说，"我由瑞文戴尔被派出来寻找你们。我们担心你们在路上遭遇到了危险。"

"那么甘道夫已经到了瑞文戴尔了吗？"佛罗多高兴地问。

"没有，我出发时他还没到；但那是九天前的事了，"葛罗芬戴尔回答道,"爱隆收到一些令他很担心的消息。我们有些同胞踏进了巴兰督因河①彼岸你看管的区域,发现情况不对,于是尽快把消息传过来。他们说九骑士已经出动,而你们又在没有引导的状况下背负着重担远行,因为甘道夫没有回来。连瑞文戴尔都很少有人可以公开对抗九骑士;但爱隆派出了所有拥有足够能力的人往北、西、南方寻找你们。我们认为你们可能为了躲避追捕而刻意绕路,迷失在荒野中。

"我的任务是沿着大道走,大约七天前我在米塞塞尔桥上留下一样信物。有三名索伦的奴仆镇守该桥,但他们被我吓退,我一路把他们赶往西去。我还遇到另外两名,但他们掉头往南躲。之后,我开始仔细搜寻你们的踪迹。我在两天前找到,并随足迹走上米塞塞尔桥;今天我发现你们再度从丘陵区进入了大道。但现在得快!我们没时间交换消息。既然你们人在这里,我们就必须冒险从大道赶回去。我们背后有五名骑士在追赶;当他们发现你们在大道上的踪迹后,会像黑风一样追上来。而且,我们所面对的危险还不止这样,其他四名骑士在何处,我不知道。我恐怕我们会发现渡口已经被占领了。"

当葛罗芬戴尔在说话的时候,夜色已经完全降临,佛罗多觉得非常疲倦。从太阳落下开始,他眼前的白雾就逐渐变浓,并且觉得有道阴影出现在他和朋友之间。此刻,他又淹没在痛苦的浪潮中,浑身发冷,他身体一个不稳,只得赶快抓住山姆的手臂。

"我的主人受了重伤,"山姆生气地说,"入夜之后不能赶路,他需要休息才行。"

葛罗芬戴尔一把扶住往下倒的佛罗多,小心翼翼地抱住他,神色十分忧虑地打量着他的面容。

---

① 即烈酒河。

神行客简短叙述了在风云顶遭到攻击的情形,以及那把要命的小刀。他掏出刻意保管的刀柄,交给精灵。葛罗芬戴尔一接过刀柄就打了个寒战,但他专注地看着它。

"刀柄上写着邪恶的咒文,"他说,"不过你可能看不见。亚拉冈,你先继续保管它,务必将它带到爱隆的住所去!千万小心,尽量不要碰触这东西!唉!这刀所造成的伤不是我能治好的。我会尽力而为,但正因如此,我得催促你们不眠不休地赶路。"

他用手指摸索着佛罗多肩膀上的伤口,表情越来越凝重,仿佛他得知了令他更忧心的状况。不过,佛罗多却觉得半边身子与手臂上的刺骨寒意开始慢慢消退,一点暖意从他的肩膀往下流到手掌,疼痛也减轻了些。他四周的环境似乎也变得清晰了一点,云雾似乎被某种力量抽走了。在他眼中,朋友的面孔变得更清楚了些,他觉得体内又充满了新希望和新力量。

"你最好骑我的马,"葛罗芬戴尔说,"我会把马镫收到马鞍边,你必须尽可能地夹紧双腿。不过你不必害怕,我的坐骑绝不会让任何我令它搭载的骑士落马。它的步伐轻快流畅,如果危机靠近,它会以连黑骑士的坐骑都追不上的神速带你逃离。"

"不,我不愿意这样做!"佛罗多说,"如果你们要让我就这样被送往瑞文戴尔,让我的朋友们独自面对危险,我绝不愿这样做。"

葛罗芬戴尔笑了。"我可不这么认为,"他说,"如果你不在他们身边,他们大概不会有危险!我想,对方会放过我们,却对你紧追不舍。佛罗多,是你,还有你身上所携带的东西,让我们身陷危机。"

佛罗多并没有回答,他最后终于被说服坐上葛罗芬戴尔的白马。于是他们将大部分的行李放到小马身上,众人走起来都轻松多了,他们加快速度赶了好一段路。不过,过了不久,霍比特人就发现自己很难跟上精灵那永不疲倦的飞快步伐。他领着众人走进铺天盖地的黑暗中，持续在云层厚重的黑夜里朝前迈进。天上没有星辰也没有月亮。一直到天光灰白时，他才让一行人停下脚步。皮聘、梅里和山姆到这时候都已经快要站着睡着了，连神行客看起来都有些弯腰驼背、面露疲色。佛罗多坐在马背上，仿佛陷入黑暗的睡梦中。

他们一伙人筋疲力尽，倒在路旁几码外的石楠丛中，几乎立刻就睡着了。葛罗芬戴尔则是自顾自地坐在一旁替大家放哨，当他叫醒大家的时候，众人觉得好像才刚阖眼一般。太阳现在已经高挂在天空，昨夜的雾气和云层也全都散去了。

"喝下这个！"葛罗芬戴尔从他腰间的镶银皮水壶中倒给每人一小杯饮料。这东西清澈得像是山泉水，无色无味，在嘴中完全没有冰凉或是温暖的感觉，但一种新生的活力立刻涌入他们全身。在喝了这神奇的饮料之后，他们仅剩的走味面包和干果，似乎变成难得的珍馐美味，比夏尔的宴席还要让人满意。

他们休息了不到五个小时就继续上路了。葛罗芬戴尔丝毫不敢松懈，一路催促大家赶路，只允许在路旁稍做休息两次。靠着如此日夜兼程的急行军方式，他们在天黑前就赶了二十哩路，大道现在右转进入了一个谷地，直直朝向布鲁南渡口而去。到目前为止，霍比特人都没有看见或听见任何追兵的踪迹或身影，但葛罗芬戴尔却常常停下脚步，仔细倾听着后方的动静。如果他们脚步稍稍减缓，他的脸上就会出现愁容，中间有一两次，他用精灵语和神行客交谈了几句。

不过，不管他们的向导有多么着急，当晚这些霍比特人都再也走不动路了。到最后他们都因为头昏眼花而变得步履蹒跚，满脑子只是想着赶快休息。佛罗多的疼痛又加剧了，白天时周围的景物在他的视线中变得一片灰白，他几乎开始喜欢上降临的夜色，因为在夜晚看来，一切反而没有那么苍白和空洞。

第二天一大早，当霍比特人再度出发时，他们的状况依旧没有好到哪里去。他们和渡口之间依旧还有很多路要走，小脚也只好尽可能地跨步赶路。

"在我们抵达河边时情况会最危险，"葛罗芬戴尔说，"因为我开始觉得，追兵就紧追在后，而另一个危险就等在渡口。"

大道依旧持续地缓降下坡，两旁的草地也变得茂盛许多，霍比特人会尽可能走在草地上，好让疲倦的双脚舒服些。到了下午的时候，他们来到一个地方，大道突然进入高大松林所包围的阴影里，接着又深入一条很深的隧道，两边都是又陡又潮的红色岩壁。当他们急忙向前的时候，许多脚步声在隧道中回响，让人开始疑神疑鬼，好像他们后面还有许多人跟着似的。突然间，仿佛穿过一道光明之门，大道穿出隧道尽头来到露天之地。在陡坡的下方，他们可以看见前方是一望无际的平坦大地，一段距离以外就是瑞文戴尔渡口。河的对岸是褐色的陡坡，上面装点着几条曲折的小径；在那之后则是一路高耸入云、峰峰相连的高山。

不过，他们身后的隧道中仍旧传来诡异的回声，仿佛前面的脚步声还没有消失；同时一阵嘈杂声响起，似乎有一阵强风狂刮过松树。葛罗芬戴尔转头聆听了片刻，接着立刻奋力冲向前，口中大喊着。

"快跑！"他大叫，"快跑！敌人就在我们背后！"

白色的骏马立刻放开四蹄往前奔驰。霍比特人也快速地跑下斜坡，葛罗芬戴尔和神行客负责殿后。眼前的平原还没走到一半，身后就传来了马匹急驰的声响，从树林中冲出一名黑骑士，他勒住缰绳停了下来，人在鞍上晃了几下，接着出现了另一名骑士，然后是另一名，另外两名则是最后才出现。

"快跑！快！"葛罗芬戴尔对佛罗多大喊。

他并没有立刻照做，因为有种奇异的渴望拖住了他。他让白马放慢脚步，转头看着背后。骑士们坐在黑色的骏马上，如同可怕的黑色雕像一般睥睨山丘下的众人，同时他们四周的森林和山坡似乎都退入一团迷雾中。佛罗多突然明白过来，他们正在默默地命令他，要他等他们。恐惧和憎恨使他立刻清醒，他的手离开缰绳抓住剑柄，从腰间拔出闪烁着红光的宝剑。

"快骑！快跑！"葛罗芬戴尔依旧不停地大喊，接着他用精灵语清楚地对骏马大声下令：*noro lim, noro lim, Asfaloth!*

白色神驹立刻一跃而起，如同狂风一般扫过平坦的大道，飞驰向最后一段路程。同一瞬间，黑骑士们策马奔下山坡，开始急起直追；黑骑士们发出了一声凄厉的叫喊声，就是佛罗多当初在夏尔东区所听到的那种撕心裂肺的恐怖声响。这喊声获得了回应，接下来的状况让众人措手不及：有另外四名骑士从左方的树林和岩石间跃出，飞驰而来。两名奔向佛罗多，试着阻挡他，另两名则策马狂奔向渡口，准备截断他最后的去路。在佛罗多的眼中，朝他急驰过来的黑马和骑士似乎越变越大，越来越黑暗，而双方的路线不久即将交会。

佛罗多回头看着背后的情况；他已经看不见朋友了，身后的黑骑士则逐渐落后，即使是他们的黑色坐骑也无法追上葛罗芬戴尔这匹白色的精灵神驹。他又往前一看，所有的希望一瞬间全都消失了。在他看来，他完全没有机会躲过这埋伏的四名骑士，及时到达渡口。他现在可以清清楚楚看见这些骑士的外貌。他们已经脱去了黑色的外袍，露出底下灰白色的长袍。他们苍白的手中握着出鞘的钢剑，头上戴着恐怖的头盔。骑士们冰冷的双眼闪动着光芒，口中发出让人汗毛直竖的呼喊声。

佛罗多心中充满恐惧，他的心思不再放在宝剑上了，他也发不出呼救声。他闭上眼，紧抓着神驹的鬃毛。狂风呼啸着吹过他耳边，缰绳上的铃铛狂乱地撞击着。一道冰冷的吹息像是长矛一般刺穿他；就在同一瞬间，神驹四蹄一蹬，仿佛一道白色火焰乘风飞越过最前面的骑士。

佛罗多听见水花四溅的声音，原来他脚下就是翻腾飞溅的河水。他感觉到自己快速地上升，是骏马已经渡过了河，正在使劲爬上河岸旁的碎石小径。他正在攀上河岸的陡坡。他已经涉过了渡口。

但追兵依旧紧追不舍。骏马爬到坡顶后停了下来，转过身，引颈长嘶。九名骑士现在齐聚在对岸水边，在他们充满威胁的仰视下，佛罗多不禁浑身发抖。他轻易地渡过了河，因此他认为没有任何力量可以阻止骑士们越过河流。等骑士一过河，他更没有信心可以在黑骑士的追击下，从渡口跋涉不确知的路径一路逃到瑞文戴尔去。同时，他又感到自己是被命令催逼着停下来。怨恨又在他心中开始聚集，而这次他已经无力抵抗。

突然间，为首的骑士策马向前，那匹马踏了一下水，就不安地后腿直立而起。佛罗多拼尽全身力气，坐直身子，高举着手上的宝剑。

"滚回去！"他大喊着，"快滚回魔多去！不要再跟踪我了！"他的声音连自己听起来都十分的尖厉、虚弱。骑士们停了下来，但佛罗多并没有庞巴迪的力量。他的敌人只是用沙哑冰冷的笑声嘲笑他。"快回来！快回来！"他们大喊着，"我们会带着你一起去魔多！"

"快滚！"他无力地低语道。

"夺魔戒！夺取魔戒！"他们用致命的低吼声道出唯一的目标。为首的骑士立刻策马奔入河中，另两名骑士也紧跟在后。

"以伊尔碧绿丝和露西安之名，"佛罗多举起宝剑以最后的力气说，"你们既得不到我也得不到魔戒！"

正过河过到一半的黑骑士首领突然间踏住马镫站了起来，高举起手。佛罗多瞬间僵住，做声不得，他觉得舌头像被切断似的，他的心脏剧烈地跳动着。他的宝剑断裂，哐当一声从他颤抖的手中掉了下来。精灵神驹后退直立起身，不安地喷着鼻息。最前方的黑骑士几乎已经要踏上河岸。

就在这时，一阵怒吼汹涌传来：洪水夹着许多岩石狂吼着排山倒海袭来。佛罗多在朦胧中看着底下的河流暴涨，沿着河道涌入如同千军万马一般的大水。在佛罗多模糊的意识中，浪峰上仿佛有白焰闪烁，他似乎在水中看见了白衣白甲、骑着白马的骑士，马鬃溅着白色浪花。三名还在河中央的黑骑士立刻被淹没，突然间消失在愤怒的浪潮中。那些还在河对岸的骑士则惊慌地后退。

佛罗多最后听见了一声暴吼，他依稀看见对岸那些犹豫未决的骑士背后出现了一个浑身笼罩在白光中的人影；在他身后则有许多小人影挥舞着火焰，在笼罩住整个世界的灰色迷雾中闪烁着红光。

黑骑士的坐骑开始发狂，不听使唤地乱跑，在惊恐中载着骑士一头跳进汹涌的河水中。他们刺耳的尖叫声被滔滔洪水淹没了。之后，佛罗多觉得自己在往下坠落，那震耳欲聋的声响似乎将他和敌人都一起吞没进混乱的世界中，一切都消失在眼前……

瑞文戴尔

第二巻

第一章

众人相会

佛罗多醒来,发现自己躺在床上。一开始他以为自己是睡晚了,他做了一个很长的噩梦,那梦仍盘旋在记忆的边缘。或者,自己是生病了吗?但这天花板看起来好奇怪,它是平的,那些深色的梁木上有着美丽繁复的雕刻。他继续在床上躺着,看着墙上斑斑的光影,倾听着瀑布的声响。

"我在哪里,现在是什么时候了?"他对着天花板大声说。

"你在爱隆的屋子里,现在是早上十点,"一个声音说,"如果你想知道得更清楚一点,现在是十月二十四号早上十点。"

"甘道夫!"佛罗多大喊一声,坐了起来。老巫师就坐在敞开的窗户旁的椅子上。

"没错,"他说,"是我。自从你离家又做了那么多傻事之后,还能来到这边,运气实在很好。"

佛罗多又躺了下来。他舒服得不想和人争辩,而且,他也实在不认为这次能够吵赢。现在他已经完全清醒了,也记起了过去这一整趟的冒险:那段要命的穿越老林的"抄近道";"跃马"旅店的"意外";他在风云顶戴上魔戒的疯狂行为。当他思索着这一切,并且徒劳无功地试图回忆自己如何抵达瑞文戴尔时,室内一片寂静,唯一伴随他的是甘道夫对着窗外噗噗地吐着白烟圈的声音。

"山姆呢?"佛罗多终于问道,"其他人都还好吧?"

"是的，每个人都安然无恙，"甘道夫回答，"山姆一直待在这里，我半个小时前才打发他去休息。"

"在渡口那边究竟发生了什么事？"佛罗多问道，"一切都模糊不清，我现在还是一头雾水。"

"你当然会觉得模糊不清。你当时已经开始消逝了，"甘道夫回答，"你的伤最后还是把你击垮了。如果再晚几个小时，我们也帮不上忙了！不过，我亲爱的霍比特人啊，你的抵抗力可真是强韧！就像你在古墓里的表现一样。那真是千钧一发，可能是这段旅程中最危险的一刻。我真希望你在风云顶可以撑住，不要动摇。"

"你似乎已经知道了很多东西，"佛罗多说，"我从来没跟其他人说过古墓的事，一开始我觉得它太恐怖，但稍后又忙到没有机会说。你是怎么知道的？"

"佛罗多，你睡着的时候嘴巴可没闲着，"甘道夫温柔地说，"我要读取你的记忆和思绪并不困难。别担心！虽然我刚刚说你做的是'傻事'，但我只是开玩笑。我觉得你和其他人很不错。你能够渡过重重危险，横越这么远的距离，依旧没有让魔戒离身，实在是件很伟大的功业。"

佛罗多说："如果没有神行客，根本办不到。但我们还是需要你，没有了你，我根本不知道该怎么办。"

"我被耽搁了，"甘道夫说，"这差点就让大家功亏一篑。不过，我也说不准，或许这样反而比较好。"

"赶快告诉我，到底发生了什么事情！"

"啊，不要急，时候到了你自然会知道！你今天不应该知道或是担忧任何事情，这是爱隆的命令。"

"可是谈话可以让我不再胡思乱想，那很累人的，"佛罗多说，"我现在很清醒，很多我记得的事情需要人家解释给我听。你为什么会耽搁了呢？你至少该告诉我这一点。"

"你很快就会知道你想知道的一切，"甘道夫说，"一等到你身体好一点，我们将召开一场会议。目前我只能告诉你，当时有人把我囚禁起来了。"

"囚禁你？"佛罗多大吃一惊。

"是的，我，灰袍甘道夫，"巫师面色凝重地说，"这世界上有许多力量，有些善良，有些邪恶，有些比我强大，有些则还没和我正面对决过，但时机快要到了。魔窟之王和他的黑骑士都出动了，大战已经迫在眉睫！"

"那么，你在我遇到他们之前，就知道有这些黑骑士了？"

"是的，我的确知道他们。事实上，我也曾经和你提过他们一次。黑骑士就是戒灵，是魔戒之王的九名仆役。但我并不知道他们已经再度兴起，否则我会选择立刻和你逃离夏尔。我是在六月离开你之后才得知这消息的，不过这段经历先不急着说。幸好，这次有亚拉冈出马，我们才不会全盘皆输。"

"是的，"佛罗多说，"是神行客救了我们。但我一开始很怕他，山姆一直不太信任他，我想直到我们碰上葛罗芬戴尔，他的疑虑才消除。"

甘道夫笑了。"我听说了山姆的很多事迹，"他说，"他现在再也没有疑虑了。"

"我很高兴是这样，"佛罗多说，"因为我开始喜欢上神行客了。嗯，'喜欢'其实不是很准确的词，我的意思是，他对我来说很重要、很亲切，虽然他有的时候形迹诡秘，又常常板着一张脸。事实上，他经常让我想到你。我以前都不知道人类之中有这样的人。我一直以为，他们就只是个头大，而且还很笨，就像奶油伯一样是个烂好人，或者像是比尔·羊齿蕨一样又笨又坏。不过，我又有什么资格批评人类呢？夏尔根本没有人类，只有布理才勉强有一半的人类居民。"

"如果你觉得老巴力曼很笨,那么你甚至对布理的居民也不够了解,"甘道夫说,"他对自己领域内的事是很睿智的。他说得多,想得少且慢,但是只要给他时间,他就可以看穿一堵砖墙(这是布理的谚语)。不过,我必须承认,中土世界没有多少人像亚拉松之子亚拉冈。渡海而来的西方皇族,他们的血脉已经快要断绝了,这场魔戒之战或许将是他们的最后一场冒险。"

"难道你是说,神行客真的是古代皇族的血脉吗?"佛罗多难以置信地说,"我以为他们很久以前就全部消失了,我以为他只是个游侠而已。"

"只是个游侠!"甘道夫说,"亲爱的佛罗多,那就是游侠的真实身份。他们就是北方王国那群伟大子民、西方之人类的残存后裔。他们过去曾经帮助过我;在接下来的日子我还是需要他们的帮忙;虽然我们已经抵达瑞文戴尔,但是魔戒的力量尚未止息。"

"我想也是。"佛罗多说,"但到目前为止,我满脑子想的只有赶到这里。我希望自己不需要再往前走了。纯粹休养生息真是一件令人愉快的事。我已经流亡冒险了一个月,我发现这已经让我受够了。"

他沉默下来,闭上眼。过了好一会儿,他又开口说话。"我刚刚在算时间,"他说,"怎么算都不会是二十四号。今天应该是二十一号才对,我们应该是在二十号抵达渡口的。"

"你说太多话,也动太多脑了,"甘道夫说,"你的肩膀和那半边身子觉得如何?"

"我不确定,"佛罗多回答,"它们什么感觉都没有——但这已经比以前好多了,不过,"他费力尝试了一下,"我又可以活动我的手臂一些些了。没错,它又开始可以动了,不是一直冷冰冰的。"他用右手摸着左手说道。

"好极了!"甘道夫说,"你好得很快,应该很快就能完全康复了。

爱隆治好了你。从你被送进来之后，他就不眠不休地医治你的伤。"

"不眠不休？"佛罗多不可置信地反问。

"严格来讲应该是三天四夜。精灵们在二十号晚上把你从渡口救回来，你在那边就失去了意识。我们焦急万分，山姆除了帮我们跑腿传消息之外，日夜都不肯离开你身边。爱隆是个身怀绝技的医者，但魔王的武器却不是等闲人可以处理的。说实话，我本来几乎不抱希望了；因为我怀疑你愈合的伤口中还有刀刃的碎片在里头。但一直到昨晚爱隆才找到，把它挖出来。它藏得很深，而且还不停往里钻。"

佛罗多打了个寒战，这才记起在神行客手中消失的那把刀，刀尖上有个缺口。"别担心！"甘道夫说，"我们已经清除掉这感染，碎片也被熔化掉了。看来霍比特人对于邪恶的力量有很强的抵抗力，即使是我认识的人类战士，也可能会轻易死在那碎片之下，而你竟承受它的折磨整整十七天。"

"他们本来要怎么对付我？"佛罗多问，"骑士们本来想怎么做？"

"他们本来想要用魔窟的兵器刺穿你的心脏，而这武器将会留在伤口内。如果他们成功了，你就会变得像他们一样，只是地位低下，必须听从他们的命令。你将会变成听从黑暗魔君指令的死灵；他会因为你想占有他的戒指而让你受尽折磨，但是对天下生灵而言，魔戒重回他的手上就是最恐怖的折磨。"

"谢天谢地！我不知道是这么危险！"佛罗多虚弱地说，"当然我是真的很害怕，但如果我知道更多的内幕，可能会吓到不能动弹。我能够逃出他们的魔掌真是走运！"

"没错，运气或命运的确是站在你这边，"甘道夫说，"勇气也是你的武器。你的心脏没有被刺穿，只伤了肩膀，是因为你到最后一刻都不放弃抵抗。但这真的是千钧一发。当你戴上魔戒的时候，其实是最危险的；因为当时你等于半个人进了死灵的世界，他们可能会当场掳获你。你可以看见他们，他们也能看见你。"

"我知道，"佛罗多说，"他们的外貌好狰狞！可是，为什么我们平常就看得见他们的马？"

"因为那是真的马，就像他们的黑袍是真的黑袍一样，他们穿它好让自己虚无的形体能有个形状来和活人沟通。"

"那些黑马怎么可能忍受这种骑士？其他所有的动物在他们靠近时都会惊恐莫名，连葛罗芬戴尔的精灵神驹也不例外。狗儿会对他们吠叫，母鹅则会嘎嘎乱跑。"

"因为这些马从生下来，就是为了服侍魔多的黑暗魔君而驯养的。他旗下还有许多有血有肉的仆从！他的阵营中有半兽人、食人妖、座狼和狼人；除此之外，还有很多人类的战士、贵族。这些都是在太阳底下行走的活物，却甘心听他驱使，而且，他们的数目还在不断增加。"

"那瑞文戴尔和精灵呢？瑞文戴尔安全吗？"

"目前还是安全的，它会支撑到全世界都被征服为止。精灵们或许害怕暗王，他们会躲避他的魔掌，但他们绝对不会再听从他的话语或是服侍他。瑞文戴尔依旧驻守着他最害怕的敌人：精灵智者，从最远古的大海对岸前来的艾尔达精灵贵族。他们不怕戒灵；因为那些曾在海外仙境住过的人，曾经一度生活在人界和幽界里，他们有极大的力量可以对抗那肉眼可见或不可见的生物。"

"我当时以为我看见了一个浑身发光的白色人影，而且他不会像其他人一样黯淡下去。那是不是葛罗芬戴尔呢？"

"没错，你看到的就是他身处幽界的形体：万物嫡传之子的真身。他是精灵王族家庭中的领导者。事实上，瑞文戴尔的确有一股足以抵抗魔多的力量，至少暂时是如此。在其他地方，还有别的力量在守护着。在夏尔也有另一种力量。但世事如果继续照这情况演进，所有这些地方很快都将变成被包围的孤岛。黑暗魔王这次是全力以赴，势在必得。"

"但是，"他突然间站了起来，抬起下巴，那上面的胡子变得根根逆乱，不肯轻伏，"我们必须勇敢面对这一切。如果我不跟你谈到把你累死，你应该很快就会好了。你身在瑞文戴尔，至少目前不需要担心太多的事情。"

"我没有勇气面对这一切了，"佛罗多说，"但目前我还不担心。只要先让我知道朋友们的消息，告诉我渡口事件的结尾，我暂时就会满意地闭口不问了。在那之后我想要再睡一觉；但是如果你不把故事说完，我就无法安心地阖眼。"

甘道夫将椅子挪到床边，仔细地打量着佛罗多。他的面孔已经恢复了血色，双眼清澈，非常清醒明白。他脸上挂着笑容，看起来应该没有什么大碍才对。但巫师的双眼仍看到一点微小的变化，他周身似乎变得有点透明，特别是那只放在床单外的左手。

"我想这也是可以预料到的，"甘道夫低声地自言自语，"他的旅程还没有结束，最后到底会如何，连爱隆也无法预料。我想，至少不是堕入邪恶。他可能会变成一个装满清澈亮光的容器，让周遭有眼之人都可看见。"

"你看起来好极了，"他大声说，"那我就不经爱隆同意，擅自告诉你一个短短的故事好了。不过，这故事真的很短，说完之后你就得睡觉。就我所知，当时发生的状况是：你一逃跑，骑士就紧追在你后面。他们不再需要马匹的指引，因为你已经半只脚踏入了幽界，他们可以看见你了。此外，魔戒也在不停地呼唤着他们。你的朋友全都闪到路旁，避开疾驰而来的黑骑士，否则他们都会被撞倒。他们知道，如果精灵神驹救不了你，就别无他法可以救你了。黑骑士的速度太快，他们追不上；黑骑士的人数太多，他们无法抵抗。没有坐骑，即使是亚拉冈和葛罗芬戴尔联手，也打不过九名戒灵。

"当戒灵掠过他们之后，你的朋友们紧跟在后。在靠近渡口的地方，路旁有处被几株树挡住的小空地。他们在那很快地生起火来。因为葛罗芬戴尔知道，如果黑骑士意图过河，河水将会大涨；而他们必须要对付那些还没有踏入河中的骑士。洪水一出现，他就冲出去，亚拉冈和其他人则拿着火把跟在后头。在水火夹击的状况下，又面对盛怒的精灵贵族现出真身，他们的气势受挫了；而他们的坐骑则是吓疯了。三名骑士被第一波的洪水冲走，其他的则被失控的马儿抛进河中，淹没在洪水里。"

"这就是黑骑士的结局？"佛罗多问道。

"不，"甘道夫说，"他们的坐骑肯定是完蛋了，少了它们，骑士们的行动会大为受限，但戒灵并不可能这么容易就被摧毁。不过，目前我们不需要担心他们。你的朋友们在洪水消退之后渡过河来，发现你趴在河岸上，身体底下压着断折的宝剑，神驹站在你身边保护你。你脸色苍白，浑身冰冷，大家都担心你已经死了，或甚至变成死灵了。爱隆的同胞和他们会合，小心翼翼地将你送来瑞文戴尔。"

"是谁造成洪水的？"佛罗多问道。

"是爱隆下的命令，"甘道夫回答，"这座山谷的河水是在他的力量控制之下，当他急需守住渡口时，洪水就会咆哮而起。当戒灵之首一踏入河中时，他就释放了洪水。我必须承认，这中间也加上了我的一些创意：你可能也注意到了，有些波浪化成了骑着威武白马的闪亮白骑士；而水中还有许多不停滚动的巨石。那时，我还担心我们释放出的洪水威力是否太大，可能会将你们全都冲走。这是从迷雾山脉中融化流下的雪水，气势非比寻常。"

"没错，我现在都想起来了，"佛罗多说，"那震耳欲聋的声响。我以为自己会和朋友以及敌人一起淹没在水中。但我们最后还是毫发无伤！"

甘道夫瞟了佛罗多一眼，但他已经闭上了眼。"目前你们都没事了。不久我们将举办欢宴来庆祝布鲁南渡口的胜利，你将会成为有幸获邀的主角之一。"

"太好了！"佛罗多说，"爱隆、葛罗芬戴尔以及一些伟大的人物，更别提还有神行客，竟然都愿意为我这么一个微不足道的家伙大费周章，这真是太荣幸了。"

"这是有充足理由的，"甘道夫笑着说，"我是其中一个，魔戒是另外一个：你是魔戒持有者。而且你还是魔戒发现者比尔博的继承人。"

"哇！比尔博！"佛罗多迷迷糊糊地说，"不知道他在哪里。我真希望他可以在这里听到全部的故事。这些事一定会让他开心地哈哈大笑。母牛一跳飞上月亮！还有那可怜的食人妖！"话一说完他就睡着了。

佛罗多如今安全地住在大海东方最后的庇护所中。这里，正如比尔博在多年前所说的，"无论你是喜欢美食、睡觉、唱歌、说故事、坐着发呆或以上全部，这里都是最完美的居所。"只是待在这里，就能够医好人们的疲倦、恐惧和忧伤。

随着夜色渐渐降临，佛罗多又醒了过来。他发现自己不再觉得疲倦或想睡，而是觉得饥肠辘辘，需要大量的食物和饮料来补充体力，在那之后，最好也来上一些歌唱和说故事的余兴节目。他一下床，伸展了一下全身，发现手臂几乎已经完好如初。他发现一旁已经准备好几件非常合身的绿色衣服可以让他换上。他走到镜子前面，发现一个比他记忆中清瘦许多的霍比特人正和他对望着：他看起来好像那个以前曾经和比尔博四处散步的年轻人；但镜中那双眼睛却若有所思地看着他。

"没错，你已经比上次照镜子时的那只井底之蛙要多了一些经验，"他对着镜中人说，"现在该是找乐子的时候了！"他伸伸手臂，吹起一曲小调。

就在这时一阵敲门声响起，接着山姆跑了进来。他三步并作两步跑到佛罗多身边握住他的左手，有些尴尬又有些害羞。他温柔地触摸那只手，接着涨红了脸，急急转过身去。

"嗨！山姆！"佛罗多说。

"它是暖的！"山姆说，"佛罗多先生，我是说你的左手；过去好几天晚上它都冷冰冰的。我们应该要大声欢呼！"他大喊着转过身，眼中闪着快乐的光芒，开始手舞足蹈地说："大人！真高兴看到你安然无恙！甘道夫叫我过来看看你是否已经可以下床了，我还以为他在开玩笑。"

"我已经准备好了，"佛罗多说，"我们走，去看看其他的同伴！"

"我可以带你去找他们，大人，"山姆说，"这个屋子很大，而且很古怪。你永远都会有新发现，而且还猜不到拐个弯之后你会看到什么。而且，还有精灵！这里、那里都是精灵！有些精灵像国王般尊贵、威严，有些像儿童般天真烂漫。还有好多的音乐和歌谣——不过，从我来到这里之后，我还没有多少心情聆听享受它们。但我开始慢慢了解这地方的风格了。"

"山姆，我知道你之前都在忙些什么，"佛罗多拉着他的手说，"你今晚应该要放开胸怀，好好享受。来吧，带我逛逛！"

山姆带着他通过几道长廊，越过许多阶梯，出到户外，来到河边陡坡旁的一座高地花园中。他看见朋友们都坐在屋子面东的门廊上闲聊。底下的山谷中已经覆上了一层阴影，但远方高处的山脉边缘依旧还有夕阳的余晖。空气相当温暖，奔流的溪水声和瀑布声十分喧闹，傍晚弥漫着一股树木和花草的香气，仿佛盛夏依旧徘徊在爱隆的花园中。

"万岁！"皮聘跳了起来，"这位就是我们高贵的亲戚！快让路给佛罗多，魔戒之王！"

"嘘！"甘道夫从门廊后的阴影之中说道，"邪物无法入侵这座山谷，但我们也不该随便提及它们。魔戒之王并非佛罗多，而是魔多邪黑塔的主人，他的力量已经再度伸向这个世界！我们困守在碉堡中，外面的世界却已面临夜暮。"

"甘道夫最近常常说这种超级激励人心的话鼓励我们，"皮聘耸耸肩，"他老是觉得我该被好好管一管。可是，不知道为什么，我在这里就是没办法觉得闷闷不乐或末日将临。我觉得我可以大声欢唱，如果我知道现在该唱什么，我早就大声唱起来了。"

"我也觉得很想唱歌，"佛罗多笑着说，"只不过现在我比较想要大吃大喝！"

"我们很快就可以治好你的嘴馋，"皮聘说，"你果然是个鬼灵精，好死不死就在我们要吃饭的时候出现！"

"这可不只是顿饭，这是个宴会！"梅里说，"甘道夫一通知我们你已经好起来了，大家就开始准备。"他话还没说完，马上就被一串铃铛声打断了。这是召唤他们进大厅的铃声。

爱隆之屋的大厅挤满了人，大部分都是精灵，不过也有几名其他种族的宾客。爱隆如同以往一样，坐在大厅一端长桌尽头的王座上。他的一边坐着葛罗芬戴尔，另一边则是甘道夫。

佛罗多惊奇地看着他们，因为他之前从未见过许多传说故事中提及的爱隆；而坐在他左右的葛罗芬戴尔，甚至是连他以为早已熟识的甘道夫，都展现出让人无法逼视的尊贵气魄来。

甘道夫的身形比其他两人矮，但他的白色长发、飘逸的银髯和宽阔的肩膀，让他看起来像是一名从古老传说中走出的睿智王者。在他饱经风霜的脸上，那双隐藏在浓密眉毛之下漆黑如炭的眼睛，似乎可以随时突然迸出火焰来。

葛罗芬戴尔高大强壮，他有一头金发，他的容貌俊美年轻，无忧无惧，满脸欢欣之情。他的双眼精光逼人，声音如同音乐一般悦耳；旁人都看得出来他胸怀智慧，手握权柄，绝不是可以小看的人物。

爱隆的面孔似乎不受岁月的影响，非老亦非少，虽然上面留着许多欢乐和悲伤的记忆。他的头发漆黑如破晓前的黑暗，发上套着一顶小小的银冠。他灰色的双眸如同清澈的傍晚，眼里流露出星辰的光芒。他看起来像是经历无数岁月洗礼的睿智君王，但他所散发出来的气魄又如同身经百战的壮年战士般充满力量。他就是瑞文戴尔的主人，是精灵和人类中最出类拔萃的顶尖人物。

在长桌的中央，在靠着壁上织锦挂毯的那一边，有一张有着遮篷的椅子，上面坐着一名让人惊叹不已的绝世美女，她的模样酷似爱隆，佛罗多推测她多半是爱隆的亲属之一。她看似年轻，实则非也。她漆黑的发辫上没有任何风霜，而洁白的玉臂及面孔更是光洁无瑕、吹弹可破。她的双目中有着耀眼的星光，灰眸也同样如同无云的夜晚一样澄澈。她散发着一股皇后般的高贵气质，美目流转间充满了睿智和深意，仿佛通晓漫长岁月所带来的一切事物。她头上套着装饰着宝石的银网，闪烁着白色的光芒；她浅灰色的衣裳上没有任何装饰，除了腰间系着一条银叶缀成的腰带。

佛罗多正在打量的这位女子，就是凡人极少有缘得见的精灵：亚玟，爱隆之女。据说她继承了露西安那倾国倾城的美貌；她被同胞们称呼为安多米尔，因为她是精灵眼中的暮星。她大多数时间都待在母亲的同胞之间，亦即越过山岭之后的罗瑞安，她是最近才回到父亲居住的地方。但她的哥哥爱拉丹和爱罗希尔，则正在外执行任务。他们常和北方的游侠并肩策马奔驰，猎杀邪恶，永不或忘母亲曾在半兽人手中遭受折磨。[①]佛罗多从没见过，也没想象过世界上会有这么美丽的生

[①] 三人的母亲是精灵王凯勒鹏和精灵女王凯兰崔尔的唯一子嗣：凯勒布理安。她在太阳纪元第三纪的时候下嫁精灵王爱隆，他们生了三个小孩。在第三纪二五〇九年时，她和同行者一起从瑞文戴尔前往罗斯洛立安，途中却遭到半兽人部队的攻击。虽然最后她被两名勇敢的儿子所救，但也从此受到了无法医治的毒创。她忍受这痛苦折磨一年有余，最后不得已航往海外仙境，让主神医治她的伤。

灵;而且,当他看到自己在爱隆的主桌上竟然也有一个座位,得以处身在这些美丽高贵的人物当中,更是让他受宠若惊。虽然他坐在大小适中的椅子上,又垫了很多个软垫,但他还是觉得自己十分渺小,有些格格不入。不过,这种感觉很快就过去了。这场宴会宾主尽欢,桌上的美食佳肴更满足了他的辘辘饥肠,让他毫无分心的机会。他过了相当久的时间之后才抬起头来,也才有机会打量左右两旁的客人。

他首先寻找他的朋友。山姆曾经请求让他伺候在主人身旁,但被告知这次他也是宴会的贵宾。佛罗多这会儿看到他和皮聘及梅里坐在一起,在靠近主桌顶端那些旁桌当中的一张上。他没看到神行客。

佛罗多的右边坐着一个穿着华贵、看起来地位相当高的矮人。他的胡子又长又卷,白得发亮,几乎像他所穿着的雪白上衣一样洁白。他腰上系着银色的腰带,脖子上挂着缀有钻石的银链子。佛罗多停下嚼食的动作,看着他发呆。

"欢迎欢迎!幸会幸会!"矮人转过来对他说,接着甚至从座位上站了起来,向他鞠躬,"葛罗音听候阁下差遣。"他这个躬又鞠得更深了。

"佛罗多·巴金斯听候阁下及阁下家人的差遣,"佛罗多猛地站起来,把软垫打翻了一地,但还是按照礼数正确地回答,"您是否就是那位伟大的索林·橡木盾十二位伙伴之一的葛罗音大人呢?"

"您说得没错,"矮人拾起软垫放好,彬彬有礼地扶着佛罗多坐回位子上,"我就不需要对您多问了;因为我已经知道您是我们著名的朋友比尔博的亲戚和继承人,请容我恭喜您的康复。"

"多谢您的关切。"佛罗多说。

"我听说您经历了不少冒险,"葛罗音说,"不知道是什么原因让四位霍比特人千里迢迢地赶到这里来?自从比尔博和我们一起旅行以来,我就没听说过这样的事情了。不过,由于甘道夫和爱隆似乎不愿意对此多谈,或许我也不该多问?"

"我想我们现在最好还是不要谈这件事,至少目前暂时不要。"佛罗多礼貌地说。他猜即使是在爱隆的居所中,魔戒依旧不是茶余饭后的轻松话题。反正,他目前也想暂时忘却这些烦恼。"不过,我也很好奇,"他补充道,"到底是什么事让您这样地位崇高的矮人大老远从孤山跋涉而来。"

葛罗音看着他:"如果您还不知道,我想目前也暂时别谈这件事情。我相信不久之后爱隆大人就会召见我们所有人,到时就会听到很多相关的讯息。不过,除了这些烦心的事之外,我们还有很多可以聊!"

接下来整顿饭的时间,两人都在不停地交谈着。不过,佛罗多听的比说的多,因为,在此地感觉起来,夏尔的消息显得既遥远又微不足道;相形之下,葛罗音就有很多关于荒地北边区域的消息可以告诉他。他从葛罗音口中知道:如今比翁的儿子,长老郁比翁已经成了许多坚强人类的领袖;他们的领土在迷雾森林和山脉之间,没有任何半兽人或是野狼胆敢进入。

"没错,"葛罗音说,"如果不是比翁一族的人,从河谷镇到瑞文戴尔之间的领土早就被邪恶势力给吞并,无法通行了。他们为了保持高山隘口和卡洛克渡口的畅通而拼死奋战,但他们也付出了很大的代价。"他摇摇头说道:"而且他们像以前的老比翁一样,依旧不太喜欢矮人。但他们还是很可靠,在这样的乱世中,这样已经够了。没有一个地方的人类像河谷镇的人对我们那样友善。巴德一族的人真是好人,神射手巴德的孙子依旧是他们的领袖;布兰德是巴德之子巴恩的儿子,他是个善于领导统御的王,他们的疆界现在远到伊斯加极南和极东的地方。"

"您自己的同胞呢?"佛罗多问。

"有很多可以说的,有好消息,也有坏消息,"葛罗音道,"不过,大多数还是好消息:截至目前,我们还算幸运;只是我们依旧无法躲过这时代的阴影。如果您真的想要知道我们的状况，我很乐意和您分享。不过，您一觉得无聊，就立刻告诉我！俗谚有云：矮人一谈到工艺，嘴巴就停不了。"

于是，葛罗音开始详述整个矮人王国的风土人情。他很高兴可以遇到一名这么有礼貌的倾听者，因为佛罗多虽然很快就迷失在过去从未听过的众多异邦地名人名里，他也没有露出任何疲态，或是意图转移话题。事实上，丹恩还是山下矮人王国之王的消息，让他非常感兴趣。丹恩现在已经老态龙钟（他刚过完两百五十岁生日），富有得让人难以想象。从惨烈的五军之战中侥幸生存下来的十名矮人中，还有七名队员依旧健在：德瓦林、葛罗音、朵力、诺力、毕佛、波佛、庞伯。庞伯现在已经胖到无法从客厅走到饭厅了，光要把他抬起来就得请六名年轻的矮人使尽全力才行。

"那巴林和欧力以及欧音呢？"佛罗多问道。

葛罗音的面上掠过一阵阴影。"我们不确定，"他回答道，"我会来此地寻求瑞文戴尔居民的协助，主要是为了巴林的事，但今晚我们还是谈谈高兴的事吧！"

于是葛罗音继续描述着同胞们的丰功伟业，让佛罗多知道他们在谷地和在山脉中进行了多么艰苦的工程。"我们的表现非常不错，"他口沫横飞地说，"但是在冶金学上面我们比不上祖先的成就，许多的秘密都已经失传了。我们可以打造坚固的盔甲和锋利的刀剑，但我们再也打造不出恶龙来袭之前那种质量的武器和盔甲了。我们只有在开矿和建筑方面超越前人的成就。你该看看谷底和山脉中的渠道，还有那些喷泉及蓄水池！你该看看那些用彩色鹅卵石铺设的大道！还有地底下众多雕梁画栋的幽深城市，还有山侧那些高耸入云的螺旋宝塔！看过这些壮观的建筑之后，你才会知道我们可不是无所事事。"

"如果可以的话，我一定会去看看，"佛罗多咋舌道，"比尔博如果能看见恶龙史矛革破坏一切之后欣欣向荣的景象，一定会很吃惊的！"

葛罗音看看着佛罗多，微笑道："你真的很喜欢比尔博，对吧？"

"没错，"佛罗多回答，"我宁愿放弃亲睹世界上所有壮丽宫殿的机会，只要能再见比尔博一面。"

最后，宴会终于告一段落。爱隆和亚玟起身离开大厅，其他人都秩序井然地跟在后面。大门打了开来，众人跟着经过宽广的走廊，穿过另外几扇门，来到远处另一个大厅中。这大厅里没有桌子，两侧雕刻精美的柱子之间各有一座燃着熊熊烈火的壁炉。

佛罗多发现甘道夫就走在他身边。"这是烈火之厅，"巫师说，"如果你打起精神，应该可以在此听见许多歌谣和故事。除非是特殊节日，否则此地一向空旷安静，提供给想要找地方沉思和冥想的人。此地的炉火终年不息，但没有其他的照明。"

当爱隆走向大厅内为他准备好的座位时，精灵乐手开始演奏美妙的音乐。人群慢慢地进入大厅，佛罗多欣喜不已地看着这许多张美丽的面孔聚集在一起；金黄色的火光在他们的脸上和发梢闪烁着。突然间，他注意到在对面壁炉边不远处，有个小小的黑色身影靠着柱子坐在矮凳上。他脚边摆着一个水杯和一些面包。佛罗多一开始以为他生病了（如果人在瑞文戴尔也会生病的话），所以才没参加宴会。他的头垂到胸口，似乎是睡着了，他深色的斗篷落下来遮住了他的脸。

爱隆走向前，站在那沉默的身影旁。"醒来啦，小贵宾！"他露出笑容说。接着，他转过身对佛罗多招了招手。"佛罗多，你美梦成真的时刻终于到了，"他说，"这就是你想念不已的那位朋友。"

那身影抬起头，拨开兜帽。

"比尔博！"佛罗多一认出对方，立刻冲向前。

"好久不见，我亲爱的小佛罗多！"比尔博说，"你终于来到这里了。我希望你能过得好。好啦！我听说这场盛大的宴会是为了你举办的，你玩得还愉快吧？"

"你为什么没出席呢？"佛罗多大声道，"为什么前面都没让我见到你？"

"因为你都在睡觉啊，我可是去探望过你好多次了哪！我每天都和山姆一起坐在你身边看着你。至于宴会嘛，我现在已经不那么热衷这类事情了。而且，我还有别的事要忙。"

"你在忙什么？"

"你看不出来吗？我坐在这里思考呀！这些天我常常这样做，照规矩，这里是最适合静思冥想的地方。怎么会有人叫我醒过来哩！"他边说，边斜瞄了爱隆一眼。佛罗多看见他的双眼精光闪烁，没有一丝睡意。"爱隆大人，我可没有睡着。事实上，诸位的宴会结束得太快，打断了我作诗的灵感。我正卡在一两个句子上，正在反复琢磨，现在被你们一搅和，我看我是永远完成不了了。接下来会有一大堆诗歌诵唱，会把我的灵感彻底打乱。我该去找老朋友登纳丹帮忙。他到哪去了？"

爱隆哈哈大笑，"我马上把他找来，"他说，"然后你们两个可以去找个安静的角落继续完成你的诗作，在我们欢乐的余兴节目结束之前，我们希望能够听见并评断你们俩的心血结晶。"信差们全都被派去找寻比尔博的朋友。不过，现场没人知道他在哪里，也不知道他为何没出席宴会。

与此同时，佛罗多和比尔博并肩而坐，山姆也很快来到他们旁边坐下。他们在大厅中美妙的乐音环绕之下低声交谈。比尔博没有提到多少自己的事情。当年他离开霍比特屯后，起初是漫无目的地四处游走，沿着大道走，在两旁的乡野中随处乱逛，但是冥冥中却一直朝着瑞文戴尔的方向前进。

"我来这边可没有像你们那么惊险，"他笑着说，"在休息了一阵子之后,我和矮人们一起前往谷地,那是我最后一次远行。我不会再出远门了。巴林这老家伙已经离开了。然后我又回到这边,就这样落脚下来。我做了一点这个那个,给我的书增加了好些内容。当然,我也写了几首新歌。精灵们偶尔会吟唱这些歌曲,我想多半是为了讨我欢心。因为,我这些差劲作品在这边还上不了台面哪。我在这边静思、倾听,时间在此似乎是静止了:始终都是如此。这真是个美妙的地方。

"我听说了许多的消息,有些是从南方,有些是从孤山山脉,但几乎没有从夏尔来的。当然,我也听说了魔戒的事。甘道夫常来这里,他并没有告诉我很多内幕,他这几年口风越来越紧了,几乎可说滴水不漏。登纳丹告诉我的还比较多。没想到我的那枚小戒指竟然可以撼动世界!可惜甘道夫没有早点发现真相,否则我会早早把它带到这里来,免了你们一大堆麻烦!我想过好几次要回霍比特屯去收回那枚戒指,但是我年纪大了,而他们又不让我走。喔,我说的他们,是指甘道夫和爱隆啦。他们似乎觉得魔王正上天下地四处寻找我的踪迹,如果我在野外乱晃被他抓到,我大概会被打成肉酱。

"而且甘道夫还说:'比尔博,魔戒已经易手。如果你试图重新干涉它,这对你和其他人都会有不好的结果。'甘道夫就是甘道夫,总是怪里怪气。但他说他会照顾你,所以我也就不坚持了。看到你安然无恙我真是太高兴了。"他停下来,迟迟疑疑地望着佛罗多。

"你把它带在身上了吗?"他压低声音说,"你知道的,在听说了那么多传闻之后,我实在无法不好奇,我真的很想再看看它。"

"我是带在身上,"佛罗多说,感到有种奇怪的不快。"它看起来跟以前一样。"

比尔博说:"嗯,我还是想看一下。"

佛罗多之前起床盥洗着衣时,注意到自己在沉睡时,魔戒被换上了一条更轻、更坚硬的新链子,然后依旧被挂回他项上。他慢慢地拉出魔戒，比尔博伸出手要接。但佛罗多飞快地抽回魔戒。他惊讶又苦恼地发现，他似乎不再敢正视比尔博，两人之间似乎有一道阴影落下；透过那阴影，他发现自己正看着一个矮小苍老的生物，有张饥渴的脸和骨瘦如柴的双手，饥渴地向他乞讨宝贵的魔戒，他想要痛殴眼前这个怪物。

他们四周的乐音和歌声似乎都停止了，接着是一阵沉默。比尔博很快地瞥了佛罗多一眼，随即用手遮住了眼睛。"我现在明白了，"他说，"快拿开吧！我很抱歉。我很抱歉把这样的重担交给你，我很抱歉给你带来的这一切。难道冒险永远都不会有结束的时刻吗？我想是吧。总有人必须接续这个故事。好吧，我也无能为力。我不知道如果我把书写完，会不会改变这个状况？唉，我们现在先别担心这个了！我们来听听真正的新闻吧！告诉我夏尔到底怎么样了！"

佛罗多收起魔戒，之前那道阴影也跟着化作无形。瑞文戴尔的音乐和歌声再度响起。比尔博开怀大笑，佛罗多所能记起的一切有关夏尔的大小消息（中间还包括了山姆的补充和说明），对比尔博来说都是最珍贵的听闻；从河边倒下的树木到霍比特屯的新生儿，每则消息都让他大感兴趣。他们是如此专注地谈论着夏尔四区的情形，以至于一名穿深绿色衣服的男子来到他们身旁都没注意到；他微笑着静候了很长的一段时间。

突然间，比尔博抬起头，"啊，登纳丹，你终于出现了啊！"他大喊着。

"神行客！"佛罗多说，"你的名字还真多哪！"

"呃？我还真的没听过神行客这个名字，"比尔博说，"你为什么会这样叫他？"

"布理的居民都这样叫我，"神行客笑着说，"我是这样被介绍给他的。"

"你们为什么又叫他登纳丹呢?"佛罗多问道。

"这位登纳丹,"比尔博说,"这边的人通常都这么叫他。我还以为你至少听得懂精灵语中的登-纳丹呢:西方的人类,努曼诺尔人,通用语中的登丹人。不过,现在不是上课的时候!"他转身看着神行客,"老友,你到哪里去了?为什么没有参加宴会?亚玟小姐也出席了呢。"

神行客面色凝重地看着比尔博。"我知道。"他说,"但是我经常必须把欢乐摆在一旁。爱拉丹和爱罗希尔出乎意料之外地从荒野中回来了,他们有一些我立刻想知道的消息。"

"好吧!亲爱的朋友,"比尔博说,"既然你已经听过相关的消息了,可以借我几分钟吗?我这里有些急事需要帮助。爱隆说我的这首歌得在今晚完成,而我的文思偏偏就在这时候枯竭了。让我们找个安静的角落来讨论一下吧!"

神行客微笑着。"来吧!"他说,"让我听听看!"

佛罗多独自一人待了好一阵子,因为连山姆都睡着了。虽然瑞文戴尔的人都聚集在他四周,他还是觉得孤单,甚至有点可怜。那些靠近他的人都缄默不语,专注地聆听着歌声和乐音,对外界其余的一切都毫不注意。于是佛罗多也开始聆听。

起先,优美的旋律交织着悦耳的精灵语,让只听懂皮毛的佛罗多在一开始就紧紧被抓住,为之着迷。随即那些词语似乎化成具象,一幅他从未想象过的、遥远的美丽图景在他面前展现开来;原先被火光照亮的大厅,成了飘浮在壮阔大海上的一片金色迷雾。接着,迷人的歌声变得越来越梦幻,直到最后他感觉有一条流淌着金银的大河向他涌来,千丝万缕层层叠叠让他根本不及分辨其中的意义;它成为他四周悸动着的空气的一部分,浸透他,也淹没他。在那闪烁的光芒中,他很快就沉入了一片无边无际的梦土。

　　他在那音乐的梦境中漫游,看着它缓缓地化成奔流的江水,最后又突然间转化成人的声音。那似乎是比尔博朗诵的声音,一开始十分微弱,但渐渐变得越来越清晰。

　　　　水手埃兰迪尔要出航,
　　　　耽搁在故乡阿佛尼恩;
　　　　他造了一艘美丽木船,
　　　　巨木来自宁白希尔岗,
　　　　主帆用那银线织,
　　　　灯号更以纯银铸,
　　　　船艏如同白天鹅,
　　　　光芒照在船旗上。

　　　　如同古代出征的国王,
　　　　他套上金钢的锁子甲,
　　　　闪亮的盾牌刻着符文,
　　　　要阻隔一切伤害苦痛;
　　　　巨弓采自神龙角,
　　　　锐箭削自黑檀木,
　　　　铠甲铸自坚钢银,
　　　　剑鞘采自绿玉髓,
　　　　宝剑取自百炼钢,
　　　　高盔炼自精金矿,
　　　　徽记之上鹰展翅,
　　　　胸膛前面翡翠耀。

在星月交辉下,
他沿着北方支流远航,
在魔幻大地上漫游,
人迹罕至的荒野茫茫。
坚冰封冻压前方,
暗影笼罩全山岗,
热气野火扑面烫。
他急忙转身,继续划桨,
在无光水面上游荡。
最终来到万夜之夜,
他继续航行,不见星光,
亦无光明的泊港。
强风挟怒飒飒来,
他盲目奔逃逐波浪,
从西到东转方向,
不由自主往家航。

爱尔温飞到他身旁,
黑暗之中有了火光;
胜过了钻石的光芒,
火焰在她的项圈上。
她将精灵宝钻来相赠,
以此活物之光加冕他,
双眉怒展无畏惧,
水手驾船转身航;

海外世界再起浪,
新的风暴猛又强,
塔曼奈尔吹起力量之风,
行过路径无人曾踏上,
航船得助乘风破浪,
如同死神一般疾奔,
越过灰光泛滥的海面,
他从东方急急赶向西方。

穿越永夜不停航,
骑乘黑色波浪上,
越过无数黑暗港湾,
创世时就已在水下淹;
他听见珍珠滩上,
世界尽头乐音长,
无尽波涛滚滚浪,
黄金珠宝泛白光。
他看见山脉缓缓升起,
曙光照在瓦来诺膝上,
看见了艾尔达玛,
在那大海的彼方。
流浪者逃离夜之网,
终于来到白色天堂,
青翠美好的精灵故乡,
空气清新琉璃亮,
伊尔马林山丘下,

无边山谷有幽光,
提理安高塔灯火辉煌,
反射在影湖水面上。

他在此流连忘返,
学到新的歌谣,
听贤者讲述种种奇观,
他们给他带来金竖琴,
让他穿着精灵的白衫,
七盏明灯设在他面前,
穿越了卡拉克理安,
他前往隐匿的大地。
来到一处永恒的圣殿,
无尽的岁月明光灿烂,
古王的统治无穷止尽,
在伊尔马林高山之巅;
未曾听过的言语讲演,
人类和精灵的众生相,
超越俗世的画面,
尘俗之人不得见。

他们又为他打造新船,
以秘银铸之,精璃造之,
船首锃亮无船桨,
银桅亦不挂船帆,
精灵宝钻作指引,

活物之光映旗上，
伊尔碧绿丝亲来访，
令此明灯放光芒，
赐与永生不死之翼，
让他注定永恒飞翔，
航行在无边天际，
越过太阳和月光。

永暮山脉高千丈，
银色喷泉轻流淌，
他背负着翅翼，成为漫游星光，
飞越高山之墙。
从世界尽头他折返，
期待航过阴影彼端，
找到久违的故园，
岛屿一般星光璀璨，
他高飞在迷雾之上，
阳光前的渺小火焰，
曙光苏醒前的奇迹，
诺兰灰色河水荡漾。

他航过中土世界，
最终听见声幽怨，
精灵女子正悲咽，
在过往时光中，在远古年代间。
但他背负大使命，

星光一点照苍天，
直到月华消失时，
永离凡人尘世岸；
执行无尽的任务，
使者永远不得闲，
负着闪亮的钻光，
西方皇族的火焰。

朗诵结束了。佛罗多睁开眼，看见比尔博坐在凳子上，身边围着一圈聆听的人，他们正在微笑鼓掌。

"可以让我们再听一遍吗？"一个精灵说。

比尔博起身鞠躬。"您让我受宠若惊了，林德，"他说，"但我实在没力气从头再朗诵一次。"

"我才不相信呢，"精灵们笑着回答，"你也知道你每次怎么念都念不倦的。不过，我们只听一次，怎么可能回答你的问题？"

"什么！"比尔博大惊失色，"你们分辨不出来哪段是我写的，哪段是登纳丹写的？"

"对我们来说，要分辨两个凡人之间的差异实在很难。"那个精灵说。

"胡说八道，林德，"比尔博哼了哼，"如果你说你无法分辨霍比特人和人类，那你的判断力比我想象的还要糟糕。他们之间的差别就像豆子和苹果一样大。"

"或许吧。对于绵羊来说，另一只羊绝对是不同的，"林德嘻笑地说，"或许对牧羊人来说也是一样。但凡人向来不是我们研究的对象，我们有别的事情可忙。"

"我不跟你吵了，"比尔博说，"在听了这么多音乐之后，我觉得昏昏欲睡啦。如果你有空的话，就慢慢猜吧。"

他站起身，走到佛罗多面前。"好啦，结束了，"他压低声音说，"效果比我想的要好，很少有人会要我吟诵第二次。你觉得怎么样？"

"我可不敢乱猜。"佛罗多微笑着说。

"你不需要，"比尔博说，"事实上，这全都是我写的。亚拉冈只是坚持我一定要加入绿玉髓。他似乎觉得这很重要。我不知道为什么。除此之外，他显然认为这件事有点超过我的能力。他说我是否有脸在爱隆的居所中吟诵有关埃兰迪尔的诗歌，那是我家的事。我想他说得没错。"

"我不明白，"佛罗多说，"虽然我没办法解释，但我觉得这配合得相当好。当你开始的时候，我正在打盹，这首诗却正好接续了我的梦境。一直到最后几句我才发现原来是你在吟诗。"

"在你习惯之前，在这边要不打盹很困难，"比尔博说，"霍比特人可能永远都无法像精灵一样那么喜欢音乐、诗歌和故事。他们喜爱这些东西的程度，甚至超越了食物。他们还会继续这样很长一段时间。你觉得我们偷溜出去聊聊怎么样？"

"可以吗？"佛罗多说。

"当然没问题。这是饮酒作乐，又不是谈正事。只要不吵到别人，爱去哪里都可以。"

他们站起身，悄悄地躲到阴影中，朝大厅门走去。他们把脸上挂着微笑的山姆留在原地，让他继续好好地睡觉。虽然佛罗多很高兴有比尔博可以陪伴，但他内心仍觉得有些遗憾，不想离开烈火之厅。正当他们要走出门外时，一个清脆的声音开始唱起歌曲。

呵！伊尔碧绿丝，姬尔松耐尔，

> 澄净晶莹，群星璀璨！
> 流泻犹如宝钻光华！
> 茂林幽深约中洲上，我们遥遥相望，
> 永葆洁白的星辰之后，我将你歌颂，
> 在大洋此岸，隔离之海的这一方！

佛罗多停下脚步，回头看着。爱隆坐在座位上，火光照在他脸上，就如同夏日的阳光照在绿树上一般，他的身边坐着亚玟小姐。佛罗多惊讶地发现亚拉冈站在她身边；他那暗色的斗篷掀在背后，他身上穿的似乎是精灵打造的锁子甲，胸前有一颗闪烁的星辰。他们两人低头说着话，突然间佛罗多发现亚玟的目光远远投射向他，刺入了他的心坎。

他无法动弹地站着，耳边流泻着甜美的精灵语音节，词曲交融如同清澈明亮的真珠碎钻。"这是首献给伊尔碧绿丝的歌曲，"比尔博说，"他们今晚会献唱许多有关海外仙境的歌曲。走吧！"

他领着佛罗多回到自己的小房间，那房间面对着花园，俯瞰南方布鲁南渡口的小径。他们坐在那边，看着窗外明亮的星辰和幽深的森林，柔声地交谈着。这次，他们不再讨论遥远夏尔的消息，也忘记了身后紧紧逼迫的邪恶与危险，只专注在他们曾经一起见识过的这世界上的美好事物：精灵、星辰、翠绿的树木，以及每次季节转变给森林所带来的美景。

最后，传来轻轻的敲门声。"抱歉打搅，"山姆把头伸进来说，"我在想你们会不会需要什么东西。"

"请你原谅，山姆·詹吉，"比尔博回答，"我想你的意思是说，你的主人该上床了。"

"是啊,大人。我听说明天一早有一场会议,而主人今天才第一次下床。"

"没错,山姆,"比尔博笑道,"你可以回去告诉甘道夫,他已经上床了。晚安,佛罗多!我运气真好,能再次看见你真令人高兴!只有霍比特人才懂得聊天的精髓啊。我已经老了,我开始怀疑自己到底看不看得到你的故事写进我们的书中。晚安!我想我会去散散步,在花园里面看看伊尔碧绿丝的星辰。好好睡吧!"

第二章

爱隆召开的会议

第二天，佛罗多起了个大早，觉得神清气爽。他沿着喧闹的布鲁南河散步，看着苍白的太阳从远方的山脉后升起，照耀大地，驱散了单薄的银色雾气。树上的黄叶上露珠闪烁，几乎每株灌木丛上都有晶亮的蜘蛛网。山姆走在他身边，一言不发，只是嗅着清新的空气；偶尔会对东方高耸的山脉投以敬畏的目光，山顶依旧积雪封冻。

在小路转弯处，他们遇见比尔博和甘道夫正坐在石椅上深谈。"哈啰！早安！"比尔博说，"准备好要来开场大会议了吗？"

"我觉得已经准备好可以面对任何事了，"佛罗多回答，"不过，我今天最想做的是四处散散步，看看那条山谷。我很想上到那边的松林去看看。"他指着瑞文戴尔北边的山坡说。

"稍后你可能会有机会的，"甘道夫说，"不过我们还不能做太多计划。今天有很多消息要听，很多事情要决定。"

正当他们在谈话的时候，突然间一串清脆的铃声响起。"这是爱隆召开会议的提醒铃，"甘道夫大喊着，"快来吧！你和比尔博都要参加。"

佛罗多和比尔博跟着巫师沿着小径，很快走向大屋。没有受到邀请，暂被遗忘的山姆，则是跟在众人身后走着。

甘道夫领着众人来到昨天傍晚佛罗多和朋友们会面的门廊前。秋天清朗的晨光已经毫不吝惜地照在山谷中。哗哗的流水声来自泡沫四溅的河床，鸟儿的啁啾鸣叫，一股平和之气笼罩着此地。对佛罗多来说，之前的逃亡和外界黑暗扩张的传言，似乎都只是一场噩梦残存的记忆，但是当他们进入大厅时，转过来面对他们的面孔却都十分凝重。

爱隆就在那里，其他围坐在他身旁的人都沉默着。佛罗多注意到葛罗芬戴尔和葛罗音也在座；神行客独自坐在角落里，身上又换回了他旅行时穿的破旧衣服。爱隆拉着佛罗多坐到他身边，并且向众人介绍他，说：

"诸位，这位就是霍比特人德罗哥之子，佛罗多。他所冒的危险和任务的急迫，是前所未见的。"

接着他向佛罗多介绍了之前没有见过的人。葛罗音身旁有另一个比较年轻的矮人：他的儿子金雳。在葛罗芬戴尔旁边的是几名爱隆麾下的长老，伊瑞斯特是长老们的领袖；他旁边的加尔多是来自灰港岸的精灵，受命于造船者奇尔丹来此送信。另外还有一个身穿绿色和褐色衣服的陌生精灵勒苟拉斯，他是幽暗密林的精灵王瑟兰督伊之子，也是王的信差。在坐得离大家稍远处有一位高大的人类，他有一张高贵又英俊的脸，深色的头发和灰色的眼睛，表情十分严肃高傲。

他的穿着看起来像是驱马赶路的旅人，但衣料看起来却很高贵，斗篷的边缘还镶着毛皮，不过在长途旅行中都弄脏了。他银色的领口上点缀着一枚白宝石，头发则是及肩的长度。他身上挂着一条绶带，底下系着一只尖端镶银的号角，此刻放在他的膝盖上。他看着比尔博和佛罗多，眼中猛然露出好奇的光芒。

"这位，"爱隆转身对甘道夫说，"就是波罗莫，南方来的人类。他今天一早才刚到这里，想要寻求我们的建议。我特意邀请他过来，因为他的问题将可在此获得回答。"

会议上所商谈、辩论的事，在此并未尽都详述。有许多议题是和外面的世界,特别是南方以及迷雾山脉以东那片广大土地上的情势有关。有关这些地方,佛罗多已经听说了很多传闻。但葛罗音所说的故事却是他所没有听过的。当他开口时,佛罗多无比专注地倾听着。看来,即使坐拥那么多伟大美丽的建筑,孤山地区的矮人内心依旧存有相当大的困扰。

"距今许多年前,"葛罗音说,"我们的同胞开始起了骚动。我们起先没有察觉到这是从什么时候开始的。人们开始低声交谈,说我们是龙困浅滩,外面的世界不仅更宽阔,更有许多丰富的金银财宝。有些人提到了摩瑞亚:我们先祖所开凿兴建的雄伟地下矿坑和都市,我们的语言称它为凯萨督姆。这些人宣称,我们终于有了足够的力量和人数可以回归故乡去。"

葛罗音叹了口气:"摩瑞亚!摩瑞亚!北方世界的奇迹!我们在那边挖得太深,唤醒了不知名的恐惧。自从都灵的子孙逃离该处之后,辉煌的殿堂就已经空虚很久了。但现在,我们再度回忆起那美好的地方,却又同时唤醒了恐怖的记忆。自从索尔以来,凯萨督姆已经有数千年无人胆敢进入,因为连索尔都战死该处。然而,到最后,巴林在这流言的鼓动下,还是决定前往一探究竟。丹恩虽然不情愿让他走,但最后还是让他带着欧力和欧音,还有很多同胞一起往南而去。

"那已经是将近三十年前的事了。有一段时间,我们听说了一些好消息。据说他们再度进入了摩瑞亚,开始新的庞大工程。然后,突然就音讯全无,一直到现在,再也没有任何消息从摩瑞亚传来。

"然后,大约在一年前,有一名骑士在半夜来到丹恩的王宫前叫门。他不是来自摩瑞亚,而是来自魔多。他说,索伦大君想要和我们建交,他愿意赐给我们拥有魔力的戒指,就如同古代一样。而他也十分着急地询问我们有关霍比特人的消息;包括了他们是什么种族、居住在哪里等等。'因为索伦大人知道,'他说,'你们曾经和一名霍比特

人交往。'

"一听到这个消息,我们就觉得非常担心,因此没有回答他。然后,他那邪恶的声音变得低沉,甚至有些意图甜言蜜语的感觉。'要赢取索伦大人的友谊,他只要求这件小事,'他说,'你必须找到这名小偷。'底下就是他所说的话:'不管他愿不愿意,都必须从他身上拿到一枚微不足道的戒指,那就是他偷走的小东西。相较于索伦大人的善意,这实在是件小事,对你们来说也只是举手之劳。找到这枚戒指,我们就会把矮人祖先所拥有的三枚戒指还给你们,并且将摩瑞亚永世交由你们统治。你只需要找到那小偷的住所,打听他是否还活着,这就可以获得极大的奖赏和索伦大人的友谊。如果你们拒绝,一切恐怕就没有这么顺利了。你们觉得如何?'

"他一说完这话,就发出可怕的嘶嘶声,附近所有的人都打了寒战,但是丹恩回答道:'在这件事情上我保留我的选择。我必须仔细考虑在这么好的条件下,这件事究竟代表什么意义。'

"'好好考虑,但别花太久的时间。'他说。

"'该花多少时间是我的事情。'丹恩回答。

"'现在或许还是吧。'他说,接着就转身骑入黑暗中。

"从那晚之后,我们的酋长就变得忧心忡忡。我们不需要听到那邪恶的声音,就可以知道对方是个口蜜腹剑的家伙;因为我们已经知道,重临魔多的力量并未改过向善,他从前就曾出卖过矮人许多次。那信差回来了两次,但都没有获得答案。他表示,第三次也将会是最后一次,时间则是在今年年底。

"因此,丹恩终于派我出来警告比尔博,让他知道魔王正在打听他的消息;如果可能的话,我们还想知道,对方为什么会这么想要这枚微不足道的戒指。同时,我们也寻求爱隆的忠告,因为魔影已经越来越逼近我们的疆域。我们发现,那名信差也前往拜访谷地的国王布兰德,而他感到非常害怕,我们担心他会让步。布兰德东方的边境已经开始骚动,如果我们再不做出回答,魔王可能就会派出旗下的人类,来推翻布兰德和丹恩。"

"你们来此的决定十分明智,"爱隆说,"今天,所有你们听到的,将会让你们了解魔王的目的。无论希望存在与否,你们除了抵抗,别无他法可行。但你们并非孤军奋战。你们将会知道,你们的困扰不过是整个西方世界空前危机的一部分。魔戒!我们该怎么对付魔戒?那枚微不足道的戒指,索伦想要的小东西?这是我们必须正视的末日危机。

"这也是你们被召唤来此的目的。我说'召唤',诸位来自异邦的陌生人,虽然,我并未召聚各位来此。因缘际会,你们在这关键时刻来到,看来似是巧合,但实非如此。且相信我们如今聚集,乃受天命所托,必须以微薄之力来处理世界面临的危机。

"因此,那些直到今日仅有数人得知的机密,当都在此公开谈论。首先,为使众人了解危机为何,魔戒的来历必须从头开始述说。故事将由我开始,结局由他人代述。"

于是,众人聆听爱隆以清朗的声音叙述索伦和力量之戒,以及它们如何在遥远的第二纪元中被铸造出来的过程。在场有些人已经知道了部分的故事,但没人知道整个故事的全貌。当他提到伊瑞詹的精灵铁匠和摩瑞亚之间的友谊,以及他们求知若渴的态度反遭索伦利用时,许多人以恐惧和惊讶的眼神看着爱隆。因为当时,索伦邪恶的本质尚未被识破,因此精灵都欣然接受他的协助,在工艺上达到绝佳的成就,与此同时,索伦也掌握了他们所有的秘密。接着他出卖了他们,悄悄地在火山中铸造了统御众戒的至尊魔戒。但是,凯勒布理鹏察觉了他的阴谋,并立刻将自己所打造的三枚戒指隐藏起来;于是战火掀起,大地遭到蹂躏变得荒芜,摩瑞亚的大门也从此封闭。

接下来，他细述在历史上魔戒颠沛流离的过程。由于这段故事已经在别处提过了，爱隆本人也在书中记载，因此在这里就不再引述。这是个很长的故事，中间充满了阴谋诡计和勇敢牺牲。虽然爱隆尽可能长话短说，但等到他说完时，太阳早已高挂天空，清晨已在他的话声中过去了。

他也提到了努曼诺尔的辉煌和沉沦，以及人皇越过深邃的大海，乘着暴风的翅膀回到中土世界的历史。伟人伊兰迪尔和他的两个儿子，埃西铎和安那瑞安，都成了史上的明君；他们在亚尔诺创建了北方王国，在安都因河口的刚铎创建了南方王国。但魔多的索伦起兵攻打他们，于是伊兰迪尔和吉尔加拉德筹组了人类和精灵的"最后联盟"，大军齐聚亚尔诺。

说到这里，爱隆暂停片刻，长叹一声。"我仍清楚记得他们那鲜明耀眼的旗帜，"他说，"那让我回想起远古时代贝尔兰大军的鲜衣怒马，[1]当时聚集了那么多勇猛善战的贵族和将领，但那还是比不上安戈洛坠姆[2]崩毁时的战阵气势，那时精灵们以为邪恶已经永远被消灭了，但事实并非如此。"

"你记得？"佛罗多吃惊之下竟然脱口大声说出心中的疑问。"可是我以为，"当爱隆转过头来时，他结结巴巴地说，"我以为，吉尔加拉德的亡故是很久以前的事情了。"

---

[1] 贝尔兰是第一纪元时精灵在迁徙到海外仙境时所经过之处，位在蓝色山脉的西边。滞留在该处没有西去的精灵在贝尔兰发展出盛极一时的文明。但在争夺精灵宝钻的连年战争中，贝尔兰遭到恶龙、炎魔、半兽人大军的劫掠，变得残破不堪。最后，主神亲自发动讨伐马尔寇的"怒火之战"，终于导致全境陆沉，陷入大海，其上的王国也从此不复存在。

[2] 安戈洛坠姆是马尔寇在中土世界北方所竖立的三座巨大的火山，随时都会喷发出高热的火焰和有毒的气体。它们是第一太阳纪元时邪恶势力的根据地。在"怒火之战"中，黑龙安卡拉钢被埃兰迪尔斩杀于高空，尸体坠落压毁了这座火山堡垒，马尔寇战败被擒，第一纪元结束。

"的确是，"爱隆面色凝重地回答道，"但我的记忆可远溯至远古之时。埃兰迪尔是我父亲，他是在贡多林陷落之前出生的；我母亲是迪奥之女爱尔温，迪奥是多瑞亚斯王国的公主露西安之子。我已见过这世界的西方在三个纪元中的起落沧桑，许多的败亡，许多只不过是徒劳一场的胜利。

"我是吉尔加拉德的先锋，随他的大军一同进发。我也参与了在魔多黑门之前的达哥拉之战。因着吉尔加拉德的神矛和伊兰迪尔的圣剑，我们拥有压倒性的优势：埃格洛斯和纳希尔是无人能挡的神兵利器。我目睹了在欧洛都因山坡上的最后决战；吉尔加拉德战死，伊兰迪尔阵亡，而纳希尔圣剑断折于他身下。但索伦还是败亡，埃西铎用父亲折断的圣剑砍断了索伦的手，并且将魔戒占为己有。"

一听到这段话，那陌生人波罗莫插嘴道："原来这就是魔戒的去向！"他大声说："即使南方王国曾经知道这段故事，它也早已湮没在历史的洪流之中。我听说过那位我们不愿直呼其名者所拥有的统御之戒；但我们相信它已经被摧毁在他第一次建立的领土中。原来是埃西铎拿走了！这真是出人意料！"

"唉！是的，"爱隆说，"埃西铎拿走了魔戒，这事本不该如此。它应当被掷入当时近在眼前的欧洛都因火山中，在它被铸造的地方摧毁它！但那时只有少数人注意到埃西铎的行为。在最后那场总帅决斗中，他父亲身旁只剩他一人，而吉尔加拉德身边也只剩下我和奇尔丹。但埃西铎不肯听我们的劝说。

"'我要将这当作纪念我父亲与弟弟的宝物。'他说。因此，无论我们赞同与否，他都将它据为己有，并且视若珍宝。但不久之后，他就被这戒指出卖，死在战场上。因此，在北方王国中，它又被称为埃西铎的克星。不过，与其他可能临及他的命运比起来，死亡或许是比较好的。

"这些消息只传到了北方，而知道的人也极少。波罗莫，也难怪你从未曾听过这些事。从埃西铎丧命的残破格拉顿平原,只有三名幸存者跋涉过千山万水回到北方。其中一名是埃西铎的贴身随从欧塔,他是圣剑碎片的携带者。他将碎片交给了埃西铎的继承人瓦兰迪尔。由于当年出征时瓦兰迪尔还只是个小孩,因此他被留在瑞文戴尔。从此,断折的纳希尔圣剑失去光芒,至今未曾重铸。

"我曾说'最后联盟'的胜利是徒劳一场吗?其实也不尽然,但它确实没有达到真正的目的。索伦败落,但未被消灭。戒指失落,但未被摧毁。邪黑塔被击垮,但它的基石未被破坏;因为它们是靠魔戒的力量建造的,只要魔戒一日不毁,高塔就会永续存在。许多精灵与伟大的人类以及盟友,都在那场战争中战死沙场。安那瑞安阵亡,埃西铎被杀,吉尔加拉德和伊兰迪尔也灰飞烟灭。人类和精灵之间再也不可能组成那样的联盟了;因为人类不停地繁衍,而精灵却逐渐减少,这两支亲族已渐行渐远。从那之后,努曼诺尔的血统开始淡薄,他们的寿命也大为缩减。

"在北方,经过那场大战与格拉顿平原的屠杀之后,西方皇族的成员逐渐减少;他们位在伊凡丁湖旁的安努米那斯城也化为了废墟。瓦兰迪尔的后裔搬迁到北冈高坡上的佛诺斯特,现在该处也已砖瓦不存。人们称呼该处为亡者之堤,害怕得不敢靠近。由于亚尔诺的百姓不断减少,他们的敌人将之蚕食鲸吞,王权也就此断丧,只余下荒烟漫草中的青冢。

"在南方的刚铎王国则兴盛繁衍了相当长一段年月;它的国势鼎盛,一度让人回想起努曼诺尔陆沉之前的盛况。人们建造了高塔和堡垒,开挖出航行着许多大船巨舰的港湾;人皇的有翼皇冠家徽受到无数种族的敬畏。他们的主城是奥斯吉力亚斯,'星辰堡垒',大河穿越堡垒的正中央。他们还修建了米那斯伊西尔,'月之塔',就位于黯影山脉的东坡上。在西边白色山脉的山脚下,他们打造了米那斯雅诺,

'落日之塔'。在那里，人皇的宫殿前种植着一株圣白树，那树的种子是当初埃西铎越过大海时带来的，而种子所出之树又是来自伊瑞西亚，在那之前则是源自上古时代的极西之地，那时世界还很年轻。

"但是，在中土滔滔岁月的消磨下，安那瑞安之子米涅迪尔的血脉断绝了，圣白树枯萎，努曼诺尔人的血统开始和凡人的血统混杂。接着，对魔多之墙的监视松懈了，许多妖物悄悄潜回葛哥洛斯平原。后来，那些魔物伺机大举出动，攻下了米那斯伊西尔，住在其中，将它变成一个恐怖之地；现在它被称作米那斯魔窟，'邪法之塔'。随后，米那斯雅诺被重新更名为米那斯提力斯，'守卫之塔'。从此这两座城市陷入无休无止的征战中；位在两者之间的奥斯吉力亚斯，则在战火中化为废墟，邪恶的势力在其间游走。

"这情况已经持续许多人类的世代。但米那斯提力斯的王族依旧奋战不懈，替我们阻挡敌人的力量，保护亚苟那斯到大海之间的河道畅通。现在，我能够告诉你们的故事已经接近尾声。因为在埃西铎的时代统御魔戒就已逸出历史的轨迹之外，而另外三枚力量之戒也得以脱离它的控制。但现在，三枚力量之戒再度陷入危机，因为我们很遗憾地发现至尊魔戒已经再度现世。至于找到它的过程，我就请其他人述说，因为我并未贡献什么力量。"

他才停歇，波罗莫就立刻站起来，抬头挺胸，十分自豪。"爱隆大人，请容我发言，"他说，"首先让我告诉诸位有关刚铎的局势。因为在下正是来自刚铎，能得知当地的情势，绝对对诸位有利。因为我想，在座只有极少数人知道我们的事迹，因此你们也不知道万一刚铎失守，你们会面临何等的危机。

"别认为刚铎的土地上努曼诺尔的血统已经淡薄，也别认为它的国势与声威已遭人遗忘。在我们的牺牲奋斗之下，东方蛮族依旧受到压制,魔窟的邪气也在我们以身为盾的封印之下无法扩散。因此,在我们这座西方堡垒的捍卫之下,我们背后的大地才能维持和平与自由。但是,万一大河的通行权被攻下了,又会怎么样呢?

"让人担忧的是,这一刻或许不远了。无名的魔王已经再度转生。浓烟再度从被我们称作末日山的欧洛都因火山升起。黑暗大地的力量不断增长,我们只能咬牙苦撑。当魔王回归后,我们的同胞从伊西力安被驱赶出来,眼睁睁地放弃河东方的美丽家园,但我们在该地依旧保有一处据点,并且驻有兵力。但是,就在今年六月,魔多突然出动大军来攻,我们遭逢了前所未有的惨败。我们寡不敌众,因为魔多这次与东方人以及残酷的哈拉德林人结盟;但真正让我们遭逢败绩的不是因为兵力悬殊,而是我们感觉到有一股前所未见的强大力量。

"有些人说,那力量是可见的,月光下的一个黑影,像是一名巨大的黑衣黑甲骑士。它所到之处,敌人尽皆化作嗜血狂兽,而连我们最勇敢的人都感到脊背生寒;人马纷纷弃守,就此溃不成军。我们的东方军团只有极少数人得以逃脱,他们摧毁了奥斯吉力亚斯废墟中的最后一座桥梁,才得以逃出生天。

"我就是负责镇守那座桥梁的守军,眼睁睁地看着那座桥梁在我们身后被摧毁。我们用尽全力泅泳上岸,只有我和弟弟以及另外两名士兵保住性命。即使遭遇如此重大的打击,我们依旧奋战不懈,尽力守住安都因河西岸的所有据点。我们所护卫的居民如果知道我们所做的牺牲,都该称赞我们;但口头的称赞却不及实质的帮助。至今,只剩下洛汗国的骠骑兵团,会在我们有需要时前来援助。

"在这黑暗的时刻,我越过重重险阻,只为了见到爱隆一面。我单枪匹马旅行了一百一十天,但我寻求的不是战场上的盟友。据说,爱隆的强大不在于武器,而在他的睿智。我是前来寻求一段诗文的指引。因为,在那突如其来的袭击的前一夜,我弟弟做了一个梦;之后他又做了同样的梦,而我也梦见过一次。

"在梦中,我发现东方的天空被乌云笼罩,雷声隆隆作响,但在西方还有一道苍白的光芒闪烁着,从光芒中我听见一个遥远但清晰的声音大喊着:

> 圣剑断折何处寻?
> 伊姆拉崔之中见;
> 此地众人将会面,
> 齐心胜过魔窟殿,
> 该处必有事迹显,
> 末日将临由此判,
> 埃西铎克星再现,
> 半身人仗义上前。

"我们兄弟只能理解其中一小部分,于是我们请教父王迪耐瑟,他是米那斯提力斯的城主,对刚铎的历史极为了解。他只愿意说,伊姆拉崔是精灵语中北方一处遥远山谷的名称,最伟大的史学大师半精灵爱隆居住在该处。因此,我的弟弟在明白眼前的危机有多么迫切之后,立刻想要踏上寻找伊姆拉崔的旅程。但由于这旅程充满了危险和疑虑,我决定亲自出发寻找。我父亲极其不愿让我离去,我踏上了早被人遗忘的道路,寻找爱隆的居所,许多人都曾听过,却没有多少人知道它确实的位置。"

"此地就是爱隆的居所,你将看到更多的迹象。"亚拉冈起身说道。他将佩剑解下,放在爱隆面前的桌上,那是柄断剑。"这就是断折圣剑!"他说。

"你是谁？又和米那斯提力斯有什么关联？"波罗莫好奇地看着这位穿着破旧衣物的瘦削汉子。

"他是亚拉松之子亚拉冈，"爱隆说，"伊兰迪尔之子，米那斯伊西尔城主埃西铎的嫡传子孙，也是北方所剩无几的登丹人的领袖。"

"那么这该是你的，根本不是我的！"佛罗多惊讶地跳起来大声说，仿佛预料到马上会有人来向他收走这枚魔戒。

"它既不属于你也不属于我，"亚拉冈说，"但预言中已经说明，你该继续持有它。"

"献上魔戒，佛罗多！"甘道夫严肃地说，"时机到了。拿出魔戒，波罗莫就会明白他的谜语后半部的意思。"

众人突然间安静下来，每个人都转眼看着佛罗多。他突然间觉得有些羞愧、恐惧，很不愿意拿出魔戒，且厌恶触摸它。他希望自己此刻远离现场。当他用颤抖的手拿起魔戒时，魔戒闪动着忽隐忽现的光芒。

"这就是埃西铎的克星！"爱隆说。

波罗莫一看见那枚金戒指，眼中就闪动着异彩。"这就是半身人！"他喃喃自语，"难道米那斯提力斯的末日到了吗？可是，我们为什么要寻找一柄断剑？"

"预言中所指的并非米那斯提力斯的末日，"亚拉冈说，"但我们所面临的确实是可怕的末日和极端危险的挑战。这柄断剑就是伊兰迪尔的圣剑，在他阵亡时所持有的武器。即使所有的家传宝物都已遗失，这柄断剑依旧被他子孙所珍藏。我族中有一古老传说，当魔戒，埃西铎的克星再现时，这柄断剑将会重铸。如今你已寻见所寻的断剑，你还要求什么？你希望伊兰迪尔的皇室重回刚铎吗？"

"我来此不是恳求任何人施恩，只是寻求谜题的解答，"波罗莫骄傲地说，"但我们确实身陷险境，伊兰迪尔的圣剑将带来远超过我们希望的帮助——如果这东西真能从蒙尘的历史中归来的话。"他再度看着亚拉冈,眼中露出怀疑的神色。

佛罗多感觉到身旁的比尔博显然对朋友的反应感到不耐烦。突然间,比尔博站起来大声念诵道:

> 真金不一定闪闪发光,
> 并非浪子都迷失方向;
> 硬朗的老者不显衰老,
> 根扎得深就不畏冰霜。
> 星星之火也可以复燃,
> 微光也能够爆开黑暗;
> 断折圣剑有再铸之日,
> 失去冠冕者再度为王。

"这或许不是非常好,但如果你除了爱隆的建言之外还想要别的东西,这该切中你的需要。如果谜语值得你跋涉一百一十天,那么你最好乖乖听明解释。"他哼了一声坐下来。

"这是我自己编的,"他对佛罗多耳语道,"那是很久以前,登纳丹第一次告诉我他的身世时,我为他写的。我真希望自己的冒险生涯还没结束,能够在他的时机到来时,陪着他一起去冒险。"

亚拉冈对他笑了笑,再度转身面对波罗莫。"我个人原谅你的怀疑,"他说,"我的模样和雕刻在迪耐瑟宫殿中雄伟的埃西铎与伊兰迪尔实在有很大的差别。我只是埃西铎的子孙,并非他本人。我过了很长一段极为艰苦的日子,由此地到刚铎的旅程,和我的冒险比起来相形失色。我越过了无数高山、河流与平原,甚至到过星辰排列都不同的卢恩和哈拉德。

"但这世上勉强可称作家乡的地方仍是在北方。因为，瓦兰迪尔的子孙，自父及子代代相承，在此居住了很长一段时间。我们的历史渐渐灰暗，人数慢慢变少，但断剑总是能传给下个继承人。在我结束之前，波罗莫，我一定要说清楚我们的立场。我们这些荒野中的游侠是寂寞的过客和猎人——追猎不懈魔王的爪牙。黑暗的势力不仅限于魔多，它们还在许多区域出没。

"波罗莫，如果刚铎算是自由世界的瞭望塔，那我们扮演的就是不为人知的守护军。有许多魔物不是你们的高墙和利剑可以阻挡的。你对自己领土之外的疆域所知甚少。你刚才说到了'和平'与'自由'，北方大地如果没有我们的牺牲，他们可能根本不知道这四个字的含意。他们只怕早被恐惧摧毁了。但是，那些从没有人烟的山岗或是不见天日的森林中悄悄前来的魔物，都在我们面前落荒而逃。如果所有的登丹人都在沉睡，或变成一抔黄土，北方大地怎还能高枕无忧，人们怎能自由自在地在路上漫游？

"但我们所获得的感谢比你们还少。旅人看到我们就皱眉，乡民更给我们取轻蔑的绰号。有个住在与敌人相距咫尺的小镇上的胖子，喊我'神行客'；若非我们不眠不休地看守，这些敌人会让他再也说不出话来，甚至摧毁整座小镇。但我们却不能因此有所松懈。如果单纯的人可以免受恐惧和忧虑的困扰，我们就必须让他们继续保持单纯，而且这一切都必须秘密进行。春去秋来，这就是我和同胞们永不止息的任务。

"但如今历史的巨轮再度转动，时候到了。埃西铎的克星已经现世。战争迫在眉睫。圣剑必当重铸。我会前往米那斯提力斯。"

"你说，埃西铎的克星已经现世，"波罗莫反问道，"但我刚才只见一名半身人手中拿着金戒指。而他们说，埃西铎在这个纪元一开始时就已阵亡。智者如何得知这就是他那枚戒指？这枚戒指又是如何代代相传，最后出现在这名奇怪的信差手上？"

"我们会说明这件事情的。"爱隆说。

"大人，请先别急！"比尔博说，"现在已经日正当中了，我觉得该找些东西来补充一下我的精力了。"

"我还没点到你呢，"爱隆微笑着说，"不过现在轮到你了。来吧！告诉我们你的故事。如果你还没把它写成诗歌，你可以用口语的方式报告。时间越短，你就可以越早吃饭。"

"好吧，"比尔博说，"遵命。但我这次说的是真实的故事，如果在座有人曾经听过我别种版本的说法，"他意味深长地看着葛罗音，"我希望他们能够忘记过去，并且原谅我。当年我只希望能够将这宝物占为己有，能够摆脱加在我身上的小偷的污名。但是，现在，或许我对世事的了解比较透彻了。总之，这就是事实的真相。"

对许多在场的人而言，比尔博的故事是全新的。他们惊讶地看着这个老霍比特人兴致勃勃地说着之前和咕鲁之间的斗智。他没有漏掉任何一个谜题。如果不是爱隆插嘴，他可能还准备一路描述到最后的宴会和他神秘消失的场景。

"说得好，我的朋友，"爱隆说，"现在就先描述到这里吧。我们已经知道魔戒交到你的继承人佛罗多的手上，现在该他说了！"

接着，佛罗多有些不情愿地描述魔戒传到他手上那天开始之后的情景。他从霍比特屯到布鲁南渡口之间的每一步冒险，都经过仔细地盘问和思考，他所能忆起的一切有关黑骑士的细节都经过反复检审。最后，他终于坐了下来。

"真不错，"比尔博对他说，"如果不是因为这些家伙老是打岔，这应该是个很棒的故事。我刚才试着做了点笔记。不过，如果我要把它写下来，我们应该再详细谈谈内容。在你抵达此地之前的资料，已经可以写上不少章节了呢！"

"没错，这是个很长的故事，"佛罗多回答道，"但对我来说，这故事似乎还不完整。我还想知道好些事，尤其是有关甘道夫的部分。"

坐在他附近来自海港的加尔多也听到了他说的话。"你说出了我的心声，"他大声道，接着转向爱隆说，"贤者可能很有理由证明，半身人收藏的戒指就是争论已久的至尊魔戒，然而所知不多的人却会觉得不太可能。但我们不该听听其中的证据吗？而且，我还要问，萨鲁曼呢？他是研究魔戒的专家，但人却不在我们当中。如果他听了我们方才听到的事，他的建议会是什么？"

"加尔多，你所问的问题是互相牵连的，"爱隆说，"我并未忽略这些问题，它们确实应该加以回答。但这一切都该由甘道夫来说明，我最后才会请他出面，因为这代表我对他的尊敬，而且这一切的幕后推动者就是他。"

"加尔多，有些人会觉得，"甘道夫说，"佛罗多被追捕，以及葛罗音的故事，就足以证明霍比特人发现的是一件对魔王来说价值连城的宝物。但它不过是枚戒指。那又怎么样呢？戒灵保有那'九枚'，而那'七枚'若非被夺就是被毁。"葛罗音听到这话不安地动了动，但是并未开口。"我们知道其余的'三枚'在哪里。那么，这枚让他饥渴无比的戒指是什么呢？

"的确，在大河的失落和山脉中的重现之间，历史空白了很长一段时间。但是，贤者们知识中的这段空白最后终于被补齐，可惜却已经太晚了；因为魔王已经紧追在后，他比我所担心的还要近。幸好，直到今年，就是这个夏天，他才知道了事件的全貌。

"在座有些人或许记得，许多年以前，我大胆进入位于多尔哥多的死灵法师巢穴，悄悄刺探他的秘密，并发现我们的恐惧果然成真了：他就是我们古老的敌人，魔王索伦，经过漫长的时间再度修炼成形，力量与日俱增。有些人，也会记得萨鲁曼劝我们不要公开与索伦为敌，以至于长期以来我们对他的扩张袖手旁观。但是，最后，随着他的力量逐渐增强，萨鲁曼也不得不低头，圣白议会使出全力将邪恶赶出了幽暗密林——就在那一年，魔戒刚好现世；如果这是巧合的话，还真是个奇怪的巧合。

"但是，诚如爱隆所预见的，我们已经太迟了。索伦也在监视我们，早已准备好抵挡我们的攻击，他通过居住在米那斯魔窟的九戒灵，遥控魔多的运作，直到万事俱备。然后，他在我们面前弃甲，假装败逃，随即前往邪黑塔，公开宣称魔王已经现世。于是，圣白议会召开了最后一次会议；彼时我们得知他正迫切地在寻找至尊魔戒。我们都担心他已经获知了我们所不知道的情报。但萨鲁曼否定我们的看法，重复他之前一直发表的理论：至尊魔戒永远不可能再出现于中土世界。

"'最糟的状况不过是，'他说，'我们的敌人知道魔戒不在我们手中，依旧没人知道它的下落。但是他会认为，失落的东西总有一天可能会找到。别害怕！他的希望会令他上当。我不是已经仔细研究过这件事情了吗？至尊魔戒落入安都因大河中；很久以前，当索伦还在沉睡的时候，它早已从河中被冲入大海，就让它躺在那里直到世界末日吧。'"

甘道夫沉默下来，目光穿过门廊往东望向遥远的迷雾山脉，看着那块末日危机隐匿了那么久，却无人知晓的区域。他叹了口气。

"我在那时犯了个致命的错误，"他说，"我被贤者萨鲁曼的甜言蜜语欺骗；如果我早点发现，就会早些开始寻求真相，而今我们的危机就不会如此迫在眉睫。"

"我们都有责任，"爱隆表示，"如果不是有你锲而不舍的努力，黑暗可能早已降临。继续吧！"

"打从一开始，我心里就觉得不对劲。即使所有理性的证据都叫我不要怀疑,我还是压抑不住内心的那股不安,"甘道夫说,"我很想知道这东西是怎么落到咕鲁手上的,而他又拥有此物多久了。所以,我派人监视等候他,猜他过不了多久就会离开黑暗,前来寻找他的宝物。他的确来了,却又逃脱不见了。唉!糟糕的是,我竟然把事情搁在一旁,只是观察与等待,就像我们过去那种被动的表现一样。

"时间在各样忙碌中流逝,直到我的疑虑惊醒过来,突然变成了恐惧。那霍比特人的戒指是怎么来的?如果我的担心属实,我们又该拿它怎么办?这些是我必须做出决定的大事,但我不敢对任何人开口,担心万一消息走漏,反而会造成重大的危机。在我们和邪黑塔抗争这么多年来,出卖与背叛一直是我们最大的敌人。

"那是十七年前的事了。很快地,我开始察觉到有各式各样的间谍,甚至包括飞禽走兽,都聚集在夏尔一带,我变得更担心了。因此,我召唤登丹人的协助,他们布下更严密的守卫;随后,我向埃西铎的直系子孙亚拉冈吐露了实情。"

"而我,"亚拉冈接口道,"提议我们应该立刻开始追捕咕鲁,虽然事情看起来已经太迟。而且,由埃西铎的子孙来弥补埃西铎所犯下的错误,似乎十分恰当。于是我和甘道夫进行了一场漫长而无望的搜捕行动。"

接着甘道夫描述了他们如何彻底搜索整个荒野地区,直至黯影山脉和魔多的外围边境。"我们在那里听说了一些关于他的传闻,我们猜测他在黑暗的山丘中居住了很长一段时间;但我们一直没有找到他,到最后我绝望了。随后,我在绝望中想到了一项测试,那会让我们不需要再去找咕鲁。那枚戒指本身可能会透露它是否就是至尊魔戒。圣白议会中萨鲁曼的发言回到了我脑海中,彼时我没有多加注意,但那当口却清楚地在我心中响起。

"'人类九戒、矮人七戒和精灵三戒,'他说,'每一枚都镶有独特的宝石。但至尊魔戒并非如此。那是枚光滑、毫无装饰的戒指，看来如同毫不起眼的低廉品，但铸造者在其上留下了痕迹，或许，今日仍有能人能够发现并研读这些迹象。'

"那到底是什么痕迹，他却没说。而那时谁又会知道？除了铸造者，萨鲁曼知道吗？虽然他的学识极其渊博，但知识总有来源。在戒指失落之前，除了索伦之外，还有谁的手戴过它？只有埃西铎。

"一思及此，我就放弃了该次追踪，飞快赶往刚铎。在过去，我辈于该处受到极大的礼遇，特别是萨鲁曼。通常，他会停留在城中，是城主的座上宾。但我所遇见的迪耐瑟却不似过去的城主那般友善，他很不情愿地让我搜读他的众多卷轴和书籍。

"'如果真如你所言，只想要知道古代的记录，以及这城创建初期的史料，那就去吧！'他说，'因为对我来说，未来会比过去要黑暗多了，而我关心的是眼前的日子。除非你的能力强过萨鲁曼，他曾在此研究了极长一段时间。我是此城历史的传承者，你不可能找到我所不知道的史料。'

"这是迪耐瑟的说法。但是，在他大量的藏书中，的确有许多资料如今几乎无人能懂，连博学大师可能都束手无策，因为其中所记载的语言对近人而言已经晦涩难明，无法理解。波罗莫，在米那斯提力斯至今仍有一只卷轴，我猜，除了我和萨鲁曼外，自国王的血脉断绝之后，无人读过；那是埃西铎自己写的卷轴。因为埃西铎并未如同某些故事中所讲的，在魔多大战之后直接离去。"

"或许，那是北方某些人的说法，"波罗莫插嘴道，"在刚铎所有的人都知道，他首先来到米那斯雅诺，跟他侄儿米涅迪尔居住了一段时间，指导他为王之道，然后才将南方王国移交给他。那时，他在该处种下了圣白树的最后一棵树苗，用以纪念他弟弟。"

"但在那同时他也写下了该只卷轴，"甘道夫说，"看来刚铎没人记得这件事。因为这卷轴记载的是有关魔戒的事情，埃西铎写道：

统御之戒从此当作为北方王国的国宝；但有关它的记载则当留于刚铎，此地居住的亦是伊兰迪尔的子孙，以防将来有关这些重要事迹的记忆逐渐淡褪。

"在这段话之后，埃西铎接着描述他所找到的至尊戒。

当我刚捡起它的时候，它烫得如同烙铁一样，连我的手都烫伤了；让我怀疑是否从此我都必须背负着这样的疼痛。但是，就在我下笔之时，戒指已慢慢冷却，似乎也开始缩小，而它的美丽和外形却都没有丝毫减损。之前如同烈火一般的文字现在也开始逐渐黯淡，变得难以辨认。那是用伊瑞詹的精灵文撰写的，因为魔多绝无如此细致的语言；但我不懂上面所写的文字。我猜想那该是黑暗之地的语言，因它邪恶而古怪。我不知道它传述何种邪恶，故我在此抄写一份，以免它就此消失不见。魔戒或许仍在思念索伦乌黑双手的高热，他的手犹如燃烧的烈焰；吉尔加拉德就是死在那双魔爪之下。或许，金戒指经过再度加热之后，那文字又会出现。不过，我自己可是不敢冒险伤到这宝物：这是索伦制造的东西中唯一美丽的作品。虽然我付出了惨痛的代价才得到它，它仍是我的珍宝。

"当我读到这些话，我搜寻的任务结束了。因为那段文字确如埃西铎所推断的，是魔多和邪塔仆役所使用的语言。上面所写的内容已经为大家所熟知。因为，当索伦戴上至尊魔戒的那一天，'三戒'的铸造者凯勒布理鹏就察觉了，他从远方听见了他所说的话，他的邪恶阴谋就此被揭发于世人眼前。

"我立刻离开迪耐瑟的领土,在往北走的途中,罗瑞安传来消息说,亚拉冈经过了该地,并且他找到了那个叫作咕鲁的生物。因此我首先前去与他会面,听他叙述事情的始末。我不敢想象他到底冒了多大的危险才找到那个恐怖的生物。"

"那都不足挂齿,"亚拉冈说,"如果一个人必须要走到黑门前,或是踏过魔窟谷的剧毒花朵,那么他肯定是会有危险的。当时,我最后也放弃了希望,开始踏上回家的旅程。就在此时,在幸运女神的眷顾下,我突然间找到了目标:在泥泞池塘边的小小脚印。不只如此,那脚印十分新而密集,是朝离开魔多的方向而行。我沿着死亡沼泽的边缘追踪那足迹,最后终于抓到了他。咕鲁当时正在一个静滞的臭池塘旁瞪着水面,那是黄昏天快暗下来时,我悄无声息地靠近,抓住了他。他浑身都是绿色的烂泥,咬了我一口,而我的反应并不温柔;我猜想,他可能永远都不会喜欢我了。除了牙痕之外,我再也无法从他口中获得其他的东西。我回家的过程是这整趟旅程中最糟糕的部分,我必须日夜监视他,在他脖子上套着绳子,塞住他的嘴,逼他走在我前面;直到他因为饥渴交迫被驯服为止。我押着他前往幽暗密林,最后终于到了,我把他交给幽暗密林的精灵看管;因为我们都同意必须这么做。我很高兴可以摆脱这个臭兮兮的家伙。对我来说,我希望永远也不要再见到他;但甘道夫来到他身边,和他交谈了很长的一段时间。"

"没错,那是段又臭又长又累人的对话,"甘道夫说,"但并非一无所获。至少,他告诉我的故事和比尔博今天第一次公开说明的故事是符合的。但那不是很重要,因为我早就猜到了。真正重要的是,我第一次知道了咕鲁的戒指是来自格拉顿平原附近的安都因大河。我还知道了他保有这枚戒指很长一段时间,是他这种微小种族好几辈子的寿命。魔戒的力量延长了他的寿命,那是只有统御之戒能够拥有的力量。

"如果这还不足以构成你所认为的铁证,加尔多,那还有我之前所提到的那个测试。如果有人有足够的意志力将你刚刚所见那枚毫无装饰的圆戒指丢入火中，埃西铎所提到的文字或许就会显现。我已经那样做过了，以下就是我看到的记载：

> Ash nazg durbatulûk, ash nazg gimbatul, ash nazg thrakatulûk agh burzum-ishi krimpatul.

巫师声音的改变让众人大吃一惊。它突然间变得邪恶、强大，如同岩石般冷酷刺耳。似乎有一道阴影遮住了高空的太阳，门廊瞬间变得阴暗。所有的人都忍不住打寒战，精灵则掩住耳朵。

"在此之前，从来无人胆敢在伊姆拉崔说出这种语言，灰袍甘道夫。"当阴影掠过，众人的呼吸恢复之后，爱隆说。

"让我们希望这会是仅有的一次，"甘道夫回答道，"的确，爱隆大人，我没有征询你的同意。如果各位不想让这种语言成为全西方的通用语，那么就请各位别再怀疑贤者已经宣告的：这东西确实是魔王的珍宝，充满了他的邪恶意念，它里面蕴藏着极大一部分他自古以来所拥有的力量。在黑暗的年代中，伊瑞詹的工匠一听到以下的话，就知道自己被出卖了：

> 至尊戒，驭众戒；至尊戒，寻众戒，
> 魔戒至尊引众戒，禁锢众戒黑暗中。

"朋友们，请不要忘记，我还从咕鲁口中打探出了许多其他的消息。他不愿意开口，说起事情来又不清不楚。但毫无疑问地，他曾经去过魔多，他所知道的一切在那里都被拷问了出来。因此，魔王知道至尊戒已经现世了，而且被藏放在夏尔很多年。由于他的仆人几乎追到了我们的门口,他很快就会知道,或许就在我说话的这时候,他已经知道这戒指就在我们这里。"

众人沉默了很久,最后,波罗莫才打破沉默说:"这个咕鲁,你说他是个小家伙?在我看来,他虽小,却做了很糟糕的事。他最后怎么了?你怎么处罚他的?"

"他被关在监狱里面,但我们没有残酷地待他,"亚拉冈说,"他之前已经吃了许多苦。毫无疑问地,他曾经遭受过严刑拷打,而对索伦的恐惧依旧深深烙印在他心里。不过,我很庆幸他依旧在幽暗密林的精灵看守下。他的怨念十分强烈,足以让这瘦小的家伙产生令人难以置信的力量。如果他逃了出来,可能会造成更多的危害。我总认为,他得以离开魔多,是怀有某种邪恶的意图。"

"糟糕!糟糕!"勒苟拉斯大声道,他俊美的脸上露出了愁容,"现在该我报告坏消息了。我原先只知道这事不妙,但直到刚刚我才知道这有多糟糕。史麦戈,也就是你们口中的咕鲁,已经逃跑了。"

"逃跑了?"亚拉冈失声大喊,"这真是个坏消息。我恐怕我们都会为此深深抱憾。瑟兰督伊的百姓怎么会辜负他人的托付?"

"这并非因为我们的疏忽,"勒苟拉斯说,"但或许和我们的善良待人有关。而且,我们怀疑这犯人得到外人的帮助,他们对我们知之甚详。在甘道夫的要求下,我们日夜监视这个怪物,虽然我们对这工作感到十分疲倦。但甘道夫特别交代过我们,他或许还有希望被治好,而我们又不忍心让他终日被囚禁在不见天日的地洞中,那可能会让他落回原先邪恶的思想里。"

"你们对我可就没那么好了。"葛罗音说,眼中光芒一闪,他回想起当年遭到精灵国王囚禁在地牢深处的情景。

"别这样!"甘道夫说,"亲爱的葛罗音,不要这么耿耿于怀。当年是个天大的误会，你们之间早就误会冰释了吧！如果所有横亘于精灵与矮人之间的旧怨要在此重提，那这次会议不如解散好了。"

葛罗音站起身，深深一鞠躬。勒苟拉斯继续道："在天气好的时候，我们会领着咕鲁在森林里散步。有一株离群甚远的大树是他最喜欢攀爬的地方。通常，我们会让他爬到树顶，感受那自由吹拂的风；但我们都会在树下安排一名守卫。有一天，他上去之后拒绝再爬下来，而我们的守卫又不想跟着爬上去。咕鲁手脚并用的攀爬能力十分惊人；因此，守卫继续坐在树下一直等到天黑。

"就在那个无星无月的夏夜，半兽人悄无声息地攻击了我们，我们花了一些时间将他们击退；虽然他们人数众多，又十分凶猛，但森林可是我们的故乡，他们只惯于在山中行动。当战斗结束时，我们发现咕鲁不见了；他的守卫不是被杀，就是被俘虏了。直到那时我们才明白，这场攻击是为了拯救他而来，而他也预先就知道了。这诡计是如何图谋而成，我们猜不透。不过，咕鲁非常狡猾，而魔王的爪牙又遍布各地。恶龙被杀那年一并被除掉驱散的魔物再度大举入侵；除了我们管辖的区域，幽暗密林再度成为一个充满邪气的地方。

"我们之后就再也抓不到咕鲁了。我们追踪他夹杂在一大群半兽人当中的足迹，直到森林的深处，一直往南走；但不久之后他就摆脱了我们的追踪，而我们也不敢再继续往下追；因为我们已经靠近了多尔哥多，那里仍旧是个非常邪恶的地方；我们不会去那里。"

"唉，好吧，他逃走了，"甘道夫说，"我们也没有时间再去找寻他，只能任由他去了。但是，或许他所扮演的角色，是他自己以及索伦都无法预见的。

"现在，我得回答加尔多其他的问题了。萨鲁曼呢？在这关键的时刻他会给我们什么建议？这段故事我必须从头描述，因为之前只有爱隆听过，而且还只是精简版的内容。但它其实包含了所有我们必须解决的问题,到目前为止,这是魔戒故事最新的一个篇章。

"六月底时我人在夏尔,但我心中满是焦虑,于是我骑马去那块土地的南部边界。因为我有种不祥的预感,仿佛有某种危险不断迫近,我却一直不知道是什么。在那里,我得到的消息包括了刚铎的战斗和失败,当我听到黑影又出现时,不禁感到脊背生寒。可是,我在那边只遇到几名从南方逃出的难民,但我看得出来,他们心里怀有一种难以言喻的恐惧。于是我转向东方和北方,沿着绿大道走;在距离布理不远处我遇到了一名坐在路边的旅人,他的马匹在他身边安静地吃草。那是褐袍瑞达加斯特,他曾经住在靠近幽暗密林边界的罗斯加堡。他是我辈中人,但我已经有许多年没见过他了。

"'甘道夫!'他大喊着,'我正在找你。但我对这地区的路不熟。我只知道你可能出现在荒野中一个叫作夏尔的古怪地方。'

"'你的情报很正确,'我说,'不过,如果你遇到那里的居民,千万别跟他们这么说。你已经十分靠近夏尔的边界了。你找我干什么?一定是很紧急。除非有重大事情,否则你很少出门旅行。'

"'我有个很紧急的任务,'他说,'我带来的是坏消息。'然后他看着四周,仿佛一草一木都有可能偷听他所说的话。'戒灵,'他对我耳语道,'九戒灵已经再度出马了。他们已经秘密越过了大河,朝西移动。他们都伪装成黑袍骑士,以方便行动。'

"那时我才知道自己无名的恐惧是什么。

"'魔王一定有什么重大的阴谋或迫切的需要,'瑞达加斯特说,'否则他不会派出亲信来这么偏远的地方大肆搜索,但我却猜不出他真正的目的。'

"'你这是什么意思?'我问。

"'据我所知,那些骑士四处打听一个叫夏尔的地方。'

"'就是这个夏尔。'我说,一颗心直往下沉。因为当九戒灵一同聚集在他们凶残的首领魔下时,连贤者都害怕与他们正面对抗。那位首领是古代伟大的国王与法师,如今他操纵着致命的恐惧。'谁告诉你的,又是谁派你来的?'我问道。

"'白袍萨鲁曼,'瑞达加斯特回答,'他还告诉我,如果你觉得有需要,他愿意伸出援手,但你必须马上去找他帮忙,否则一切将会太迟。'

"这消息让我重新燃起了希望,因为白袍萨鲁曼是我辈中最伟大的巫师。当然,瑞达加斯特也是个不错的巫师,他擅长变色和变形,对于药草非常精通,飞禽走兽都是他的朋友。但萨鲁曼长久以来一直精研魔王的本事,因此我们才能预先料到他的一举一动。我们是靠着萨鲁曼的计谋,才能够将魔王赶出多尔哥多。或许他已经找到了对付九戒灵、能把他们赶回去的武器。

"'我马上去找萨鲁曼。'我说。

"'那你必须立刻动身,'瑞达加斯特说,'我为了找到你,花费了不少时间。他告诉我必须在夏至之前找到你,现在就已经是夏至了。即使你立刻出发,也很难在九戒灵找到他们的目标之前抵达。我必须立刻赶回去。'话一说完,他就骑上马,准备立刻离开。

"'等等!'我说,'我们可能会需要你的帮助,还有一切可能的助力。对你所有的飞禽走兽朋友送出讯息,告诉它们把任何有关这件事的消息,告知萨鲁曼和甘道夫。让它们把消息送到欧散克塔去。'

"'我会的。'接着,他就仿佛被戒灵追赶一般,行色匆匆地离开了。

"我当时没办法马上跟着他走。那天我已经骑了很长的一段路程,人马都很疲惫了;而且我必须仔细想想这件事。那晚我待在布理,决定不能浪费时间回到夏尔去。那是我所犯过的最大的错误!

"无论如何,我写了封给佛罗多的信,托我信赖的朋友也就是旅店的店主送去给他。我天一亮就离开了,最后终于来到了萨鲁曼的居所。那远在南方的艾辛格,就在迷雾山脉尽头,离洛汗隘口不远。波罗莫会告诉你那是一个大峡谷,位于迷雾山脉和伊瑞德尼姆拉斯——也就是他家乡的'白色山脉'——最北端的山脚之间。不过艾辛格是个被一圈像高墙一般陡峭的岩石所包围的山谷,在山谷中央有座名为欧散克的岩塔,这不是萨鲁曼建造的,而是多年以前努曼诺尔的居民打造的。那座参天高塔里有许多的秘密;然而它看起来不像是由人力所造的。不穿越艾辛格那圈围墙是无法来到这座高塔的;而围墙只有一个入口。

"那天晚上我到了巨大的岩石拱门口,看见重兵驻守在该处。不过,门口的守卫在等候我的到来,并告诉我萨鲁曼正在等我。我骑马穿过拱门,大门在我身后无声无息地关闭,我突然毫无来由地感到一阵害怕,虽然我毫无害怕的理由。

"但我还是骑到了欧散克塔下,爬上萨鲁曼居所的阶梯;他在那里和我会面,并且请我到他的大堂上去谈话。我注意到他的手上戴着一枚戒指。

"'甘道夫,你终于来了。'他面色凝重地对我说,但他的眼中却闪烁着异光,仿佛心中正在冷笑。

"'是的,我来了,白袍萨鲁曼,我请求你的协助。'这个称号似乎让他勃然大怒。

"'是吗,灰袍甘道夫!'他轻蔑地说,'请求协助?听说灰袍甘道夫一向不需要他人帮助,他聪明又睿智,在各地四处奔波,插手一切该管和不该管的事务。'

"我看着他,心中不禁起了疑心。'如果我的消息正确,'我说,'现在正是需要大家团结一致的时刻。'

"'或许吧,'他说,'但你想到这念头的时机也太晚了。我怀疑,你到底把那件最重要的事,刻意隐瞒了我这位议长多久?现在是什么风把你从夏尔的藏身地吹过来的?'

"'九戒灵再度出现了,'我回答道,'根据瑞达加斯特所言,他们已经渡过了大河。'

"'褐袍瑞达加斯特!'萨鲁曼哈哈大笑,这次他不再掩饰他的不屑,'豢鸟人瑞达加斯特!天真的瑞达加斯特!蠢汉瑞达加斯特!他唯一的用处就是扮演我赋予他的角色。因为你来了,我送信给你的目的仅止于此。灰袍甘道夫,你将在此好好休息,不用再忍受旅途奔波。我是萨鲁曼,贤者萨鲁曼,铸戒者萨鲁曼,彩袍萨鲁曼!'

"我看着他,这才注意到他身上之前看来如同白色的袍子并不是那么回事。他的袍子是用许多种颜色织成的,只要他一走动,就会不停地变色,让人为之目眩。

"'我比较喜欢白色!'我说。

"'白色!'他不屑地说,'那只是个开始,白衣可以染色,白色的书页可以写上文字,白光可以折射呈七彩的光线。'

"'在那种情况下就不再叫作白色了,'我说,'为了找寻事物本质而加以破坏的人,已经背离了智慧之道。'

"'你不需要用那种和你的傻瓜朋友讲话的态度对我说教,'他说,'我叫你来不是为了听你废话,而是给你选择的机会。'

"他站了起来,开始滔滔不绝,仿佛他已经为这次演说准备很久了。'远古已经消逝了,中古则刚过不久,现代正要展开。精灵的时代已经过去了,我们的时代正要开始。这是人类的世界,我们必须统治他们。但是我们必须拥有力量,按我们的意愿统治万物的力量,只有我们贤者能看到美好的未来。

"'听着,甘道夫,我的老朋友和最好的助手!'他靠近我,柔声说,'我说我们,因为我期待你和我并肩努力。一股新的力量正在崛起,旧的联盟和策略完全无法抵抗我们。精灵以及逐步凋零的努曼诺尔人都毫无希望。你的眼前,我们的眼前,只有一个选择。我们应该要加入那股力量。甘道夫,这才是智慧的选择,只有如此才有希望。他就要获胜了,那些愿意协助他的人将会获得丰厚的奖赏。随着他的力量的增强,赞同其道的朋友也会跟着茁壮;而像你我这样的贤者,只要耐心等待,最后终有可能引导这股力量的走向,控制这股力量。我们可以静心等待,保留实力,将这想法藏在心里,容忍可能发生在我们眼前的邪恶之事,一切都是为了最终最高的目的:知识、统治、秩序。这些我们一向努力却白费心血的愿景,可说都是因为我们弱小朋友的掣肘和拖累。我们不需要,也不会修正我们的理想,只需要改变我们的手段。'

"'萨鲁曼,'我说,'我以前也听过这样的说法,但那是魔多派来的使者愚弄无知者的花招。我实在无法想象,你让我大老远赶来,只为了搬弄这些老套。'

"他意味深长地看着我,停下来思索了好一会儿。'好吧,看来这条明智之路无法吸引你,'他说,'只是暂时吧?如果没有更好的办法,你就不会被打动是吧?'

"他走上前,握住我的手臂。'为什么不呢,甘道夫?'他低语道,'为什么?一统天下的至尊魔戒?如果我们可以操控它,那么那股力量就会成为我们的。这才是我找你来的真正原因。我有许多耳目在为我效力,而我相信你一定知道这宝物如今在哪里。是不是这样?不然,为什么九戒灵会询问夏尔的位置,而你又一直待在那里干什么?'话声一断,他的眼中就露出再也无法掩饰的贪婪。

"'萨鲁曼,'我开始退离他,'一次只能有一个人佩戴、驾驭至尊魔戒,你对此知之甚详。因此,别用那套我们、我们的说法来瞒天过海!现在我已经了解你的想法,我绝不会把魔戒送到你手上,不,你甚至连它的消息也得不到。你的确是议长,但你也终于揭露了自己的真面目。看来,你口中所谓的选择,其实只是服从索伦,或是服从你吧。我两个都不接受,你还有别的提议吗?'

"他露出冷漠又危险的神情。'有的,'他说,'我本来也不期待你会展现出任何的智慧,即使是为了你自己好;但我还是给你自愿协助我的机会,替你省下许多的麻烦和痛苦。第三个选择是留在这里,直到一切结束。'

"'直到什么结束?'

"'直到你告诉我至尊戒的下落。我也许能找到方法说服你,或是等我自己找到魔戒,到时,权倾天下的统治者应该还有时间考虑某些小事。举例来说,为那无知恼人的灰袍甘道夫量身定做一套合适的奖赏。'

"'那恐怕不会只是一件小事。'我说。他对我大笑,因为他也知道我只是虚张声势。

"他们抓走我,将我单独囚在欧散克塔的顶端,那里是萨鲁曼观星的地方,唯一的出入口是一个几千阶的狭窄楼梯,底下的山谷似乎十分遥远。我看着那座山谷,这才发现原先翠绿美好的大地,已是一派满是坑洞和熔炉的残破景象。恶狼和半兽人居住在艾辛格,萨鲁曼正在悄悄地集结大军,为了将来和索伦对抗,他尚未听候索伦的差遣。他的努力让整个欧散克地区飘荡着恶臭的黑烟。我站在这黑色烟海中的孤岛上,找不到任何逃脱的方法,可说是度日如年。那里寒风刺骨,我只能在小小的空间中终日来回踱步,满脑子想着黑骑士北上的身影。

"即使萨鲁曼其他的说法都是谎言,我也确定九戒灵确实复苏了。早在我来到艾辛格之前,我已经在途中听到一些消息,那不可能是假的。我开始替夏尔的朋友担忧,但我心中依旧暗存一丝希望。我希望佛罗多照着我信中所敦促的，立刻出发，那么他应该会在黑骑士的致命追击开始之前抵达瑞文戴尔。结果证明，我的恐惧和希望都是徒然。因为我的希望是仰赖在布理的一名胖老板身上，而我的恐惧则是建立于索伦的诡诈上。卖酒的胖老板有许多事情要忙，而索伦的力量仍没有我所想的那么强大。但是，当我被孤单地困在艾辛格时，我实在很难想象，曾经横扫世界的黑骑士竟然在遥远的夏尔遇上了阻碍。"

"我看见过你！"佛罗多大喊，"那时你不停地来回踱步，月光照在你的头发上。"

甘道夫停下来，惊讶地看着他。"那只是一个梦，"佛罗多不好意思地说，"但我刚刚才突然想起来。我几乎已经忘记这件事情了，我想那是在我离开夏尔不久之后做的梦。"

"那么这梦来得可能有点迟，"甘道夫说，"你等下就会知道了。我那时情况恶劣，完全无计可施。认识我的人都会明白，我极少遇到这么进退维谷的处境，因此实在无法应付。灰袍甘道夫竟然如同苍蝇般被困在蜘蛛狡诈的网中！不过，即使是最狡猾的蜘蛛，也有大意的一天。

"一开始我十分害怕，萨鲁曼既然已经堕落了，瑞达加斯特多半也和他同流合污。但是，在我和他会面的时候，我并未从他的声音或眼中发现任何异样。如果我当时发现任何异状，我绝对不会到艾辛格来自投罗网，或我至少会更小心行事。因此，萨鲁曼猜到我的反应，他刻意对信差隐瞒真相。没有任何人可以说服诚实的瑞达加斯特欺骗他人。他诚心诚意地告诉我这件事，因此才能说服我。

"这就是萨鲁曼失策的地方。因为瑞达加斯特没有理由不照我说的去做，因此，他立刻前往幽暗密林，和他的老朋友们会面。迷雾山脉的雄鹰翱翔天际，目睹世事的运转：恶狼的集结和半兽人的整编，以及九戒灵四出寻找猎物的景象；它们也听说了咕鲁的逃亡。因此，它们派出一名信差前来通风报信。

"在夏天快要结束时的一个月夜,巨鹰中速度最快的风王关赫,出乎我意料地来到欧散克塔。他发现我就站在塔顶。接着,在萨鲁曼发现之前,我要求他赶快将我载走。在恶狼和半兽人部队开始搜捕我之前,我已经远离了艾辛格。

"'你可以载我飞多远?'我问关赫。

"'非常远,'他说,'但不会到世界的尽头。我是被派来送信,不是送货的。'

"'如此一来,我必须要在地面上找到坐骑,'我说,'而且必须是一匹前所未见、如风般的良驹;此刻全世界的安危都系于我的速度之上。'

"'那么我就载你去伊多拉斯,洛汗国王的王宫所在地,'他说,'因为那距离这并不远。'我很高兴,因为被称作骠骑国的洛汗国是牧马王们居住的地方,在迷雾山脉到白色山脉之间的区域中,就以该处放牧的骏马最为优良。

"'你认为洛汗的居民还值得信任吗?'我问关赫,萨鲁曼的背叛撼动了我的信心。

"'他们每年会对魔多朝贡马匹,'他回答道,'据说数量还不少。这是谣传,我并没有证实过,但他们至少还没有投效黑暗阵营。不过,倘若如你所言,连萨鲁曼都已经转投黑暗,那么他们的末日也不远了。'

"在黎明之前,他在洛汗国把我放了下来。啊,我的故事已经拉得太长了,接下来必须简短一点。我在洛汗发现邪恶的势力已经开始运作,该地的国王不愿倾听我的警告,他叫我拣一匹马之后赶快离开。我选了一匹自己很满意的马,却让他极为不悦。我选了他的土地上最顶尖的骏马,我从来没见过这么壮伟的神驹。"

"连你都这么说,它一定是马中之王,"亚拉冈说,"索伦每年都会收到这种骏马的消息,比其他看起来很糟的消息更让我忧虑。我上次行经那块土地时,情况还不是这样。"

"我愿意担保,它现在也不是,"波罗莫说,"那是魔王散播出来的谣言。我了解洛汗的人,他们真诚勇敢,是我们的盟友,至今仍居住在我们当年送给他们的土地上。"

"魔多的暗影正向四面八方扩张,"亚拉冈回答道,"萨鲁曼已经沉沦了,洛汗正遭到包围。谁知道你回家经过那地时会遇到什么?"

"至少不会像你们说的那样,"波罗莫说,"他们绝不会利用马匹来换取自己的性命。他们疼爱马匹仅次于对乡亲的感情。这不是没有道理的。因为骠骑国的良驹都是来自未受魔影污染的北方,而它们和牧马王一样,血缘都可以追溯到远古自由时代的高贵血统。"

"你说得没错!"甘道夫说,"它们之中有一匹马的高贵血统必可直溯天地初开之时。九戒灵的坐骑都无法与它相比;它不知疲倦,疾驰如风。他们唤它'影疾'。它的毛皮在白昼时晶亮如白银,夜晚时暗沉如幽影,能够来去无踪。它的四蹄踏雪无痕!从来未曾有人能够跨上它健壮的背;但我选上它并驯服了它,它载我一路飞驰,虽然我在佛罗多启程离开霍比特屯时从洛汗国出发,却在他到达古墓岗时就赶到了夏尔。

"可是,我越骑越感到恐惧。我越往北走,就听到越多黑骑士们的消息。虽然我日夜兼程,但他们始终领先,我就是追不上。我后来发现,他们兵分数路:有些骑士留在夏尔的东方边界,距离绿大道不远的地方;有些骑士则是从南方侵入夏尔。我抵达霍比特屯时佛罗多已经离开了,但我向老詹吉打探了一下消息。我们谈了很多,却没有什么重点;他对袋底洞的新主人真是抱怨连连。

"'我不能忍受改变,'他说,'至少别在我的有生之年,也别是这么糟糕的改变。'他一直重复着'最糟糕的改变'。

"'最糟糕这个词最好不要常用，'我对他说，'我希望你这辈子都不会看到所谓的最糟糕到底是什么样子。'不过，我最后还是从他的闲聊中得知佛罗多不到一周前离开了霍比特屯，黑骑士就在同一天傍晚来到他所住的小丘。我内心充满恐惧地继续赶路。我来到雄鹿地，发现当地一片喧嚣混乱，仿佛是被打翻的蜂巢或是蚁窝一般。我来到了溪谷地的小屋，那里有被强行闯入的痕迹，并且空无一人，可是，在门口却遗留有一件佛罗多穿的斗篷。有很长的一段时间，我感到彻底绝望，心灰意冷之下，我根本懒得打听消息，直接离开了溪谷地。如果我当时再冷静一些，或许会知道让我安心的好消息，但我当时只想着跟踪那些黑骑士，那对我来说是非常困难的一件事情；他们的蹄印分散开来，而我又觉得心慌意乱，平静不下来。在我仔细地观察之后，勉强发现有一两道痕迹是指向布理的，所以，我觉得该去找旅店老板谈谈。

　　"'他们都叫他奶油伯，'我想，'如果佛罗多的延迟是他的错，我会把他身上所有的奶油都烧融，把这个老笨蛋用慢火好好烤熟。'看来，他似乎早就猜到我的脾气；因为，当我一出现，他立刻就趴在地上大声求饶，真的跟融化了一样。"

　　"你对他做了什么？"佛罗多突然紧张地大喊，"他真的对我们很好很好，他真的已经尽力了！"

　　甘道夫哈哈大笑。"别担心！"他说，"俗话说得好，会咬人的狗不叫。我虽然没大叫多少声，但也没有咬人。当他停下连珠炮似的告饶声，告诉我那宝贵的消息之后，我高兴得快飞上了天，当场就抱住这老家伙，哪还有时间慢火烘烤他！我那时猜不到背后的真相，只打听出你们前一晚出现在布理，一早和神行客离开当地。

　　"'神行客！'我高兴地大喊出声。

　　"'是的，大人，很遗憾是他，大人，'奶油伯误会了我大呼的意思，连忙想要解释，'我已经尽力了，但他还是骗到了他们，而他们带

他一起上路。当他们在这里的时候,表现非常怪异:你或许会说那是倔强、刚愎。'

"'啊!你这个老笨蛋!可爱的巴力曼哪!'我说,'这是我今年仲夏以来听到的最好的消息,至少应该赏你一枚金币!愿你的啤酒未来七年年年香醇!'我说,'现在我终于可以好好休息一晚了,我根本不记得上次安睡是什么时候了。'

"因此,当天我就在该处过夜,思索着黑骑士的下落。因为,从布理的留言看来,似乎只有两名黑骑士出现。但在夜里我们遇到了出乎意料的状况,至少有五名黑骑士从西方冲来,他们撞倒大门,如同狂风呼啸一般经过布理;布理的居民浑身发抖地等待世界末日到来。于是,我天没亮就起床,紧跟在他们背后。

"我当时还不确定,但眼前的种种迹象让我判断出确实的情况。他们的首领悄悄地藏在布理南边的地方,同时有两名黑骑士穿越布理,另四名则入侵夏尔。但是,当他们在布理和溪谷地都遭遇挫败后,他们回去向首领报告。因此,路上的监视出现了一段空隙,只剩他们的间谍在探察。首领听到消息之后大怒,立刻派出两名骑士直接往东进发,而他则和其余的骑士怒气冲冲地沿着东方大道赶路。

"我马不停蹄地冲向风云顶,离开布理第二天日落前我就赶到了该处——但他们甚至到得比我还早。他们感应到我的怒气,又不敢在白天对抗我,因此暂时离开了。但是,当晚,我就在阿蒙苏尔瞭望塔的遗迹中受到围攻。我当时的确被逼到绝境,使出了浑身解数才把他们打退,当时的强光和烈焰,想必足以和远古时的猛烈烽火相比。

"天一亮,我就把握机会朝着北方逃。我当时实在做不了其他的事。要在荒野中找到你,佛罗多,实在太不可能,而且在身后有九骑士紧随的情况下去找你也是不智之举。我只能相信亚拉冈的实力。不过,我当下也决定设法引走一些黑骑士,并希望能在你们之前赶到瑞文戴尔,派出援兵。一开始的确有四名骑士跟踪我,但不久之后他们就撤了回去,看来是朝渡口的方向走。这至少帮上了一点小忙,才让你们的营地当时只遭到五名,而非九名戒灵的攻击。

"经过艰辛的长途跋涉,穿过伊顿荒原,跨越狂吼河,我终于由北而南赶抵了瑞文戴尔。从风云顶到这里花了我将近十四天的时间,因为没办法骑马通过食人妖领域的多岩地形,因此,我让神驹影疾回到它主人身边;但我们之间已经培养出深厚的友谊,如果我有需要,它必定会响应我的召唤。因此,我只比魔戒早三天到达瑞文戴尔;而它身处险境的消息早已传到此地——事实证明幸好如此。

"佛罗多,这就是我的故事。希望爱隆和其他人原谅我的多话。但是,甘道夫打破誓约,无法依约前来的事情并无前例。我想,我必须对魔戒持有者详细说明这一切才行。

"好了,这段故事现在从头到尾全都说完了。我们人在这里,魔戒也在此处,但这场会议的真正目的还没开始呢。我们到底该拿它怎么办?"

四下陷入一阵沉寂。最后,爱隆开口了。

"萨鲁曼的变节是非常糟糕的消息,"他说,"因为我们信任他,让他参与了每一次的会议。看来,不论为了什么目的,太过投入研究魔王的技艺都会带来危险。但是这样的堕落和叛变,唉,历史上早已发生过。在今天我所听到的故事中,以佛罗多的最为奇特。除了在座的比尔博,我认识的霍比特人寥寥无几;而佛罗多并非如我想象的那么孤单无助。自从我上次往西旅行之后,世界已经改变了许多。

"我们知道古墓尸妖有很多其他的名字,也听过许多关于老林的传说;现在的老林只是一座庞大森林的北端残余罢了。从前有段时间,松鼠可从现在的夏尔一棵树接一棵树跳到艾辛格西边的登兰德，整个这片区域都长满了参天古木。我曾经去过该处一次，也见识了许多的珍禽异兽。但我竟忘了庞巴迪，如果现在这位真的是多年前在山丘和林地间漫游的同一位的话；即使在当时，他也已经是世间最古老的一位。然而当时我们不是这样称呼他，我们叫他伊尔温·班尔达，最老的无父者。但他还有许多其他别的种族给他起的名字：矮人称他为佛恩，北方人称他为欧罗德，以及其他等等。他是个奇异的生物，或许我应该召唤他参加这次会议。"

"他不会愿意出席的。"甘道夫说。

"至少我们可以通知他，获取他的协助？"伊瑞斯特说，"看起来他甚至能够控制魔戒。"

"不，我不会这么说，"甘道夫说，"你应该这么说，魔戒对他起不了作用。他是自己的主人。但他无法改变魔戒，也无法破除它对其他人的影响。而且，他现在又退隐于一块小地方，并在四周设定疆界，不过，没有人能看见这些界线；或许他在里面等待时代转变，他不会愿意踏出这疆界的。"

"但是，在那疆界中，似乎没有任何力量胆敢忤逆他，"伊瑞斯特说，"难道他不能将魔戒收藏在该处，让它变得无力损及世间？"

"不，"甘道夫说，"他不会自愿这样做的。如果全世界爱好和平的人一起恳求他，他或许会同意，但他不可能明白其中的意义。如果魔戒交给他，他可能很快就将它忘了，更可能是不小心将它弄丢了。这种东西对他来说太不重要了。他将会是让人最不放心的保管者，光是这一点就足以回答你的疑问了。"

"无论如何，"葛罗芬戴尔说，"将魔戒送到他身边也只是延迟黑暗降临的日子而已。他离我们很远，我们不可能在丝毫不被任何间谍发现的状况下把魔戒送去给他。即使我们办到了，魔戒之王迟早也会打探出它藏匿的地方，然后，他会倾尽全力来得回这枚戒指。庞巴迪能够独自对抗这力量吗？我并不这样认为。我想，到了最后，如果其他人都被征服了，庞巴迪也会倒下的。他是开始，但也是终末。到那时，永夜就会真正降临了。"

"我只听过伊尔温这个名字，"加尔多说，"但我认为葛罗芬戴尔说得对。他并无阻挡魔王的力量，除非这种力量来自大地本身。但，我们也知道索伦可以恣意摧毁、铲平山岗。足以抵抗魔王的力量是在我们身上，在伊姆拉崔这里，或在灰港岸的奇尔丹身上，或在罗斯洛立安之中。但是，我们也好，他们也好，难道能够在普世皆已沦陷的状况下，还有力量抵挡索伦吗？"

"我没有那样的力量，"爱隆说，"其他人也没有。"

"那么，如果我们不能够以力量阻止魔王获得魔戒，"葛罗芬戴尔说，"那么我们就只剩下两个选择，一是将它送到海外，或者是将它摧毁。"

"但是甘道夫已经向我们揭示，我们在此所拥有的任何器械都无法摧毁它，"爱隆说，"而那些居住在海外仙境的生灵也不会接受它：无论是好是坏，它都是属于中土世界的；它必须要由我们这些仍旧住在这地的人来解决。"

"那么，"葛罗芬戴尔说，"就让我们将它丢到深海中，让萨鲁曼的谎言成真好了。因为，即使在当年议会召开时，他的心思显然就已经扭曲了。他知道魔戒并未永远消失，却要我们这么想，因为他开始想要将它占为己有。不过，谎言中往往隐藏着许多真相：大海会是个安全之所。"

"却无法保证永远安全，"甘道夫说，"深海中有许多生物，谁能够保证沧海永远不会变桑田？我们在此不应当只想要阻挡他几次春秋流转，或是几世人的变换，或甚至一整个纪元。即使毫无希望，我们也应该力图找到永远解决这威胁的办法。"

"如此一来,我们就不可能在去往大海的路上找到方法,"加尔多说,"如果回头把魔戒交给伊尔温的路太危险,现在想要逃往大海一定更是险象横生。我心里预测,索伦要不了多久就会得知确切的状况,他会预料我们采取西行的路线。九戒灵的确失去了坐骑,但对他们来说这只是暂时的;他们必定会找到新的、更快的坐骑。如今唯一能够阻止他横扫整个海岸,杀到北方来的只有逐渐没落的刚铎。如果他克服了最后这道障碍,攻破了白色要塞和灰港岸,此后连精灵都无法逃离阴影逐渐扩张的中土世界。"

"他的进攻将会受到吾邦的阻拦,"波罗莫说,"你说刚铎逐渐没落,但刚铎依然挺立,它没落时的国力依旧十分强大。"

"然而它的警戒已经不足以封堵九戒灵,"加尔多说,"而魔王还会找到其他刚铎没有防守的道路。"

"那么,"伊瑞斯特说,"正如葛罗芬戴尔刚才所言,我们只剩下两条道路:将魔戒永远藏匿起来,或是将它摧毁。但我们两者都办不到。谁能够解决这两难?"

"这里没有人办得到。"爱隆神色凝重地说,"至少没有人能够预言,采取任一方法的未来会怎么样。不过,我已经确定我们该怎么做了。朝西的路看起来最容易,因此绝不能纳入考虑。它一定受到重重监视。精灵们太常取道该处逃离中土。如今在这最后关头,我们必须采取一条困难的、没人猜想得到的路。这路存有我们的希望,如果希望尚存的话。直入虎穴——前往魔多。我们必须将魔戒送回铸造它的烈火中。"

现场再度陷入一片死寂。即使是在这座美丽的屋子中,向外可眺望阳光灿烂又充满清澈水声的山谷,佛罗多还是觉得内心有股致命的黑暗。波罗莫不安地变换着姿势，佛罗多注视着他，他正玩弄着腰间的巨大号角，皱眉思索着。最后，他终于忍不住开口了。

"我不明白，"他说，"萨鲁曼的确是个叛徒，但他的看法难道就不值得参考吗？你们为什么只想着躲避和摧毁？为什么我们不换个想法，让统御魔戒在我们需要时来到我们手上，视为协助我们的契机？爱好自由的王者驾驭魔戒，必能击败魔王。我认为，这才是他最恐惧的事。

"刚铎的战士骁勇善战，他们绝不会屈服，但还是可能被击败。英勇的战士首先需要有力量，然后需要有武器。若这魔戒如你所言拥有极强大的力量，就让它成为诸位的武器。拿起这武器，光荣地迎向胜利！"

"唉，可惜，"爱隆说道，"我们不能使用统御魔戒。历史的教训一次又一次地证明了这点。它属于索伦，是他独自亲手打造的，因此它是全然邪恶的。波罗莫，它的力量强大到没有人能够任意操纵，除非这些人本身已经拥有极强大的力量。但对这些人而言，魔戒拥有更致命的危险。想要拥有魔戒的欲望足以腐蚀人心。想想萨鲁曼的情况。若有任何一名贤者使用这枚魔戒，以索伦自己的力量推翻了魔多之王，最后他只会坐上索伦的宝座，另一名暗王必定就此诞生。这也是魔戒必须被摧毁的另一个理由：只要它还存在世间一日，连贤者都会受它威胁。万物在起初都不是邪恶的，甚至索伦也不是。我不敢亲自收藏魔戒，更不愿使用魔戒。"

"我也不愿意。"甘道夫说。

波罗莫狐疑地看着两人，最后还是低下头对两人行礼。"那也只能这样了，"他说，"刚铎只能依靠我们现有的武器了。至少，我们可以在智者守护魔戒时，放心地继续战斗。或许断折的圣剑依旧是中流砥柱——希望圣剑持有者不只继承了人皇的血统，更继承了人皇的力量。"

"谁知道呢？"亚拉冈说，"但终有一天他必须接受这样的试炼。"

"但愿这一天不要太远，"波罗莫说，"因为，虽然我没有要求援助，但我们确实需要援助。如果知道其他人也在尽其所能地作战，我们至少可以感到心安。"

"那么，就请安心吧，"爱隆说，"这世上还有许多你不知道，也看不见的力量。大河安都因在流经亚荀那斯、流到刚铎大门之前，还经过了许多地方。"

"如果这些地方的力量都团结起来，"矮人葛罗音说，"每股势力都能够并肩作战，这才是万民之福。其他一些比较不危险的戒指，或许可用来作为我们的助力。如果巴林没有找到索尔之戒，也是最后一枚戒指，那我们的七戒都已失去；自从索尔在摩瑞亚丧命之后，我们就再也没听到这枚戒指的下落。现在我可以告诉诸位，巴林之所以涉身险地，部分原因就是希望能找回这枚戒指。"

"巴林在摩瑞亚找不到任何戒指的，"甘道夫说，"索尔将戒指传给了他儿子索恩，但索恩却没有传给索林。索恩在多尔哥多的地牢中受尽拷打，被迫交出戒指，我到得太迟了。"

"啊，唉！"葛罗音喊道，"我们复仇的日子几时才会来到？但是，精灵三戒还在。这三戒的下落呢？据说，它们是极其强而有力的戒指。难道他们不在精灵王族的手中吗？它们也是暗王在许久之前打造的。它们难道都闲置未用吗？我眼前就有精灵王族，他们为什么不说话？"

精灵们一言不发。"葛罗音，你之前没听见我说的话吗？"爱隆道，"这三戒不是索伦打造的，他也从来未曾染指，但我们不能够泄漏任何有关它们的秘密。即使在受到你质疑的此刻，我也只能说这么多。它们并未被闲置。但它们并非打造来作为战争或是征服的武器：那不是它们的能力。那些打造它们的人并不想要力量、权势或是财富；他们要的是理解、创造和疗愈，让一切不受污染。这些事物是中土世界的精灵牺牲许多才换来的。如果索伦重获至尊魔戒，那么驾驭这三戒者靠戒指所行的一切事，都将转为失败，并且，他们的心思与意念都将暴露在索伦面前。如果这样，三戒不如根本不存在比较好，而这也是魔王的用意。"

"可是，如果统御魔戒照您所说的被摧毁了，那又会怎么样呢？"葛罗音问道。

"我们也不确定，"爱隆哀伤地回答，"有些人希望索伦从未染指的三戒将会获得自由，而它们的持有者可以医治魔王对这世界所造成的伤害。但是，也有可能至尊魔戒一毁灭，三戒的力量也会跟着消失，许多美丽的事物都将随着消失和被遗忘。我相信后者是比较可能的情况。"

"但是所有的精灵都愿意忍受这个改变，"葛罗芬戴尔表示，"只要这样做能够消除索伦的力量，让他永远不能统治世界。"

"那么，我们又回到讨论如何摧毁魔戒的阶段了。"伊瑞斯特说，"但我们只是在原地打转，我们有什么实力可以找到铸造它的火焰？这是一条绝望的道路。如果睿智的爱隆了解我的意思，我该说这是一条愚蠢的道路。"

"绝望，或是愚蠢？"甘道夫说，"这不是绝望，绝望是那些坚信自己已看见结局，放弃一切希望的人所感受到的煎熬。我们不是那样的人。所谓的智慧乃是衡量所有可能，认清必然的方向。虽然，对那些自欺欺人者来说，这或许是他们眼中的愚蠢。好吧，就让愚蠢成为我们的掩护，遮挡魔王的目光！他非常聪明，诡计多端，总是以他邪恶的意念来衡量算计一切事物。但他所知唯一的衡量标准是欲望，渴求权力的欲望；故他以此衡量世间众生。他心中绝对不会想到有人竟然会拒绝魔戒，手中握有魔戒的我们竟然想要摧毁它。如果我们寻求这条路，我们会让他大大失算。"

"至少一段时间之内会是这样，"爱隆说，"即使它险阻重重，我们也必须走上这条道路,不管是再多的力量或是智慧,都不足以帮助我们渡过难关。这项任务,弱者可能和强者拥有一样的机会。推动世界的巨轮创下伟大功绩的途径常常是这样:弱小者因为别无选择而采取行动;然而强大者却三心二意地四顾他方。"

"说得好,说得好,爱隆大人!"比尔博突然说,"别再多说了!我已经明白你的意思了。惹起这件事的是愚蠢的霍比特人比尔博,所以比尔博应该要去收拾善后,或是自我了断。我在这里过得很舒服,书也写得很顺利。如果你们有兴趣知道,我目前正在写结局呢。我本来想在最后写上:他从此过着幸福快乐的日子。这句结尾很不错,即使老套也无损其隽永。但这会儿我看它得改了:这恐怕不会成真了,而且,如果我能够活下来继续写的话,显然我还会有好几个章节可以写呢!这真是令人讨厌。我什么时候该出发?"

波罗莫吃惊地看着比尔博,正想笑出声,却注意到所有的人都神情肃穆,以尊敬的眼光看着老霍比特人,他的笑也硬生生跟着敛去。只有葛罗音脸上露出了微笑,但这笑容是来自早年的记忆。

"当然,亲爱的比尔博,"甘道夫说,"如果这件事真的是由你惹起的,自然该由你去善后。但现在你知道得非常清楚,没有人可以说这事情是由他开始的,任何英雄在伟大的事迹中都只起一丁点的作用。你不需要向我们行礼!我们知道你是真心的,也毫不怀疑你的勇气。但是,比尔博,但这件事已经超出了你的力量。你不能把这东西拿回去,它已经转手他人了。如果你还需要我的忠告,我会告诉你,你的主戏已经演完了,你现在必须扮演好记录者的角色,尽管写完你的书,不需要更改结局!我们还是有希望的。不过,做好准备,等他们回来时记得帮他们写本续集。"

比尔博笑了。"你以前的忠告从来没这么好听过,"他说,"既然你所有逆耳的忠言都是为了我好,那我想这次的也应该不坏。我的确不认为自己还拥有足够的力量或运气来对付魔戒。它成长了，但我没有。可是，我不明白，你口中的他们是谁？"

"就是派去护送魔戒的远征队成员。"

"说得好！可是他们又是谁呢？我看这正是这次会议该要决定的，也是这次会议唯一必须决定的事项。精灵只靠讲话就可以过活，矮人吃苦耐劳，但我只是个老霍比特人，肚子饿了就想吃饭。你现在可以告诉我这些人的名字吗？还是你准备晚饭后再说？"

没有人回答。正午的钟声响了，依旧没人说话。佛罗多扫了所有人一眼，但没有人把目光转向他。会议现场的每个人都低垂着眼，仿佛正在努力沉思着。一股巨大的恐惧攫住他，仿佛自己在等待着厄运的宣判，却又徒劳地暗自希望永远不要听到它。他心中只想要永远地待在比尔博身边，在瑞文戴尔好好享受这平静的一切。最后，他十分勉强地开口，却怀疑听到的是不是自己的声音，那仿佛是某种别的意志透过他微弱的声音发言。

"我愿意带走魔戒，"他说，"但我不知道未来该怎么走。"

爱隆抬起眼来看着他，佛罗多觉得自己的心被两道突如其来的尖锐光芒给刺透。"如果我没误解刚才所听见的一切，"他说，"我想这任务本来就该属于你，佛罗多；如果你不知道未来该怎么走，那就没有人知道了。这是属于夏尔居民的一刻，他们将从平静的田野中奋起摇撼圣哲们的高塔与思虑。所有的贤者中有谁能够预见这事呢？或者说，如果他们真的够睿智，在时机到来前怎能认为自己可以预先得知真相呢？

"但这是个沉重的重担。没有人可以把这样的重担交到他人肩上。我也不把它放在你身上。但如果你自愿接受，我会说你的选择是正确的；如果有朝一日，所有伟大的精灵之友哈多、胡林、图林，以及贝伦都蒙召聚集一堂时，阁下必定在这些伟人当中拥有一席之地。"

"但是，大人，你应该不会让他孤身前往吧？"山姆再也忍不住了，从他之前一直悄悄坐着的角落跳了出来大声说道。

"的确不会！"爱隆笑着转过身面对他，"至少你应该跟他一起去。看来要将你们两个分开简直是不可能的，即使这是次秘密会议，没有受到邀请的你不也是和他同进退吗？"

山姆坐了下来，涨红着脸嘀咕着："佛罗多先生，这次我们可惹上大麻烦啰！"他边说，边摇着头。

第三章

魔戒南行

当天稍晚时,霍比特人在比尔博的房间举行了一个自己的小聚会。梅里和皮聘一听到山姆悄悄溜进会议中,竟然还被选为佛罗多的伙伴时,两人都觉得愤愤不平。

"这真是太不公平了,"皮聘说,"爱隆竟然没把他扔出来,用链子绑起来,反而用这种超棒的待遇奖励他!"

"奖励!"佛罗多大惑不解地回答,"我可想象不出比这更严厉的惩罚了。动动你的脑子想想吧:被罚加入这种毫无希望的旅程,算是奖励?昨天我还梦到我的任务终于结束了,我可以永远在这边休息了哩。"

"这也难怪,"梅里说,"我也希望你可以。但我们羡慕的是山姆,不是你。如果你必须去,对我们来说,即使是留在瑞文戴尔,也都是最严厉的惩罚。我们和你同生共死了这么长一段时间,我们想要继续下去。"

"我就是这个意思,"皮聘说,"我们霍比特人得要团结起来才行,我们会的。除非他们把我绑起来,否则我死也要去。队伍中得要有些足智多谋的家伙才行。"

"这位皮瑞格林·图克老兄,那就一定没有你的份!"甘道夫从低矮的窗户探头进来说道,"你们别杞人忧天啦,一切都还没决定呢!"

"还没决定!"皮聘大喊,"那你们都在干吗?一伙人关起门来密商了好几个小时。"

"讲话啊，"比尔博说，"我们讲了很多话，每个人都有让别人大开眼界的故事，连老甘道夫都不例外。我猜勒苟拉斯有关咕鲁逃跑的消息让他吓了一跳，虽然他伪装得很好。"

"你猜错了，"甘道夫说，"你那时候不专心。我已经从关赫口中听到了这个消息。如果你真想要知道，真正让人大开眼界的是你和佛罗多，唯一不吃惊的只有我哪。"

"好吧，总之，"比尔博说，"除了可怜的佛罗多和山姆已被选上之外，其他一切都还没有决定。我从头到尾都一直在担心，如果我免于被罚的话，结果就会是这样。不过，如果你问我的意见，我会猜爱隆在等情报回来之后，会派出不少人。甘道夫，他们出发了吗？"

"是的，"巫师说，"有些探子已经出发了。明天爱隆会派出更多的精灵，他们会和游侠们联络，甚至和幽暗密林中瑟兰督伊的属下碰面。亚拉冈已经跟爱隆的两个儿子离开了。在作出任何决定之前，我们必须勘查各地，收集所有的情报。所以，佛罗多，高兴起来吧！你可能会在这边待上很长一段时间。"

"啊！"山姆闷闷不乐地说，"我们可能会等到冬天呢。"

"这也没办法，"比尔博说，"佛罗多小朋友，这有部分是你的错，你坚持要等到我生日才出发。我实在忍不住要说，这真的是种怪异的纪念方式，那可不是我会选来让塞-巴家的人住进袋底洞的日子。反正，情况就是这样啦，我们无法等到明年春天再走，也不能在情报回来之前出发。"

> 当霜雪漫天飞舞，
> 落叶掉尽，池水黑乌，
> 霜冻的岩石因而爆裂，
> 亲临荒野，目睹恶寒肆虐。

"这些，恐怕正是你的命运了。"

"我恐怕情况确实会是这样，"甘道夫说，"在我们确认黑骑士的行踪之前，不能贸然出发。"

"我还以为他们都在洪水中被消灭了。"梅里说。

"光是那样不足以摧毁戒灵，"甘道夫说，"他们体内拥有魔王的力量，因此，他们和他是命运共同体。我们希望他们在失去坐骑和伪装之后，暂时降低了危险性，但我们一定得绝对确认才行。与此同时，佛罗多，你应该试着放松，忘掉你的烦恼。我不知道我能不能帮上忙；但我愿意悄悄告诉你这句话。有人说队伍中需要足智多谋的人才，他说得对，我想我应该会跟你一起去。"

佛罗多听到这话，欣喜若狂，这让甘道夫跳下他一直坐着的窗台，脱下帽子跟大家鞠躬，说："我只是说我想我应该会去。一切都还没决定呢。爱隆对这件事会有很多意见，还有你的朋友神行客。这让我想到一件事，我得赶快去见爱隆。我得走了。"

"你想我还会在这边待多久？"等到甘道夫走后，佛罗多对比尔博说。

"喔，我不知道。我在瑞文戴尔无法算日子，"比尔博说，"但我敢说，应该会很久。我们总算有时间可以好好聊聊了。帮我完成这本书，顺便开始下一本新书怎么样？你想到结局了吗？"

"是的，好几个结局，但每个都是又黑暗又恐怖。"佛罗多说。

"喔，那样可不行！"比尔博回答道，"书一定要有好结局才行。你觉得这句如何：他们定居下来，从此过着幸福快乐的日子。"

"如果真是那样的话，这会是个不错的结局。"佛罗多说。

"啊！"山姆插嘴道，"那他们会住在哪里呢？我每次都对这点很好奇。"

之后好一段时间，霍比特人还是谈着过去的旅程、想着未来的危险。不过，瑞文戴尔的威力慢慢发挥效用，恐惧和焦虑很快就从他们心中融化消退了。未来不管是好是坏，都没被忘记，只是暂时无法影响人们现在的心情。他们开始觉得精力充沛、希望满怀，他们对每一天都感到十分满足，品味美食，品味每句对话和歌谣。

  日子就这样一天天过去，每天都是晴朗的早晨，每晚都有着清澈的夜空和凉爽的空气。但秋天快要结束了，金黄色的光芒渐渐褪淡成银白色，飘摇的树叶从光秃秃的树上落下，冰冷刺骨的寒风开始从迷雾山脉往东吹。夜空中的"猎人之月"①越来越圆越来越亮，光芒遮掩了其他的小星星。但在南方，有一颗闪烁着红光的星辰，随着月缺显得越来越亮。佛罗多可从他房间的窗户望见它坐落在夜空深处，燃烧如一只警醒察看的巨眼，在山谷边缘的树梢上俯瞰着世间。

  霍比特人在爱隆的居所住了将近两个月之久，十一月带着最后一丝秋意离去，十二月也在慢慢地消逝，探子也开始返回。他们有些人越过了狂吼河的源头进入了伊顿荒原；其他人则是往西走，在亚拉冈和游侠的协助下，搜索了灰泛河流域，一直远达塔巴德，旧的北方大道在该处经过一座废弃小镇越过灰泛河。还有许多探子则是往东和往南走；有些人越过了迷雾山脉，进入幽暗密林，而其他人则越过格拉顿河的源头，下到大荒原并越过了格拉顿平原，最后抵达了瑞达加斯特的故乡罗斯加堡。瑞达加斯特不在该处。于是他们又越过被称作丁瑞尔天梯的陡峭险坡，回到这地。爱隆的两个儿子爱拉丹和爱罗希尔是最后回来的两个人，他们走了很远的路，沿着银光河前行进入了一处陌生的乡野，但他们不肯对爱隆以外的任何人透露他们的任务。

  这些从各地归来的探子都没有发现黑骑士或是魔王其他爪牙的踪

---

① 夏尔的霍比特人把十一月的明亮满月称为"猎人之月"。

影；即使是迷雾山脉的巨鹰也没有更新的情报。也没有人听到或得知有关咕鲁的消息；但野狼依旧在聚集，重新开始在大河沿岸狩猎。距离渡口不远的地方，很快就发现三匹淹死的马尸；搜寻者又在底下急流的岩石上发现另外五匹的尸体，以及一件破烂的黑斗篷。除此之外，就没有任何黑骑士的踪迹了，人们也感应不到他们的存在。看来，他们似乎已经离开了北方。

"我们至少已经追踪到了九名中的八名，"甘道夫说，"现在没有办法太早下定论，但是我想我们现在可以预料这些戒灵是被冲散了，不得不乖乖尽快回到魔多的主子身边去，空虚，无形。

"如果是这样，他们得要再隔一段时间才能四出狩猎。当然，魔王还有其他的爪牙，但是他们也都必须大老远地跑到瑞文戴尔来，才能追踪到我们的形迹。如果我们够小心，他们连痕迹都很难找到。我觉得我们不该再拖延了。"

爱隆召集了所有的霍比特人，他神情严肃地看着佛罗多。"时候到了，"他说，"如果魔戒必须离开，它必须立刻启程。但那些随它一起离开的人，不能期待会有大军或任何的武力支持。他们必须孤军深入魔王的领土。佛罗多，你依旧愿意持守你说过的话，担任魔戒的持有者吗？"

"我愿意，"佛罗多说，"我会和山姆一起走。"

"那么，我也无法给你多少帮助，甚至也无法给你什么建议，"爱隆说，"我看不见你的未来，也不知道你的任务该如何完成。魔影已经潜伏到了山脚下，甚至临近灰泛河的边界，魔影之下的一切都不是我能看清的。你会遇见许多敌人，有些是公开的，有些是经过伪装的；你也会在最出乎意料之处找到盟友。我会尽可能地送出讯息，通知这广大世界中的朋友。不过，这片大地已经陷入了空前的危机，有些消息可能会落入错误的耳中，有些则不会比你的脚程快。

"因此，我将为你挑选同伴与你一同上路，远达他们愿意和命运允许之处。人数不能太多，因为这趟任务的成败关键在于速度和秘密。即使我拥有远古时代的精灵重甲部队，除了招来魔多的大军，不会有太大作用。

"魔戒远征队的人数必须是九名；九名生灵对抗九名邪恶的死灵。除了你和你忠实的仆人外，甘道夫会参加，因为这是他自始至终参与的使命，可能也是他努力的终点。

"至于其他人，他们必须代表这世上爱好自由与和平者：精灵、矮人和人类。勒苟拉斯代表精灵，葛罗音之子金雳代表矮人，他们至少愿意走到迷雾山脉的隘口，甚至更远。至于人类，与你同行的将有亚拉松之子亚拉冈，因为埃西铎的戒指与他息息相关。"

"神行客！"佛罗多高兴地大喊。

"没错，"他笑着说，"我请求您再度同意在下与你做伴，佛罗多。"

"我会哀求你跟我一起去，"佛罗多说，"只是我原先以为，你会和波罗莫一起前往米那斯提力斯。"

"是的，"亚拉冈说，"而在我赴战场之前，也必须重铸断折圣剑。但你走的路和我们走的在几百英里之内是重合的。因此，波罗莫也会加入我们的队伍，他是名骁勇善战的勇士。"

"那么还剩下两个空缺，"爱隆说，"我要再考虑考虑，我应该可以在我这里找到两位能征善战者和你同行。"

"可是这样一来，就没我们的位子了！"皮聘不满地大喊，"我们不想被丢下来，我们要跟佛罗多一起去。"

"这是因为你们还不了解，也无法想象前头的路上到底有些什么。"爱隆说。

"佛罗多也不了解啊，"甘道夫意料之外地支持皮聘，"我们也都不知道。的确,如果这些霍比特人知道有多危险,他们就不敢去了。但他们依然希望自己能去,或希望自己有胆子去,否则就会感到羞愧和不快乐。爱隆,我认为,在这件事情上,我宁可信任他们的友谊多过伟大的智慧。即使你选择像葛罗芬戴尔这样的精灵贵族与我们同行,他也不可能直杀到邪黑塔中,或者靠他的力量打开通往火山的路。"

"你的口气很认真,"爱隆说,"但我还是怀疑。我预见夏尔并未免于危险,我本来想要送这两人回去报信,尽他们所能,照着他们的传统和习俗警告同胞即将来临的危险。无论如何,我认为两人中较年轻的皮瑞格林·图克应该留下来。我总觉得他不应一同前往。"

"那么,爱隆大人,你得要把我关起来,或是把我绑在袋子里送回夏尔,"皮聘说,"不然我死也会跟着去。"

"那么,就这样吧。你当是其中一员,"爱隆说完,长叹了一声,"现在,九人小组已经齐聚了,七天之内你们必须出发。"

伊兰迪尔的圣剑在精灵巧匠的手下重铸一新,在剑身上介于新月与烈日的花纹之间有着七枚星辰,日月星辰四周还写了许多的符文——因为亚拉松之子亚拉冈将亲赴战场向魔多开战。当宝剑重铸完整之后,它发出极其耀眼的光芒,其上的太阳散发出红光,月亮则是发出冰冷的银光,剑锋显得无比锐利。亚拉冈重新替这柄宝剑命名为安都瑞尔,意思是"西方之炎"。

亚拉冈和甘道夫经常一起散步,或坐下商谈他们的路径与可能遇到的危险,他们在爱隆的屋中找寻、阅读许多古老的地图和古书的记载。有些时候佛罗多和他们在一起,但大多时候他相信两人的领导,于是他把时间都花在比尔博身上。

最后那几天,霍比特人经常晚上围坐在烈焰之厅中,他们听了许多故事,其中也听到了完整的《贝伦与露西安之歌》以及两人一同赢得精灵宝钻的故事。到了白天,当皮聘和梅里在外四处乱跑的时候,佛罗多和山姆会待在比尔博的小房间中。比尔博会诵读他书上的一些段落(看来离完成还有一段距离),或者吟诵他的诗歌,又或者是记录佛罗多冒险的细节。

最后一天早上,佛罗多和比尔博单独相处。老霍比特人从床下拉出一个木箱子。他打开盖子,在箱中翻找着。

"这是你的宝剑,"他说,"但它已经断掉了。我一直替你保存着,却忘了去问铁匠是否可以把它重铸。现在看来也没时间了。所以,我想,你或许可以接受这个,你知道这是什么吗?"

他从箱中取出一柄插在破旧皮鞘内的短剑来。当他抽出短剑时,那经过细心保养的锋利武器瞬间闪出冷冽的光芒。"这是宝剑刺针,"他说,随即不费吹灰之力地将它深深插入木柱中,"如果你愿意的话,收下它,我想我以后再也不需要它了。"

佛罗多高兴地收下这礼物。

"还有这个!"比尔博接着拿出一包看来比它外表的大小要沉重的东西。他解开了好几层的旧布之后,举起一件锁子甲背心。它是由许多金属环密密结成的,柔软如亚麻布,寒冷如冰,比钢铁还坚硬。它闪烁着月光下的白银一样的光芒,上面点缀着白色的宝石。跟背心配套的是一条珍珠和水晶腰带。

"它很漂亮,对吧?"比尔博将它对着光移动,"而且很有用。这是索林给我的矮人锁子甲,我在出发之前从米丘窟把它拿了回来,和行李一起打包。除了魔戒之外,我把上次旅行的所有纪念品都带着一起走。但我不认为会有用到它的一天,除了偶尔拿出来看看之外,我如今不需要这东西了。当你穿上它,几乎感觉不到额外的重量。"

"我看起来应该——呃,我觉得我穿起来的模样可能不大对劲。"佛罗多说。

"我就是这样对自己说的,"比尔博说,"不过,别管看起来怎么样。你可以把它穿在外衣底下。来吧!你一定要跟我共享这个秘密。千万别告诉任何人!如果知道你一直穿着它,我会感觉好一点,我总觉得它甚至可以抵抗黑骑士刀剑的攻击。"他低声说。

"好的,我收下它。"佛罗多感动地说。比尔博替他穿上,并将刺针挂在那条闪亮的腰带上。然后,佛罗多再穿回他饱经风霜的旧衬衫、裤子和外套。

"你看起来跟一般霍比特人没什么两样,"比尔博说,"不过你的内涵可与一般人不同了。祝你好运!"他转过身,看着窗外,试着哼出不成调的曲子。

"比尔博,对这个,还有过去你所给我的一切,我真不知道该怎么感谢你才好,你对我太好了。"佛罗多说。

"那就别道谢!"老霍比特人转过身,拍了他背后一巴掌。"噢!"他大喊道,"现在你这背太硬,拍不得了!不过,告诉你一件事,霍比特人得要团结起来,特别是巴金斯家人更是如此。我只要求你一件事情:尽可能地照顾好自己,把消息带回我这边来,同时也请记下任何你遇到的歌谣或是诗句。我会尽量在你回来之前把书写完,如果我有时间,我会动笔写第二本。"他停下来,转身踱到窗前,开始轻轻哼唱。

　　　　我坐在炉火边思索,
　　　　想着看到过的一切,
　　　　遍野的花朵和蝴蝶,
　　　　还有那盛夏的世界;

　　　　黄叶和轻薄的蛛丝,
　　　　在秋天里到处可见,

银色太阳、晨间迷雾，
清风吹拂我的耳边。

我坐在炉火边思索，
世界未来什么模样，
何时萧萧寒冬来临，
我再不能见到春光。

世上有无数的事物，
我还一直未能得见：
每座森林、每眼涌泉，
都有不同绿色景观。

我坐在炉火边思索，
许久以前的人和事，
以及未来世界子孙，
他们所见我不能知。

我坐在椅子上思索，
过去那流逝的光阴，
一边倾听归人脚步，
门口响起的话语声。

那是将近十二月底一个冰冷、灰白的日子。东风扫过光秃秃的树干，穿越了山丘上黑暗的松林。残破的云朵在天空中翻滚着，显得又低又暗。当早来的傍晚的阴影开始降下时，队伍整装待发。他们准备天一黑就走,因为爱隆建议他们尽可能利用夜色的掩护赶路,直到他们远离瑞文戴尔为止。

"你们必须提防索伦的许多耳目,"他说,"我相信他已得知黑骑士大败的消息,他一定会大发雷霆。很快地,他步行和飞行的间谍都会充斥在北方的大地上。在你们一路前进时连空中都必须提防才是。"

众人没有携带多少武器,因为这趟旅程的关键在于隐秘行动而非公开战斗。亚拉冈除了安都瑞尔之外没有别的武器,他像一般荒野中的游侠一样穿着锈绿和褐色的衣物。波罗莫带着柄长剑,样式类似安都瑞尔,却没有那么大的来头;他还背着盾牌和那只巨大的号角。

"它在山脉和谷地中都可以响彻云霄,"他说,"让所有刚铎之敌逃窜吧!"他将号角凑到嘴边用力一吹,巨大的号声在山谷中回荡,所有在瑞文戴尔的人听见这声音都立刻跳了起来。

"下次别再贸然吹动这号角,波罗莫,"爱隆说,"除非你再度踏上自己的国界,或是遭遇十万火急的危险。"

"或许吧,"波罗莫表示,"但我每次出发的时候都会吹号,或许日后我们必须在黑夜中行动,但我不会像小偷一样偷偷摸摸地出发。"

只有金雳从一开始就穿着锁子甲,因为矮人十分擅于负重。他的腰间插着一柄宽大的战斧。勒苟拉斯背着一张弓和一筒箭,腰间插着一柄白色长刀。年轻的霍比特人都带着从古墓中取来的宝剑,但佛罗多带着的则是宝剑刺针。他的锁子甲如比尔博希望的一样,穿在外衣底下。甘道夫拿着手杖,腰间却别着精灵宝剑格兰瑞——敌击剑,它和孤山中与索林陪葬的兽咬剑正是一对。

所有的人都穿着爱隆为他们准备的温暖的厚衣,外套和斗篷上都镶了毛皮边。额外的食物、衣服、毛毯及其他装备则由他们在布理买来的那匹可怜的小马驮着。

待在瑞文戴尔的这段日子给它带来了极大的改变：它变得毛皮丰润，似乎又恢复了活泼和体力。是山姆坚持要选它，宣称比尔（他对它的称呼）如果不跟他们一起走，一定会吃不好睡不好。

　　"这只动物简直会说话了，"他说，"如果它在这里多待几个月，它真会说话。它看我的眼神简直就像皮聘先生所说的：山姆，如果你不让我跟队，老子就自己来。"因此，比尔担任驮物的工作，不过，它是队伍中唯一看来兴高采烈的成员。

　　道别仪式在大厅的炉火旁举行，他们现在只等甘道夫从屋子里出来。敞开的大门中流泻出温暖的黄光，许多窗户内也都闪动着光芒。比尔博裹着毛皮大氅，默默站在台阶上佛罗多的身边。亚拉冈坐在地上，头垂至双膝；只有爱隆清楚知道此刻对他而言意味着什么。其他人看上去都是黑暗中的灰影子。

　　山姆站在小马身边，发出啧啧声，阴郁地瞪着底下哗哗的流水。他对于冒险的渴望这时落入了最低点。

　　"比尔，老友，"他说，"你不应该和我们一起去的。你可以留在这边，吃着最好的干草，直到明年春天新鲜的牧草长出来为止。"比尔摇摇尾巴，什么都没说。

　　山姆调整一下肩上的背包，紧张地默念着里面所有的东西，希望自己不要忘记了什么：他最珍贵的宝贝厨具、只要有机会他就会把它装满的小盐盒、一大堆的烟草（但我打赌最后还是会不够）、打火石和火绒盒、羊毛袜、被单，以及其他各种他主人杂七杂八的小东西，佛罗多忘记却会临时想起来要用时，他便可得意地从袋子里掏出来。他从头到尾想了一遍。

　　"绳子！"他嘀咕着，"竟然忘了绳子！昨天晚上你还在对自己说：'山姆，来段绳子怎么样？如果你没有，你一定会想要的。'看吧，我现在想要，却来不及了。"

就在那时，爱隆和甘道夫一同走了出来，他将队伍召唤到身边。"这是我最后的叮咛，"他压低声音说，"魔戒持有者将启程前往末日山。他只有一个责任：绝对不可丢弃魔戒，或是让它落入任何魔王爪牙的手中。除了万不得已时交托给队中同伴或参与过我们会议的成员外，千万不可让人握有它。其他随行者皆是自愿陪伴，只须在这路上尽力协助他。你们可以停留，或返回，或是转向他方，倘若时机允许的话。你们走得越远，要回头就越难；但是，你们不受到任何誓约的牵绊，要走多远都按自己的意愿，没有任何人可以逼你们走不想要走的路。因为你们还不知道自己内心有多少力量，也不知道未来会遇上些什么。"

"当道路黑暗便打退堂鼓的人，是不讲信义。"金雳说。

"或许吧，"爱隆说，"但是，那未曾见过黑夜降临的人，且别发誓要走在黑暗的道路上。"

"但誓约却可以巩固动摇的心。"金雳说。

"或是让它碎裂，"爱隆回答，"不要往前看得太远！但现在带着完好的心出发吧！再会了，愿人类、精灵和所有自由人的祝福永远伴随你们。愿星光时常照耀在你们脸上！"

"祝……祝你们好运！"比尔博冷得发抖，"看来，佛罗多小友，我想你大概无法天天写日记。不过，我会等你回来时给我一个完整的报告。别拖太久了！再会！"

许多爱隆的部属站在阴影中看着他们离开，低声地祝福他们。这场送别中没有音乐，也没有笑语。最后，他们转身离去，静静地融入暗夜之中。

一行人越过桥梁，沿着那条离开瑞文戴尔河谷又长又陡的小径缓缓盘旋而上；最后他们来到一座强风呼啸吹过石楠丛的高地。然后，众人看了底下那最后的庇护所一眼，这才跋涉进入夜色中。

在布鲁南渡口，他们离开大道，转向南，沿着一条小径在起伏的丘陵上迈步。他们的目标是沿着迷雾山脉西边的这条路前进许多天。这条山路非常崎岖荒凉，比起大荒原上的翠绿河谷，这里显得了无生气，而且他们的行动也快不起来。但他们希望借着人迹罕至的道路躲过不友善的眼光。这块空旷的大地上极少见到索伦的间谍，因为除了瑞文戴尔的人，外人几乎不知道这条道路。

甘道夫走在前面，身后跟着对此地了如指掌的亚拉冈。其他人排成一行，目光锐利的勒苟拉斯负责担任后卫。旅程的第一段艰苦而枯燥，让人十分疲倦，除了不停吹袭的强风，佛罗多几乎什么也记不起来。在许多毫无太阳的日子中，东边山脉吹来阵阵刺骨的寒风，似乎没有任何衣物可以阻绝它冰冷的触碰。虽然远征队成员们都穿着厚重的衣物，但无论是在行进或是休息，他们都少有暖意。在白天，他们会躲在很不舒服的低洼地区或是荆棘纠结丛生的浓密灌木底下睡觉。到了傍晚，他们会被轮值的人叫醒，吃下一顿冷冰冰的正餐——因为他们不敢冒险生火。到了晚上，他们又继续步行，只要有路，就继续往南走。

起先，对于霍比特人来说，虽然每天都在黑暗中跌跌撞撞直走到四肢无力，但似乎慢如蜗牛，一点进度都没有。周围的景物每天看起来都一样。不过，山脉却显得越来越靠近了。在瑞文戴尔南边，山势越来越高，并且开始往西弯，到了主山脉的山脚，更是宽阔荒凉。他们来到了一片丘陵光秃、河谷深邃而水流汹涌的地区。这里的路极少，又都十分曲折，经常将他们领到悬崖的边缘，或涉入某个凶险的沼泽。

他们如此走了两星期之后，天气突然改变了。风速减缓，方向也

瑞文戴尔西望

改为向南吹。天空中奔驰的云朵升高消散了，苍白而明亮的太阳也出来了。在经过一整夜的跋涉之后，迎接他们的是寒冷、清澈的黎明。一行旅人来到被古老冬青树环绕的低地中，它们灰绿色的树干仿佛是由山石砌成的。它们墨绿色的树叶闪闪发亮，树上的浆果在旭日中散发着红光。

佛罗多向南眺望，可以看见远处有许多模糊的绵延山脉，似乎就挡在众人的去路上。在这座高耸山脉的左边有三座挺立的山峰，最高也最近的那座，耸立的山巅看起来像是沾雪的尖牙；它北边裸露的峭壁大部分覆盖在阴影中，但沾染到日光的部分则闪动着红色的光芒。

甘道夫站到佛罗多旁边，用手遮住阳光往远处看。"我们的进度不错，"他说，"我们现在已经到达了人类称作和林地区的边境了。在往昔和平的年代中，有许多精灵居住在这里，那时这地还被称为伊瑞詹。如果以飞鸟直线飞行的方式来计算，我们已经走了一百三十五哩。天气和地形从现在起都会比较温和，但也会更危险。"

"不管危不危险，我都很高兴可以看到真正的日出。"佛罗多褪下兜帽，让晨光照在脸上。

"可是，我们的前方是山脉，"皮聘说，"我们一定是在晚上的时候不小心朝东走了。"

"你错了，"甘道夫说，"在清晰的光线下你可以看得更远。越过这些山峰之后，这座山脉会往西南方向偏。爱隆的居所里面有许多地图，不过我想你从没想过要去看看吧？"

"才不是呢，我有时会去看看，"皮聘说，"只是记不清楚而已。佛罗多的脑子对此比较擅长。"

"我不需要地图，"金雳说，跟着勒苟拉斯一起走上来，他凝视着前方，深凹的双眼中闪着奇异的光芒，"那是我们先祖流血流汗的地方，我们把这些山脉的形状，雕进许多岩石和金属的工艺品中，也将它们编进许多歌谣和故事中。它们耸立在我族的梦中,是高不可攀的三座山峰:巴拉斯、西拉克、夏瑟。

"我这辈子只有一次从远方看过这三座山峰,但我早就熟记它们的名称和外形,因为山峰底下就是凯萨督姆,意思是'矮人故乡',现在被称作黑坑;在精灵语中称为摩瑞亚。近处矗立的这座就是巴拉辛巴,意思是'红角',残酷的卡拉兹拉斯;在它之后则是银峰和云顶,分别又叫作白衣凯勒布迪尔、灰袍法努索;在矮人的语言中则是西拉克西吉尔和庞都夏瑟。

"迷雾山脉从那里开始分成两路,在这两座山脉的臂膀之间,有条被山影笼罩的山谷,也是我们无法忘怀之处:那是阿萨努比萨,'丁瑞尔河谷',精灵称之为南都西理安。"

"我们的目标正是丁瑞尔河谷,"甘道夫说,"如果我们攀爬越过了卡拉兹拉斯另一边的红角隘口,我们应该可以借由丁瑞尔天梯下到矮人的深谷。那里有一座镜影湖,我们所熟知的银光河,就是从那冰冷的山泉中发源的。"

"卡雷德-萨鲁姆的湖水幽黑,"金雳说,"奇比利-那拉的山泉冰寒。一想到很快就可以见到它们,我的心就忍不住微微颤抖。"

"愿你见到它时心中充满喜乐,我的好矮人!"甘道夫说,"但不论你想做什么,我们都不能在那个山谷中耽搁太久。我们必须沿着银光河进入那座秘密的森林,再前往大河边,然后——"

他暂停下来。

"然后到哪里呢?"梅里问道。

"然后——最后会到达我们旅程的终点,"甘道夫说,"我们不能够看太远。让我们先庆祝旅程的第一阶段安全结束了。我想我们今天一整天都可以在此休息。和林有种让人安心的气氛。如果精灵曾经住过一个地方,必定要有极大的邪恶之力,才能够让大地完全遗忘他们带来的喜乐。"

"的确,"勒苟拉斯说,"但此地的精灵对我们这些居住在森林中的西尔凡精灵来说是很陌生的,而这里的青草与树木也都忘了他们。我只听见岩石在哀悼他们:他们将吾等深掘,将吾等雕刻出完美的景象,建造出高耸入云的建筑;但他们已经离去了。他们已经离去。许久之前,他们就已前往海港,扬帆离去。"

那天早晨,他们在浓密冬青树的环绕下,于山谷中燃起了篝火,那一顿晚餐和早餐的综合餐是他们出发以来最快乐的一餐。他们吃完之后并不急着就寝,因为他们有整夜的时间可以睡觉,而且他们要等到第二天傍晚才会再度出发。只有亚拉冈一言不发,来回走动。不久之后,他离开了众人,站到一块高地上。他站在树木的阴影下,望着西方和南方,微侧着头仿佛在倾听什么。然后,他回到山谷边缘,俯瞰着其他人笑闹交谈的身影。

"神行客,怎么啦?"梅里抬头大喊,"你在找什么?难道你很怀念冰冷的东风吗?"

"才不是哪,"他回答,"但我觉得好像少了什么东西。我曾经在不同的季节来过和林许多次。此地虽然没有人烟,但有许多其他生物时时刻刻地喧闹,特别是鸟类。但是,现在除了你们之外,万籁俱寂。我可以感觉到有什么不对劲。方圆数哩之内没有任何声音,你们的声音令大地都在回响。我不明白这是怎么回事。"

甘道夫饶有兴味地抬起头。"你猜是什么原因呢?"他问道,"有没有可能是因为看到四名霍比特人,还有我们这几种极少出现的生物,才让它们噤若寒蝉?"

"我希望是这么简单,"亚拉冈说,"但我有种戒备和恐惧的感觉,是以前我在这里从未感受过的。"

"那么我们一定得更小心一点,"甘道夫说,"如果你和游侠同行,就务必要听他的话。如果这名游侠又刚好是亚拉冈,那就更确定了。我们必须设立哨兵,降低音量,开始休息。"

那天轮到山姆站第一班哨,但亚拉冈陪着他。其余众人皆尽沉沉睡去。四野的沉寂现在连山姆都能清楚地感觉到。沉睡者的呼吸声清晰可闻。小马甩动尾巴以及偶尔移动四蹄的声音响得吓人。山姆如果稍微动动,甚至可以听见自己关节咔嗒响。他被一片死寂所包围,头上是一片清朗的天空,太阳也静静地从东方升起。在南方出现了一个黑点,渐渐变大,像风中的烟雾般向北移来。

"神行客,那是什么?看起来不像是乌云。"山姆压低声音,对亚拉冈耳语道。对方没有回答,只是专注地瞪着天空。没多久,连山姆也看清楚是什么东西正在靠近。一大群黑鸦鸦的鸟以高速飞行,不停地盘旋打转,横越整片大地,仿佛在搜寻着什么,还越来越靠近。

"趴下不要动!"亚拉冈嘘声道,拉着山姆躲进冬青树丛的阴影中。这时有一整群飞鸟突然脱离了主队,低空飞翔,朝着这块高地直飞过来。山姆认为它们是某种巨大的乌鸦,当它们从众人头顶飞过时,密密麻麻的数量连天地都被黑影给遮蔽了,空中不停传来刺耳的呱呱声。

它们渐渐飞远,朝着北方和西方散去,直至天空恢复原来的清澈,亚拉冈这才站起来,并且立刻飞奔向前,叫醒甘道夫。

"有一大群的乌鸦,在迷雾山脉和灰泛河之间飞翔,"他说,"它们刚飞过和林上空,它们不是出没在此地的生物,而是来自登兰德一带。我不知道它们的目的是什么,或许是南边有什么危险把它们吓得往北逃;但我认为它们是在监视这块土地。我也瞥见有许多鹰在高空翱翔。我认为今天晚上应该继续出发,和林不再是我们的避风港:它已经受到监视了。"

"果真如此，红角隘口多半也不例外，"甘道夫说，"我真想不出来我们要怎样才能悄悄通过那里？只有等到事情临头时再来担心了。至于说天一黑就行动这件事，我也同意你的看法。"

"幸好我们的篝火没有多少烟，而且在那些乌鸦来到之前已经烧得差不多了，"亚拉冈说，"我们必须把火熄灭，不要再生了。"

"哼，真倒霉！"不能生火和晚上必须出发的坏消息，让下午刚醒来的皮聘立刻陷入情绪低潮。"只是一群乌鸦而已！搞什么鬼嘛！我本来还期待今晚可以好好吃顿热腾腾的饭。"

"这么说吧，你可以继续期待下去。"甘道夫说，"未来可能有很多意料之外的大餐在等你呢。至于我自己嘛，只想要有袋烟斗抽抽，有火堆暖暖脚就好了。幸好有一件事是确定的：越往南走天气就会越暖。"

"恐怕到时会太暖了，"山姆喃喃地对佛罗多说，"但我开始想该是我们看见火山，或是走到大道尽头的时候了。我刚刚还以为这个红角山就是人家说的火山，但是在金雳讲了一堆之后，我才知道不是。他还真爱讲喀啦喀啦的矮人语！"地图和山姆的小脑袋就是犯冲，在陌生广阔的地域走了这么远，更是严重干扰了他对距离的概念。

一整天远征队的成员都按兵不动。那些黑色的飞禽一次又一次在他们头上盘旋。直到太阳渐渐西沉，它们才全都消失在南方。天色一黑，众人就立刻出发。现在他们把方向半转向东，朝卡拉兹拉斯山的方向前进。远方的山峰上仍留有夕阳的最后一抹余晖。白色的星斗一颗接一颗地跳进渐暗的天空中。

在亚拉冈的引导之下，他们来到了一条易走的小径。佛罗多觉得这似乎是条古道的遗迹，曾经一度宽广平整，从和林直通往大山的隘口。满月从山后升起，苍白的光芒让岩石投射出深邃的黑影。许多岩石看来都经过人力的雕凿，但现在却散落在荒凉萧瑟、废墟般的大地上。

这正是黎明前最寒冷的时刻,月亮低垂在天空中。佛罗多抬头望向天空。突然间,他看到或感觉到有一道黑影掠过空中的星辰,群星仿佛消失了片刻,然后再度恢复闪亮。他打了个寒战。

"你看到有什么东西飞掠而过吗?"他低声询问就在前面的甘道夫。

"没有,但不管它是什么,我都感觉到了,"他回答道,"或许那什么也不是,只是一片薄云而已。"

"那它移动的速度还真快,"亚拉冈喃喃自语道,"而且还不需要风吹。"

当晚没有再发生任何事情。次日一早的曙光甚至比前一天还要明亮。但空气又恢复了原先的冰冷,且吹起了东风。他们继续跋涉了两晚,沿着蜿蜒的小路继续但越来越缓慢地向上走。山峰高耸,越来越靠近了。到了第三天的早晨,卡拉兹拉斯就矗立在他们面前,一座巨大挺拔的山峰,顶尖覆盖着银白的积雪,两侧却是裸露的陡峭悬崖,在阳光下仿佛沾血似的泛着红光。

天色有些阴暗,太阳显得无精打采。风现在是从东北方吹来。甘道夫嗅了嗅空气,回头看了看。

"我们身后正在迈入严冬,"他悄悄地对亚拉冈说,"北方高地的积雪比以往都要多,大雪甚至覆盖到了山肩以下。今晚我们应该往上攀登到红角隘口。我们可能会在狭窄的山道上被监视者发现,然后遭到伏击。但我认为,天气可能才是最致命的敌人。亚拉冈,现在你还是坚持要选这条路吗?"

佛罗多无意中听到了两人的对话,明白甘道夫和亚拉冈显然是从旅程刚开始就持续辩论这件事。他紧张地听着。

"我认为我们自始至终走的就是一条凶多吉少的路,甘道夫,你对此十分清楚,"亚拉冈回答道,"随着我们的推进,已知或未知的危险都会越来越多。但我们把时间耽搁在山路上绝非好事。再往南行，直到洛汗隘口为止都没有通道。自从你带给我们有关萨鲁曼的坏消息后，我对那条路也不信任了。谁知道牧马王的将军们现在听从谁的号令？"

"确实无人知道！"甘道夫说，"但是另外还有一条路，不必通过卡拉兹拉斯，我们之前也曾讨论过那条黑暗的密道。"

"让我们现在别再提它！时候还没到。我求你，千万不要告诉其他人，直到确定走投无路时再说吧。"

"我们必须做出决定，才能继续往前走。"甘道夫回答。

"那就让我们在心里衡量思考，让其他人好好地睡觉吧。"亚拉冈说。

时间是下午，众人快用完"早餐"时，甘道夫和亚拉冈一起走到旁边去，看着雄伟的卡拉兹拉斯山。它的两侧现在透露出一股阴郁之气，山顶也被灰云所笼罩。佛罗多看着两人，揣想着他们之间的争论到底什么时候会水落石出。两人不久后回到众人身边，甘道夫开口说明，佛罗多这才确定他们已经决定面对卡拉兹拉斯严酷气候和高处通道的挑战。他松了一口气。虽然他猜不出来另外那条黑暗的密道是什么，但仅仅提到它似乎就令亚拉冈心中充满了不安。他很庆幸最后放弃了这个计划。

"从我们最近看到的迹象显示，"甘道夫说，"我担心红角隘口可能受到监视，同时，我也担心从背后直扑而来的严寒，或许会有场风雪。我们必须尽全力赶路。即使是这样，至少还得花上两天才能到达山路的顶端。今晚天会黑得很快，只要你们一准备好，我们就立刻出发。"

"请容我补充一点建议，"波罗莫说，"我生长在白色山脉的阴影下，对于如何在高地山脉中旅行略知一二。在我们越过隘口下到另一边之前，我们将会遭遇到十分严酷的低温。如果我们都被冻死，那再如何保密也没有意义。当我们离开这个还有一些树木的地方时,每个人都应该尽量多带些柴火走。"

"比尔可以再多背一点,对吧?"山姆说。小马忧伤地看着他。

"很好,"甘道夫说,"但除非我们遇到的是生死交关的情况,否则绝对不可以生火。"

众人继续上路,一开始的速度很快,但不久他们的前路就变得陡峭难行。曲折的小道在许多地方几乎消失,被众多落石给遮挡住了。夜晚在大量乌云的覆盖下显得越来越黑。岩石间吹送着刺骨的寒风。到了半夜,他们刚好爬到半山腰。狭窄的山道蜿蜒在左边垂直的峭壁底下,卡拉兹拉斯狰狞的侧翼耸立在峭壁的上方,隐没在黑暗里;他们右边是黑暗的深渊,一落千丈的悬崖。

一行人千辛万苦才爬上一个陡峭的斜坡,为了恢复元气,决定在坡顶暂时停下来休息。佛罗多觉得有东西在轻触他的脸,他抬起手,看见袖子上沾着许多白色的雪花。

他们继续前进。不一会儿,大雪来袭,空气中满是飞舞的雪片,纷纷飘进佛罗多的眼里。亚拉冈和甘道夫弯腰驼背的身影就在前面一两步之外,却几乎难以看见。

"我一点也不喜欢这样子,"山姆气喘吁吁地紧跟在后说,"在晴朗的早晨看到雪是很好的,但我喜欢躺在床上看下雪。真希望这场雪会下到霍比特屯!老家的人一定会很欢迎的。"除了在夏尔北区的高地之外,夏尔很少下大雪,因此下雪会被视为难得的美景和适合作乐的机会。除了比尔博之外,没有任何霍比特人记得一三一一年的严冬事件,那年白狼越过冻结的烈酒河,大肆入侵夏尔。

甘道夫停了下来。他的兜帽和肩膀上盖满了雪花,地上的积雪也几乎已经没过了脚踝。

"我就担心这个，"他说，"亚拉冈，现在你说该怎么办？"

"我担心的也是这个，"亚拉冈说，"但这比不上另一个选择危险。虽然南方除了高山之外极少有这种大雪，但我知道雪的危险在哪里。事实上，我们还没爬到多高的地方，以目前的高度来看，即使在冬天，道路也应该不会被冰雪封冻。"

"不知道这是不是魔王的安排，"波罗莫说道，"在我的故乡，他们说他可以指挥魔多边境黯影山脉上的暴风雪，他拥有许多诡异的力量和神秘的盟友。"

"如果他能够从数千哩之外操控北方的风雪降到这里来给我们添麻烦的话，"金雳说，"那他的力量可增进了不少。"

"他的力量确实增强了。"甘道夫喃喃自语道。

当一行人停下来的时候，强风也跟着停息，大雪减弱，最后几乎停了。于是，他们又继续前进。但才走没多远，暴风雪挟着新威力再度来袭。呼啸的强风挟带着纷飞的大雪，令人睁不开眼睛。很快的，连波罗莫都觉得举步维艰。霍比特人以快要趴到地面的姿势跟在高大的队员身后前进。不过，众人都看得出来，如果风雪持续下去，他们都撑不了多久了。佛罗多觉得脚像铅一样重，皮聘蹒跚在后。即使拥有矮人超强耐力的金雳，也禁不住一边嘀咕一边拖着沉重的步伐前进。

众人突然不约而同停了下来，仿佛在无声的沟通中达成了协议。他们听见身旁的黑暗中传来诡异的声响。那可能只是风吹过岩壁裂缝的结果，但那听起来更像是凄厉的喊叫夹杂着狂野的大笑。众多的岩石开始从山侧落下，呼啸着掠过他们头顶，或是发出轰然巨响砸在他们身旁的山道上。他们不时听见低沉的隆隆声，那是岩石从隐蔽的高处被推下来的声音。

"我们今晚不能再前进了，"波罗莫说，"让那些要说这是风的人去说吧。我觉得那些声音充满敌意，而石头也都是瞄准我们丢过来的。"

"我认为那是风，"亚拉冈说，"但这不表示你说得不对。这世上有许多邪恶和不友善的事物对用两只脚走路的生物绝无好感，但它们并未与索伦结盟，它们有着自己的目的。它们有些比索伦还要早出现在这世间。"

"从很久以前，在此地还没听过索伦的传言之前，"金雳说，"卡拉兹拉斯山就被称为残酷之山了，这不是没有道理的。"

"如果我们无法抵挡这种攻击，谁是敌人都不重要了……"甘道夫无可奈何地说。

"但我们能怎么办？"皮聘可怜兮兮地大喊。他正浑身发抖靠在梅里和佛罗多身上。

"我们可以选择停下来，或是回头，"甘道夫说，"再往前走会更不妙。如果我没有记错，再上去一点，这条山道就会离开悬崖，通过长长的陡坡后进入一处宽阔的洼地。我们在那里将找不到任何的掩蔽，不管是风雪还是落石，或任何别的东西，都会对我们造成极大的危险。"

"我们也不能够在大风雪中往回走。"亚拉冈说，"我们沿路上并没有经过其他比这个峭壁更能庇护我们的地方。"

"这算什么掩蔽嘛！"山姆咕哝着，"如果这算是掩蔽，那一堵没有屋顶的墙就能叫房子了。"

众人如今聚在一起尽可能地靠近峭壁。峭壁面南，底端微微凸出，因此一行人希望能够靠着这天然的地势，遮挡北风和落石。不过，狂烈的寒风依旧从四面八方袭击他们，雪也毫不留情地从乌云中持续落下。

他们瑟缩着靠在峭壁上。小马比尔忍耐却又颓丧地站在霍比特人前面，替他们挡下不少风雪。但很快地，大雪就积到了它的踝关节，而且越积越高。如果没有队伍中那些高大伙伴的帮助，霍比特人可能早就被整个活埋了。

佛罗多突然觉得强烈的困意席卷而来。他觉得自己飞快沉入了一个温暖、熟悉的梦乡。他觉得有堆温暖的火正烘烤着他的脚趾,在火炉另一边的阴影里,他听见了比尔博的声音。他对佛罗多说道:我对你的日记很不满意,他说,一月十二号大风雪,你没必要大老远跑回来,只为了报告这件事吧!

可是比尔博,我好想要休息、睡觉喔,佛罗多费力地回答,感觉到自己一阵摇晃,然后痛苦地恢复了意识。原来是波罗莫将他从一堆雪里抱了出来。

"甘道夫,这些小家伙会死的!"波罗莫气急败坏地说,"光是坐在这边等着被大雪活埋于事无补,我们得要想些办法救救我们自己才行。"

"给他们这个,"甘道夫从行囊中掏出一个皮水壶,"我们每个人只能喝一口。这水很珍贵。这是米卢活①,是伊姆拉崔的提神药,爱隆在出发前交给我的。赶快传下去。"

佛罗多才吞下一小口那香气四溢、暖呼呼的液体,立刻觉得精神一振,四肢百骸都变得十分轻盈。其他人也都恢复了体力,显得神采奕奕。但大雪并没有轻易消退,它继续以更大的威势袭击众人,风势也变得更强劲。

"你们觉得生火怎么样?"波罗莫突然问道,"这已经是生死关头了,甘道夫。如果大雪把我们都掩盖住,的确可以遮挡敌人的视线,但我们也活不了多久!"

"如果你生得起火,尽管去做,"甘道夫回答,"如果有任何间谍能够忍受这种大雪,那么不论生不生火,他们都可以看得见我们。"

虽然他们在波罗莫的先见之明下带来了柴火,但无论是矮人或是

---

① 精灵语中的"天神琼浆"之意。

精灵，都没办法在强风中点燃潮湿的木柴。最后，别无选择的甘道夫只得接手。他拿起一根木柴在手中握了片刻，接着念诵咒文：*naur an edraith ammen*！随即将手杖插进木柴中。一大团青蓝色火苗立刻从柴中冒起，木柴随即劈啪燃起火焰。

"如果有人在注意我们一行人的动向，这可是自暴行踪了，"他说，"从安都因河口到瑞文戴尔，任何能看懂这记号的人都会知道甘道夫出马了。"

不过，大伙根本没有余力在乎有无监视者或敌人。一看见火光，他们都高兴得心花怒放。烈火熊熊，虽然四周大雪依旧肆虐，地上因为火焰积雪融成泥泞聚集，但他们依旧满足地烘烤着双手。他们就这样围绕着舞动的火焰站立着，每个人疲倦和焦急的脸上都映射着红光，在他们背后，深黑的夜幕犹如一堵高耸的墙。

柴薪烧得很快，大雪却没有丝毫让步。

火焰渐渐变弱，连最后一捆柴薪也丢进去了。

"黑夜渐深，"亚拉冈说，"黎明应该不远了。"

"前提是，黎明的曙光要能够穿透这些厚云才行。"金雳说。

波罗莫踏出圆圈外，瞪着这一片黑暗。"雪变小了，"他观察道，"风也变弱了。"

佛罗多疲倦地瞪着黑暗中漫天飞舞的雪花，在渐弱的火光中，他实在看不出来雪哪里变小了。突然间，当睡意再度袭来时，他意识到风力真的减弱了，落下的雪花变得更大、更稀了，一丝微弱的光芒开始缓慢出现。最后，雪完全停了。

在越来越亮的曙光中，他们看见的是一片死寂的世界。除了他们躲避风雪的地方外，一堆堆白色丘包与看不出形状的深沟已经完全埋没了他们先前跋涉上来的小径；但上方的山坡则依旧笼罩在厚重的云层当中，依旧透露着下大雪的威胁。

金雳往上看去，摇摇头："卡拉兹拉斯山并没有原谅我们，"他说，"如果我们继续下去，它恐怕还有很多雪花可以丢到我们头上，我们最好赶快回头。"

众人都同意这一点，但现在要回头可没那么容易。甚至可说是寸步难行。距离他们的火堆不过几呎远的地方，积雪就厚达好几呎深，比这些霍比特人还要高，有些地方的雪还因为强风的吹拂而堆成了靠着峭壁的小丘。

"如果甘道夫愿意举着火把在前面开路，搞不好可以融化出一条路给你们走。"勒苟拉斯说道。大雪对他只造成了一些困扰，远征队中只剩他还有心情开玩笑。

"如果精灵可以飞过这座山脉，他们便可取来太阳救我们一命，"甘道夫回答，"这太强人所难了，我得要有一些东西做媒介才行，我没办法只烧雪。"

"好吧，"波罗莫说，"我们国家的人说：既然脑袋都想不出办法，那身体只好先动了。就由我们之中最强壮的人来开路吧。你看！虽然一切都在大雪覆盖之下，但我们上来的道路，在下方那块隐隐可见的大石旁转向。我们就是在那里开始遭逢大雪的。如果我们可以走到那里，或许稍后的旅程会变得容易一点。看起来应该没有多远才对。"

"那就由你和我来开路到该处吧！"亚拉冈说。

亚拉冈是远征队中最高的成员，波罗莫虽然身高略逊，但身形比较壮硕。因此他带路，而亚拉冈跟在后面。他们前进的速度很慢，不一会儿便显得很吃力。有些地方积雪甚至高到胸口，波罗莫时常看起来好像是用他满是肌肉的手臂在雪地中游泳或挖掘，而不是走路。

勒苟拉斯嘴角挂着微笑打量着他们，然后转身面对其他人，说："你们刚刚说应该由最强壮的人来找路，对吧？不过我说，该耕田的就去耕田，擅水性的就去游泳，至于要踏雪无痕、在草叶上疾奔，还是交给我们精灵吧！"

话一说完，他就轻盈地一跃而出。佛罗多仿佛第一次注意到（虽然他早已知道），这名精灵一如往常，只是穿着轻便的鞋子，而非穿着长筒靴，他在雪上几乎没有留下任何脚印。

"再会啦！"他对着甘道夫说，"我去找太阳啰！"接着，他仿佛踏在坚实泥土上一般飞快地直奔而去，很快就超越了两名步伐笨重的人类，如风般消失在岩石的转角。

其他人瑟缩聚在一起，看着波罗莫和亚拉冈慢慢变成白色雪地上的两个小黑点。不久之后，他们就消失在众人的视线中。随着时间的流逝，云朵渐渐地降低，又有小朵的雪花落在众人面前。

或许经过了一个小时，但在众人的感觉中似乎过了很久，然后他们终于看到勒苟拉斯回来了。同一时间，波罗莫和亚拉冈也出现在转角处，吃力地走上斜坡。

"可惜啊，"勒苟拉斯边跑过来时边喊，"我没把太阳带回来。她正在南方澄蓝的大平原上散步哪，红角小丘上这点小雪一点也不困扰她。除此之外，我还有一些好消息要告诉那些得用脚走路的倒霉家伙。转过弯之后有一个大雪丘，我们强壮的人类差点就被活埋在那边。他们很绝望，幸好我回来及时告诉他们，那个雪丘只比一道墙宽不了多少。而在雪丘的另一边，雪突然变得很少，再往下去，那里的雪薄得像一层白床单，只够凉凉霍比特人的脚指头而已。"

"啊，果然跟我说的一样，"金雳低吼道，"这可不是一般的暴风雪，这是卡拉兹拉斯山的怒吼。它不喜欢精灵和矮人，而那座雪丘就是为了阻挡我们逃离此地。"

"不过，幸好你的卡拉兹拉斯山忘记还有人类跟在你们身边，"波罗莫这时正好赶上来,"不是我自夸,我们还是力可拔山的角色;虽然,普通有铁锹的人可能更能为你效劳。但是,我们已经在雪丘中开出了一条路,这里无法像精灵般健步如飞的人,都应该感谢我们。"

"即使你们打穿了雪丘,我们要怎么下到那里去呢?"皮聘说出了所有霍比特人内心的想法。

"不要放弃希望!"波罗莫说,"我虽疲累,但仍还有一些体力,亚拉冈也是。我们可以背你们这些小家伙,其他人则可以轮流跟在我们后面。来吧,皮聘先生!我就从你开始好了。"

他扛起霍比特人:"抓住我的背!我的手得要空出来才行。"他边说边大步向前迈去。亚拉冈背着梅里走在后面。皮聘看着眼前他徒手开出来的通道,不禁暗自咋舌。即使他现在背着皮聘,还是毫不松懈地持续将积雪推开,让后面的人更好走一些。

他们最后终于到了那座大雪丘前。它像一堵耸立的高墙般横亘在山路上,它的顶端锐利得如同刀削一般,高度比波罗莫高出两倍多;但它中间已经被打出了一条起伏如桥的通道。梅里和皮聘被放在另一边,跟勒苟拉斯一起等着队伍的其他人抵达。

不久,波罗莫又背着山姆过来了。在他们身后,从狭窄但现在已经踩实了的小径走过来的是甘道夫,他牵着比尔,金雳则是坐在比尔背上的行李中间。最后到的是背着佛罗多的亚拉冈。他们走过小径,佛罗多的脚才刚沾到地面,一阵天崩地裂的巨响夹着大量的积雪落石就砸了下来。众人急忙紧贴住峭壁,四溅的飞雪碎石使他们几乎无法睁开眼睛,当积雪落定之后,他们看见背后的道路再度被封死了。

"够了,够了!"金雳大喊着,"我们会尽快离开的!"的确,随着这最后一击,卡拉兹拉斯山似乎发泄完了它最后的恶意,仿佛很满足自己击垮了这些入侵者,让他们再也不敢回来。风雪停了下来,乌云散去,天色也越来越亮。

就如勒苟拉斯所说的一样，他们发现越往下走，积雪就越来越浅，连霍比特人都可以开始靠着自己行走了。很快地，他们又都站在前往风雪初落下的山坡上。

现在已经快要中午了。他们从所站的高地回头向西望那些较低的地区。远处山脚下地势起伏之处，就是他们开始攀爬这座小径的谷地。

佛罗多的双腿十分疼痛。他又冷又饿，想到下山的路还如此漫长痛苦，他开始觉得头昏，眼前金星乱冒。佛罗多揉揉眼睛，试图赶跑那些黑点，却赶不走。他这才发现，在他脚下远处，比山脚原野稍高的山麓上，那些乱窜的黑点是之前的乌鸦。

"又是那些鸟！"亚拉冈指着底下说。

"我们别无选择了，"甘道夫说，"不管它们是好是坏，或者和我们完全无关，我们都一定得下山。我们绝对不能在卡拉兹拉斯的山腰上过夜！"

他们转身背向红角隘口，一阵冷风从他们背后吹过，众人疲倦蹒跚地走下斜坡。卡拉兹拉斯确实击败了他们。

第四章

黑暗中的旅程

傍晚时分,灰蒙蒙的光线很快就黯淡下来,一行人停下来过夜。他们身心俱疲。山脉笼罩在渐深的夜幕中,风又强又冷。甘道夫又让大家喝了一口瑞文戴尔的米卢活。在他们都吃过一点东西后,他召开了一次会议。

"看来,我们今晚不能继续赶路了,"他说,"在红角隘口遭到的攻击耗掉了我们大部分的体力,我们必须在此多休息一下。"

"然后我们要去哪里呢?"佛罗多问。

"我们的道路及任务仍旧摆在我们面前,"甘道夫回答道,"我们别无选择,如果不继续前进,就只能回到瑞文戴尔去。"

皮聘一听到瑞文戴尔,整张脸都亮了起来。梅里和山姆满怀希望地抬起头来。但亚拉冈和波罗莫没有任何表示,佛罗多则是看来忧心忡忡。

"我也希望我已经回到那里去了,"他说,"但是除非真的无路可走,并且我们真的被击败了,否则我怎么有脸回到瑞文戴尔去?"

"你说得对,佛罗多,"甘道夫表示,"往回走就是承认失败,并且将来还会面临更悲惨的失败。如果我们现在回去,那么魔戒就必定留在瑞文戴尔,我们将无法再次带着魔戒离开那里。迟早,瑞文戴尔会遭到围攻,在经过一段短暂痛苦的时间后,它会被摧毁。戒灵是致命的敌人,但他们只是影子,如果他们的主人再度持有至尊之戒,那时他们所拥有的力量将更强、更恐怖。"

"那么，只要前面有路，我们就必须前进。"佛罗多叹气道。山姆又哀怨地躺了回去。

"还有一条路是我们可以尝试的，"甘道夫说，"我一开始计划这趟旅程时，就考虑过这条路，我们应该尝试看看。但这可不是条轻松的路，我之前也没有跟诸位提到这件事情。亚拉冈反对在我们尝试通过隘道之前，跟各位提到这件事情。"

"如果这条路比红角隘口还要糟糕，那它必然是个极度危险的地方！"梅里说，"无论如何，我建议你最好赶快告诉我们，让我们立刻知道最坏的状况。"

"我所说的路，通往摩瑞亚矿坑。"甘道夫说。只有金雳猛然抬起头，眼中闪动着郁积压抑的火焰。对于其他人来说，一阵寒意突然袭上心头，连霍比特人都隐约知道那是个恐怖的地方。

"这条路也许通往摩瑞亚，但我们怎能期望要经过摩瑞亚呢？"亚拉冈阴郁地说。

"这是个不祥的名字，"波罗莫说，"我也不认为有必要去那边。如果不能通过这座山，我们还是可以继续往南走，直到走到洛汗隘口，那里的人对我的同胞十分友善。我来的时候就是这样走的。或者我们也可以沿着艾辛河进入朗斯特兰和列班宁，取道靠海的路前往刚铎。"

"波罗莫，自你北上之后，情况已经不同了，"甘道夫说，"你难道没听到我提及有关萨鲁曼的事情吗？在一切结束之前，我和他之间还有笔账要算。因此，只要有其他可行的方法，就绝不能让魔戒靠近艾辛格。只要我们和魔戒持有者同行，洛汗隘口对我们而言就是关闭的。

"至于那条比较长的远路，我们没有那么多的时间。走那条路可能会让我们花上一年的时间，而且我们必须通过许多渺无人烟的荒野，而它们并不安全。萨鲁曼和魔王的耳目都会盯着该处。波罗莫，当你北上的时候,在魔王眼中你不过是一名从南而来的孤身旅人,你的事对他而言是微不足道的,他正全心全意在忙着搜捕魔戒。但如今你回来时已经成了魔戒远征队的成员,只要你和我们在一起,你就身陷极大的危险中。当我们越靠近南方,我们也会越来越危险。

"尤其是自从我们对红角隘口的挑战失败后,我担心我们的情势更危急了。如果我们不赶快悄声无息地消失在敌人眼中,掩藏我们的路径,我会很担心未来的处境。因此,我的建议是,我们不能翻山而过,也不能够绕过,而是必须从它们底下穿过。无论如何,这都是魔王最预料不到我们会走的一条路。"

"我们不知道他会预料什么,"波罗莫说,"他可能会监视所有大大小小的路。果真如此,踏进摩瑞亚将是走进陷阱中,情况恐怕不会比去敲魔王家的黑大门好多少。摩瑞亚就代表邪恶。"

甘道夫回答道:"你将摩瑞亚和索伦的要塞相比,证明你对两者都不了解。我们这些人中,我是唯一闯过暗王地牢的人,而且那还只是他在多尔哥多的行馆而已。那些进入要塞巴拉多的人都是有去无回。如果没有出来的希望,我也不会贸然带领诸位进入。那边若还居住着半兽人的确很糟糕,但迷雾山脉大多数的半兽人,都在五军之战中被消灭或是被赶走了。巨鹰的情报是半兽人又在远方集结,但我还是认为摩瑞亚应该没受到污染才对。

"甚至,矮人还有可能留在该处,在矮人祖先开凿的深邃殿堂中,我们还可能找到巴林的行踪。不管怎么样,我们都必须赶快做出选择!"

"甘道夫,我愿意选择和你一起走!"金雳大声说,"我要去看都灵的地底都市。只要你能够找到封闭的大门,不论等在那里的是刀山或火海,我都愿意去。"

"好极了,金雳!"甘道夫说,"这对我真是个鼓励,我们会一起去找到那密门,我们会进去的!在矮人的废墟中,矮人的头脑会比精灵、人类或是霍比特人冷静。但这也不是我第一次进入摩瑞亚。当年索尔之子索恩失踪的时候,我就曾经深入寻找他的踪迹。我穿越了那里,并且活着出来了!"

"我也曾踏进丁瑞尔之门,"亚拉冈静静地说,"虽然我也走了出来,但我实在不愿意多想那次的经历。我一点也不想要再次进入摩瑞亚。"

"那我连一次也不想进去。"皮聘说。

"我也不想。"山姆咕哝道。

"当然没人想!"甘道夫说,"谁会想呢?但我的问题是,如果是我带领你们去,谁愿意跟从我?"

"我愿意!"金雳迫不及待地说。

"我也愿意,"亚拉冈很沉重地说,"你在我的带领下走入险遭不测的暴风雪中,事后也毫无怨言与责备。现在我愿意跟随你的领导,如果最后这项警告仍不能说动你的话。我现在担心的不是魔戒,也不是队伍中的其他人,而是你,甘道夫。我将劝你一言:一旦你踏进摩瑞亚,千万小心!"

"我不愿意去,"波罗莫说,"除非整个队伍投票都决定要去。勒苟拉斯和小家伙们怎么说呢?我们一定要听听魔戒持有者的意见。"

"我不想去摩瑞亚。"勒苟拉斯说。

霍比特人均一言不发。山姆看着佛罗多。最后,佛罗多终于开口了:"我也不想去,"他说,"但我也不想拒绝甘道夫的建议。我请求大家不要在此刻仓促投票决定,让我们先好好睡一觉吧。在明天的晨光中,甘道夫会比在这冰冷的黑暗中更容易获得选票。你们听这呼啸的风声多可怕!"

听完这些话,众人都陷入沉默。他们听见风声穿梭在岩石和树木间,在夜晚的空旷中不停发出刺耳、凄厉的嗥叫声。

突然间,亚拉冈跳了起来。"这不是风的呼啸声!"他大喊,"风中夹杂着野狼的嗥叫声!座狼已经来到迷雾山脉的西边了!"

"那我们还需要等到明晨吗?"甘道夫质问众人,"正如我所说的一样,猎杀已经开始了!就算我们可以活着看到天亮,谁还愿意在每晚南行的路上遭到野狼追杀?"

"摩瑞亚有多远?"波罗莫问道。

"在卡兰斯拉山的西南边有个入口,乌鸦直飞的距离大概十五哩左右,如果狼跑起来大概有二十哩。"甘道夫神情凝重地回答。

"那我们天一亮就出发,"波罗莫说,"身边的恶狼比洞中的半兽人恐怖多了。"

"确实!"亚拉冈说,边将宝剑微微出鞘,"但是有座狼嗥叫之处,必有半兽人出没。"

"我希望我当初接受了爱隆的建议,"皮聘对山姆叽咕道,"我真是个没用的家伙。我体内可没有什么英雄的血统,这狼嗥声让我全身血液冻结,我这辈子从没觉得这么毛骨悚然过。"

"我的一颗心都快掉到脚底去啦,皮聘先生,"山姆说,"但我们还没被吃掉,而且我们身边还有好几位英雄哪。不管老甘道夫会碰上什么未来,我打赌他都不会让恶狼给吃掉。"

为了在晚上保住小命,一行人爬到他们原先避风的山丘顶上。山顶上有一圈盘根错节的老树,老树周围还有一圈错落的岩石。他们在这圈子中央点燃了篝火。因为,黑暗和寂静都无法保护他们不被狼群发现。

他们围绕着篝火坐着,没轮到站哨的人都不安地打盹。可怜的小马比尔浑身冒汗、不停地发抖。现在，四面都传来狼嗥的声音，时远时近。在死寂的暗夜中可以看到山丘下有许多不怀好意的眼睛闪闪发亮，有些甚至来到了石圈边缘。在石圈的缺口处出现了一只身躯庞大的黑狼，瞪着众人。接着，它发出一声尖锐的嗥叫，仿佛是召唤手下的狼群开始攻击。

甘道夫站了起来，高举着手杖走向前。"听着，索伦的走狗！"他大喊道，"甘道夫在此，如果你珍惜狗命的话，快滚！如果你胆敢走进来，我会把你烧成焦炭！"

黑狼咧开大嘴，猛扑向前。就在那一瞬间，传来一声劲风破空之声，勒苟拉斯放了一箭。在一声凄厉哀嚎之后，那飞扑而来的巨大身形重重跌在地上——一支精灵的利箭射穿了它的咽喉。不怀好意的狼眼突然间一双接一双消失了。甘道夫和亚拉冈走向前，却发现四野毫无野兽的踪迹，那群恶狼逃得一干二净。笼罩着他们的黑暗一片寂静，叹息的风声中没有任何动物活动的声音。

夜深了，下弦月也慢慢西沉，不时从破碎的云朵中透出光辉。佛罗多突然从熟睡中惊醒。营地四周毫无预警地爆发出一阵凶猛狂野的嗥叫。一大群座狼悄无声息地集结，现在从四面八方对他们展开攻击。

"把火弄旺些！"甘道夫对霍比特人大喊，"拔出刀剑，背靠着背站稳了！"

在新柴燃起的跳跃火光中，佛罗多看见许多灰色的形体跃过石圈，还有越来越多的恶狼一拨拨跟上。亚拉冈一剑刺穿了一只为首座狼的咽喉；波罗莫一旋身砍下另外一只的脑袋；金雳叉开结实的双腿，稳稳地站在他身边，挥舞着矮人战斧；勒苟拉斯的弓弦弹奏着死亡的乐章。

在摇晃的火光中，甘道夫的身形似乎突然增大。他站起来，巨大的身形像是一座矗立在山顶上的古代王国的纪念碑，让人无法直视。他像压顶的乌云般俯身拿起一根燃烧的柴薪，跨步迎向狼群。凶恶的狼群纷纷在他面前闪开一条路。他一挥手将火焰抛上天空。柴薪突然间爆出如同闪电般的白炽光芒，而他的声音瞬间变得如同闷雷一般震撼人心。

"火啊，拯救我们！火啊，对抗恶狼群！"他大喊道。

在一阵爆吼声和劈啪声中，他头上的那截老树炸成一团让人目眩的火焰。火焰从一株树上跳到另一株树上，整个山丘被笼罩在火焰的风暴中。远征队的刀剑上都闪烁着火红的烈焰。勒苟拉斯的最后一支飞箭在半空中燃起来，挟着熊熊的火焰刺进壮硕的狼王心口，其他的恶狼纷纷再度逃逸。

慢慢地，火焰减弱了，直到一切都被烧得什么也不剩，只有烟灰和火花在空中飞舞。烧焦的树干冒出袅袅的黑烟，在第一道晨曦中飘散在整座山丘上。他们的敌人大败，一去不复返。

"我跟你说过吧，皮聘先生！"山姆把短剑插入剑鞘，"恶狼根本没办法近他身。这可真是令人大开眼界！差点把我的头发都给烧掉了！"

天色全亮之后，四周都找不到任何恶狼曾经入侵的证据，连尸体也全部不见了。只有勒苟拉斯四散在山顶的箭矢和焦黑的树干是昨夜恶战的证明。每支箭矢都毫发无伤，只有一支例外：它只剩下箭头。

"这正是我所担心的，"甘道夫说，"这些不是在荒野中觅食的普通恶狼。我们快吃点东西然后上路吧。"

那一日的天气再度改变了，几乎像是有某种神秘的力量在下命令，既然他们已经从山道上退下来，就不需要再以风雪来阻挡他们了。那力量现在想要有清朗的天光，好让在荒野中行动的事物能在很远就被看见。风向已经在夜里从北风转变成西北风，现在风势已经减弱了。云朵消失在南方，天空变得一片蔚蓝，空旷高远。当他们站在山丘上准备出发时，一道苍白的阳光越过山巅洒落下来。

"我们必须在天黑之前抵达门口，"甘道夫说，"否则我们可能永远都到不了了。它的距离并不远，但我们走的路可能会有些曲折。因为，亚拉冈极少来到此处，从这里开始他没办法引导我们，而我也只经过摩瑞亚的西墙下一次，那是很久以前的事了。"

"就在那边。"他指着远处的东南方，山脉的侧边在该处陡直地垂降到自己山脚的阴影里。从这么远的地方，勉强可以看见一面光秃秃的峭壁，在这峭壁中央，有一堵比其余峭壁还要高的巨大灰色高墙。"你们当中或许有人注意到，当我们从山道上下来，我是带你们朝南走，而不是回到我们原先出发的地方。幸亏我这么做，因为现在我们可以省上好几哩的路，而我们又需要赶快。出发吧！"

"我不知道该期待什么，"波罗莫闷闷不乐地说，"是甘道夫会找到他的目标，还是到了峭壁下时我们才发现永远找不到那扇大门。两个选择似乎都很糟糕，我觉得最有可能的是被夹在峭壁和恶狼之间进退不得。唉，还是走吧！"

如今金雳带头走在巫师身边，因为他是最急着看到摩瑞亚的成员。两人并肩领着远征队朝山脉前进。从西方通往摩瑞亚的古道，是沿着一条从峭壁底下流出的西瓦南溪走，大门就在溪水涌出口的附近。不过，若非是甘道夫迷路了，就是近年来地形已经有了改变，因为当他预料会在往南走几哩之后越过小溪之时，他并未发现那条溪流。

时间已经快到中午，远征队的成员依旧跋涉在遍布红色岩石的荒凉大地上。他们看不见任何的水流，也听不见任何水声。一切显得干枯而荒凉，他们的心也不住往下沉。他们看不见有生物，天空中也没有任何飞禽。如果他们被黑夜困在这毫无人迹的荒野中，不晓得会遇到什么样的结果，他们谁也不敢多想。

突然间，一马当先的金雳回头对他们大喊。他现在站在一块岩石上，指着右边。一行人急忙赶上前，发现底下是个深邃且狭窄的河谷。谷中十分空旷安静，只剩下涓涓细流在红褐色的河床上流动。不过，在它附近有一条破碎塌陷的小径，曲曲折折地蜿蜒在城墙废墟与古代石铺大道间。

"啊！我们终于找到了！"甘道夫说，"这就是原先西瓦南溪流经的地方。他们过去称它为'门溪'。不过，我也猜不透这水流到底怎么了，它向来是条水流相当汹涌的小溪。来吧！我们得赶路，时间已经快来不及了。"

连日的赶路让一行人觉得浑身酸痛，但他们还是认命地沿着破碎的小径继续走了很多哩，太阳已经渐渐往西落下。在休息片刻和草草用餐之后，他们继续上路。山峰在他们面前慢慢展开，但他们走在深邃的河谷中，一时之间只能看见几座比较高的山脊和远处东方的山峰。

不久之后，他们来到了一个急转弯处。从该处起，原先一直沿着往左倾斜的陡坡与河谷往南前进的小径，突然间转向东直行。一绕过这个转角，他们眼前出现了一面矮峭壁，大概有十多呎高，顶端凹凸不平。涓涓细流从峭壁顶端淌落，流过一条看来是由宏伟瀑布冲刷出来的宽阔裂罅。

"这里真的变了很多！"甘道夫说，"但肯定是这地方没错。这是天梯瀑布的遗迹。如果我没记错，瀑布旁边应该有道从岩石中凿出来的阶梯，但主干道是向左转，一路盘旋直上到顶端的平台。从前那里在越过瀑布后有个浅谷，直达摩瑞亚的山墙，而西瓦南溪就沿着这浅谷流，溪旁就是小径。让我们赶快上去看看现在的情况吧！"

他们轻易地找到了那石阶，金雳一马当先快速跳跃上去，甘道夫和佛罗多紧跟在后。当他们上到山顶时，却发现没有办法再继续前进了，而门溪干涸之谜也同时一并解开了。在他们身后，西沉的太阳将清冷的天空照得一片金光闪烁。在他们面前则是一汪幽深、静止的小湖，幽暗的湖面无法反射任何天光或落日。西瓦南溪遭到堵塞，把整座山谷给填成了小湖。在这诡异不祥的湖水后方，耸立着巨大的峭壁。冷峻的岩壁在落日余晖中几乎是明白表示：此路不通。没有任何像大门或入口的标志，佛罗多连条裂缝都看不见。

"这就是摩瑞亚的外墙，"甘道夫指着湖对岸说，"那边曾经有个入口，就是我们一路从和林走来的那条小径的终点，一扇精灵的门。但这条路现在无法通行。我想，我们之中应该不会有人想在这天黑的时刻游泳吧！这湖水看来有些诡异。"

"我们得要找到一条路从北边绕过去才行，"金雳说，"当务之急就是沿着主干道往上爬，看看这条路到底通往哪里。就算没有湖水的阻挡，我们搬运行李的小马也无法爬上这些阶梯。"

"但我们无论如何都不可能将马匹带进矿坑里，"甘道夫说道，"山底的通道十分黑暗，有些地方十分狭窄陡峭，即使我们能通过，它也无法通行。"

佛罗多说："可怜的老比尔！我没想到这些事情。可怜的山姆一定会很伤心！不知道他会怎么说？"

"我很抱歉，"甘道夫说，"可怜的比尔是个很有用的伙伴，现在要赶它走也让我很遗憾。如果从一开始就照我规划的做，我们就只会轻装上路，不带任何驮兽，更不用说是这匹山姆最喜欢的小马了。从一开始我就担心我们会被逼走上这条路。"

天色渐暗，冰冷的星光开始在夕晖之上的高空中闪烁。一行人拔足飞奔，尽可能快速爬上斜坡，前往湖的另一边。从幅度来看，它最宽的地方也不过三四十呎，但是在逐渐黯淡的光线下，他们看不出湖面往南边延伸了多远；但是它的北端距离他们脚站之处不过半哩左右，在包围山谷的两旁岩脊与湖岸之间有一长条开阔的空地。他们急忙赶向前，因为现在他们距离甘道夫所赶往的目的地还有一两哩之遥；而且，到时候他还得找到入口才行。

　　当他们来到湖的最北端角落时，发现一条狭窄的小溪挡住了去路。溪水泛绿，静滞不动，仿佛一条黏糊糊的手臂伸向周围的山丘。金雳毫不迟疑地踏入水中，发现溪水很浅，最深之处也不过才淹及脚踝。一行人小心翼翼挑着路，跟在他后面走，因为长满水草的小溪中有很多石头不但滑溜，而且长满了苔藓，必须十分小心才不会滑倒。佛罗多一踩入这污浊的溪水，就不禁打了个寒战。

　　当山姆，队伍最后一人领着比尔走到小溪的另一边时，众人突然听到一个低微的响声：先是"唰"一声，接着是"扑通"一响，仿佛有条大鱼跳出湖面，惊扰了静滞的湖水。他们迅速转头，只看见湖远方有阵阵涟漪泛动，在黯淡的光线中不停地往外扩散。接着有几个泡泡冒到水面，然后一切归于平静。天色越来越暗，落日的最后一丝余晖也被云朵给遮住了。

　　甘道夫现在更加快了步伐，其他人则尽可能地紧跟在后。他们终于来到了湖水和峭壁之间的干燥平地。这块区域十分狭窄，长宽大概也不过各几码，地面上有许多落下的岩石。不过，他们还是找到一条路，尽可能地靠着悬崖，离黑暗的湖水越远越好。沿着湖岸往南走不了一哩，他们就遇到了冬青树丛。浅水中有好些腐烂发臭的树干与残枝败叶，其余的老树丛，看来是从前沿着被水淹没的山谷小径种植成排的树篱的残余。眼前唯一可疑的景象是紧靠着山崖边，有两棵佛罗多这辈子所见过最高大的冬青树，依旧蓬勃地生长着。它们巨大的树根从悬崖伸向湖边，从远方的天梯看过来，相较于高耸的峭壁，它们看起来只不过像是低矮的灌木丛；但是靠近一看，它们又高又大，像是道

环镜影湖的迷雾山脉等高线图

路两旁两名壮硕的守卫一般。

"呼,我们终于到了,"甘道夫说,"这就是和林过来的精灵道路终点。冬青树是和林地区精灵的标志,他们把这两棵冬青树种植在这里,象征领土的终点;这扇西门主要的目的,就是为了方便他们和摩瑞亚的国王交流往来。在比较平静快乐的年代中,那时各种族依旧密切联系,矮人和精灵曾经是相当熟稔的好友。"

"这友谊的结束并不能怪到矮人头上。"金雳说。

"我也没听说这和精灵有关系。"勒苟拉斯表示。

"我都听到了,两位,"甘道夫说,"而现在我也不会予以评断。但我恳求两位:金雳和勒苟拉斯,至少携手同心帮助我们渡过这难关,我需要你们两个人的力量。这扇隐藏的门还没打开,我们越早打开它越好,天就快黑了!"

他又转过头来对其他人说:"在我寻找秘门的时候,请你们先做好进入矿坑的准备,恐怕我们必须在此和可爱的小马告别。你们可以把御寒的衣物通通丢掉,因为在矿坑底下不需要这些;而当我们离开矿坑抵达南方后,我也希望不需要再穿上这些厚重的衣物。因此,我们必须分摊小马所背负的行李,特别是水袋和食物的部分。"

"甘道夫先生!可是——你不能把可怜的比尔留在这个鬼地方啊!"山姆又生气又难过地说,"我不同意,它都已经跟我们走了这么远、这么久!"

"对不起,山姆,"巫师说,"但是当大门打开的时候,我想比尔也不会愿意进入漫长幽暗的摩瑞亚。你得在比尔和你的主人之间做出选择才行。"

"如果我领着它,它会愿意跟着佛罗多先生进入龙穴的,"山姆抗议道,"你把它丢在这个到处都是野狼的地方,根本是谋杀嘛!"

摩瑞亚之门

"我希望不会落到这个地步。"甘道夫说。他将手放在小马的头上,压低声音对它讲话:"愿你受到保护与引导!"他说,"你是匹聪明的小马,在瑞文戴尔也学了很多。你会找到可以吃草的地方,然后及时回到爱隆的居所,或是任何你想要去的地方。

"来吧!山姆,它有绝大的机会逃离野狼,和我们一样会安全回家的!"

山姆闷闷不乐地站在小马旁边,没有回话。比尔似乎了解眼前的状况,它紧挨着山姆,用鼻子顶擦着山姆的耳朵。山姆哭了出来,笨拙地弄着缰绳,尽可能温柔地将所有背包和行李卸下,一股脑儿地全丢到地上去。其他人则是负责把这些东西分门别类,把可以放弃的堆在一旁,然后分摊其余的部分。

当一切都做好之后,他们转过身看着甘道夫。他看起来似乎什么也没做。他呆呆地站在两棵树之间,看着空无一物的山壁,仿佛想要用目光在其上钻出洞来。金雳正四下打探着,用斧头敲打着各处。勒苟拉斯则贴在岩壁上,似乎在倾听着什么。

"我们都准备好了,"梅里说,"但是门在哪里?我连它的蛛丝马迹都看不到。"

"矮人所制造的门,在关起来之后是毫无痕迹的,"金雳说,"它们是看不见的,如果忘记了它的秘密,连原先的主人都无法打开它们。"

"但这扇门的秘密并非只有矮人知道,"甘道夫突然间回过神来,转过头来看着大家,"除非事情真的整个改变了,否则知道内情的人,还是可以找到该看见的东西。"

他走向山壁,在两棵树的影之间有块平滑的地方。他伸出手,在上面摸来摸去,嘀咕着什么。最后,他退了一步。

"你们看!"他说,"现在有什么不一样的地方了吗?"

月光这时照在岩石灰扑扑的平面上,但他们暂时还是什么都看不见。接着,在巫师双手摸过的地方,淡淡的光芒开始显现,银色的线条出现在岩石上。一开始那只是细微的如同蛛网一般的痕迹,月光只能偶尔反射在其上;但不久之后,这些线条向外逐渐扩散,开始变得十分清晰。

在甘道夫伸手最高可及之处,是一道由精灵文字构成的拱形。而在底下,虽然有些地方的花纹已经缺角、模糊了,却依旧可以看出大致的图形:上面是七颗星辰,伴随着一顶皇冠,其下则是铁锤和铁砧。在那之下,则是两棵有着如同月牙一般枝桠的大树,而最清晰的,是在正中央有一颗拥有许多星芒的星辰。

"那就是都灵的徽记!"金雳大喊道。

"这是高等精灵的圣树!"勒苟拉斯惊呼道。

"还有费诺家族的星芒。①"甘道夫说,"这些都是用只会反射星光和月光的伊希尔丁金属所打造的,只有在人们说着中土世界早已遗忘的语言碰触它们时才会醒过来。我已经很久没听过这种语言了,刚才想了好久才想起来。"

"上面写了些什么?"佛罗多忍不住好奇地问,他正在试图辨认拱形上的文字,"我还以为我看得懂精灵文字,但这上面写的东西我完全不认识。"

"这些是用远古时代西方精灵的文字写成的,"甘道夫说,"但这些内容与我们并没有太重要的关系。上面只是写着:这是通往

---

① 费诺是诺多族精灵的王子,同时也是精灵宝钻的制造者。为了争夺宝钻,远古时代掀起了多场大战。他的家徽是以闪亮的星芒做徽记,纪念失落的宝钻。费诺在精灵的语言中是"火之魂"的意思。精灵宝钻是收纳了主神圣树之光的三颗宝石。在邪神马尔寇摧毁了光之圣树之后,他同时也夺走了这三枚宝石,进而掀起了恶神与精灵之间的激战。

Here is written in the Fëanorian characters according to the mode of Beleriand: Ennyn Durin Aran Moria: pedo mellon a minno. Im Narvi hain echant: Celebrimbor o Eregion teithant i thiw hin.

都灵的大门

摩瑞亚之王都灵宝座的大门，朋友，开口就可以进入。下面一行比较模糊的字则是：在下，纳维制作，徽记是由和林的凯勒布理鹏绘制。"

"朋友，开口就可以进入是什么意思？"梅里问道。

"这很简单。"金雳说，"如果你是朋友，就请说出通行密语，大门就会打开，你就可以进去了。"

"是的，"甘道夫说，"这些大门应该是由密语所控制的。有些矮人的大门只会在特定的时候，或是为特定的人而开启；有些门则是在符合所有条件之后，还需要钥匙才能打开。这扇门显然没有钥匙。在都灵的年代里，这些密语并不是秘密。通常门都是大开的，旁边还有守门人看守着。但如果门关上了，任何知道密语的人只要开口说出密语就能进去。至少根据记载是这样的，对吧，金雳？"

"没错，"矮人说，"但现在没人记得这密语了。纳维和他的技术以及族人，早就从这个世界上消失了。"

"可是，甘道夫，难道你也不知道密语吗？"波罗莫惊讶地问。

"当然不知道！"巫师理所当然地回答。

其他人看起来都颇失望。只有认识甘道夫已久的亚拉冈，脸色没有任何变化。

"那么你把我们带到这个该死的地方有什么用？"波罗莫大喊着，他回头看了看黑色的湖水，不禁打了个寒战，"你说你曾经进入过矿坑，如果你不知道密语，又是怎么进去的？"

"波罗莫，你第一个问题的答案，"巫师慢条斯理地说，"是我现在还不知道密语是什么，但我们很快就会知道了，而且……"他那两道竖起的眉毛下，双眼中隐隐闪动着光芒，"你下次最好在证明我的行为是错的之后再责怪我。至于你的另一个问题，难道你怀疑我的说词？还是你已经急疯了，无法清楚思考了？我不是从这条路进去的，我是从东边进来的。

"如果你想要知道,我还可以告诉你,这些门可以从里面轻易地打开。在里面,只要手一推就可以开门。要从外面进去,就只有密语才能够派上用场,你没办法硬把门往内开。"

"那你要怎么办?"皮聘丝毫不畏惧巫师那竖起的眉毛。

"皮瑞格林·图克,我要用你的脑袋去敲门,"甘道夫说,"如果没用的话,我至少可以暂时不用回答这些愚蠢的问题。那还用说,我当然会负责找到进入的密语!

"我曾经有一度知道所有精灵、人类或是半兽人所使用的这类通关密语,我现在不需要多加思考还是可以背诵出两百个来。不过,我想应该只需要试几次;我不想询问金雳他们从不外传的矮人密言。就我推断,开启大门的应该和那拱形上的文字一样,是精灵语。"

他再度靠近岩石,用手杖轻轻碰触着铁砧下方正中央的银星,用命令的口气说道:

"精灵之门啊,现在请为我们开启!矮人族的通道,请听我族的话语!"

银色的线条开始消失,但灰色的岩石却动也不动。

他把这些话颠来倒去重复了好多遍,或是改变语调,然后他一个接一个地尝试其他的咒语,有些又快又大声,有些则又慢又轻柔,然后他又念诵很多个精灵单字,但什么事都没发生。天空中开始出现众多的星辰,寒冷的晚风继续吹拂,但大门依旧紧锁。

甘道夫再度走到门口,举起手臂,以命令式的口吻愤怒地大喊,Edro,edro!然后用他的手杖猛力敲击岩壁。开门,开门!他大喊着,接着又用中土世界西部曾经说过的所有语言大声叫喊。最后,他气得将手杖丢到地上,沉默地坐下。

就在这时,他们听见远方传来野狼的嗥叫声。小马比尔吃了一惊,山姆立刻跳到它身边,低声地安慰它。

"不要让它跑开了!"波罗莫说,"看来,如果野狼没有再度包围我们,我们可能还会需要它的帮助。我实在很讨厌这个该死的湖!"他捡起一块石头,愤愤地丢进湖中。

石头就这样落进湖中,但就在同一时间,湖中传来了呼噜和冒泡的声音。石头落下的地方泛起了巨大的涟漪,开始缓缓地朝峭壁涌来。

佛罗多说:"波罗莫,你为什么这样做?我也讨厌这里。我不知道是为什么,但这不是因为野狼,也不是因为黑暗的矿坑,而是有什么别的东西。我害怕这个黑湖,最好不要打扰它!"

"我希望我们能够赶快离开这里!"梅里说。

"为什么甘道夫不赶快想点办法?"皮聘说。

甘道夫根本没有注意到他们的情况。他低着头,既是因为绝望,但也在努力地思考。野狼的嗥叫声再度传来,水上的涟漪继续扩散,有些已经拍打到岸边来。

突然间,巫师跳了起来,把大家吓了一跳。他竟然在哈哈大笑!"我想到了!"他大喊着,"没错,没错!这么简单,就像大多数的谜题一样,答案就在问题中!"

他拾起手杖,站在岩石边,以清楚的声音大喊道:"*Mellon*!"

星芒闪耀了一下,转瞬又黯淡下去。接着,山壁上无声无息地浮现出一扇巨大石门的轮廓,虽然之前那上面连一条裂痕或接缝都看不见。它慢慢地从中央分开,往外一吋一吋地打开,直到两扇门都完全打开贴到山壁上为止。从敞开的门口向内望,他们隐约可以看见门内有一道往上攀升的楼梯,但再远的地方就因为太过黑暗而看不清楚了。

远征队的成员纷纷呆看着眼前的景象。

"我一开始就错了，"甘道夫说，"金雳也错了。所有人之中只有梅里猜对了。从头到尾密语就刻在门上，我应该把那些文字翻译成：开口说出'朋友'，就可以进入。我只需要说出精灵语的'朋友'，门就打开了。真简单！对于一个生在多疑时代的老家伙来说，这实在简单过了头。当年果然是个比较平安祥和的年代。快进去吧！"

他一脚踏上了门内的阶梯。但是，就在同一瞬间，怪事情发生了。佛罗多觉得有什么东西攫住了他的脚踝，他惨叫着跌倒在地上，小马比尔恐惧地嘶叫一声，沿着湖边跑进黑暗之中。山姆一开始准备跟着它跑，接着又听见佛罗多的声音，最后只好边啜泣、边诅咒地跑回来。其他的人转过头，只见湖水如同沸腾一般，似乎有许多小蛇准备从南岸游来。

有一条长长的、弯曲的触手从湖水中伸出；那是一条淡绿色的、发着亮光、黏答答的触手。它指状的末端卷住了佛罗多的脚，正准备将他拖进水中。山姆跪在地上，挥舞着短剑砍那触手。

那条触手松开了佛罗多。山姆将他拉开，开始大声呼救。另外二十条触手又窜了出来，黑暗的湖水沸腾得更厉害了，一股恶臭跟着冒出。

"快进来！快点往楼梯上爬！快点！"甘道夫跳回来大喊。他惊醒了仿佛被恐惧吓得生了根的山姆和佛罗多，把他们推向门口。

在千钧一发之际，他们刚好躲过怪物的攻击。山姆和佛罗多方才爬了几级，甘道夫正走进门内，一大堆的触手就从湖内涌出，伸向门内。有一条触手爬过了门槛，在星光下反射着恶心的光芒。甘道夫转过身，停下脚步。如果他是在思考要用什么密语从内部关上门，那对方正好替他省了这个麻烦。许多触手抓住了两边的大门，用极度巨大的力量将它们一推，轰然一声巨响，大门就这么关了起来，一切的光亮也跟着消失。厚重的石门承受着触手怪力的重击。

山姆紧抓着佛罗多的手臂，在一片漆黑中瘫倒在楼梯上。"可怜的老比尔！"他哽咽着说，"可怜的老比尔，又是恶狼又是水蛇！这水蛇实在太恐怖了。可是，佛罗多先生，我别无选择，我得和你一起走。"

他们听见甘道夫下了楼梯走回去，并用手杖推了推那扇门。石门震动了一下，阶梯也跟着一阵摇晃，但大门还是没有打开。

"好吧，好吧！"巫师说，"现在我们已经没有退路了，要出去只有一条路，就是从山的另外一边出去。从这些声音听起来，这些落石已经堆积了起来，两棵大树也倒下挡住了大门。我很遗憾，那些树那么漂亮，又生长了那么久，竟然毁于一旦。"

"自从我的脚一踏进那水里，我就感觉到有某种恐怖的东西在附近，"佛罗多问，"那到底是什么东西？湖里有很多这种怪物吗？"

"我也不知道，"甘道夫回答，"但那些触手似乎只有一个目的，有某种东西从山底下爬了出来，或者说被赶出了黑色的湖水。这世界上有比隐藏在黑暗地穴中的半兽人更古老与更邪恶的东西存在。"他并未说出心中的念头，就是不论湖里住的是什么怪物，它在所有的远征队成员中，第一个抓住的是佛罗多。

波罗莫压低声音嘀咕着，但这里岩石的回音让他的抱怨变得清晰无比："黑暗地穴中的生物！结果我们最后还是到了这个地方，在这一片漆黑中，到底谁要带路？"

"我会带路，"甘道夫说，"金雾会和我走在一起。跟着我的手杖走！"

巫师走在前方踏上了巨大的阶梯，他高举手杖，让杖尖所散发的微光照路。宽广的阶梯完好无损,看来似乎没有受到岁月的侵蚀。他们大概走了两百级楼梯,才来到顶端。阶梯的尽头是另外一座拱门,以及一道通往黑暗中的长廊。

"找不到什么用餐的地方,就让我们在这边坐下来。先找个地方吃吃便餐吧!"佛罗多刚摆脱那些触手所带来的恐惧气息,突然觉得肚子饿了起来。

所有的人都赞成这个提议:他们在楼梯上坐了下来,幽暗的身影在微光中晃动。一行人吃过饭之后,甘道夫又让大家喝了第三口瑞文戴尔的米卢活。

"这恐怕再喝不了多久了,"他说,"但我想在经历过门口的那种恐怖后,我们都需要喝上一口。除非我们运气极好,否则剩下的米卢活,应该刚好只够我们撑到另一边!大家也要珍惜饮用水!矿坑中有许多地下水和水井,但是都不能饮用。我们在抵达丁瑞尔河谷之前,可能再也没机会装满手中的水袋和容器了。"

"我们大概得走多久的时间?"佛罗多问道。

"我也不太确定,"甘道夫回答道,"关键在于中间有许多随机的可能性。如果没有迷路,直直地朝向目标走,我想大概会花上三到四天。从西门到东门绝对不可能超过四十哩路,只不过路上可能会很曲折就是了。"

休息片刻之后,他们再度开始前进。所有人迫切地想要赶完这段路程;即使已经筋疲力尽,他们也愿意继续走上好几小时。甘道夫一样在最前面领队。他的左手拿着发出闪光的手杖,这光芒只够照亮他脚前的地面,他的右手则拿着敌击剑格兰瑞。他的身后是金雳,矮人的双眼在黑暗中闪动着特殊的光芒,在矮人之后则是拿着宝剑刺针的佛罗多。敌击剑或是刺针都没有发出光芒,这让人安心多了。因为这两件武器都是精灵工匠在远古打造的；如果有半兽人靠近，这些武器就会发出冷光来。在佛罗多之后则是山姆，再之后则是勒苟拉斯和年轻的霍比特人。波罗莫走在亚拉冈的前面，如同以往一样沉默、神情凝重，负责押阵的是亚拉冈。

走廊转了几个弯，接着开始往下降。它持续下倾了很长一段路，然后才恢复平缓。空气开始变得闷热，幸好，并没有奇怪的恶臭掺杂其中。他们不时可以感觉到有新鲜空气吹在脸上，估计是从墙上的空隙吹出来的；两旁的墙上有很多这类空隙。在巫师手杖的微光中，佛罗多依稀看见阶梯和拱门，以及其他往上、往下或只是单纯左右转的黑暗通道。要记住这么复杂的隧道地形，实在不可能。

除了毫不退缩的勇气之外，金雳其实没有帮上甘道夫多少忙，但至少他不像其他队员一样，因为黑暗而感到不安。巫师经常在有所疑问的道路分岔点上询问他的意见，但做出最后决定的永远都是甘道夫。摩瑞亚矿坑浩大与复杂的程度，远远超过了山中矮人葛罗音之子金雳的想象。对甘道夫来说，过去在这里冒险的记忆，这次也没有多少帮助。但是，即使是在昏暗中，尽管通道如此复杂曲折，他仍能辨出他想去之处，只要有路能够通往他的目的地，他就绝不会退缩。

"别害怕！"亚拉冈说。这次的暂停比以往要久，甘道夫和金雳交头接耳了好一阵子，其他人则是紧张地在后面等待着。"别害怕！我曾经和他一起经历了许多冒险。虽然都没有这么黑暗，但是如果你去瑞文戴尔打听一下，你会听到许多他冒险犯难的英勇事迹。只要有路，他就不会迷失。他不顾我们的恐惧，强行带我们进入这里，但以他的个性，不管会让他付出多少代价他也会负责带我们离开这里。他比精灵女皇的爱猫，还更能够在黑暗中找到出路。"

幸好远征队拥有这样的向导。因为他们在匆忙逃进洞穴内的时候，并没有携带任何燃料或是可以用作火把的工具。如果没有光源,他们可能很快地就会遇上悲剧。因为此地不只有许多岔路要做出选择,更有许多的地洞和陷坑,甚至还有走过之处脚步声会跟着回响的深井。墙壁上和地上都有很深的裂隙,他们脚下也时常出现各式各样的深沟。有些深沟宽达七呎,皮聘好不容易才鼓足勇气跳过这深沟。而底下还传来汩汩的水声,仿佛有某种巨大的水车正在黑暗中运作。

"绳子!"山姆嘀咕着,"我就知道我忘记带的东西,偏偏就会要用到!"

由于这些随处可见的危险不断地出现,他们行进的速度也变得越来越慢。他们已经觉得自己是在山底下永无止尽地原地踏步。他们已经非常疲倦了,却又不敢随便找地方休息。佛罗多在逃过一劫之后心情变好许多,食物和瑞文戴尔的秘传饮料,更是让他神清气爽。但是,现在,一种深沉的不安和恐惧,开始再度袭向他。虽然他被毒刃所刺的伤口已经在瑞文戴尔治好了,但是那伤口还是在他的心上留下了痕迹。他的感觉变得更为敏锐,可以感受到许多之前浑然不觉的迹象。另一个征兆,是他黑暗中视物的能力变得更强了,队伍中除了甘道夫之外,可能没人看得比他更清楚。而且,他还是魔戒的持有者,魔戒挂在他胸前的项链上,有时会变得十分沉重。他可以确切感觉到前方有邪恶的气息,而后方也有邪恶紧紧相逼,但他没有告诉任何人。他只是将剑柄握得更紧,继续不动声色地往前走。

他身后的队员极少开口,即使偶尔有也只是迅速交头接耳的低语。除了他们自己的脚步声之外,听不到任何其他的声音:金雾矮人靴子单调笨重的闷响、波罗莫沉重的脚步声、勒苟拉斯轻盈的步履声、霍比特人轻微不可闻的步伐,以及亚拉冈缓慢、坚定、大步跨出的声音。当他们停下脚步时,除了偶尔传来的滴水声之外,四下一点声音都没有。但佛罗多开始听到，或者是想象自己听到一种诡异的声音：有点像是赤脚走路的微弱声响。它一直不够近、不够大声，让他无法确定是否真有其事；但只要远征队开始移动，那脚步声就不会停止。但这绝对不是回音；因为当队伍停下来的时候，那脚步声往往会再继续一会儿，然后才跟着停下来。

他们是在日落之后进入矿坑的。这段时间以来，除了几次暂停之外，他们已经毫无休息地走了好几个小时。甘道夫此时突然停下来认真地开始检查方向。他面前是一座宽大的拱门，通往三条通道，所有的方向都是往东；但最左边的道路往下，最右边的道路则是往上，中间的道路持续往前，平坦却非常狭窄。

"我根本不记得有这个地方！"甘道夫站在拱门之下，不知如何是好地说着。他高举手杖，希望能够找到任何足以协助他决定方向的蛛丝马迹，但一点痕迹都找不到。"我已经累到没办法清楚思考了，"他摇着头说，"我想你们跟我一样累，或者更疲倦。我们今晚就留在这里休息。你们知道我的意思吧！虽然这里面是永恒的黑夜，但外面这时月亮已经西落，时间应该早就过了午夜了。"

"可怜的老比尔！"山姆长吁短叹地说，"不知道它怎么样了，希望那些恶狼没有抓到它才好。"

他们在拱门的左方发现了一扇半掩着的石门，不过，手轻轻一推就打开了，里面看起来是沿着石壁开凿出来的一个大房间。

"别急！别急！"皮聘和梅里一看见有地方可以休息，立刻兴高采烈地冲向前，甘道夫连忙大喊，"稳住！你们还不知道里面有些什么，让我先进去吧。"

他小心翼翼地走进去，其他人则是跟在后面。"你们看！"他用手杖指着地面正中央。众人这才看见他脚前有个很大的圆洞，看来像是一眼深井的井口。附近有许多断裂的生锈铁链,有些还伸入那深井的洞口中,附近则都是岩石的碎片。

"你们刚才可能会不小心跌进去,现在搞不好还在猜测到底什么时候会摔到地面,"亚拉冈对梅里说,"在你们还有向导的时候,最好请他带路。"

"这里似乎是守卫营房,用来看守外面三座通道的,"金雳说,"这个洞很明显是给守卫用的,上面原先还有一个石盖。可是,那个石盖因为不明原因而破掉了,我们最好小心一点。"

皮聘的好奇心让他忍不住要往井内看。当其他人正在整理毯子,准备靠墙铺床的时候,他悄悄地溜到井边,往内打量着。一阵冷风从底下不可见的深渊扑面而来。在该死的好奇心怂恿下,他捡起一颗石头,把它丢下去。在底下传来任何声响之前他觉得心跳了好几次。然后,从很远的地方,仿佛传来石头落进深水里面的声音。扑通!但是在许多隧道的放大和回响之下,这声音很快地传了出去。

"那是什么声音?"甘道夫低呼道。当皮聘承认那是他的所作所为之后,甘道夫松了一口气,但他很生气,皮聘看得出来他眼中在冒火。"你这个图克家的笨蛋!"他低声怒骂道,"这是趟严肃的任务,不是霍比特人的散步郊游。下次你最好把自己丢进去,就省了我们很多麻烦。不要再搞鬼了!"

过了几分钟,四下还是一片寂静。但是,接着,从遥远的深处传来了微弱的敲打声:咚当、当咚。声音接着停了下来,当回音消失后,敲击声又继续:咚当、当咚、当当、咚。那听起来像是某种让人不安的信号;但不久之后,敲打声就消失了,不再出现。

"除非我耳朵坏了,不然这一定是锤子的声音。"金雳说。

"没错,"甘道夫说,"我不喜欢这种感觉。这或许和皮聘那颗愚蠢的石头没有关系;但它有可能吵醒了某种不该醒来的力量。你们最好不要再做这类傻事！希望我们这次可以不受打搅地休息。皮聘，你就是第一班值夜的人，这算是对你英勇行为的奖赏。"

皮聘可怜兮兮地在黑暗中坐在门边，但他依旧不安地频频回首，担心会有什么恐怖的怪物从井里爬出来。即使只用张毯子，他也想要把井口盖起来；但就算甘道夫看起来已经睡着了，他也不敢再靠近井边。

事实上，甘道夫只是躺着不动，不出声而已。他正在沉思，努力唤回他上一次进入矿坑内所记得的一点一滴，并且焦急地考虑着他下一步该怎么走。现在只要转错一个弯，可能就会铸成大错。一个小时之后，他爬了起来，走到皮聘身边。

"去找个地方睡觉吧，小子，"他语调温柔地说，"我想你应该很想睡觉的。我睡不着，所以就由我来值夜吧。"

甘道夫在门边坐了下来。"我知道这是怎么一回事，"他嘀咕着，"我想抽烟！从遇到大风雪那天早晨之后，我就没尝过烟草的滋味了。"

皮聘睡着前最后看见的景象，是老巫师蹲在地上黑黑的身影，用满布老茧的手护住火焰。火光闪烁间照亮了巫师的尖鼻子和他吐出的烟圈。

叫醒所有人的是甘道夫。他一个人整整守了六个小时的夜，让其他人能好好休息一晚。"我在守夜时做好了决定，"他说，"我不喜欢中间那条路的感觉，我也不喜欢左边那条路的味道：底下有什么恶臭的东西在作怪，否则我就枉做向导了。我决定走右边，我们应该继续往上爬。"

他们持续不停走了八个小时，中间只有两次短暂的休息。一路上没有遇到任何危险，也没听到任何异响，眼前只有甘道夫手杖上微弱的光芒，像是鬼火一般在前面领路。他们所选择的通道一路稳稳地往上攀升。他们似乎走在一段一段的斜坡上，越往上走，斜坡就越宽广、越平缓。走道两边完全没有任何的分岔或是房间，地面则是平坦无凹陷，没有陷坑或是深沟。很明显的，他们所踏上的地方以前曾是条很重要的大道，也让他们行进的速度比昨天快许多。

他们就这样走了大约二十哩，直直地朝着东方前进。不过，若以直线距离来看，多半只有十五哩左右。随着一行人越走越高，佛罗多的精神越来越好，但他依旧有种受到压抑的感觉；有时他依旧听见，或是觉得自己听见队伍后面，在他们起起落落的脚步声间，跟着一个没有回音的脚步声。

他们一口气走了霍比特人在不休息的状况下所能够走的最长距离，所有的人都在想着要找一个可以休息的地方；突然间，左右两旁的墙壁消失了。他们似乎穿过了某道拱门，进入了一个空旷、广阔的地方。在他们身后是热烘烘的暖空气，而眼前黑暗中扑面而来的是冰凉的冷风。众人不约而同地停下脚步，害怕地挤在一起。

甘道夫似乎很高兴。"我选对了路！"他说，"我们终于来到可以住人的地方了！我猜我们已经离东边不远了。如果我没猜错，我们所处的地势很高，比丁瑞尔出口还要高得多。从空气流动的感觉来看，我们应该是在一个宽广的大厅中。现在可以冒险弄点真正的照明了。"

他举起手杖，瞬间四下闪起一阵闪电般的亮光。巨大的阴影立刻往四面投射，他们这才头一次看见顶上宽阔高远的天花板，由许多雄伟的石柱支撑着。在他们眼前以及左右两旁是一座宽广的大厅，黑色的墙壁经过打磨，如同玻璃一样光滑闪亮。他们还看见另外三个同样黑暗的拱门入口，一个就在他们正对面，另外两旁各有一个。接着，光芒就消失了。

"目前我只能冒险到这程度，"甘道夫说，"过去山边曾开凿了很大的窗户，以及可以将阳光引进矿坑的高处区域的竖坑。我想我们现在就在这个地方,不过现在外面是黑夜,所以我们要到早晨才能确定。如果我没猜错,明天早晨我们可以看见阳光照进这里。不过现在我们最好先不要乱跑,让我们把握机会休息吧。截至目前为止,一切都很顺利,这条黑暗的道路已经走完大半了。不过,我们还是不要掉以轻心,要走出地底还有很长的一段道路。"

一行人当晚就在这巨大的洞穴大厅中过夜。外面的冷风似乎找到地方直接钻进这里,他们挤在一起躲避冷风所带来的酷寒,他们躺在黑暗中,觉得自己被无边无际的黑暗、空旷所包围,这大厅的孤寂和浩大,以及永无止尽的阶梯和隧道,都给他们带来一股沉重的压迫感。霍比特人曾经听过的最异想天开的可怕传言,跟摩瑞亚实际的恐怖与惊奇比起来,全都相形见绌了。

"这里一定有过非常非常多的矮人,"山姆说,"而且每个人都比地鼠还要忙碌地工作上五百年,才能够挖出这么大的洞穴,他们可都是从坚硬的石头里凿出来的啊!他们为什么要这么做呢?他们不会是一直都居住在这些黑漆漆的洞穴里吧?"

"这才不是什么洞穴,"金雳说,"这是个伟大的地底王国与都城,是矮人故乡之城。在古时候,这里并非黑漆漆的死域,而是充满了光明的美丽的都市,至今依旧在我们的歌谣中流传。"

他爬起来,站在黑暗中开始用低沉的声音吟唱,众人聆听这曲调在空旷的大厅中回响。

> 世界初开,山脉翠绿,
> 月亮皎洁如玉,
> 无人命名那些岩石小溪,
> 孤身的都灵方才爬起,

他命名了无名的山丘和谷地，
汲饮了未有人品尝过的井溪；
他停下脚步，看着镜影湖，
看见如冠般的星辰现出，
在他倒影的头顶，
如银丝穿起的宝石。

世界美丽，山脉高耸，
在远古时代中，
纳国斯隆德和贡多林陷落之前。
那些伟大国王惨遭推翻，
他们如今都远逝到大海以西；
世界在都灵的时代依旧美丽。

他坐在精雕的宝座上，
众多石柱排列成行，
金色屋顶银色地砖，
门上还有神秘的符文篆。
阳光星辰和月亮，
照耀在闪光的水晶灯旁，
不受黑夜云朵遮掩，
永世美丽耀眼。

铁锤击打铁砧忙，
凿刻工匠手艺强；
炉火中铸刀，精工来装鞘，

矿工挖坑，石匠建造。
绿宝石、珍珠和蛋白石，
金刚打造成鳞甲密，
盾牌与头盔、斧头与宝剑，
还有成千长矛光闪闪。

都灵的子民不担忧，
在那山下养尊处优：
竖琴飘仙乐，诗人吟诗歌，
大门号角响起不为动干戈。

世界灰白，山脉苍老，
炉火也已不再烧；
没有竖琴弹奏，没有仙乐传听，
只有黑暗驻留在都灵的大厅。
黑影笼罩了他的古墓，
在摩瑞亚，在凯萨督姆，
但沉落的星辰依旧出现，
在黑暗无风的镜影湖间：
皇冠永沉在湖水中深静，
直到都灵从长眠中苏醒。

"我喜欢这首歌！"山姆说，"我想学唱：在摩瑞亚，在凯萨督姆！但是，想起那些曾经美丽的水晶灯，这歌谣让眼前的景象变得更沉重了。那些珠宝和黄金还在这里吗？"

金雳沉默不语，在唱完了他的歌谣之后，他不愿再多说一个字了。

"珠宝和黄金？"甘道夫说，"已经不在了。半兽人无时无刻不在劫掠摩瑞亚，上半部的厅堂已经什么都不剩了。由于矮人们都已逃走，现在也没有人胆敢探勘地底深处的宝藏了。它们可能被水淹没，或被未知的恐怖守护着。"

"那么，那些矮人又为什么冒险回来呢？"山姆问。

"是为了秘银，"甘道夫回答，"摩瑞亚的宝藏不是矮人的玩具：黄金和珠宝；也不是他们的仆人：铁矿。这些东西的确可在这里找到，尤其是铁矿，产量十分丰富。但是他们都不需要去开挖这些东西，所有他们想要的都可通过贸易去得来。这里唯一的特产是摩瑞亚银，有些人称呼它为真银，精灵语则称呼它为秘银。矮人们对它的称呼则不与外人分享。秘银从前的价值是黄金的十倍，现在则成了无价之宝；因为只有极少数的秘银留在地面，而连半兽人都不敢在此开采秘银。整个矿脉向北延伸到卡拉兹拉斯山，直探到地底黑暗中。矮人十分地务实，但也败在太过务实上。秘银虽是他们财富的基础，却也带来了他们的末日。他们挖得太深、挖得太急，惊醒了让他们四散奔逃的邪恶魔物：都灵克星。而他们辛辛苦苦挖出来的秘银则全被半兽人献给了索伦，他对秘银始终贪得无厌。

"秘银！全世界的人都为了它抢破头。它的延展性强如青铜，又可磨光如玻璃。矮人可以将它打造成坚胜钢铁却又轻如鹅毛的金属。它的美丽如同一般的白银，但秘银的光泽不会随着时光而减退。精灵们酷爱这种金属，将它做成星月金，也就是你们在门上看到的伊希尔丁金属。比尔博拥有一件秘银打造的锁子甲，是索林送给他的。我很好奇它的下落如何？我猜多半还是在米丘窟博物馆里积灰尘吧。"

"什么？"金雳忍不住打破了沉默，"摩瑞亚银打造的锁子甲？那可是价值连城的礼物！"

甘道夫说："是的，我从来没有告诉过他，其价值足以买下夏尔和其中所有的东西。"

佛罗多没有发表意见,但还是忍不住将手伸进外套内摸索着这件锁子甲背心上的环。想到自己竟在外套底下穿着价值整个夏尔的宝物,这实在让他有点头昏脑涨。比尔博知道吗?他毫不怀疑其实比尔博早就知道锁子甲的价值连城。但此刻他的思绪还是忍不住飞离黑暗的矿坑,飘向瑞文戴尔,飘向比尔博,飘回比尔博仍住在袋底洞的时光。他由衷希望自己回到那里,回到那些日子,安心地莳花弄草,从来没听过摩瑞亚,没听过什么秘银——或魔戒。

大厅陷入一片寂静。他们一个接着一个沉沉睡去,轮到佛罗多守夜。仿佛有种气息从深坑中窜出,穿过看不见的门廊进来,他觉得一阵毛骨悚然。他手心发冷,浑身冒出冷汗。他侧耳倾听着,在漫长的两小时值夜中,他全副心神都集中在注意四面八方有无任何可疑的声响。但他什么也没听见,甚至连想象中可疑的脚步声似乎也都消失了。

在他轮班快结束时,突然在他猜是西边拱门所在的位置,他认为自己看到两个淡淡的光点,很像是某种生物发亮的眼睛。他瞪着那东西,觉得精神有些涣散。"我一定是在值夜时打瞌睡了!"他想,"我差点做了个噩梦。"他站起来揉着眼睛,不肯坐下,一直瞪着黑暗,直到勒苟拉斯来换班为止。

他一躺下很快就睡着了,但那个噩梦似乎没有停止:他听见耳语声,看见那两个亮闪闪的光点慢慢逼近。他醒过来,发现众人正聚集在他身边交头接耳,一道微弱的光芒照在他脸上。从东边拱门上方高处,透过一个接近天花板的竖坑,一道长长淡淡的光线照了进来;越过大厅,北边拱门也远远射入一道微弱的光芒。

佛罗多坐了起来。"早安!"甘道夫说,"终于又是早上了。你看吧,我说得没错。我们在摩瑞亚东半部的高处,今天天黑之前,我们应该就可以找到大东门,并且看见丁瑞尔河谷中的镜影湖躺在我们脚前。"

"我应该觉得高兴才对,"金雳说,"我目睹过摩瑞亚以及它非凡的壮丽,但它现在已经变得阴森恐怖,而且我们也看不出有任何我的同胞来过的迹象。现在我怀疑巴林是否曾经来过此地。"

在众人吃过早餐之后,甘道夫决定立刻再度出发。"我知道大家已经很疲倦了,不过,赶快出去到外面才能休息得更安心,"他说,"我想,应该没有人愿意今晚再住在摩瑞亚里面吧?"

"当然不想!"波罗莫说,"我们应该往哪边走?还是朝东边的拱门走吗?"

"或许吧,"甘道夫说,"但我还不知道我们目前确切的位置。除非我之前走得太偏,否则我们目前应该是在大东门的上方和北边,要找到通往该处的正确道路并不简单。东边那扇拱门可能会是我们的必经之路;不过,在我们下定决心之前,最好四处看看。我们先察看一下北方的光源,如果可以找到一扇窗户,应该有助于锁定方位。但是,我担心那光源可能是从很窄的通风口照射进来的。"

远征队在他的领导之下穿过北边的拱门,他们发现自己身在一条宽阔的走廊上。随着继续前进的脚步,那微弱的光芒越来越强,随即他们看见光是从右边的一扇门中透出来的。那门框很高,顶上是平的,石门半掩着,门上的铰链还在,依旧可以开启。门内是个方形的宽敞房间。虽然里面的光线并不强,但由于他们已经在黑暗中待了很长时间,这光芒让他们觉得非常刺眼,他们边走进房间里边不停眨眼睛。

他们的脚步扬起了地上厚厚的灰尘,门口进来地上的一些东西让他们走得跌跌撞撞的,他们一开始无法看清楚那是些什么东西。这座厅堂的光源来自东边高处墙上的一个开口,而开口一路倾斜向苍穹,众人可以透过这开口看见一小块蓝色的天空。照射进来的光芒直接落在大厅中央的一张石桌上：那是一个长方形的大石块，大概有两呎高，上面平摆着一块巨大的白色石板。

"这看起来像是个墓碑。"佛罗多嘀咕着，他好奇地弯身向前，希望能够看得更清楚。甘道夫飞快地走到他身边。石板上深深雕刻着这些符文：

巴林的墓表

"这是戴隆的符文，古代的摩瑞亚使用这种文字，"甘道夫说，"上面写着人类和矮人的语言：

  方丁之子巴林，
  摩瑞亚之王。"

"那么，他已经过世了。"佛罗多说。
"恐怕是这样！"金雳用兜帽遮住了面孔。

第五章

凯萨督姆之桥

魔戒远征队沉默地站在巴林的墓前。佛罗多想到比尔博与这名矮人之间长久的友谊，以及巴林许久以前拜访夏尔的身影。在山中这个积满灰尘的大厅内，一切似乎是千年以前在世界彼端所发生的事情。

经过一段时间之后，他们才抬起头来，开始找寻任何足以显示巴林的遭遇，或是他同胞命运的蛛丝马迹。在这个房间另外一边的出口之下，还有一扇小门，他们这才看见，在两扇门之间，地上散落着许多白骨，还有断裂的刀剑及斧柄，破裂的圆盾和头盔。有些刀剑的形状弯曲：那是半兽人爱用的弯刀，刀刃已经发黑。

岩壁上有许多置放箱子的空间，其中有许多外皮包覆着铁片的大木箱，每个箱子都已经被撬开、洗劫一空。不过，在其中一个破烂的箱子旁边，留有一本书籍的碎片。那本书经过刀剑利器的破坏，有部分甚至被烧毁了，其他地方还沾有黑色的陈年血迹，因此能够阅读的部分实在少得可怜。甘道夫小心地拿起这本书，但书页在他一碰之下瞬间粉碎。他望着书沉思不语了好一阵子。佛罗多和金雳站在他身边，看着他轻手轻脚地翻阅这本由许多人所撰写的册子，其中包含了摩瑞亚和河谷镇的符文，偶尔还夹杂着精灵文字。

最后，甘道夫终于抬起头。"看来这是本记录巴林的特遣队遭遇的册子，"他说，"我猜里面的内容，是从他们三十年前从丁瑞尔河谷来到这里开始记载的：书页上有些数字，似乎是他们抵达后的各个年份。

马萨布尔史书残页一

马萨布尔史书残页二

马萨布尔史书残页三

最上面一页写着——三，所以至少从一开始就有两页已经弄丢了。你们听听其中的内容：

我们将半兽人赶出大门和守卫——我猜是守卫房，因为这个字有些污损和模糊，应该是房——我们在山谷中明亮的——我猜是太阳——之下杀死了很多敌人。佛洛伊被敌人射死，他杀了对方的首领。接着是一个污渍，然后是佛洛伊被葬在靠近镜影湖的草地下。接下来的一两行我完全看不清楚。然后是我们决定住进北端尽头处的第二十一大厅。里面有……我看不懂。它好像提到什么通风口的。然后是巴林将王座设于马萨布尔大厅。"

"撰史之厅，"金雳说，"我猜那就是我们现在所在的地方。"

"好的，接下来有很长的一段我都无法辨认，"甘道夫说，"中间我只看得出来有黄金、都灵的斧头和头盔什么的。然后，巴林成为摩瑞亚之王。这似乎结束了一个章节。在几个星号之后，另外一个人接手了。这边写着我们找到了真银，稍后则是铸造极佳，然后又是什么……啊！我知道了！秘银！最后两行则是欧音出发去寻找地底第三层的兵器库，什么往西走，这里有个污迹，去和林之门。"

甘道夫停了下来，翻过几页。"接下来有好几页都是一样的东西，写得很仓促，大部分都无法辨识，"他说，"在这微弱的光线下我很难看清楚。接下来一定有很多页不见了，因为下面的文章开始以五来标示，我猜是殖民的第五年。来，让我看看！要命，这里也被割破、沾上了血迹，我没办法分辨其中的文字。如果有阳光就好了。等等！这里有新东西：这是个笔力苍劲的人用精灵文字记载的事情。"

"这应该是欧力的笔迹，"金雳探头看着书上的字表示，"他的字一向很漂亮，又写得很快，而且还很喜欢使用精灵文字。"

甘道夫说："恐怕这手好字记载的都不是什么好事。我能够看懂的第一个词是哀伤，但那一行之后的文字都模糊掉了，最后好像是昨……没错，那应该是昨天。后面则写着十一月十号，摩瑞亚之王巴林战死在丁瑞尔河谷。他孤身前往察看镜影湖，有个半兽人躲在石头后面偷袭他，将他射死。我们杀死了那半兽人，但有更多……从东边的银光河过来的。接下来这页的文字完全不清楚，我想我应该知道这边写的是我们堵住了大门，然后可以抵挡他们一阵子，如果这边好像接的是恐怖和痛苦。可怜的巴林！这个称号他只拥有了五年不到。不知道后来到底发生了什么事情；但我们现在没时间搞清楚最后几页的谜团是什么，这是最后一页了。"他停下来叹了口气。

"里面的内容让人不寒而栗，"他说，"他们的结局应该很恐怖。你们听！我们出不去！我们出不去！他们占领了桥梁和第二大厅。法拉、朗尼和纳里死在那边。然后有四行的字模糊不清，我只看得懂五天前离开……最后一行描述的是湖水已经涨满，快要淹没西门了。水中的监视者抓走了欧音。我们出不去了。末日来临，然后是鼓声，深处的鼓声。不知道这是什么意思。最后一行写的是非常潦草的精灵文字：他们来了。然后就没有了。"甘道夫停了下来，站在那儿陷入沉思。

众人觉得自己被笼罩在极端恐怖的气氛中，"我们出不去了，"金雳嘀咕着，"幸好湖水已经退了一些，而监视者在南边尽头沉眠。"

甘道夫抬起头，看着四周。"他们似乎在两扇门旁做最后的死守，"他说，"但到那时候他们已经没剩下多少人了。原来重新殖民摩瑞亚的行动是这么结束的！很勇敢，但也很愚蠢。时机还没到。现在，我恐怕我们必须向方丁之子巴林告别了。他必须在此和他的先祖们一起安眠。我们先带走这本撰史之书，稍后有机会再来仔细研读。金雳，这最好交给你来保管，如果有机会的话，将它带回去给丹恩。虽然里面都是会令他悲伤的坏消息，但他还是会感兴趣的。来吧，出发了！时间快来不及了！"

"我们该往哪边走？"波罗莫问道。

"回到大厅去，"甘道夫回答，"不过，我们这次的探索并非无功而返。现在我知道我们的位置了。这里正如金雳所说的，必定是马萨布尔大厅。因此，我们以前所待的大厅必定是北端的第二十一大厅。所以，我们应该从大厅东边的拱门离开，继续往右、往南走，方向则是朝下。第二十一大厅应该在七楼，也就是距离大门六层楼的地方。来吧！回到以前的大厅去！"

甘道夫话还没说完，一个巨大的声响突然出现，似乎是从地底深处传来的轰响，让他们脚下的石地也为之撼动。众人立刻机警地冲向大门。咚！咚！那声音又继续开始隆隆作响，仿佛有只巨手将摩瑞亚当成一面战鼓。接着传来一阵刺耳的回响：有人在大厅吹响一只巨大的号角，然后是远方传来的回应号角声和叫喊声，接着是许多匆忙的脚步声。

"他们来了！"勒苟拉斯大喊。

"我们出不去了。"金雳复诵着。

"我们被困住了！"甘道夫大喊，"我为什么要耽搁？我们就像从前他们一样，被困住了。不过，当时我并不在现场，我们来看看——"

咚，咚！战鼓声让墙壁也为之摇撼。

"立刻关上门，堵住它们！"亚拉冈大喊道，"背包尽可能不要卸下，我们还有机会突围出去。"

"不行！"甘道夫说，"我们不能把自己困在里面。把东边的门打开！如果有机会我们必须走那边。"

另外一声刺耳的号角和凄厉的呼喊传来，走廊上脚步声逼近。众人的刀剑出鞘，伴随着金属摩擦的清脆声。敌击剑通体发出苍白的光芒，而刺针是边缘闪着亮光。波罗莫用肩膀顶住西边的门。

"等等！先别关上！"甘道夫跑到波罗莫的身边，挺直身体往外看。

"是谁胆敢打搅摩瑞亚之王巴林的安眠？"他大喊道。

外面传来许多沙哑的笑声，如同落入深坑中的岩石撞击声一样刺耳。在这些喧嚷声中，那低沉的声音仿佛继续在发号施令，地底深处依旧继续传来"咚！咚！咚"的催促声。

甘道夫飞快地站到门缝前，将手杖伸了出去。一瞬间，一道刺眼的亮光照亮了室内和外面的走廊。在这瞬间巫师探头向外张望了一下。一阵箭雨从走廊上呼啸而来，甘道夫迅速跳了回来。

"外面有许多半兽人，"他说，"有的高大又邪恶：魔多的黑半兽人。此刻他们踌躇不前，但我判断可能不止这些。还有一个巨大的洞穴食人妖，怕是不止一个。从那个方向逃跑是没希望了！"

"如果他们也从另外一扇门过来，那就真的绝望了。"波罗莫说。

"这边外面目前还没有什么声音，"亚拉冈说，他就站在东边门旁倾听着，"这边的通道是一段直接向下的楼梯，它显然不会通往原先的大厅。但在敌人紧追不舍时盲目从这个方向逃跑，恐怕很不智。我们也无法堵住这扇门。它的钥匙已经不见，锁也坏了，而且门是往内开的。我们得要先想个办法挡住敌人的来势，让他们不敢忘记撰史之厅的教训！"他面色凝重地说，一只手边抚摸着圣剑安都瑞尔的剑锋。

众人此时听见走廊中传来沉重的脚步声。波罗莫奋力将门推上，接着用断剑和地上的断木卡住大门。大伙一起退到房间的另外一边，但他们还没有机会逃跑，门上传来一阵撞击，让厚重的石门也跟着摇晃起来。然后，门上卡住的众多东西纷纷断折，石门发出让人牙龈发酸的声音并缓缓打开。接着一只长着绿色鳞片的巨大手臂和肩膀从门缝中伸了进来，然后是一个巨大、没有脚趾的脚板从底下挤了进来。外面一点其他声响都没有。

波罗莫猛力跳向前，使尽全身力气对着那手臂一剑劈下；但他的佩剑发出金铁交鸣之声，弹了开来，从他颤抖的手中落下，剑刃上出现许多缺口。

突然间，佛罗多感到胸中充满了怒气，这让他自己也大吃一惊。他大喊着："夏尔万岁！"冲到波罗莫身边，弯腰用刺针戳向那只恐怖的大脚。外面传来一阵低吼，那只脚跟着抽回去，差点让刺针脱出佛罗多的手。刀刃上滴下的黑血在地上冒出一阵青烟。波罗莫把握住机会，使劲把门再度推上。

"夏尔先驰得点！"亚拉冈大喊，"这霍比特人的一剑刺得可深了！德罗哥之子佛罗多，你手上真是一把好剑！"

门上紧接着又传来阵阵的撞击声，一声连一声地不肯停息。大门不停承受着锤子和各式各样重物的撞击。门裂开往后摇晃，裂缝突然间大开。大量的箭矢呼啸而入，射上北方的石壁后纷纷落下，没有伤到任何人。紧接着又传来号角声，以及忙乱的脚步声，一大群半兽人闯进大厅内。

远征队的成员根本数不清敌人到底有多少个。对方的进攻凌厉，但守军的顽强抵御也压住了半兽人的气焰。勒苟拉斯百步穿杨的神技射穿了两名半兽人的咽喉，金雳一斧扫断跳上巴林墓碑的半兽人的双腿，波罗莫和亚拉冈斩杀了更多的半兽人。当第十三个送命者倒下时，其他半兽人尖叫着逃走，众人则毫发无伤，只除了山姆头皮上有条擦伤。他及时蹲下救了自己一命，紧接着一剑刺出，也结束了他面前半兽人的性命。如果老家的磨坊主人看见他眼中这时的怒火，必定会退避三舍。

"就是现在！"甘道夫大喊着，"在食人妖回来之前赶快撤退！"

但就当他们往后撤退，皮聘和梅里还没有跑到外面的阶梯时，一名身形巨大、几乎和人类齐高的半兽人酋长冲了进来。他从头到脚都披着黑色的锁子甲，部下们挤在他后面准备看首领大显神威。他扁阔的脸孔黝黑，双眸如同黑炭，舌头则是鲜红色的，手中拿着一杆巨大的长枪。他用巨大的兽皮盾一股脑挡开波罗莫的利剑，把他撞得连连后退，摔倒在地上。接着，他用如同毒蛇一般的迅捷速度闪过亚拉冈的劈砍，冲进大伙阵形中央，一枪刺向佛罗多。这一枪正中佛罗多的右半身，力道将他撞飞出去，钉在山壁上。山姆惊叫一声，扑上前去砍断枪身。正在同一瞬间，那名半兽人快速地拔出腰间的弯刀，准备展开第二波攻势，不过，亚拉冈不会再给他第二次机会。圣剑安都瑞尔砍中他的头盔，一阵火花闪过，他的脑浆当场连着头盔的碎片四下飞溅，身躯则是仿佛极度不甘地缓缓倒下。他的部下这时一哄而散，波罗莫和亚拉冈则是冲向前准备继续砍杀败逃的敌人。

咚！咚！深渊中那低沉充满威势的声音再度响起。

"快！"甘道夫声嘶力竭地大喊，"这是最后的机会，快跑！"

亚拉冈抱起倒在墙边的佛罗多往楼梯冲，推着前面的皮聘和梅里赶快往下走，其他人紧跟在后。金雳依旧坚持对着巴林的墓碑默祷，多亏勒苟拉斯将他硬拉走，否则又会多一名牺牲者。波罗莫用力拉上东边的门，铰链嘎吱作响，上面虽然有铁门闩，却无法固定闩上。

"我没事，"佛罗多喘息道，"放我下来，我可以走！"

亚拉冈大吃一惊，差点脱手将他摔在地上。"我以为你死了！"他大喊道。

"还没死！"甘道夫说，"但现在没时间猜想。你们赶快沿楼梯往下走！在底下等我几分钟。如果我没有赶快回来，不要管我，继续往前！你们记住，挑往下和往右的路走！"

"我们不能让你一人守住那扇门！"亚拉冈说。

"照我的话做！"甘道夫厉声说，"刀剑在此派不上用场！快走！"

眼前的走廊没有任何通风口照明，因此一片漆黑。他们摸索着走下一长串的阶梯,然后回头看着甘道夫的方向。但除了巫师手杖的微弱光芒之外,他们什么也看不见。他似乎依旧站在那里看守着那扇关闭的门。佛罗多靠着山姆,呼吸十分沉重,山姆担心地撑扶着他。他们站在那里抬头凝望着阶梯上方的一片黑暗。佛罗多觉得自己似乎可以听见甘道夫在上面喃喃念诵着咒语,那低语声带着叹息般的回音顺着倾斜而降的天花板传下来。他听不清楚确实的内容,但整面墙壁似乎都在摇晃。战鼓的声浪一波一波毫不留情地涌来:咚!咚!

突然间,楼梯上方传来一道耀目的白光,然后是一阵低沉的隆隆声和一声沉重的闷响。接着,鼓声疯狂大作:咚、砰,咚、砰,然后又停了下来。甘道夫从楼梯上匆匆跑下,一跤摔在众人中间。

"好了,好了!结束了!"巫师挣扎着站起来,"我已经尽力了。但这次我是遇上了棘手的敌人,差点就被干掉了。别站在这里发呆!快走啊!你们可能有一段时间不会有照明了——我的体力还没恢复。快走!快点!金雳,你在哪里?到我这边来!其他人都跟在后面!"

他们踉跄地跟在巫师身后,不知道究竟发生了什么事。那鼓声又开始"咚!咚!"作响,现在听起来好像在很远的地方,但还是紧追不舍。此外没有其他追兵的声音,没有脚步声,也没有任何说话声。甘道夫不往右也不往左,只是直直地往前跑,因为眼前的道路似乎正好就朝着他的目标。它不时会往下降个五十阶左右,来到另外一层。此刻,这些不时下降的阶梯是他们主要的危险,因为在黑暗中他们什么也看不见,只能够靠着直觉和脚尖的触感来判断一切。甘道夫则像个盲人,用手杖敲打着前方的道路。

过了大约一小时,他们走了一哩或一哩多,也下了很多阶梯。后面依旧没有追兵的声响。他们几乎已经恢复了逃出此地的希望。下到了第七层楼梯底,甘道夫停了下来。

"越来越热了,"他气喘吁吁地说,"现在至少已经到了大门所在的楼层了。我们得找往左手边的弯道或岔路,好向东走。我希望它不会太远,我实在很累了。就算全世界的半兽人都来追赶我们,我也要休息一下了。"

金雳扶着他,协助他在楼梯上坐下来。"在门口那边发生了什么事情?"他问,"你遇到了敲打战鼓的生物吗?"

"我不知道,"甘道夫回答,"但我发现我面对的是前所未遇的一股力量,除了试着封堵那扇门之外,我根本想不出其他可行的办法。我知道很多的封印咒语,但都需要时间施展,而且就算成功了,敌人也可以硬用蛮力将门打开。

"当我站在那里,我可以听见门的另一边传来半兽人的声音,我想他们随时都有可能把门撞开。我听不清楚他们到底在说什么,他们使用的是他们那种可憎的语言。我只勉强听懂一个字'Ghâsh',也就是'火焰'的意思。然后,有某种东西走进了大厅,我隔着门感觉到了它的力量。半兽人也因为害怕而沉默下来。它握住门上的铁环,随即感应到了我和我的法术。

"我猜不到对方究竟是什么,但我这辈子从未遇过这么大的挑战,对方的反咒语十分可怕,几乎将我击溃。有一瞬间,那扇门脱离我的控制,开始慢慢打开!我被迫施展真言术,那几乎耗尽我全身的力气,也超过了石门可以承受的程度。大门突然炸开,有个漆黑如乌云般的东西遮住了厅内所有的光芒,我被爆炸的威力弹开,滚下楼梯。四周的墙壁和厅顶在这时全都垮了下来。

"恐怕巴林被埋在很深的瓦砾之下,而且,也许另外那东西也被埋在那里。我无法确定。但至少,我们身后的通道已经完全被堵住了。啊!我这辈子从没觉得这么虚弱过,幸好一切都已经过去了。现在,佛罗多,你觉得怎么样?刚才实在没时间说,但我这辈子从来没有像刚才听见你说话时那么高兴过。我本来以为亚拉冈抱着的,只是一名勇敢霍比特人的尸体。"

"我觉得怎么样啊?"佛罗多说,"我还活着,应该没骨折吧。我的腰应该瘀血了,又很痛,但幸好不是太严重。"

亚拉冈插嘴道:"我只能说,霍比特人实在是我这一生看过最强韧的生物了。我要是早知道你们这么厉害,当时在布理的旅店我就不敢讲大话了!那一枪可以刺穿一只野猪哪!"

"我很高兴它没有刺穿我,"佛罗多说,"不过,我觉得自己好像被夹在铁锤和铁砧之间给痛殴了几下。"他不再开口,因为觉得连呼吸都很痛苦。

"你果然继承了比尔博的特征,"甘道夫说,"你正如我很久以前对他说过的一样,真是深藏不露啊!"佛罗多隐隐感到这似乎话中有话。

他们又继续往前走。不一会儿金雳开口了,他在黑暗中目光十分锐利。"我觉得,"他说,"前面似乎有种光芒,但那不是日光,它是红色的,会是什么呢?"

"Ghâsh!"甘道夫嘀咕着,"不知道他们说这个字是不是这意思:矿坑底层着火了吗?不过,我们别无选择,只能继续走下去。"

很快的,每个人都可以清楚地看见那红色的火光。它摇曳不停地照在他们面前走廊的墙上。现在,他们终于能看清楚眼前的路了:前面不远是一道迅速下降的斜坡,尽头则有一个低矮的拱门,光芒就是从那里射出来的。空气开始变得非常炽热。

当他们来到拱门前时,甘道夫穿过拱门,示意众人停步。他只往前走了一步,一行人可以看见他的脸被红色火光照得红通通的,他很快地退了回来。

"外面有种邪恶的气息,"他说,"毫无疑问就在等我们踏入陷阱。

不过我现在知道我们的位置了：我们来到了地底第一层，就正好在大门底下一层。这里是古摩瑞亚的第二大厅，出口很近了：往东边尽头走，在左边不到四分之一哩的地方，过桥，爬上一连串宽阔的楼梯，沿着一条大路走，穿过第一大厅，然后就出去了！不过，你们现在最好先过来看看！"

众人往内看去，他们眼前是一个巨大的洞穴大厅。这里比他们之前过夜的大厅要高大，也长得多。他们就靠近它东端的尽头，西端远在另一边的黑暗中。大厅的正中央有两排巨大的石柱，这些石柱都雕刻得如同参天古木，顶端则是许多分杈的石刻枝干，支撑起精雕细琢的屋顶。石柱是黑色的，表面十分光滑，映着红色的反光。就在对面，两根巨大石柱之间，有道深邃的裂隙。裂隙里面的火舌不停地蹿出，舔噬着旁边的石柱，在柱底游窜升腾，一道道黑烟弥漫在炽热的空气中。

"如果我们从上面走主干道下来的话，我们就会被困在这里了，"甘道夫说，"希望这火焰可以阻挡我们的追兵。快来！我们没时间了。"

就在他说话的同时，他们又听见了追兵的鼓声：咚！咚！咚！在大厅西边尽头的阴影中传来了号角声和尖锐的喊叫声。咚！咚！石柱似乎开始摇晃，而火焰也在这气势的压迫下减弱下来。

甘道夫说："现在是该拼命冲刺的时候了！只要外面还有太阳，我们就还有机会逃脱。跟我来！"

他转向左，飞奔过大厅中光滑的地面，这距离跑起来比刚才看起来要远多了。当他们奔跑的时候，他们可以听见身后传来许多急促追赶的脚步声。一声尖锐的嚎叫响起：他们被发现了。接着传来的是兵刃出鞘的声音。一支飞箭咻的一声越过佛罗多的脑袋。

波罗莫哈哈大笑。"他们没预料到会有这样的状况，"他说，"火焰阻断了他们，我们刚好在另外一边！"

"注意前面！"甘道夫说，"前面就是那座桥了。它很危险，很狭窄。"

突然间，一道黑色的深渊出现在佛罗多面前。在大厅的尽头，地面陷入无底深渊中。唯一通往对门的路是一座狭窄细长看来孤零零的石拱桥，没有边石或栏杆，长约五十呎。这是矮人们在古时为抵御任何足以攻下第一大厅和外面走廊的敌人所构筑的防御工事。他们只能成一纵队鱼贯穿越这座桥。甘道夫在边缘上停下脚步，其他人聚拢在他身后。

"金雳，快带路！"他说，"皮聘、梅里跟在后面。直走，快上对面门后的那道楼梯！"

箭矢开始落在众人之间。有一支射中佛罗多却立即弹开，另一支射穿了甘道夫的帽子，像是根黑色羽毛般卡在那里。佛罗多忍不住回头打量这些敌人，透过摇曳的火焰，他依稀可见蜂拥而来的黑色身影：起码有好几百名半兽人。他们扭曲的长矛和弯刀在火焰中反射着血红色的光芒。咚，咚，鼓声持续地响着，越来越大声，咚，咚。

勒苟拉斯转身弯弓搭箭，虽然这对他所携带的短弓来说距离太远了些。正当他将弓弦拉满，他的手却因为震惊而滑开，箭矢落到地上；他惊恐地大喊了一声。两名身躯高大的食人妖走了出来，扛着两块大石板，轰然一声丢在地上，当作越过火焰的桥梁。但真正让精灵感到恐惧的不是食人妖，而是其后的景象。半兽人的阵形一分为二，向两旁移动让开了一条路，仿佛他们自己也觉得十分害怕。从他们后面有某种东西走了出来。人眼无法看清楚它的模样：它仿佛是个巨大的阴影，阴影中包覆着一个类似人形的黑色形体，但比人高大许多；难以想象的邪恶力量和恐惧蕴含在其中，同时也不停地往外散发。

它走到火焰前，火光跟着黯淡下来，仿佛被乌云遮住一般。接着，它纵身跳过地上的裂隙，地心深处的火焰涌出，环绕在它四周，恭迎它的大驾，并点燃它背上的鬃毛，牵扯出一长条火焰来。空气中黑烟舞动，激发出末日将临的恐怖感。这魔物右手拿着如同火舌一般形状不定的刀刃，另一只手则拿着火焰构成的九尾鞭。

"啊，啊！"勒苟拉斯哭喊着，"炎魔！炎魔来了！"

金雳睁大眼睛看着。"都灵的克星！"他大喊着，手一松，听任斧头落到地面，双手掩面。

"炎魔？"甘道夫低声叹息，"原来如此！"他跟跄退了几步，沉重地倚着手杖说："难道这是天命吗？我已经累了……"

那缀着火焰的黑暗形体朝众人冲来，半兽人大喊着越过充作桥梁的石板。接着，波罗莫举起号角吹响。洪亮的号声震耳欲聋，犹如万人在洞顶下齐声呐喊。半兽人被震慑了片刻，连火影也跟着停下脚步。然后，那回声就如被黑风吹灭的火焰般突然止息了，敌人再度往前迈进。

"快过桥！"甘道夫鼓起全身力气，大喊着，"快跑！不要回头。你们绝不是这敌人的对手。我必须要守住这条窄路。你们快跑！"亚拉冈和波罗莫不听他的命令，依旧并肩坚守在甘道夫身后的桥的另一端。其他人在桥对面的门廊前停住脚步，转过身来，不忍心撇下领队单独面对敌人。

炎魔走上桥头。甘道夫站在桥中央，左手倚着手杖，另外一只手握着发出冷冽白光的格兰瑞神剑。他的敌人再度停下脚步，面对他，对方的阴影如同一对巨大的翅膀一般伸向他。它举起九尾鞭，每一根分叉都闪动着光芒，发出嘶嘶声。火焰从它的鼻孔喷出。但甘道夫稳稳站着，毫不退让。

"邪灵退避！"他说。半兽人全都停了下来，现场一片死寂。"我是秘火的服侍者、亚尔诺炽焰的持有者。邪灵退避！黑暗之火无法击倒我，邪淫的乌顿之火啊！退回到魔影身边去！没有邪灵可以越过我的阻挡！"

炎魔没有回答。它体内的火焰似乎开始减弱，但黑暗却开始增加。

它缓步踏上桥，突然间挺身直立起来，张开的翅膀足足和整座大厅一样宽。但在这一团黑暗中，甘道夫的身影依旧清晰可见。他看来十分的矮小、孤单无助，如同面对风暴的枯萎老树一般。

从那阴影中挥出一道红色的剑光。

格兰瑞神剑激发出白光，响应对手的邪气。

一阵震耳欲聋的巨响传来，白炽的火焰四下飞舞。炎魔连连后退，火焰剑断碎成四下飞舞的白色岩浆。巫师的身形一晃，退了一步，又稳住脚步。

"没有邪魔可以穿透正义的屏障！"他大喝。

炎魔再度跳上桥梁。九尾鞭在空中挥动，嘶嘶作响。

"他一个人撑不住！"亚拉冈一声大喊，冲回桥上。"伊兰迪尔万岁！"他大喊着，"甘道夫，有我在！"

"刚铎永存！"波罗莫也跟着大喊冲上桥。

就在那一刻，甘道夫举起手杖，大喊着击向脚下的桥梁；手杖在他手上碎成齑粉。一道让人目眩的白焰蹿起，桥梁发出崩断的声音，在炎魔的脚下碎裂开来，它所站立的那块岩石整个堕入了无底深渊，残余的桥面像岩石的舌头，颤巍巍地伸出悬在空中。

炎魔发出惊天动地的喊声，扑跌下去，黑影跟着消失在深渊中。但就在它落下的刹那，它手上的九尾鞭一挥，卷住了巫师的膝盖，将他拖到了断桥边缘。他摇晃扑倒，徒劳无功地试图抓住岩石，就这样滑落下无底深渊。"你们这些笨蛋，快跑呀！"他拼尽最后一丝力气大喊。

火焰消失了，整个大厅陷入一片黑暗。远征队的成员瞪视着深渊，惊恐得无法动弹，眼睁睁地看着队长落入深渊中。就在亚拉冈和波罗莫急急奔返，刚踏上石板的瞬间，桥梁残余的部分也跟着哗啦一声落了下去。亚拉冈的一声大喊惊醒了众人。

"来！我带你们走！"他大喊着，"这是他最后的命令。跟我来！"

他们步履踉跄、跌跌撞撞地冲上门后的阶梯。亚拉冈领路，波罗莫殿后。在楼梯的顶端是一条宽广的走廊。他们沿着走廊飞奔，佛罗多听见山姆在他身旁啜泣着，他发现自己也忍不住边跑边哭。咚，咚，咚的鼓声依旧跟在后方，现在变得缓慢，仿佛在哀悼什么一样，咚！

他们继续往前跑。前方出现了刺眼的光芒，巨大的通风口将外界的光线引导进来，他们跑得更快了。接着，他们冲进了一座大厅，明亮的日光从它东边高处的窗户照下。他们狂奔过这大厅，冲过破碎的厅门，突然间来到敞开着的、充满耀目光芒的东大门前。

一群半兽人躲在两边门柱的阴影中看守着大门，但大门本身已经倾倒在地上。亚拉冈满腔怒火正无处发泄，一眨眼就砍下了挡住他路的守卫队长的脑袋，其他的半兽人见情势不对，纷纷开溜。远征队无暇顾及这些家伙，只是一个劲地跑出那古老的大门、陈旧的阶梯，离开摩瑞亚的土地。

终于，他们在绝望中来到了阳光下，感觉到微风吹拂在脸上。

在脱离弓箭的射程之前，他们不敢停下脚步。他们已经身在丁瑞尔山谷，迷雾山脉的阴影笼罩其上，但在东方，金色的光芒却照耀着大地。这大概是正午过后一小时。太阳炽烈，白云高挂天空。

他们回头看去。黑暗的入口在山脉的阴影中大张着。他们可以听见地底深处传来微弱、遥远的缓慢鼓声，咚。一股薄薄的黑烟飘了出来，其他什么都看不见。河谷四下一片空旷。咚。悲伤终于完全压倒了他们，他们哭了许久：有的人静默伫立，有的人哭倒在地。咚，咚。鼓声渐渐消失。

第六章

罗斯洛立安

"唉！我们不能再待在此地哀伤了。"亚拉冈说。他转向山脉的方向，高举圣剑。"再会了，甘道夫！"他大喊着，"我不是跟你说过：一旦你踏进摩瑞亚，千万小心！没想到我的预感竟然应验了！没有了你，我们还有什么希望？"

他转身面向远征队的成员。"即使没有希望，我们也必须坚持下去，"他说，"至少我们还有复仇的机会。坚强起来，擦干眼泪！来吧！我们眼前的路还很长，要做的事情还很多。"

他们站起身，环顾四周。谷地向北伸入山脉两座山脊之间的阴影中，其上则是三座雪白闪耀的山峰：凯勒布迪尔、法努索、卡拉兹拉斯，这些就是构成摩瑞亚外观的三大山峰。在山谷阴影顶端有一条急流，如同薄纱覆在一连串无尽的、如同阶梯般的短瀑布上，山脚下水汽缭绕，白沫翻腾。

"那就是丁瑞尔天梯！"亚拉冈指着瀑布说，"如果我们的命运没有这么乖违，我们应该是沿着那些瀑布进入这山谷。"

"如果卡拉兹拉斯不这么残酷就好了！"金雳忍不住说，"它竟然还在阳光下对着我们冷笑！"他对着最远那座白雪覆顶的山峰挥了挥拳头，然后转身离开。

往东，山脉的延伸突然间终止了，众人可以看见远方的地形轮廓，苍茫、宽阔。往南，极目所及尽是绵延不绝的迷雾山脉。在不到一哩之处，略低于他们现在所站的山谷西边高地，有另一片湖。那湖呈长椭圆形，看起来如同一支刺进谷地北端的枪尖一般。不过湖水的南端已经脱离了山脉的阴影，沐浴在阳光下。但那湖水依旧十分幽暗：一种深沉的蓝，就像傍晚时从亮灯的屋内往外观看晴朗无云的天空一样。湖面波平如镜。湖的四周有着美丽平滑的草地，从逐渐倾斜的四面包围湖边，形成一个完整的边缘。

"那就是镜影湖，幽深的卡雷德-萨鲁姆！"金雳哀伤地说，"我还记得他告诉我：'愿你见到它时心中充满喜乐！但我们不能在那边耽搁太久。'现在，我想我很久都不会再有喜乐了。现在得赶路的是我，而他却得永远留在那个鬼地方。"

众人沿着从东大门外延伸下来的路继续往下走。这路支离破碎，渐渐变成蜿蜒在石楠与金雀花丛生的乱石堆中的一条小径。不过，现在依旧看得出来，很久以前这里曾是一条大道，从底下盘旋向上通往矮人的王国。路旁不少地方还有毁损了的岩石雕刻，翠绿小丘顶上种植着细长的桦树和在风中叹息的枞树。一个往东的大转弯，让他们来到了镜影湖旁的草地上，在离小径不远处，矗立着一根顶端断裂的石柱。

"这就是都灵的础石！"金雳大喊道，"我无法路过此地却不过去看看这谷地里最奇妙的美景！"

"那就快一点吧！"亚拉冈回头看着摩瑞亚的大门，"太阳西沉得早，或许在天黑之前那些半兽人不会出来，但我们一定得在夜晚降临前远离此地。今晚应该不会有月亮，大地会很黑暗的。"

"跟我来吧，佛罗多！"矮人大喊着跃离小径，"我可不能让你离开前没看过卡雷德-萨鲁姆。"他沿着绿色的长坡往下跑。佛罗多慢慢跟在后面，即使他又累又痛，那蓝色的湖水还是深深吸引着他；山姆跟在他后面。

金雳在都灵之础石旁停下脚步，抬头仰望。石柱历经风吹雨打，上面的符文也已经模糊得无法阅读。"这根石柱，是纪念都灵第一次在这里俯瞰镜影湖，"矮人说，"在我们离开之前，绝对不可错过这景象！"

他们弯腰看着黑色的湖水。一开始什么都看不到。接着，慢慢地，他们看见了倒映在浩瀚蓝色镜面中壮丽的群山，山峰顶端如同装饰着白色火焰一样雄伟，此外还有一大块蓝色的天空。虽然天空中太阳依旧闪耀，他们还是可以看见闪烁的星辰如宝石般沉落于幽深的湖水中。他们自己低头的身影倒是看不见。

"喔，美丽壮观的卡雷德-萨鲁姆！"金雳说，"里面沉眠着都灵的皇冠，直到他苏醒为止。再会了！"他鞠躬为礼，接着转身急忙跑上山坡，再度回到路上。

"你看见了什么？"皮聘问山姆道，但陷入沉思的山姆没有回答他。

这条路现在转向南，开始急速地下降，穿过了山谷两边合拢的臂弯。在距离镜影湖下方不远处，他们遇到了一池清澈如水晶的泉水，它的一股涓涓细流漫过岩石的裂罅，晶莹闪烁地落入一条陡直的岩石凹槽，潺潺往下流。

"这就是银光河的源头，"金雳说，"别急着喝，它很冰哪！"

"很快的，它就会变成一条湍急的河流，汇聚了山里许多其他的山泉，"亚拉冈说，"我们走的路有很长一段是沿着它并行的。因为我必须带领你们走甘道夫所选的路，首先我希望前往银光河所流经的森林，它从该处汇入大河安都因——就在那边。"众人看他所指的方向，注意到小溪在前方奔腾跃进凹槽般的山谷中，一路往前奔流伸入低地，直到消失在一片金色的雾霭中。

"那里就是罗斯洛立安森林！"勒苟拉斯惊叹道，"那是我族同胞所居住的最美丽地方，没有其他地方的树木能够生长得如同这里一样。即使是到了秋天，树叶也只是转成金黄，并不落下。只有到了春天新叶长出时，这些老叶才会落下，接着枝桠上开满黄花；那时森林的地面一片金黄，仰望上方也是一片金黄，它们的树干十分光滑，都是灰白色的，到了那时会构成一片金顶银柱的壮丽景象。我们幽暗密林的歌谣依旧如此赞颂这片土地。如果我能在春天站在那些树底下，我的心必定会欢喜雀跃不已！"

"即使是在冬天，我的心也会感到无比高兴！"亚拉冈说，"但它还很远呢。我们得赶快一点！"

刚开始，佛罗多和山姆还勉强可以跟上众人，但亚拉冈带领他们赶路的速度越来越快，不久之后他们就开始掉队。今天从一大早到现在他们什么东西都没吃。山姆的割伤如同火烧一样热辣辣的疼，他觉得头重脚轻。即使天空高挂着太阳，但在经历过摩瑞亚的闷热之后，这里的风似乎很冷，他忍不住打了个寒战。佛罗多则痛得举步维艰，必须不停大口吸气。

终于，勒苟拉斯转过头，发现他们已经远远落后，他上前和亚拉冈说了几句话。其他人跟着停了下来，亚拉冈叫波罗莫跟着他一起往回跑。

"对不起，佛罗多！"他满怀关切地说，"今天发生了好多事，我们又不得不急着赶路，我完全忘记你和山姆都受伤了。你应该告诉我们的。即使摩瑞亚所有的半兽人都在后面追赶，我们也该帮你们治疗。来吧！前面有块可以暂时休息的地方，我会在那边尽力治疗你们。波罗莫，来，我们抱他们走。"

很快地，他们又遇上另一条从西边而来，与奔流的银光河汇合的小溪。汇流的水冲下一处岩石泛绿的瀑布，流进一座小山谷。谷中有

罗斯洛立安春天的树林

许多弯曲、低矮的枞树,两旁陡峭的山壁上长满了羊齿蕨和越橘树丛。谷底有一块平坦的区域,小河喧闹地从闪亮的鹅卵石上流过。众人在这平坦之地停下脚步休息。现在大概是下午三点,他们只不过离摩瑞亚的大门几哩远,而太阳已经开始西沉了。

金雳和其他两名霍比特人利用此地的灌木和枞树枝生火,从小溪中打水烧煮,亚拉冈照顾着山姆和佛罗多。山姆的伤口并不深,但看起来相当糟糕。亚拉冈检查伤口时神色非常凝重。过了一会儿他抬起头来,神情显然松了一口气。

"山姆,你运气真不错!"他说,"许多人在出手斩杀第一个半兽人时,受到比你严重数倍的伤。幸好对方的刀剑没有像一般半兽人那样淬毒。在我处理过之后,它应该会愈合得很好。等金雳把水烧开之后,你先用热水冲冲伤口。"

他打开背包,掏出一些干枯的叶子。"这些已经干掉了,药效也变得较弱,"他说,"但是我身上还带着这些在风云顶找到的阿夕拉斯。把一片撕碎丢在水中,将伤口洗净,我就可以把它包扎起来。佛罗多,现在轮到你了!"

"我没事,"佛罗多说,不愿意人家碰触他的衣服,"我只需要吃点东西,休息一下就好了。"

"不行!"亚拉冈坚持道,"我们一定得看看你之前所说的铁锤和铁砧对你造成了什么伤害。我还是很惊讶你竟然可以活下来。"他轻轻地脱下佛罗多的旧夹克和破衬衫,惊讶得倒抽一口冷气。接着他放声大笑。那件银色背心如同海面上的波光在他眼前粼粼闪动。他小心地脱下那件背心,将缀满如星辰般白色宝石的锁子甲高举,只要一晃动,就可听见犹如骤雨落入池水般的清脆响声。

"看哪,朋友们!"他大声道,"这层漂亮的霍比特人皮都可以拿来装饰精灵王子了!如果人们知道霍比特人有这种外皮,全中土世界的猎人一定会快马加鞭赶到夏尔去。"

"全世界猎人的弓箭都会失效啦！"金雳难以置信地瞪着眼前的奇观，"这是件秘银甲，秘银！我从来没看过也没听说过这么美丽的盔甲。这就是甘道夫所说的锁子甲吗？他一定低估了它真正的价值。幸好你穿在身上！"

"我常常怀疑，你和比尔博两人关在那小房间里面干什么？"梅里说，"原来是这么回事！祝福这个老霍比特人！我现在更是爱死他了。希望我们有机会可以告诉他这件事情。"

佛罗多的腰际和右胸全都是黑紫色的瘀青。锁子甲底下垫着一层软皮甲，不过，有个地方锁子甲还是承受不住这怪力，因而咬进肉里。佛罗多的左边身体因为撞上洞壁，也全都是擦伤和瘀青。在其他人准备午餐的时候，亚拉冈用泡过阿夕拉斯的热水清洗两人的伤处。一股让人神清气爽的香气飘满了整个河谷，围拢在沸水旁边的人都觉得焕然一新、精力充沛。很快地，佛罗多觉得伤处不再疼痛，也不需要那么用力呼吸了；不过，被撞伤的地方接下来好几天，还是会很僵硬和酸痛，亚拉冈又在他的两侧腰际多绑了些软布。

"这件锁子甲真是轻得不得了！"他说，"如果你受得了，可以再穿上它。我很高兴你穿着这层防护。即使在睡觉的时候也不要脱下它，除非命运领你到了一个可以暂时高枕无忧的地方。但只要你的任务还未完成，这个可能性就非常低。"

远征队吃过饭之后，收拾好东西，准备继续上路。他们灭了火，掩盖一切痕迹，然后爬出山谷，继续原先的路程。当太阳落到西方群山背后，阴影覆盖大地时，他们并没有走多远。暮色掩盖了他们脚下的路，山谷中开始弥漫薄雾。黄昏朦胧的微光笼罩在远处东方模糊又遥远的平原和森林上。山姆和佛罗多觉得不再那么疼痛，精神和体力也恢复许多，能够用适当的步伐跟上大家的速度。亚拉冈带领大家一连赶了三小时的路，中间只短暂休息过一次。

天很黑。夜已经深了。天空中出现了许多明亮的星星，但下弦月要到很晚才会出现。金雳和佛罗多殿后，轻轻地走着，彼此不敢随意交谈，仔细地倾听着背后一切声响。过了很长一段时间，金雳才打破了沉默。

"除了风声之外什么都没有，"他说，"除非我的耳朵是木头做的，我想附近根本没有任何敌人。希望半兽人把我们赶出摩瑞亚就满足了。或许，这一直都是他们的目的，跟我们——或魔戒没有什么关系。不过，半兽人经常会为酋长复仇，他们会在平原上追杀敌人好几十哩远。"

佛罗多没有回答。他看着刺针，宝剑黯沉无光。但他总觉得自己听到了某种声响。从夜幕一降临，身后陷入一片黑暗的时刻起，他再度听见了赤脚快速奔跑的声音。即使是现在两人在说话的时候，他还是能听到。他猛地转过头，看见后方有两个微小的光点，或者说，有那么一瞬间他认为自己看见了它们，但它们立刻闪向一旁消失了。

"怎么啦？"矮人问。

"我也不知道，"佛罗多回答，"我以为我听见了脚步声，还看见了像是眼睛一样的光芒。自从我们进入摩瑞亚之后，我就常听到这声音、看到这景象。"

金雳停下脚步，看着四周。"我只听见风吹树梢和岩石与大地交谈的声音，"他说，"来吧，我们走快点，其他人走得都快要不见了。"

寒冷的夜风吹入山谷间迎接他们。在他们眼前是一座巨大森林的灰色轮廓，他们可以听见林海中无边无际的树叶的沙沙声。

"罗斯洛立安！"勒苟拉斯高兴地大喊，"罗斯洛立安！我们终于来到了黄金森林。唉，真可惜现在是冬天！"

夜色中，那些参天古木高耸在他们面前，枝干伸展如同拱顶，覆罩着匆匆奔入树底下的溪流和小径。在微弱的星光下，它们的树干是灰色的，摇曳的树叶泛着淡淡的金色。

"罗斯洛立安！"亚拉冈说，"我真高兴可以再度听见微风吹过此地的树梢！我们距离摩瑞亚的大门不过才十五哩多一些，但今晚已经不能再走了。在此但愿精灵的力量可以保护我们今晚免除尾随在后的危险。"

"前提是，如果精灵在这逐渐黑暗的世界中还居住在这里的话。"金雳说。

"我族的同胞，已经很久没有回到这个曾是故乡的地方了，"勒苟拉斯说，"但我们听说，又被称作罗瑞安的罗斯洛立安并没有被舍弃，因为此地拥有一种驱赶邪恶力量的神秘力量。当然，极少有人看到其中的居民，他们可能都居住在森林中心，距离这北边的边境还很远。"

"他们的确居住在林中很远的地方，"亚拉冈说道，并且叹了口气，仿佛触动了心中某些记忆，"今晚我们必须照顾好自己。我们会继续往森林里再走一段路，直到树木完全将我们包围为止。然后我们会离开小径，找寻一个可以过夜的地方。"

他往前踏出几步，但波罗莫仍犹豫不决地站着，没有跟上去。"没有其他的路了吗？"波罗莫问。

"你还想要走哪条更好的路？"亚拉冈反问。

"我只要一条平凡一点的道路，就算得通过刀山剑海我也愿意走，"波罗莫说，"但是远征队至今为止踏上的都是与众不同的道路，下场都是厄运缠身。大家不顾我的反对，踏入摩瑞亚，损失了我们的挚友。而现在你又说我们必须进入黄金森林。但我们在刚铎曾听说过这地的危险；据说这里进得去出不来，即使勉强逃出，也会受到相当的伤害。"

"不要说伤害，应该是改变，这样比较接近真相，"亚拉冈说，"波罗莫,如果曾经一度睿智的刚铎,如今竟然将罗斯洛立安视作邪恶之地,那你们的传史真的没落了。不管你们怎么想,眼前没有其他的路了。除非你愿意回到摩瑞亚,或是攀登险峻的高山,或是一路泅河。"

"那就带路吧!"波罗莫说,"但我还是觉得很危险。"

"的确很危险!"亚拉冈说,"美丽而且危险。但只有邪恶,或是带着邪恶力量进入的人才需要害怕。跟我来!"

他们往森林中又走了一哩多,便遇到另一条从满布林木的山坡上急速流下的小溪,山坡向西直上通回到山脉里去。他们听见在不远处右边的阴影中传来瀑布的声响。这条湍急的深色流水匆匆横过他们面前的小径,在树根盘错积聚的昏暗水塘中与银光河汇流。

"这是宁若戴尔河!"勒苟拉斯说,"西尔凡精灵①为这条河作了许多歌谣,我们在北方依旧传唱着这些歌谣,记得它瀑布上的美丽彩虹,以及漂浮在水面泡沫中的金色花朵。但如今世局黑暗,宁若戴尔河的桥梁已经断折。我要在这里冲冲脚,据说这河水对于治疗疲倦有奇效。"他一马当先爬下那陡峭的河岸,踏入河水中。

"跟我来!"他喊道,"水并不深,我们可以直接涉水过河!我们可以在河对岸休息,瀑布声或许可以让我们暂时忘却哀伤,领我们进入

---

① 西尔凡精灵又称为森林精灵或木精灵。在天地初开之时,创造世界的主神因为怕精灵遭受天魔王马尔寇的侵害,决定要精灵往西迁徙,搬迁到主神居住的海外仙境。在这一群精灵中,有些在安都因河停了下来,拒绝继续前进,因此被称为"南多精灵"(在精灵语中意为"回头之人"),而那些最后终于抵达海外仙境的,则被称作高等精灵。留下未走的南多精灵就在罗斯洛立安定居,稍后又有一批往北迁到了巨绿森林。由于他们没有高等精灵所拥有的那般强大的知识与力量,为了在中土的乱世中生存,他们转而研究如何在外人眼前隐匿行踪,学会与森林和平共处的精湛学问。据说,世界上没有任何种族在森林中的行动力能与木精灵相比。稍后,巨绿森林被改称为幽暗密林,勒苟拉斯就是来自幽暗密林的森林精灵,因此,他对森林精灵的歌谣知之甚详。

梦乡。"

他们一个接一个爬下河岸，跟随勒苟拉斯。佛罗多在岸边的溪水中站了一会儿，让溪水冲过他疲倦的双脚。河水冰冷，但也十分清澈；随着他往前走，溪水也慢慢涨到他的膝盖。他感觉到一路上所沾染的尘埃和疲倦，都在这透心凉的冰水中被洗去。

在所有的人都蹚越小河之后，他们坐下来休息，吃了一些食物；勒苟拉斯告诉他们许多有关罗斯洛立安的故事，都是幽暗密林的精灵们珍藏在心里的，那时世界尚新，阳光和星光自由自在地照耀在大河安都因两岸的草地上。

最后，他们沉默下来，倾听着流水在阴影中流动的甜美乐章。佛罗多几乎以为自己听见有声音与水声应和着在唱歌。

"你们听见宁若戴尔河的声音了吗？"勒苟拉斯问道，"我唱首有关宁若戴尔小姐的歌谣，她许久之前居住在这条和她同名的溪水旁。这歌谣用我们森林的语言唱起来非常美，但我会把它翻译成西方语，如同瑞文戴尔有些人吟唱的那样。"在树叶的沙沙声中，他开始用十分温柔的声音唱道：

> 远古的精灵美女，
> 如同白日闪亮星辰，
> 穿着银灰的丝履；
> 披着黄金镶边白斗篷。
>
> 她眉宇间有星辰闪烁，
> 光芒照耀她的发丝，
> 阳光射在树干如琥珀，

在那美丽的洛立安。

她长发飘逸,双手雪白,
自由自在又美丽;
她在风中如轻风般摇摆,
如菩提树枝叶般旖旎。

在宁若戴尔瀑布旁,
清澈冰冷的水边,
她声音如同银铃响,
落在闪亮的池间。

今日无人知晓她曾漫游之处,
不管是阳光下或是阴影中;
因为宁若戴尔就此迷散四处,
消失在山脉中。

精灵船只出现在灰港岸,
就在那神秘的山脉下,
静候她多日却未出现,
海岸浪花无情地拍打。

北地的夜风刮起,
发出阵阵的怒号,
将船只吹得远离泊地,
随着那潮水飘摇。

曙光初出大地已失，
灰色山脉缓缓沉没，
汹涌巨浪平地而起，
浪花在半空中飞落。

安罗斯看着远去的海岸，
现在已遥不可及，
诅咒这只无情的船，
让他与宁若戴尔远离。

他是古代精灵之王，
谷地和树木之主，
春天的树木散发金光，
在罗斯洛立安美丽梦土。

人们看见他跳下海中，
如同箭矢离弦，
不顾水深浪汹涌，
如展翅飞翔的海燕。

风吹拂他飞散的长发，
浪花在他身上闪亮；
人们看见他健美无瑕，
如同天鹅游弋在海上。

> 西方世界音讯杳，
> 海岸上空等无期，
> 精灵们再没有听到，
> 安罗斯王的消息。

勒苟拉斯哽咽地唱不下去了。"我无法再唱下去了！"他说，"这只是其中一部分，我忘记了很多。这是首很长、很凄美的歌谣，它述说由于矮人在山脉中唤醒了邪恶，悲伤如何临到了罗斯洛立安，这名字的意思是'繁花盛开的罗瑞安'。"

"但那邪恶不是矮人造的。"金雳说。

"我没这样说，但邪恶还是来了，"勒苟拉斯哀伤地回答，"于是，许多宁若戴尔的同胞离开了自己的居所，而她在南方远处的白色山脉中迷了路，再也无法前往爱人安罗斯等候她的船上。但是，在春天，当风吹在这些新叶上的时候，我们依旧可以从和她同名的瀑布中听见她的声音。而当南风吹来的时候，安罗斯的声音会从海上飘来。因为宁若戴尔河流入银光河，也就是精灵所称呼的凯勒布兰特河，而凯勒布兰特河又流入大河安都因，安都因则流入罗瑞安精灵扬帆出海的贝尔法拉斯湾。不论是宁若戴尔或是安罗斯，都再也没有回来过。

"据说她曾在靠近瀑布处的树上搭建了一间屋子；因为这是罗瑞安精灵的习惯，搭建树屋居住其上，或许现在也还是这样。因此，人们称呼他们为凯兰崔姆，意思是'树民'。在森林的深处有十分高大的神木，森林之民不像矮人一样挖地居住，魔影出现之前也不建造岩石的堡垒。"

"即使在那些日子之后，居住在树上可能也比住在地上安全。"金雳说。他的目光望向河对岸一条可回到丁瑞尔河谷的小径，再抬头看着黑暗的树顶。

"金雳，你说得很有道理，"亚拉冈说，"我们不会建造树屋，但如果可以的话，今晚我们会像树民一样住在树上。我们在这路边已经待得太久了。"

众人此时远离小径，开始往西走深入树林深处的阴影中，远离银光河。他们在距离宁若戴尔瀑布不远处找到一丛聚集的树木，当中有几株的枝干横生在溪流上方。这些巨木的灰色树干都非常庞大，甚至高到看不见顶。

"由我来爬上去，"勒苟拉斯说，"爬树我最拿手，不管是从树底下或从树枝上开始。虽然这些树木对我而言有些陌生，只在歌谣的记载中出现过。它们叫作梅隆树，意思是说它们会开黄花。但我从来没爬过这类树木，让我先看看它们的形状和生长的方向。"

"不管它们是什么树，"皮聘说，"除了鸟以外，能让人在上面睡觉的树都很了不起，但也很诡异。我可没办法在树上睡觉！"

"那你就在地上挖洞吧，"勒苟拉斯没好气地说，"如果你们比较喜欢这样，那就尽管做。若你们想要躲开半兽人的追杀，手脚就得利落点。"他轻而易举地跳了起来，抓住枝干，正当他摇晃着身体，想要往上摆荡的时候，上方树影中突然传来一个声音。

"*Daro*！"那声音命令道，勒苟拉斯一惊落回地面，恐惧地贴在树干上动也不动。

"统统不要动！"他对其他人低语道，"不要开口，不要动！"

他们头顶上方传来一阵轻笑声，然后另一个清晰的声音在用精灵语说话。佛罗多听不懂对方在说些什么，因为迷雾山脉东边的森林精灵所使用的语言和西边的精灵不同。勒苟拉斯抬起头，用同样的语言回答。

"他们是谁？在说些什么？"梅里问道。

"他们是精灵！"山姆说，"你难道听不出来他们的声音吗？"

"没错，他们是精灵，"勒苟拉斯说，"他们还说你的呼吸声大到可以让他们在黑暗中射中你。"山姆急忙用手捂住嘴巴。"不过他们也说，你们不用害怕。他们已经发现我们很长一段时间了。他们在宁若戴尔河对岸就听见我的声音，知道我是他们北方的亲族，因此他们没有阻挡我们过河；之后他们又听到了我唱的歌谣。现在，他们要求我和佛罗多一起爬上去；他们似乎有些关于他和我们冒险的消息。其他人他们要求在树底下稍候，等他们决定到底该怎么做。"

从阴影中降下一条绳梯，那是由一种银灰色，在黑暗中会闪闪发光的材料所做的。虽然它看起来很纤细，却可以承受好几个人的体重。勒苟拉斯轻巧迅捷地爬上去，佛罗多则是小心翼翼地跟在后面；山姆跟着他，尽量屏气不敢大声呼吸。梅隆树的枝桠几乎都是从树干往外平直生长，然后向上伸展，但在接近顶端处，主干分权呈冠状，构成了一个由许多分枝组成的平坦区域，爬上树的人看到有人在这上面建了一块木制的平台，过去被叫作瞭望台，精灵们则是称呼它为塔兰。他们透过平台中央的一个孔穴出入，绳梯就是从这里垂下去的。

当佛罗多终于上到瞭望台时，他发现勒苟拉斯和另外三个精灵坐在一起。这些精灵都穿着暗灰色的衣服，除非他们突然行动，否则在树木的阴影中完全无法发现他们。他们站了起来，其中一人揭开一盏发出细微银光的油灯上的罩盖。他举起油灯，照看佛罗多和山姆的脸。然后他把油灯又盖上，并用精灵语欢迎他们的到来。佛罗多有些迟疑地响应了他们。

"欢迎！"那个精灵接着改用通用语，说的速度十分缓慢，"除了自己的语言之外，我们极少使用外来的语言，因为我们通常都居住在森林深处，不愿和外人有任何的接触。即使是我们北方的同胞也与我们分离已久。幸好，我们之中依旧有些人必须到外地去收集情报、监控我们的敌人，因此懂得外界的语言。我就是其中之一。我叫哈尔达，我的兄弟卢米尔和欧洛芬，都不太熟悉你们的语言。

"但我们已经听说了你们前来的消息，因为爱隆的信差在从丁瑞尔天梯回去的路上曾经过这边。我们已经有很多年没有霍比特人、半身人这类种族的消息了，也不知道他们是否还居住在这个世界上。你们看起来并不邪恶嘛！既然你们和我们的精灵同胞一起来，我们愿意遵照爱隆的请求，和你们交个朋友。我们通常不会领着陌生人穿越这块土地，这次会为你们破例。不过，你们今天晚上就必须住在这里了。你们有多少人？"

"八个，"勒苟拉斯说，"我、四个霍比特人、两个人类，其中一个是亚拉冈，是拥有'精灵之友'称号的西方皇族。"

"亚拉松之子亚拉冈的名号在罗瑞安为众人所熟知，"哈尔达说，"我们的女皇十分信任他。这些人都没问题。但你只提到了七个人。"

"第八个是个矮人。"勒苟拉斯不情愿地说。

"矮人！"哈尔达震惊地表示，"这就不好了。自从黑暗年代以来，我们就没有和矮人打过交道了。我们不准矮人踏上这块土地，我不能让他通过。"

"但他来自孤山，是可靠的丹恩子民，也是爱隆的朋友，"佛罗多说，"爱隆亲自挑选他成为我们的同伴，他一直都很值得信任，并且展现出过人的勇气。"

三个森林精灵交头接耳了一阵子，用他们自己的语言质问勒苟拉斯。"好吧！"哈尔达最后才勉强说，"虽然我们并不喜欢这样的结果，但看来我们别无选择。如果亚拉冈和勒苟拉斯愿意监管他，替他的行为负责，他就可以通过；但我们必须蒙上他的眼睛。

"现在没时间再争辩了。你们必须留在这里。自从许多天前，我们看见一大群半兽人往北朝向摩瑞亚,沿着山脉边缘行军之后,这里的警备就加强了许多。恶狼竟胆敢在森林的边缘嗥叫,让我们很担心。如果你们真的是来自摩瑞亚,那么危险并没有远离你们,明天一早你们就必须出发。

"四个霍比特人可以爬上来这里和我们一起睡,因为我们不怕他们!旁边的树上有另外一个瞭望台,其他人必须待在那里。你,勒苟拉斯,必须为你朋友们的行为向我们负责。如果出了任何问题,只管叫我们!随时注意那个矮人!"

勒苟拉斯立刻爬下绳梯,传达哈尔达的安排;之后梅里和皮聘立刻顺着绳梯爬上平台。上来之后,他们似乎都蛮害怕,而且喘不过气来。

"瞧!"梅里喘着气说,"我们把你们的毯子和我们自己的都搬上来了。神行客把我们其他的行李都藏在很厚的干叶子底下。"

"你们不需要把这些笨重的东西带上来,"哈尔达说,"虽然今晚吹着南风,但冬天树顶上的确有点冷。不过,我们还有食物和饮料可以给你们,帮你们驱走寒意,此外我们也有多的斗篷和衣物可以借你们用。"

霍比特人毫不客气地接受了第二顿更为丰富的晚餐,然后将自己紧紧地裹在精灵的毛裘斗篷和自己带来的毯子里面,试着想要睡觉。不过,虽然他们累得不得了,但只有山姆很容易就睡着了。霍比特人怕高,即使他们的住家有楼层,也绝对不会睡在二楼。这个瞭望台跟他们想住的卧室实在差了十万八千里远——没有墙壁,甚至连栏杆都没有,只有一边有面薄薄的帘幕,可以视风向而调整。

皮聘唠唠叨叨地啰唆了一阵子:"如果我在这里睡着了,我希望自己不会滚下去。"

"我一旦睡着,"山姆说,"不管是不是滚下去,我都会继续睡。咳咳,话说得越多,就睡得越少啊,希望你懂我的暗示。"

佛罗多又清醒地躺了一会儿,看着树顶稀疏树叶之外的明亮星辰。在他闭眼之前,山姆就已经在他旁边开始打鼾。他依稀可以看见两个精灵动也不动地抱膝坐着,低声交谈。第三个精灵则是爬到较低的枝杈去继续守望的工作。最后,他终于在宁若戴尔的甜蜜呢喃和树梢微风的吹拂下睡着了,耳边还不停回响着勒苟拉斯唱的歌。

稍晚的时候,他突然醒了过来。其他霍比特人都还在睡觉。精灵们则都消失了。一弯弦月透过树叶间的空隙洒下淡淡的月光,风已停了。他可以听见不远之处传来粗哑的笑声和许多的脚步声,中间还夹杂着金属撞击的声音。这声音慢慢消失了,似乎正在往南边持续深入森林。

瞭望台中间的洞口突然冒出一颗头。佛罗多警觉地坐起来,这才发现那是披着灰衣的精灵,他看着霍比特人。

"是谁?"佛罗多问。

"Yrch!"精灵低声说,同时将卷起的绳梯扔到瞭望台上。

"半兽人!"佛罗多说,"他们在干吗?"但那精灵已经消失了。

接下来没有任何更进一步的声响,连落叶似乎都静止下来,甚至瀑布似乎也没了声音。佛罗多浑身发抖地蜷缩在斗篷内。他很感激精灵们,否则他现在可能会在地面上被这些怪物抓个正着;但他又觉得这些树除了可以隐藏他们的形迹之外,其实没办法提供什么保护。根据传说,半兽人的鼻子和猎犬一样灵,而且也会爬树。他拔出了宝剑刺针,看着它发出蓝焰一样的光芒,接着又缓缓黯淡下去。即使宝剑不再对他示警,但那种不安的感觉依旧没有离开心头,甚至还变得更强烈。他起身爬到瞭望台的开口往下看,可以确定自己听见树底下传来一种鬼鬼祟祟移动的声音。

那不是精灵，因为这些森林的居民在行动时几乎不会发出任何声音。然后他听到一种很轻的、动物嗅闻时发出的声音；似乎正有什么东西在搔爬着树干。他屏住呼吸，往下凝视着黑暗。

底下有某种东西正在缓缓往上爬，对方的呼吸透过紧闭的牙关发出嘶嘶声。接着，在上来一点贴近树干的地方，佛罗多看见一双苍白的眼睛。它们停了下来，眨也不眨地看着上方。突然间，它们转了开来，一个影子溜下树，消失在黑暗中。

随后哈尔达立即手脚利落地沿着层层枝桠爬上瞭望台。"我刚才看到树上有一种我从来没见过的生物！"他说，"那不是半兽人，我一碰到树干他马上就逃跑了。他看起来很小心，而且对爬树似乎很在行；否则我还真会以为他是你们霍比特人之一。"

"我没有用箭射他，因为我不敢弄出任何不必要的声响，我们不能冒险和敌人正面作战。有一大队半兽人才刚经过，他们越过了宁若戴尔河——我诅咒那些玷污河水的脏脚！接着沿河往下走。他们似乎闻到了什么味道，曾在你们所停留的地方搜寻了一阵子。我们三人无法对抗近百名的敌人，所以溜到他们前方，制造出一些诱敌的声音，吸引他们进入森林。

"欧洛芬现在已经赶回聚落警告我们的同胞，这些半兽人再也无法走出这座森林一步。在明晚之前，森林的北方边界就会有更多的精灵驻守。不过，在此之前，你们还是必须天一亮就往南走。"

东方露出曙光，阳光照过梅隆树黄色的叶子，让霍比特人以为这是一个夏天清爽的清晨。蓝色的天光透过摇曳的枝叶展露笑颜，佛罗多从瞭望台南边开敞处望出去，发现银光河谷躺卧在一片随风摇曳的金色海洋中。

当众人再度出发的时候,天色尚早,空气中也还有股冰冷的气息。这次,他们是在哈尔达和卢米尔的带领下前进。"再会了,甜美的宁若戴尔!"勒苟拉斯回头大喊。佛罗多也回过头去,从掩映的枝叶中可以瞥见白色的水沫。"再会!"他说。在他看来,这辈子可能再也无法遇见这么美丽,能够将百变音符融进水声中的溪水。

他们回到原先沿着银光河西岸前进的小径,有很长一段他们都是顺着小径往南走,地面上还有许多半兽人的脚印。很快地,哈尔达就转离小径进入林中,在被阴影笼罩的河岸边停了下来。

"河对面有一名我的同胞,"他说,"虽然你们可能看不见他。"他发出如同鸟叫声的呼喊,从一丛密实的小树后出现了一个精灵,他也穿着灰衣,但褪去的兜帽下金发在晨光中闪闪发光。哈尔达露了一手,将灰色绳子轻易抛到对岸,对方抓住这绳子,将它绑在靠近河岸的树上。

"如你们所见的一样,凯勒布兰特河从这里开始已经相当的湍急。"哈尔达说,"河水深而且非常冰冷,除非有必要,否则我们根本不敢在这么北边的地方涉足这条河。不过,在这种必须小心提防的日子中,我们又不敢架设桥梁。这就是我们过河的方法!跟我来!"他将绳子的这一头绑在另一株树上,轻巧地跳上绳子,在河上来回走了一趟,如履平地一般。

"我可以这么走,"勒苟拉斯说,"但其他人可不行,难道要他们游泳吗?"

"当然不是!"哈尔达说,"我们还有两条绳索。我们会把它们绑在这条之上,一条在肩膀高,另一条在腰的高度,这样这些外来客只要小心一点,就可以抓着绳子过河了。"

当这座简便的绳桥做好以后,远征队的成员才通过河流。有些人小心翼翼、缓缓地通过,其他人则是显得驾轻就熟。在霍比特人之中皮聘表现最好,他脚步平稳,只用一只手扶着绳子,眼睛直盯着对岸,头也不回地走过去。山姆则是笨手笨脚,不停看着底下的河水,仿佛那是万丈深渊一般。

当他终于安全通过时,总算松了一口气:"我老爹常说,活到老学到老!不过,他多半指的是种菜这方面,可没想到儿子将来会要飞檐走壁、学鸽子睡树上、学蜘蛛爬绳网啊,连我的安迪叔叔都没玩过这种把戏!"

过了不久,所有的人终于全都集合在银光河对岸,精灵们解开绳子收回其中两条。留在河对岸的卢米尔抽回第三条绳子,缠好背在肩膀上,一挥手,就头也不回地回宁若戴尔继续他的瞭望工作了。

"来吧,朋友们!"哈尔达说,"你们已经进入了罗瑞安的核心,或者你们可以称这里为三角洲,因为这里是一块夹在银光河与安都因大河之间的箭头形土地。我们绝不允许陌生人窥探这核心的秘密。事实上,我们绝少让外人踏进这里。

"正如我们先前所同意的,我要在此蒙住矮人金雳的眼睛,其他人暂时可以自由行动,直到靠近我们的居所伊格拉迪尔为止,它位于两河之间的箭头部位。"

金雳一点也不喜欢这样。"你们的讨论可没经过我的同意!"他说,"我不愿意像是乞丐或囚犯一样被蒙着眼睛走路。我不是间谍。我的同胞从来没有和任何魔王的爪牙打过交道,我们也从来没有伤害过精灵。我和勒苟拉斯,以及所有的同伴一样,都不可能出卖你们。"

"我并不是怀疑你,"哈尔达说,"但这是我们的律法。我不是制定法律的人,也不可能视规定如无物。光是让你越过凯勒布兰特河,我就已经承担了许多责任。"

金雳非常坚持己见,他顽固地站着不肯动,一只手拍着斧柄。"我不愿意在被人怀疑的状况下前进,"他说,"不然我宁愿回到我出发的地方，或许我会死在荒郊野外，但至少人们会认为我是说到做到的人。"

"你不能回头，"哈尔达严厉地说，"你已经走到这里，我们必须带你去谒见陛下夫妇，由他们来决定是要留下你们，还是让你们走。你不能够再越过银光河，身后也已经布下了许多秘密的守卫，他们不会让你通过的，在你看见他们之前就会被杀死。"

气氛一时间剑拔弩张，甚至比之前遭遇到半兽人时还凶险。

金雳将斧头抽出，哈尔达和同伴弯弓搭箭僵持着。"该死的硬颈矮人！"勒苟拉斯说。

"各位不要动气！"亚拉冈说，"如果各位还承认我这个领导者，你们就必须照我说的做。对矮人来说，只把他挑出来太不公平。我们愿意都蒙住眼睛，连勒苟拉斯也不例外。虽然这样会让我们的旅程无聊而缓慢，但这样是最好的。"

金雳突然笑了起来："我们看起来会像是一队快乐的傻蛋！哈尔达愿意担任领着一群乞丐的导盲犬吗？不过，只要勒苟拉斯一人跟我一起蒙眼，我就满意了。"

"我是精灵，四周都是我的同胞！"这次换勒苟拉斯生气了。

"这回我们该说'该死的顽固精灵'了吗？"亚拉冈说，"不要孩子气了，远征队所有的成员都应该同甘共苦。来吧，哈尔达，蒙起我们的眼睛！"

"如果我弄伤脚趾或是摔倒，我会要求全额赔偿的。"金雳被蒙住眼睛时说。

"你不会有机会要求的，"哈尔达说，"因为我不会让你们走错路，而道路也都平坦宽敞。"

"唉，这种愚行真是浪费了大好时光！"勒苟拉斯说，"在此都是魔王的敌人，但我却必须蒙着眼睛走，无法欣赏阳光中金色树叶下的欢乐美景！"

"或许这看来是愚行，"哈尔达表示，"魔王可能正看着我们彼此猜疑的举动而哈哈大笑。可是，如今我们对罗斯洛立安以外的人实在不敢信任，或许只有瑞文戴尔例外，我们更不敢因为自己的大意危及全族的安全。我们如今是居住在一片险域中的孤岛上，我们的手抚摸弓弦的时间，远远超过抚摸琴弦。

"长久以来，这些河流保护我们，但它们已经不再安全了，因为魔影已经往北移动，将我们团团包围。有些人开始认为应该迁徙，但这似乎已经太晚了。西方的山脉被邪气所侵，东方的大地一片荒芜，布满了索伦的爪牙，我们现在甚至无法安全通过洛汗；连安都因河口都在魔王的监视之下，即使我们可以来到海岸边，也找不到安居的地方。据说高等精灵依旧拥有海港，但它们远在北方和西方，甚至要穿过半身人居住之地才能到达。但那究竟是在哪里，虽然陛下夫妇知道，我却不知道。"

"既然你都看到了我们，你或许应该猜猜看，"梅里说，"我所居住的夏尔西边，就有精灵的海港。"

"霍比特人能够居住在这么靠近大海的地方，真是好！"哈尔达说，"事实上，我的同胞已经很久没看过大海了，但我们在歌谣中仍记得它。我们一边走，请你一边告诉我这些海港的事。"

"我没办法，"梅里说，"我从来没见过那些地方。在这之前我从来没离开过我的家园。如果我早知道外界是什么样子，我可能就没胆子出来了。"

"甚至来看看美丽的罗斯洛立安都不愿意吗？"哈尔达说，"这世界的确充满了险恶，也有许多黑暗的地方；但这里依旧有很多美丽的地方，正因为许多地方夹杂着哀伤，也才让这里变得更加壮丽。

"有些同胞吟唱着黑暗终将失败，和平将再临的歌谣，但我不认为四周的世界会恢复跟古时候一样的状况，或阳光会像从前那般灿烂。对于精灵,我恐怕最好的状况就是战争休止,他们可以不受阻碍地前往渡海,永远离开中土世界。啊!我所钟爱的罗斯洛立安啊!生活中若没有了梅隆树,那生活将是多么贫乏无趣啊。然而大海彼岸若真有梅隆树的话,也从未有人提起。"

如此他们一边谈话,一边在哈尔达的带领下成一纵队缓慢沿着林中的路往前走,另一名精灵走在最后。他们感觉到脚下的土地十分厚实松软,过了一阵子之后,他们走得更自在,不担心摔倒或是受伤的问题。由于被剥夺了视力,佛罗多发现自己其他的感官相对强化了。他闻得到树木和新鲜草地的味道,他可以听见许多种不同音调的树叶摩擦声,河水在他的右方潺潺流着,天空中有着鸟儿清朗婉转的鸣叫声,走在草地上时,他感觉到阳光照在他脸上和手上的温暖。

自从他踏上银光河的这一岸,就有一种奇特、陌生的感觉,当他越往森林核心深处走,这种感觉就越强烈:他觉得自己似乎踏上了时光之桥,走入了远古时代的一角,如今正行走在一个已经不复存在的世界里。在瑞文戴尔,有着对古老事物的记忆;但在罗瑞安,古老事物仍存在一个活生生的世界里。在这世界中仍可看见、听见精灵,这世界也深知悲伤;精灵们害怕、不信任外面的世界:野狼在森林的边境上嗥叫,但在罗瑞安的土地上,没有暗影。

队伍整整走了一天,直到他们可以感觉到凉爽的傍晚来临,听见晚风在许多树叶间细语。然后,他们停下来休息,安心地睡在地面上;因为哈尔达不准他们拿下蒙眼布,而他们又没办法爬树。第二天早上他们继续不急不徐地步行。时至中午,他们又停了下来,佛罗多注意到他们走出了森林,站在阳光下,四周突然出现许多声音。

一整队的精灵悄然无声地出现,他们急着赶向森林的北边边界,抵御摩瑞亚可能的攻击。他们也带来很多消息,哈尔达跟他们分享了其中一些。之前大胆入侵的半兽人部队,几乎全部被歼灭,剩余的逃向西方，正被一路追杀。他们也目睹一只诡异的生物弯着腰，双手几乎垂到地上地四处奔跑；它看起来像是野兽，却不是野兽。它躲过了重重的追捕，由于没人知道它是善是恶，所以没人贸然射杀它，它就这么消失在银光河南边的地方。

"此外，"哈尔达表示，"他们也带来了我族陛下夫妇的旨意。诸位可以自由行动，连矮人金雳也不例外。看来女皇陛下知道你们每一位的身份，或许是瑞文戴尔送来了新的消息！"

他首先拿下金雳的蒙眼布。"向您致歉！"他深深地一鞠躬，说，"现在请用友善的眼光看我们！您应该感到高兴，因为自从都灵的时代以来，您是第一位得以目睹罗瑞安三角洲森林美景的矮人！"

当佛罗多的蒙眼布也被拿掉之后，眼前的景色让他屏息以对。他们站在一处开阔之地，左边是座大山丘，上面披覆着的茂密青草如同远古时的春天一样翠绿。山丘顶上，生长着如同皇冠一般的两圈树木：外圈的树木拥有雪白的树皮，树上连一片树叶都没有，但其枝桠光裸的线条十分优雅美丽；内圈则是极高的梅隆树，依然笼罩在黄金色之中。在这些树中央最高耸的一棵树上，高高的枝桠间有一座闪着微光的白色瞭望台。在树底下以及整个翠绿山丘的青草中，长着许多星状的金黄色小花。在这些黄色的小花间，错落生长着花梗纤细、随风摇曳的白色与淡绿色的花朵：它们在这片丰美的翠绿青草上闪烁着微光。天空则是蔚蓝色，午后的太阳照在山丘上，让这些树木拖出长长的影子。

"看哪！你们来到了瑟林·安罗斯，"哈尔达说，"这里是远古王国的核心，这山丘是安罗斯之丘，在和平年代中他的宫殿就建在山丘上。在这里，永远翠绿的青草上开着永不凋谢的花朵：黄色的伊拉诺，白色的宁芙瑞迪尔。我们会在这里停留一阵子，到傍晚再进入树民的城市。"

众人纷纷或坐或躺到了香气四溢的草地上,只有佛罗多依旧站了好一会儿,沉湎在惊叹之中。他觉得自己仿佛踏出一扇落地长窗,俯瞰着一个早已失落的世界。他找不到词语可以描述那照在其上的光芒。他所看到的一切都美得无与伦比,轮廓无不清晰分明,仿佛它们是事先构思好然后在他一睁眼的刹那间绘成,却又古老得仿佛已经经历永恒。他眼中所见的颜色都是他知道的,金黄、雪白、蔚蓝、翠绿,但它们如此新鲜、饱满丰润,令他此刻仿佛今生第一次看见颜色并为它们取了绝妙的名称。冬天在此,没有人感到要为远去的春天和夏天悲悼伤逝。大地上所生长出来的一切,没有污点瑕疵,没有疾病畸形。在罗瑞安的大地上,没有任何污损。

他转过身,看见山姆站在他身边,一脸困惑地看着四周,不停地揉着眼睛,仿佛想要确定自己不是在做梦。"这的确是大白天,阳光普照,一点也没错,"他说,"我本来以为精灵都是存在于月亮和星光下的,但这比我所听说过的都更加精灵化。我觉得自己仿佛身处在歌谣中,如果您了解我的意思的话。"

哈尔达看着他们,他似乎确实理解他们所想的和所说的话。他微笑起来。"你们感受到的是树民之女皇的力量,"他说,"你们乐意和我一起爬上瑟林·安罗斯吗?"

他们跟着他轻巧的步伐踏上了绿草遍布的山坡。佛罗多虽然在走着、呼吸着,他周遭生机盎然的花朵与树叶在凉风中摇曳翻飞,同样的凉风也吹拂在他脸上,然而他却觉得自己是走在永恒之境,这里一切都不改变、不褪淡,也不落入遗忘。当他离开此地再次进入外面的世界,夏尔的漫游者佛罗多仍会来此散步,徜徉在长满了伊拉诺和宁芙瑞迪尔的罗斯洛立安。

他们踏入了白树的内围,此时南风吹上了瑟林·安罗斯,在众枝桠间发出悠远的叹息。佛罗多静静站着,听见远方大海冲刷着那早已消逝的海岸，以及早已绝种的海鸟的鸣叫声。

哈尔达已经往前走，现在正在爬上瞭望台。佛罗多准备跟随其后，他扶住梯旁的树干——他今生从未如此突然，又如此清晰无比地感受到树皮的纹理质地与蕴藏在树木中的生命力。他感到一种身在林中与触摸到树木的欢悦，那和伐木工人或木匠的快乐不一样，他是为了这株活生生的树而高兴。

最后，当他终于上到这直入云霄的瞭望台，哈尔达拉住他的手将他转向南方。"先看这个方向！"他说。

佛罗多望见相当一段距离之外，有一座长有许多高大树木的山丘，但那也可能是一座拥有绿色高塔的城市：他无法判断究竟是哪一种。他只能够感受到，似乎一切守护此地的光明和力量，都是从其中溢流而出。他突然间想要长出翅膀，化身为鸟，飞到那绿色城市中休息。然后，他望向东方，看见罗瑞安的领土一路延伸到闪烁着苍白光芒的安都因大河河岸。他将目光移过大河，却发现所有的光芒都消失了，他再度回到那个他所熟知的世界。在河的那一边，大地看来毫无生气，空空荡荡，模糊一片，直到更远处，大地隆起像一座高墙，阴沉又黑暗。照耀在罗斯洛立安上空的太阳竟无力照亮远方那片阴暗的高地。

"那就是幽暗密林南方的边境，"哈尔达说，"是个长满了黑暗枞树的地方，那里的树一株紧挨着一株生长，也一起腐烂、枯萎。在其中一处岩石高地中央是多尔哥多，也就是魔王许久以前蛰伏的地方。我们担心邪恶势力如今在该处再度滋长，而且力量增加了七八倍。近来它的上空经常笼罩着乌云。在这高处，你可以看见两股相抗的力量，它们一直在意念上较量，不过光明已经看穿了黑暗的核心，而它自己的秘密却尚未被揭露。到目前还没有。"他转身，迅速地爬下绳梯，他们紧跟在后。

在山丘下，佛罗多看见亚拉冈像一棵树沉默伫立在那里；但他手中拿着一朵小小的金色伊拉诺，眼中闪烁着光芒，似乎陷入了某个美丽的回忆中。当佛罗多看着他时，知道自己看见了曾经一度发生在此地的事。亚拉冈脸上那神行客才有的浪迹天涯之沧桑，都在这美丽的环境中被抚平；他似乎穿着白袍，恢复成一名高大英挺的王者，他似乎对一个佛罗多看不见的人说着精灵语。*Arwen vanimelda, namárië*![1] 他呢喃着，深吸了一口气，然后回过神来，他看着眼前的佛罗多，露出微笑。

"这是世界上精灵国度的中心，"他说，"我的心永远驻留在此；除非，你我必经的黑暗之路行过后还有光明。跟我来吧！"他牵起佛罗多的手，离开瑟林·安罗斯的山丘，有生之年再也没有回来过。

---

[1] 意思是："亚玟，我亲爱的，再会了！"

第七章

凯兰崔尔之镜

当他们再度往前走时,太阳正落到山后,林中的阴影也渐渐加深了。他们现在是朝着树木浓密、暮色已经聚集的方向前进。他们没走多远,夜色就已降临,精灵们揭开了携带在身的银色油灯。

众人忽然间出了森林来到一块空旷之地,发现自己站在点缀着稀疏星辰的灰白天空下。他们眼前是一大片毫无树木的空旷之地,呈极大的圆形由两侧向后伸展,越过空地之后是一条很深的护城河,正笼罩在柔和的阴影里,不过河堤上的青草十分翠绿,生气蓬勃,仿佛依旧沉浸在阳光中。护城河的另一边陡然升起一堵绿色高墙,包围着一座绿色的山丘,山丘上生长着许多他们在别处从未见过的高大无比的梅隆树。它们的高度无法估算,矗立在暮色中犹如有生命的高塔一般。在它们层层叠叠的枝桠与不住翻飞摇曳的树叶间,闪烁着无数的灯光,绿色、金色和银色。哈尔达转过来面对众人。

"欢迎来到卡拉斯加拉顿!"他说,"这就是树民之城,里面居住着凯勒鹏大帝和罗瑞安的女皇凯兰崔尔。但我们无法从这里入城,因为城门不是朝北开的。我们得要绕到南边去,因为城很大,所以路途并不近。"

在护城河的河堤外缘,有一条由白色石块铺成的路。他们沿着这条路往西走,看着城市越来越高,如同一朵飘浮在他们左上方的绿云。随着夜色渐浓,灯光也变得越来越多,最后整个山丘仿佛淹没在星海之中。最后,他们来到一座白桥前,桥对面就是城市的大门,大门面朝西南,环抱的高墙在此重叠,城门就位在中央,高大坚固的城墙上悬挂着许多灯火。

哈尔达敲了敲门,说了几句话,门就无声地敞开了,但佛罗多没看见有任何守卫。一行人鱼贯入城,大门随即在他们背后关上。他们很快穿过位于两座城墙之间一条很深的小巷,然后进入了树木之城。他们看不见任何居民,也没听到任何的脚步声,但是有许多声音充斥在空气中,飘浮在他们头上。他们还可听见从远处的山丘上传来歌唱的声音,如同细雨落在树叶上。

他们行过许多小径,爬了许多层楼梯,直到上到高处,在他们面前是一片草坪,中央有个闪闪发光的喷泉。悬挂在附近枝桠上的许多银色油灯照亮着它,泉水喷出落进一个银盆中,一道清澈细流从盆中汩汩流下。在草坪的南边耸立着一株高过所有神木的雄伟大树,它巨大光滑的树干如同灰色的丝绸闪闪发亮,一路往上延伸,在极高处,才在如同云雾般的树叶中伸展出第一个分杈的枝桠。树干旁设有一道白色的阶梯,那底下坐着三个精灵。一看见有人靠近,他们立刻跳了起来。佛罗多注意到他们都非常高大,身上穿着灰色的锁子甲,肩上披着长长的白色斗篷。

"这里住着凯勒鹏和凯兰崔尔,"哈尔达说,"他们希望诸位能够上去和他们谈一谈。"

其中一个精灵守卫用小号角吹出清悦的声音,上面跟着传来了三声回应。"我先走!"哈尔达说,"佛罗多第二个,接下来是勒苟拉斯,其余人的顺序就随各位的意思。对不习惯的人来说,这要爬上很长一段时间,不过,你们中途可以休息。"

当佛罗多慢慢爬上绳梯的时候,一路上经过许多的瞭望台,瞭望台建造的位置都互有不同；有些就环绕着树干建造，绳梯会穿过它们。到距离地面很高的地方时，他来到了一座瞭望台，宽大得好像一艘巨舰的甲板一样，上面建了一座屋子，竟然大到可以作为地面上人类的大会堂。他跟着哈尔达走了进去，发现自己站在一个椭圆形的大厅中，正中央则是巨大的梅隆树干，虽然都已经快到顶了，但这株树的树干在此看来还是很壮观。

大厅内充满了柔和的光芒，墙壁是绿色和银色的，屋顶则是金黄色的。厅中坐着许多精灵。有两张并排靠近树干的椅子，上方有新鲜的枝叶作遮盖，椅上坐着凯勒鹏和凯兰崔尔。两人起身，以精灵的礼仪恭迎客人，他们即使接待帝王也是如此。他们非常高大，女皇的身高丝毫不逊于丈夫；他们都十分威严和美丽。两个人都穿着一身白，女皇的头发是深金色，凯勒鹏的头发则是丰润的亮银色。他们的脸上都没有岁月的痕迹，若有，也仅深藏在他们的眼中；两双眼睛都如星光下的枪尖一样锐利闪亮，并且十分深邃，犹如蕴藏着极深回忆的古井。

哈尔达领着佛罗多走到他们面前，皇帝用精灵语欢迎他。凯兰崔尔女皇一言不发，只是一直注视着他。

"夏尔来的佛罗多，请坐在我身边！"凯勒鹏说，"当所有的人都到齐后，我们会好好谈谈。"

远征队的成员一一进入，他一一称呼他们的名字向其致意。"欢迎亚拉松之子亚拉冈！"他说，"距你上次前来此地，外界已经过了三十八年；从阁下的外表看来，这三十八年对阁下来说可真是沉重啊！但是，不管是好是坏，结局都已临近。在此，你且把重担暂放一旁吧！"

"欢迎瑟兰督伊之子！北方我族的同胞实在太少前来拜访了。"

"欢迎葛罗音之子金雳！卡拉斯加拉顿已经很久没有见到都灵的同胞了。今天，我们打破了长久以来的律法。虽然世局黑暗，但愿这成为美好明日即将来临的象征,也是你我两族之间新友谊的开端!"金雾深深一鞠躬。

在所有客人在他面前就座之后,皇帝再度打量着众人。"这里只有八位,"他说,"根据消息,远征队的成员共有九位。但或许之后有了变动,我们没听说。爱隆距离我们那么远,黑暗横亘在我们之间越聚越浓,今年魔影的势力更加扩张了。讯息出现错误是很自然的。"

"不,计划并未更改。"凯兰崔尔女皇第一次开口了,她的声音如同诗歌般悦耳,却比一般妇女的嗓音低沉,"灰袍甘道夫和远征队一起出发,但他没能跨越这块土地的边界。请告诉我们他人在哪里,因为我十分想要和他谈谈。但是,除非他踏进罗斯洛立安的境内,否则我是看不到他的。他的四周有团灰色的迷雾,他所行的道路和他的心智我都无法看见。"

"唉!"亚拉冈说,"灰袍甘道夫陨落在魔影中。他没有逃出摩瑞亚。"

一听到这消息,全大厅的精灵无不激动出声,震惊万分。"这真是坏消息,"凯勒鹏说,"在长年无数令人悲伤扼腕的事情中,这是最坏的一个。"他转向哈尔达说:"为什么之前完全没有向我报告这件事?"他刻意使用了精灵语。

"我们之前并未向哈尔达提及我们的经历与目的,"勒苟拉斯说,"一开始,我们很疲倦,而危险又紧追在后;稍后,我们欢喜地走在美丽的罗瑞安中,几乎忘却了心中的悲痛。"

"但我们的悲痛极其深切,损失也是不可弥补的,"佛罗多说,"甘道夫是我们的向导,他带领着我们通过摩瑞亚;眼看我们毫无逃脱希望时,他牺牲自己,救了我们。"

"现在把经过详细告诉我们!"凯勒鹏说。

于是,亚拉冈叙述了前往卡拉兹拉斯隘口全部的遭遇,以及接下来几天所发生的事情；他说了巴林和他的史书，以及在撰史之厅中的激战，还有那火焰，那狭窄的桥梁，以及恐怖的降临。"那似乎是来自古代的魔物，我之前从未见过！"亚拉冈余悸犹存地说，"它同时拥有阴影和火焰的特质，浑身散发着极强的邪气。"

"那是魔苟斯的炎魔！"勒苟拉斯说，"在所有精灵的敌人之中，除了坐镇邪黑塔的魔王之外，它是最致命的克星。"

"的确，我在桥上看到的是我族人最深的噩梦，我看见了都灵克星！"金雳压低声音说，眼中依然充满恐惧。

"唉！"凯勒鹏说，"我们早就担心卡拉兹拉斯底下有沉睡的邪物。如果我知道矮人在摩瑞亚中再度吵醒了这邪物，我会禁止你，以及所有与你同行之人跨越北方疆界。如果可能的话，人们会说甘道夫是聪明一世竟糊涂一时，毫无必要地踏入了摩瑞亚，做出无谓的牺牲！"

"会这么说的人也未免太过武断了，"凯兰崔尔神情凝重地说，"甘道夫一生从来不做不必要的事。跟随他的人不知道他的计划，更无法替他内心所想的辩护。不过，不管向导所为如何，跟随者都是无辜的。不要收回你对矮人的欢迎之语。如果我们的百姓被长年流放在罗斯洛立安之外，那么，有哪一位树之民，包括大智者凯勒鹏在内，会在经过自己远古时代的家园时不想进来看看，即使这里已成了恶龙的巢穴？"

"卡雷德-萨鲁姆之水幽黑，奇比利-那拉之泉冰寒，在古王驾崩之前，凯萨督姆的众柱之厅美丽无双。"她看着闷闷不乐、垂头坐着的金雳，露出微笑。矮人一听见有人说出他们古老的语言，立刻抬起头，目光和她的交会；他似乎在突然间望进了敌人的心内，在那里看见了爱和谅解。他的脸上冰霜化解，也露出了惊讶之情，然后他也以微笑回应。

他笨拙地站起身，以矮人的礼仪行礼，说："但罗瑞安的大地更美丽,而凯兰崔尔女皇胜过一切地底的宝石!"

四周陷入一片沉寂。良久,凯勒鹏才再度开口。"我不知道你们的处境如此险恶,"他说,"请金雳原谅我的失言,我是因为心中太过烦扰才如此失态。我会尽全力,遵照你们每个人的意愿与需要来协助你们,特别是那位带着沉重负担的小朋友。"

"我们知道你的任务,"凯兰崔尔看着佛罗多说,"但我们不会在此公开讨论它。或许,你们正如甘道夫原先所计划的,前来此地寻求协助,事实证明此举并非徒劳。因为树民之皇是中土世界中最睿智的精灵,他也有能力赐给你们胜过凡人国王的珍贵礼物。自从天地初开,他就居住在西方之境,我和他一起经历了无数的年岁;在纳国斯隆德和贡多林陷落之前,我就越过了山脉,在这世界滔滔流逝的岁月中,我们一起并肩打这场长年以来未能打赢的仗。

"是我首先召开圣白议会,如果不是我的失策,议会应该是由灰袍甘道夫为首来主导,那么如今一切就不会是这样了。不过,即使是现在,一切也还是有希望的。我不会给予你们任何建议,指示你们该做这个或做那个。因为,我能帮助你们的不在于做什么事或给什么建议,也不在于选择这条路或那条路;仅仅在于我知道过去和现在,以及部分的未来。但我必须跟各位说:你们的任务正游走在刀锋边缘,只要稍有偏差就会全盘皆输,而全世界也会跟着一起陷落。但是,只要每个远征队的成员都坚信彼此,一切都还有希望。"

话一说完,她就以双眼注视每位远征队的成员。除了亚拉冈和勒苟拉斯之外,没有人能够承受她的目光。山姆很快就涨红了脸低下头去。

最后,凯兰崔尔女皇将他们从目光中释放出来。"别再担心烦恼!"她说,"今晚你们将高枕无忧。"于是他们齐齐松了口气,突然间觉得十分疲倦，虽然双方一句话都没有说，但他们却觉得如同经历了漫长又深刻的审问一般。

"现在下去休息吧！"凯勒鹏说，"旅途的劳顿与哀伤已使你们精疲力竭。即使你们的任务与我们没有深切的关系，你们也应当在我们城市中获得庇护，直到你们的伤痛痊愈，重新振作。现在你们该休息了，我们暂时不会讨论你们该何去何从。"

那一夜，众人都睡在地面上，这让霍比特人非常满意。精灵替他们在喷泉附近的树下搭了一个帐篷，并在篷里放置了十分舒服的软垫；随后他们以精灵悦耳的声音向众人道晚安后离去。众人讨论了一会儿昨夜睡在树上的体验、今天的旅程以及皇帝与女皇；因为他们暂时不愿回顾更早两天之前的事。

"山姆，你为什么要脸红？"皮聘说，"你一下就撑不住了。旁边的人一定会以为你有很强的罪恶感，希望你不会是要偷我的毯子啊！"

"我才没想过这样的事，"山姆说，毫无心情开玩笑，"如果你想知道，我觉得当时我好像赤身裸体，我一点也不喜欢这样。她似乎看穿我的内心，并且询问我，如果我有机会飞回夏尔，拥有自己的小花园，我会怎么做。"

"这真诡异了！"梅里说，"这几乎跟我所感受到的一样，只不过，只不过……我想我还是不要多说好了！"他结巴地打住。

看来，众人都经历了相同的体验。每个人都获得了两种选择，一是经历前方充满恐惧的黑暗道路，一是获得自己迫切想要的美梦。他们只要放弃任务，转离眼前的黑暗道路，让其他人去打仗抵抗索伦，就可以获得那美梦。

"我的似乎也是这样，"金雳说，"但我的选择是不能和其他人分享的。"

"那我的就更怪了，"波罗莫说，"或许这只是场试炼，她为了自己良善的目的想要索读我们的内心；但我几乎可以确定她在诱惑我们，试图给予我们她无权赠予的东西。当然，我拒绝倾听这诱惑的话语，我们米那斯提力斯人可是言出必行的。"但是，波罗莫对于女皇的诱惑，则没有多加评论。

至于佛罗多，虽然波罗莫强问了许多问题，但他都拒绝回答。"魔戒持有者，女皇看你看得特别久。"他说。

"没错，"佛罗多说，"但不管当时我想到什么，还是继续让它留在那里好了。"

"好吧，小心点就是了！"波罗莫说，"我对于这名精灵女子以及她的意图可不太确定。"

"千万别污蔑凯兰崔尔女皇！"亚拉冈严厉地说，"你不知道自己说了什么！她和这片大地都是无邪气的，除非人们自己将邪气带进来，那么，这个人就要小心了！自从离开瑞文戴尔之后，今晚我第一次可以高枕无忧。但愿我可以沉沉睡去，暂时忘却心中的烦恼，我已经身心俱疲了。"他躺在软垫上，立刻睡着了。

其他人很快跟着效法。他们的沉眠没有受到任何梦境或是声响的打扰。当他们醒来时，发现太阳已经高照在帐篷和草地上，喷泉也在日光下闪耀着光芒。

就他们所能记得、说得出来的，是他们在罗斯洛立安居住了一段时日。他们住在该地的那段期间，天气总是晴朗无比，连偶尔温柔降下的雨滴都只是让一切变得更洁净、清新。空气凉爽、干净，仿佛早春；但他们又感觉到周遭环绕着他们的是冬天那种深沉、宁静的气息。一连好几天，他们每天都只是吃喝、休息，以及在林中漫步，这样就够了。

他们没有再见到皇帝夫妇，也极少和其他精灵交谈，因为很少精灵懂得或会使用西方通用语。哈尔达已经向他们道别，回到原先的北方岗位去。自从远征队带来摩瑞亚的消息之后，该处已经安排了更严密的守卫。勒苟拉斯经常与树民待在一起，经过第一夜之后，他就没有再和众人一起过夜，只是偶尔回来和他们一起用餐和交谈。通常，他会带着金雳一起四处游历，其他人对他的改变都感到十分惊奇。

如今，他们不管是在散步，或是坐着聊天的时候，都会提到甘道夫；他的所有教诲和一言一行都清晰浮现在众人的脑海中。他们身体的疲倦虽然已经消失了，但内心的伤痛却变得更为鲜明。他们经常可以听见精灵的歌声，他们也知道这是为了纪念他的逝去所作的；因为他们在这甜美的声音中听见了甘道夫的名号。

"米斯兰达，米斯兰达，"精灵们唱着，"喔，灰袍圣徒！"他们喜爱这样称呼他。但即使勒苟拉斯和众人在一起，他也不愿意为众人翻译，说他自己没有这个能力，并且对他而言，这还是太过切身的伤痛，会令他哭泣，还无法作歌来回忆。

首先将这悲痛化成不甚顺畅的文字的是佛罗多。他极少因为感动而作诗或歌谣；即使在瑞文戴尔的时候，他也都是倾听，并没有开口歌唱，尽管他脑中记得许多前人所作的歌谣。但是现在，当他坐在罗瑞安的泉水旁，听着精灵的歌声时，他的思绪化成了美丽的歌词；只是，当他试图对山姆重复的时候，这词只剩下一些片段，如同一捧凋零的落叶，不复初始的美丽。

> 当夏尔时近傍晚，
> 山丘上传来他的脚步声，
> 黎明前他已走远，
> 无言地踏上漫长的旅程。

从大荒原到西海岸，
　　从北大荒到南低丘，
　　穿越龙穴暗门间，
　　自在于林间漫游。

　　与矮人和霍比特人，精灵和人类，
　　与凡人和不死之辈，
　　与树上飞鸟和穴中兽类，
　　他能说所有秘密的语汇。

　　一柄夺命神剑，一双疗病圣手，
　　因重担而弯曲的背脊；
　　号角之声，火焰之首；
　　疲倦的朝圣者行路万里。

　　智慧的王者，
　　火爆脾气，爱笑的性格；
　　戴着破帽的老者
　　倚着手杖的身影执着。

　　他孤身站在桥上，
　　力抗魔影邪火；
　　法杖碎裂，一心击垮邪王；
　　凯萨督姆，他的智慧陨落。

"哇，下次你就可以超越比尔博先生了！"山姆说。

"不，恐怕做不到，"佛罗多说，"我的极限也不过到此而已。"

"好吧，佛罗多先生，如果你还要作别的诗歌纪念他，记得加上有关他烟火的诗歌，"山姆说，"就像这一段：

> 最美丽的火箭，
> 炸开在蓝绿色的星斗间；
> 又如雷声过后金色的阵雨，
> 从空中落下一如花雨。

"不过这和他真正的实力还差远了。"

"不，山姆，我会把这个部分留给你。或者是留给比尔博。但是——我不想说了。我没办法想象要如何把这样的消息告诉比尔博。"

一天傍晚，佛罗多和山姆在清凉的暮色中漫步，两人都再次感到焦躁不安。佛罗多突然感觉到离别的阴影笼罩下来：他不知怎地知道时候近了，他该离开罗斯洛立安了。

"山姆，现在你对精灵有什么看法？"他问，"以前我曾问过你一次同样的问题——那似乎是很久以前的事情了；在那之后你又见识了更多的精灵了。"

"的确！"山姆说，"我开始知道这世界上有各种不同的精灵，他们的确都是精灵，但性格大异其趣。这些精灵似乎不是四海为家的那一类型，他们似乎是属于这里的，像是霍比特人属于夏尔一样。很难说到底是环境塑造他们，还是他们塑造环境。这里非常安静，似乎一切都停滞下来，没有事情在变动，也没有人想要事情变动。如果这里有魔法，那么就我看来，它其实是在事物的深处，不是我可以评断的地方。"

"你可以在每个地方看见跟感觉到它。"佛罗多说。

"这么说吧,"山姆说,"你没办法看见任何人在施展魔法,没有像老甘道夫展现的烟火一样的东西,我们已经有一段时间没有看到皇帝和女皇了。我推测她有心的话,应该可以做一些奇妙的事。佛罗多先生,我真的很想看看精灵魔法!"

"我可不想,"佛罗多说,"我很满足。我也不怀念甘道夫的烟火,我怀念的是他的臭脾气,他浓密的眉毛,还有他的声音。"

"你说得对!"山姆说,"您可别认为我在挑毛病,我常想要看看远古传说中的魔法,但我从来没听过比这里更美丽的地方。这里像是人同时在家中,又遇上了假期一样,我不想离开。但是,我又开始觉得,如果我们必须继续上路,那我们最好赶快离开。

"永不开始的工作会耗费最久的时间,我老爹常常这样说。我也不认为这些人能够帮助我们什么,不管他们有没有魔法。我想,当我们离开这里以后,我们才会开始真正地想念甘道夫。"

"恐怕你说得太正确了,山姆,"佛罗多说,"但是我希望在离开之前,可以再看看精灵女皇。"

就在他说话的时候,仿佛响应他的要求一般,他们看见凯兰崔尔女皇走了过来。她穿着白袍的高大美丽的身影行过树下;她没有开口,但示意他们跟随她。

她转身,领着两人朝卡拉斯加拉顿的南坡走去,他们穿过一道高高的绿树篱,进入一个隐秘的花园。这里没有生长任何树木,整个敞开在天空下。暮星已经升起,在西边森林的上空闪烁着白焰。女皇走下一长串的阶梯,来到一个深凹的绿色谷地,外面山丘上喷泉流出的银色小溪潺潺流经这里。在谷底,有一个雕刻得如同小树般的台座,上面放着一个大而浅的银盆,旁边还有一个银水瓶。

凯兰崔尔用小溪中的水将银盆装满,对它吹了口气。当水面涟漪平静之后,她说:"这是凯兰崔尔之镜,我带你们来此,是为了让你们观看这面镜子，如果你愿意的话。"

　　空气凝滞，谷地十分黑暗，精灵女子的身影高大而苍白。"我们该找什么，又会看到什么？"佛罗多充满敬畏地问。

　　"我可以命令镜子显示出许多不同的事物，"她回答道，"对于某些人，我可以让他们看见想看的东西。但是这面镜子也会显示出意料之外的事物，这些事物通常十分奇怪，却也比我们想看见的更有用。如果你放任镜子自己寻找任何事物，我就不知道会有什么样的结果，因为它所显示的是过去、现在和未来可能的情况。但即使是最睿智的人，也无法确定他究竟看见了些什么。你想要看看吗？"

　　佛罗多没有回答。

　　"那么你呢？"她转过身面对山姆，"我想，这就是你们同胞所谓的魔法；虽然我其实不太明白他们所说的魔法究竟是指什么；他们似乎也用同样的词汇来指那位魔王的欺骗伎俩。但，如果你愿意的话，这就是凯兰崔尔的魔法。你不是说过想要看看精灵魔法吗？"

　　"的确是，"山姆有些颤抖，但也有些害怕和好奇，"女士，如果您愿意的话，我想要看看。"

　　"我也不介意看看家里到底变成怎样了，"他瞟了佛罗多一眼，"我已经离家很久了。不过，我可能也只会看见星星，或是什么我不了解的东西。"

　　女皇温柔地笑了："可能吧！不过，还是来吧，你愿意看什么就看什么，别碰到水！"

　　山姆走到台座旁边，低头看着水盆。水看起来十分清澈、黑暗，里面倒映着许多的星辰。

　　"果然跟我想的一样，里面只有星星。"山姆说。接着，他低声倒抽了口气，因为星辰开始消隐。仿佛有一层黑暗的面纱被揭开一般，镜子转变成灰色，随即又变得澄清，里面有着太阳照耀的大地，还有摇曳的树木。在山姆来得及下定决心之前，画面又突然改变了。现在，他认为自己看到了脸色死白的佛罗多，躺在黑暗巨大的峭壁底下沉睡。接着，他似乎看到自己独自走在一条狭窄的通道上，然后爬上一道永无止尽弯弯曲曲的楼梯。他突然之间发现自己的影像正急着寻找什么东西，但是他一时之间不能够确定自己要找些什么。仿佛梦一般，他又看到了那些树木；但是这次变得更近，他这才看清楚那些树不是在摇曳，而是被砍倒，砸落在地面。

"哇！"山姆愤怒地大喊，"那是磨坊主人在砍树！这些树不应该砍的啊，那些是替临水路遮阴的树木。我希望我可以抓到那家伙，狠狠地揍他！"

不过，现在山姆又注意到老磨坊已经消失了，一座巨大的红砖建筑代之而起，很多人正忙碌工作。附近有一根庞大的烟囱，黑烟似乎弥漫了整个水面。

"夏尔一定出什么问题了，"他说，"当爱隆想派梅里回去的时候一定出状况了。"突然间，山姆跳了开来，惊呼失声，"我不能留在这里了！"他忙乱地说，"我一定得回家。他们挖掉了袋边路，可怜的老爹用独轮车把他的东西一路送下小山，我一定得回家！"

"你不能够单独回家，"女皇说，"在你看到镜中的景象之前，你不想放下主人回家，但你那时就知道夏尔可能已经遭遇了不测。请记得，这面镜子会显示许多事物，不是所有的事都已经发生。有些事永远不会发生，除非看见它的人放弃原先的道路，转而想要阻止它。将这面镜子当作行事的向导是件危险的事。"

山姆坐在地上，捧着头说："我真希望我永远没有来这里，我不想再看什么魔法了。"他沉默了下来。片刻之后，他声音沙哑地再度开口，仿佛正努力和眼泪搏斗。"不，我要回家就要和佛罗多先生一起回家，否则干脆不回去，"他哽咽地说，"但是，我希望有一天我真的能够回家，看看这些事情是不是都发生了。如果是真的，有人要为此付出代价！"

"佛罗多，你现在想要看看吗？"凯兰崔尔女皇说，"你以前并不想要观看精灵魔法。"

"你建议我看吗？"佛罗多问。

"不，"她说，"我不建议你做这或做那。我不是顾问。你可能会知道一些事情，无论你看到的是吉是凶，于你是福是祸都不得而知。眼见本来就是有利也有弊。但是，佛罗多，我认为你拥有足够的勇气与智慧来进行这场冒险，否则我就不会带你来了，你自己决定吧！"

"我愿意看！"佛罗多走到台座旁边，低头向着水盆内看去。镜子立刻变得清晰，让他看见了一块微明的土地，远方的山脉衬在黑色的天空之下，一条长长的灰色小径延伸出视线之外，极远的地方有个人影缓缓走来，一开始人影十分模糊微小，但随着走近，慢慢地变大、变清楚。突然间佛罗多发现这人让他想到甘道夫。他几乎就要脱口喊出巫师的名字的时候，他发现对方穿的不是灰袍，而是白袍，是一种在昏暗中会闪着淡淡光芒的白袍；而且，他手上拿着的是一柄白色的手杖。他的头垂得非常低，让人看不见他的脸。接着他沿路转了个弯，走出了镜子所及的范围。佛罗多心中开始忐忑不安，这显示的究竟是甘道夫过往许多孤寂的旅程之一，还是白袍萨鲁曼？

影像现在又改变了。画面十分短暂但很清晰，他瞥见比尔博在房间内不安地踱步，桌上堆满了各种各样的文件，雨点打在窗户上。

然后，突然间一切都停了下来，紧接着出现了一大串连续的画面，佛罗多下意识地知道这是自己所卷入的大历史中的一部分。迷雾散去之后，他看见了一个从未见过的景象，却立刻知道那是什么：那是大海。黑暗落下，大海在巨大的风暴中愤怒翻腾。然后他看见血红的太阳沉落到残破的云朵后方,衬出一艘巨舰的黑暗轮廓,顶着破烂的风帆从西方航行而来。接着是一条巨大的河流穿越一座人口稠密的大都市。然后是个拥有七层高塔的要塞。之后又是一艘船,上面挂着黑帆,但那又是早晨了,水面上泛着金光,一面有着白色圣树徽记的旗帜在阳光下闪烁招展。一股预警着战争的狼烟升起,太阳又以血红的面貌再度落入灰色的迷雾中;在迷雾中一艘小船航行远去,船上点缀着闪烁的灯火。它消失了,佛罗多叹了口气,准备转身离开。

但突然间镜子变得一片漆黑,仿佛有一个黑洞在他面前开启了,佛罗多瞪视着这一片虚无。在那黑暗的无底深渊中出现了一只独眼,它慢慢变大,直到几乎占满了整个水盆。佛罗多害怕地不能动弹,既无法移开视线,也无法发出任何的声音。那只眼睛的边缘笼罩着一圈火焰,本身也散发着如同妖猫一样的黄色光芒,正聚精会神地监视一切;而在瞳孔的地方则是一个深洞,通向无尽的虚无。

然后,那只眼睛开始转动,四下搜寻着;佛罗多很确切地知道自己绝对是目标之一。但他也知道,除非他起了这念头,否则对方是看不见他的。戴在他脖子上的魔戒变得十分沉重,远比一块大石头还要重,他的头开始被拉向水面。镜子似乎开始变热沸腾,水面开始冒起蒸汽。他快要滑进水中了。

"别碰水!"凯兰崔尔女皇柔声说。那影像消失了,佛罗多发现自己眼前的景象又变成银盆中的星辰,他浑身发抖地后退,看着凯兰崔尔女皇。

"我知道你最后看见了什么,"她说,"因为那也出现在我的意念中。别害怕!但也别以为罗斯洛立安对抗魔王的唯一防卫,就是森林间的歌声和精灵纤细的箭矢。我告诉你,佛罗多,即使在我和你说话的时候,我也能够知道黑暗魔王的思想,或者至少知道所有他盘算对付精灵的想法。即使他使尽全力想要看见我、知道我的想法,但那门户依旧是关闭的!"

她举起洁白的玉臂,朝向东方做出辟邪和拒绝的手势。埃兰迪尔,精灵最钟爱的暮星,在天空闪烁着明亮的光芒。灼亮的星光甚至让精灵女皇在地上投下淡淡的影子。那光芒照着她手指上的一枚戒指;那枚戒指看起来像是黄金外面覆盖着银光,而中央则嵌着一枚闪亮的白色宝石,犹如天上的暮星落下停驻在她手上一般。佛罗多敬畏地看着那枚戒指,因为他突然间明白了一切。

"是的,"她知道了他的想法,"这是不许谈论之事,连爱隆也不能向你透露。但是,对于曾经看过魔眼的魔戒持有者来说,这是无法隐瞒的秘密。精灵三戒中的一戒,正是隐藏在罗瑞安的领土中,戴在凯兰崔尔的手上——这是南雅,钻石魔戒,我是它的持有者!

"他的确怀疑精灵戒指在我这边,但他还不能确认——目前还不能。现在你该明白为什么你的到来对我们而言会如末日将临了吧?因为如果你失败了,我们就会暴露在魔王的魔掌之下。但,如果你成功了,那么我们的力量将会减弱,罗斯洛立安将会消逝,历史的洪流将会把此地给冲刷殆尽。我们必须遁入西方,否则就会退化成为居住在山洞或是谷地中的原始人,遗忘一切,也被一切所遗忘。"

佛罗多低下头。"那您的愿望会是哪样呢?"他最后终于说。

"我们不能干涉历史的定数,"她回答道,"精灵对于土地和自己所创建功业的挚爱,比大海还要深,而他们的遗憾与悲伤是永远不会消逝也无法抹除的。但是,我们宁愿舍弃一切也不愿向索伦低头!因为,如今他们知道索伦的真面目。罗斯洛立安的命运你无法负责,但你能为自己任务的成败负责。倘若我能许愿,虽然这没多大用处,我但愿至尊魔戒从未被创造出来,或它永远也找不回来。"

"凯兰崔尔女皇,您果然睿智、无畏又美丽,"佛罗多说,"若您开口要求,我会把至尊魔戒送给您。它对我来说实在是太沉重了。"

凯兰崔尔突然朗声笑了。"凯兰崔尔或许真的很睿智，"她说，"但眼前的这位并不逊色啊！阁下温柔地回报了我初次见面时对你们的试炼，你开始拥有一双锐利视事的眼睛了。我不否认我心里真的非常想接受你的提议。多年以来我曾经为此不住思考：如果有一天，统御之戒到了我的手上，我会怎么做？看哪！现在它就在我眼前。不论索伦本身成败兴衰，当年铸造它的邪恶之力起作用的方式有许多种。如果我借由暴力或恐惧的力量强夺走客人的宝物，这岂不正是以他的魔戒行义吗？

"现在，这机会终于来了。你愿意将魔戒白白送给我！你打倒了黑暗魔王，让女皇登基。而我将不会陷入黑暗之中，我将会美丽、伟大，如同晨曦和暮色一般！如同海洋、如同太阳、如同群峰间的白雪！像是暴风和闪电一样的恐怖！比大地的根基还要坚牢！万民万物都将敬畏、尊敬我……"

她举起手，她手上所戴的魔戒射下一道极大的光芒，将她一人笼罩在光中，其余一切都陷入黑暗中。她站在佛罗多面前，身形高大得难以描述，美丽得让人无法逼视，恐怖而又崇高。然后，她放下了手，光芒消逝，突然间她又笑了，咻的一声，她缩小了，恢复成原来那名纤瘦的精灵女子，穿着简单的白袍，声音带着温柔与感伤。

"我通过了试探，"她说，"我愿意随历史消逝，遁入西方，继续保有凯兰崔尔的名号。"

他们在沉默中伫立良久。最后，女皇终于再度开口。"我们回去吧！"她说，"你们明天一早就必须出发，因为我们刚刚已经做出了选择，命运的巨轮再度开始运转了。"

"离开之前，我还有最后一个问题，"佛罗多说，"一个我在瑞文戴尔一直想问甘道夫的问题。我获准持有至尊魔戒，可是我为什么无法看见和知道其他魔戒持有者的心思和身份？"

"那是因为你没有试过，"她说，"自从你得知自己拥有的是什么之后，你只戴过它三次。千万别贸然尝试！这会毁了你的。难道甘道夫没有告诉过你，魔戒赐与的力量是随着拥有者而改变的吗？在你可以使用那股力量之前，你需要变得更强大，磨炼自己的意志去操控他人。但即使没有这样，由于你是持有者并戴过魔戒，见过那隐藏的世界，你的所有感官能力也会变得更为锐利，你比许多智者都要更清楚我内心的想法，你看到了控制九戒和七戒的魔王之眼。你不也是一眼就发现、认出了我手上的戒指吗？你看得见我的戒指吗？"她转过身面对山姆。

"不，女皇。"他回答道，"说实话，我一直搞不清楚你们在说些什么，我看到有颗星辰停留在您的手上。但如果您容许我发言的话，我想说，我觉得我的主人说得对，我也希望您接下他的魔戒。您会导正一切的。您会阻止他们赶走我老爹，不会让他四处流浪。您会让那些犯错的人付出代价！"

"我会的！"她说，"事情都是那样开始的。但不会以那样的方式结束，唉！我们不要再讨论这个话题了。我们走吧！"

第八章

再会，罗瑞安

那天晚上，远征队的成员再度被传唤到凯勒鹏的大厅中，皇帝和女皇言词和善地欢迎他们。最后，凯勒鹏终于提起他们要离开了的事。

"时候到了，"他说，"那些希望继续旅程的人必须硬下心肠离开这里。那些不想继续的人可以暂时留在这里。但无论他们是走是留，都无人可确定会有和平的未来，因为我们已经来到了末日的边缘。那愿意留下的可以一直停留到那时候，直到世界的命运改变，或是我们会召唤他们为罗瑞安做最后一战。然后，他们可以回到自己的家园，或者是前往战死英魂的英灵殿中。"

周围一阵沉寂。"他们都决定继续向前。"凯兰崔尔看着每个人的眼睛说道。

"至于我，"波罗莫说，"我回家的路是在前方，而不是回头。"

"不错，"凯勒鹏说，"但所有的远征队成员都会与你同去米那斯提力斯吗？"

"我们还没决定未来的旅程，"亚拉冈说，"在过了罗斯洛立安之后，我不知道甘道夫打算怎么做。事实上，我想连他也没构思得很清楚。"

"或许吧，"凯勒鹏说，"不过，当你们离开这里之后，大河安都因将是你们唯一的选择。你们之中有些人应该知道，除非有船，否则旅人是无法背着行李往来于罗瑞安和刚铎的。况且，奥斯吉力亚斯的大桥不是已经摧毁,那地不是都已落入魔王的掌握了吗?

"你们究竟要走哪一边?前往米那斯提力斯的路是在这边,在河的西岸;但执行任务要走的路是在河的东边,在那更黑暗的河岸上。你们要走哪边的河岸?"

"如果大家接受我的建议,我们将会沿着西岸前往米那斯提力斯,"波罗莫回答,"但在下并非远征队的队长。"其他人一言不发,亚拉冈看起来犹豫不决,十分困扰。

"我看得出来你不知道该怎么做,"凯勒鹏说,"我无法替你作出选择,但我会尽量提供给你帮助。你们之中有些人会划船:勒苟拉斯,你们同胞对湍急的密林河十分熟悉;还有刚铎来的波罗莫,漫游各地的亚拉冈。"

"还有一个霍比特人!"梅里大声说,"不是每个霍比特人都把船视为洪水猛兽,我们家人就住在烈酒河旁边。"

"很好,"凯勒鹏说,"那么我将送给诸位足够的小舟。这些船必须够轻、够小,因为如果你们要走很长一段水路,有些地方你们必须上岸扛着小舟前进。你们将会遇上萨恩盖宝一带的激流,或者最后会来到拉洛斯瀑布,大河从兰西索湖以雷霆奔腾之势在该处直落千丈。不只如此,路上还有其他的险阻。小舟至少可以减轻你们旅途的危险与劳顿。但它们无法给你建议:到最后你们必须舍弃小舟,离开大河,往西——或是往东走。"

亚拉冈对凯勒鹏连连道谢。这项礼物暂时解决了他的问题,不但加快了旅行的脚步,更让他短时间内不需要考虑前进的方向。其他人看起来也放心多了。因为不管前途有多少险阻,顺着河流乘舟而下,总比弯腰驼背拖着沉重的脚步去面对要好多了。只有山姆抱持着怀疑的态度:他始终觉得舟船就如野马一般糟糕,甚至更可怕,以前他所经历的一切危险都没让他把船想得好一点。

"一切都会在明天中午之前，在港口为你们准备好，"凯勒鹏说，"明天一早我会派人去协助你们做好准备。现在，我们祝各位有个无梦的好眠。"

"晚安，朋友们！"凯兰崔尔说，"好好睡！今晚不要为了明天的旅程太过忧心。或许你们每个人该走的方向都已在你们脚前展开，只是你们还没发现而已。晚安！"

远征队的成员告退之后就回到他们的帐篷。勒苟拉斯这次和他们同行，因为这是他们待在罗斯洛立安的最后一晚，即使有凯兰崔尔女皇的保证，他们还是希望先聚在一起讨论一下。

为了未来该怎么走，以及完成此行目的最好的办法是什么，他们争论了许久，但众人最后还是无法做出决定。很明显的，大多数人都希望先去米那斯提力斯，至少暂时可以躲开魔王的紧追不舍。他们其实也愿意跟随队长一起越过大河进入魔多；但佛罗多什么话都没说，而亚拉冈则内心还在挣扎着。

当甘道夫还在队伍中的时候，亚拉冈自己的计划是和波罗莫一起走，带着圣剑去援救刚铎。因为，他相信那场梦境就是故土对他的召唤，时候终于到了，伊兰迪尔的子嗣终于有机会得以洗刷污名，与索伦决一死战。但是，在甘道夫于摩瑞亚牺牲之后，带领队伍的重责大任就落到他身上。他知道，如果佛罗多拒绝和波罗莫一起走，他也不能够舍弃魔戒。可是，他和队友们除了陪伴着佛罗多一同盲目地走进黑暗中之外，还能提供什么样的帮助呢？

"即使只有我一个人，我也必须回米那斯提力斯，因为这是我的职责。"波罗莫说。在那之后，他沉默了很长一段时间，双眼直盯着佛罗多，仿佛试着了解对方在想些什么。最后，他终于轻轻开口了，仿佛是在和自己辩论一般。"如果你只是希望摧毁魔戒，"他说，"那么武器和战争都帮不上你的忙,米那斯提力斯的人也无法协助你。但是,如果你希望摧毁暗王的大军,那么,你在没有后援武力的状况下进入魔多只能算是愚勇,而丢弃它更是种愚行。"他突然间停了下来,仿佛意识到自己在不经意之间竟说出了心底的话。"我是说,舍弃自己的性命是种愚行,"他连忙补充道,"这是在守卫坚强的要塞和迎向死亡之间做出选择,至少,我是这样认为的。"

佛罗多从波罗莫的眼光中捕捉到了某种新的、奇怪的东西,他用力地瞪着波罗莫。很明显的,波罗莫最后一句话是违心之论。丢弃它是种愚行,"它"是什么?力量之戒吗?他在爱隆的会议中也说过类似的话,但随后他接受了爱隆的指正。佛罗多看着亚拉冈,但对方似乎陷入了沉思,没有注意到波罗莫的话语。因此,他们的辩论就此终结。梅里和皮聘已经睡着了,而山姆也开始打瞌睡,当他们结束辩论的时候已经深夜了。

到了早上,当他们正开始打包为数不多的行李的时候,会说通用语的精灵来到他们的帐篷中,并且带来了许多食物和衣物。食物大多数是一种薄薄的蛋糕,外层烘烤成淡褐色,内层则是奶油的颜色。金雳拿起一块蛋糕,用怀疑的眼光打量着它。

"干粮。"他压低声音哼着说,露出厌恶的表情。同时,他悄悄捏下一角烤得脆脆的蛋糕,小心翼翼地试咬几口。他的表情立刻变了,接着狼吞虎咽地把那块蛋糕整个吃掉。

"别再吃了!别再吃了!"精灵们哈哈大笑着阻止他,"你已经吃了够你走一整天路的量了!"

"我以为这只是普通的干粮,就像河谷镇的人类做来给人在野外赶路时的食品。"矮人说。

"这的确是啊!"他们回答道,"但我们称呼它为兰巴斯,或是行路面包，它滋补的效用比任何人类所制的食物都要好，而且，味道也比干粮好多了。"

"这话一点也不错，"金雳说，"天哪，这甚至超越了比翁一族的蜂蜜蛋糕。这可是相当诚心的夸奖啊，因为比翁一族是我所知道最厉害的糕饼烘烤师傅了；但这些日子以来，他们已经不太愿意把蛋糕送给旅行的人。你们真是慷慨的主人！"

"不客气，但我们还是劝你们尽量省着点吃，"他们说，"一次只吃一点，并且只在需要的时候才吃。因为这些东西是让你们在其他粮食都断绝的情况下吃的。如果你不弄破外表，让它们像现在一样包在叶子里面，它们可以保持新鲜非常久。只要一块，就够让一名旅者步行一整天，进行许多耗费体力的工作，即使他是米那斯提力斯的高壮人类也不例外。"

接下来，精灵们打开包裹，将带来要送给远征队每位成员的衣物拿出来。他们送给每人一件量身定做的连帽斗篷，质料又轻又暖，是树民们编织的某种丝缎。旁观者很难断定它们究竟是什么颜色：在树下的时候它们看起来像是暮色一般灰扑扑的，但当斗篷在移动中，或处在光源下的时候，它们就化成如同树叶一般的绿色，在夜晚变成褐色大地般的色彩，在星光下则变成水波般的银灰色泽。每件斗篷都用一枚镶着银边的绿叶形领针在领口处扣住。

"这些是魔法斗篷吗？"皮聘用惊讶的眼光看着这些衣服。

"我不知道你这样说是什么意思。"为首的精灵说，"它们是非常好的衣物，织工精良，因为它是在这块土地上制造的。它们确实是精灵的衣袍，如果你的问题是这个意思的话。树叶和枝干，流水和岩石：它们拥有我们深爱的罗瑞安的暮色中一切美丽景物的色泽；我们把所有我们所爱的都放入我们所做的作品里。但是，它们依旧只是衣物，不是盔甲，无法阻挡箭矢或是刀剑。但对你们来说，它们应该相当实用。

这些衣物穿起来很轻,必要的时候也很保暖或很凉爽。而且,它们很适合用来躲避那些不友善的眼光,不管你是走在岩石上还是森林中。诸位真的极受女皇的宠爱,因为这是她亲自和侍女们一针一线缝出来的;而且在此之前,从未有外人穿过我们的衣物。"

用过早餐之后,远征队的成员告别了喷泉旁的草地。他们的心情很沉重,因为这是个美丽的地方,对他们来说已经有了家的感觉,虽然他们无法数算自己究竟在这边过了多少日夜。当他们伫立片刻,看着阳光下白色的泉水时,哈尔达越过草地向他们走来。佛罗多欣喜地向他问安。

"我从北方边界回来了,"精灵说,"现在再度担任诸位的向导。丁瑞尔河谷里面满是蒸气和白烟,山脉似乎动荡不安,地底深处似乎有什么东西在喧闹着。如果你们有人想要回家,恐怕不能从那边走了。不过,诸位还是跟我来吧!你们现在的路是往南走。"

当他们穿越卡拉斯加拉顿的时候,道路上空无一人,但他们头顶的树上传来许多呢喃和吟唱的声音,他们自己则是一言不发。最后,哈尔达带着他们来到了山丘的南坡,他们再度来到了挂满油灯的大门,以及那座白色的桥。于是,他们走出大门,离开了精灵的城市。接着,他们离开了大路,踏上一条深入浓密的梅隆树林中的小径,沿着曲折的小径继续穿越地上有着银色树影的绵延森林,小径一直领着他们往南、往东走,朝着大河的河岸前进。

他们大概走了十哩,时间快到中午时,他们来到一座绿色的高墙前。在穿过墙上的一个开口之后,一行人突然间离开了树林。他们眼前是长长一片反射着灿烂阳光的草地,上面点缀着金光闪闪的伊拉诺花。这片窄长如舌的草地夹在两条河流之间:在右边,也就是西边的是银光闪耀的银光河;在左边也就是东边的则是大河宽广幽深的滔滔流水。

在远处河的对岸，他们极目之处仍旧是继续往南延伸的森林，但整个河岸边都十分光秃荒凉，在罗瑞安之外没有任何金色的梅隆树生长。

在银光河的岸边，距离两河汇流尚远之处，有一座由白色石头和白色木材所搭建成的码头，旁边停靠着许多小船和平底货船。有些漆着十分鲜艳的色彩，闪耀着银色、金色和绿色的光芒，但大多数的船只都是简单的白色或灰色。有三只灰色的小船已经为他们准备好，精灵们把大部分的行李放在其中，他们又替每只船加上三捆绳索。这些绳索摸起来十分柔滑，看起来十分纤细，事实上却非常强韧，绳索的颜色就像精灵的斗篷一样灰扑扑的。

"这些是什么？"山姆拿起一捆放在草地上的绳索问。

"是绳子呀！"一个在船上的精灵回答道，"出门一定要记得带绳索！而且还得是强韧、够长、够轻的绳索。就像这些，在许多地方都派得上用场。"

"这可不需要你告诉我！"山姆说，"我来的时候就忘了带，让我一路担心得不得了。我自己也知道一些制造绳索的技巧——是家传的啦，但我实在看不出来这绳子是怎么做的。"

"它们是用希斯蓝制作的，"那个精灵说，"不过，现在已经没时间教你详细的制作方法了。如果早知道你有兴趣学这项工艺，我们可以教你很多哪。真可惜，除非你将来会回到这里来，不然你现在就只能先用我们做的啦。希望它能帮上你们的忙！"

"来吧！"哈尔达说，"一切都准备好了。上船吧！刚上来的时候要小心！"

"注意啦！"其他的精灵说，"这些是非常轻的船只，它们精致的做工和其他种族的船只都不一样。它们不会沉，你们想装载多少东西都可以；但如果操桨的技术不够好，它们也可能很难划。你们最好先花点时间在码头上练习上下船的技巧，然后再出航。"

一行人这样安排座位：亚拉冈、佛罗多和山姆在一只船上。波罗莫、梅里和皮聘在另一只船上，第三只船上是现在已成了莫逆之交的勒茍拉斯和金雳。最后一只船上放着大部分的行李和补给品。这些船是用短柄桨操作，桨叶宽大，如同树叶的形状。在一切都准备好之后，亚拉冈领着众人沿着银光河划行。水流很湍急，他们刻意降低船速。山姆坐在船艄，紧抓着船身，可怜兮兮地看着岸边。照在河面上的阳光让他觉得头晕目眩。当他们通过汇流处的绿色三角洲之后，有些低垂的树差不多要碰到河岸了，河面上到处漂满了黄金色的树叶。空气十分地清新宁静，除了天空中云雀的啁啾声之外，四下悄然无声。

他们在河流上猛转了一个弯，一只巨大的天鹅出现在大河上，向他们游来。在它曲线优美的颈项下，河水在它雪白的胸口两旁激起阵阵的水花。它的喙闪动着金光，双眼像是镶嵌在黄色宝石中的乌玉一样幽黑，它雪白的大翅翼半张着。随着它越来越近，阵阵音乐声也传了过来；这时他们才意识到它原来是艘精灵工匠发挥巧思，雕塑得如同天鹅一般的船只。两个穿着白袍的精灵用黑色的船桨操控着船的方向，凯勒鹏坐在船中央，高大、白光隐射的凯兰崔尔站在他身后；她头上戴着金色的花冠，手中拿着竖琴，吟唱着歌谣。在这凉爽、清澈的空气中，她的声音听起来十分甜美又悲伤：

> 我歌颂树叶，黄金的树叶，金树叶美丽生长；
> 我吟唱清风，那清风吹来，在枝桠间回荡。
> 在月亮下，太阳之外，水花在海面上四溅，
> 在伊尔马林的河流旁，生长着黄金树的枝干，
> 在艾尔达玛的暮星照耀下闪亮，
> 在艾尔达玛，傍着精灵的提理安城墙。
> 黄金的树叶生长在时光延伸的枝杈上，

但在分隔的大海外，精灵的眼泪成行。
喔，罗瑞安！冬天已来，枯萎而无叶的岁月；
树叶落入水中，长河流入永夜。
喔，罗瑞安！我已在这洲上居住太久，
在褪色皇冠上黄金色的伊拉诺花缠扭，
若是我吟唱船只的歌谣，会有什么船到我身边，
有什么船可载我渡过宽阔的海洋回到彼岸？

当天鹅船驶近小船时，亚拉冈将小船停了下来。女皇唱完了歌，开始招呼众人。"我们是来向你们道别的！"她说，"并且代表这块土地祝你们一路顺风。"

"虽然诸位是我们的客人，"凯勒鹏说，"但你们还没有和我们一起用过餐。因此，我们设宴为诸位饯行，就在这载送各位远离罗瑞安的大河旁。"

天鹅船缓缓地靠到岸边，众人掉转船头跟随在后。饯别宴就在三角洲尽头的青翠草地上举行。佛罗多吃得极少，他的眼中尽是美丽女皇和她的声音。她看来似乎不再危险和可怕，也不再充满那种隐藏的力量。在他看来，她已经如同后世人们偶尔见到的精灵一般：似在眼前，却又似极为遥远，是一个已被滔滔时光洪流远抛在后的一个活生生的影像。

在他们吃喝过后，众人都坐在草地上。凯勒鹏再度和他们谈起旅程的方向，伸手指向三角洲以外森林的南方。

"当你们沿着河而下，"他说，"你们会发现树木越来越少，然后会来到一块不毛之地。从那边开始，大河会穿越高地上的多岩地形和高沼地，直到经过很长的距离之后，来到燃岩岛，也就是我们称作托尔布

兰达的一座高耸岩石岛。大河从该处叉开分流，经过小岛陡峭的岩壁，接着以雷霆之势在大片水雾中落下拉洛斯瀑布，进入宁道夫区，也就是你们口中的威顿。那是一片很大的沼泽地带，大河在该处变得十分弯曲，分出许多支流。那里另有一条从西边法贡森林流出的树沐河，河口也分成许多支流注入大河。在大河的这一边是洛汗国，在另一边则是艾明穆尔光秃秃的山丘。那里长年吹着东风，从山丘上放眼望去可看见死亡沼泽和无人地带，一路直达葛哥洛斯盆地和魔多的黑暗大门。

"波罗莫，以及任何想要与他前往米那斯提力斯的人，都最好在抵达拉洛斯瀑布之前离开大河，并在树沐河尚未进入沼泽区之前渡河。但他们最好不要沿河往上走得太远，不要太过深入法贡森林；那是块诡异的地方，如今外人对它所知甚少。但我想波罗莫和亚拉冈都不需要我这项警告。"

"的确，我们在米那斯提力斯听过法贡森林的威名，"波罗莫说，"但我一直认为那是保姆所说的故事，那些用来骗小孩的故事。在洛汗国之北的疆域，因为距离太远，容许各种怪异传说横行。在古代，我国的疆界直达法贡森林，但是已经有好几百年没有人亲自拜访过该处，自然也无法证明或是推翻该处的各种传言。

"我自己曾在洛汗国待过一阵子，但从来没有越过洛汗往北走过。我当时被派出来担任传递消息的信差，我沿着白色山脉通过洛汗隘口，横越艾辛河和灰泛河进入北地。那是段相当漫长又疲倦的旅程，我猜大概有一千两百英里左右，那花了我好几个月的时间；更糟糕的是，我还在灰泛河的渡口塔巴德失去了坐骑。在那次连同这次旅程与各位共同行过这许多路途之后，我相信，如果有必要的话，即使是在洛汗或是法贡森林，我们也能够找出一条路来。"

"那么，我就不需要再多说了，"凯勒鹏说，"不过，千万别小看多年以来流传的神话和故事，因为这些保姆所记得的，往往是贤者需要知道的事。"

这时凯兰崔尔从草地上站了起来,她从侍女手中拿过一个杯子,在杯中斟满白色蜂蜜酒,将它交给凯勒鹏。

"现在该是举杯向各位告别的时候了,"她说,"喝吧,树民之王!别让你的心太过悲伤,虽然黑夜必然随着正午前来,吾辈的黄昏也已临近。"

然后,她举杯向每一位远征队的成员敬酒。当每个人都喝过蜂蜜酒之后,她请众人再度在草地上坐下。侍女们替她和凯勒鹏放置好座位之后,就沉默地站在她身边。她一言不发地打量着这些客人,最后,她终于再度开口了。

"我们已经喝下了饯别酒,"她说,"马上就要分离。但是,在离别之前,我特别为各位准备了一些礼物,愿诸位记得树民之王和他妻子的善意,愿诸位不要忘记罗斯洛立安。"然后,她一个个请他们走向前。

"这是凯勒鹏和凯兰崔尔送给远征队队长的礼物。"她对亚拉冈说。接着,她拿出一只特别为圣剑打造的剑鞘。剑鞘上有着以黄金和白银镶嵌的树叶和花朵图形,上面还有用许多宝石嵌出来的精灵文字,书写着圣剑安都瑞尔的名号和它的来历。

"从此剑鞘中抽出的剑,即使被击败,也不会断折或污损,"她说,"但是,未来还有许多的危险和黑暗,你在离开之前还有什么想要的吗?我们未来可能再也没有机会相见了,除非是在一条无法回头的旅途上。"

亚拉冈回答说:"女皇,您知道我全部的愿望,也一直不愿意将我寻求的唯一珍宝赐给我。不过,我知道,即使您愿意,那也不是您能够赐给我的。我唯有穿越重重的黑暗,才能赢得这珍宝。"

"但,或许这能够减轻你心中的重担,"凯兰崔尔说,"有人将它留给我保管，好在你经过此地的时候将它交给你。"接着，她从腰间拿出一枚镶嵌在胸针上的翠绿大宝石，胸针的形状是一只展翅的巨鹰。当她举起宝石的时候，它闪耀着如同阳光照在春天绿叶上的美丽光芒。"我当年将这枚宝石送给吾女凯勒布理安，她又传给她的女儿亚玟。现在，转送给你，当作希望的象征。此刻，请接受预言中给你的称号，伊力萨，伊兰迪尔家族的'精灵宝石'！"

亚拉冈接下这枚胸针，将宝石别在胸口。那些看见这景象的人都赞叹不已；因为他们之前并未注意到他是如此挺拔、身上散发着无比的皇者之气，多年来的劳顿沧桑似乎也在瞬间从他身上移除。"我感谢您赐给我的礼物，"他说，"罗瑞安的女皇，您养育了凯勒布理安和亚玟·暮星，言语怎以描述您的功业呢？"

女皇微微点头，然后转身面向波罗莫，赐给他一条金色的腰带。皮聘和梅里各获她赐予一条银制的腰带，扣环的部分是黄金打造的花朵。她赐给勒苟拉斯的是树民们所使用的长弓，远比幽暗密林的短弓要坚韧和细长，上面的弓弦还是用精灵的头发做的，另附一袋精工制造的箭矢。

"至于你，这位小小的园丁和树木的爱好者，"她对山姆说，"我只有一个小礼物。"她将一个小小的灰色木盒塞进他的手中，朴素的盒盖上仅有一个小小的银色精灵符文。"这上面刻的是我名字的缩写，但在你的语言中，也代表着花园的意思。盒子里装的是我花园中的泥土，其上寄托着凯兰崔尔所能给的祝福。它无法在你的旅途中保护你，也不能够让你不受敌人的伤害。但若你保存它，并在最后再度回到家园，它或许会给你带来适当的报偿。纵使所有一切都荒废毁坏，但你若将这泥土洒上，你的花园将会成为中土世界少见的繁盛之地。如此一来，你或许会记得凯兰崔尔，从远方瞥见一丝美丽的罗斯洛立安。你只见过我们的冬天，因为我们的春天和夏天已经过去，只存在记忆里，在这世间再也见不到了。"

山姆脸红到了耳根子，口中咕哝了几句没人听得见的话，抱着盒子尽可能地鞠了个大躬。

"这位矮人会向精灵要求什么礼物？"凯兰崔尔转向金雳问道。

金雳答道："一样也不要！在下能够看见女皇夫人，亲耳聆听她温柔的话语，就已足够。"

"诸位精灵，听着啊！"她对周围的精灵大声说道，"将来不准有人再用贪得无厌、忘恩负义来描述矮人！不过，葛罗音之子金雳，你必定想要什么，而且是我可以给的？我要你直接说出口！我不能让你成为唯一没有礼物的客人。"

"真的没有，凯兰崔尔女皇，"金雳深深一鞠躬，结巴地说，"除非——除非您允许我要一根您的头发，因它超越了地上的黄金，正如天上的星辰超越了矿坑中的宝石。我并不敢斗胆向您要求这礼物，但您命令我开口说出心中的愿望。"

精灵们起了一阵骚动，凯勒鹏震惊地看着矮人，但女皇宽容地笑了。"人们还说矮人是以手工艺著称，不是以舌绽莲花闻名，"她说，"但是，在金雳身上，我看到了不同的特质。因为，从来没有人敢如此大胆又如此温和有礼地向我提出这样的要求。但既然是我下的令，我又怎能拒绝他呢？不过，请你告诉我，你要怎么处理这样的礼物？"

"珍藏它，女皇陛下，"他回答道，"以纪念我们首次会面时您对我说的话。如果我能够回到家乡，我将把它藏放在永不腐坏的水晶中，作为我的传家宝，子子孙孙永远保护它，同时也当作山之民与树之民之间的善意象征，直到世界的末了。"

于是女皇解开她长发中的一缕，将三根头发剪下，交到金雳的手中。"我有几句话随这礼物一同送给你，"她说，"我不会预言，因为如今所有的预言都是枉然：一只手中握有的是黑暗，另一只手有的仅仅是希望。如果希望没有完全成空，那么，葛罗音之子金雳，我对你说，你的手中将会有大量的黄金流出，但黄金却不能支配你。"

"还有你，魔戒持有者，"她转向佛罗多，说，"我最后才找你，因为你在我心中占着很重要的地位。我为你准备了这个——"她高举起一个小小的水晶瓶，当她轻摇小瓶子的时候，她的手中流出洁白的光芒，"在这水晶瓶中，是被捕捉的埃兰迪尔之星的光芒，藏放在我的泉水中。当黑夜将你包围的时候，它将闪烁得更明亮。当众光熄灭之时，能够成为你的照明和指引，勿忘凯兰崔尔和她的水镜！"

佛罗多收下水晶瓶，有那么一刻，借由闪烁在两人之间的光芒，他再度看见她女王般高大美丽的身影，但不再可怕。他弯腰鞠躬，却不知道该说些什么。

女皇起身，凯勒鹏领着众人回到岸边。现在，午后金黄的阳光照在三角洲的绿地上，水面反射着银光，大家都准备好了。远征队的成员照着之前的位置坐上船。罗瑞安的精灵高呼再会，边用灰色的长竿将小船推进河中，一行人动也不动地坐在船上，看着凯兰崔尔女皇一言不发地孤身站在三角洲的顶端。当他们经过她的时候，纷纷回头去看她逐渐远去的身影。在他们看来，罗瑞安像是一艘以众神木为桅杆的明亮大船，正不住往后滑行，航向遗忘之岸，而他们只能坐在这荒凉灰色世界的边缘，束手无策地看着这景象。

就在他们的凝望中，他们的小舟已来到银光河汇入安都因大河处，小舟顺着河流转向，开始快速朝着南方而行。很快地，女皇的白色身影就缩小变远；她闪烁着光辉的身影，看起来像是远方山丘上一扇水晶窗在西沉的太阳下闪亮，又好像从山上眺望远方的一座美丽湖泊，犹如一块落在大地怀抱中的水晶。在佛罗多的眼中，仿佛看见她举起手来向众人做最后的告别，同时，她清脆甜美的声音异常清晰地随风远远送来一首歌谣。但这次她使用的是大海彼岸精灵的古老语言，佛罗多一个字也听不懂，乐曲虽然极美，他却一点也不觉得安心。

不过如精灵语言一贯以来那样，它们始终铭刻在他的记忆里，许久之后，当他尽己所能翻译它们时，才发现这首精灵歌谣吟唱的是中土世界一无所知的事物。

> Ai! laurië lantar lassi súrinen,
> yéni únótimë ve rámar aldaron!
> Yéni ve lintë yuldar avánier
> mi oromardi lisse-miruvóreva
> Andúnë pella, Vardo tellumar
> nu luini yassen tintilar i eleni
> ómaryo airetári-lírinen.
>
> Sí man i yulma nin enquantuva?
>
> An sí Tintallë Varda Oiolossëo
> ve fanyar máryat Elentári ortanë,
> ar ilyë tier undulávë lumbulë;
> ar sindanóriello caita mornië
> i falmalinnar imbë met, ar hísië
> untúpa Calaciryo míri oialë.
> Sí vanwa ná, Rómello vanwa, Valimar!
>
> Namárië! Nai hiruvalyë Valimar.
> Nai elyë hiruva. Namárië!

"啊！在风中坠落如同黄金的树叶，如同树木枝桠般难以计数的年月啊！漫长的岁月如同甘甜的蜂蜜酒般一饮而尽，在西方山巅的大厅上，在瓦尔妲碧蓝的苍穹下，群星在她神圣、庄严的歌声中震颤。如今，谁能为我再度把杯斟满？因为，瓦尔妲，星辰之后，如今已自永远雪白之山巅上举起双手，如同云朵遮蔽天空，而所有的道路都沉落在阴影中；我们之间的大海，也被灰色大地所出的黑暗遮盖，迷雾永远遮蔽了卡拉克雅的宝石。如今都失落了，那从东而来者失落的是主神之城瓦力马！再会了！愿汝能见瓦力马，愿汝终将寻到瓦力马。再会！"

瓦尔妲是精灵最崇拜的主神，在这地流亡的精灵又称她伊尔碧绿丝。

突然间，大河转了个弯，两旁的河岸陡然升起，罗瑞安的光芒被挡在视线之外了。佛罗多再也没有回到这个美丽的地方。

一行人转过脸，面对未来的行程。太阳照耀着前途，他们眼睛被光亮所炫，因为每个人都是泪水盈眶，金雳嚎啕大哭。

"这是我和最美丽之人的最后一面，"他对勒苟拉斯说，"自此之后，除了她所赐给我的礼物，我不会再用美丽来称呼万物。"他将手放在胸口上。

"告诉我，勒苟拉斯，为什么我要参加这项任务？我根本不知道真正的危险在何处！爱隆说得真对，我们根本不知路上会遇到什么状况。我害怕的是在黑暗中遭受拷打的危险，但这并没有阻止我。可是，如果我知道会面对这种光明和愉悦之险，我就不会参加。现在，即使今晚我将直接面对黑暗魔王，也不可能受到比这别离更重的伤害了。唉！葛罗音之子金雳啊！"

"不，"勒苟拉斯说，"你应该为我们每个人感叹！以及为所有未来的人们感叹。因为这就是天理，找到就代表着失去，就如那些在奔腾流水上行舟之人。但是，葛罗音之子金雳，我认为你是蒙受祝福的，因为你是自愿承受这失去之苦，因你本来可以做另一项选择。但你没有遗弃自己的伙伴，你的奖赏就是罗斯洛立安的记忆将永远毫无瑕疵、清晰地存留在你心头，永不褪色，永远生动鲜明。"

"或许吧，"金雳说，"谢谢你的这番话语。你的诚心真意我毫不怀疑；但是再好的安慰也都还是冰冷的。人心想要的绝不是回忆。就算它跟卡雷德-萨鲁姆一样清晰，回忆依旧只是面镜子啊！至少矮人金雳的心里是这样想的。或许精灵另有看事物的方式。事实上，我听说你们的回忆就如同真实世界一样的清晰，不像是在梦里。但矮人不是这样。"

"但我们还是别再说了吧。注意小舟！在这堆行李的重压下，它已经吃水太深，而大河的水流又很急。我可不想用冷水来淹没我的悲伤。"他拿起桨，将船滑向西岸，跟上前方已经过了中流的亚拉冈的船。

就这样，远征队的成员继续他们漫长的旅程，沿着宽广湍急的大河往南方走。两旁河岸上尽是光秃秃的树林，他们也看不见身后的任何陆地了。风停了，河流也变得寂静无声，没有任何鸟鸣打破这沉默。太阳变得十分模糊，所投下的光芒也渐渐变弱，最后变得有点像高挂在天空中的一枚珍珠。然后，它缓缓地沉落入西方，暮色快速降临，紧接而来的是一个灰蒙蒙、没有星辰的夜晚。他们继续在西方森林的阴影中漂流了很长的时间；巨大的树木鬼影似的往后掠，将它们盘根错节的老根伸入水中。气氛很阴森，空气又很冰冷。佛罗多坐在船中倾听着河水冲刷着河岸老树根以及打在漂流木上的轻拍声，直到他的头低垂，陷入了不安的睡眠中。

第九章

大　河

佛罗多是被山姆叫醒的。他发现自己正躺在地上，裹在一件温暖的斗篷里，身在大河安都因西岸的一片高大的灰皮树林底下。他已经睡了一整个晚上，灰色的晨光朦胧照映在光秃秃的枝桠间。金雳正忙着在他附近生起一小堆火。

在天色大亮之前，他们就再度出发。并非每个成员都急着想往南方走，他们很庆幸现在还不需要急着做出决定，可以等到他们抵达拉洛斯瀑布和燃岩岛时再说，在此之前他们还有几天的时间。他们让大河的步调带着他们前进，不急着冲向在旅程前方等着他们的危险，不管他们最后是选择走哪个方向。亚拉冈任他们随意漂流，以累积未来所需要的精力。但他坚持每天都要极早出发，极晚才停下休息。因为他内心觉得，宝贵的时间在不停地流逝，当他们待在罗瑞安的时候，魔王并没有闲着。

不用说，当天什么敌人的踪影也没看见，第二天也是一样。灰色乏味的时间就这么流逝，没发生任何状况。随着航行的第三天逐渐过去，他们注意到岸上的景色慢慢在改变：树木越来越稀疏，最后全没了。他们可以看见左手边的东岸上，一片片形状不一的斜坡绵延向前伸展，直达天际；它们看起来黄褐、枯萎，仿佛刚被野火烧过，没有留下任何的翠绿之色。在这块邪异的荒地上，甚至没有任何断木或是岩石来舒缓一下大片空白的景象。他们已经来到了介于南幽暗密林和艾明穆尔之间,被称作"褐地"的广大荒地,连亚拉冈也不知道是什么样的疫病、战争或是魔王的伎俩,才把此地变得如此恐怖。

他们看见右边西岸上也同样一棵树也没有,但地势很平坦,间或交杂着大片绿油油的草地。河的这边有大片大片的芦苇,那些芦苇极高,当小舟沿着芦苇丛的边缘沙沙行过时,它们遮蔽了整个望向西方的视线。枯黑了的芦苇穗子弯折在半空中,随着冷风摇晃,发出轻柔又悲伤的嘶嘶声。佛罗多不时可由芦苇丛的一些开口处突然瞥见绵延不绝的牧草地,以及草地再过去夕阳西沉下的山丘;在更远处,视力所及的地平线有一道黑色的轮廓,那是迷雾山脉最南缘的山峰。

除了鸟之外,四野没有其他动物活动的踪迹。鸟听起来有很多:它们在芦苇丛中啁啾鸣叫,但伙伴们极少看见它们觅食的身影。众人偶尔会听见天鹅展翅飞翔的声音,一抬头就看见一大群在空中列队飞过。

"天鹅!"山姆说,"身形好大的一群啊!"

"是的,"亚拉冈说,"而且它们是黑天鹅。"

"这块土地看起来怎么这么荒凉!"佛罗多有气无力地说,"我一直以为越往南走会变得越温暖、越快乐,也会离冬天越远。"

"这是因为我们走得还不够南,"亚拉冈回答,"现在还是冬天,我们又离海很远。在早春之前,这里都会很冷,甚至可能会再看见雪花。到了远方的贝尔法拉斯湾,如果没有魔王的影响,或许又暖又快乐,但是,根据我的推测,这里距离你们夏尔的南区可能不到一百八十哩。你眼前西南的方向,是骠骑国北端的大平原,也就是洛汗国,牧马王的家园。不久之后,我们应该就可以来到自法贡森林流出注入大河的林莱河河口。那里是洛汗国北边的边界;自古以来,林莱河和白色山脉之间的土地就是属于洛汗国的。那是一片丰美、富饶的大地,那里的草原举世无双;不过,在这乱世,人们不敢居住在大河边,也不敢骑马靠近这附近。安都因的确很宽，但半兽人的箭矢也可以轻易飞过河面。近来，甚至有半兽人大胆地越过安都因，直接劫掠洛汗国放牧的马匹和牲畜。"

山姆不安地看着两边的河岸。原先的树木在他眼中看来虎视眈眈，仿佛隐藏着无数个敌人。现在，他反而希望树木还在那边，至少可以遮掩敌人的视线；免得大家坐在敞开的小船上暴露在大河的正中央，甚至是处在两军交战的边界上。

在接下来的一两天，他们继续朝南走，那种不安的感觉开始在众人心里滋长。他们会一整天都桨不离手，下意识地拼命往前划。很快地，河变得更宽、更浅；东岸是多岩的滩头，水面底下还有隐藏的漩涡，因此划船者必须格外小心。褐地逐渐上升成高低起伏的荒原，东方吹来阵阵冷风。草原另一边的景物也有所变化，地势慢慢地转化成起伏的丘陵，夹杂着枯萎的草丛和沼泽。佛罗多打了个寒战，一想到几日前还居住在罗斯洛立安的草地和喷泉之间，不禁怀念起那里的太阳和温柔的阵雨。每只船上都极少有人交谈，每个成员的时间都花在沉思上面。

勒苟拉斯的心正奔驰在夏夜星空下北方山毛榉森林间的草原上；金雳脑中则想着打造黄金的细节，思索着是否适合用来收藏女皇的礼物。中间船上的梅里和皮聘则是十分不安，因为波罗莫不停地自言自语，有时咬着自己的指甲，仿佛有什么焦躁或疑虑正啃食着他，或是拿起桨，不由自主地划向前，紧跟在亚拉冈的小舟后。当坐在船艉的皮聘回头看，却发现他正瞪着佛罗多，眼中露出奇怪的光芒。山姆虽然勉强相信小船不如他想象的那么危险，却比他想象的要不舒服许多。他悲惨地蜷缩在小船上，什么事也不能做，只能看着两边流逝的河水和死气沉沉的冬日大地，长期不能动弹的结果让他浑身酸痛。即使他们要划桨的时候，也不敢将这责任交给山姆。

到了第四天的傍晚，坐在船艄的他正回头打量，视线越过低着头的佛罗多、亚拉冈和其他的小船；他很困，一心只想赶快上岸扎营，让脚趾感受到坚实的土地。突然间，他的视线瞥见了某种东西，一开始他无精打采地瞪视着它，接着，他坐直身子，揉了揉眼睛；当他再度定睛细看时，它已经不见了。

那天晚上，他们在一座靠近西岸的小岛上扎营。山姆裹在毯子里，睡在佛罗多身边。"在我们停船之前的一两个小时，我做了个怪梦，佛罗多先生，"他说，"或者那不是梦，但真的很好笑。"

"好吧，是什么情况？"佛罗多知道山姆如果不说出故事来是不会宽心的，只得让他说了，"自从我离开罗斯洛立安之后，已经有很久没有笑过了。"

"不是那种好笑啦，佛罗多先生，我应该说是诡异才对。一切都不对劲，又不太像是做梦，你最好听我说。我看到的是长了眼睛的浮木！"

"浮木还好吧？"佛罗多说，"河面本来就有很多浮木，你只要不管那双眼睛就好了！"

"我可不会这么做，"山姆说，"就是那双眼睛让我汗毛直竖，我看见有根浮木漂在水面上，紧跟在金雳的小舟之后，我本来没有注意。然后，我发现那浮木似乎慢慢地追上我们。这实在太不合常理了，因为你知道我们都一起浮在同一条河上，没道理它底下的水会流得比较快……就在那个时候我看到了那双眼睛：一对白点，有着某种特殊的光芒，就在靠近浮木尾端树瘤的地方。而且，它好像又不是浮木，因为它有一双长蹼的脚，几乎像是天鹅的脚一样，只是看起来更大，一直在水中起起伏伏。

"我就在那时候坐了起来，揉揉眼睛，万一我把睡意赶跑之后，它还在那边，我就准备喊出声，因为不管那是什么东西，它都在快速地靠近金霁。不过，不知道是那双油灯般的眼睛发现了我，还是我终于恢复了清醒——当我再看的时候，它消失了。但是，我觉得我的眼尾余光扫过去的时候，似乎有什么黑影躲到岸边的阴影里去了；之后，我再也没看到什么眼睛之类的东西了。

"我对自己说：'山姆·詹吉，你又在做梦了！'因此我当时没有声张。可是，我又想了好几次，现在我反而觉得不大确定。佛罗多先生，你觉得怎么样？"

"山姆，如果这是我第一次听说这样的眼睛，我会觉得这多半是傍晚的浮木加上你眼中的睡意所演出的插曲，"佛罗多说，"但情况并非如此，我在我们刚从北方抵达罗瑞安的那天晚上，也有同样的经历。我看见一个有着发亮眼睛的怪异生物想要攀爬上瞭望台，哈尔达也看见了。你还记得那群追踪半兽人小队的精灵所说的话吗？"

"啊，"山姆说，"我想起来了，我现在想起更多的事情了。虽然我的脑袋不好，但是在听说这么多事情和比尔博先生的故事之后，我想我可以猜出那家伙的名字来。一个很烂的名字，可不可能就是咕鲁呢？"

"是的，我一直担心是这样！"佛罗多说，"自从在瞭望台的那晚之后我就开始怀疑，我想它当时可能在摩瑞亚闲晃，正好遇见我们；我原本暗自希望待在罗瑞安的那一阵子可以摆脱掉它的追逐。这个可怜的家伙，可能从头到尾都躲在银光河沿岸，看着我们出发！"

"多半是这样，"山姆说，"我们最好小心谨慎一点，不然哪天晚上，如果我们还来得及醒来，可能会发现有人正勒住我们的脖子不放；这是我自己的推论。今晚先别惊扰神行客和其他人，由我来守夜就好了，反正我在船上也跟行李差不了多少，我可以明天再睡。"

"或许吧，"佛罗多说，"我可能会用'长了眼睛的行李'来形容你。你可以值夜,但你必须答应我,如果什么事情都没有发生,请在半夜叫醒我。"

半夜,佛罗多从沉睡中被山姆摇醒。"我真不想叫醒你!"山姆压低声音说,"但你是这样交代我的。没什么特别的,至少没有太特别的事情可以向你报告。不久之前我听见有水声和嗅闻的声音,不过,夜里在河边本来就常会听到这类的怪声音。"

他躺了下来,佛罗多裹着毯子坐起来,努力驱赶睡意。几十分钟或几个小时过去,什么事情都没有发生。就在佛罗多正准备屈服于瞌睡虫,重新躺下时,一个几乎难以看见的黑影漂向小舟中的一只,昏暗中似乎有只苍白的长手一把伸出抓住了船舷;一双油灯似的苍白眼睛,闪着冷酷的光,探入小舟内,然后,那双眼睛抬起来,直勾勾地盯住小岛上的佛罗多。对方距离一两呎,他可以清楚听见那生物呼吸时发出的轻嘶声。佛罗多猛地站起来,拔出宝剑刺针,面对那双眼睛。那光芒立刻就消失了。在一阵嘶嘶声之后,水花四溅,那个浮木似的身影射入流水漂进黑暗里。亚拉冈在睡梦中受到惊动,翻了个身,立刻坐了起来。

"怎么回事?"他低声问道,跳起来走到佛罗多身边,"我在睡梦中感觉到有不对劲。你为什么拔剑?"

"咕鲁,"佛罗多回答,"我猜是他。"

"啊!"亚拉冈说,"原来你也听到了那无时无刻不出现的脚步声?他一路跟踪我们穿越摩瑞亚,最后来到宁若戴尔。自从我们上船之后,他就趴在浮木上,手脚并用地往前划。有一两次,我试着在晚上抓住他;但是他比狐狸狡猾,比泥鳅更滑溜,我希望这段漫长的河上旅程可以让他放弃,但他的水性实在太好了。我们明天最好快一点,你先躺下去吧,今晚就由我来守夜了。我真希望可以抓到那个烂家伙。我们可能可以好好利用他。不过,如果不行的话,我们必须要想办法摆脱他。他很危险，除了半夜试图不轨之外，还有可能吸引要命的敌人跟过来。"

当天晚上，咕鲁连个鬼影子都没再露出来过。在那之后，众人变得更加小心谨慎，却没有再发现任何咕鲁的踪影。如果他还紧追不舍，那么他真的非常聪明狡猾。在亚拉冈的指挥下，他们用力地划船，看着两边的河岸快速掠过。但是，他们对于四周的环境没有多少机会认识，因为大部分的时间都是昼伏夜出，白天用来休息和恢复精神，同时尽可能地隐藏行踪。就这样平安无事地过了七天。

天空依旧是闷灰色，唯一的风是从东方吹过来的。但随着天色逐渐转暗，西边的天际清朗起来，敞开的灰色云朵下有淡淡的黄色与浅绿色的光。接着，一弯新月在远方的湖泊上闪着洁白的光。山姆看着眼前的景象，双眉紧锁。

次日，河流两岸的风景都开始迅速地变化。河岸的地势开始升高，遍布岩石。很快地，他们经过了一片山丘遍布的多岩区域，两旁的斜坡都被覆盖在大量的荆棘、野莓等灌木丛与爬藤植物之下。在那地形之后则是低矮倾颓的峭壁，沧桑的灰色石柱上长满了常春藤，过了这些峭壁之后，又是陡然升高的山脊，上面长着因强风吹袭而姿态扭曲的枞树。他们正越来越靠近艾明穆尔的灰色丘陵地带，也就是大荒原南端的区域。

悬崖和石柱上栖息着许多的飞鸟，众人头上一整天都盘旋着成群的鸟类，仿佛天空无时无刻不挂着一团黑云。当天扎营休息的时候，亚拉冈不安地看着头上的飞鸟，怀疑咕鲁是否做了什么事情让他们暴露了行踪。稍后，等太阳开始落下，众人正准备收拾行李出发时，他在渐暗的天空中辨识出一个黑点：有只大鸟在十分高远之处盘旋着，然后慢慢地飞向南方。

"勒苟拉斯，那是什么？"他指着北方的天空说，"像我想的一样，那是只飞鹰吗？"

"是的，"勒苟拉斯说，"那是只飞鹰，是只在狩猎的飞鹰。不知道这代表了什么意义，它距离平常的山脉栖息地实在太远了。"

"我们等到天全黑之后再出发。"亚拉冈说。

紧接着是他们旅程的第八天晚上。当夜十分寂静，一点风也没有，灰蒙蒙的东风已经停止了，新月早早落下，天空还算清澈，南方有着发出微光的云朵聚集，西方则有许多闪耀的星辰。

"来吧！"亚拉冈说，"我们今晚是最后一次乘着夜色旅行，因为接下来的河道我就不熟悉了，我从未走水路来过这附近，从这边到萨恩盖宝之间的河况我都不确定。如果我猜得没错，萨恩盖宝还有好几十哩远。在我们到达那里之前，还有很多危险的地方，河中央的岩石和孤岛都是我们必须避免的危险，我们得小心翼翼，不能够划得太快。"

由于山姆在第一只船上，因此他肩负起瞭望员的工作，他眼睛眨也不眨地瞪着眼前的景象。夜色越来越暗，但天空的星辰却发出奇异的光芒，照得水面闪烁着微光。时间快到午夜，他们已经漂流了一段时间，没有机会使用船桨。突然间，山姆开始大叫，几码之外的河中浮现出一些黑色的轮廓，众人都可以听见激流流动的声音。一道强大的水流将众人冲往东边河岸比较没有阻挡的河道去。当他们被冲开的时候，大家都看见眼前是众多白花花的水沫所构成的湍急河流，中间有着锋利的岩石，如同利齿一般地阻拦任何大意的旅人，而现在小舟全都挤在一起。

"喂！亚拉冈！"波罗莫的小舟在急流中撞上带头的小船，"这太疯狂了！我们不可能在夜间硬闯！不管是黑夜或是白天，萨恩盖宝的激流不是小舟可以渡过的。"

"后退,后退!"亚拉冈大喊,"转回头!快点转回头!"他把桨用力插入水中,试着固定住船身,边开始靠岸。

"我的计算出错了,"他对佛罗多说,"我不知道我们已经走了这么远,安都因的流速比我预估的快多了,萨恩盖宝一定就在眼前了。"

他们好不容易才把船控制住,慢慢地转回头,但当他们想要逆流而上的时候,他们就被水流冲开,慢慢漂向河东岸,在黑暗中,那里似乎透露着不祥的气息。

"全部的人用力划!"波罗莫大喊着,"快划!不然我们就会搁浅了。"就在同时,佛罗多感觉到船底擦过岩石,发出让人牙龈发酸的摩擦声。

就在那一刻,他们听见弓弦弹开的声音,几支箭冷不防地射向他们。一支箭正中佛罗多的胸口,使他往后一弹,不小心弄丢了手上的桨。幸好,他衣服底下的锁子甲挡住了这攻击。另一支箭射穿了亚拉冈的兜帽,第三支箭则是牢牢地钉在第二只船的船舷上,距离梅里的手只有几吋。山姆这才看见有许多黑影在东方河岸边跑来跑去,看上去近在眼前。

"*Yrch!*"勒苟拉斯吃惊地冒出自己的语言。

"半兽人!"金霁大喊道。

"我敢打赌这是咕鲁安排的,"山姆对佛罗多说,"选的地方还真好,大河似乎就把我们一直推到他们的怀抱里。"

众人全都弯下身,拼命地划桨,连山姆都卷起袖子帮忙。他们随时都担心会有黑羽箭再度落到任何人的身上。许多支箭飞过他们四周,落入河中,但再也没有任何一支射中目标。夜色虽暗,但对于习惯夜视的半兽人来说,应该没有多大问题,而且,在微弱的星光下,他们一定是很明显的标靶。唯一的可能，就是罗瑞安的变色斗篷和灰色的精灵小舟融入夜色之中，挫败了魔多射手的袭击。

他们一桨一桨努力地划着，在黑暗中他们很难确定自己到底有没有在移动；不过慢慢地，水流渐渐趋缓，东岸的阴影也渐渐往后退去，被他们抛进黑夜里。最后，他们终于再度回到河中央，远远地避开了嶙峋的怪岩，然后他们半转船头，拼尽最后一丝力气，划向西岸。直到在河边灌木阴影的保护下他们才停船，得以喘一口气。

勒苟拉斯放下桨，拿起罗瑞安的长弓，一溜烟地跑上岸边。他弯弓搭箭，瞄准着对岸的黑暗阴影。随着他的每一箭射出，对岸就会传来一声惨叫，但从这边什么都看不见。

佛罗多抬头望着那个高高挺立在他上方，凝视着黑暗、搜寻目标的精灵，他沐浴在星光下，背后夜空中闪烁的繁星像是为他头顶戴上了皇冠。但是，这时从南方突然有一大朵乌云升起，并且向前飘移，所发出的黑暗遮蔽了那些星光。众人突然被恐惧所包围。

"伊尔碧绿丝！姬尔松耐尔！"勒苟拉斯叹着气，抬头往上看。与此同时，一块如同乌云，但移动速度比乌云更快的黑暗形体，从南方的黑暗中飘出，快速地飞向远征队的成员，遮挡住所有的亮光。很快地，底下的人开始看清楚，那是只巨大的有翼怪兽，如同黑夜中的黑洞一般吸去所有的光线。对岸响起了惊天动地的欢呼声，佛罗多觉得一阵寒意流过，让他心脏快要停止跳动；这种恐怖的寒意如同他肩膀上的旧伤，毫不留情地让他全身宛如浸泡在冰水中一样。他趴了下去，准备躲起来。

突然间，罗瑞安的巨弓开始吟唱，尖锐的破空声伴随着精灵弓弦的弹奏声，谱出了驱魔之歌。那有翼的怪兽几乎就在他头正上方开始摇晃，接着传来沙哑的惨叫声，那怪兽似乎就这样落到东方的河岸边。随即传来的是众多脚步声、诅咒声和哭嚎声，接着一切归于平静。当夜再也没有任何的箭矢从东岸射来。

之后，亚拉冈率领着众人溯河而上，他们靠着河边摸索着，最后才来到一个浅湾。几株低矮的树木生长在临水之处，在它们之后则是一道陡峭的岩坡。远征队决定在此等待黎明的到来，当夜再冒险前进是毫无意义的。他们不扎营也不生火，只是将小舟靠在一起，蜷缩在船上等候天亮。

"感谢凯兰崔尔的弓箭，还有勒苟拉斯的巧手和锐眼！"金雳嚼着一片兰巴斯说道，"老友，那可真是黑暗中漂亮的一箭！"

"但谁知道射中的是什么呢？"勒苟拉斯说。

"我不知道，"金雳回答，"但是我很高兴那黑影没有继续靠近。我一点都不喜欢那情况，那让我想到摩瑞亚的阴影，那炎魔的影子。"他最后一句话是压低声音悄悄说的。

"那不是炎魔，"佛罗多依旧因为刚刚的寒气而浑身发抖，"那是更冰冷的妖物，我猜它是——"然后他闭上嘴，陷入沉思。

"你觉得怎么样？"波罗莫从船上跳下来，仿佛急着要看见佛罗多的脸。

"我想……算了，我还是不要说好了，"佛罗多回答，"不管那是什么，它的坠落都让敌人很失望。"

"看起来是这样，"亚拉冈说，"但是我们对于敌人的动向、数量、位置都一无所知。今夜我们绝不能睡觉！黑暗可以隐藏我们的行踪，但谁又知道白天会怎么样？把武器放在手边！"

山姆坐着轻轻敲打着剑柄，仿佛在用手指计算着数目，同时也抬头看着天空。"这真是奇怪，"他嘀咕着，"月亮在大荒原和在夏尔应该都是同一个；可是，要不是它的轨迹变了，就是我对它的记忆有问题。

佛罗多先生，你还记得我们躺在树上的瞭望台上的时候，月亮正开始渐亏，大概是满月之后一周。而昨天晚上，也就是我们出发之后一周，天空上高挂的还是新月，仿佛我们根本没有在精灵王国里面待过一样。"

"是啦，我的确记得其中的三夜，之间恐怕还过了几天，但我发誓我们绝对没有待上一整个月。大家搞不好会觉得时光在里面停滞了呢！"

"或许真的是这样，"佛罗多说，"或许，在那块土地上，我们是身处在一个其他地方早已流逝的时间中。我想，直到银光河将我们带回到安都因河之后，我们才重新加入了凡人的时间之中。而且，当我留在卡拉斯加拉顿的时候，我根本不记得什么月亮的事情，只有白天的太阳和晚上的星辰。"

勒苟拉斯在船上变换了个姿势。"不，时间并没有静止，"他说，"但变化和生长这两样东西并非在每个地方都一样。对于精灵来说，世界在他们的四周移动，有极快速，也有极慢速。快速的原因是他们自己极少变动，而所有其他一切皆如飞而去，这对他们来说是很悲伤的；但世界相对于他们来说就快速地变个不停；慢速的原因则是因为他们自己从来不计算时间的流逝，至少不为了他们自己这样做。对他们来说，四季的更替不过是漫长时间流中不断重复的泡沫而已。但是，在太阳下，所有的万事万物都有其终点。"

"但是，这消耗的过程在罗瑞安中极为缓慢，"佛罗多说，"女皇的力量保护着一切。在卡拉斯加拉顿，虽然时光似乎很短暂，却很丰富，因为凯兰崔尔驾驭着精灵魔戒。"

"一旦离开罗瑞安，就不应该提到这件事，就算对我也是一样，"亚拉冈说，"不要再说了！山姆，我的解释是这样的，在那块土地上，你失去了对时间的感觉。时光快速地流逝，对我们、对精灵都一样，外界就这么过了一个月，而我们则是流连在美景中。昨晚你看到的是另一个月的景色,冬天几乎已经快结束了,迎接我们的是一个没有多少希望的春天。"

夜晚寂静流过,对岸再也没有传来任何的声音。一行人躲在船上,感受着天气的变化。从南方和遥远的大海飘来的浓密云雾让天气变得又湿又闷,几乎没有风吹动。大河拍打岩岸的声音似乎变得更近、更大声,头上的树枝也开始滴水了。

天亮之后,整个气氛似乎都变了。四周的天气让他们觉得有些哀伤、有些温柔。清晨的天空越来越亮,没有一丝阴影。河上飘动着雾气,白色的浓雾包围了河岸,现在完全看不到对面的景象了。

"我其实不太喜欢大雾,"山姆说,"但这次的大雾对我来说是种好运的象征,或许我们可以放心地躲开这些该死的半兽人,不用担心他们会见到我们。"

"或许吧,"亚拉冈说,"但是,除非稍后雾气稍散,不然我们也很难找到去路。如果我们要通过萨恩盖宝,前往艾明穆尔,我们一定得找到路才行。"

波罗莫说:"我不明白为什么一定要从水路通过激流,还有坚持继续走水路的理由。如果艾明穆尔就在前面,我们可以舍弃这些小船,往西南方走,横越树沐河,进入我的家园。"

"如果我们准备去米那斯提力斯的话,当然可以,"亚拉冈说,"但我们还没取得一致的意见。而且,那条路实际上可能比你所说的更危险。树沐河的河谷沼泽遍布,浓雾对于步行、携带重担的旅人来说是种致命的危险。除非必要,我绝对不会贸然舍弃这些船只,至少跟着河走不会迷路。"

"但魔王控制着东岸,"波罗莫抗议道,"就算你通过了亚苟那斯峡,不受阻挡地来到燃岩岛,那你又能怎么样?跳下瀑布,落到沼泽中?"

"当然不是！"亚拉冈回答，"我们可以沿着古道将船搬运到拉洛斯瀑布之下，然后再走水路。波罗莫，你是不知道，还是刻意忘记了北梯坡，以及阿蒙汉山上远古时帝王所兴建的王座？至少在我决定进一步的旅程之前，我一定要上去那边看看。或许，我们可以在那边看到一些能引导我们下一步的征兆。"

波罗莫十分坚持，但到了最后，情况显然是佛罗多会跟随亚拉冈，不论他是要往哪去，波罗莫只好放弃了。"米那斯提力斯的人，不会在朋友有需要的时候舍弃他们，"他说，"而且你们如果想要前往燃岩岛，会需要我的力气。我愿意跟你们去那个岛，但不会再继续往前。到了那边我就会掉头回家，就算我的协助没有赢得任何同伴，我也会孤身一人回去。"

天色渐明，大雾稍稍退去了一些。众人一致决定由亚拉冈和勒苟拉斯先上岸沿岸勘查，其他人则留在船上。两人想要找到一条可以带着三只船和行李绕过激流，前往平顺河面的道路。

"精灵的船或许不会沉，"他说，"但这不代表我们可以活着通过萨恩盖宝。从过去到现在从来没人成功过。刚铎的人类也没有在此开拓出任何的道路，因为，即使在他们帝国最鼎盛的年代中，势力范围也没有超过安都因大河旁的艾明穆尔。我没记错的话，旁边有一条专门的运输小道，它不可能就这样消失无踪，几年之前还常有许多小舟，从大荒原航向奥斯吉力亚斯，那是在魔多的半兽人开始大幅扩张领土之后才中断的。"

"我这辈子几乎没见过北方来的船只，而半兽人也一向出没在河东岸，"波罗莫说，"即使你们找到路继续往前走，一路上也只会越来越危险。"

亚拉冈回答道："每条往南的路都必然危险，给我们一天的时间，如果我们到时还没回来，你们就知道我们遭遇到了厄运。那么诸位必须选出新的领袖，尽可能地听从他的带领。"

佛罗多心情沉重地看着勒苟拉斯和亚拉冈爬上陡峭的岸边，消失在迷雾中。但是，事实证明他是过虑了。只过了两三个小时，还没到中午，两人的身影就再度出现。

"一切都没问题，"亚拉冈从岸边爬下来说道，"的确有条路，通往另一个还可以使用的好码头。距离并不远，激流的源头离这里大概半哩左右，长度也只有一哩多，过了激流不远的地方，水流就开始变得清澈、平顺，不过流速很快。我们最困难的工作，恐怕就是如何将这么多东西搬到那条路上。路是找到了，但是它距离这里的岸边有好几十码远，中间还有很多崎岖的地形。我们没有找到它北边的入口，就算入口还在，我们可能昨天晚上已经越过了它。如果要回头，在这种大雾中可能还是找不到。恐怕我们必须从这里离开河流，并且尽可能地往搬运小道走。"

"即使我们都是强壮的人类，这工作也绝不轻松。"波罗莫说。

"就算这样，我们也得试试看。"亚拉冈说。

"啊，是啊，"金雳说，"波罗莫先生，不要忘记，如果背着体重两倍重的东西，矮人可以轻而易举地继续前进，伟大的人类却会步履蹒跚哪！"

这项任务果然十分艰难，但最后还是完成了。他们先将船里的东西拿出来搬到河岸上方的一块平地，然后再把船只拖出水面，扛到岸上。出乎众人的意料，小舟相当轻，连勒苟拉斯都不知道这是用精灵国度中的什么树木雕凿的，但这木头既坚韧又很轻，只要梅里和皮聘两人，就可以轻松抬着它在平地上走。然而要越过目前这样崎岖的地形，它们得要靠两名人类扛抬才行。离河之后一路上岸的坡度都很陡，还有诸多的岩石碎块挡住去路，此外还有许多被杂草和灌木遮蔽的坑洞，有浓密的荆棘,还有陡峭的河谷,以及许多由内陆淌下的细流所汇聚的泥水坑。

亚拉冈和波罗莫两人一次搬一只船,其他人则是抱着沉重的行李跌跌撞撞地跟在后面。最后,众人终于把所有的东西都搬到运输道上。然后,除了一些石楠蔓藤和许多落石之外,一行人再没有遇到多少的阻碍。旁边的岩壁之间依旧弥漫着浓雾,左边的河上也飘浮着浓厚水汽。众人可以清楚听见河水冲击拍打岩岸以及萨恩盖宝尖锐礁石的声音,但在水汽中什么都看不见,他们一共走了两趟,才把所有的东西都搬到南边那个码头去。

运输小道在该处转向河边,缓缓向下通往一个小池塘旁的空地。这池塘似乎是由于萨恩盖宝激流冲刷河中大石的反作用力在河边积聚而成的。越过码头之后,河岸陡直上升成一道灰色的峭壁,再也没有可以继续步行的道路。

短暂的下午已经过了,暮色渐渐笼罩大地。他们坐在水边休息,倾听着笼罩在迷雾中的激流传来如同千军万马的裂岸涛声。他们都又累又想睡,心情和天色一样低落。

"好啦,我们已经到了,看来恐怕得在这里过一夜了,"波罗莫说,"我们需要睡眠,就算亚拉冈想要趁着夜色穿越亚苟那斯峡,我们也都已经太累了。当然,搞不好我们耐力惊人的矮人是个例外。"

金雳没有回答,他一坐下之后就开始点头瞌睡。

"今天就让大家尽量休息吧,"亚拉冈无可奈何地表示,"明天我们必须天一亮就出发,除非天气再度改变,否则我们应该可以躲过东岸的敌人,悄悄地溜进河中。不过,今晚必须有两个人同时守夜,三个小时换一班,另一个人则继续警戒。"

除了黎明前的雨滴之外,当天晚上没有发生其他的事情。等到天色一亮，他们就立刻出发。大雾已经开始消退，他们尽可能地靠近西岸边航行，同时也看见峭壁模糊的轮廓开始在大雾中逐步上升，阴影笼罩着他们脚下的湍急流水。过不了多久，云层就越来越低，最后开始下起大雨。他们拉上油布，避免让船内积水，边继续往下漂流。在这如同灰色帘幕的大雨中，几乎什么也看不清楚。

不过，这场雨并没有下很久。慢慢地，天空越变越亮，突然间云破雾散，残云拖曳着朝北方河的上游渐渐飘散。在众人的眼前出现了宽阔的河面，两边则是高耸的岩壁，上面的凸岩块或窄缝中间生长着几株秃树。河道逐渐变窄，河水也变得更湍急。现在，不管前方会遇到什么阻碍，他们都已无法转弯或是稍停。在他们头顶上方是一线蔚蓝的天空，四周是笼罩着阴影的深黑色河水，眼前则是黝黑、遮蔽太阳的艾明穆尔的山丘，其上看不见任何开口。

佛罗多盯着前方，看见远处有两座巨大的岩峰逐步逼近，它们看起来像是两根孤立的石柱。它们高耸、陡直，虎视眈眈地矗立在峡谷的两边，仿佛试图拦阻任何胆敢闯关的冒失旅人。石柱之间有一道狭窄的开口，大河推动着小舟快速往前。

"看哪，这就是亚苟那斯，王之柱！"亚拉冈大喊着，"我们很快就会通过这峡谷，把船保持直线，彼此尽可能拉开距离！保持在河中央！"

佛罗多被流水载着朝它们靠近，两根巨大的石柱高耸如塔迎接着他。他觉得它们像两个巨人，灰色的巨大身影虽然沉默，但气势咄咄逼人。接着他发现这两根石柱的确经过雕琢：那是远古时代工匠之技艺与力量的作品，它们在日晒雨淋以及无数岁月的磨蚀下，依旧保持了当初凿造时的威严样貌！在深水底巨大的台座上矗立着两位伟大国王的雕像：他们依旧引颈看着北方，迷蒙的双眼、坚毅的眉毛。两座雕像都伸出左手掌比着警告的手势，两者的右手都拿着斧头；他们头上分别戴着饱经风霜、勉强维持原样的头盔和皇冠。他们仍然拥有古代的权威和力量,看顾着一个早已消逝的王国。佛罗多突然间觉得敬畏不已,忍不住低下头,当船靠近时不敢抬头直视。就连波罗莫在经过雕像旁边的时候也禁不住低下头,听任小舟如同漂浮的落叶一样,被推送过这努曼诺尔威武的守卫之下。如此,一行人进入了亚茍那斯峡幽深的河水。

河两旁都是人迹难至的陡峭绝壁,远方是朦胧的天空。黑色的河水发出轰隆咆哮之声,一阵强风席卷过众人。佛罗多屈膝缩成一团,在他前面的山姆也不禁呢喃着、哀号着:"这真是太壮观了!太恐怖了!只要我有机会离开这只船,以后就再也不敢玩水了,更别提到河水中了!"

"别害怕!"一个陌生的声音从他身后传来。佛罗多转过身,看见一个长得很像神行客的陌生人;那位饱经岁月磨难的游侠消失了,在他原来的位置上坐着抬头挺胸、自豪的亚拉松之子亚拉冈。他信心满满地引导着小舟前进;他斗篷的兜帽已甩在背后,一头黑发迎风飞舞,眼中散发着光芒——流亡的皇储终于回到了他的故土。

亚拉冈说:"别害怕!我早就想要看看埃西铎和安那瑞安的样貌了,他们都是我的祖先。在他们的阴影下,伊力萨王,埃西铎之子瓦兰迪尔皇室的亚拉松之子,身为伊兰迪尔的继承人,拥有精灵宝石称号的我,没有什么好害怕的!"然后,他眼中的光芒消失了,自言自语道:"真希望甘道夫在这里!我心何等渴望归回米那斯雅诺,我的王都!但我到底该去何方?"

峡谷又长又黑暗,充斥着强风与潮水在两边岩壁回荡的呼啸奔腾声。峡谷朝向西弯,因起先前方一片黑暗,但很快地,佛罗多看见前方有一道光芒从矗立的裂口射入,并且不断增强。那光迅速接近,突然间,小舟穿出峡谷,进入了明亮的天光下。

太阳已经越过天顶，在多风的天空照耀着。原先汹涌的河水现在流入一个椭圆形的湖中，那是苍白的兰西索湖，它的四周是陡峭的灰色山丘，山坡上生长着许多树木，但山顶却光秃秃地沐浴在阳光下。在南方尽头耸立着三座山峰，最中间的那座有些前倾，距离其他的山峰也有段距离，它是河中的一座岛屿，大河分开从它的两旁绕过。从远处随风传来轰隆隆的深沉巨响，如同雷声一般。

　　"这就是托尔布兰达！"亚拉冈指着南方的高大山峰说，"左边是阿蒙罗山，右边是阿蒙汉山——千里观听之山。在远古的年代里，伟大的国王们曾在其上建造王座，并且有兵员时时驻守其上。但是，据说没有任何人或兽的脚印曾经踏上托尔布兰达。在黑夜降临之前，我们应该就可以抵达山前，我已经听到拉洛斯瀑布呼唤的声音了。"

　　一行人暂时休息了一下，沿着水流往南漂向湖中央。他们吃了一些食物，很快地又拿起桨，继续朝着目标前进。西方的山丘渐渐被阴影遮蔽，太阳变得又圆又红，开始慢慢落下，不甘寂寞的星辰悄悄跳出。三座山峰在暮色中依旧孤傲地挺立着，拉洛斯的怒吼并没有稍歇，当远征队终于来到山下的时候，夜色已然降临。

　　他们第十天的旅程结束了，大荒原已经被他们远抛在身后。现在，他们必须选择东方或是西方的道路，眼前就是任务的最后阶段。

Rausos Falls
& the Tindrock

拉洛斯瀑布和燃岩岛

第十章

远征队分道扬镳

亚拉冈领着众人来到大河的右边的河道上。西边的河岸在托尔布兰达的阴影下，有片广大的草原，一路从水边延伸到阿蒙汉山脚下，在那之后是阿蒙汉和缓的山坡，上面长满了树木，这些树木沿着河岸的曲线一路往西生长。一条涓涓细流从山上流下，滋养着片草地。

"我们今晚在此休息，"亚拉冈说，"这就是帕斯加兰草原，远古的美景之一，希望还没有邪恶入侵此地。"

他们将小舟拖上绿色的河岸，在小舟旁扎营。他们设下了守夜的哨兵，但没有看到任何的敌人。如果咕噜还是坚持跟踪他们，那他一定还躲得好好的。不过，随着夜色渐深，亚拉冈越来越不安，不论是醒着或是睡着都不停翻来覆去。不久之后，他就爬起来，去找正好轮值夜哨的佛罗多讲话。

"你为什么还醒着？"佛罗多问道，"这不是轮到你值夜的时间。"

"我不知道，"亚拉冈回答道，"但是我在睡梦中一直觉得有股越来越盛的威胁和阴影，你应该拔出剑来比较安全。"

"为什么？"佛罗多说，"附近有敌人吗？"

"让我们看看刺针会有什么反应。"亚拉冈回答。

于是佛罗多将精灵的宝剑从剑鞘中抽出，他惊讶地发现刀刃边缘在黑暗中闪动着光芒。"半兽人！"他说，"不是非常靠近，但看来还是近得让人担心。"

"我也很担心,"亚拉冈说,"不过,或许他们不在河的这一边,刺针的光芒很弱,或许只是指出阿蒙罗的山坡上有魔多的间谍活动着。我从未听说过有半兽人胆敢入侵阿蒙汉山。但是,谁知道在乱世中会发生什么事情呢?如今连米那斯提力斯都无法守住安都因河的渡口,还有什么不会发生的!我们明天必须特别提高警觉。"

第二天一早简直是烟腾火舞。东方有一块低低的乌云如同大火中腾起的浓烟一般,太阳从其下方升起照在浓烟上,发出火红的光芒;但它随即爬到了云层上方,进入清朗的天空。托尔布兰达的顶峰沾染着金色的光芒。佛罗多往东看着那孤高的岛屿,它的四边从奔流的河水中陡直升起,峭壁高处的陡坡上依旧生长着许多树木,一株接一株地插在绝壁上,树木之上则是无法攀登的灰色岩壁,峰顶则是参差不齐的奇诡岩石。许多飞鸟环绕着山峰飞翔,除此之外别无其他生物居住的痕迹。

当他们用完餐之后,亚拉冈召集众人:"这一天终于到了!我们之前一直拖延这做出抉择的一天。经历这么多事情、走过这么远距离的远征队,到底要如何继续下去?我们应该和波罗莫向西走,参加刚铎的战争吗?或者是向东走,投入恐惧和魔影之下?或者我们必须分散,照着个人的意志拆散成小队?无论如何,我们都必须赶快决定。我们不能在此停留太久。我们知道敌人在东岸;但我担心半兽人可能也已经进入了河的这一岸。"

众人陷入沉默,没有人开口,没有人移动。

"好吧,佛罗多,"亚拉冈最后终于说,"看来这重担是落到你肩上了。你是会议中所指派的魔戒持有者,你必须选择自己的道路,在这件事上我无法给予你任何建议。虽然我试着承担甘道夫的责任,但我终究不是他,我不知道他在这个时刻会有什么计划和希望。如果他真有计划,也在这里,他多半可能还是要等你做出选择——这就是你的命运。"

佛罗多没有立刻回答,他缓缓地说:"我知道我们必须赶快上路,但是我一时之间无法做出选择。这责任太重大了。给我一个小时的时间考虑,我会做出决定的。请让我独处吧!"

亚拉冈同情地看着他。"好的,德罗哥之子佛罗多,"他说,"就给你一个小时的时间独处,我们全部留在这里,但是别走得太远,免得听不见我们的呼唤。"

佛罗多低头静坐了片刻。山姆一直用关切的目光看着主人,最后还是摇了摇头,嘀咕着:"答案其实很明显了,但是这里没有山姆插嘴的份。"

佛罗多站起身,走了开去。山姆看到众人都克制住自己不去注视他,只有波罗莫一直目不转睛地盯着佛罗多,直到他走入阿蒙汉山脚的树林中为止。

一开始,佛罗多在森林中漫无目的地走着,但最后他发现自己的脚一直领着他往山坡上走。他来到一条小径,那是许久以前一条大道留下的废墟。在陡峭的地方残留有挖凿出来的石阶,但如今它们都已破碎损毁,在树根的扩张之下变得分崩离析。他爬了一段时间,没在意自己是朝哪个方向走,直到来到一片草地上。四周长着许多的花楸树,中间是块平坦的大石头。这片地势较高的小草地面对着东方,正充分沐浴在阳光的照耀之下。佛罗多停下脚步,视线越过大河,落在底下那壮丽孤绝的托尔布兰达,以及在他和孤岛之间的天空中盘旋的鸟儿。拉洛斯瀑布汹涌澎湃的声音夹杂着一股深沉有节奏的轰隆声,毫不止息地敲打着。

他坐在大岩石上,双手托着下巴,朝着东方发呆。自从比尔博离开夏尔之后所发生的一切事情,都一一掠过他的脑海,他回忆并认真思考着甘道夫说过的每一句话。时间慢慢流逝,他依旧做不出选择。

突然间,他恍若大梦初醒地警觉到,一股怪异的感觉爬上他的背脊,有什么东西正在他背后,正以不友善的眼神盯着他。他跳了起来,猛回过身,却吃惊地发现原来只是一脸笑容、看来十分温和的波罗莫。

"我替你担心,佛罗多,"他走向前说,"如果亚拉冈说得没错,半兽人的确就在附近,那么没有任何人应该离群独处。特别是你更应该小心,许多人的命运都和你息息相关,我的心情也跟着沉重起来。既然都找到你了,方不方便和你坐下来谈一谈?这会让我感觉好一点。我们底下那边只要一讲话,就会为了前途而争吵不休,不过,或许两个人可以在彼此身上找到智慧。"

"你真体贴,"佛罗多回答,"但是,我不认为谈话现在能够帮得上我,因为我知道该做什么,但我却不敢做。波罗莫,我害怕!"

波罗莫沉默地站着,瀑布的轰响不断传进耳里,微风吹过树梢,佛罗多不由自主地打了个寒战。

波罗莫突然走到他身边坐下。"你确定这不是自寻烦恼吗?"他说,"我希望能帮助你。在这困难的抉择中你需要别人给你建议,你愿意接受我的忠告吗?"

"波罗莫,我想我已经知道你要说什么了,"佛罗多说,"如果不是我内心一直觉得不安,我的确会觉得那是个明智的忠告。"

"不安?对什么不安?"波罗莫猛然转过头来瞪着佛罗多。

"对拖延的不安,对那显然轻易多了的道路的不安,对拒绝承担责任的不安……好吧,我必须实话实说,我对于信任人类的力量和真实面貌有所不安。"

"但是,在你不知道的状况下,人类的力量长久以来一直保护着你那小小的家乡不受黑暗侵袭。"

"我并不是质疑你同胞的勇敢,但世界在改变。米那斯提力斯的城墙或许是铜墙铁壁,但它依旧不够坚固,如果它失守了,又该怎么办?"

"我们会在战斗中壮烈牺牲,但是,我们还是有希望会获胜。"

"只要魔戒还在,就一点希望也没有。"佛罗多说。

"啊!魔戒!"波罗莫的眼中闪动着光芒,"魔戒!为了这么一个小东西,我们竟然大费周章、恐惧不已,这不是很奇怪吗?这么小的东西!我只在爱隆的居所中看过它一次,我可以再看看它吗?"

佛罗多抬起头。他突然觉得浑身冰冷。他注意到波罗莫眼中的奇异光芒;但他的表情依旧友善、依旧体贴。"最好还是不要把它拿出来。"他回答道。

"随你便,我不在乎,"波罗莫说,"但是,难道我连提都不能提吗?因为你们都只有想到它在魔王手中所会造成的破坏,只有想到它为恶的一面,却忽略了它为善的一面。你说世界在改变,如果魔戒继续存在,米那斯提力斯将会陷落。但,为什么呢?如果魔戒是在魔王的手上,我可以理解;可是,如果它是在我们的手上呢?"

"难道你没参加那次会议吗?"佛罗多回答道,"因为我们不能够使用它,任何用它成就的事都会被转为邪恶。"

波罗莫站了起来,不耐烦地踱步。"你尽管狡辩吧!"他大喊着,"甘道夫、爱隆,这些家伙一遍一遍地教你这么说。或许他们是对的,或许这些精灵、半精灵和巫师们使用它的下场会很悲惨。但是,我常常怀疑,这些人到底是睿智还是食古不化,或许每个人都受困于自己的盲点而不自知。真心诚意的人类不会被腐化,我们米那斯提力斯的居民,经过重重的考验才能够生存下来,我们不想要巫师的法力,只想要拥有自卫的机会,拥有执行正义的力量。你想想看!就在我们最需要帮助的时候,力量之戒现世了。我认为,这是个礼物,这是赐给魔多之敌的礼物。不把握机会，不利用魔王的力量消灭他是愚蠢的。靠着无畏、无情就足以赢得胜利。在这个时候，伟大的领袖、伟大的战士应该怎么做？为什么亚拉冈不能做？如果他拒绝这样做，为什么不交给波罗莫来做？魔戒将会赐给我统御天下的力量。我将会驱逐魔多的黑暗军团，全世界爱好自由与正义的人们将闻风投到我旗下！"

波罗莫焦躁地走着，一句比一句更大声。他几乎已经忘记了佛罗多的存在，一心一意描述着他的城墙、武器和战略。他描绘着伟大的胜利和前所未有的盟约，他击垮了魔多且成为伟大的国王，睿智而又为民所爱戴。突然间，他停下来，挥舞着双手。

"而他们竟然告诉我们去把它扔掉！"他大喊着，"更别提他们还主张要把魔戒毁掉！如果常理能够推断这是有机会成功的，那我或许会同意。但这根本毫无希望。我们手中唯一的计划，就是让一个半身人拿着魔戒盲目地走进魔多，给予魔王重新获得魔戒的机会。愚蠢！

"你应该明白了吧，吾友？"他猛然转过身面对佛罗多，"你说你很害怕，果真如此，那最勇敢的人也该原谅你。但是，让你反感的应该不是你的理智吧？"

"不是，我只是害怕，"佛罗多说，"单纯的害怕。但是，我很高兴听到你充分说出内心的想法。你让我下定了决心。"

"那么，你将会前往米那斯提力斯？"波罗莫大喊着，眼中光芒闪动，脸上露出急切的神情。

"你误会我了。"佛罗多说。

"但是，你至少愿意去待一阵子吧？"波罗莫不肯放弃，"我的城市如今距这里不远了，从那边去魔多比从这里去更近。我们已经在荒野中待了很长的一段时间，你必须知道有关魔王的消息才能够决定下一步该怎么做。佛罗多，跟我来！"他说，"如果你坚持要走，至少之前先休息一下……"他为了表示友善，将手放在霍比特人的肩膀上；

但佛罗多可以感觉到他的手因为强自压抑的兴奋而微微颤抖。他立刻移步避了开来，警觉地看着这个高大的人类：对方几乎是他的两倍高，力气更是比他大上很多倍。

"为什么你还要猜疑我？"波罗莫说，"我是个真诚的人，不是小偷也不是强盗。我需要你的魔戒，你现在也知道了。但我对你保证，我绝对不会把它据为己有。你至少让我试试我的计划吧？把魔戒借给我！"

"不！不行！"佛罗多大喊，"是那场会议决定让我持有它的！"

"魔王也会借着我们的愚行来击败我们，"波罗莫大喊着，"这让我好生气！愚蠢！自以为是的傻瓜！自寻死路，破坏我们的最后希望。如果有任何生灵应该拥有魔戒，那也该是努曼诺尔的子孙，而不是你这个矮子。你只是运气好罢了，它可能会是我的，它本来就应该是我的，把它给我！"

佛罗多没有回答，他小心地往后移动，直到那块大石头挡在两人之间。"听话，朋友，听话！"波罗莫用更委婉的声音说，"为什么不把它抛开呢？为什么不舍弃你的怀疑和恐惧？如果你愿意的话，可以把责任推到我身上。你可以说我太强壮，是我硬把它抢走的。半身人，因为我真的比你强太多了。"他大喊着，猛然跃过岩石，想要抓住佛罗多。他原先英俊友善的面孔变得十分丑恶，眼中冒着熊熊的怒火。

佛罗多闪往一旁，再度利用岩石挡住对方。他只剩下一个选择：在波罗莫再次向他扑来之前，他颤抖着手拉出系在项链上的魔戒，飞快地戴上它。那个人类吃惊地倒抽了一口气，不知所措地呆看着眼前的景象，接着开始疯狂地四处乱窜，搜索着岩石和树林。

"该死的家伙！"他大喊着，"最好别让我抓到！我现在知道你在想什么了。你会把魔戒送到索伦门前，把我们全都出卖掉。你一直在找机会抛弃我们全部的人。咒诅你和全部的半身人都去死吧！"然后，他不小心踢到一块石头，咕咚一声摔倒在地上。他愣愣地趴了一会儿，仿佛被自己的诅咒所害。突然间，他开始啜泣起来。

他站了起来，伸手抹去眼泪。"我刚刚说了什么？"他大喊着，"我刚刚做了什么？佛罗多，佛罗多！"他大喊着，"快回来！我刚刚是失心疯了，现在已经过去了。快回来！"

没有任何的回答，佛罗多甚至没有听见他的呼唤。他已经跑远了，一路盲目地顺着小径跑到了山丘顶上。恐惧与悲伤震撼着他，他脑海中不断浮现波罗莫那张狰狞的面孔，以及他怒火中烧的双眼。

他很快就跑到了阿蒙汉的山顶，停下脚步，开始大口喘气。透过雾霭，他看见一个宽阔平坦的圆圈，上面铺着巨大的石板，四周围绕着崩塌的城垛；在圆圈中央四根雕刻的柱子上，设有一个高高的王座，可以借着许多级阶梯爬上去。他头也不回地走上去，坐在那个古王座上发呆，觉得自己像个迷途的孩子无意间爬上了山之王的宝座。

一开始他什么也看不见。他似乎处在一个充满阴影的迷雾世界中：因为他戴着魔戒。然后，有许多地方的迷雾渐渐散开，让他看见大量的影像。这些影像都很小，让他觉得好像是在阅读桌上的书籍，却又距离遥远，没有丝毫的声音，只有鲜活变动的影像。整个世界似乎都缩小了，变得沉默无声。他正坐在阿蒙汉山顶——古时被称作努曼诺尔人之眼的全观之位上。他看着东边许多无人知晓的土地、无人居住的荒原、未经探勘的森林；他看着北边，大河像是他脚下的一条缎带，迷雾山脉细小得犹如野兽断折的牙齿；往西看去他可以看见洛汗国一望无际的草原，还有位在艾辛格圆场中央如同黑色尖刺般的欧散克塔；往南他看见了大河如同高高的波浪一般卷曲着，落入拉洛斯瀑布底下的深坑，水汽中飘浮着美丽的彩虹；他还看见了伊瑟安都因，安都因大河壮观的巨大三角洲，以及无数海鸟在太阳下如同白色灰尘般四处飞舞，在它们底下是湛蓝与碧绿交错、波涛汹涌的大海。

但是，每个他所望见的地方都有战争的迹象，迷雾山脉像是被惊扰的蚁穴一样，无数的半兽人从成千个洞穴中往外爬；幽暗密林中的精灵、人类，正在和邪恶的妖兽进行殊死搏斗；比翁族的家园陷入火海，云雾遮蔽了摩瑞亚；罗瑞安的边境燃起狼烟……

骑兵在洛汗的草原上奔驰，恶狼从艾辛格往外涌出。战船从哈拉德的港口中蜂拥出港。东方有人类的部队不停地调动：剑客、枪兵、骑马的弓箭手、酋长的马车和满载补给品的马车。黑暗魔王的一切势力倾巢而出。他再度转望南方，看见了米那斯提力斯。它看起来似乎很远，而且很美：白色高墙、许多高塔，骄傲地坐落在易守难攻的山脚下；它的城垛上闪动着守军钢铁的光芒，角楼上插着许多旗帜。他感觉到一丝希望自心中升起。但是，对抗米那斯提力斯的是另一个更强更大的要塞。他的目光不由自主地往东边移动，它越过了奥斯吉力亚斯的断桥、米那斯魔窟狰狞的城门，还有恐怖的山脉，进入葛哥洛斯，魔多的恐怖山谷。太阳下，那里笼罩着一片黑暗。浓烟中不断冒出火焰。末日山正在燃烧，冒出大量的浓烟。最后，他的目光终于定了下来：高墙上是高墙，城垛上是城垛，一片漆黑，坚固无比，铁山、钢门、精金的高塔，他终于看见它了：巴拉多要塞，索伦的根据地。一切的希望都破灭了。

突然间，他感觉到魔眼在蠢动，邪黑塔中有一只永不休息的眼睛，他知道对方发现了他的瞪视，那是股饥渴、强大的意志。那意志朝向他奔来，几乎像是根实体的手指一般搜寻着他，很快地，它就会锁定这个目标，知道佛罗多位在何处。它碰触了阿蒙罗，扫过了托尔布兰达山……佛罗多立刻从座位上跃下，蜷缩在地，用斗篷遮住自己的身体。

他听见自己大喊着：绝不，绝不！或者是：臣服，我向您臣服！

他根本分不清楚。然后，另外一个强大的力量传来了一股思想波进入他的脑海：脱掉它！拿下它！愚蠢！拿下魔戒！

两种力量在他身体内搏斗。有那么短短的一瞬间彼此势均力敌，佛罗多在其间受尽煎熬,突然,他又恢复了意识。他是佛罗多,不是那声音,也不是那魔眼;在这短暂的一瞬间,他拥有选择自己命运的权力。他脱下魔戒之后,发现自己跪在光天化日下的王座前。似乎有一道黑影掠过他头上,跳过了阿蒙汉,伸向西方,然后,天空恢复了原先的蔚蓝,鸟儿开始在每株树上鸣叫。

佛罗多站起身。他觉得非常疲倦,但已经下定了决心,内心甚至觉得轻松多了。他大声地对自己说:"我必须为所应为!至少我可以确定这件事,魔戒邪恶的力量甚至已经开始影响远征队中的成员,它必须在造成更多伤害之前离开。我必须一个人走。有些人我不能够信任,而能够信任的人对我又太珍贵了:可怜的山姆,还有梅里和皮聘,还有神行客,他想要去米那斯提力斯,如今连波罗莫都已落入邪恶的掌握,那边将会需要他的力量。我会单独离开,马上出发。"

他很快走下小径回到波罗莫找到他的那片草地。然后他停下脚步,侧耳倾听着。他觉得自己可以听见底下岸边和森林中传来呼喊的声音。

"他们应该在到处找我了,"他说,"不知道我已经失踪多久了?我想大概有几个小时吧。"他迟疑了片刻,"我能怎么办呢?"他喃喃自语,"如果现在不走,就永远走不了,我往后不会再有这样的机会。我不想离开他们,更不想像这样不告而别。但他们一定会谅解的。山姆就会。不然我还能怎么办呢?"

他慢慢地拿出魔戒,再度戴上它。他立刻消失在凡人的视线中,如同微风一般跑下山坡。

其他人在河边等了很久的时间,他们沉默了一段时间,不安地四下走动。但是,现在,他们围成一圈讨论着。虽然他们试着想要讨论别的东西,像是他们漫长的旅途和冒险,询问亚拉冈有关刚铎的领土及其远古的历史,以及在艾明穆尔这附近依旧可以看到的伟大遗迹、岩石雕刻的国王巨像、阿蒙汉和阿蒙罗上的王座、拉洛斯瀑布旁的阶梯等等，但他们的思绪和话题总是会转回到佛罗多和魔戒上面，佛罗多会怎么选择？为什么他还有所迟疑？

"我想，他可能正在思索到底哪条路最危险，"亚拉冈说，"这是理所当然的。远征队现在要往东方的旅程变得更为绝望；由于我们被咕鲁追踪，这趟秘密的冒险恐怕已经暴露了；但是，米那斯提力斯并不靠近火焰山，也并不更接近毁灭这个重担。

"我们或许可以在那边勇敢地死守一阵子，但迪耐瑟王和他所有的部下，都无法做到连爱隆也无力达成的事情：保守这秘密，或者是在魔王前来夺取魔戒时，挡住他倾巢而出的强大兵力。如果我们在佛罗多的位置上，我们会做出什么选择？我不知道。我们现在最需要的是甘道夫的引导。"

"我们的损失确实令人十分悲伤。"勒苟拉斯说，"但是我们必须在没有他的协助之下做出抉择。为什么不能由我们做出决定后，再去协助佛罗多呢？让我们找他回来，进行投票！我投米那斯提力斯一票。"

"我也这么觉得，"金雳说，"当然，我们只是被派来沿路协助魔戒持有者，我们可依个人意愿要走多远就走多远，没有任何的誓言或是命令强迫我们一定要去末日裂隙，光是离开罗斯洛立安就让我十分难过。但我都已经来到这么远的地方了，我必须这样说：现在我们到了最后抉择的时刻，我很清楚自己不能舍弃佛罗多。我会选择米那斯提力斯，但如果佛罗多拒绝，我会跟随他。"

"我也愿意跟随他，"勒苟拉斯说，"现在离开他实在太不够朋友了。"

"如果我们都舍弃他，那应该叫作背叛才对，"亚拉冈说，"但如果他往东走，那就不需要每个人都跟着他去，我也不认为每个人都该跟着他去。那是非常绝望的冒险，不管八个、三个或是两个，甚至是一个人去都一样。如果你让我做出选择，那么我会指定三个成员：山姆，因为他不能够忍受离开佛罗多；金雳和我自己。波罗莫必须回到他的故乡，他的父亲和同胞需要他；其他人应该跟着走，至少，如果勒苟拉斯不愿意跟他走，皮聘和梅里也该跟他一起去。"

"这绝对行不通！"梅里说道，"我们不能够舍弃佛罗多！皮聘和我愿意跟随他到天涯海角，现在还是一样。虽然当初我们并不知道这样的承诺代表什么意思，当我们在遥远的夏尔或是在瑞文戴尔的时候，这样的承诺并没有那么沉重。任由佛罗多一个人前往魔多，实在太残酷了。为什么我们不能阻止他？"

"我们必须阻止他，"皮聘说，"这就是他担心的事情，我很确定。他知道我们一定不同意他往东走。他也不想要求任何人和他一起走，可怜的老家伙。你想想看：孤身前往魔多！"皮聘打了个寒战，"喔，这个笨老霍比特人，他应该知道他根本不需要开口的。他应该知道就算我们阻止不了他，也不会离开他。"

"请容我插嘴，"山姆说，"我认为你们一点也不了解我的主人。他不是在犹豫不决、无法决定该走哪条路。当然不是！米那斯提力斯有什么好的？我是说对他啦，抱歉，波罗莫先生。"他补充道，并且转过头来致歉。这个时候，他们才发现一开始沉默地坐在外缘的波罗莫已经不见了。

"这家伙到哪里去了？"山姆大声道，神情显得十分担心，"我觉得他最近好像有点怪异，但是，总之，他和我们的讨论没有多大关系。就像他一直挂在嘴上讲的，他必须回家，我们也不怪他。可是，佛罗多先生知道自己只要有能力，就一定要找到末日裂隙，可是他害怕。现在这才谈到重点了——他就是害怕。这就是问题所在。当然，他像我们一样，都从这趟旅程中学到不少；否则他可能早就把魔戒丢到大河里面，找个地方躲起来了。但他还是害怕，没办法下定决心出发。而且，他也不在乎我们愿不愿意和他一起走。他知道我们会和他一起走的。这是让他担忧的另一个原因。如果他下定决心出发，他会想自己一个人走。记住我说的话！当他回来的时候，我们的麻烦就大了，因为他已经下定决心了。"

"山姆，你分析得比我们任何一个人都透彻，"亚拉冈说，"万一你说得没错，我们又该怎么办？"

"阻止他！别让他走！"皮聘大喊着。

"不知道这样做对不对？"亚拉冈说，"他是魔戒的持有者，注定要扛起这重担，我不认为我们应该逼着他做出任何决定。即使我们试着这样做，我也不认为我们会成功，有许多远比我们强大的力量在运作。"

"好吧，我希望佛罗多会'下定决心'，也希望他会回来，让大家把事情解决掉，"皮聘说，"等待真让人心焦！时间应该快到了吧？"

亚拉冈说："一个小时的时间早就过了，都已经快中午了，我们必须去找他了。"

就在那一刻，波罗莫回来了，他走出树林，一言不发地走向众人。他的表情看来凝重、悲伤。他暂停下来，仿佛清点着在场的每个人；然后盯着地面，垂头丧气地坐下来。

"波罗莫，你刚才到哪里去了？"亚拉冈问道，"你看见佛罗多了吗？"

波罗莫迟疑了片刻。"是，也不是。"他慢慢地回答，"是，我的确发现他在山坡上，我也和他说了话。我请求他前往米那斯提力斯，不要去魔多。我忍不住发怒了，他就离开了我，他消失了。虽然我在传说中听过，但从来没亲眼看过这景象，他一定是戴上了魔戒，我再也找不到他了，我以为他会回来找你们。"

"这就是你的说法吗？"亚拉冈毫不留情地盯着波罗莫。

"是的，"他回答道，"暂时就这样了。"

"这真糟糕!"山姆跳了起来,"我不知道这个人类到底干了什么事,为什么佛罗多先生会戴上魔戒?他根本不该这么做的!如果他戴上了魔戒,天知道会发生什么事情!"

"但是,他不需要一直戴着,"梅里说,"就像老比尔博一样,当他躲过不速之客后,他就会把魔戒取下。"

"但他会去哪里?他人在哪里?"皮聘六神无主地大喊,"他已经不见很久了。"

"波罗莫,你最后看到佛罗多是什么时候?"亚拉冈问道。

"半小时前吧!"他回答道,"或许是一小时。我后来又到处乱走了一阵子。我不知道!别问我!"他双手抱头坐在那里,仿佛极端难过。

"他已经失踪了一小时!"山姆大喊出声,"我们得立刻想办法找到他才行,大家快来!"

亚拉冈跟着大喊道:"等等!我们必须分成两人一组去搜索——喂,先别急啊!等等!"

一点用都没有,他们根本不理他。山姆第一个冲了出去,梅里和皮聘紧跟在后。几秒钟之内,他们就已经冲进湖边的树林内,开始扯开他们清晰、高亢的霍比特人嗓门大喊:佛罗多!佛罗多!勒苟拉斯和金霑也迈步狂奔,远征队的成员似乎突然间都疯狂了起来。

"我们这样会分散开来,会迷路的!"亚拉冈于事无补地大喊道,"波罗莫!我不知道你在这件灾祸中扮演了什么角色,但你最好来帮忙!去追那两个年轻的霍比特人,就算你找不到佛罗多,至少也确保这两人的安全。如果你找到他或是发现任何的蛛丝马迹,赶快回到这里来。我马上就回来。"

亚拉冈拔腿就跑,意图追上山姆;当对方冲进花楸树丛间的那片草地时,亚拉冈正好赶上他。山姆当时还正在气喘吁吁地爬坡,一边大喊着佛罗多!

"山姆，跟我来！"他说，"我们不可以落单。这附近一定有什么不对头的事，我可以感觉得到。我准备到山顶，到阿蒙汉的王座去，看看到底发生了什么事情。你看！跟我猜的一样，佛罗多往这边走了。跟我来，眼睛放亮点！"他边说，边往山坡上狂奔。

山姆尽了全力，但是他的步伐实在比不上飞毛腿神行客，很快就开始落后。他才没爬多远，亚拉冈的背影就消失了。山姆上气不接下气地停下来，他突然一巴掌打上自己的脑袋。

"等等！山姆·詹吉！"他大声地说，"你的腿太短了，所以用用大脑吧！让我想想！波罗莫没有说谎，他不会说谎；但是他没告诉我们全部的实情。有什么事情让佛罗多先生大吃一惊，让他突然间下定决心，他最后终于决定要走了。去哪呢？往东方走！没有山姆的陪伴？没错，他匆忙得连山姆都不愿意带。这太狠心了，真是太狠心了！"

山姆擦掉脸上的泪水。"克制情绪，山姆！"他说，"赶快动脑筋！他不可能飞过大河，他也不可能跳下瀑布。他没有任何的装备，所以，他一定会回到船边去。回到船边！山姆，赶快给我跑回船边去！"

山姆转过身，拼老命地往回跑下小径。他跌了一跤，连膝盖都磕伤了，但他爬起来继续跑。最后，终于来到河岸上的帕斯加兰草原，也就是船只被拖上岸的地方。这里一个人都没有。身后的树林里面有人呼喊的声音，但他根本不理他们。他呆呆站着瞪视了片刻，喘着气。有只船自顾自地滑下了堤岸。山姆大喊一声，冲过草原奔向湖边。小船滑入水中。

"我来了，佛罗多先生！我来了！"山姆从岸边一跃而下，试图一把抓住漂离的船，他只差了一码，没抓到。随着惨叫一声，他脸朝下栽入深水急流中，河水毫不留情地淹过他一头鬈发的小脑袋。

空船上发出了一声惊呼，一支桨划动着把船转过头来。佛罗多在千钧一发之际抓住山姆的头发，把拼命挣扎和吐水的忠仆从水中捞出来。山姆圆睁的褐眼中充满了恐惧。

"马上就上来啦!好小子山姆!"佛罗多说,"来,抓住我的手!"

"救我啊,佛罗多先生!"山姆呛着水惨叫,"我快淹死了。我看不见你的手!"

"在这里,别捏我,臭小子!我不会放手的。不要乱踢,不然你会把船弄翻的。来,抓住船舷,让我用桨划水!"

佛罗多划了几下之后就让船重新回到岸边,山姆终于浑身湿淋淋地爬上岸。佛罗多脱下魔戒,再度踏上岸。

"山姆,你真是最会拖累我的麻烦大王了!"他说。

"喔,佛罗多先生,你这样说太狠心了!"山姆浑身发抖地说,"你真是狠心,竟然打算丢下我和其他所有的人。如果不是我机灵,你现在会怎么样?"

"安全地离开这里。"

山姆说:"安全?孤身一人,没有我的帮助?我不容许这样的事情发生,我会担心死的。"

"山姆,如果你和我一起走,你才真的会死,"佛罗多说,"我才不能容许这样的事情发生咧。"

"我宁愿死也不愿意被留下来。"山姆说。

"可是我是要去魔多的!"

"佛罗多先生,我当然知道。你本来就是要去魔多,而我要跟你一起去。"

"山姆,"佛罗多说,"别惹麻烦了!其他人随时都会回来。如果他们发现我人在这里,我又必须要大费周章地辩解和解释,恐怕就再也狠不下心舍弃大家,但是,我必须立刻离开,这是唯一的选择。"

"当然应该这样,"山姆回答道,"但不是一个人走,我一定要跟你走,否则就谁都走不成,我会先把每只船都打穿。"

佛罗多忍不住哈哈大笑，他突然间觉得有股暖流冲进他心底。"至少留一只船下来！"他说，"我们会需要船的。不过，你可不能连食物和装备都不带就准备这样跟来啊。"

"等我一下，我去拿我的东西！"山姆急切地大喊，"一切都准备好了，我认为大家今天会出发的。"他冲到营地旁，从佛罗多清出来的行李中找到他的背包，多拿了一条毯子，以及一些食物，又跑了回来。

"这样我的计划全完蛋了！"佛罗多说，"看样子是躲不过你了。但是，山姆，我真的很高兴，我没办法解释我有多高兴。来吧！我们两个显然是注定要在一起。我们一起走，希望其他人能够平安！神行客会照顾他们的，我想，我们这辈子可能都不会再见了。"

"话不要说得太早，佛罗多先生，未来充满了各种可能！"山姆说。

佛罗多和山姆，就这样一起踏上了任务的最后一阶段。佛罗多划离岸边，大河就带着他们漂向西边的支流，越过了托尔布兰达的峭壁。瀑布声越来越接近，即使在山姆的帮助下，他还是使尽浑身解数才越过孤峰南边的激流，划到东岸去。

最后，他们好不容易才停靠在阿蒙罗山的斜坡旁。他们在那里找到了一处平坦的河岸，把船拉上岸，然后尽可能将小船隐藏在大石头后面。之后，他们扛起背包出发，开始寻找能够让他们穿越艾明穆尔光秃的山丘，进入魔影之地的道路。

魔戒圣战历史的第一部就此结束。

第二部被称作《双城奇谋》，故事围绕着萨鲁曼的堡垒欧散克和守护魔多秘密入口的暗黑之城米那斯魔窟展开。描述的是分崩离析的魔戒远征队，如何在黑暗降临之前努力对抗邪恶的故事。

第三部则描述对抗魔影的最后防御，以及魔戒持有者经受的最后考验，书名为《王者再临》。

the pass and look over into the [No?]
accomplished something. Sam [?]
[turned?] him. He knew that [?] had
He had sheathed his sword, but now h[e]
[took?] [it?] [out?] again, and stooped to pick [?]

'That's that!' said Sam. 'While we
suppose we've [come?] just exactly where
moving away as quick as we can!
[and?] [whistle?] if this [wasn't?] put for [?]
wickedness of some sort. ... And [?]

Likely enough, said Frodo,
without him. Do you ever [know?] a [?]
wickedness [will?] be past of the place.

So far you say said Sam. [?]
Look at [it?] now [?] the man [?]
Look! The road [?] [?] now [?] [?]
beyond and ahead there was an [?]
great notch in the mountain wall
So [?]   On their right [?]
[?] till it had no brink. Low
[?] [?] the [great?] [ravine?] [?] [?]
Depths [?] [?] [?] [?] of [?] of the [?]
On their left sharp jagged pinnac[les]